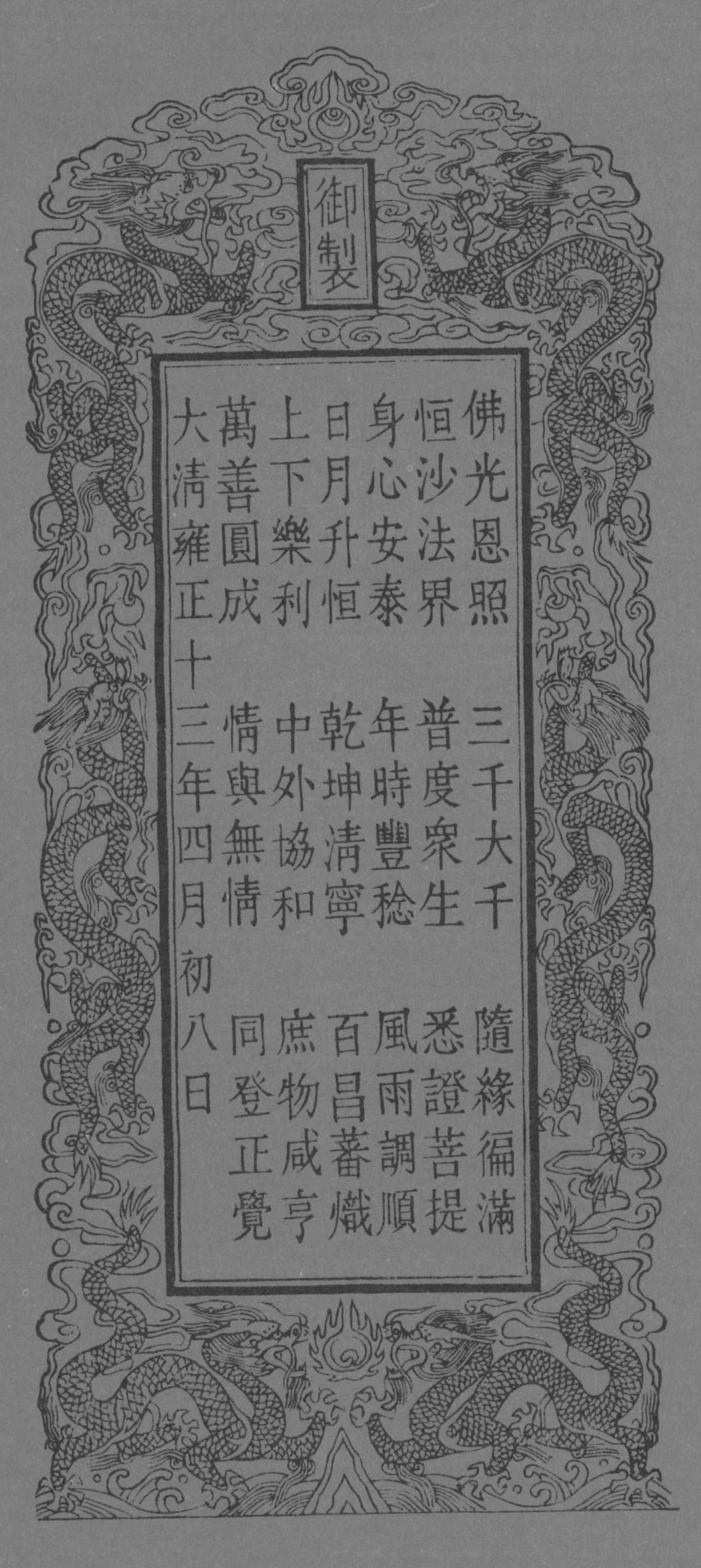

御製

佛光恩照　三千大千　隨緣徧滿
恒沙法界　普度衆生　悉證菩提
身心安泰　年時豐稔　風雨調順
日月升恒　乾坤清寧　百昌蕃熾
上下樂利　中外協和　庶物咸亨
萬善圓成　情與無情　同登正覺

大清雍正十三年四月初八日

第一四六册　此土著述（三六）

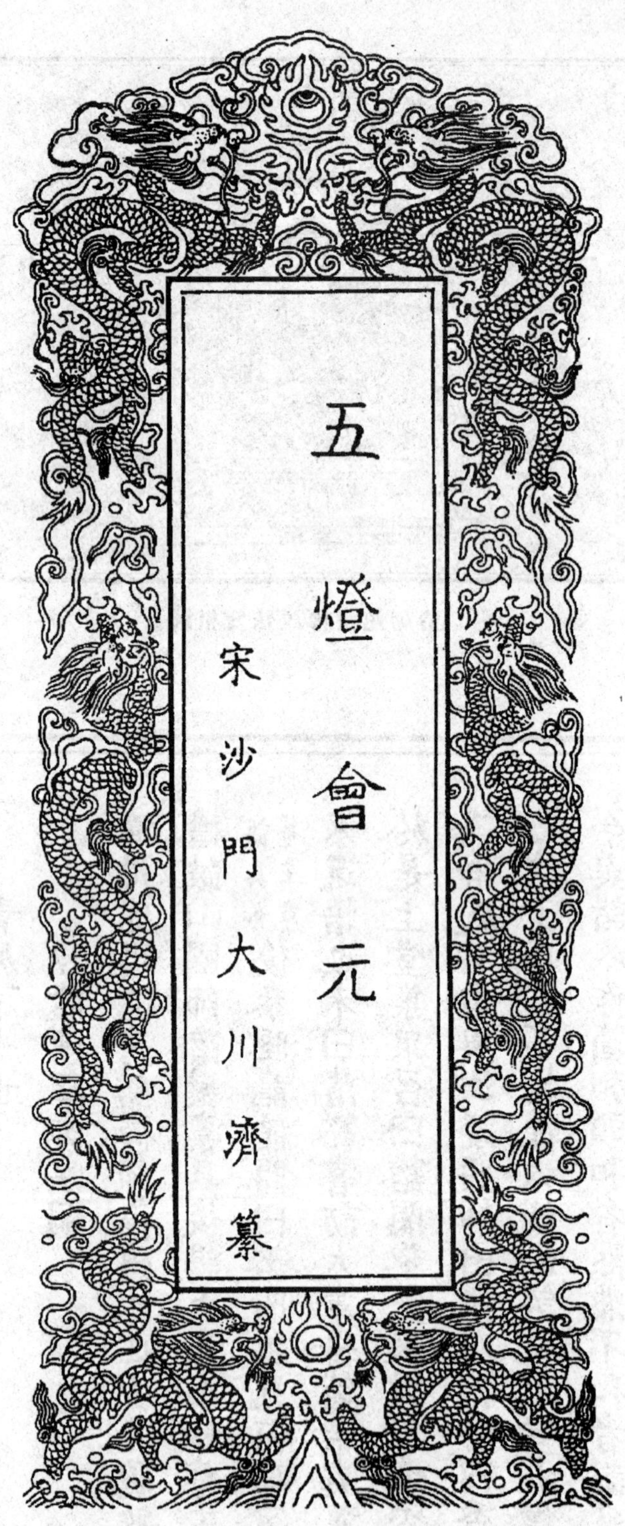

五燈會元

宋沙門大川濟纂

清刻龍藏佛説法變相圖

五燈會元卷第二十二

宋 沙 門 大 川 濟 纂

青原下七世

睡龍溥禪師法嗣

漳州保福院清豁禪師福州人也少而聰敏禮鼓山國師落髮禀具後謁大章山如菴主語具如菴主章後叅睡龍龍問曰豁闍黎見何尊宿來還悟也未曰清豁嘗訪大章得箇信處龍於是上堂集衆召曰豁闍黎出來對衆燒香説悟處老僧與汝證明師出衆乃拈香曰香已拈了悟卽不悟龍大悅而許之上堂山僧今與諸人作箇和頭和者黙然不和者説良久曰和與不和切在如今山僧帶些子事珍重僧問家貧遭劫時如何師曰不能盡底去曰爲甚麼不能盡底去師曰賊是家親曰旣

是家親爲甚麽翻成家賊師曰内既無應外不能爲曰忽然捉敗時如何師曰内外絶消息曰捉敗後功歸何所師曰賞亦未曾聞曰恁麽則勞而無功也師曰功卽不無成而不處曰旣是成功爲甚麽不處師曰不見道太平本是將軍致不使將軍見太平問如何是西來意師曰胡人泣漢人悲師忽捨衆欲入山待滅乃遺偈曰世人休說路行難鳥道羊腸咫尺間珍重苧谿谿畔水汝歸滄海我歸山卽往貴湖卓菴未幾謂門人曰吾滅後將遺骸施諸蟲蟻勿置墳塔言訖入湖頭山坐磐石儼然長往門人禀遺命延留七日竟無蟲蟻之所侵食遂就闍維散於林野

金輪觀禪師法嗣

南嶽金輪和尚僧問如何是金輪第一句師曰鈍漢問如何是金輪一隻箭師曰過也曰臨機一箭誰是當者師曰倒也

白兆圓禪師法嗣

鼎州大龍山智洪弘濟禪師僧問如何是佛師曰卽汝便是曰如何領會師曰更嫌鉢盂無柄那問如何是微妙師曰風送水聲來枕畔月移山影到牀前問如何是極則處師曰懊惱三春月不及九秋光問色身敗壞如何是堅固法身師曰山花開似錦澗水湛如藍

襄州白馬山行靄禪師僧問如何是清淨法身師曰井底蝦蟇吞却月問如何是白馬正眼師曰面南看北斗

安州白兆竺乾院懷楚禪師僧問如何是句句須行玄路師曰沿路直到湖南問如何是師子兒師曰德山嗣龍潭問如何是和尚爲

人一句師曰與汝素無冤讐一句元在這裏曰未審在甚麽方所師曰這鈍漢

蘄州四祖山清皎禪師福州王氏子僧問師唱誰家曲宗風嗣阿誰師曰楷師巖畔祥雲起寶壽峰前震法雷臨終遺偈曰吾年八十八滿頭垂白髮顒顒鎮雙峰明明千江月黄梅揚祖教白兆承宗訣日日告兒孫勿令有斷絶

蘄州三角山志操禪師僧問教法甚多宗歸一貫和尚爲甚麽説得許多周由者也師曰爲你周由者也曰請和尚卽古卽今師以手敲繩牀

晉州興教師普禪師僧問盈龍宮溢海藏眞詮卽不問如何是教外别傳底法師曰眼裏耳裏鼻裏曰秖此便是否師曰是甚麽僧便喝師亦喝問僧近離甚處曰下寨師曰還逢著賊麽曰今日捉下師曰放汝三十棒

蘄州三角山眞鑑禪師僧問師唱誰家曲宗風嗣阿誰師曰忽然行正令便見下堂堦

郢州太陽山行冲禪師僧問如何是無盡藏師良久僧無語師曰近前來僧纔近前師曰去

青原下八世

黄龍機禪師法嗣

洛京紫蓋善沼禪師僧問死中得活時如何師曰抱鐮刮骨熏天地炮烈棺中求託生問纔生便死時如何師曰賴得覺疾

眉州黄龍繼達禪師僧問如何是衲師曰鍼去線不回曰如何是帔師曰横鋪四世界竪蓋一乾坤曰道滿到來時如何師曰要羮與

羹要飯與飯問黃龍出世金翅鳥滿空飛時如何師曰問汝金翅鳥還得飽也無

棗樹和尚第二世住問僧發足甚處曰閩中師曰俊哉曰謝師指示師曰屈哉僧作禮師曰我與麼道落在甚麼處僧無語師曰彼自無瘡勿傷之也僧叅師乃問未到這裏時在甚處安身立命僧叉手近前師亦叉手近前相並而立僧曰某甲未到此時和尚與誰並立師指背後曰莫是伊麼僧無對師曰不獨自謾兼謾老僧僧作禮師曰正是自謾僧鉏地次見師來乃不審師曰見阿誰了便不審曰見師不問訊禮式不全師曰却是孤負老僧其僧歸舉似首座曰和尚近日可畏座曰作麼生僧舉前語座曰和尚近日可謂爲人切師聞乃打首座七棒座曰某甲恁麼道未有過在亂打作麼師曰枉喫我多少鹽醬又打七棒僧辭師乃問若到諸方有人問你老僧此間法道作麼生秪對曰待問即道師曰何處有無口底佛曰秖這也還難師豎拂子曰還見麼曰何處有無眼底佛師曰秖這也還難僧遶禪牀一匝而出師曰善能秖對僧便喝師曰老僧不識子曰用識作麼師敲禪牀三下

興元府玄都山澄禪師僧問喜得趨方丈家風事若何師曰西風開曉露明月正當天曰如何拯濟師曰金鷄樓上一下皷問如何是沙門行師曰一切不如

嘉州黑水和尚初叅黃龍便問雪覆蘆花時如何龍曰猛烈師曰不猛烈龍又曰猛烈師又曰不猛烈龍便打師於此有省即便禮拜

鄂州黃龍智顒禪師僧問如何是諸佛之本源師曰卽此一問是何源曰恁麼則諸佛無異去也師曰延平劒已成龍去猶有刻舟求底人

眉州昌福達禪師僧問學人來問師則對不問時師意如何師曰謝師兄指示問本來則不問如何是今日事師曰師兄這問大好曰學人不會時如何師曰讓得卽得問國有寶刀誰人得見師曰師兄遠來不易曰此刀作何形狀師曰要也道不要也道曰請師道師曰難逢難遇問石牛水上臥時如何師曰異中還有異妄計不浮沉曰便恁麼去時如何師曰翅天日落把土成金

呂巖眞人字洞賓京川人也唐末三舉不第偶於長安酒肆遇鍾離權授以延命術自爾人莫之究嘗遊廬山歸宗書鐘樓壁曰一日清閑自在身六神和合報平安丹田有寶休尋道對鏡無心莫問禪未幾道經黃龍山覩紫雲成蓋疑有異人乃入謁值龍擊鼓陞堂龍見意必呂公也欲誘而進厲聲曰座傍有竊法者呂毅然出問一粒粟中藏世界半升鐺內煑山川且道此意如何龍指曰這守屍鬼呂曰爭奈囊有長生不死藥龍曰饒經八萬劫終是落空亡呂薄訝飛劒脅之劒不能入遂再拜求指歸龍詰曰半升鐺內煑山川卽不問如何是一粒粟中藏世界呂於言下頓契作偈曰棄却瓢囊摵碎琴如今不戀汞中金自從一見黃龍後始覺從前錯用心龍囑令加護後謁潭州智度覺禪師有曰余遊韶郴東下湘江今見覺公觀其禪學精明性

源淳潔促膝靜坐收光内照一衲之外無餘衣一鉢之外無餘食達生死岸破煩惱縠方今佛衣寂寂兮無傳禪理懸懸兮幾絕扶而興者其在吾師乎聊作一絕奉記達者推心方濟物聖賢傳法不離眞請師開說西來意七祖如今未有人

明招謙禪師法嗣

處州報恩契從禪師開堂陞座乃曰烈士鋒前還有俊鷹俊鷂麽放一箇出來看良久曰所以道烈士鋒前少人陪雲雷擊鼓劒輪開誰是大雄師子種滿身鋒刃但出來時有僧出師曰好著精彩僧擬伸問師曰甚麽處去也僧乃問師子未出窟時如何師曰鋒鋩難擊曰出窟後如何師曰藏身無路曰欲出不出時如何師曰命似懸絲曰向去事如何師曰撥問如何是和尚家風師曰還奈何麽問十二時中如何卽是師曰金剛頂上看曰恁麽則人天有賴師曰汝又誑謼人天作麽

婺州普照瑜禪師上堂三十年後大有人向這裏亡鋒結舌去在良久曰還會麽灼然若不是眞師子兒爭識得上來之機時有僧問師子未出窟時如何師曰衆獸徒然曰出窟後如何師曰孤絕萬里曰欲出不出時如何師曰當衝者喪曰向去事如何師曰決在臨鋒僧禮拜師有頌曰決在臨鋒處天然師子機嚬呻出三界非祖莫能知

婺州雙溪保初禪師上堂未透徹不須呈十方世界廓然明孤峰頂上通機照不用看他北斗星僧問九夏靈峰劒請師不露鋒師曰未拍金鎖前何不問曰千般徒設用難出鬭

髏前師曰背後礙殺人

處州涌泉究禪師上堂良久曰還有虎狼禪客麽有則放出一箇來僧纔出師曰還知喪命處麽曰學人咨和尚師曰甚麽處去也曰師子未出窟時如何師曰抖呫地曰出窟後如何師曰蓋天蓋地曰欲出不出時如何師曰一切人辨不得曰向去事如何師曰俊鷂亦迷蹤

衢州羅漢義禪師上堂衆集僧纔出師曰不是好底僧禮拜起問龍泉寶劒請師揮師曰甚麽處去也曰恁麽則龍谿南面盡鋒鋩師曰收取問不落古今請師道師曰還怪得麽曰猶落古今師曰莫錯

羅漢琛禪師法嗣

襄州清谿山洪進禪師在地藏時居第一座一日地藏上堂二僧出禮拜藏曰俱錯二僧無語下堂請益修山主修曰汝自巍巍堂堂却禮拜擬問他人豈不是錯師聞之不肯修乃問未審上座又作麽生師曰汝自迷暗焉可爲人修憤然上方丈請益藏指廊下曰典座入庫頭去也修乃省過又一日師問修山主曰明知生是不生之理爲甚麽爲生死之所流修曰笋畢竟成竹去如今作篾使還得麽師曰汝向後自悟去在修曰某所見秖如此上座意旨又如何師指曰這箇是監院房那箇是典座房修卽禮謝住後僧問衆盲摸象各說異端忽遇明眼人又作麽生師曰汝但舉似諸方師經行次衆僧隨從乃謂衆曰古人有甚麽言句大家商量時有從漪上座出衆擬問次師曰這没毛驢漪渙然省悟

昇州清涼院休復悟空禪師北海王氏子幼出家十九納戒嘗自謂曰苟尚能詮則爲滯筏將趣凝寂復患墮空既進退莫決捨二何之乃參尋宗匠依地藏經年不契直得成病入涅槃堂一夜藏去看乃問復上座安樂麽師曰某甲爲和尚因緣背藏指燈籠曰見麽師曰見藏曰秖這箇也不背師於言下有省後修山主問訊地藏乃曰某甲百劫千生曽與和尚違背來此者又值和尚不安藏遂竪起拄杖曰秖這箇也不背師忽然契悟後繼法眼住崇壽江南國主創清涼道場延請居之上堂古聖纔生下便周行七步目顧四方云天上天下唯我獨尊他便有這箇方便奇特秖如諸上座初生下時有甚麽奇特試舉看若道無卽對面諱却若道有又作麽生通得箇消息還會麽上座幸然有奇特事因甚麽不知去珍重僧問如何是佛師曰汝是衆生曰還肯也無師曰虚施此問問如何是西來意師曰汝道此土還有麽問省要處乞師一言師曰珍重問如何是道師曰本來無一物何處有塵埃僧禮拜師曰莫錯會問如何是一塵入正受師曰色卽空曰如何是諸塵三昧起師曰空卽色問諸餘卽不問如何是悟空一句師曰兩句也問牛頭未見四祖時爲甚麽百鳥銜華師曰未見四祖曰見後爲甚麽不銜華師曰見四祖問如何是自己事師曰幾處問人來問古人得箇甚麽卽便休歇去師曰汝得箇甚麽卽不休歇去問如何是學人出身處師曰千般比不得萬般況不及曰請和尚道師曰古亦有今亦有問如何

是亡僧面前髑目菩提師曰問取髑髏後人問毒龍奮迅萬象同然時如何師曰你甚麼處得這箇問頭問忠座主講甚麼經曰法華經師曰若有說法華經處我現寶塔當爲證明大德講甚麼人證明忠無對法燈代云謝和尚證明天福八年十月朔日遣僧命法眼禪師至囑付訖又致書辭國主取三日夜子時入滅國主令本院至時擊鐘及期大衆普集師端坐警衆曰無棄光影語絕告寂時國主聞鐘登高臺遙禮深加哀慕仍致祭茶毘收舍利建塔

撫州龍濟紹修禪師初與法眼同叅地藏所得謂已臻極暨同辭至建陽途中譚次眼忽問古人道萬象之中獨露身是撥萬象不撥萬象師曰不撥眼曰說甚麼撥不撥師懵然不知却回地藏藏問子去未久何以却來師曰有事未決豈憚跋涉山川藏曰汝跋涉許多山川也還不惡師未喻旨乃問古人道萬象之中獨露身意旨如何藏曰汝道古人撥萬象不撥萬象師曰不撥藏曰兩箇也師駭然沈思而却問未審古人撥萬象不撥萬象藏曰汝喚甚麼作萬象師方省悟再辭地藏覲于法眼眼語意與地藏開示前後如一師後居龍濟山不務聚徒而學者奔至上堂具足凡夫法凡夫不知具足聖人法聖人不會聖人若會卽是凡夫凡夫若知卽是聖人此兩語一理二義若人辨得不妨於佛法中有箇入處若辨不得莫道不疑好珍重僧問見色便見心露柱是色如何是心師曰幸然未會且莫詐明頭問如何得出三界師曰是三

界則一任出曰不是三界又如何師曰甚麽處不是三界問當陽舉唱誰是委者師曰非汝不委問如何是萬法主師曰把將萬法來問承古有言須彌納芥子芥子納須彌如何是須彌師曰穿破汝心曰如何是芥子師曰塞却汝眼曰如何納得師曰把將須彌與芥子來曰前言何在師曰前有甚麽言問僧甚處來曰翠巖師曰翠巖有何言句示徒曰尋常道出門逢彌勒入門見釋迦師曰與麽道又爭得曰和尚又如何師曰出門逢阿誰入門見甚麽僧於言下有省上堂聲色不到處病在見聞言詮不及處過在唇吻僧問離却聲色請和尚道師曰聲色裏問將來問如何是學人心師曰阿誰恁麽問問劫火洞然大千俱壞未審這箇還壞也無師曰不壞曰爲

甚麽不壞師曰爲同於大千上堂卷簾除却障閑户生窒礙秖這障與礙古今無人會會得是障礙不會不自在問巨夜之中以何爲眼師曰暗問纖毫不隔爲甚麽覰之不見師曰作家弄影漢問古鏡未磨時如何師曰照破天地曰磨後如何師曰黑漆漆地問如何是普眼師曰纖毫覰不見曰爲甚麽戲不見師曰爲伊眼太大問如何是大敗壞底人師曰劫壞不曾遷曰此人還知有佛法也無師曰若知有佛法渾成顛倒曰如何得不顛倒去師曰直須知有佛法曰如何是佛法師曰大敗壞問如何是學人常在底心師曰還曾問荷玉麽曰學人不會師曰若不會夏末了問取曹山去師有頌曰風動心摇樹雲生性起塵若明今日事昧却本來人又欲識解脱

道諸法不相到眼耳絶見聞聲色鬧浩浩又初心未入道不得鬧浩浩鐘聲裏薦取鼓聲裏顛倒又諸佛不出世四十九年説祖師不西來少林有妙訣又萬法是心光諸緣唯性曉本無迷悟人秖要今日了

潞府延慶院傳殷禪師僧問見色便見心燈籠是色那箇是心師曰汝不會古人意曰如何是古人意師曰燈籠是心問若能轉物卽同如來未審轉甚麽物師曰道甚麽僧擬進語師曰這漆桶

衡嶽南臺守安禪師僧問人人盡有長安路如何得到師曰卽今在甚麽處問寂寂無依時如何師曰寂寂底聻因示頌曰南臺靜坐一鑪香終日凝然萬慮亡不是息心除妄想都緣無事可思量

杭州天龍寺清慧秀禪師上堂諸上座多少無事十二時中在何世界安身立命且子細點檢看何不覓箇歇處因甚麽却與别人點檢若恁麽去早落第二頭也時有僧問承師有言恁麽去早落第二頭學人總不恁麽上來如何辯白師曰汝却作家曰恁麽則今日得遇於師也師曰且莫詐明頭

天龍機禪師法嗣

高麗雪嶽令光禪師僧問如何是和尚家風師曰分明記取問如何是諸法之根源師曰謝指示

僊宗符禪師法嗣

福州僊宗洞明眞覺禪師僧問拏雲不假風雷便濬浪如何透得身師曰何得棄本逐末

泉州福清行欽廣法禪師上堂還有人鑑得

麼若有人鑑得是甚麼湖裏破草鞵若也鑑不出落地作金聲無事火立僧問如何是佛法大意師曰諸上座大家道取問如何是談眞逆俗師曰客作漢問甚麼曰如何是順俗違眞師曰喫茶去問如何是然燈前師曰然燈後曰如何是然燈後師曰然燈前曰如何是正然燈師曰喫茶去問如何是第二月師曰汝問我荅

國泰瑫禪師法嗣

婺州齊雲寶勝禪師僧問如何是齊雲水師曰龍潭常徹底擬問卽波瀾曰莫秖這箇便是麼師曰古殿無香煙誰人辯清濁曰未審深深處如何師曰闍黎欲識深深處直須脚下絕雲生

白龍希禪師法嗣

福州廣平玄旨禪師上堂還有人證明麼若有人證明亦免孤負上祖埋沒後來若是尋言數句大藏分明若是祖宗門中怪及甚麼處恁麼道亦是傍瞥之辭僧問如何是廣平境師曰地負名山秀谿連海水清曰如何是境中人師曰汝問我荅問如何是法身體師曰廓落虛空絕玷瑕曰如何是體中物師曰一輪明月散秋江曰未審體與物分不分師曰適來道甚麼曰恁麼則不分也師曰穿耳胡僧笑點頭

福州昇山白龍清慕禪師僧問如何是白龍客用一機師曰汝每日用甚麼曰恁麼則徒勞側聆師喝曰出去問一切衆生日用而不知如何是日用底師曰別秖對你爭得問不責上來聲前一句請師道師曰莫是不辨麼

福州靈峰志恩禪師僧問如何是吹毛劒師曰我進前汝退後曰恁麽則學人喪身命去也師曰不打水魚自驚問如何是佛師曰更是阿誰曰既然如此爲甚麽迷妄有差殊師曰但自不亡羊何須泣岐路問如何是靈峰境師曰萬疊青山如飣出兩條緑水若圖成曰如何是境中人師曰明明客客客客明明

福州東禪玄亮禪師僧問本無迷悟爲甚麽却有佛有衆生師曰話墮也問祖祖相傳傳法印師今繼嗣嗣何人師曰特謝證明曰恁麽則白龍當時親授記今日應聖度迷津師曰汝莫錯認定盤星

漳州報劬院玄應定慧禪師泉州晉江吳氏子漳州刺史陳文顥創院請師開法僧問如何是第一義師曰如何是第一義曰學人請益師何以倒問學人師曰汝適來請益甚麽曰第一義師曰汝謂之倒問邪問如何是古佛道場師曰今夏堂中千五百僧開寶八年將順世先七日書辭陳公仍示偈曰今年六十六世壽有延促無生火熾然有爲薪不續出谷與歸源一時俱備足及期誡門人曰吾滅後不得以喪服哭泣言訖而寂

招慶匡禪師法嗣

泉州報恩院宗顯明慧禪師僧問昔日靈山一會迦葉親聞未審今日誰是聞者師曰却憶七葉巖中尊問昔日覺城東際象王回旋五衆咸臻今日太守臨筵如何提接師曰貶上眉毛著曰恁麽則一機顯處萬緣喪盡師曰何必繁辭問如何是西來意師曰日裏看鵰毛問學人都致一問請師道師曰不是劊

住這箇師僧也難容問離四句絶百非請師道師曰青紅花滿庭問不渉思量處從上宗乘請師直道師良久僧曰恁麽則聽響之流徒勞側耳師曰早是粘泥問如何是人王師曰奉對不敢造次曰如何是法王師曰莫孤負好曰未審人王與法王對談何事師曰非汝所聆

金陵龍光院澄忋禪師廣州人也新到𥘉師問甚處來曰江南來師曰汝還禮拜渡江船子麽曰和尚爲甚麽教某禮拜渡江船子師曰是汝善知識

永興北院可休禪師僧問如何是西來意師曰徧滿天下曰莫便是也無師曰是卽牢收取問大作業底人來師還接否師曰不接曰爲甚麽不接師曰幸是好人家男女

郴州太平院清海禪師僧問古人道不從請益得祖師爲甚麽道誰得作佛師曰悟了方知問從上宗乘次第指授未審今日如何舉唱師曰透出白雲深洞裏名華異草嶺頭生

連州慈雲慧深普廣禪師僧問匿王請佛旣奉法於當時我后延師蓋興宗於此日幸施方便無悋舉揚師曰不煩再問問如何是大圓鏡師曰著問如何是向上事師曰分明聽取

郢州興陽山道欽禪師僧問如何是興陽境師曰松竹乍栽山影緑水流穿過院庭中問如何是佛師曰更是甚麽

報恩資禪師法嗣

處州福林澄禪師僧問如何是伽藍師曰没憣幀曰如何是伽藍中人師曰瞻禮有分問

下堂一句請師不吝師曰閑吟唯憶龐居士天上人間不可陪

翠峰欣禪師法嗣

處州報恩守眞禪師僧問如何是佛法大意師曰閃爍烏飛急奔騰兎走頻

鷲嶺遠禪師法嗣

襄州鷲嶺通禪師僧問世尊得道地神報虛空神和尚得道未審甚麽人報師曰謝汝報來

龍華球禪師法嗣

杭州仁王院俊禪師僧問古人道向上一路千聖不傳如何是不傳底事師曰向上問將來曰恁麽則上來不當去也師曰既知如是踏步上來作甚麽

酒仙遇賢禪師姑蘇長洲林氏子母夢吞大珠而孕生多異祥貌偉怪口容雙拳七歲嘗沈大淵而衣不潤遂去家師嘉禾永安可依三十剃染圓具往參龍華發明心印回居明覺院唯事飲酒醉則成歌頌警道俗因號酒仙偈曰綠水紅桃華前街後巷走百餘遭張三也識我李四也識我識我不識我兩箇拳頭那箇大兩箇之中一箇大曾把虛空一戳破摩挲令教却恁麽拈取須彌枕頭臥楊子江頭浪最深行人到此盡沈吟他時若到無波處還自有波時用心金罕又聞泛玉山還報賴莫教更漏促趂取月明回貴買硃砂畫月算來枉用工夫醉臥綠楊陰下起來強說眞如泥人再三叮囑莫教失却衣珠一六二六其事已足一九二九我要喫酒長伸兩脚眠一寤起來天地還依舊門前綠樹無啼鳥

庭下蓍苔有落花聊與東風論箇事十分春色屬誰家秋至山寒水冷春來柳緑花紅一點動隨萬變江村煙雨濛濛有不有空不空笊籬撈取西北風生在閻浮世界人情幾多愛惡秖要喫些酒子所以倒街卧路死後却產娑婆不願超生淨土何以故西方淨土且無酒酤師於祥符二年上元夌晨浴罷就室合掌右舉左張其口而化

延壽輪禪師法嗣

廬山歸宗道詮禪師吉州劉氏子僧問承聞和尚親見延壽來是否師曰山前麥熟也未問九峰山中還有佛法也無師曰有曰如何是九峰山中佛法師曰石頭大底大小底小尋屬江南國絶僧徒例試經業師之衆並習禪觀乃述一偈聞於州牧曰比擬忘言合太虛免敎和氣有親疎誰知道德全無用今日爲僧貴識書州牧閲之與僚佐議曰旃檀林中必無雜樹唯師一院特奏免試南康知軍張南金具疏集道俗迎請坐歸宗道場僧問如何是歸宗境師曰千邪不如一直問如何是佛師曰待得雪消後自然春到來問深山巖谷中還有佛法也無師曰無曰佛法徧在一切處爲甚麼却無師曰無人到問古人道不是風動不是旛動時如何師曰來日路口有市問如何是學人自己師曰牀窄先卧粥稀後坐雍熙二年順寂塔于牛首菴

潭州龍興裕禪師僧問如何是學人自己師曰張三李四曰比來問自己爲甚麼却道張三李四師曰汝且莫草草問諸餘卽不問如何是和尚家風師曰家風卽且置阿那箇是

汝不問底諸餘

保福儔禪師法嗣

漳州隆壽無逸禪師開堂陞座良久曰諸上座若是上根之士早已掩耳中下之流競頭側聽雖然如此猶是不得已而言諸上座他時後日到處有人問著今日事且作麽生舉似他若也舉得舌頭鼓論若也舉不得如無三寸且作麽生舉

大龍洪禪師法嗣

鼎州大龍山景如禪師僧問如何是佛法大意師便喝僧曰尊意如何師曰會麽曰不會師又喝問太陽一顯人皆羨鼓聲絶罷意如何師曰季秋凝後好晴天

鼎州大龍山楚勔禪師上堂良久曰大衆秖恁麽各自散去已是重宣此義了也久立又奚爲然久立有久立底道理知了經一小劫如一食頃不知便見茫然還知麽有知者出來大家相共商量僧出提坐具曰展卽徧周沙界縮卽絲髮不存展卽是不展卽是師曰你從甚麽處得來曰恁麽則展去也師曰沒交涉問如何是大龍境師曰諸方舉似人曰如何是境中人師曰你爲甚麽謾我問亡僧遷化向甚麽處去師曰阿彌陀佛問善法堂中師子吼未審法嗣嗣何人師曰猶自恁麽問

興元府普通院從善禪師僧問法輪再轉時如何師曰助上座喜曰合譚何事師曰異人掩耳曰便恁麽領會時如何師曰錯問佩劒叩松關時如何師曰莫亂作曰誰不知有師曰出

白馬靄禪師法嗣

襄州白馬智倫禪師僧問如何是佛師曰眞金也須失色問如何是和尚出身處師曰牛觝墻曰學人不會意旨如何師曰已成八字

白兆楚禪師法嗣

唐州保壽匡祐禪師僧問如何是佛法大意師曰近前來僧近前師曰會麽曰不會師曰石火電光已經塵劫問如何是爲人底一句師曰開口入耳曰如何理會師曰逢人告人

青原下九世

黃龍達禪師法嗣

眉州黃龍禪師僧問如何是密室師曰斫不開曰如何是密室中人師曰非男女相問國内按劒者是誰師曰昌福曰忽遇尊貴時如何師曰不遺

清谿進禪師法嗣

相州天平山從漪禪師僧問如何得出三界師曰將三界來與汝出問如何是和尚家風師曰顯露地問如何是佛師曰不指天地曰爲甚麽不指天地師曰唯我獨尊問如何是天平師曰八凹九凸問洞深杳杳清谿水飲者如何不升墜師曰更夢見甚麽問大衆雲集合譚何事師曰香煙起處森羅見

廬山圓通緣德禪師臨安黃氏子事本邑東山勤老宿剃染徧遊諸方江南國主於廬山建院請師開法上堂諸上座明取道眼好是行脚本分事道眼若未明有甚麽用處秖是移盤喫飯漢道眼若明有何障礙若未明得强說多端也無用處無事切須尋究僧問如何是四不遷師曰地水火風問如何是古佛

心師曰水鳥樹林曰學人不會師曰會取學人問久負没絃琴請師彈一曲師曰負來多少時也曰未審作何音調師曰話墮也珍重問如何是佛法大意師曰過去燈明佛本光瑞如是本朝遣帥問罪江南後主納土矣而胡則者據守九江不降大將軍曹翰部曲渡江入寺禪者驚走師淡坐如平日翰至不起不揖翰怒訶曰長老不聞殺人不貶眼將軍乎師熟視曰汝安知有不懼生死和尚邪翰大奇增敬而已曰禪者何爲而散師曰擊鼓自集翰遣裨校擊之禪無至者翰曰不至何也師曰公有殺心故爾師自起擊之禪者乃集翰再拜問決勝之策師曰非禪者所知也太平興國二年十月七日陞堂曰脫離世緣乃在今日屬令門人壘青石爲塔乃曰他日塔作紅色吾再至也言訖而逝諡道濟禪師

清涼復禪師法嗣

昇州奉先寺慧同淨照禪師魏府張氏子僧問教中道唯一堅密身一切塵中見又道佛身充滿於法界普見一切羣生前於此二途請師說師曰唯一堅密身一切塵中見問如何是古佛心師曰汝擬阿那箇不是問如何是常在底人師曰更問阿誰

龍濟修禪師法嗣

河東廣原禪師僧問如何是佛法大意師曰聽取一偈刹刹現形儀塵塵具覺知性源常鼓浪不悟未曾移

南臺安禪師法嗣

襄州鷲嶺善美禪師僧問如何是鷲嶺境師曰峴山對碧玉江水往南流曰如何是鏡中

人師曰有甚麼事問百川異流還歸大海未審大海有幾滴師曰汝還到海也未曰到海後如何師曰明日來向汝道

歸宗詮禪師法嗣

瑞州九峰義詮禪師僧問如何是祖師西來意師曰有力者負之而趨

隆壽逸禪師法嗣

隆壽法騫禪師泉州施氏子漳州刺史陳洪銛請開法上堂今日隆壽出世三世諸佛森羅萬象同時出世同時轉法輪諸人還見麼僧問如何是隆壽境師曰無汝插足處曰如何是境中人師曰未識境在有僧來參次日請問心要師曰昨日相逢序起居今朝相見事還如如何却覔呈心要心要如何特地踈

五燈會元卷第二十二

音釋

郴丑森切音琛漢桂陽縣名　鴟常支切音匙鴞別名　怇與恐同　恡與悋同　幀猪孟切音悵張畫繪也一作幢　戳直角切音濁築也　斝擧下切音賈爵也　觝與禮切音邸觸也

五燈會元卷第二十三

宋 沙 門 大 川 濟 纂

潙仰宗

南嶽下三世

百丈海禪師法嗣

潭州潙山靈祐禪師福州長谿趙氏子年十五出家依本郡建善寺法常律師剃髮於杭州龍興寺究大小乘教二十三遊江西參百丈丈一見許之入室遂居參學之首侍立次丈問誰師曰某甲丈曰汝撥爐中有火否師撥之曰無火丈躬起深撥得少火舉以示之曰汝道無這箇聻師由是發悟禮謝陳其所解丈曰此乃暫時岐路耳經云欲識佛性義當觀時節因緣時節既至如迷忽悟如忘忽憶方省已物不從他得故祖師云悟了同未悟無心亦無法秖是無虛妄凡聖等心本來心法元自備足汝今既爾善自護持次日同百丈入山作務丈曰將得火來麽師曰將得來丈曰在甚處師乃拈一枝柴吹兩吹度與百丈丈曰如蟲禦木司馬頭陀自湖南來謂丈曰頃在湖南尋得一山名大潙是一千五百人善知識所居之處丈曰老僧住得否陀曰非和尚所居丈曰何也陀曰和尚是骨人彼是肉山設居徒不盈千丈曰吾衆中莫有人住得否陀曰待歷觀之時華林覺爲第一座丈令侍者請至問曰此人如何陀請謦欬一聲行數步陀曰不可丈又令喚師師時爲典座陀一見乃曰此正是潙山主人也丈是夜召師入室囑曰吾化緣在此潙山勝境汝當居之嗣續吾宗廣度後學而華林聞之曰

某甲忝居上首典座何得住持丈曰若能對衆下得一語出格當與住持卽指淨瓶問曰不得喚作淨瓶汝喚作什麼林曰不可喚作木校也丈乃問師師踢倒淨瓶便出去丈笑曰第一座輸却山子也師遂往焉是山峭絕夐無人烟猿猱爲伍橡栗充食經于五七載絕無來者師自念言我本住持爲利益於人旣絕往還自善何濟卽捨庵而欲他往行至山口見蛇虎狼豹交橫在路師曰汝等諸獸不用攔吾行路吾若於此山有緣汝等各自散去吾若無緣汝等不用動吾從路過一任汝喫言訖蟲虎四散而去師乃回庵未及一載安上座（卽懶安也）同數僧從百丈來輔佐於師安曰某與和尚作典座待僧及五百人不論時節卽不造粥便放某甲下自後山下居民

稍稍知之率衆共營梵宇連帥李景讓奏號同慶寺相國裴公休嘗咨玄奥繇是天下禪學輻輳焉上堂夫道人之心質直無僞無背無面無詐妄心一切時中視聽尋常更無委曲亦不閉眼塞耳但情不附物卽得從上諸聖秖說濁邊過患若無如許多惡覺情見想習之事譬如秋水澄渟淸淨無爲澹泞無礙喚他作道人亦名無事人時有僧問頓悟之人更有修否師曰若眞悟得本他自知時修與不修是兩頭語如今初心雖從緣得一念頓悟自理猶有無始曠劫習氣未能頓淨須敎渠淨除現業流識卽是修也不可别有法敎渠修行趣向從聞入理聞理深妙心自圓明不居惑地縱有百千妙義抑揚當時此乃得坐披衣自解作活計始得以要言之則實

際理地不受一塵萬行門中不捨一法若也單刀直入則凡聖情盡體露真常理事不二卽如如佛仰山問如何是祖師西來意師指燈籠曰大好燈籠仰曰莫秖這便是麽師曰這箇是甚麽仰曰大好燈籠師曰果然不見

一日師謂衆曰如許多人秖得大機不得大用仰山舉此語問山下庵主曰和尚恁麽道意旨如何主曰更舉看仰擬再舉被庵主踏倒仰歸舉似師師呵呵大笑師在法堂坐庫頭擊木魚火頭擲却火杴拊掌大笑師曰衆中也有恁麽人遂喚來問你作麽生火頭曰某甲不喫粥肚飢所以歡喜師乃點頭後鏡清怤云將知溈山衆裏無人卧龍球云將知溈山衆裏有人師摘茶次謂仰山曰終日摘茶秖聞子聲不見子形仰撼茶樹師曰子秖得其用不得其體仰曰未審和尚如何師良久仰曰和尚秖得其體不得其用師曰放子三十棒仰曰和尚棒某甲喫某甲棒教誰喫師曰放子三十棒玄覺云且道過在甚麽處

上堂僧出曰請和尚爲衆說法師曰我爲汝得徹困也僧禮拜後人舉似雪峰峰曰古人得恁麽老婆心切玄沙云山頭和尚蹉過古人事也雪峰問之乃問沙曰甚麽處是老僧蹉過古人事處沙曰大小溈山被那僧一問直得百雜碎峰乃駭然師坐次仰山入來師曰寂子速道莫入陰界仰曰慧寂信亦不立師曰子信了不立不信不立仰曰秖是慧寂更信阿誰師曰若恁麽卽是定性聲聞仰曰慧寂佛亦不立師問仰山涅槃經四十卷多少是佛說多少是魔說仰曰總是魔說師曰已後無人奈子何仰曰慧寂卽一期之事行履在甚麽處師曰秖貴子眼正不說子行履仰山蹋衣次提起問師曰正恁麽時和尚作麽

生師曰正恁麼時我這裏無作麼生仰曰和尚有身而無用師良久却拈起問曰汝正恁麼時作麼生仰曰正恁麼時和尚還見伊否師曰汝有用而無身師後忽問仰山汝春間有話未圓今試道看仰曰正恁麼時切忌勃訴師曰停囚長智師一日喚院主主便來師曰我喚院主汝來作甚麼主無對（曹山代云也知和尚不喚某甲）又令侍者喚第一座座便至師曰我喚第一座汝來作甚麼座亦無對（曹山代云若令侍者喚恐不來法眼云適來侍者喚）師問雲巖聞汝久在藥山是否巖曰是師曰如何是藥山大人相巖曰涅槃後有師曰如何是涅槃後有巖曰水灑不著巖却問師百丈大人相如何師曰巍巍堂堂煒煒煌煌聲前非聲色後非色蚊子上鐵牛無汝下觜處師過淨瓶與仰山山擬接師却縮手曰是甚麼仰曰和尚還見箇甚麼師曰若恁麼何用更就吾覓仰山雖然如此仁義道中與和尚提瓶挈水亦是本分事師乃過淨瓶與仰山師與仰山行次指栢樹子問曰前面是甚麼仰曰栢樹子師却問耘田翁翁亦曰栢樹子師曰這耘田翁向後亦有五百衆師問仰山何處來仰曰田中來師曰禾好刈也未仰作刈禾勢師曰汝適來作青見作黃見作不青不黃見仰曰和尚背後是甚麼師曰子還見麼仰拈禾穗曰和尚何曾問這箇師曰此是鵝王擇乳師問仰山天寒人寒仰曰大家在這裏師曰何不直說仰曰適來也不曲和尚如何師曰直須隨流上堂仲冬嚴寒年年事晷運推移事若何仰山進前叉手而立師曰我情知汝答這話不得香嚴曰

某甲偏答得這話師躡前問嚴亦進前叉手而立師曰賴遇寂子不會師一日見劉鐵磨來師曰老牸牛汝來也磨曰來日臺山大會齋和尚還去麼師乃放身作卧勢磨便出去有僧來禮拜師作起勢僧曰請和尚不用起師曰老僧未曾坐僧曰某甲未曾禮師曰何故無禮僧無對（同安代云和尚不怪）僧問如何是道師曰無心是道曰某甲不會師曰會取不會底好曰如何是不會底師曰秖汝是不是別人復曰今時人但直下體取不會底正是汝心正是汝佛若向外得一知一解將爲禪道且没交涉名運糞入不名運糞出汙汝心田所以道不是道問如何是百丈真師下禪牀叉手立曰如何是和尚真師却坐師坐次仰山從方丈前過師曰若是百丈先師見子須喫痛棒始得仰曰卽今事作麼生師曰合取兩片皮仰曰此恩難報師曰非子不才廼老僧年邁仰曰今日親見百丈師翁來師曰子向甚麼處見仰曰不道見秖是無別師曰始終作家師問仰山卽今事且置古來事作麼生仰叉手近前師曰猶是卽今事古來事作麼生仰退後立師曰汝屈我我屈汝仰便禮拜仰山香嚴侍立次師舉手曰如今恁麼者少不恁麼者多嚴從東過西立仰從西過東立師曰這箇因緣三十年後如金擲地相似仰曰亦須是和尚提唱始得嚴曰卽今亦不少師曰合取口師坐次仰山入來師以兩手相交示之仰作女人拜師曰如是如是師方丈内坐次仰山入來師曰寂子近日宗門令嗣作麼生仰曰大有人疑著此事師曰寂子作

麼生仰曰慧寂秖管困來合眼健卽坐禪所以未曾說著在師曰到這田地也難得仰曰據慧寂所見秖如此一句也著不得師曰汝爲一人也不得仰曰自古聖人盡皆如此師曰大有人笑汝恁麼祗對仰曰解笑者是慧寂同參師曰出頭事作麼生仰繞禪牀一匝師曰裂破古今仰山香嚴侍立次師曰過去現在未來佛佛道同人人得箇解脫路仰曰如何是人人解脫路師回顧香嚴曰寂子借問何不答伊嚴曰若道過去未來現在某甲却有箇祗對處師曰子作麼生祗對嚴珍重便出師却問仰山曰智閑恁麼祗對還契寂子也無仰曰不契師曰子又作麼生仰亦珍重出去師呵呵大笑曰如水乳合一日師翹起一足謂仰山曰我每日得他負載感伊不徹仰曰當時給孤園中與此無別師曰更須道始得仰曰寒時與他襪著也不爲分外師曰不負當初子今已徹仰曰恁麼更要答話在師曰道看仰曰誠如是言師曰如是如是師問仰山生住異滅汝作麼生會仰曰一念起時不見有生住異滅師曰子何得遣法仰曰和尚適來問甚麼師曰生住異滅仰曰却喚作遣法師問仰山妙淨明心汝作麼生會仰曰山河大地日月星辰師曰汝秖得其事仰曰和尚適來問甚麼師曰妙淨明心仰曰喚作事得麼師曰如是如是石霜會下有二禪客到云此間無一人會禪後普請搬柴仰山見二禪客歇將一橛柴問曰還道得麼俱無對仰曰莫道無人會禪好仰歸舉似師曰今日二禪客被慧寂勘破師曰甚麼處被子

勘破仰舉前話師曰寂子又被吾勘破雲居錫云甚處是潙山勘破仰山處師睡次仰山問訊師便回面向壁仰曰和尚何得如此師起曰我適來得一夢你試爲我原看仰取一盆水與師洗面少頃香嚴亦來問訊師曰我適來得一夢寂子爲我原了汝更與我原看嚴乃點一椀茶來師曰二子見解過於鶖子師因泥壁次李軍容來具公裳直至師背後端笏而立師回首見便側泥盤作接泥勢李便轉笏作進泥勢師便拋下泥盤同歸方丈僧問不作潙山一頂笠無由得到莫傜村如何是潙山一頂笠師喚曰近前來僧近前師與一踏上堂老僧百年後向山下作一頭水牯牛左脇下書五字曰潙山僧某甲當恁麼時喚作潙山僧又是水牯牛喚作水牯牛又是潙山僧畢竟喚作甚麼卽得仰山出禮拜而退雲居膺代曰師無異號資福寶曰當時但作此○相拓呈之新羅和尚作此㊉相拓呈之又曰同道者方知芭蕉徹作此(初)(奪)(效)相拓呈之又曰說也說了也注也注了也悟取好乃述偈曰不是潙山不是牛一身兩號實難酬離却兩頭應須道如何道得出常流師敷揚宗教凡四十餘年達者不可勝數大中七年正月九日盥漱敷坐怡然而寂壽八十三臘六十四塔於本山謚大圓禪師塔曰清淨

南嶽下四世

潙山祐禪師法嗣

袁州仰山慧寂通智禪師韶州懷化葉氏子年九歲於廣州和安寺投通禪師出家卽不語通十四歲父母取歸欲與婚媾師不從遂斷手

二指跪致父母前誓求正法以答劬勞父母乃許再詣通處而得披剃未登具卽遊方初謁耽源已悟玄旨後參溈山遂升堂奧耽源謂師曰國師當時傳得六代祖師圓相共九十七箇授與老僧乃曰吾滅後三十年南方有一沙彌到來大興此教次第傳受無令斷絕我今付汝汝當奉持遂將其本過與師師接得一覽便將火燒却耽源一日問前來諸相甚宜秘惜師曰當時看了便燒却也源曰吾此法門無人能會唯先師及諸祖師諸大聖人方可委悉子何得焚之師曰慧寂一覽已知其意但用得不可執本也源曰然雖如此於子卽得後人信之不及師曰和尚若要重錄不難卽重集一本呈上更無遺失源曰然耽源上堂師出衆作此○相以手拓呈了

却叉手立源以兩手相交作拳示之師進前三步作女人拜源點頭師便禮拜師浣衲次耽源曰正恁麼時作麼生師曰正恁麼時向甚麼處見後參溈山溈問汝是有主沙彌無主沙彌師曰有主曰主在甚麼處師從西過東立溈異之師問如何是眞佛住處溈曰以思無思之妙返思靈燄之無窮思盡還源性相常住事理不二眞佛如如師於言下頓悟自此執侍前後盤桓十五載後參巖頭頭舉起拂子師展坐具巖拈拂子置背後師將坐具搭肩上而出巖曰我不肯汝放秖肯汝收掃地次溈問塵非掃得空不自生如何是塵非掃得師掃地一下溈曰如何是空不自生師指自身又指溈溈曰塵非掃得空不自生離此二途又作麼生師又掃地一下又指自

身并指潙潙一日指田問師這丘田那頭高這頭低師曰却是這頭高那頭低潙曰你若不信向中間立看兩頭師曰不必立中間亦莫住兩頭潙曰若如是著水看水能平物師曰水亦無定但高處高平低處低平潙便休有施主送絹與潙山師問和尚受施主如是供養將何報答潙敲禪牀示之師曰和尚何得將衆人物作自已用師在潙山爲直歲作務歸潙問甚麼處去來師曰田中來潙曰田中多少人師插鍬叉手潙曰今日南山大有人刈茅師拔鍬便行（玄沙云我若見卽踏倒鍬子僧問鏡清仰山插鍬意旨如何清云狗銜赦書諸侯避道云秖如玄沙踏倒意旨如何清云不柰船何打破戽斗云南山刈茅意旨如何清云李靖三兄久經行陣雲居錫云且道鏡清下此一判著不著）師在潙山牧牛時踢天泰上座問曰一毛頭師子現卽不問百億毛頭百億師子現又作麼生師便騎牛歸侍立潙山次舉前話方了却見泰來師曰便是這箇上座潙遂問百億毛頭百億師子現豈不是上座道泰曰是師曰正當現時毛前現毛後現泰曰現時不說前後潙山大笑師曰師子腰折也便下去一日第一座舉起拂子曰若人作得道理卽與之師曰某甲作得道理還得否座曰但作得道理便得師乃掣將拂子去（雲居錫云甚麼處是仰山道理）一日雨下天性上座謂師曰好雨師曰好在甚麼處性無語師曰某甲却道得性曰好在甚麼處師指雨性又無語師曰何得大智而默師隨潙山遊山到磐陀石上坐師侍立次忽鵶銜一紅柿落在面前潙拾與師師接得洗了度與潙潙曰子甚處得來師曰此是和尚道德所感潙曰汝也不得無分卽分半

與師（玄沙云大小溈山被仰山一坐至今起不得）溈山問師忽有人問汝汝作麼生祇對師曰東寺師叔若在某甲不致寂寞溈曰放汝一箇不祇對罪師曰生之與殺秪在一言溈曰不負汝見別有人不肯師曰阿誰溈指露柱曰這箇師曰道甚麼溈曰道甚麼師曰白鼠推遷銀臺不變師問溈山大用現前請師辨白溈山下座歸方丈師隨後入溈問子適來問甚麼話師再舉溈曰還記得吾答語否師曰記得溈曰你試舉看師便珍重出去溈曰錯師回首曰閑師弟若來莫道某甲無語好師問東寺曰借一路過那邊還得否寺曰大凡沙門不可秪一路也別更有麼師良久寺却問借一路過那邊得否師曰大凡沙門不可秪一路也別更有麼寺曰秪有此師曰大唐天子決定姓金師在溈山前坡牧牛次見一僧上山不久便下來師乃問上座何不且留山中僧曰秖爲因緣不契師曰有何因緣試舉看曰和尚問某名甚麼某答歸真和尚曰歸真何在某甲無對師曰上座却回向和尚道某甲道得也和尚問作麼生道但曰眼裏耳裏鼻裏僧回一如所教溈曰脫空謾語漢此是五百人善知識語師卧次夢入彌勒内院衆堂中諸位皆足惟第二位空師遂就座有一尊者白槌曰今當第二座説法師起白槌曰摩訶衍法離四句絶百非諦聽諦聽衆皆散去及覺舉似溈溈曰子已入聖位師便禮拜師侍溈行次忽見前面塵起溈曰面前是甚麼師近前看了却作此𠁼相溈點頭溈山示衆曰一切衆生皆無佛性鹽官示衆曰一切衆生皆

有佛性鹽官有二僧往探問既到溈山聞溈山舉揚莫測其涯若生輕慢因一日與師言話次乃勸曰師兄須是勤學佛法不得容易師乃作此○相以手拓呈了却拋向背後遂展兩手就二僧索二僧罔措師曰吾兄直須勤學佛法不得容易便起去時二僧却回鹽官行三十里一僧忽然有省乃曰當知溈山道一切衆生皆無佛性信之不錯便回溈山一僧更前行數里因過水忽然有省自歎曰溈山道一切衆生皆無佛性灼然有他恁麼道亦回溈山久依法席溈山同師牧牛次溈曰此中還有菩薩也無師曰有溈曰汝見那箇是試指出看師曰和尚疑那箇不是試指出看溈便休師送果子上溈山溈接得問子甚麽處得來師曰家園底溈曰堪喫也未師曰未敢嘗先獻和尚溈曰是阿誰底師曰慧寂底溈曰既是子底因甚麽教我先嘗師曰和尚嘗千嘗萬溈便喫曰猶帶酸澀在師曰酸澀莫非自知溈不答赤干行者聞鐘聲乃問有耳打鐘無耳打鐘師曰汝但問莫愁我答不得干曰早箇問了也師喝曰去師夏末問訊溈山次溈曰子一夏不見上來在下面作何所務師曰某甲在下面鉏得一片畬下得一籮種溈曰子今夏不虛過師却問未審和尚一夏之中作何所務溈曰日中一食夜後一寢師曰和尚今夏亦不虛過道了乃吐舌溈曰寂子何得自傷已命溈山一日見師來卽以兩手相交過各撥三下却豎一指師亦以兩手相交過各撥三下却向胸前仰一手覆一手以目瞻視溈山休去溈山餧鵶生

飯回頭見師曰今日爲伊上堂一上師曰某甲隨例得聞溈曰聞底事作麼生師曰鵶作鵶鳴鵲作鵲噪溈曰爭柰聲色何師曰和尚適來道甚麼溈曰我秖道爲伊上堂一上師曰爲甚麼喚作聲色溈曰雖然如此驗過也無妨師曰大事因緣又作麼生驗溈豎起拳師曰終是指東畫西溈曰子適來問甚麼師曰問和尚大事因緣溈曰爲甚麼喚作指東畫西師曰爲著聲色故某甲所以問過溈曰竝未曉了此事師曰如何得曉了此事溈曰寂子聲色老僧東西師曰一月千江體不分水溈曰應須與麼始得師曰如金與金終無異色豈有異名溈曰作麼生是無異名底道理師曰瓶盤釵釧劵盂盆溈曰寂子說禪如師子吼驚散狐狼野干之屬師後開法王莽山問僧近離甚處曰廬山師曰曾到五老峰麼曰不曾到師曰闍黎不曾遊山（雲門云此語皆爲慈悲之故有落草之談）上堂汝等諸人各自回光返照莫記吾言汝無始劫來背明投暗妄想根深卒難頓拔所以假設方便奪汝麤識如將黃葉止啼有甚麼是處亦如人將百種貨物與金寶作一鋪貨賣秖擬輕重來機所以道石頭是真金鋪我這裏是雜貨鋪有人來覓鼠糞我亦拈與他來覓真金我亦拈與他時有僧問鼠糞卽不要請和尚真金師曰齧鏃擬開口驢年亦不會僧無對師曰索喚則有交易不索喚則無我若說禪宗身邊要一人相伴亦無豈況有五百七百衆耶我若東說西說則爭頭向前采拾如將空拳誑小兒都無實處我今分明向汝說聖邊事且莫將心湊泊

但向自己性海如實而修不要三明六通何以故此是聖末邊事如今且要識心達本但得其本不愁其末他時後日自具去在若未得本縱饒將情學他亦不得汝豈不見溈山和尚云凡聖情盡體露眞常事理不二卽如如佛問如何是祖師意師以手於空作此㊕相示之僧無語師謂第一座曰不思善不思惡正恁麼時作麼生座曰正恁麼時是某甲放身命處師曰何不問老僧座曰正恁麼時不見有和尚師曰扶我教不起師因歸溈山省覲溈問子旣稱善知識爭辦得諸方來者知有不知有有師承無師承是義學是玄學子試說看師曰慧寂有驗處但見僧來便豎起拂子問伊諸方還說這箇不說又曰這箇且置諸方老宿意作麼生溈歎曰此是從上宗門中牙爪溈問大地衆生業識茫茫無本可據子作麼生知他有之與無師曰慧寂有驗處時有一僧從面前過師召曰闍黎僧回首師曰和尚這箇便是業識茫茫無本可據溈曰此是師子一滴乳迸散六斛驢乳師問僧甚處來曰幽州師曰我恰要箇幽州信米作麼價曰某甲來時無端從市中過踏折他橋梁師便休師見僧來豎起拂子僧便喝師曰喝卽不無且道老僧過在甚麼處曰和尚不合將境示人師便打有梵師從空而至師曰近離甚處曰西天師曰幾時離彼曰今早師曰何太遲生曰遊山翫水師曰神通遊戲則不無闍黎佛法須還老僧始得曰特來東土禮文殊却遇小釋迦遂出梵書貝多葉與師作禮乘空而去自此號小釋迦師住東平

時潙山令僧送書并鏡與師師上堂提起示衆曰且道是潙山鏡東平鏡若道是東平鏡又是潙山送來若道是潙山鏡又在東平手裏道得則留取道不得則撲破去也衆無語師遂撲破便下座僧參次便問和尚還識字否師曰隨分僧以手畫此○相拓呈師以衣袖拂之僧又作此○相拓呈師以兩手作背拋勢僧以目視之師低頭僧遶師一匝師便打僧遂出去師坐次有僧來作禮師不顧其僧乃問師識字否師曰隨分僧乃右旋一匝曰是甚麼字師於地上書十字酬之僧又左旋一匝曰是甚字師改十字作卍字僧畫此○相以兩手拓如修羅掌日月勢曰是甚麼字師乃畫此(卍)相對之僧乃作婁至德勢師曰如是如是此是諸佛之所護念汝亦如是吾亦如是善自護持其僧禮謝騰空而去時有一道者見經五日後遂問師師曰汝還見否道者曰某甲見出門騰空而去師曰此是西天羅漢故來探吾道道者曰某雖覩種種三昧不辨其理師曰吾以義爲汝解釋此是八種三昧是覺海變爲義海體則同然此義合有因有果卽時異時總別不離隱身三昧也師問僧近離甚處曰南方師舉拄杖曰彼中老宿還說這箇麼曰不說師曰既不說這箇還說那箇否曰不說師召大德僧應諾師曰參堂去僧便出師復召曰大德僧回首師曰近前來僧近前師以拄杖頭上點一下曰去劉侍御問了心之旨可得聞乎師曰若要了心無心可了無了之心是名真了師一日在法堂上坐見一僧從外來便問訊了向東

邊义手立以目視師師乃垂下左足僧却過西邊义手立師垂下右足僧向中間义手立師收雙足僧禮拜師曰老僧自住此未曾打著一人拈拄杖便打僧便騰空而去陸希聲相公欲謁師先作此○相封呈師開封於相下面書云不思而知落第二頭思而知之落第三首遂封回（韋宙相公機語相似茲不重出）公見卽入山師乃門迎公纔入門便問三門俱開從何門入師曰從信門入公至法堂又問不出魔界便入佛界時如何師以拂子倒點三下公便設禮又問和尚還持戒否師曰不持戒曰還坐禪否師曰不坐禪公良久師曰會麼曰不會師曰聽老僧一頌滔滔不持戒兀兀不坐禪釅茶三兩椀意在钁頭邊師却問承聞相公看經得悟是否曰弟子因看涅盤經有云不斷煩惱而入涅盤得箇安樂處師竪起拂子曰秖如這箇作麼生入曰入之一字也不消得師曰入之一字不爲相公公便起去（法燈云上座且道入之一字爲甚麼人又云相公且莫煩惱）龎居士問久嚮仰山到來爲甚麼却覆師竪起拂子士曰恰是師曰是仰是覆士乃打露柱曰雖然無人也要露柱證明師擲拂子曰若到諸方一任舉似師指雪師子問衆有過得此色者麼衆無對（雲門云當時便好與推倒）師問雙峰師弟近日見處如何曰據某見處實無一法可當情師曰汝解猶在境曰某秖如此師兄又如何師曰汝豈不知無一法可當情者溈山聞曰寂子一句疑殺天下人（玄覺云經道實無有法然燈佛與我授記他道實無一法可當情爲甚麼道解猶在境且道利害在甚麼處）師卧次僧問曰身還解說法也無師曰我說不得別有一人說

得曰說得底人在甚麼處師推出枕子溈山聞曰寂子用劒刃上事師閉目坐次有僧潛來身邊立師開目於地上作此㊌相顧視其僧僧無語師攜拄杖行次僧問和尚手中是甚麼師便拈向背後曰見麼僧無對師問一僧汝會甚麼曰會卜師提起拂子曰這箇六十四卦中阿那卦收僧無對師自代云適來是雷天大壯如今變爲地火明夷問僧名甚麼曰靈通師曰便請入燈籠曰早箇入了也法眼別云喚甚麼作燈籠問古人道見色便見心禪牀是色請和尚離却色指學人心師曰那箇是禪牀指出來看僧無語玄覺云忽然被伊却指禪牀作麼生對伊有僧云却請和尚道玄覺代附掌三下問如何是毗盧師師乃叱之僧曰如何是和尚師師曰莫無禮師共一僧語旁有僧曰語底是文殊默底是維摩師曰不語不默底莫是汝否僧默然師曰何不現神通曰不辭現神通秖恐和尚收作教師曰鑒汝來處未有教外底眼問天堂地獄相去幾何師將拄杖畫地一畫師住觀音時出榜云看經次不得問事有僧來問訊見師看經旁立而待師卷却經問會麼曰某甲不看經爭得會師曰汝已後會去在其僧到巖頭頭問甚處來曰江西觀音來頭曰和尚有何言句僧舉前話頭曰這箇老師我將謂被故紙埋却元來猶在僧思鄰問禪宗頓悟畢竟入門的意如何師曰此意極難若是祖宗門下上根上智一聞千悟得大摠持其有根微智劣若不安禪靜慮到這裏總須茫然曰除此一路別更有入處否師曰有曰如何卽是師曰汝是甚處人曰幽州人師曰汝還思彼

處否曰常思師曰能思者是心所思者是境彼處樓臺林苑人馬駢闐汝反思底還有許多般也無曰某甲到這裏總不見有師曰汝解猶在心信位卽得人位未在曰除却這箇別更有意也無師曰別有別無卽不堪也曰到這裏作麽生卽是師曰據汝所解秖得一玄得坐披衣向後自看卻禮謝之師接機利物爲宗門標準再遷東平將順寂數僧侍立師以偈示之曰一二二三子平目復仰視兩口一無舌卽是吾宗旨至日午陞座辭衆復說偈曰年滿七十七無常在今日日輪正當午兩手攀屈膝言訖以兩手抱膝而終閱明年南塔涌禪師遷靈骨歸仰山塔於集雲峰下謚通智禪師妙光之塔

鄧州香嚴智閑禪師青州人也厭俗辭親觀方慕道在百丈時性識聰敏參禪不得洎丈遷化遂參溈山山問我聞汝在百丈先師處問一答十問十答百此是汝聰明靈利意解識想生死根本父母未生時試道一句看師被一問直得茫然歸寮將平日看過底文字從頭要尋一句酬對竟不能得乃自歎曰畫餅不可充飢屢乞溈山說破山曰我若說似汝汝已後罵我去我說底是我底終不干汝事師遂將平昔所看文字燒却曰此生不學佛法也且作箇長行粥飯僧免役心神乃泣辭溈山直過南陽覩忠國師遺跡遂憩止焉一日芟除草木偶拋瓦礫擊竹作聲忽然省悟遽歸沐浴焚香遙禮溈山讚曰和尚大慈恩逾父母當時若爲我說破何有今日之事乃有頌曰一擊忘所知更不假修持動容揚

古路不墮悄然機處處無蹤跡聲色外威儀諸方達道者咸言上上機溈山聞得謂仰山曰此子徹也仰曰此是心機意識著述得成待某甲親自勘過仰後見師曰和尚讚歎師弟發明大事你試說看師舉前頌仰曰此是夙習記持而成若有正悟别更說看師又成頌曰去年貧未是貧今年貧始是貧去年貧猶有卓錐之地今年貧錐也無仰曰如來禪許師弟會祖師禪未夢見在師復有頌曰我有一機瞬目視伊若人不會别喚沙彌仰乃報溈山曰且喜閑師弟會祖師禪也（玄覺云且道如來禪與祖師禪分不分長慶稜云一時坐却）師初開堂溈山令僧送書并拄杖至師接得便哭蒼天蒼天僧曰和尚爲甚麽如此師曰秪爲春行秋令上堂道由悟達不在語言況是密密堂堂曾無間

隔不勞心意暫借回光日用全功迷徒自背僧問如何是香嚴境師曰華木不滋問如何是儞陀婆師敲禪牀曰過這裏來問如何是現在學師以扇子旋轉示之曰見麽僧無語問如何是正命食師以手撮而示之問如何是無表戒師曰待闍黎作俗卽說問如何是聲色外相見一句師曰如某甲未住香嚴時且道在甚麽處曰恁麽則亦不敢道有所在師曰如幻人心心所法問如何是直截根源佛所印師抛下拄杖撒手而去問如何是佛法大意師曰今年霜降早蕎麥總不收問如何是西來意師以手入懷作拳展開與之僧乃跪膝以兩手作受勢師曰是甚麽僧無對問離四句絶百非請和尚道師曰獵師前不得說本師戒上堂若論此事如人上樹口銜

樹枝脚不踏枝手不攀枝樹下忽有人問如何是祖師西來意不對他又違他所問若對他又喪身失命當恁麽時作麽生卽得時有虎頭招上座出衆云樹上卽不問未上樹時請和尚道師乃呵呵大笑師問僧甚處來曰潙山來師曰和尚近日有何言句曰有僧問如何是西來意和尚豎起拂子師曰彼中兄弟作麽生會曰彼中商量道卽色明心附物顯理師曰會卽便會著甚死急僧卻問師意如何師亦豎起拂子（玄沙云秖這香嚴脚跟未點地雲居錫云甚麽處是香嚴脚跟未點地處）師有偈曰子啐母啄子覺母殼子母俱亡應緣不錯同道唱和妙玄獨脚師凡示學徒語多簡直有偈頌二百餘篇隨緣對機不拘聲律諸方盛行後謚襲燈禪師

杭州徑山洪諲禪師吳興人也僧問掩息如灰時如何師曰猶是時人功幹曰幹後如何師曰耕人田不種曰畢竟如何師曰禾熟不臨場問龍門不假風雷勢便透得者如何師曰猶是一品二品曰此既是階級向上事如何師曰吾不知有汝龍門問如霜如雪時如何師曰猶是汚染曰不汚染時如何師曰不同色許州全明上座先問石霜一毫穿衆穴時如何霜曰直須萬年去曰萬年後如何霜曰登科任汝登科拔萃任汝拔萃後問師曰一毫穿衆穴時如何師曰光靴任汝光靴結果任汝結果問如何是長師曰千聖不能量曰如何是短師曰蟭螟眼裏著不滿其僧不肯便去舉似石霜霜曰秖爲太近實頭僧卻問霜如何是長霜曰不屈曲曰如何是短霜曰雙陸盤中不喝彩佛日長老訪師師問伏

承長老獨化一方何以薦遊峰頂日曰朗月當空挂氷霜不自寒師曰莫是長老家風也無日曰峭峙萬重關於中含寶月師曰此猶是文言作麼生是長老家風日曰今日賴遇佛日却問隱密全眞時人知有道不得太省無辜時人知有道得於此二途猶是時人升降處未審和尚親道自道如何道師曰我家道處無可道日曰如來路上無私曲便請玄音和一場師曰任汝二輪更互照碧潭雲外不相關日曰爲報白頭無限客此回年少莫歸鄉師曰老少同輪無向背我家玄路勿參差日曰一言定天下四句爲誰宣師曰汝言有三四我道其中一也無師因有偈曰東西不相顧南北與誰留汝言有三四我道一也無光化四年九月二十八日白衆而化

滁州定山神英禪師因椑樹省和尚行脚時參問不落數量請師道師提起數珠曰是落不落樹曰圓珠三竅時人知有請師圓前話師便打樹拂袖便出師曰三十年後槌胸大哭去在樹住後示衆曰老僧三十年前至定山被他熱謾一上不同小小師見首座洗衣遂問作甚麼座提起衣示之師曰洗底是甚衣座曰關中使鐵錢師喚維那移下座挂搭著

襄州延慶山法端禪師僧問蚯蚓斬爲兩段兩頭俱動佛性在阿那頭師展兩手洞山別云問底在阿那頭師滅後諡紹眞禪師

益州應天和尚僧問人人盡有佛性如何是和尚佛性師曰汝喚甚麼作佛性曰恁麼則和尚無佛性也師乃叫快活快活

福州九峰慈慧禪師初在溈山山上堂曰汝等諸人秖得大機不得大用師便抽身出去溈召之師更不回顧溈曰此子堪爲法器一日辭溈山曰某甲辭違和尚千里之外不離左右溈動容曰善爲

京兆府米和尚（亦謂七師）參學後歸受業寺有老宿問月中斷井索時人喚作蛇未審七師見佛喚作甚麼師曰若有佛見即同衆生（法眼別云此是甚麼時節問法燈別云喚底不是）老宿曰千年桃核師令曾去問仰山曰今時還假悟也無仰曰悟即不無爭奈落在第二頭師深肯之又令僧問洞山曰那箇究竟作麼生洞曰却須問他始得師亦肯之僧問自古上賢還達眞正理也無師曰達曰秖如眞正理作麼生達師曰當時霍光賣假銀城與單于契書是甚麼人做曰某甲直得杜口無言師曰平地教人作保問如何是衲衣下事師曰醜陋任君嫌不挂雲霞色

晉州霍山和尚因仰山一僧到自稱集雲峰下四藤條天下大禪佛參師乃喚維那打鐘著大禪佛驟步而去

元康和尚因訪石樓樓纔見便收足坐師曰得恁麼威儀周足樓曰汝適來見箇甚麼師曰無端被人領過樓曰須是與麼始爲眞見師曰苦哉賺殺幾人來樓便起身師曰見則見矣動則不動樓曰盡力道不出定也師拊掌三下後有僧舉似南泉泉曰天下人斷這兩箇漢是非不得若斷得與他同參

蘄州三角山法遇庵主因荒亂魁師入山執刃而問和尚有甚財寶師曰僧家之寶非君

所宜懃曰是何寶師震聲一喝懃不悟以刀加之

襄州土敬初常侍視事次米和尚至公乃舉筆示之米曰還判得虛空否公擲筆入宅更不復出米致疑明日憑鼓山供養主入探其意米亦隨至潛在屛蔽間偵伺供養主纔坐問曰昨日米和尚有甚麽言句便不相見公曰師子齩人韓獹逐塊米聞此語卽省前謬遽出朗笑曰我會也我會也公曰會卽不無你試道看米曰請常侍舉公乃豎起一隻筯米曰這野狐精公曰這漢徹也問僧一切衆生還有佛性也無曰有公指壁上畫狗子曰這箇還有也無僧無對公自代曰看齩著汝

五燈會元卷第二十三

音釋

㮧 陀没切音突 戶持樞者 敻 虛政切音詗 遠也 晷 古委切音軌 日景也 盥 古玩切音貫 澡手也 釅 疑窆切音驗 醲也 鄔 伊昔切音益 地名 單 時連切音蟬 單于 漢匈奴主名也 偵 丑成切音檉 探伺也

五燈會元卷第二十四

宋沙門大川濟纂

南嶽下五世

仰山寂禪師法嗣

袁州仰山西塔光穆禪師僧問如何是正聞師曰不從耳入曰作麼生師曰還聞麼問祖意教意是同是別師曰同別且置汝道瓶觜裏甚麼物出來入去問如何是西來意師曰汝無佛性問如何是頓師作圓相示之曰如何是漸師以手空中撥三下

袁州仰山南塔光涌禪師豫章豐城章氏子母乳之夕神光照庭廐馬皆驚因以光涌名之少甚俊敏依仰山剃度北遊謁臨濟復歸侍山山曰汝來作甚麼師曰禮覲和尚山曰還見和尚麼師曰見山曰和尚何似驢師曰某甲見和尚亦不似佛山曰若不似佛似箇甚麼師曰若有所似與驢何別山大驚曰凡聖兩忘情盡體露吾以此驗人二十年無決了者子保任之山每指謂人曰此子肉身佛也僧問文殊是七佛之師文殊還有師否師曰遇緣即有曰如何是文殊師師竪起拂子僧曰莫秖這便是麼師放下拂子叉手問如何是妙用一句師曰水到渠成問眞佛住在何處師曰言下無相也不在別處

晉州霍山景通禪師初叅仰山山閉目坐師乃翹起右足曰如是如是西天二十八祖亦如是中華六祖亦如是和尚亦如是景通亦如是仰山起來打四藤條師因此自稱集雲峯下四藤條天下大禪師歸宗下亦有大禪佛名智通住後有行者問如何是佛法大意師乃禮拜者

曰和尚爲甚麼禮俗人師曰汝不見道尊重弟子師問僧甚麼處來僧提起坐具師曰龍頭蛇尾問如何是佛師便打僧亦打師曰汝打我有道理我打汝無道理僧無語師又打趂出師化緣將畢先備薪於郊野徧辭檀信食訖至薪所謂弟子曰日午當來報至日午師自執炬登積薪上以笠置頂後作圓光相手執拄杖作降魔杵勢立終於紅焰中

杭州無著文喜禪師嘉禾語溪人也姓朱氏七歲依本邑常樂寺（今崇福也）國清出家剃染後習律聽教屬會昌澄汰反服韜晦大中初例重懺度於鹽官齊峰寺後謁大慈山性空禪師空曰子何不徧叅乎師直往五臺山華嚴寺至金剛窟禮謁遇一老翁牽牛而行邀師入寺翁呼均提有童子應聲出迎翁縱牛引師陞堂堂宇皆耀金色翁踞牀指繡墩命坐翁曰近自何來師曰南方翁曰南方佛法如何住持師曰末法比丘少奉戒律翁曰多少衆師曰或三百或五百師却問此間佛法如何住持翁曰龍蛇混雜凡聖同居師曰多少衆翁曰前三三後三三翁呼童子致茶并進酥酪師納其味心意豁然翁拈起玻璃盞問曰南方還有這箇否師曰無翁曰尋常將甚麼喫茶師無對師覩日色稍晚遂問翁擬投一宿得否翁曰汝有執心在不得宿師曰某甲無執心翁曰汝曾受戒否師曰受戒久矣翁曰汝若無執心何用受戒師辭退翁令童子相送師問童子前三三後三三是多少童召大德師應諾童曰是多少師復問曰此爲何處童曰此金剛窟般若寺也師悽然悟彼

翁者即文殊也不可再見即稽首童子願乞一言爲別童說偈曰面上無嗔供養具口裏無嗔吐妙香心裏無嗔是珍寶無垢無染是眞常言訖均提與寺俱隱但見五色雲中文殊乘金毛師子往來忽有白雲自東方來覆之不見時有滄州菩提寺僧修政等至尚聞山石震吼之聲師因駐錫五臺咸通三年至洪州觀音叅仰山頓了心契令充典座文殊嘗現於粥鑊上師以攪粥篦便打曰文殊自文殊文喜自文喜殊乃說偈曰苦瓠連根苦甜瓜徹蔕甜修行三大劫却被老僧嫌一日有異僧來求齋食師減巳分饋之仰山預知問曰適來果位人至汝給食否師曰輟巳回施仰曰汝大利益後旋浙住龍泉寺僧問如何是涅槃相師曰香煙盡處驗問如何是佛法大意師曰喚院主來這師僧患顚問如何是自巳師黙然僧罔措再問師曰青天蒙昧不向月邊飛錢王奏賜紫衣署無著禪師將順寂於子夜告衆曰三界心盡即是涅槃言訖跏趺而終白光照室竹樹同色塔于靈隱山之西塢天福二年宣城帥田頵應杭將許思叛渙縱兵大掠發師塔覩肉身不壞爪髮俱長武肅錢王異之遣禪將邵志重加封瘞至皇朝嘉定庚辰遷于淨慈山智覺壽禪師塔左

新羅國五觀山順支了悟禪師僧問如何是西來意師竪拂子僧曰莫這箇便是師放下拂子問以字不成八字不是是甚麼字師作圓相示之有僧於師前作五花圓相師畫破作一圓相

袁州仰山東塔和尚僧問如何是君王劍師曰落纜不采功曰用者如何師曰不落人手問法王與君王相見時如何師曰兩掌無私曰見後如何師曰中間絶像

香嚴閑禪師法嗣

吉州止觀和尚僧問如何是毘盧師師攔胸與一拓問如何是頓師曰非梁陳

壽州紹宗禪師僧問如何是西來意師曰好事不出門惡事行千里有官人謂師曰見説江西不立宗師曰遇緣即立曰遇緣立箇甚麼師曰江西不立宗

益州南禪無染禪師僧問無句之句師還答也無師曰從來秖明恁麼事曰畢竟如何師曰且問看

益州長平山和尚僧問視瞬不及處如何師曰我眨眼也没工夫問如何是祖師意師曰西天來唐土去

益州崇福演教禪師僧問如何是寬廓之言師曰無口得道問如何是西來意師曰今日明日

安州大安山清幹禪師僧問從上諸聖從何而證師乃斫額問如何是祖師西來意師曰羊頭車子推明月

終南山豐德寺和尚僧問如何是和尚家風師曰觸事面墻問如何是本來事師曰終不更問人

均州武當山佛巖暉禪師僧問某甲頃年有疾又中毒藥請師醫師曰二宜湯一椀問如何是佛向上事曰螺髻子曰如何是佛向下事師曰蓮華座

江州廬山雙谿田道者僧問如何是啐啄之機師以手作啄勢問如何是西來意師曰甚麽處得箇問頭來

徑山諲禪師法嗣

洪州米嶺和尚常語曰莫過於此僧問未審是甚麽莫過於此師曰不出是僧後問長慶爲甚麽不出是慶曰汝擬喚作甚麽

雙峰和尚法嗣

福州雙峰古禪師本業講經因叅先雙峰峰問大德甚麽處住曰城裏峰曰尋常還思老僧否曰常思和尚無由禮覲峰曰秖這思底便是大德師從此領旨即罷講席侍奉數年後到石霜但隨衆而已更不叅請衆謂古侍者嘗受雙峰印記往往聞于石霜霜欲詰其所悟而未得其便師因辭去霜將拂子送出門首召曰古侍者師回首霜曰擬著即差是著即乖不擬不是亦莫作箇會除非知有莫能知之好去好去師應喏喏即前邁尋屬雙峰示寂師乃繼續住持僧問和尚當時辭石霜石霜恁麽道意作麽生師曰秖教我不著是非玄覺云且道他會石霜意不會

南嶽下六世

西塔穆禪師法嗣

吉州資福如寶禪師僧問如何是應機之句師默然問如何是玄旨師曰汝與我掩却門問魯祖面壁意作麽生師曰没交涉問如何是從上眞正眼師搥胸曰蒼天蒼天曰借問有何妨師曰困問這箇還受學也無師曰未曾钁地栽虛空問如何是衲僧急切處師曰不過此問曰學人未問已前請師道師曰噫

問如何是一塵入正受師作入定勢曰如何是諸塵三昧起師曰汝問阿誰問如何是一路涅槃門師彈指一聲又展開兩手曰如何領會師曰不是秋月明子自横行八九問如何是和尚家風師曰飯後三椀茶師一日拈起蒲團示衆曰諸佛菩薩入理聖人皆從這裏出便擲下擘開胸曰作麽生衆無對問學人創入叢林一夏將末未蒙和尚指敎願垂提拯師拓開曰老僧住持已來未曾瞎却一人眼師有時坐良久周視左右曰會麽衆曰不會師曰不會即謾汝去也師一日將蒲團於頭上曰汝諸人恁麽時難共語衆無對師將坐却曰猶較些子

南塔涌禪師法嗣

郢州芭蕉山慧清禪師新羅國人也上堂拈拄杖示衆曰你有拄杖子我與你拄杖子你無拄杖子我奪却你拄杖子靠拄杖下座僧問如何是芭蕉水師曰冬温夏涼問如何是吹毛劒師曰進前三步曰用者如何師曰退後三步問如何是和尚爲人一句師曰秖恐闍黎不問上堂會麽相悉者少珍重問不語有問時如何師曰未出三門千里程問如何是自己師曰望南看北斗問光境俱亡復是何物師曰知曰知箇甚麽師曰建州九郎上堂如人行次忽遇前面萬丈深坑背後野火來逼兩畔是荆棘叢林若也向前則墮在坑塹若也退後則野火燒身若也轉側則被荆棘林礙當與麽時作麽生免得若也免得合有出身之路若免不得墮身死漢問如何是提婆宗師曰赤幡在左問僧近離甚處僧曰

請師試道看師曰將謂是舶上商人元來是當州小客問不問二頭三首請師直指本來面目師默然正坐問賊來須打客來須看忽遇客賊俱來時如何師曰屋裏有一緉破草鞋曰秖如破草鞋還堪受用也無師曰汝若將去前凶後不吉問北斗藏身意旨如何師曰九九八十一乃曰會麼曰不會師曰一二三四五師謂衆曰我年二十八到仰山參見南塔見上堂曰汝等諸人若是箇漢從孃肚裏出來便作師子吼好麼我於言下歇得身心便住五載僧問古佛未出興時如何師曰千年茄子根曰出興後如何師曰金剛努出眼上堂良久曰也大相辱珍重問如何是祖師意師曰汝問那箇祖師意曰達磨西來意師曰獨自棲棲暗渡江問牛頭未見四祖時如何師曰知曰見後如何師曰知問甚麼物無兩頭甚麼物無背面師曰我身無兩頭我語無背面問如何是透法身句師曰一不得問二不得休曰學人不會師曰第三度來與汝相見

越州清化全怤禪師吳郡崑山人也初參南塔塔問從何而來師曰鄂州塔曰鄂州使君名甚麼師曰化下不敢相觸忤曰此地道不畏師曰大丈夫何必相試塔囅然而笑遂乃印可時廬陵安福縣宰建應國禪苑迎師聚徒本道上聞賜名清化僧問如何是和尚急切爲人處師曰朝看東南暮看西北曰不會師曰徒訪東陽客不識西陽珍問如何是正法眼師曰我却不知曰和尚爲甚麼不知師曰不可青天白日尿牀也師後還故國錢氏

文穆王特加禮重晉天福二年丁酉歲錢氏戍將闢雲峰山建院亦以清化爲名延師開堂僧問如何是佛法大意師曰華表柱頭木鶴飛問路逢達道人不將語默對未審將甚麽對師曰眼裏瞳人吹呌子問和尚年多少師曰始見去年九月九如今又見秋葉黄曰恁麽則無數也師曰問取黄葉曰畢竟事如何師曰六隻骰子滿盆紅問亡僧遷化向甚麽處去師曰長江無間斷聚沫任風飄曰還受祭祀也無師曰祭祀即不無曰如何祭祀師曰漁歌舉櫂谷裏聞聲忠獻王賜紫方袍師不受王改以衲衣仍號純一禪師師曰吾非飾讓也慮後人倣吾而逞欲耳開運四年秋示寂時大風摧震竹木

韶州黄連山義初明微禪師僧問三乘十二分教即不問請師開口不答話師曰寶華臺上定古今曰如何是寶華臺上定古今師曰一點墨子輪流不移曰學人全體不會請師指示師曰靈覺雖轉空華不墜問古路無蹤如何進步師曰金烏遶須彌元與劫同時曰恁麽則得達於彼岸也師曰黄河三千年一度清廣主劉氏嚮師道化請入府内說法僧問人王與法王相見時如何師曰兩境相照萬象歷然曰法王心要達磨西來五祖付與曹谿自此不傳衣鉢未審碧玉階前將何付囑師曰石羊水上行木馬夜翻駒曰恁麽則我王有感萬國歸朝師曰時人盡唱太平歌問如何是佛師曰胸題卍字背負圓光問如何是道師展兩手示之僧曰佛之與道相去幾何師曰如水如波

韶州慧林鴻究妙濟禪師僧問千聖常行此路如何是此路師曰果然不見問魯祖面壁意旨如何師曰有甚麼雪處問如何是急切事師曰鈍漢問如何是和尚家風師曰諸方大例問定慧等學明見佛性此理如何師曰

新修梵宇

南嶽下七世

資福寶禪師法嗣

吉州資福貞邃禪師僧問和尚見古人得何意旨便歇去師作此㊋相示之問如何是古人歌師作此○相示之問如何是最初一句師曰未具世界時闍黎亦在此問百丈卷席意旨如何師良久問古人道前三三後三三意旨如何師曰汝名甚麼曰某甲師曰喫茶去上堂隔江見資福剎竿便回去脚跟下好與三十棒況過江來時有僧纔出師曰不堪共語問如何是古佛心師曰山河大地

吉州福壽和尚僧問祖意教意是同是別師展手問文殊騎師子普賢騎象王未審釋迦騎甚麼師舉手云哪哪

潭州鹿苑和尚僧問餘國作佛還有異名也無師作此○相示之問如何是鹿苑一路師曰吉獠舌頭問將來問如何是閉門造車師曰南嶽石橋曰如何是出門合轍師曰拄杖頭鞋上堂展手曰天下老和尚諸上座命根總在這裏有僧出曰還收得也無師曰天台石橋側曰某甲不恁麼師曰伏惟尚饗問如何是世尊不說說師曰須彌山倒曰如何是迦葉不聞聞師曰大海枯竭

芭蕉清禪師法嗣

郢州芭蕉山繼徹禪師初叅風穴穴問如何是正法眼師曰泥彈子穴異之次謁先芭蕉蕉上堂舉仰山道兩口一無舌此是吾宗旨師豁然有省住後僧問如何是林溪境師曰有山有水曰如何是境中人師曰三門前佛殿後問如何是深深處師曰石人開石户石鎖兩頭搖上堂昔日如來於波羅奈國梵王請轉法輪如來不已而已有屈宗風隨機逗教遂有三乘名字流傳於天上人間至今光揚不墜若據祖師門下天地懸殊上上根機頓超不異作麼生是混融一句還有人道得麼若道得有叅學眼若道不得天寬地窄便下座上堂眼中無翳空裏無花水長船高泥多佛大莫將問來我也無答會麼問在答處答在問處便下座問三乘十二分教即不問如何是宗門一句師曰七縱八横曰如何領會師曰泥裏倒泥裏起問如何是祖師西來意師曰著體汗衫問有一人不舍生死不證涅槃師還提携也無師曰不提携曰爲甚麼不提攜師曰林溪粗識好惡問如何是吹毛劔師曰透曰用者如何師曰鈍問寂寂無依時如何師曰未是衲僧分上事曰如何是衲僧分上事師曰要行即行要坐即坐師有偈曰芭蕉的旨不挂唇齒木童唱和石人側耳

郢州興陽山清讓禪師僧問大通智勝佛十劫坐道場佛法不現前不得成佛道時如何師曰其問甚諦當曰既是坐道場爲甚麼不得成佛道師曰爲伊不成佛

洪州幽谷山法滿禪師僧問如何是道師良久曰會麼曰學人不會師曰聽取一偈話道

語下無聲舉揚奥旨丁寧禪要如今會取不須退後消停

郢州芭蕉山遇禪師僧問如何是祖師西來意師曰是星皆拱北無水不朝東曰爭奈學人未會何師曰逢人但恁麼舉

郢州芭蕉山圓禪師僧問如何是和尚接人一句師曰要須截取去曰豈無方便師曰心不負人面無慚色上堂三千大千世界夜來被老僧都合成一塊輥向須彌頂上帝釋大怒拈得撲成粉碎諸上座還覺頭痛也無良久曰莫不識痛痒好珍重

彭州承天院辭確禪師僧問學人有一隻箭射即是不射即是師曰作麼生是闍黎箭僧便喝師曰這箇是草箭子曰如何是和尚箭師曰禁忌須屈指禱祈便扣牙問心隨萬境轉阿那箇是轉萬境底心師曰嘉州大像古人鐫問衆罪如霜露慧日能消除時如何師曰亭臺深夜雨樓閣静時鐘曰爲甚麼因緣會遇時果報還自受師曰管筆能書片舌解語開堂日示衆正令提綱猶是揑窠造僞佛法秖對特地謾驀上流問著即參差答著即交互大德擬向甚麼處下口然則如是事無一向權柄在手縱奪臨機有疑請問僧問如何是第一義師曰群峰穿海去滴水下巖來問師唱誰家曲宗風嗣阿誰師曰道頭會尾舉意知心

興元府牛頭山精禪師僧問如何是古佛心師曰東海浮漚曰如何領會師曰秤鎚落井問不居凡聖是甚麼人師曰梁朝傅大士曰此理如何師曰楚國孟嘗君

益州覺城院信禪師僧問如何是出身一路師曰三門前曰如何領會師曰緊峭草鞋
郢州芭蕉山閑禪師僧問十語九不中時如何師曰閉門屋裏坐抱首哭蒼天
郢州芭蕉山令遵禪師僧問直得無下口處時如何師曰更須進一步曰向甚麼處下脚師曰東山西嶺上

慧林究禪師法嗣

韶州靈瑞和尚俗士問如何是佛師喝曰汝是村裏人僧問如何是西來意師曰十萬八千里問如何是本來心師曰坐却毗盧頂出沒太虛中問如何是教外別傳底事師曰兩箇靈龜泥裏鬭直至如今困未休曰不會師曰木鷄銜卵走燕雀秉虎飛潭中魚不現石女却生兒

南嶽下八世

報慈韶禪師法嗣

蘄州三角山志謙禪師僧問如何是佛師曰速禮三拜僧禮拜師曰一撥便轉
郢州興陽詞鐸禪師僧問佛界與衆生界相去多少師曰道不得曰真箇那師曰有些子

法眼宗

青原下八世

羅漢琛禪師法嗣

金陵清涼院文益禪師餘杭魯氏子七歲依新定智通院全偉禪師落髮弱齡稟具於越州開元寺屬律匠希覺師盛化於明州鄮山育王寺師往預聽習究其微旨復傍探儒典遊文雅之場覺師目爲我門之游夏也師以玄機一發雜務俱捐振錫南邁抵福州參長

慶不大發明後同紹修法進三人欲出嶺過地藏院阻雪少憇附爐次藏問此行何之師曰行脚去藏曰作麼生是行脚事師曰不知藏曰不知最親切又同三人舉肇論至天地與我同根處藏曰山河大地與上座自已是同是別師曰別藏竪起兩指師曰同藏又竪起兩指便起去雪霽辭去藏門送之問曰上座尋常説三界唯心萬法唯識乃指庭下片石曰且道此石在心内在心外師曰在心内藏曰行脚人著甚麼來由安片石在心頭師窘無以對即放包依席下求決擇近一月餘日呈見解説道理藏語之曰佛法不恁麼師曰某甲詞窮理絶也藏曰若論佛法一切見成師於言下大悟因議留止進師等以江表叢林欲期歷覽命師同往至臨川州牧請住崇壽院開堂日中坐茶筵未起時僧正白師曰四衆已圍繞和尚法座了也師曰衆人却叅真善知識少頃陞座僧問大衆雲集請師舉唱師曰大衆久立乃曰衆人既盡在此山僧不可無言與大衆舉一古人方便珍重便下座子方上座自長慶來師舉長慶偈問曰作麼生是萬象之中獨露身子方舉拂子師曰恁麼會又争得曰和尚尊意如何師曰喚甚麼作萬象曰古人不撥萬象師曰萬象之中獨露身説甚麼撥不撥子方豁然悟解述偈投誠自是諸方會下有存知解者翕然而至始則行行如也師微以激發皆漸而服膺海叅之衆常不減千計上堂大衆立久乃謂之曰秖恁麼便散去還有佛法道理也無試説看若無又來這裏作麼若有大市裏人叢

處亦有何須到這裏諸人各曾看還源觀百門義海華嚴論涅槃經諸多策子阿那箇教中有這箇時節若有試舉看莫是恁麼經裏有恁麼語是此時節麼有甚麼交涉所以道微言滯於心首嘗爲緣慮之場實際居於目前翻爲名相之境又作麼生得翻去若也翻去又作麼生得正去還會麼莫秖恁麼念策子有甚麼用處僧問如何披露即得與道相應師曰汝幾時披露即與道不相應問六處不知音時如何師曰汝家眷屬一羣子師又曰作麼生會莫道恁麼來問便是不得汝道六處不知音眼處不知音耳處不知音若也根本是有爭解無得古人道離聲色著聲色離名字著名字所以無想天修得經八萬大劫一朝退墮諸事儼然蓋爲不知根本眞實次地修行三生六十劫四生一百劫如是直到三祇果滿他古人猶道不如一念緣起無生超彼三乘權學等見又道彈指圓成八萬門刹那滅劫三祇劫也須體究若如此用多少氣力僧問指即不問如何是月師曰阿那箇是汝不問底指又僧問月即不問如何是指師曰月曰學人問指和尚爲甚麼對月師曰爲汝問指江南國主重師之道迎住報恩禪院署淨慧禪師僧問洪鐘纔擊大衆雲臻請師如是師曰大衆會何似汝會問如何是古佛家風師曰甚麼處看不足問十二時中如何行履即得與道相應師曰取捨之心成巧僞問古人傳衣當記何人師曰汝甚麼處見古人傳衣問十方賢聖皆入此宗如何是此宗師曰十方賢聖皆入問如何是佛向上

人師曰方便呼爲佛問如何是學人一卷經師曰題目甚分明問聲色兩字甚麼人透得師却謂衆曰諸上座且道這箇僧還透得也未若會此僧問處透聲色也不難問求佛如見何路最徑師曰無過此問瑞草不凋時如何師曰謾語問大衆雲集請師頓決疑網師曰寮舍内商量茶堂内商量問雲開見日時如何師曰謾語眞箇問如何是沙門所重處師曰若有纎毫所重即不名沙門問千百億化身於中如何是清淨法身師曰總是問簇簇上來師意如何師曰是眼不是眼問全身是義請師一決師曰汝義自破問如何是古佛心師曰流出慈悲喜捨問百年暗室一燈能破如何是一燈師曰論甚麼百年問如何是正真之道師曰一願也教汝行二願也教汝行問如何是一眞之地師曰地則無一眞曰如何卓立師曰轉無交涉問如何是古佛師曰即今也無嫌疑問十二時中如何行履師曰步步蹋著問古鏡未開如何顯照師曰何必再三問如何是諸佛玄旨師曰是汝也有問承教有言從無住本立一切法如何是無住本師曰形興未質名起未名問亡僧衣衆人唱祖師衣甚麼人唱師曰汝唱得亡僧甚麼衣問蕩子還鄉時如何師曰將甚麼奉獻曰無有一物師曰日給作麼生師後住清涼上堂曰出家人但隨時及節便得寒即寒熱即熱欲知佛性義當觀時節因緣古今方便不少不見石頭和尚因看肇論云會萬物爲已者其唯聖人乎他家便道聖人無已靡所不已有一片言語喚作參同契首云竺土

大僊心無過此語也中間也秖隨時說話一座今欲會萬物爲自已去盖爲大地無一法可見他又囑云光陰莫虛度適來向上座道但隨時及節便得若也移時失候即是虛度光陰於非色中作色解上座於非色中作色解即是移時失候且道色作非色解還當不當上座若恁麼會便是没交涉正是癡狂兩頭走有甚麼用處上座但守分隨時過好珍重僧問如何是清涼家風師曰汝到別處但道到清涼來問如何得諸法無當去師曰甚麼法當著上座曰爭奈日夕何師曰閑言語問觀身如幻法觀內亦復然時如何師曰還得恁麼也無問要急相應唯言不二如何是不二之言師曰更添些子得麼問如何是法身師曰這箇是應身問如何是第一義師曰

我向你道是第二義師問修山主毫氂有差天地懸隔兄作麼生會修曰毫氂有差天地懸隔師曰恁麼會又爭得修曰和尚如何師曰毫氂有差天地懸隔修便禮拜東禪齊云山主恁麼祇對爲甚麼不肯及乎再請益法眼亦秖恁麼道便得去且道疑訛在甚麼處若看得透道上座有來由師與悟空禪師向火拈起香匙問曰不得喚作香匙兄喚作甚麼空曰香匙師不肯空後二十餘日方明此語僧參次師指簾時有二僧同去捲師曰一得一失東禪齊云上座作麼生會有云爲伊不明旨便去捲簾亦有道指者即會不指而去者即失恁麼會還可不可旣不許恁麼會且問上座阿那箇得阿那箇失雲門問僧甚處來曰江西來門曰江西一隊老宿寱語住也未僧無對後僧問師不知雲門意作麼生師曰大小雲門被這僧勘破問僧甚處來曰道場來師曰明合暗合僧無語師令僧取土添蓮盆

僧取土到師曰橋東取橋西取曰橋東取師曰是眞實是虛妄問僧甚處來曰報恩來師曰衆僧還安否曰安師曰喫茶去問僧甚處來曰泗州禮拜大聖來師曰今年大聖出塔否曰出師却問傍僧曰汝道伊到泗州不到師問寶資長老古人道山河無隔礙光明處處透且作麼生是處處透底光明資曰東畔打鑼聲歸宗柔別云和尚擬隔礙師指竹問僧還見麼曰見師曰竹來眼裏眼到竹邊曰總不恁麼法燈別云當時但擘眼向師歸宗柔別云和尚秖是不信某甲有俗士獻畫障子師看了問曰汝是手巧心巧曰心巧師曰那箇是汝心士無對歸宗柔代云某甲今日却成容易僧問如何是第二月師曰森羅萬象曰如何是第一月師曰萬象森羅上堂盡十方世界皎皎地無一絲頭若有一絲頭即是一絲頭法燈云若有一絲頭不是一絲頭師指凳子曰識得凳子周匝有餘雲門云識得凳子天地懸殊僧問如何是塵劫來事師曰盡在于今師因患脚僧問訊次師曰非人來時不能動及至人來動不得且道佛法中下得甚麼語曰和尚且喜得較師不肯自別云和尚今日似减因開井被沙塞却泉眼師曰泉眼不通被沙礙道眼不通被甚麼礙僧無對師代曰被眼礙師見僧搬土次乃以一塊土放僧擔上曰吾助汝僧曰謝和尚慈悲師不肯一僧別云和尚是甚麼心行師便休去師謂小兒子曰因子識得你爺你爺名甚麼兒無對法燈代云但將衣袖掩面師却問僧若是孝順之子合下得一轉語且道合下得甚麼語僧無對師代曰他是孝順之子師問講百法論僧曰百法是體用雙陳明門是能所兼舉座

主是能法座是所作麼生説秉舉有老宿代云某甲喚作箇法座歸宗柔云不勞和尚如此師一日與李王論道罷同觀牡丹花王命作偈師即賦曰擁毳對芳叢由來趣不同髮從今日白花是去年紅豔冶隨朝露馨香逐晚風何須待零落然後始知空王頓悟其意師頌三界唯心曰三界唯心萬法唯識唯識唯心眼聲耳色色不到耳聲何觸眼眼色耳聲萬法成辦萬法匪緣豈觀如幻山河大地誰堅誰變頌華嚴六相義曰華嚴六相義同中還有異異若異於同全非諸佛意諸佛意總別何曾有同異男子身中入定時女子身中不留意不留意絕名字萬象明明無理事師緣被於金陵三坐大道場朝夕演旨時諸方叢林咸遵風化異域有慕其法者涉遠而至立沙正宗中興於江表師調機順物斥滯磨昏凡舉諸方三昧或入室呈解或叩激請益皆應病與藥隨根悟入者不可勝紀周顯德五年戊午七月十七日示疾國主親加禮問閏月五日剃髮澡身告衆訖跏趺而逝顏貌如生壽七十有四臘五十四城下諸寺院具威儀迎引公卿李建勳以下素服奉全身於江寧縣丹陽起塔謚大法眼禪師塔曰無相後李主刱報慈院命師門人立覺言導師開法再謚師大智藏大導師

五燈會元卷第二十四

音釋

廐居又切音救馬舍也 頵紆倫切音贇八名唐有田頵 禆符支切音脾相輔助也又小也 囅丑展切音蕆囅然笑貌 鄮莫候切音茂縣名 寱研計切音藝瞋言也今人謂夢中有言爲寱語 刱楚浪切音愴造法刱業也又通作創

五燈會元卷第二十五

宋 沙 門 大 川 濟 纂

青原下九世

清涼益禪師法嗣

天台山德韶國師處州龍泉陳氏子也母葉氏夢白光觸體因而有娠及誕尤多奇異年十五有梵僧勉令出家十七依本州龍歸寺受業十八納戒於信州開元寺後唐同光中遊方首詣投子見同禪師次謁龍牙乃問雄雄之尊爲甚麽近之不得牙曰如火與火師曰忽遇水來又作麽生牙曰去汝不會我語師又問天不蓋地不載此理如何牙曰道者合如是師經十七次問牙秖如此答師竟不諭旨再請垂誨牙曰道者汝已後自會去師後於通玄峯澡浴次忽省前話遂具威儀焚香遙望龍牙禮拜曰當時若向我說今日決定罵也又問疎山百匝千重是何人境界山曰左搓芒繩縛鬼子師曰不落古今請師說曰不說師曰爲甚麽不說曰箇中不辯有無師曰師今善說山駭之如是歷叅五十四員善知識皆法緣未契最後至臨川謁法眼眼一見深器之師以徧涉叢林亦倦於叅問但隨衆而已一日法眼上堂僧問如何是曹源一滴水眼曰是曹源一滴水僧惘然而退師於坐側豁然開悟平生凝滯渙若冰釋遂以所悟聞於法眼眼曰汝向後當爲國王所師致祖道光大吾不如也自是諸方異唱古今玄鍵與之決擇不留微迹尋回本道遊天台山覩智者顗禪師遺蹤有若舊居師復與智者同姓時謂之後身也初止白沙時忠懿王

爲王子時刺台州郷師之名延請問道師謂曰他日爲霸主無忘佛恩漢乾祐元年戊申王嗣國位遣使迎之伸弟子之禮有傳天台智者教義寂者即螺谿也屢言於師曰智者之教年祀浸遠慮多散落今新羅國其本甚備自非和尚慈力其孰能致之乎師於是聞於王王遣使及齎師之書往彼國繕寫備足而回迄今盛行於世矣住後上堂古聖方便猶如河沙祖師道非風幡動仁者心動斯乃無上心印法門我輩是祖師門下客合作麼生會祖師意莫道風幡不動汝心妄動莫道不撥風幡就風幡道取莫道風幡動處是甚麼有云附物明心不須認物有云色即是空有云非風幡動應須妙會如是解會與祖師意旨有何交涉既不許如是會諸上座便合知悉若於這裏徹底悟去何法門而不明百千諸佛方便一時洞了更有甚麼疑情所以古人道一了千明一迷萬惑上座豈是今日會得一則明日又不會也莫是有一分向上事難會有一分下劣凡夫不會如此見解設經塵劫祇自勞神之思無有是處僧問諸法寂滅相不可以言宣和尚如何爲人師曰汝到諸方更問一徧曰恁麼則絶於言句去也師曰夢裏惺惺問艣棹俱停如何得到彼岸師曰慶汝平生問如何是三種病人師曰恰問著問如何是古佛心師曰此問不弱問如何是六相師曰即汝是問如何是方便師曰此問甚當問亡僧遷化向甚麼處去也師曰終不向汝道曰爲甚麼不向某甲道師曰恐汝不會問一華開五葉結果自然成如何是一華

開五葉師曰日出月明曰如何是結果自然成師曰天地皎然問如何是無憂佛師曰愁殺人問一切山河大地從何而起師曰此問從何而來問如何是數起底心師曰爭諱得問如何是沙門眼師曰黑如漆問絶消息時如何師曰謝指示問如何是轉物即同如來師曰汝喚甚麽作物曰恁麽則同如來也師曰莫作野干鳴問那吒太子析肉還母析骨還父然後於蓮華上爲父母說法未審如何是太子身師曰大家見上座問曰恁麽則大千同一眞性也師曰依稀似曲纔堪聽又被風吹别調中問六根俱泯爲甚麽理事不明師曰何處不明曰恁麽則理事俱如也師曰前言何在上堂大凡言句應須絶滲漏始得時有僧問如何是絶滲漏底句師曰汝口似鼻孔問如何是不證一法師曰待言語在曰如何是證諸法師曰醉作麽乃曰秖如山僧恁麽對他諸上座作麽生體會莫是眞實相爲麽莫是正恁麽時無一法可證麽莫是識伊來處麽莫是全體顯露麽莫錯會好如此見解喚作依草附木與佛法天地懸隔假饒答話揀辨如懸河秖成得箇顛倒知見若秖貴答話揀辨有甚麽難但恐無益於人翻成賺悞如上座從前所學揀辨問答記持說道理極多爲甚麽疑心不息聞古聖方便特地不會秖爲多虚少實上座不如從脚跟下一時覰破看是甚麽道理有多少法門與上座作疑求解始知從前所學底事秖是生死根源隂界裏活計所以古人道見聞不脫如水裏月無事珍重師有偈曰通玄峯頂不是人

間心外無法滿目青山法眼聞云即此一偈可起吾宗師後於般若寺開堂說法十二會上堂毛吞巨海海性無虧纖芥投鋒鋒利無動見與不見會與不會唯我知焉乃有頌曰暫下高峯已顯揚般若圓通徧十方人天浩浩無差別法界縱横處處彰珍重上堂僧問承古有言若人見般若即被般若縛若人不見般若亦被般若縛既見般若爲甚麼却被縛師曰你道般若見甚麼曰不見般若爲甚麼亦被縛師曰你道般若甚麼處不見乃曰若見般若不名般若不見般若亦不名般若且作麼生說見不見所以古人道若欠一法不成法身若剩一法不成法身若有一法不成法身若無一法不成法身此是般若之眞宗也僧問乍離凝峯丈室來坐般若道場今日家風請師一句師曰虧汝甚麼處曰恁麼則雷音震動乾坤界人人無不盡霑恩師曰幸然未會且莫探頭僧禮拜師曰探頭即不中諸上座相共證明令法久住國土安寧珍重上堂僧問承教有言歸源性無二方便有多門如何是歸源性師曰你問我答曰如何是方便門師曰你答我問曰如何趣向師曰顛倒作麼問一身即無量身無量身即一身如何是無量身師曰一身曰恁麼則昔日靈山今日親覩師曰理當即行乃曰三世諸佛一時證明上座上座且作麼生會若會時不還無絲毫可得移易何以故爲過去未來見在三際是上座上座且非三際澤霖大海滴滴皆滿一塵空性法界全收珍重上堂僧問四衆雲集人天恭敬目覩尊顏願宣般若師

曰分明記取曰師宣妙法國王萬歲人民安樂師曰誰向你道曰法爾如然師曰你却靈利問三世諸佛不知有狸奴白牯却知有既是三世諸佛爲甚麽却不知有師曰却是你知有曰狸奴白牯爲甚麽却知有師曰你甚麽處見三世諸佛問承教有言眼不見色塵意不知諸法如何是眼不見色塵師曰却是耳見曰如何是意不知諸法師曰眼知曰恁麽則見聞路絕聲色喧然師曰誰向汝道乃曰夫一切問答如針鋒相投無纖毫參差事無不通理無不備良由一切言語一切三昧橫竪深淺隱顯去來是諸佛實相門秖據如今一時驗取珍重上堂古者道如何是禪三界綿綿如何是道十方浩浩因甚麽道三界綿綿何處是十方浩浩底道理要會麽塞却眼塞却耳塞却舌身意無空闕處無轉動處上座作麽生會橫亦不得竪亦不得縱亦不得奪亦不得無用心處亦無施設處若如是會得始會法門絕揀擇一切言語絕滲漏曾有僧問作麽生是絕滲漏底語向他道口似鼻孔甚好上座如此會自然不通風去如識得盡十方世界是金剛眼睛無事珍重上堂僧問天下太平大王長壽如何是王師曰日曉月明曰如何領會師曰誰是學人乃曰天下太平大王長壽國土豐樂無諸患難此是佛語古不易今不遷一言可以定古定今會取好諸上座又僧問承古有言有物先天地無形本寂寥如何是有物先天地師曰非同無形本寂寥如何是無形本寂寥師曰誰問先天地曰恁麽則境靜林閑獨自遊去也師曰亂

道作麽乃曰佛法不是這箇道理要會麽言發非聲色前不物始會天下太平大王長壽久立珍重上堂佛法現成一切具足豈不見道圓同太虛無欠無餘若如是也且誰欠誰剩誰是誰非誰是會者誰是不會者所以道東去亦是上座西去亦是上座南去亦是上座北去亦是上座因甚麽得成東西南北若會得自然見聞覺知路絶一切諸法現前何故如此爲法身無相觸目皆形般若無知對緣而照一時徹底會取好諸上座出家兒合作麽生此是本有之理未爲分外識心達本源故名爲沙門若識心皎皎地實無絲毫障礙上座久立珍重上堂僧問欲入無爲海先乘般若船如何是般若船師曰常無所住曰如何是無爲海師曰且會般若船問古德道登天不借梯徧地無行路如何是登天不借梯師曰不遺絲髮地曰如何是徧地無行路師曰適來向你道甚麽乃曰百千三昧門百千神通門百千妙用門盡不出得般若海中何以故爲於無住本建立諸法所以道生滅去來邪正動靜千變萬化是諸佛大定門無過於此諸上座大家究取增於佛法壽命珍重上堂僧問世尊以正法眼付囑摩訶迦葉秖如迦葉在畢鉢羅窟未審付囑何人師曰教我向誰説曰恁麽則靈山付囑不異今日師曰你甚麽處見靈山問法眼寶印和尚親傳未審今日當付何人師曰鼕鼕鼓一頭打兩頭鳴曰恁麽則千聖同儔古今不異師曰禪河浪靜尋水迷源僧淸遇問帝王請命師赴王恩般若會中請師舉唱師曰分明記取

曰恁麼則雲臺寶網同演妙音師曰清遇何在曰法王法如是師曰阿誰證明乃曰靈山付囑分明諸上座一時驗取若驗得更無別理秖是如今譬如太虛日明雲暗山河大地一切有爲世界悉皆明現乃至無爲亦復如是世尊付囑迄至于今並無絲毫差別更付阿誰所以祖師道心自本來心本心非有法有法有本心非心非本法此是靈山付囑榜樣諸上座徹底會取好莫虛度時光國王恩難報諸佛恩難報父母師長恩難報十方施主恩難報況建置如是次第佛法興隆若非國王恩力焉得如此若要報恩應須明徹道眼入般若性海始得久立珍重上堂僧問古德道人空法亦空二相本來同師曰山河大地曰學人不會乞師方便師曰甚麼處不是方便問名假法假人空法空向去諸緣請師直指師曰謝此一問曰不覩王居壯焉知天子尊師曰貪觀天上月失却手中橈問教中道心清淨故法界清淨如何是清淨心師曰迦陵頻伽共命之鳥曰與法界是一是二師曰你自問別人乃曰大道廓然詎齊今古無名無相是法是修良由法界無邊心亦無際無事不彰無言不顯如是會得喚作般若現前理同真際一切山河大地森羅萬象墻壁瓦礫並無絲毫可得虧闕無事久立珍重上堂僧問承師有言九天擎王印七佛兆前心如何是印師曰不露文曰如何是心師曰你名安嗣乃曰法界性海如函如蓋如鉤如鎖如金與金位位皆齊無纖毫參差不相混濫非一非異非同非別若歸實地去法法皆到

底不是上來問箇如何若何便是不問時便非在長連牀上坐時是有不坐時是無秖如諸方老宿言教在世如恒河沙如來一大藏經卷卷皆說佛理句句盡言佛心因甚麼得不會去若一向織絡言教意識解會饒上座經塵沙劫亦不能得徹此喚作顛倒知見識心活計並無得力處此蓋爲根脚下不明若究盡諸佛法源河沙大藏一時現前不欠絲毫不剩絲毫諸佛時常出世時常說法度人未曾間歇乃至猿啼鳥叫草木叢林常助上座發機未有一時不爲上座有如是奇特處可惜許諸上座大家究取令法久住世間增益人天壽命國王安樂無事珍重上堂舉古者道吾有一言天上人間若人不會綠水青山且作麼生是一言底道理古人語須是曉達始得若是將言而名於言未有箇會處良由究盡諸法根蔕始會一言不是一言半句思量解會喚作一言若會言語道斷心行處滅始到古人境界亦不是閉目藏睛暗中無所見喚作言語道斷且莫賺會佛法不是這箇道理要會麼假饒經塵沙劫說亦未曾有半句到諸上座經塵沙劫不說亦未曾欠少半句應須徹底會去始得若如是斟酌名言空勞心力並無用處與諸上座共相證明後學初心速須究取久立珍重上堂僧問髑髏常干世界鼻孔摩觸家風如何是髑髏常干世界師曰更待答話在曰如何是鼻孔摩觸家風師曰時復舉一徧問一人執炬自爕其身一人抱冰橫屍於路此二人阿誰辨道師曰不遺者曰不會乞師指示師曰你名敬新

曰未審還有人證明也無師曰有曰甚麽人證明師曰敬新問牛頭未見四祖時如何師曰異境靈蹤覩者皆羨曰見後如何師曰適來向你道甚麽問古者道敲打虛空鳴𣫍𣫍石人木人齊應諾六月降雪落紛紛此是如來大圓覺如何是敲打虛空底師曰崑崙奴著鐵袴打一棒行一步曰恁麽則石人木人齊應諾也師曰你還聞麽乃曰諸佛法門時常如是譬如大海千波萬浪未甞暫住未當暫有未當暫無浩浩地光明自在宗三世於毛端圓古今於一念應須徹底明達始得不是問一則語記一轉話巧作道理風雲水月四六入對便當佛法莫自賺諸上座究竟無益若徹底會去實無可隱藏無剎不彰無塵不現直下凡夫位齊諸佛不用纖毫氣力一時會取好無事珍重師因與教明和尚問曰飲光持釋迦丈六之衣在鷄足山候彌勒下生將丈六之衣披在千尺之身應量恰好秖如釋迦身長丈六彌勒身長千尺爲復是身解短邪衣解長邪師曰汝却會明拂袖便出去師曰小兒子山僧若答汝不是當有因果汝若不是吾當見之明歸七日吐血浮光和尚勸曰汝速去懺悔明乃至師方丈悲泣曰願和尚慈悲許某懺悔師曰如人倒地因地而起不曾教汝起倒明又曰若許懺悔某當終身給侍師爲出語曰佛佛道齊宛爾高低釋迦彌勒如印印泥開寶四年辛未華頂西峰忽摧聲震一山師曰吾非久矣明年六月大星殞於峰頂林木變白師乃示疾於蓮華峰㕘問如常二十八日集衆言別跏趺而逝

金陵清涼泰欽法燈禪師魏府人也生而知道辯才無礙入法眼之室海衆歸之僉曰敏匠初住洪州雙林院開堂日指法座曰此山先代尊宿曾說法來此座高廣不才何陞古昔有言作禮須彌燈王如來乃可得坐且道須彌燈王如來今在何處大衆要見麼一時禮拜便陞座良久曰大衆秖如此也還有會處麼僧問如何是雙林境師曰畫也畫不成曰如何是境中人師曰且去境也未識且討人又僧問一佛出世震動乾坤和尚出世震動何方師曰甚麼處見震動曰爭奈即今何師曰今日有甚麼事有僧出禮拜師曰道者前時謝汝請我將甚麼與汝好僧擬問次師曰將謂相悉却成不委問如何是西來密密意師曰若問一佛出世普潤羣生和尚出世當爲何人師曰不徒然曰恁麼則大衆有賴也師曰何必乃曰且住得也久立尊官及諸大衆今日相請勤重此箇殊功比喻何及所以道未了之人聽一言秖這如今誰動口便下座立倚拄杖而告衆曰還會麼天龍寂聽而雨華莫作須菩提幀子畫將去且恁麼信受奉行問新到近離甚處僧曰廬山師拈起香合曰廬山還有這箇也無僧無對師自代云尋香來禮拜和尚問百骸俱潰散一物鎮長靈未審百骸一物相去多少師曰百骸一物一物百骸次住上藍護國院僧問十方俱擊鼓十處一時聞如何是聞師曰汝從那方來問善行菩薩道不染諸法相如何是菩薩道師曰諸法相曰如何得不染去師曰染著甚麼處問不久開選場還許學人選也無師

曰汝是點額人又曰汝是甚麽科目問如何是演大法義師曰我演何似汝演次住金陵龍光院上堂維那白椎云法筵龍象衆當觀第一義師曰維那早是第二義長老即今是第幾義乃舉衣袖曰會麽大衆此是手舞足蹈莫道五百生前曾爲樂主來或有疑情請垂見示時有僧問如何是諸佛正宗師曰汝是甚麽宗曰如何師曰如何即不會問上藍一曲師親唱今日龍光事若何師曰汝甚麽時到上藍來曰諦當事如何師曰不諦當即別處覓問如何是佛法大意師曰且問小意却來與汝大意師後住清涼大道場上堂僧出禮拜次師曰這僧最先出爲大衆答國主深恩僧便問國主請命祖席重開學人上來請師直指心源師曰上來却下去問法眼一

燈分照天下和尚一燈分照何人師曰法眼甚麽處分照來師乃曰某甲本欲居山藏拙養病過時柰緣先師有未了底公案出來與他了却時有僧問如何是先師未了底公案師便打曰祖禰不了殃及兒孫曰過在甚麽處師曰過在我殃及你江南國主爲鄭王時受心法於法眼之室暨法眼入滅復嘗問師曰先師有甚麽不了底公案師曰見分析次異日又問曰承聞長老於先師有異聞底事師作起身勢國主曰且坐師謂衆曰先師法席五百衆今秪有十數人在諸方爲導首你道莫有錯指人路底麽若錯指教他入水入火落坑落壍然古人又道我若向刀山刀山自摧折我若向鑊湯鑊湯自消滅且作麽生商量言語即勢及問著便生疎去何也秖爲

隔闊多時上座但會我甚麽處去不得有去不得者爲眼等諸根色等諸法諸法且置上座開眼見甚麽所以道不見一法即如來方得名爲觀自在珍重師開寶七年六月示疾告衆曰老僧臥疾强牽拖與汝相見如今隨處道場宛然化城且道作麽生是化城不見古導師云寶所非遥須且前進及至城所又道我所化作今汝諸人試說箇道理看是如來禪祖師禪還定得麽汝等雖是晚生須知僥忝我國主凡所勝地建一道場所須不闕秖要汝開口如今不知阿那箇是汝口爭答効他四恩三有欲得會麽但識口必無咎縱有咎因汝有我今火風相逼去住是常道老僧住持將逾一紀每承國主助發至于檀越十方道侶主事小師皆赤心爲我黙而難言或披麻帶布此即順俗我道違真且道順好違好然但順我道即無顛倒我之遺骸必於南山大智藏和尚左右乞一墳冢升沉皎然不淪化也努力珍重二十四日安坐而終

杭州靈隱清聳禪師福州人也初參法眼眼指雨謂師曰滴滴落在上座眼裏師初不諭旨後因閲華嚴感悟承眼印可回止明州四明山卓菴節度使錢億執事師之禮忠懿王命於臨安兩處開法後居靈隱上寺署了悟禪師上堂曰十方諸佛常在汝前還見麽若言見將心見將眼見所以道一切法不生一切法不滅若能如是解諸佛常現前又曰見色便見心且喚甚麽作心山河大地萬象森羅青黄赤白男女等相是心不是心若是心爲甚麽却成物象去若不是心又道見色便

見心還會麽秖為迷此而成顛倒種種不同於無同異中强生同異且如今直下承當頓豁本心皎然無一物可作見聞若離心別求解脫者古人喚作迷波討源卒難曉悟僧問根塵俱泯為甚麽事理不明師曰事理且從喚甚麽作俱泯底根塵問如何是觀音第一義師曰錯問無明實性即佛性如何是佛性師曰喚甚麽作無明問如何是和尚家風師曰亘古亘今問不問不答時如何師曰寐語作麽問牛頭未見四祖時如何師曰青山綠水曰見後如何師曰綠水青山師問僧汝會佛法麽曰不會師曰汝端的不會曰是師曰且去待別時來其僧珍重師曰不是這箇道理問如何是摩訶般若師曰雪落茫茫僧無語師曰會麽曰不會師示偈曰摩訶般若非取非捨若人不會風寒雪下

廬山歸宗義柔禪師開堂陞座維那白槌曰法筵龍象衆當觀第一義師曰若是第一義且作麽生觀恁麽道落在甚麽處爲復是觀爲復不許人觀先德上座共相證明後學初心莫喚作返問語倒靠語有疑請問僧問諸佛出世說法度人感天動地和尚出世有何祥瑞師曰人天大衆前寐語作麽問優曇華折人皆覩達本無心事若何師曰謾語曰恁麽則南能別有深深旨不是心心人不知師曰事須飽叢林問昔日金峯今日歸宗未審是一是二師曰謝汝證明問法眼一箭直射歸宗歸宗一箭當射何人師曰莫謗我法眼問此日知軍親證法師於何處答深恩師曰教我道甚麽即得乃曰一問一答也無了期

佛法也不是恁麼道理大衆此日之事故非本心實謂秖箇住山寧有意向來成佛亦無心蓋緣是知軍請命寺衆誠心既到這裏且說箇甚麼即得還相悉麼若信不及古人便道相逢欲相喚脉脉不能語作麼生會若會堪報不報之恩足助無爲之化若也不會莫道長老開堂秖舉古人語此之盛事天高海深況喻不及更不敢讚祝皇風回向清列何以故古人道吾禱久矣豈況當今聖明者哉珍重僧問如何是空王廟師曰莫少神曰如何是廟中人師曰適來不謾道問靈龜未兆時如何師曰是吉是凶問未達其源乞師方便師曰達也曰達後如何師曰終不恁麼問問僧看甚麼經曰寶積經師曰既是沙門爲甚麼看寶積經僧無語師代云古今用無極

洪州百丈道恒禪師參法眼因請益外道問佛不問有言不問無言叙語未終眼曰住住汝擬向世尊良久處會那師從此悟入住後上堂乘此寶乘直至道場每日勞諸上座訪及無可祇延時寒不用久立却請回車珍重僧問如何是學人行脚事師曰拗折拄杖得也未問古人有言釋迦與我同參未審參見何人師曰唯有同參方知曰未審此人如何親近師曰恁麼則你不解參也問如何是祖師西來意師曰徃徃問不著問還鄉曲子作麼生唱師曰設使唱落汝後問如何是百丈境師曰何似雲居問如何是百丈爲人一句師曰若到諸方總須問過乃曰實是無事諸人各各是佛更有何疑得到這裏古人道十方同聚會箇箇學無爲此是選佛場心空及

第歸且作麼生是心空不是那裏閉目冷坐是心空此正是意識想解上座要會心空麼但且識心便見心空所以道過去已過去未來更莫筭兀然無事坐何曾有人喚設有人喚上座應他好不應他好若應他阿誰喚上座若不應他又不患聾也三世體空且不是木頭也所以古人道心空得見法王還見法王麼也秖是老病僧又莫道渠自伐好珍重問如何是佛師曰汝有多少事不問僧舉人問玄沙三乘十二分教即不問如何是祖師西來意沙曰三乘十二分教不要某甲不會請師爲說師曰汝實不會曰實不會師示偈曰不要三乘要祖宗三乘不要與君同君今欲會通宗旨後夜猿啼在亂峰上堂諸上座適來從僧堂裏出來脚未跨門限便回去已是重說偈言了也更來這裏不可重重下切脚也古人云參他不如自參所以道森羅萬象是善財之宗師業惑塵勞乃普賢之境界若恁麼參得與善財同參若不肯與麼參却歸堂向火參取勝熱婆羅門珍重上堂衆纔集便曰喫茶去或時衆集便曰珍重或時衆集便曰歇後有頌曰百丈有三訣喫茶珍重歇直下便承當敢保君未徹師終于本山

杭州永明寺道潛禪師河中府武氏子初謁法眼眼問曰子於參請外看甚麼經師曰華嚴經眼曰總別同異成壞六相是何門攝屬師曰文在十地品中據理則世出世間一切法皆具六相也眼曰空還具六相也無師懵然無對眼曰汝問我我向汝道師乃問空還具六相也無眼曰空師於是開悟踊躍禮謝

眼曰子作麽生會師曰空眼然之異日因四衆士女入院眼問師曰律中道隔壁聞釵釧聲即名破戒見覩金銀合雜朱紫駢闐是破戒不是破戒師曰好箇入路眼曰子向後有五百毳徒爲王矦所重在師尋禮辭駐錫於衢州古寺閱大藏經忠懿王命入府受菩薩戒署慈化定慧禪師建大伽藍號慧日永明請居之師欲請塔下羅漢銅像過新寺供養王曰善矣予昨夜夢十六尊者乞隨禪師入寺何昭應之若是仍於師號加應眞二字師坐永明常五百衆上堂佛法顯然因甚麽却不會諸上座欲會佛法但問取張三李四欲會世法則參取古佛叢林無事久立僧問如何是永明的的意師曰今日十五明朝十六曰覽師的的意師曰何處覽問如何是永明家風師曰早被上座答了也問三種病人如何接師曰汝是聾人曰請師方便師曰是方便問牛頭未見四祖時爲甚麽百鳥銜華師曰見東見西曰見後爲甚麽不銜華師曰見南見北曰昔日作麽生師曰且會今日問達磨西來傳箇甚麽師曰傳箇册子曰恁麽則心外有法去也師曰心内無法問如何是第二月師曰月問如何是覿面事師曰背後是甚麽問文殊仗劒擬殺何人師曰止止曰如何是劒師曰眼是問諸餘即不問向上宗乘亦且置請師不答師曰好箇師僧子曰恁麽則禮拜去也師曰不要三拜盡汝一生去衆參次師指香爐曰汝諸人還見麽若見一時禮拜各自歸堂僧問至道無言借言顯道如何是顯道之言師曰切忌揀擇曰如何是不

揀擇師曰元帥大王太保令公問如何是慧日祥光師曰此去報慈不遠曰恁麽則親蒙照燭師曰且喜没交涉

杭州報恩慧明禪師姓蔣氏幼歲出家三學精練志探玄旨乃南遊於閩越間歷諸禪會莫契本心後至臨川謁法眼師資道合尋回鄞水大梅山庵居吳越部内禪學者雖盛而以玄沙正宗置之閫外師欲整而導之一日有新到參師問近離甚處曰都城師曰上座離都城到此山則都城少上座此間剩上座剩則心外有法少則心法不周說得道理即住不會即去僧無對僧問如何是大梅主師曰闍黎今日離甚麽處僧無對師尋還天台山白沙卓庵有朋彥上座博學强記來訪師敵論宗乘師曰言多去道轉遠今有事借問秖如從上諸聖及諸先德還有不悟者也無彥曰若是諸聖先德豈有不悟者哉師曰一人發眞歸源十方虛空悉皆消殞今天台山嶷然如何得消殞去彥不知所措自是他宗泛學來者皆服膺矣漢乾祐中忠懿王延入府中問法命往資崇院師盛談玄沙及地藏法眼宗旨臻極王因命翠巖令參等諸禪匠及城下名公定其勝負天龍禪師問曰一切諸佛及諸佛法皆從此經出未審此經從何而出師曰道甚麽天龍擬進語師曰過也資嚴長老問如何是現前三昧師曰還聞麽嚴曰某甲不患聾師曰果然患聾師復舉雪峰塔銘問諸老宿云夫從緣有者始終而成壞非從緣有者歷劫而長堅堅之與壞即且置雪峰即今在甚麽處（法眼別云秖今是成是壞）宿無對設

有對者亦不能當其徵詰時羣彥弭伏王大喜悅署圓通普照禪師上堂諸人還委悉麼莫道語默動靜無非佛事好且莫錯會僧問如何是祖師西來意師曰汝還見香臺麼曰某甲未會乞師指示師曰香臺也不識問離却目前機如何是西來意師曰汝何不問曰恁麼則委是去也師曰也是虛施問如何是佛法大意師曰我見燈明佛本光瑞如此問如何是學人自己師曰特地伸問是甚麼意問如何是西來意師曰十萬八千眞跛涉直下西來不到東問如何是第二月師曰揑目看花花數朶見精明樹幾枝枝

金陵報慈行言玄覺導師泉州人也上堂凡行脚人參善知識到一叢林放下瓶鉢可謂行菩薩道能事畢矣何用更來這裏舉論眞如涅槃此是非時之說然古人有言譬如披沙識寶沙礫若除眞金自現便喚作常住世間具足僧寶亦如一味之雨一般之地生長萬物大小不同甘辛有異不可道地與雨有大小之名也所以道方即現方圓即現圓何以故爾法無偏正隨相應現喚作對現色身還見麼若不見也莫閑坐地僧問如何是祖師西來意師曰此問不當問坐却是非如何合得本來人師曰汝作麼生坐師聞鳩子叫問僧甚麼聲曰鳩子聲師曰欲得不招無間業莫謗如來正法輪江南國王建報慈院命師大闡宗猷海會二千餘衆別署導師之號上堂此日英賢共會海衆同臻諒惟佛法之趣無不備矣若是英鑒之者不須待言也然言之本無何以默矣是以森羅萬象諸佛洪

源顯明則海印光澄冥昧則情迷自惑苟非通心上士逸格高人則何以於諸塵中發揚妙極卷舒物象縱奪森羅示生非生應滅非滅生滅洞已乃曰眞常言假則影散千途論眞則一空絕跡豈可以有無生滅而計之者哉僧問國王再請特薦先朝和尚今日如何舉唱師曰汝不是問再唱人曰恁麼則天上人間無過此也師曰没交涉問遠遠投師請垂一接師曰却依舊處去

撫州崇壽院契稠禪師泉州人也上堂僧問四衆諦觀第一義如何是第一義師曰何勞更問乃曰大衆欲知佛性義當觀時節因緣作麼生是時節因緣上座如今便散去且道有也未若無因甚麼便散去若有作麼生是第一義上座第一義現成何勞更觀恁麼顯明得佛性常照一切法常住若見有法常住猶未是法之眞源作麼生是法之眞源上座不見古人道一人發眞歸源十方虛空悉皆消殞還有一法爲意解麼古人有如是大事因緣依而行之即是何勞長老多說衆中有未知者便請相示僧問法眼之燈親然汝水今日王侯請命如何是法眼之燈師曰更請一問問古人見不齊處請師方便師曰古人見甚麼處不齊問如何是佛師曰如何是佛曰如何領解師曰領解即不是問的的西來意師當第幾人師曰年年八月半中秋問如何是和尚爲人一句師曰觀音舉上藍舉

金陵報恩院法安慧濟禪師太和人也初住曹山上堂知幻即離不作方便離幻即覺亦無漸次諸上座且作麼生會不作方便又無

漸次古人意在甚麼處若會得諸佛常現前若未會莫向圓覺經裏討夫佛法亘古亘今未嘗不現前諸上座一切時中咸承此威光須具大信根荷擔得起始得不見佛讚猛利底人堪為器用亦不賞他向善久修淨業者要似他廣額屠兒拋下操刀便證阿羅漢果直須恁麼始得所以長者道如將梵位直授凡庸僧問大衆既臨於法會請師不吝句中玄師曰謾得大衆麼曰恁麼則全因此問也師曰不用得問古人有言一切法以不生為宗如何是不生宗師曰好箇問處問佛法中請師方便師曰方便了也問如何是古佛心師曰何待問江南國王請居報恩署號攝衆上堂謂衆曰此日奉命令住持當院為衆演法適來見維那白槌了多少好令教當觀第一義且作麼生是第一義若這裏恭得多少省要如今別更說箇甚麼即得然承恩旨不可杜默去也夫禪宗示要法爾常規圓明顯露亘古亘今至于達磨西來也秖與諸人證明亦無法可得與人秖道直下是便教立地構取古人雖則道立地構取如今坐地還構得也無有疑請問僧問三德奥樞從佛演一音玄路請師明師曰汝道有也未問如何是報恩境師曰大家見汝問開寶中示滅於本院

廬州長安院延規禪師僧問如何是庵中主師曰汝到諸方但道從長安來

南康軍雲居山清錫禪師泉州人也僧問如何是雲居境師曰汝喚甚麼作境曰如何是境中人師曰適來向汝道甚麼後住泉州西

明院有廖天使入院見供養法眼和尚眞乃問曰眞前是甚麼果子師曰假果子天使曰旣是假果子爲甚麼將供養眞師曰也秖要天使識假僧問如何是佛師曰容顏甚奇妙

五燈會元卷第二十五

音釋

顗語豈切音螘靜也又謹莊貌　鼕徒冬切音彤鼓聲也　㭊與析同　鄞魚巾切音銀縣名　弭莫禮切音敉安也　猷夷周切音由謀也

五燈會元卷第二十六

宋　沙　門　大　川　濟　纂

青原下九世

清凉益禪師法嗣

常州正勤院希奉禪師蘇州謝氏子上堂古聖道圓同太虚無欠無餘又道一一法一一宗衆多法一法宗又道起唯法起滅唯法滅又道起時不言我起滅時不言我滅據此説話屈滯久在叢林上座若是初心兄弟且須體道人身難得正法難聞莫同等閑施主衣食不易消遣若不明道箇箇盡須還他上座要會道麽珍重僧問如何是祖師西來意師曰甚麽處得這箇消息問如何是諸法空相師曰山河大地問僧衆雲集請師舉唱宗乘師曰舉來久矣問佛法付囑國王大臣今日正勤將何付囑師曰萬歲萬歲問古人有言山河大地是汝眞善知識如何得山河大地爲善知識去師曰汝唤甚麽作山河大地問如何是合道之言師曰汝問我答問靈山會上迦葉親聞未審今日誰人得聞師曰迦葉親聞箇甚麽問古佛道場學人如何得到師曰汝今在甚麽處問如何是和尚圓通師敲禪牀三下問如何是脱却根塵師曰莫妄想問人王法王是一是二師曰人王法王問如何是諸法寂滅相師曰起唯法起滅唯法滅問如何是未曾生底法師曰汝爭得知問無著見文殊爲甚麽不識師曰汝道文殊還識無著麽問得意誰家新曲妙正勤一句請師宣師曰道甚麽曰豈無方便也師曰汝不會我語

漳州羅漢智依宣法禪師上堂盡十方世界無一微塵許法與汝作見聞覺知還信麽然雖如此也須悟始得莫將爲等閑不見道單明自已不悟目前此人秖具一隻眼還會麽僧問纖塵不立爲甚麽好醜現前師曰分明記取別處問人問大衆雲集誰是得者師曰還曾失麽問如何是佛師曰汝是行脚僧問如何是寶壽家風師曰一任觀看曰恁麽則大衆有賴師曰汝作麽生曰終不敢謾大衆師曰嫌少作麽問僧受業在甚麽處曰在佛跡師曰佛在甚麽處曰甚麽處不是師舉起拳曰作麽生曰和尚收取師曰放闍黎七棒問僧今夏在甚麽處僧曰在無言上座處師曰還曾問訊他否僧曰也曾問訊師曰無言作麽生問得僧曰若得無言甚麽處不問得師喝曰恰似問老兄師與彥端長老喫餅餤端曰百種千般其體不二師曰作麽生是不二體端拈起餅餤師曰秖守百種千般端曰也是和尚見處師曰汝也是羅公詠梳頭樣師將示滅乃謂衆曰今晚四大不和暘雲騰鳥飛風動塵起浩浩地還有人治得麽若治得永劫不相識若治不得時時常見我言訖告寂

金陵鍾山章義院道欽禪師太原人也初住廬山棲賢上堂道遠乎哉觸事而眞聖遠乎哉體之則神我尋常示汝何不向衣鉢下坐地直下叅取須要上來討箇甚麽既上來我即事不獲已便舉古德少許方便抖擻些子龜毛兎角解落向汝諸上座欲得省要僧堂裏三門下寮舍裏叅取好還有會處也未若

有會處試說看與上座證明僧問如何是棲賢境師曰棲賢有甚麼境問古人拈椎竪拂還當宗乘中事也無師曰古人道了也問學人作入叢林乞和尚指示師曰一手指天一手指地後江南國主請居章義道場上堂總來這裏立作甚麼善知識如河沙數常與汝爲伴行住坐卧不相捨離但長連牀上穩坐地十方善知識自來忝上座何不信取作得如許多難易他古聖嗟見今時人不柰何乃曰傷夫人情之惑久矣目對眞而不覺此乃嗟汝諸人看却不知且道看却甚麼不知何不體察古人方便秖爲信之不及致得如此諸上座但於佛法中留心無不得者無事體道去便下座僧問百年暗室一燈能破時如何師曰莫謾語問佛法還受變異也無師曰上座是僧問大衆雲集請師舉揚宗旨師曰久矣問如何是玄旨師曰玄有甚麼旨

金陵報恩匡逸禪師明州人也江南國主請居上院署凝密禪師上堂顧視大衆曰依而行之即無累矣還信麼如太陽赫奕皎然地更莫思量思量不及設爾思量得及喚作分限智慧不見先德云人無心合道道無心合人人道既合是名無事人且自何而凡自何而聖於此若未會可謂爲迷情所覆便去離不得迷時即有窒礙爲對爲待種種不同忽然惺去亦無所得譬如演若達多認影迷頭豈不擔頭覓頭然正迷之時頭且不失及乎悟去亦不爲得何以故人迷謂之失人悟謂之得得失在於人何關於動靜僧問諸佛說法普潤羣機和尚說法甚麼人得聞師曰秖

有汝不聞問如何是報恩一句師曰道不是得麼問十二時中思量不到處如何行履師曰汝如今在甚麼處問祖嗣西來如何舉唱師曰不違所請問如何是一句師曰我答爭似汝舉問佛爲一大事因緣出世未審和尚出世如何師曰恰好曰恁麼則大衆有賴師曰莫錯會

金陵報慈文遂導師杭州陸氏子嘗究首楞嚴甄會眞妄緣起本末精博於是節科注釋文句交絡厥功既就謁於法眼述已所業深符經旨眼曰楞嚴豈不是有八還義師曰是曰明還甚麼師曰明還日輪曰日還甚麼師懵然無對眼誡令焚其所注之文師自此服膺請益始忘知解金陵國主署雷音覺海大導師上堂天人羣生類皆承此恩力威權三界德被四方共禀靈光咸稱妙義十方諸佛常頂戴汝誰敢是非及乎向這裏喚作開方便門對根設教便有如此如彼流出無窮若能依而奉行有何不可所以清涼先師道佛是無事人且如今覓箇無事人也不可得僧問巔山巖崖還有佛法也無師曰汝喚甚麼作巔山巖崖問如何是道師曰妄想顛倒乃曰老僧平生百無所解日日一般雖住此間隨緣任運今日諸上座與本無異珍重僧問如何是無異底事師曰千差萬別僧再問師曰止止不須說且會取千差萬別問如何是和尚家風師曰方丈板門扇問如何是無相道場師曰四郎五郎廟問如何是吹毛劒師曰簳麵杖問如何是正直一路師曰遠遠近近曰便恁麼去時如何師曰咄哉癡人此是

險路問僧從甚麽處來曰曹山來師曰幾程到此曰七程師曰行却許多山林谿澗何者是汝自已曰總是師曰衆生顛倒認物爲已曰如何是學人自已師曰總是乃曰諸上座各在此經冬過夏還有人悟自已也無山僧與汝證明令汝眞見不被邪魔所惑問如何是學人自已師曰好箇師僧眼目甚分明

漳州羅漢院守仁禪師泉州人也上堂秖據如今誰欠誰剩然雖如此猶是第二義門上座若明達得去也且是一是二更須子細看僧問如何是祖師西來的的意師曰即今是甚麽意問如何是涅槃師曰生死曰如何是生死師曰適來道甚麽僧衆晚叅師曰物物本來無處所一輪明月印心池便歸方丈次住報恩上堂報恩這裏不曾與人揀話今日與諸上座揀一兩則話還願樂麽諸上座鶴脛長鳧脛短甘草甜黄蘗苦恁麽揀辨還愜雅意麽諸上座莫是血脉不通泥水有隔麽且莫錯會珍重僧問如何是西來意師曰喚甚麽作西來意曰恁麽則無西來也師曰由汝口頭道問如何是報恩家風師曰無汝著眼處問學人未委禀承請師方便師曰莫相孤負麽曰恁麽則有師資之分也師曰叢林見多問如何是佛法大意師曰向汝道甚麽問如何是無生之相師曰捨身受身曰恁麽則生死無過也師曰料汝恁麽會又曰人人皆備理一一盡圓常僧便問如何是圓常之理師曰無事不叅差曰恁麽則縱横法界也師曰巧道有何難問如何是不到三寸師曰你問我答問僧甚麽處來曰福州來師曰跋

涉如許多山嶺阿那箇是上座自己曰某甲親離福州師曰秪恁麼別更有商量曰更作甚麼商量師曰汝話墮也問不昧緣塵請師一接師曰喚甚麼作緣塵曰若不伸問焉息疑情師曰若不是今日便作官方

撫州黃山良匡禪師吉州人也僧問如何是黃山家風師曰築著汝鼻孔問如何是不遷義師曰春夏秋冬問如何是一路涅槃門師曰汝問宗乘中一句豈不是曰恁麼則不哆哆師曰莫哆哆好問衆星攢月時如何師曰喚甚麼作月曰莫秪這箇便是也無師曰這箇是甚麼問明鏡當臺森羅爲甚麼不現師曰那裏當臺曰爭奈即今何師曰又道不現

金陵報恩院玄則禪師滑州衛南人也初問青峰如何是學人自己峰曰丙丁童子來求火後謁法眼眼問甚處來師曰青峰眼曰青峰有何言句師舉前話眼曰上座作麼生會師曰丙丁屬火而更求火如將自己求自己眼曰與麼會又爭得師曰某甲秪與麼未審和尚如何眼曰你問我我與你道師曰如何是學人自己眼曰丙丁童子來求火師於言下頓悟開堂日李王與法眼俱在會僧問龍吟霧起虎嘯風生學人知是出世邊事到此爲甚麼不會師曰會取好僧舉頭看師又看法眼乃抽身入衆法眼與李王當時失色眼歸方丈令侍者喚問話僧至眼曰上座適來問底話許你具眼人天衆前何不禮拜蓋覆却眼摵一坐具其僧三日後吐光而終僧問了了見佛性如何是佛性師曰不欲便道問如何是金剛大士師曰見也未問如何是諸

聖密密處師曰却須會取自已曰如何是和尚密密處師曰待汝會始得上堂諸上座盡有常圓之月各懷無價之珍所以月在雲中雖明而不照智隱惑內雖真而不通無事久立問如何是不動尊師曰飛飛颺颺問如何是了然一句師曰對汝又何難曰恁麼道莫便是也無師曰不對又何難曰深領和尚恁麼道師曰汝道我道甚麼問亡僧遷化向甚麼處去也師曰待汝生即道曰賓主歷然師曰汝立地見亡僧問如何是學人本來心師曰汝還會道著也未曰秪如道著如何體會師曰待汝問始得問教中道樹能生果作玻瓈色未審此果何人得喫師曰樹從何來曰學人有分師曰去果八萬四千問如何是不遷義師曰江河競注日月旋流問宗乘中立要處請師一言師曰汝行脚來多少時也曰不曾逢伴侶師曰少瞌睡

金陵淨德院智筠達觀禪師河中府王氏子初住棲賢上堂從上諸聖方便門不少大抵秪要諸仁者有箇見處然雖未見且不參差一絲髮許諸仁者亦未嘗違背一絲髮許何以故炟赫地顯露如今便會取更不費一毫氣力還省要麼設道毗盧有師法身有主斯乃抑揚對機施說諸仁者作麼生會對底道理若也會且莫嫌他佛語莫重祖師直下是自已眼明始得僧問如何是的的之言師曰道甚麼問紛然覓不得時如何師曰覓箇甚麼不得問如何是祖師意師曰用祖師意作甚麼問今朝呈遠瑞正意爲誰來師曰大衆盡見汝恁麼問江南國主創淨德院延請居

之署達觀禪師上堂夫欲慕道也須上上根器始得造次中下不易承當何以故佛法非心意識境界上座莫恁麽懱㓔地他古人道沙門眼把定世界函蓋乾坤綿綿不漏絲髮所以諸佛讚歎讚歎不及比喻比喻不及道上座威光赫奕亘古亘今幸有如是家風何不紹續取爲甚麽自生卑劣枉受辛勤不能曉悟秖爲如此所以諸佛出興於世秖爲如此所以諸佛唱入涅槃秖爲如此所以祖師特地西來僧問諸聖皆入不二法門如何是不二法門師曰但恁麽入曰恁麽則今古同然去也師曰汝道甚麽處是同問如何是佛法大意師曰恰問著曰恁麽則學人禮拜也師曰汝作麽生會問如何是佛師曰如何不是乃曰吾不能投身巖谷滅迹市鄽而出入禁庭以重煩世主吾之過也遂屢辭歸故山

國主錫以五峰棲玄蘭若

高麗國道峰山慧炬國師始發機於法眼之室本國主思慕遣使來請遂回故地國主受心訣禮待彌厚一日請入王府上堂師指威鳳樓示衆曰威鳳樓爲諸上座舉揚了也還會麽儻若會且作麽生會若道不會威鳳樓作麽生不會珍重

杭州眞身寶塔寺紹巖禪師雍州劉氏子吳越王命師開法署了空大智常照禪師上堂山僧素寡知見本期閑放念經待死豈謂今日大王勤重苦勉山僧效諸方宿德施張法筵然大王致請也秖圖諸仁者明心此外別無道理諸仁者還明心也未莫不是語言譚笑時凝然杜默時叅尋知識時道伴商畧時

觀山覩水時耳目絶對時是汝心否如上所解盡爲魔魅所攝豈曰明心更有一類人離身中妄想外別認徧十方世界含日月包太虚謂是本來眞心斯亦外道所計非明心也諸仁者要會麼心無是者亦無不是者汝擬執認其可得乎僧問六合澄清時如何師曰大衆誰信汝師開寶四年七月示疾謂門弟子曰諸行無常即常住相言訖跏趺而逝

台州般若寺敬遵通慧禪師上堂皎皎烜赫地亘古亘今也未曾有纖毫間斷相無時無節長時拶定上座無通氣處所以道山河大地是上座善知識放光動地觸處露現實無絲頭許法可作隔礙如今因甚麼却不會特地生疑去無事不用久立僧問優曇花折人皆覩般若家風賜一言師曰不因上座問不

曾舉似人曰恁麼則般若雄峰詎齊今古師曰也莫錯會問牛頭未見四祖時爲甚麼百鳥銜華師曰汝甚麼處見曰見後爲甚麼不銜華師曰且領話好問靈山一會迦葉親聞未審今日一會何人得聞師曰試舉迦葉聞底看曰恁麼則迦葉親聞去也師曰亂道作麼師自述眞讚曰眞兮寥廓郢人圖臒嶽聳雲空澄潭月躍

廬山歸宗策眞法施禪師曹州魏氏子也初名慧超謁法眼問曰慧超咨和尚如何是佛眼曰汝是慧超師從此悟入住後上堂諸上座見聞覺知秖可一度秖如會了是見聞覺知不是見聞覺知要會麼與諸上座說破了也待汝悟始得久立珍重僧問如何是佛師曰我向汝道即別有也問如何是歸宗境師

曰是汝見甚麽曰如何是境中人師曰出去問國王請命大啓法筵不落見聞請師速道師曰閑言語曰師意如何師曰又亂說問承教有言將此深心奉塵剎是則名爲報佛恩塵剎即不問如何是報佛恩師曰汝若是則報佛恩問無情說法大地得聞師子吼時如何師曰汝還聞麽曰恁麽則同無情也師曰汝不妨會得好問古人以不離見聞爲宗未審和尚以何爲宗師曰此問甚好曰猶是三緣四緣師曰莫亂道

洪州同安院紹顯禪師僧問王恩降旨師親受熊耳家風乞一言師曰已道了也問千里投師請師一接師曰好入處雲蓋山乞𣏌造殿有官人問旣是雲蓋何用乞𣏌僧無對師代曰罕遇其人

廬山棲賢慧圓禪師上堂出得僧堂門見五老峰一生叅學事畢何用更到這裏來雖然如此也勞上座一轉了也珍重僧問不是風動不是幡動未審古人意旨如何師曰大衆一時會取上堂有僧擬問師乃指其僧曰住任其僧進步問從上宗乘請師舉唱師曰前言不搆後語難追曰未審今日事如何師曰不會人言語問如何是佛法大意師曰好問如何是棲賢境師曰入得三門便合知問如何是祖師西來意師曰此土不久少

洪州觀音院從顯禪師泉州人也上堂衆集良久曰文殊深讚居士未審居士受讚也無若受讚何處有居士邪若不受讚文殊不可虛發言也大衆作麽生會若會眞箇衲僧僧問居士默然文殊深讚此意如何師曰汝問

我答曰忽遇恁麽人出頭來又作麽生師曰行到水窮處坐看雲起時問如何是觀音家風師曰眼前看取曰忽遇作者來作麽生見待師曰貧家秖如此未必便言歸問久負沒絃琴請師彈一曲師曰作麽生聽其僧側耳師曰賺殺人乃曰盧行者當時大庾嶺頭謂明上座言莫思善莫思惡還我明上座本來面目來觀音今日不恁麽道還我明上座來恁麽道是曹溪子孫也無若是曹溪子孫又爭除却四字若不是又過在甚麽處試出來商量看良久曰此一衆眞行脚人也便下座太平興國八年九月中師謂檀那袁長史曰老僧三兩日間歸鄉去袁曰和尚年尊何更思鄉師曰歸鄉圖得好鹽喫袁不測其言翌日師不疾坐亡袁建塔于西山

洛京興善棲倫禪師僧問如何是佛師曰向汝道甚麽即得問如何是西來意師曰適來猶記得

洪州嚴陽新興院齊禪師僧問如何得出三界去師曰汝還信麽曰信則深信乞和尚慈悲師曰秖此信心亘古亘今快須究取何必沉吟要出三界三界唯心師因雪謂衆曰諸上座還見雪麽見即有眼不見無眼有眼即常無眼即斷恁麽會得佛身充滿問學人辭去沩潭乞和尚示箇入路師曰好箇入路道心堅固隨衆叅請隨衆作務要去便去要住便住去之與住更無他故若到沩潭不審馬祖

潤州慈雲匡達禪師僧問佛以一大事因緣故出現於世未審和尚出世如何師曰恰好

曰作麼生師曰不好
蘇州薦福院紹明禪師州將錢仁奉請住持乃問如何是和尚家風師曰一切處看取
澤州古賢院謹禪師侍立法眼次眼問一僧曰自離此間甚麼處去來曰入嶺來眼曰不易曰虛涉他如許多山水眼曰如許多山水也不惡其僧無語師於此有省住後僧問如何是佛師曰築著你鼻孔問僧曰唯一堅密身一切塵中現如何是堅密身僧豎指師曰現則現你作麼生會僧無語
宣州興福院可勳禪師建州朱氏子僧問如何是興福正主師曰闍黎不識曰莫秖這便是麼師曰縱未歇狂頭亦何失問如何是道師曰勤而行之問何云法空師曰不空有偈示衆曰秋江煙島晴鷗鷺行行立不念觀世音爭知普門入
洪州上藍院守訥禪師上堂盡令提綱無人掃地叢林兄弟相共證明晚進之流有疑請問僧問願開甘露門當觀第一義不落有無中請師垂指示師曰大衆證明曰恁麼則莫相屈去也師曰閑言語問如何是佛師曰更問阿誰
撫州覆船和尚僧問如何是佛師曰不識問如何是祖師西來意師曰莫謗祖師好
杭州奉先寺法瓌法明普照禪師僧問釋迦出世天雨四華地搖六動未審今日有何祥瑞師曰大衆盡見曰法王法如是師曰人王見在問法眼寶印和尚親傳今日一會當付何人師曰誰人無分曰恁麼則雷音普震無邊刹去也師曰也須善聽

廬山化城寺慧朗禪師江南相國宋齊丘請開堂師陞座曰今日令公請山僧爲衆莫非承佛付囑不忘佛恩衆中有問話者出來爲令公結緣僧問令公親降大衆雲臻從上宗乘請師舉唱師曰莫是孤負令公麽問師常苦口爲甚麽學人己事不明師曰闍黎甚麽處不明曰不明處請師決斷師曰適來向汝道甚麽曰恁麽則全因今日去也師曰退後禮三拜

杭州慧日永明寺道鴻通辯禪師僧問遠離天台境來登慧日峰久聞師子吼今日請師通師曰聞麽曰恁麽則昔日崇壽今日永明也師曰幸自靈利何須亂道乃曰大道廓然古今常爾眞心周徧如量之智皎然萬象森羅咸眞實相該天括地亘古亘今大衆還會麽還辯白得麽僧問國王嘉命公貴臨筵未審今日當爲何事師曰驗取曰此意如何師曰甚麽處去來曰恁麽則成造次也師曰休亂道

高麗國靈鑒禪師僧問如何是清淨伽藍師曰牛欄是問如何是佛師曰拽出癲漢著

荊門上泉和尚僧問二龍爭珠誰是得者師曰我得問遠遠投師如何一接師按杖視之其僧禮拜師便喝問尺壁無瑕時如何師曰我不重曰不重後如何師曰火裏蝍蟟飛上天

廬山大林寺僧遁禪師初住圓通有僧舉僧問玄沙向上宗乘此間如何言論沙曰少人聽未審玄沙意旨如何師曰待汝移却石耳峰我即向汝道（歸宗柔別云且低聲）

池州仁王院緣勝禪師僧問農家擊壤時如何師曰僧家自有本分事曰不問僧家本分事農家擊壤時如何師曰話頭何在

青原下十世

天台韶國師法嗣

杭州慧日永明延壽智覺禪師餘杭王氏子總角之歲歸心佛乘既冠不茹葷日唯一食持法華經七行俱下纔六旬悉能誦之感羣羊跪聽年二十八爲華亭鎮將屬翠巖叅禪師遷止龍册寺大闡玄化時呉越文穆王知師慕道乃從其志遂禮翠巖爲師執勞供衆都忘身宰衣不繒纊食無重味野蔬布襦以遣朝夕尋往天台山天柱峰九旬習定有烏類斥鷃巢於衣襵中暨謁韶國師一見而深器之密授玄旨仍謂師曰汝與元帥有緣他日大興佛事初住雪竇上堂雪竇這裏迅瀑千尋不停纖粟奇巖萬仞無立足處汝等諸人向甚麼處進步僧問雪竇一徑如何履踐師曰步步寒華結言言徹底氷師有偈曰孤猿叫落中巖月野客吟殘半夜燈此境此時誰得意白雲深處坐禪僧忠懿王請開山靈隱新寺明年遷永明大道場衆盈二千僧問如何是永明妙旨師曰更添香著曰謝師指示師曰且喜沒交涉僧禮拜師曰聽取一偈欲識永明旨門前一湖水日照光明生風來波浪起問學人久在永明爲甚麼不會永明家風師曰不會處會取曰不會處如何會師曰牛胎生象子碧海起紅塵問成佛成祖亦出不得六道輪回亦出不得未審出甚麼處不得師曰出汝問處不得問教道中一切諸

佛及諸佛法皆從此經出如何是此經師曰長時轉不停非義亦非聲曰如何受持師曰若欲受持者應須著眼聽問如何是大圓鏡師曰破砂盆師居永明十五載度弟子一千七百人開寶七年入天台山度戒約萬餘人常與七衆授菩薩戒夜施鬼神食朝放諸生類不可稱算六時散華行道餘力念法華經計萬三千部著宗鏡録一百卷詩偈賦詠凡千萬言播於海外高麗國王覽師言教遣使齎書敘弟子之禮奉金線織成袈裟紫水精數珠金澡罐等彼國僧三十六人皆承印記前後歸本國各化一方開寶八年十二月示疾越二日焚香告衆跏趺而寂塔于大慈山

蘇州長壽院朋彥廣法禪師永嘉秦氏子僧問如何是玄旨師曰四稜塌地問如何是絶絲毫底法師曰山河大地曰恁麽則即相而無相也師曰也是狂言問如何是徑直之言師曰千迂萬曲曰恁麽則無不總是也師曰是何言歟問如何是道師曰跋涉不易

温州大寧院可弘禪師僧問如何是正真一路師曰七顛八倒曰恁麽則法門無別去也師曰我知汝錯會去問皎皎地無一絲頭時如何師曰話頭已墮曰乞師指示師曰適來亦不虛設問向上宗乘請師舉揚師曰汝問太遲生曰恁麽則不仙陀去也師曰深知汝恁麽去

杭州五雲山華嚴院志逢禪師餘杭人也生惡葷血膚體香潔幼歲出家於臨安東山朗瞻院依年受具通貫三學了達性相嘗夢陞須彌山覩三佛列坐初釋迦次彌勒皆禮其

足唯不識第三尊但仰視而已釋尊謂之曰此是補彌勒處師子月佛師方作禮覺後因閱大藏經乃符所夢天福中遊方抵天台雲居參國師賓主緣契頓發玄祕一日入普賢殿中宴坐倏有一神人跪膝於前師問汝其誰乎曰護戒神也師曰吾患有宿愆未殄汝知之乎曰師有何罪唯一小過耳師曰何也曰凡折鉢水亦施主物師每傾棄非所宜也言訖而隱師自此洗鉢水盡飲之積久因致脾疾十載方愈（凡折退飲食及涕唾便利等並宜鳴指默念呪發施心而傾棄之）吳越國王嚮師道風召賜紫衣署普覺禪師命往臨安功臣院上堂諸上座捨一知識參一知識盡學善財南遊之式樣且問上座秖如善財禮辭文殊擬登妙峰謁德雲比丘及到彼所何以德雲却於別峰相見夫教

意祖意同一方便終無別理彼若明得此亦昭然諸上座即今簇著老僧是相見是不相見此處是妙峰是別峰脫或從此省去可謂不孤負老僧亦嘗見德雲比丘未嘗刹那相捨離還信得及麼僧問叢林舉唱曲爲今時如何是功臣的的意師曰見麼曰恁麼則大衆咸欣也師曰將謂師子兒問佛佛授手祖祖傳心未審和尚傳箇甚麼師曰汝承當得麼曰學人承當不得還別有人承當得否師曰大衆笑汝問如何是如來藏師曰恰問著問如何是諸佛機師曰道是得麼上堂良久曰大衆看看便下座上堂古德爲法行腳不憚勤勞如雪峰三到投子九上洞山盤桓往返尚求箇入路不得看汝近世叅學人纔跨門來便要老僧接引指示說禪且汝欲造玄

極之道豈同等閑而況此事亦有時節躁求焉得汝等要知悟時麽如今各且下去堂中靜坐直待仰家峰點頭老僧即爲汝說時有僧出曰仰家峰點頭也請師說師曰大衆且道此僧會老僧語不會老僧語僧禮拜師曰今日偶然失鑒有人問僧無爲無事人爲甚麽却有金鎖難僧無對師代云秖爲無爲無事僧問教道中文殊忽起佛見法見被佛威神攝向二鐵圍山意旨如何師曰甚麽處是二鐵圍山僧無語師曰還會麽如今若有人起佛法之見吾與烹茶兩甌且道賞伊罰伊同教意不同教意開寶四年大將凌超於五雲山剏院奉師爲終老之所師每攜大扇乞錢買肉飼虎虎每迎之載以還山雍熙二年示寂塔於本院

杭州報恩法端慧月禪師上堂數夜與諸上座東語西話猶未盡其源今日與諸上座大開方便一時說却還願樂也無久立珍重僧問學人恁麽上來請師接師曰不接曰爲甚麽不接師曰爲汝太靈利

杭州報恩紹安通辯明達禪師上堂僧問大衆側聆請師不吝師曰奇怪曰恁麽則今日得遇於師也師曰是何言歟乃曰一句染神萬劫不朽今日爲諸人舉一句子良久曰分明記取便下座上堂幸有樓臺匝地常提祖印不妨諸上座參取久立珍重僧問如何是和尚家風師曰一切處見成曰恁麽則亘古亘今也師曰莫閑言語

福州廣平院守威宗一禪師本州人也參天台國師得旨乃付衣法時有僧問大庾嶺頭

提不起如何今日付於師師提起曰有人敢道天台得麽上堂達磨大師云吾法三千年後不移絲髮山僧今日不移達磨絲髮先達之者共相證明若未達者不移絲髮僧問洪鐘韻絕大衆臨筵祖意西來請師提唱師曰洪鐘韻絕大衆臨筵問古人云任汝千聖見我有天眞佛如何是天眞佛師曰千聖是弟問如何是廣平家風師曰誰不受用上堂不用開經作梵不用展鈔牒科還有理論處也無設有理論處亦是方便之談宗乘事合作麽生問如何是西來意師曰未曾有人答得曰請師方便師曰何不更問

杭州報恩永安禪師溫州翁氏子幼依本郡彙征大師出家後唐天成中隨本師入國忠懿王命征爲僧正師尤不喜俗務擬潛往閩川投訪禪會屬路岐艱阻遂回天台山結茅尋遇韶國師開示頓悟本心乃辭出山征聞於王王命住越州清泰次召居上寺署正覺空慧禪師上堂十方諸佛一時雲集與諸上座證明諸上座與佛一時證明還信麽切忌卜度僧問四衆雲臻如何舉唱師曰若到諸方切莫錯舉曰非但學人大衆有賴師曰禮拜著問五乘三藏委者頗多祖意西來乞師指示師曰五乘三藏曰向上還有事也無師曰汝却靈利問如何大作佛事師曰嫌甚麽曰恁麽則親承摩頂去也師曰何處見世尊問如何是西來意師曰過這邊立僧纔移步師召曰會麽曰不會師曰聽取一偈汝問西來意且過這邊立昨夜三更時雨打虛空濕電影忽然明不似蚰蜒急開寶七年示疾告

衆言别時有僧問昔日如來正法眼迦葉親傳未審和尚玄風百年後如何體會師曰汝甚麼處見迦葉來曰恁麼則信受奉行不忘斯旨去也師曰佛法不是這箇道理言訖跏趺而寂闍維舌根不壞柔輭如紅蓮華藏於普賢道場

廣州光聖院師護禪師閩人也自天台得法化行嶺表國主劉氏創大伽藍請師居焉署大義禪師僧問昔日梵王請佛今日國主臨筵祖意西來如何舉唱師曰不要西來山僧已舉唱了也曰豈無方便師曰適來豈不是方便問學人乍入叢林西來妙訣乞師指示師曰汝未入叢林我已示汝了也曰如何領會師曰不要領會

杭州奉先寺清昱禪師永嘉人也忠懿王召入問道創奉先居之署圓通妙覺禪師僧問如何是西來意師曰高聲舉似大衆

台州紫凝普聞寺智勤禪師僧問如何是空手把鉏頭師曰但恁麼諦信曰如何是步行騎水牛師曰汝自何來有偈示衆曰今年五十五脚未蹋寸土山河是眼睛大海是我肚太平興國四年有旨試僧經業山門老宿各寫法名唯師不閑書札時通判李憲問世尊還解書也無師曰天下人知淳化初不疾命侍僧開浴浴訖垂誡徒衆安坐而逝塔於本山三年後門人遷塔發龕覩師容儀儼若髮仍長遂迎入新塔

温州鴈蕩山願齊禪師錢塘江氏子上堂僧問夜月舒光爲甚麼碧潭無影師曰作家弄影漢其僧從東過西立師曰不唯弄影兼乃

怖頭

杭州普門寺希辯禪師蘇州人也忠懿王命王越州清泰署慧智後遷上寺上堂山僧素乏知見復寡聞持頃雖侍立於國師不蒙一句開示以致今日與諸仁者聚會更無一法可相助發何況能爲諸仁者區别緇素商量古今還怪得山僧麽若有怪者且道此人具眼不具眼有賓主義無賓主義晚學初機必須審細僧問如何是普門示現神通事師曰恁麽則闍黎怪老僧去也曰不怪時如何師曰汝且下堂裏思惟去太平興國三年吳越王入覲師隨寳塔至見于滋福殿賜紫衣號慧明禪師端拱中乞還故里詔從之賜御製詩忠懿王施金於常熟本山院創輙浮圖七級高二百尺功旣就至道三年八月示寂塔于院之西北隅

杭州光慶寺遇安禪師錢塘沈氏子上堂僧問無價寳珠請師分付師曰善能吐露曰恁麽則人人具足去也師曰珠在甚麽處僧禮拜師曰也是虚言問提綱舉領盡立主賓如何是主師曰深委此問曰如何是賓師曰適來向汝道甚麽曰賓主道合時如何師曰其令不行問心月孤圓光吞萬象如何是吞萬象底光師曰大衆總見汝恁麽問曰光吞萬象從師道心月孤圓意若何師曰抖擻精神著曰鷺倚雪巢猶可辯光吞萬象事難明師曰謹退問青山緑水處處分明和尚家風乞垂一句師曰盡被汝道了也曰未必如斯請師答話師曰不用閑言又一僧方禮拜師曰問答俱備僧擬問師乃叱之上堂欲識曹溪

旨雲飛前面山分明眞實箇不用別追攀僧問古德有言井底紅塵生山頭波浪起未審此意如何師曰若到諸方但恁麼問曰和尚意旨如何師曰適來向汝道甚麼乃曰古今相承皆云塵生井底浪起山頭結子空華生兒石女且作麼生會莫是和聲送事就物呈心句裏藏鋒聲前全露麼莫是有名無體異唱玄譚麼上座自會即得古人意旨即不然既恁麼會不得合作麼生會上座欲得會麼但看泥牛行處陽燄飜波木馬嘶時空華墜影聖凡如此道理分明何須久立珍重

台州般若寺友蟾禪師錢塘人也初住雲居普賢忠懿王署慈悟禪師遷止上寺衆盈五百僧問鼓聲纔罷大衆雲臻向上宗乘請師舉唱師曰虧汝甚麼曰恁麼則人人盡霑恩去也師曰莫亂道

婺州智者寺全肯禪師初叅國師國師問汝名甚麼師曰全肯國師曰肯箇甚麼師於言下有省乃禮拜住後僧問有人不肯還甘也無師曰若人問我即向伊道

五燈會元卷第二十六

音釋

簳古旱切音幹小竹也　臒屋郭切音蠖善丹也　襦汝朱切音儒短衣也　鷃於諫切音晏小雀也　迃迂本字　飼同飤相吏切音寺食也以食食人也　昱余六切音毓日光也

五燈會元卷第二十七

宋沙門大川濟纂

青原下十世

天台韶國師法嗣

福州玉泉義隆禪師上堂山河大地盡在諸人眼睛裏因甚麼說會與不會時有僧問山河大地眼睛裏師今欲更指歸誰師曰秖爲上座去處分明曰若不上來伸此問焉知方便不虛施師曰依俙似曲纔堪聽又被風吹別調中

杭州龍冊寺曉榮禪師溫州鄧氏子僧問祖祖相傳未審和尚傳阿誰師曰汝還識得祖也未僧慧文問如何是真實沙門師曰汝是慧文問如何是般若大神珠師曰般若大神珠分形萬億軀塵塵彰妙體剎剎盡毗盧問如何是日用事師曰一念周沙界日用萬般通湛然常寂滅常展自家風小參次僧問向上事即不問如何是妙善臺中的的意師曰若到諸方分明舉似曰恁麼則雲有出山勢水無投澗聲師乃叱之

杭州功臣慶蕭禪師僧問如何是功臣家風師曰明暗色空曰恁麼則諸法無生去也師曰汝喚甚麼作諸法僧禮拜師曰聽取一偈功臣家風明暗色空法法非異心心自通恁麼會得諸佛真宗

越州稱心敬璡禪師僧問結束囊裝請師分付師曰莫諱却曰甚麼處孤負和尚師曰却是汝孤負我

福州嚴峯師术禪師開堂陞座極樂和尚問曰大衆顒望請震法雷師曰大衆還會麼還

辨得麽今日不異靈山乃至諸佛國土天上人間總皆如是亘古亘今常無變異作麽生會無變異底道理若會得所以道無邊刹境自他不隔於毫端十世古今始終不離於當念僧問靈山一會迦葉親聞巖峯一會誰是聞者師曰問者不弱問如何是文殊師曰來處甚分明

潞府華嚴慧達禪師僧問如何是古佛心師曰山河大地問如何是華嚴境師曰滿目無形影

越州清泰院道圓禪師僧問亡僧遷化向甚麽處去也師曰今日遷化嶺中上座問如何是祖師西來意師曰不可向汝道庭前栢樹子

杭州九曲觀音院慶祥禪師餘杭人也辯才冠衆多聞強記時天台門下推爲傑出僧問湛湛圓明請師一決師曰十里平湖一輪秋月問險惡道中以何爲津梁師曰以此爲津梁曰如何是此師曰築著汝鼻孔問無根樹子向甚麽處栽師曰汝甚處得來

杭州開化寺行明傳法禪師本州于氏子禮雪竇智覺禪師爲師及智覺遷永明遂入天台國師之室蒙授記葪復歸永明翊贊𨔼師海衆傾仰忠懿王建六和寺本朝賜開化額延請住持聚徒說法僧問如何是開化門中流出方便師曰日日潮音兩度聞問如何是無盡燈師曰謝闍黎照燭

越州漁浦開善寺義圓禪師僧問一年去一年來方便門中請師開師曰分明記取曰恁麽則昔時師子吼今日象王回也師曰且喜

沒交涉

溫州瑞鹿寺上方遇安禪師福州人也得法於天台又常閱首楞嚴經到知見立知即無明本知見無見斯即涅槃師乃破句讀曰知見立　知即無明本　知見無　見斯即涅槃於此有省有人語師曰破句了也師曰此是我悟處畢生不易時謂之安楞嚴至道元年春將示寂有嗣子蘊仁侍立師乃說偈示之不是嶺頭攜得事豈從雞足付將來自古聖賢皆若此非吾今日爲君裁付囑已澡身易衣安坐令舁棺至室良久自入棺經三日門人啟棺覩師右脇吉祥而臥四衆哀慟師乃再起陞堂說法訶責垂誡此度更啟吾棺者非吾之子言訖復入棺長往

杭州龍華寺慧居禪師閩人也自天台領旨忠懿王命住上寺開堂示衆曰從上宗乘到這裏如何舉唱秖如釋迦如來說一代時教如缾注水古德尚云猶如夢事寱語一般且道據甚麼道理便恁麼道還會麼大施門開何曾壅塞生凡育聖不漏纖塵言凡則全凡舉聖則全聖凡聖不相待箇箇獨稱尊所以道山何大地長時說法長時放光地水火風一一如是時有僧出禮拜師曰好箇問頭如法問著僧擬進前師曰又沒交涉也問諸佛出世放光動地和尚出世有何祥瑞師曰話頭自破上堂龍華這裏也秖是拈柴擇菜上來下去晨朝一粥齋時一飯睡後喫茶但恁麼參取珍重問學人未明自己如何辨得淺深師曰識取自己眼曰如何是自己眼師曰向汝道甚麼

婺州齊雲山遇臻禪師越州楊氏子僧問如何是無縫塔師曰五六尺其僧禮拜師曰塔倒也問圓明了知爲甚麽不因心念師曰圓明了知曰何異心念師曰汝喚甚麽作心念秋夕閑坐偶成頌曰秋庭肅肅風颼颼寒星列空蟾魄高擔頤靜坐神不勞鳥窠無端吹布毛

温州瑞鹿寺本先禪師本州鄭氏子叅天台國師導以非風幡動仁者心動之語師即悟觧爾後示徒曰吾初學天台法門語下便薦然千日之內四儀之中似物礙膺如讐同所千日之後一日之中物不礙膺讐不同所當下安樂頓覺前咎乃述頌三首一非風幡動仁者心動曰非風幡動唯心動自古相傳直至今今後水雲人欲曉祖師真是好知音二見色便見心曰若是見色便見心人來問著方難答更求道理説多般孤負平生三事衲三明自巳曰曠大劫來秖如是如是同天亦同地同地同天作麽形作麽形兮無不是師自爾足不歷城邑手不度財貨不設臥具不衣蠶絲日唯一食終日晏坐申旦誨誘踰三十載其志彌厲上堂你諸人還見竹林蘭若山水院舍人衆麽若道見則心外有法若道不見爭奈竹林蘭若山水院舍人衆現在縱然地還會恁麽告示麽若會不妨靈利無事莫立上堂大凡叅學未必學問話是叅學未必學揀話是叅學未必學代語是叅學未必學別語是叅學未必學捻破經論中奇特言語是叅學未必捻破祖師奇特言語是叅學若於如是等叅學任你七通八達於佛法中

儻無見處喚作乾慧之徒豈不聞古德道聰明不敵生死乾慧豈免苦輪諸人若也叅學應須真實叅學始得行時行時叅取立時立時叅取坐時坐時叅取眠時眠時叅取語時語時叅取默時默時叅取一切作務時一切作務時叅取旣向如是等時叅且道叅箇甚人叅箇甚麽語到這裏須自有箇明白處始得若不如是喚作造次之流則無究了之旨上堂幽林鳥叫碧澗魚跳雲片展張瀑聲嗚咽你等還知得如是多景象示你等箇入處麽若也知得不妨叅取好上堂天台教中說文殊觀音普賢三門文殊門者一切色觀音門者一切聲普賢門者不動步而到我道文殊門者不是一切色觀音門者不是一切聲普賢門者是箇甚麽莫道別却天台教說話無事且退上堂舉僧問長沙南泉遷化向甚麽處去沙曰東家作驢西家作馬僧曰學人不會沙曰要騎便騎要下即下師曰若是求出三界修行底人聞這箇言語不妨狐疑不妨驚怛南泉遷化向甚處去東家作驢西家作馬或有會云千變萬化不出真常或有會云須會異類中行始會得這箇言語或有會云東家是南泉西家是南泉或有會云東家郎君子西家郎君子或有會云東家是甚麽西家是甚麽或有會云便作驢叫又作馬嘶或有會云喚甚麽作東家驢喚甚麽作西家馬或有會云旣問遷化答在問處或有會云作露柱處去也或有會云東家作驢西家作馬虧南泉甚處如是諸家會也總於佛法有安樂處南泉遷化向甚處去東家作驢西家

作馬學人不會要騎便騎要下即下這箇話不消得多道理而會若見法界性去也沒多事珍重上堂鑑中形影唯憑鑑光顯現你等諸人所作一切事且道唯憑箇甚麼顯現還知得麼若也知得於叅學中千足萬足無事莫立上堂你等諸人夜間眠熟不知一切既不知一切且問你等那時有本來性無本來性若道那時有本來性又不知一切與死無異若道那時無本來性睡眠忽省覺知如故還會麽不知一切與死無異睡眠忽省覺知如故如是等時是箇甚麼若也不會各體究取無事莫立上堂諸法所生唯心所現如是言語好箇入底門戶且問你等諸人眼見一切色耳聞一切聲鼻齅一切香舌了一切味身觸一切耎滑意分別一切諸法秖如眼耳鼻舌身意所對之物爲復唯是你等心爲復非是你等心若道唯是你等心何不與你等身都作一塊了休爲甚麼所對之物却在你等眼耳鼻舌身意外你等若道眼耳鼻舌身意所對之物非是你等心又爭奈諸法所生唯心所現言語留在世間何人不舉著你等見這箇說話還會麽若也不會大家用心商量教會去幸在其中莫令厭學無事且退大中祥符元年二月謂上足如晝曰可造石龕中秋望日吾將順化晝稟命即成及期遠近士庶奔趨瞻仰是日叅問如常至午坐方丈手結寶印謂晝曰古人云騎虎頭打虎尾中央事作麽生晝曰也秖是如晝師曰你問我晝乃問騎虎頭打虎尾中央事和尚作麽生師曰我也秊不出言訖奄然開一目微視而

逝

杭州興教洪壽禪師同國師普請次聞墮薪有省作偈曰撲落非他物縱横不是塵山河及大地全露法王身

蘇州承天永安道原禪師僧問如何是佛師曰咄這旃陁羅曰學人初機乞師方便師曰汝問甚麽曰問佛師曰咄這旃陀羅

清涼欽禪師法嗣

洪州雲居道齊禪師本州金氏子徧歷禪會學心未息後於上藍院主經藏法燈一日謂師曰有人問我西來意荅它曰不東不西藏主作麽生會師對曰不東不西燈曰與麽會又爭得曰道齊秖恁麽未審和尚尊意如何燈曰他家自有兒孫在師於是頓明厥旨有頌曰接物利生絶妙外生終是不肖他家自有兒孫將來用得恰好住後僧問如何是佛師曰汝是阿誰問荆棘林中無出路請師方便爲畬開師曰汝擬去甚麽處曰幾不到此師曰閑言語問不免輪回不求觧脱時如何師曰還會問建山麽曰學人不會乞師方便師曰放你三十棒問如何是三寶師曰汝是甚麽寶曰如何師曰土木瓦礫師著語要搜玄拈古代别等盛行叢林至道三年丁酉九月示疾聲鐘集衆乃曰老僧三處住持三十餘年十方兄弟相聚話道主事頭首勤心賛助老僧今日火風相逼特與諸人相見諸人還見麽今日若見是末後方便諸人向甚麽處見爲向四大五陰處見六入十二處見這裏若見可謂雲居山二十年間後學有頼吾去後山門大衆分付契瓌開堂住持凡事勤

而行之各自努力珍重大衆纔散師歸西挾而逝塔于本山

靈隱聳禪師法嗣

杭州功臣院道慈禪師僧問師登寶座大衆咸臻便請舉揚宗教師曰大衆證明曰恁麽則亘古亘今也師曰也須領話

秀州羅漢院願昭禪師錢塘人也上堂山河大地是眞善知識時常說法時時度人不妨諸上座叅取僧問羅漢家風請師一句師曰嘉禾合穗上國傳芳曰此猶是嘉禾家風如何是羅漢家風師曰或到諸方分明舉似後住杭州香嚴寺僧問不立纖塵請師直道師曰衆人笑汝曰如何領會師曰還我話頭來

處州報恩院師智禪師僧問如何是和尚家風師曰誰人不見問如何是一相三昧師曰青黃赤白曰一相何在師曰汝却靈利問祖祖相傳傳祖印師今法嗣嗣何人師曰靈鷲峰前月輪皎皎

衢州瀔寧可先禪師僧問如何是瀔寧家風師曰謝指示問如何是西來意師曰怪老僧甚麽處曰學人不會乞師方便師曰適來豈不是問西來意

杭州光孝院道端禪師僧問如何是佛師曰高聲問著曰莫即便是也無師曰沒交涉後住靈隱示滅

杭州西山保清院遇寧禪師開堂陞座有二僧一時禮拜師曰二人俱錯僧擬進語師便下座

福州支提雍熙辯隆禪師明州人也上堂巍巍實相偪塞虗空金剛之體無有破壞大衆

還見不見若言見也且實相之體本非青黃赤白長短方圓亦非見聞覺知之法且作麽生說箇見底道理若言不見又道巍巍實相畐塞虗空爲甚麽不見僧問如何是向上一路師曰脚下底曰恁麽則尋常履踐師曰莫錯認問如何是堅密身師曰倮倮地曰恁麽則不容也師曰見箇甚麽

杭州瑞龍院希圓禪師僧問如何是和尚家風師曰特謝闍黎借問曰借問則不無家風作麽生師曰瞌睡漢

歸宗柔禪師法嗣

南康軍羅漢行林祖印禪師僧問天垂甘露地涌七珍是甚麽人分上事師曰謝汝相報曰恁麽則佛子住此地即是佛受用去也師曰更須子細上堂纔坐忽有猫兒跳上身師提起示衆曰昔日南泉親斬却今朝耶舍示玄徒而今賣與諸禪客文契分明要也無良久拋下猫兒便下座

明州天童新禪師僧問如何是密作用師曰何曾密問心徑未通時如何師曰甚麽物礙汝問求之不得時如何師曰用求作麽曰如何即是師曰何曾失却問如何是天童境師曰雲無人種生何極水有誰教去不回

杭州功臣覺軻心印禪師僧問祖師不在東西山未審在甚麽處師曰且討問如何是天眞佛師曰爭敢裝點

明州天童清簡禪師錢塘張氏子師爲事孤潔時謂之簡浙客僧問如何是祖師西來意師曰不欲向汝道曰請和尚道師曰達磨不可再來也師晚居雪竇而終塔于寺之東南

隅

百丈恒禪師法嗣

廬山棲賢澄湜禪師僧問趙州石橋度驢度馬三峽石橋當度何人師曰蝦蟇蚯蚓曰恁麽則物物盡沾恩師曰踏不著問仙洞昨朝師罷唱棲賢今日請師宣師曰來日又作麽生曰未審如何領會師曰箭過新羅問如何是佛師曰張三李四問古人斬蛇意旨如何師曰猶未知痛痒問此是選佛場心空及第歸學人如何得及第歸師曰不才謹退晚叅衆集師曰早晨不與諸人相見今晚不可無言便下座問毗目仙人執善財手見微塵諸佛秖如未執手時見箇甚麽師曰如今又見箇甚麽上堂良久曰幸好一盤飯不可糝椒薑雖然如此試唼啾看便下座

蘇州萬壽德興禪師僧問如何是佛師曰大衆一時瞻仰問如何是和尚爲人一句師曰汝且自爲乃曰問答俱備其誰得意若尚他求還成特地老僧久處深山比爲藏拙何期今日入到萬壽門下可謂藏之不得既藏不得分明露現未審諸人阿誰先見如有見處出來對衆吐露箇消息良久曰久立珍重

越州雲門雍熈永禪師僧問師子未出窟時如何師曰且莫哮吼曰出窟後如何師曰退後著問如何是古佛徑路師曰誰不履踐問如何是學人休心息意處師曰拗折拄杖得也未問心王出勑時如何師曰更宣一徧看問如何是決定義師曰不可執著問如何是佛法大意師曰此意不小

永明潛禪師法嗣

杭州千光王寺瓌省禪師温州鄭氏子幼歲出家精究律部聽天台文句棲心於圓頓止觀後閱楞嚴文理宏濬未能洞曉一夕誦經旣久就案假寐夢中見日輪自空而降開口吞之自是倏然發悟差別義門渙然無滯後參永明永明唯印前解無别指喻以忠懿王所遺衲衣授之表信住後上堂諸上座佛法無事昔之日月今之日月昔日風雨今日風雨昔日上座今日上座舉亦了說亦了一切成現好珍重開寶五年七月寶樹浴池忽現其前師曰凡所有相皆是虚妄越三日示疾集衆言别安坐而逝闍維收舍利建㙮

衢州鎮境志澄禪師僧問如何是定乾坤底劔師曰不漏絲髮曰用者如何師曰不知因普請次僧問鉏頭損傷蝦蟇蚯蚓還有罪也無師曰阿誰下手曰恁麼則無罪過師曰因果歷然

明州崇福院慶祥禪師上堂諸禪德見性周徧聞性亦然洞徹十方無内無外所以古人道隨緣無作動寂常眞如此施爲全眞智用僧問如何是本來人師曰堂堂六尺甚分明曰秖如本來人還依如此相貌也無師曰汝唤甚麼作本來人曰乞師方便師曰教誰方便

報恩明禪師法嗣

福州保明院道誠通法禪師上堂如爲一人衆多亦然珍重僧問圓音普震三等齊聞竺土僊心請師密付師良久僧曰恁麼則意馬已成於寶馬心牛頓作於白牛去也師曰七顛八倒曰若然者幾招哂笑師曰禮拜了退

問如何是和尚西來意師曰我不會到西天曰如何是學人西來意師曰汝在東土多少時

報慈言導師法嗣

南康軍雲居義能禪師上堂不用上來堂中憍陳如上座爲諸上座轉第一義法輪還得麽若信得及各自歸堂叅取下座後却問一僧秖如山僧適來教上座叅取聖僧聖僧還道箇甚麽僧曰特謝和尚再舉問如何是佛師曰即心是佛曰學人不會乞師方便師曰六便呼爲佛回光返照看身心是何物

崇壽稠禪師法嗣

泉州雲臺山令岑禪師僧問如何是雲臺境師曰前山後山曰如何是境中人師曰矒𥉳漢

杭州資國圓進山主僧問丹霞燒木佛意旨如何師曰招因帶果問庭前栢樹子意旨如何師曰碧眼胡僧笑點頭問古人道東家作驢西家作馬意旨如何師曰相識滿天下

報恩安禪師法嗣

廬山棲賢道堅禪師有官人問某甲收金陵布陣殺人無數還有罪也無師曰老僧秖管看問如何是祖師西來意師曰洋瀾左蠡無風浪起

廬山歸宗慧誠禪師楊州人也開堂日於法堂前謂衆曰天人得道以此爲證恁麽便散去已是周遮其如未曉即爲重說遂陞座僧問知郡臨筵請師演法師曰我不及汝問如何是佛師曰如何不是問如何是祖師西來意師曰不知乃曰問話且住直饒問到窮刧

問也不著答到窮劫答也不及何以故秖爲諸人各有本分事圓滿十方亘古亘今乃至諸佛也不敢錯悞諸人便謂之頂族秖是助發上座所以道十方法界諸有情念念以證善逝果彼既丈夫我亦爾何得自輕而退屈諸上座不要退屈信取便休祖師西來秖道見性成佛其餘所說不及此說更有箇奇特方便舉似諸人良久曰分明記取若到諸方不得錯舉久立珍重僧問不通風處如何過得師曰汝從甚麼處來僧舉南泉問鄧隱峰曰銅缾是境缾中有水不得動著境與老僧將水來峰便拈缾瀉水未審此意如何師曰鄧隱峰甚奇怪要且亂瀉

長安規禪師法嗣

盧州長安院辯實禪師僧問如何是祖師西來意師曰少室靈峰住九霄

潭州雲葢用清禪師河州趙氏子僧問有一人在萬丈井底如何出得師曰且喜得相見曰恁麼則穿雲透月去也師曰三十三天事作麼生僧無對師曰謾語作麼問如何是雲葢境師曰門外三泉井曰如何是境中人師曰童行作子有頌示衆曰雲葢鎖口訣擬議皆腦裂拍手趂虗空雲露西山月僧問如何是鎖口訣師曰徧天徧地曰恁麼則石人點頭露柱拍手去也師曰一缾淨水一爐香曰此猶是井底蝦蟇師曰勞煩大衆師常節飲食隨衆二時但展鉢而已或逾年月亦不調練服餌無妨作務有請必開即便飽食而亡拘執至道二年四月二日示疾而逝

雲居錫禪師法嗣

台州般若從進禪師僧問古澗寒泉時如何師曰切忌飲著曰飲著又如何師曰喪却汝性命

越州清化志超禪師僧問如何是佛師曰汝是甚麼人曰莫便是也無師曰是即没交涉

青原下十一世

長壽彦禪師法嗣

蘇州長壽法齊禪師婺州人始講明門因明二論尋罷遊方受心印於廣法禪師節使錢仁奉禮請繼廣法住持開堂日有百法座主問令公請命四衆雲臻向上宗乘請師舉唱師曰百法明門論曰畢竟作麽生師曰一切法無我問城東老母與佛同生爲甚麽却不見佛師曰不見即道曰恁麽則見去也師曰城東老母與佛同生

雲居齊禪師法嗣

南康雲居契瓌禪師僧問路逢死蛇莫打殺無底籃子盛將歸未審師還受也無師曰你甚麽處得來曰恁麽則不虚施也師曰却且提取去問如何是佛師曰讃歎不及曰莫秖這箇便是麽師曰不令人讃歎

杭州靈隱文勝慈濟禪師僧問古鑑未磨時如何師曰古鑑曰磨後如何師曰古鑑曰未審分不分師曰更照看問如何是和尚家風師曰莫訝荒疎曰忽遇客來作麽生師曰喫茶去

明州瑞巖義海禪師雲川人也造雲居法席居問甚麽物恁麽來師於言下大悟遂有頌曰雲居甚麽物問著頭恍惚直下便承當猶是生埋没出世住報本僧問如何是祖師西

來意師曰若到諸方但道報本不解答話問如何是和尚家風師曰無忌諱曰忽遇觸忤又且如何師曰不解作客勞煩主人問釋迦掩室於摩竭淨名杜口於毘耶未審如何示衆師曰汝不欲我開談曰未曉師機師曰且退問如何是無位眞人師曰這裏無安排你處

明州廣慧志全禪師上堂僧問如何是衲僧本分事師曰你莫鈍置我僧禮拜師曰却是大衆鈍置闍黎便下座問賊不打貧兒家時如何師曰說向人也不信僧曰恁麼則禮拜而退師曰得箇甚麼

明州大梅保福居煦禪師僧問古人面壁意旨如何師曰但恁麼會曰未審如何領會師曰禮拜者

處州南明惟宿禪師僧問法法不隱藏古今常顯露如何是顯露底法師曰見示大衆曰恁麼則學人謹退也師曰知過必改

荆門軍清溪清禪師僧問古路坦然如何履踐曰你是行脚僧

支提隆禪師法嗣

杭州靈隱玄本禪師僧問蚌含未剖時如何師曰光從何來問臨濟入門便喝德山入門便棒此意如何師曰天晴不肯去師見僧看經乃問看甚麼經僧無語乃示頌曰看經不識經徒勞損眼睛欲得不損眼分明識取經

羅漢林禪師法嗣

臨江軍慧力院紹珍禪師僧問金鷄未鳴時如何師曰是何時即曰鳴後如何師曰却不知時問師子未出窟時如何師曰在那裏曰

出窟後如何師曰且走

洪州大寧院慶璁禪師僧問道泰不傳天子令時人盡唱太平歌未審師今意旨如何師曰山僧罪過問如何是佛師曰須彌山上堂生死涅槃猶如昨夢且道三世諸佛釋迦老子有甚麼長處雖然如是莫錯會好拍手一下便下座問承古有言東山西嶺青未審意旨如何師曰東山西嶺青雨下却天晴更問留中意鵓鳩生鷂鷹

功臣軻禪師法嗣

蘇州堯峰顥暹禪師僧問學人乍入叢林乞師一接師曰去問承教有言是法平等無有高下如何是平等法師曰堯峰高寶華低曰恁麼則却成高下去也師曰情知你恁麼會聞雷聲示衆曰還聞雷聲麼還知起處麼若知起處便知身命落處若也不知所以古人道不知天地者剛道有乾坤不如喫茶去問如何是道師曰夕死可矣問如何是金剛力士師曰這裏用不著問亾僧遷化向甚麼處去也師曰蒼天蒼天乃曰秖如末後僧問亡僧遷化向甚麼處去也山僧向他道蒼天蒼天且道意落在甚麼處莫是悲傷遷逝痛憶道人麼若乃恁麼評論實謂罔知去處要知去處麼更不用久立歇去上堂冬冬去春來樓閣門開若也入得不用徘徊諸上座還向這裏入得也未若也入得所以古人道是處是彌勒無門無善財若也入之未得自是諸上座狂走更不忉忉久立珍重

蘇州吳江聖壽志昇禪師上堂若論佛法更有甚麽事所以道古今山河古今日月古今

人倫古今城郭喚作平等法門絕前後際諸人還信得及麽若信得及依而行之久立珍重

杭州功臣開化守如禪師上堂召大衆曰還知道聖僧同諸人到這裏麽旣勞尊降焉敢稽留久立珍重

棲賢湜禪師法嗣

杭州南山興教院惟一禪師僧問佛未出世時如何師曰白雲斆重曰出世後如何師曰青山一朶問如何是道師曰剌頭入荒草曰如何是道中人師曰乾屎橛曰大耳三藏第三度爲甚麽不見國師師曰脚跟下看曰如何得見師曰草鞋跟斷

安吉州西余體柔禪師上堂一人把火自燋其身一人抱氷橫屍於路進前即觸途成滯退後即噎氣塡胷直得上天無路入地無門如今已不奈何也良久曰待得雪消去自然春到來

眞州定山惟素山主僧問如何是不遷義師曰暑往寒來曰恁麽則遷去也師曰啼得血流無用處問達磨心印師已曉試舉家風對衆看師曰門前有箇長松樹夜半子規來上啼問知師洞達諸方旨臨機不答舊時禪如何是新奇師曰若到諸方不得錯舉曰學人慇懃於座右莫不秖此是新奇師曰折草量天問如何是定山境師曰清風滿院曰忽遇客來如何祇待師曰莫嫌冷淡乃曰若論家風與境不易酬對多見指定處所教他不得自在會有僧問大隨如何是和尚家風隨曰赤土畫簸箕又曰肚上不貼榜且問諸人作

麼生會更有夾山雲門臨濟風穴皆有此話播於諸方各各施設不同又作麼生會法無異轍殊途同歸若要省力易會但識取自家桑梓便能紹得家業隨處解脫應用現前天地同根萬物一體喚作衲僧眼睛綿綿不漏絲髮苟或於此不明徒自跉跰辛苦僧問如何是佛師曰含齒戴髮曰恁麼則人人具足師曰遠之又遠問牛頭未見四祖時如何師曰成家立業曰見後如何師曰立業成家問如何是定山路師曰峭曰履踐者如何師曰踰問無上法王有大陁羅尼名爲圓覺流出一切清淨眞如菩提涅槃未審圓覺從甚麼處流出師曰山僧頂戴有分曰恁麼則信受奉行師曰依俙似曲纔堪聽問十二時中如何得與道相應師曰皇天無親唯德是輔曰恁麼則不假修證也師曰三生六十劫

淨土素禪師法嗣

杭州淨土院惟正禪師秀州華亭黃氏子幼從錢塘資聖院本如肄業且將較藝於有司如使禱觀音像以求陰相師謝曰豈恐獨私於已哉郡人朱紹安聞而嘉歎欲啟帑度之師慨然曰古之度人以清機密旨今反是去古遠矣吾墮三寶數當有其時已而遇祥符覃恩得諳素志獨擁毳袍且弊同列慢之師曰佛乎佛乎儀相云乎哉僧乎僧乎盛服云乎哉厥後有頒輸奉歲時用度俾繼如之院務亦復謝曰聞拓鉢乞食未聞安坐以享聞歷謁諸祖未聞廢學自任況我齒茂氣完正在筋力爲禮非從事屋廬之秋也於是提策東引學三觀於天台復旋徑山咨單傳之旨

於老宿惟素素董臨安功臣山淨土院師輔相之久而繼席焉然爲人高簡律身精嚴名卿巨公多所推尊蔡內翰清臣牧金陵迎師語道一日蔡曰明日府有燕飲師固奉律能爲我少留一日欵清話否師諾之翌日遣使邀師畱一偈而返曰昨日曾將今日期出門倚杖又思惟爲僧秪合居巖谷國士筵中甚不宜坐客皆仰其標致師識慮洗然不牽世累雅愛跨黃犢出入軍持巾鉢悉挂角上市人爭觀之師自若也杭守蔣侍郎嘗與師爲方外友每往謁至郡庭下犢譚笑終日而去蔣有詩曰禪客尋常入舊都黃牛角上挂缾盂有時帶雪穿雲去便好和雲畫作圖師嘗作山中偈曰橋上山萬層橋下水千里唯有白鷺鷥見我常來此平生製作三十卷號錦溪集又工書筆法勝絕秦少游珍藏之冬不擁爐以荻花作毬納足其中客至共之夏秋好翫月盤膝大盆中浮池上自旋其盆吟笑達旦率以爲常九峰韶禪師嘗客於院一夕將卧師邀之曰月色如此勞生擾擾對之者能幾人峰唯唯而矣久之呼童子使熱炙峰方饑意作藥石頃乃橘皮湯一盃峰匿笑曰無乃太清乎有問曰師以禪師名乃不談禪何也師曰徒費言語吾懶寧假曲折但日夜煩萬象爲敷演耳言語有間而此法無盡所謂造物無盡藏也皇祐元年孟夏八日語衆曰夫動以對靜未始有極吾一動歷年六十有四今靜矣然動靜本何有哉於是泊然而逝

青原下十二世

靈隱勝禪師法嗣

杭州靈隱延珊慧明禪師僧問如何是道師曰道遠乎哉問如何是正眞一路師曰絲髮不通曰恁麽則依而行之師曰莫亂走上堂與上座一線道且作麽生持論佛法若也水洩不通便教上座無安身立命處當此之時祖佛出頭來也有二十棒分恁麽道山僧還有過也無不見世尊生下周行七步目顧四方一手指天一手指地云天上天下唯吾獨尊雲門云我當初若見一棒打殺與狗子喫却何以如此貴圖天下太平且道雲門恁麽說話有佛法道理也無雖然如此雲門秖具一隻眼久立珍重

常州薦福院歸則禪師僧問如何是祖師西來意師曰耳畔打鐘聲

瑞巖海禪師法嗣

明州翠巖嗣元禪師僧問如何是祖師西來意師曰見錢買賣不曾賒曰向來更有事也無師曰好不信人直

五燈會元卷第二十七

音釋

颸 蘇曹切音颾風聲　捻 奴協切念入聲指捻也　耎 乳兗切音軟柔弱也

奄 於檢切音厭忽也　瀫 胡谷切音瀫水名在金華府城南西至蘭谿縣界

倮 魯果切音羸赤體也　霅 直甲切音喋水名在吳興

五燈會元卷第二十八

宋沙門大川濟纂

南嶽下四世

黃檗運禪師法嗣

鎮州臨濟義玄禪師曹州南華邢氏子幼負出塵之志及落髮進具便慕禪宗初在黃檗會中行業純一時睦州爲第一座乃問上座在此多少時師曰三年州曰曾參問否師曰不曾參問不知問箇甚麼州曰何不問堂頭和尚如何是佛法的的大意師便去問聲未絶檗便打師下來州曰問話作麼生師曰某甲問聲未絶和尚便打某甲不會州曰但更去問師又問檗又打如是三度問三度被打師白州曰早承激勸問法累蒙和尚賜棒自恨障緣不領深旨今且辭去州曰汝若去須辭和尚了去師禮拜退州先到黃檗處曰問話上座雖是後生却甚奇特若來辭方便接伊已後爲一株大樹覆蔭天下人去在師來日辭黃檗檗曰不須他去秪往高安灘頭參大愚必爲汝說師到大愚愚曰甚處來師曰黃檗來愚曰黃檗有何言句師曰某甲三度問佛法的的大意三度被打不知某甲有過無過愚曰黃檗與麼老婆心切爲汝得徹困更來這裏問有過無過師於言下大悟乃曰元來黃檗佛法無多子愚搊住曰這尿牀鬼子適來道有過無過如今却道黃檗佛法無多子你見箇甚麼道理速道速道師於大愚肋下築三拳愚拓開曰汝師黃檗非干我事師辭大愚却回黃檗檗見便問這漢來來去去有甚了期師曰秖爲老婆心切便人事了

侍立檗問甚處去來師曰昨蒙和尚慈旨令叅大愚去來檗曰大愚有何言句師舉前話檗曰大愚老漢饒舌待來痛與一頓師曰說甚待來卽今便打隨後便掌檗曰這風顛漢來這裏捋虎鬚師便喝檗喚侍者曰引這風顛漢叅堂去溈山舉問仰山臨濟當時得大愚力得黃檗力仰云非但騎虎頭亦解把虎尾黃檗一日普請次師隨後行檗回頭見師空手乃問钁在何處師曰有一人將去了也檗曰近前來共汝商量箇事師便近前檗竪起钁曰秖這箇天下人拈掇不起師就手掣得竪起曰爲甚麼却在某甲手裏檗曰今日自有人普請便回寺仰山侍溈山次溈舉此話未了仰便問钁在黃檗手裏爲甚麼却被臨濟奪却溈云賊是小人智過君子師普請鉏地次見黃檗來拄钁而立檗曰這漢困那師曰钁也未舉困箇甚麼檗便打師接住棒一送送倒檗呼維那扶起我來維那扶起曰和尚爭容得這風顛漢無禮檗纔起便打維那師钁地曰諸方火葬我這裏活埋溈山問仰山黃檗打維那意作麼生仰云正賊走却邏贜人喫棒師一日在僧堂裏睡檗入堂見以拄杖打板頭一下師舉首見是檗却又睡檗又打板頭一下却往上間見首座坐禪乃曰下間後生却坐禪汝在這裏妄想作麼座曰這老漢作甚麼檗又打板頭一下便出去溈山舉問仰山秖如黃檗意作麼生仰云兩彩一賽師栽松次檗曰深山裏栽許多松作甚麼師曰一與山門作境致二與後人作標榜道了將钁頭𡎺地三下檗曰雖然如是子已喫吾三十棒了也師又𡎺地三下噓一噓檗曰吾宗到汝大興於世溈山舉問仰山黃檗當時秖囑臨濟一人更有人在仰云有秖是年代深遠不欲舉似和尚溈云雖然如是吾亦要知汝但舉看仰云一人指南吳越令行遇

(大風卽止)黃檗因入厨下問飯頭作甚麼頭曰揀衆僧飯米檗曰一頓喫多少頭曰二石五檗曰莫太多麼頭曰猶恐少在檗便打頭舉似師師曰我與汝勘這老漢纔到侍立檗舉前話師曰飯頭不會請和尚代一轉語檗曰汝但舉師曰莫太多麼檗曰來日更喫一頓師曰說甚麼來日卽今便喫隨後打一掌檗曰這風顛漢又來這裏捋虎鬚師喝一喝便出去(溈山舉問仰山此二尊宿意作麼生仰山云和尚作麼生溈山云養子方知父慈仰山云不然溈山云子又作麼生仰山云大似勾賊破家)師半夏上黃檗山見檗看經師曰我將謂是箇人元來是唵(或作揞)黑豆老和尚住數日乃辭檗曰汝破夏來何不終夏去師曰某甲暫來禮拜和尚檗便打趁令去師行數里疑此事却回終夏後又辭檗檗曰甚處去師曰不是河南便歸河北檗便打師約住與一掌檗大笑乃喚侍者將百丈先師禪板几案來師曰侍者將火來檗曰不然子但將去已後坐斷天下人舌頭去在師到達磨塔頭塔主問先禮佛先禮祖師曰祖佛俱不禮主曰祖佛與長老有甚冤家師拂袖便出師爲黃檗馳書至溈山與仰山語次仰曰老兄向後北去有箇住處師曰豈有與麼事仰曰但去已後有一人佐輔汝此人秖是有頭無尾有始無終(懸記普化)師後住鎭州臨濟學侶雲集一日謂普化克符二上座曰我欲於此建立黃檗宗旨汝且成褫我二人珍重下去三日後普化却上來問和尚三日前說甚麼師便打三日後克符上來問和尚前日打普化作甚麼師亦打至晚小參曰有時奪人不奪境有時奪境不奪人有時

人境兩俱奪有時人境俱不奪（問答語具克符章）僧問如何是真佛真法真道乞師開示師曰佛者心清淨是法者心光明是道者處處無礙淨光是三即一皆是空名而無實有如真正作道人念念心不間斷自達磨大師從西土來秖是覓箇不受人惑底人後遇二祖一言便了始知從前虛用工夫山僧今日見處與祖佛不別若第一句中薦得堪與祖佛爲師若第二句中薦得堪與人天爲師若第三句中薦得自救不了僧便問如何是第一句師曰三要印開朱點窄未容擬議主賓分曰如何是第二句師曰妙解豈容無著問漚和爭負截流機曰如何是第三句師曰但看棚頭弄傀儡抽牽全藉裏頭人乃曰大凡演唱宗乘一句中須具三玄門一玄門須具三要有權有實有照有用汝等諸人作麼生會師謂僧曰有時一喝如金剛王寶劒有時一喝如踞地師子有時一喝如探竿影草有時一喝不作一喝用汝作麼生會僧擬議師便喝示衆參學之人大須子細如賓主相見便有言論往來或應物現形或全體作用或把機權喜怒或現半身或乘師子或乘象王如有真正學人便喝先拈出一箇膠盆子善知識不辯是境便上他境上作模作樣便被學人又喝前人不肯放下此是膏肓之病不堪醫治喚作賓看主或是善知識不拈出物秖隨學人問處即奪學人被奪抵死不肯放此是主看賓或有學人應一箇清淨境出善知識前知識辯得是境把得抛向坑裏學人言大好善知識知識即云咄哉不識好惡學人便禮

拜此喚作主看主或有學人披枷帶鎖出善知識前知識更與安一重枷鎖學人歡喜彼此不辯喚作賓看賓大德山僧所舉皆是辯魔揀異知其邪正師問洛浦從上來一人行棒一人行喝阿那箇親曰總不親師曰親處作麼生浦便喝師乃打上堂有一人論劫在途中不離家舍有一人離家舍不在途中那箇合受人天供養師問院主甚處去來曰州中糶黃米來師曰糶得盡麼主曰糶得盡師以拄杖畫一畫曰還糶得這箇麼主便喝師便打典座至師舉前話座曰院主不會和尚意師曰你又作麼生座禮拜師亦打上堂一人在孤峯頂上無出身路一人在十字街頭亦無向背且道那箇在前那箇在後不作維摩詰不作傅大士珍重有一老宿㕘便問禮拜即是不禮拜即是師便喝宿便拜師曰好箇草賊宿曰賊賊便出去師曰莫道無事好時首座侍立師曰還有過也無座曰有師曰賓家有過主家有過曰二俱有過師曰過在甚麼處座便出去師曰莫道無事好(南泉聞云官馬相踏)師到京行化至一家門首曰家常添鉢有婆曰太無厭生師曰飯也未曾得何言太無厭生婆便閉却門師陞堂有僧出師便喝僧亦喝便禮拜師便打趙州游方到院在後架洗脚次師便問如何是祖師西來意州曰恰遇山僧洗脚師近前作聽勢州曰會即便會啗啄作什麼師便歸方丈州曰三十年行脚今日錯為人下註脚問僧甚處來曰定州來師拈棒僧擬議師便打僧不肯師曰已後遇明眼人去在僧後㕘三聖纔舉前話三聖便

打僧擬議聖又打師應機多用喝會下叅徒亦學師喝師曰汝等總學我喝我今問汝有一人從東堂出一人從西堂出兩人齊喝一聲這裏分得賓主麽汝且作麽生分若分不得已後不得學老僧喝示衆我有時先照後用有時先用後照有時照用同時有時照用不同時先照後用有人在先用後照有法在照用同時駈耕夫之牛奪饑人之食敲骨取髓痛下針錐照用不同時有問有答立賓立主合水和泥應機接物若是過量人向未舉已前撩起便行猶較些子師行脚時到龍光值上堂師出問不展鋒鋩如何得勝光據坐師曰大善知識豈無方便光瞪目曰嗄師以手指曰這老漢今日敗缺也次到三峯平和尚處平問甚處來師曰黄檗來平曰黄檗有何言句師曰金牛昨夜遭塗炭直至如今不見蹤平曰金風吹玉管那箇是知音師曰直透萬重關不住青霄內平曰子這一問太高生師曰龍生金鳳子衝破碧琉璃平曰且坐喫茶又問近離甚處師曰龍光平曰龍光近日如何師便出去又往鳳林路逢一婆子婆問甚處去師曰鳳林去婆曰恰值鳳林不在師曰甚處去婆便行師召婆婆回首師便行一作師曰誰道不在到鳳林林曰有事相借問得麽師曰何得剜肉作瘡林曰海月澄無影游魚獨自迷師曰海月旣無影游魚何得迷林曰觀風知浪起翫水野帆飄師曰孤蟾獨耀江山靜長嘯一聲天地秋林曰任張三寸揮天地一句臨機試道看師曰路逢劒客須呈劒不是詩人不獻詩林便休師乃有頌曰大道絶

同任向西東石火莫及電光罔通溈山問仰山石火莫及電光罔通從上諸聖以何爲人仰云和尚意作麽生溈云但有言說都無實義仰云不然溈云子又作麽生仰云官不容針私通車馬麻谷問十二面觀音那箇是正面師下禪牀擒住曰十二面觀音甚處去也速道速道谷轉身擬坐師便打谷接住棒相捉歸方丈師問一尼善來惡來尼便喝師拈棒曰更道更道尼又喝師便打師一日拈餬餅示洛浦曰萬種千般不離這箇其理不二浦曰如何是不二之理師再拈起餅示之浦曰與麽則萬種千般也師曰屎見解浦曰羅公照鏡師見僧來舉起拂子僧禮拜師便打又有僧來師亦舉拂子僧不顧師亦打又有僧來參師舉拂子僧曰謝和尚指示師亦打雲門代云秖宜老漢大覺云得即得猶未見臨濟機在麻谷問大悲千手眼那箇是正眼師搊住曰大悲千手眼作麽生是正眼速道速道谷拽師下禪牀却坐師問訊曰不審谷擬議師便喝拽谷下禪牀却坐谷便出上堂僧問如何是佛法大意師竪起拂子僧便喝師便打又僧問如何是佛法大意師亦竪拂子僧便喝師亦喝僧擬議師便打乃曰大衆夫爲法者不避喪身失命我於黃檗先師處三度問佛法的的大意三度被打如蒿枝拂相似如今更思一頓誰爲下手時有僧出曰某甲下手師度與拄杖僧擬接師便打同普化赴施主齋次師問毛吞巨海芥納須彌爲復是神通妙用爲復是法爾如然化趯倒飯牀師曰太麄生曰這裏是甚麽所在說麄說細次日又同赴齋師復問今日供養何似昨日化又趯倒飯牀師曰得即得太麄生化喝曰瞎漢佛法

說甚麽麄細師乃吐舌師與王常侍到僧堂王問這一堂僧還看經麽師曰不看經曰還習禪麽師曰不習禪曰既不看經又不習禪畢竟作箇甚麽師曰總教伊成佛作祖去曰金屑雖貴落眼成翳師曰我將謂你是箇俗漢師上堂次兩堂首座相見同時下喝僧問師還有賓主也無師曰賓主歷然師召衆曰要會臨濟賓主句問取堂中二首座師後居大名府興化寺東堂咸通八年丁亥四月十日將示滅說傳法偈曰沿流不止問如何眞照無邊說似他離相離名人不禀吹毛用了急須磨復謂衆曰吾滅後不得滅却吾正法眼藏三聖出曰爭敢滅却和尚正法眼藏師曰已後有人問你向他道甚麽聖便喝師曰誰知吾正法眼藏向這瞎驢邊滅却言訖端坐而逝塔全身於府西北隅謚慧照禪師塔曰澄靈

南嶽下五世

臨濟玄禪師法嗣

魏府興化存奬禪師在三聖會裏爲首座常曰我向南方行脚一遭拄杖頭不曾撥著一箇會佛法底人三聖聞得問曰你具箇甚麽眼便恁麽道師便喝聖曰須是你始得後大覺聞舉遂曰作麽生得風吹到大覺門裏來師後到大覺爲院主一日覺喚院主我聞你道向南方行脚一遭拄杖頭不曾撥著一箇會佛法底你憑箇甚麽道理與麽道師便喝覺便打師又喝覺又打師來日從法堂過覺召院主我直下疑你昨日這兩喝師又喝覺又打師再喝覺又打師曰某甲於三聖師兄

處學得箇賓主句總被師兄折倒了也願與某甲箇安樂法門覺曰這瞎漢來這裏納敗缺脫下衲衣痛打一頓師於言下薦得臨濟先師於黃檗處喫棒底道理師後開堂日拈香曰此一炷香本爲三聖師兄三聖於我太孤本爲大覺師兄大覺於我太賒不如供養臨濟先師僧問多子塔前共談何事師曰一人傳虛萬人傳實師有時喚僧僧應諾師曰點即不到又喚一僧僧應諾師曰到即不點僧問四方八面來時如何師曰打中間底僧便禮拜師曰昨日赴箇村齋中途遇一陣卒風暴雨却向古廟裏躲避得過問僧甚處來曰崔禪處來師曰將得崔禪喝來否曰不將得來師曰恁麼則不從崔禪處來僧便喝師便打示衆我聞前廊下也喝後架裏也喝諸子汝莫盲喝亂喝直饒喝得興化向虛空裏却撲下來一點氣也無待我蘇息起來向汝道未在何故我未曾向紫羅帳裏撒眞珠與汝諸人去在胡喝亂喝作麼雲居住三峯庵時師問權借一問以爲影草時如何居無對師云想和尚答這話不得不如禮拜了退二十年後居云如今思量當時不消道箇何必後遺化主到師處師問和尚住三峯庵時老僧問伊話對不得如今道得也未主舉前話師云雲居二十年秖道得箇何必興化即不然爭如道箇不必師謂克賓維那曰汝不久爲唱導之師賓曰不入這保社師曰會了不入不會了不入曰總不與麼師便打曰克賓維那法戰不勝罰錢五貫設饡飯一堂次日師自白椎曰克賓維那法戰不勝不得喫飯

卽便出院僧問國師喚侍者意作麼生師曰一盲引衆盲師在臨濟爲侍者洛浦來叅濟問甚處來浦曰鑾城來濟曰有事相借問得麼浦曰新戒不會濟曰打破大唐國覓箇不會底人也無叅堂去師隨後請問曰適來新到是成褫他不成褫他濟曰我誰管你成褫不成褫師曰和尚秖解將死雀就地彈不解將一轉語蓋覆却濟曰你又作麼生師曰請和尚作新到濟遂曰新戒不會師曰却是老僧罪過濟曰你語藏鋒師擬議濟便打至晚濟又曰我今日問新到是將死雀就地彈就窠子裏打及至你出得語又喝起了向青雲裏打師曰草賊大敗濟便打師見同叅來纔上法堂師便喝僧亦喝師又喝僧亦喝師近前拈棒僧又喝師曰你看這瞎漢猶作主在僧擬議師直打下法堂侍者請問適來那僧有甚觸忤和尚師曰他適來也有權也有實也有照也有用及乎我將手向伊面前橫兩橫到這裏却去不得似這般瞎漢不打更待何時僧禮拜問寶劒知師藏已久今日當場略借看師曰不借曰爲甚麼不借師曰不是張華眼徒窺射斗光曰用者如何師曰橫身當宇宙誰是出頭人僧便作引頸勢師曰嗄僧曰喏便歸衆後唐莊宗車駕幸河北回至魏府行宮詔師問曰朕收中原獲得一寶未曾有人酬價師曰請陛下寶看帝以兩手舒幞頭脚師曰君王之寶誰敢酬價（玄覺徵云且道興化肯莊宗不肯莊宗若肯莊宗興化眼在甚麼處若不肯莊宗過在甚麼處）龍顏大悅賜紫衣師號師皆不受乃賜馬與師乘騎馬忽驚師墜傷足帝復賜藥救療師喚院主

與我做箇木杌子主做了將來師接得遶院行問僧曰汝等還識老僧麼曰爭得不識和尚師曰蹶腳法師說得行不得又至法堂令維那聲鐘集衆師曰還識老僧麼衆無對師擲下杌子端然而逝謚廣濟禪師

鎮州寶壽沼禪師第一世僧問萬境來侵時如何師曰莫管他僧禮拜師曰不要動著動著即打折汝腰師在方丈坐因僧問訊次師曰百千諸聖盡不出此方丈內曰秖如古人道大千沙界海中漚未審此方丈向甚麼處著師曰千聖現在曰阿誰證明師便擲下拂子僧從西過東立師便打僧曰若不久參焉知端的師曰三十年後此話大行趙州來師在禪牀背面而坐州展坐具禮拜師起入方丈州收坐具而出師問僧甚處來曰西山來師曰見獮猴麼曰見師曰作甚麼伎倆曰見某甲一箇伎倆也作不得師便打胡釘鉸參師問汝莫是胡釘鉸麼曰不敢師曰還釘得虛空麼曰請和尚打破師便打胡曰和尚莫錯打某甲師曰向後有多口阿師與你點破在胡後到趙州舉前話州曰汝因甚麼被他打胡曰不知過在甚麼處州曰秖這一縫尚不奈何胡於此有省趙州曰且釘這一縫僧問萬里無雲時如何師曰青天也須喫棒曰未審青天有甚麼過師便打問如何是祖師西來意師曰面黑眼睛白西院來參問踏倒化城來時如何師曰不斬死漢院曰斬師便打院連道斬斬師又隨聲打師却回方丈曰適來這僧將赤肉抵他乾棒有甚死急

鎮州三聖院慧然禪師自臨濟受訣遍歷叢

林至仰山山問汝名甚麽師曰慧寂山曰慧寂是我名師曰我名慧然山大笑而巳仰山因有官人相訪山問官居何位曰推官山竪起拂子曰還推得這箇麽官人無對山令衆下語皆不契時師不安在涅槃堂內將息山令侍者去請下語師曰但道和尚今日有事山又令侍者問未審有甚麽事師曰再犯不容到香嚴嚴問甚處來師曰臨濟嚴曰將得臨濟喝來麽師以坐具驀口打又到德山纔展坐具山曰莫展炊巾這裏無殘羹餿飯師曰縱有也無著處山便打師接住棒推向禪牀上山大笑師哭蒼天便下叅堂堂中首座號踢天泰問行脚高士須得本道公驗作麽生是本道公驗師曰道甚麽座再問師打一坐具曰這漆桶前後觸忤多少賢良座擬人事師便過第二座人事又到道吾吾預知以緋抹額持神杖於門下立師曰小心祇候吾應諾師叅堂了再上人事吾具威儀方丈內坐師纔近前吾曰有事相借問得麽師曰也是適來野狐精便出去住後上堂我逢人卽出出則不爲人便下座(興化云我逢人則不出出則便爲人)僧問如何是祖師西來意師曰臭肉來蠅(興化云破驢脊上足蒼蠅)問僧近離甚處僧便喝師亦喝僧又喝師又喝僧曰行棒卽瞎便喝師拈棒僧乃轉身作受棒勢師曰下坡不走快便難峰便棒僧曰這賊便出去師遂抛下棒次有僧問適來爭容得這僧師曰是伊見先師來

魏府大覺和尚叅臨濟濟纔見竪起拂子師展具坐濟擲下拂子師收坐具叅堂去時僧衆曰此僧莫是和尚親故不禮拜又不喫棒

濟聞說令侍者喚適來新到上來師隨侍者到方丈濟曰大衆道汝來叅長老又不禮拜又不喫棒莫是長老親故師乃珍重下去師住後僧問如何是本來身師曰頭枕衡山脚踏北嶽問如何是佛法大意師曰良馬不窺鞭側耳知人意問如何是鎮國寶師曰穿耳賣不售問香草未生時如何師曰齅著腦裂曰生後如何師曰腦裂問如何是祖師西來意師曰十字街頭望空啟告問如何是大覺師曰惡覺曰乖極師便打問忽來忽去時如何師曰風吹柳絮毛毬走曰不來不去時如何師曰華嶽三峯頭指天問一飽忘百饑時如何師曰縱遇臨岐食隨分納些些臨終時謂衆曰我有一隻箭要付與人時有一僧出曰請和尚箭師曰汝喚甚麼作箭僧喝師打數下便歸方丈却喚其僧入來問曰汝適來會麼曰不會師又打數下擲却拄杖曰已後遇明眼人分明舉似便乃告寂

灌谿志閑禪師魏府館陶史氏子幼從栢巖禪師披剃受具後見臨濟濟驀胸搊住師曰領領濟拓開曰且放汝一頓師離臨濟至末山（語見末山章）師住後上堂曰我在臨濟爺爺處得半杓末山孃孃處得半杓共成一杓喫了直至如今飽不饑僧問請師不借借師曰滿口道不得師又曰大庾嶺頭佛不會黃梅路上沒衆生師會下一僧去叅石霜霜問甚處來曰灌谿來霜曰我南山不如他北山僧無對僧回舉似師師曰何不道灌谿修涅槃堂了也問久嚮灌谿到來秖見漚麻池師曰汝秖見漚麻池且不見灌谿曰如何是灌谿師

曰劈箭急後人舉似玄沙沙云更學三十年未會禪問如何是古人骨師曰安置不得曰爲甚麼安置不得師曰金烏那教下碧天問金鎖斷後如何師曰正是法汝處問如何是祖師西來意師曰鉢裏盛飯鏆裏盛羮曰學人不會師曰飢則食飽則休上堂十方無碧落四畔亦無門露裸裸赤灑灑無可把便下座問如何是一色師曰不隨曰一色後如何師曰有闍黎承當分也無問今日一會祇敵何人師曰不爲凡聖問一句如何師曰不落千聖機問如何是涧中水師曰不洗人唐乾寧二年乙卯五月二十九日問侍者曰坐死者誰曰僧伽師曰立死者誰曰僧會師乃行七步垂手而逝

涿州紙衣和尚卽克符道者初問臨濟如何是奪人不奪境濟曰煦日發生鋪地錦嬰兒垂髮白如絲師曰如何是奪境不奪人濟曰王令已行天下遍將軍塞外絕烟塵師曰如何是人境俱奪濟曰并汾絕信獨處一方師曰如何是人境俱不奪濟曰王登寶殿野老謳謌師於言下領旨後有頌曰奪人不奪境緣自帶諸訛擬欲求玄旨思量反責麽驪珠光燦爛蟾桂影婆娑覿面無差互還應滯網羅奪境不奪人尋言何處眞問禪禪是妄究理理非親日照寒光澹山搖翠色新直饒玄會得也是眼中塵人境兩俱奪從來正令行不論佛與祖那說聖凡情擬犯吹毛劒還如值木盲進前求妙會特地斬精靈人境俱不奪思量意不偏主賓言少異問答理俱全踏破澄潭月穿開碧落天不能明妙用淪溺在無緣僧問如何是賓中賓師曰倚門傍戶猶如醉

出言吐氣不慚惶曰如何是賓中主師曰口念彌陀雙拄杖目瞽瞳人不出頭曰如何是主中賓師曰高提祖印當機用利物應知語帶悲曰如何是主中主師曰橫按鏌鎁全正令太平寰宇斬癡頑曰旣是太平寰宇爲甚麼却斬癡頑師曰不許夜行剛把火直須當道與人看

定州善崔禪師州將王令公於衙署張座請師說法師陞座拈拄杖曰出來也打不出來也打僧出曰崔禪聻師擲下拄杖曰久立令公伏惟珍重僧問如何是祖師西來意師曰

定州瓷器似鐘鳴曰學人不會意旨如何師曰口口口分明没啁啾

鎭州萬壽和尚僧問如何是迦葉上行衣師曰鶴飛千點雪雲鎖萬重山問如何是丈六金身師曰袖頭打領腋下剜襟曰學人不會師曰不會請人裁師訪寶壽壽坐不起師展坐具壽下禪牀師却坐壽驟入方丈閉却門知事見師坐不起曰請和尚庫下喫茶師乃歸院翌日寶壽來復謁師踞禪牀壽展坐具師亦下禪牀壽却坐師歸方丈閉却門壽入侍者寮取灰圍却方丈門便歸去師遂開門見曰我不恁麼他却恁麼

幽州譚空和尚鎭州牧有姑爲尼行脚回欲開堂爲人牧令師勘過師問曰見說汝欲開堂爲人是否尼曰是師曰尼是五障之身汝作麼生爲人尼曰龍女八歲南方無垢世界成等正覺又作麼生師曰龍女有十八變你試一變看尼曰設使變得也秖是箇野狐精師便打牧聞舉乃曰和尚棒折那僧問德山

棒臨濟喝未審那箇最親師曰巳前在衆裏老僧也曾商量來僧便喝師曰却是汝會僧曰錯師便打上堂衆集有僧出曰擬問不問時如何師曰嗄僧便喝師曰囫僧又喝師拈拄杖僧曰瞎師拋下拄杖曰今日失利僧曰草賊大敗便歸衆師以手向空點一點曰大衆還有人辯得麼若有辯得者出來對衆道看師良久曰頂門上眼也鑒不破便下座寶壽和尚問除却中上二根人來時師兄作麼生師曰汝適來舉早錯也壽曰師兄也不得無過師曰汝却與我作師兄壽側掌曰這老賊

襄州歷村和尚僧問如何是觀其音聲而得解脫師將火筋敲柴曰汝還聞麼曰聞師曰誰不解脫師煎茶次僧問如何是祖師西來意師舉起茶匙僧曰莫秪這便當否師擲向火中

滄州米倉和尚州牧請師與寶壽入廳供養令人傳語請二長老譚論佛法壽曰請師兄答話師便喝壽曰某甲話也未問喝作麼師曰猶嫌少在壽却與一喝

新羅國智異山和尚一日示衆曰冬不寒臘後看便下座

常州善權山徹禪師僧問祖意教意是同是別師曰冬寒夏熱曰此意如何師曰炎天宜散袒冬後更深藏

金沙和尚僧問如何是祖師西來意師曰聽曰恁麼則大衆側聆師曰十萬八千

齊聳禪師僧問如何是佛師曰老僧並不知曰和尚是大善知識爲甚麼不知師曰老僧

不曾接下機問如何是道師曰往來無障礙復曰忽遇大海作麽生過僧擬議師便打

雲山和尚有僧從西京來師問還將得西京主人書來否曰不敢妄通消息師曰作家師僧天然有在曰殘羮餿飯誰喫師曰獨有闍黎不甘喫其僧乃作吐勢師喚侍者曰扶出這病僧著僧便出去師見僧來便作起勢僧便出去師曰得恁麽靈利僧便喝曰作這箇眼目承嗣臨濟也太屈哉師曰且望闍黎善傳僧回首師喝曰作這箇眼目錯判諸方若言隨後便打

虎谿庵主僧問庵主在這裏多少年也師曰秖見冬凋夏長年代總不記得曰大好不記得師曰汝得我在這裏得多少年也曰冬凋夏長聻師曰閙市裏虎僧到相看師不顧僧曰知道庵主有此機鋒師鳴指一下僧曰是何宗旨師便打僧曰知道今日落人便宜師曰猶要棒喫在有僧纔入門師便喝僧默然師便打僧却喝師曰好箇草賊有僧到近前曰不審庵主師曰阿誰僧便喝師曰得恁麽無賓主曰猶要第二喝在師便喝有僧問和尚何處人事師曰隴西人曰承聞隴西出鸚鵡是否師曰是曰和尚莫不是否師便作鸚鵡聲僧曰好箇鸚鵡師便打

覆盆庵主問僧甚處來僧曰覆盆山下來師曰還見菴主麽僧便喝師便打僧曰作甚麽師住棒僧擬議師又打一日有僧從山下哭上師閉却門僧於門上畫一圓相門外立地師從菴後出却從山下哭上僧喝曰猶作這箇去就在師便換手搥胸曰可惜先師一場

埋沒僧曰苦苦師曰菴主被謾

桐峯菴主僧問和尚這裏忽遇大蟲作麼生師便作大蟲吼僧作怖勢師大笑僧曰這老賊師曰爭奈老僧何有僧到菴前便去師召闍黎僧回首便喝師良久僧曰死却這老漢師便打僧無語師呵呵大笑有僧入菴便把住師師叫殺人殺人僧拓開曰叫喚作甚麼師曰誰僧便喝師便打僧出外回首曰且待且待師大笑有老人入山叅師曰住在甚處老人不語師曰善能對機老人地上拈一枝草示師師便喝老人禮拜師便歸菴老人曰與麼疑殺一切人在

杉洋菴主有僧到叅師問阿誰曰杉洋菴主師曰是我僧便喝師作噓聲僧曰猶要棒喫在師便打僧問菴主得甚麼道理便住此山師曰也欲通箇來由又恐遭人點檢僧曰又爭免得師便喝僧曰恰是師便打僧大笑而出師曰今日大敗

定上座初叅臨濟問如何是佛法大意濟下禪牀擒住師擬議濟與一掌師佇思傍僧曰定上座何不禮拜師方作禮忽然大悟後南游路逢巖頭雪峯欽山三人巖頭問上座甚處來師曰臨濟來巖曰和尚萬福師曰和尚已順世也巖曰某甲三人特去禮拜薄福不遇不知和尚在日有何言句請上座舉一兩則師遂舉臨濟上堂曰赤肉團上有一無位眞人常在汝等諸人面門出入未證據者看看時有僧問如何是無位眞人濟下禪牀搊住曰道道僧擬議濟拓開曰無位眞人是甚麼乾屎橛巖頭不覺吐舌雪峯曰臨濟大似

白拈賊欽山曰何不道赤肉團上非無位眞人師便擒住曰無位眞人與非無位眞人相去多少速道速道欽山被擒直得面黃面青語之不得巖頭雪峯曰這新戒不識好惡觸忤上座且望慈悲師曰若不是這兩箇老漢堅殺這尿牀鬼子師在鎭府齋回到橋上坐次逢三人座主一人問如何是禪河深處須窮到底師擒住擬拋向橋下二座主近前諫曰莫怪觸忤上座且望慈悲師曰若不是這兩箇座主直教他窮到底

麄上座離臨濟參德山山纔見下禪牀作抽坐具勢師曰這箇且置或遇心境一如底人來向伊道箇甚麼免被諸方檢責山曰猶較昔日三步在別作箇主人公來師便喝山默然師曰塞却這老漢咽喉也拂袖便出潙山聞舉云麄上座雖得便宜爭奈掩耳偷鈴又參百丈茶罷丈曰有事相借問得麼師曰幸自非言何須甌茶丈曰與麼則許借問丈曰收得安南又憂塞北師擘開胷曰與麼不與麼丈曰要且難構要且難構師曰知卽得知卽得仰山云若有人知得此二人落處不妨奇特若辨不得大似日中迷路

五燈會元卷第二十八

音釋

[⻊+戾]勒沒切音峍行不進也　喝介者切音惹俗云唱喏　餿踈鳩切音搜飯壞也

五燈會元卷第二十九

宋　沙　門　大　川　濟　纂

南嶽下六世

興化獎禪師法嗣

汝州南院慧顒禪師（亦曰寶應）上堂赤肉團上壁立千仞僧問赤肉團上壁立千仞豈不是和尚道師曰是僧便掀倒禪牀師曰這瞎驢亂作僧擬議師便打問僧近離甚處曰長水師曰東流西流曰總不恁麼師曰作麼生僧珍重師便打僧叅師舉拂子僧曰今日敗缺師放下拂子僧曰猶有這箇在師便打問僧近離甚處曰襄州師曰來作甚麼曰特來禮拜和尚師曰恰遇寶應老不在僧便喝師曰向汝道不在又喝作甚麼僧又喝師便打僧禮拜師曰這棒本是汝打我我且打汝要此話大行瞎漢叅堂去思明和尚未住西院時到叅禮拜了曰無可人事從許州來收得江西剃刀一柄獻和尚師曰汝從許州來爲甚却收得江西剃刀明把師手掐一掐師曰侍者收取明以衣袖拂一拂便行師曰阿剌剌阿剌剌上堂諸方秖具啐啄同時眼不具啐啄同時用僧便問如何是啐啄同時用師曰作家不啐啄啐啄同時失曰此猶未是某甲問處師曰汝問處作麼生僧曰失師便打其僧不肯後於雲門會下聞二僧舉此話一僧曰當時南院棒折那其僧忽契悟遂奔回省覲師已圓寂乃謁風穴穴一見便問上座莫是當時問先師啐啄同時話底麼僧曰是穴曰汝當時作麼生會曰某甲當時如在燈影裏行相似穴曰汝會也問古殿重興時如何師

曰明堂瓦揷簷曰與麼則莊嚴畢備也師曰斬草蛇頭落問如何是佛法大意師曰無量大病源曰請師醫師曰世醫拱手問匹馬單槍來時如何師曰且待我斫棒問如何是無相涅槃師曰前三點後三點曰無相涅槃請師證照師曰三點前三點後問凡聖同居時如何師曰兩箇猫兒一箇獰問如何是無縫塔師曰八花九裂曰如何是塔中人師曰頭不梳面不洗問如何是佛師曰待有卽向你道曰與麼則和尚無佛也師曰正當好處曰如何是好處師曰今日是三十日問園頭瓠子開花也未曰開花已久師曰還著子也無曰昨日遭霜了也師曰大衆喫箇甚麼僧擬議師便打問僧名甚麼曰普叅師曰忽遇屎橛作麼生僧便不審師便打問人逢碧眼時

如何師曰鬼爭漆桶問龍躍江湖時如何師曰瞥嗔瞥喜曰傾湫倒嶽時如何師曰老鴉沒嘴問萬里無雲時如何師曰餓虎投崖問二王相見時如何師曰十字路頭吹尺八問如何是薝蔔林師曰鬼厭箭問如何是金剛不壞身師曰老僧在汝脚底僧便喝師曰未在僧又喝師便打問上上根器人來師還接也無師曰接曰便請和尚接師曰且喜共你平交問祖意教意是同是別師曰王尚書李僕射曰意旨如何師曰牛頭南馬頭北問如何是祖師西來意師曰五男二女問擬伸一問師意如何師曰是何公案僧曰喏師曰放汝三十棒問如何是賓應主師曰杓大盌小問僧近離甚處曰龍興曰發足莫過葉縣也無僧便喝師曰好好問你又惡發作麼曰喚

作惡發卽不得師却喝曰你既惡發我也惡發近前來我也没量罪過你也没量罪過瞎漢參堂去問僧近離甚處曰襄州師曰是甚麼物恁麼來曰和尚試道看師曰適來禮拜底曰錯師曰禮拜底錯箇甚麼曰再犯不容師曰三十年弄馬騎今日被驢撲瞎漢參堂去問從上諸聖向甚麼處去師曰不上天堂則入地獄曰和尚又作麼生師曰還知寶應老漢落處麼僧擬議師打一拂曰你還知喫拂子底麼曰不會師曰正令却是你行又打一拂子

守廓侍者問德山曰從上諸聖向甚麼處去山曰作麼作麼師曰勑點飛龍馬跛鼈出頭來山便休去來日浴出師過茶與山山於背上拊一下曰昨日公案作麼生師曰這老漢今日方始瞥地山又休去師行脚到襄州華嚴和尚會下一日嚴上堂曰大衆今日若是臨濟德山高亭大愚鳥窠船子兒孫不用如何若何便請單刀直入華嚴與汝證據師出禮拜起便喝嚴亦喝師又喝嚴亦喝師禮拜起曰大衆看這老漢一場敗缺又喝一喝拍手歸衆嚴下座歸方丈時風穴作維那上去問訊嚴曰維那汝來也叵耐守廓適來把老僧扭捏一上待集衆打一頓趂出穴曰趂他遲了也自是和尚言過他是臨濟下兒孫本分恁麼嚴方息怒穴下來舉似師師曰你著甚來由勸這漢我未問前早要棒喫得我話行如今不打搭却我這話也穴曰雖然如是已遍天下也

寶壽沼禪師法嗣

汝州西院思明禪師僧問如何是伽藍師曰荆棘叢林曰如何是伽藍中人師曰獾兒貉子問如何是不變易底物師曰打帛石問如何是臨濟一喝師曰千鈞之弩不爲鼷鼠而發機曰和尚慈悲何在師便打從漪上座到法席旬日常自曰莫道會佛法人覓箇舉話底人也無師聞而默之漪異日上法堂次師召從漪漪舉首師曰錯漪進三兩步師又曰錯漪近前師曰適來兩錯是上座錯是思明老漢錯曰是從漪錯師曰錯錯乃曰上座且在這裏過夏共汝商量這兩錯漪不肯便去後住相州天平山每舉前話曰我行脚時被惡風吹到汝州有西院長老勘我連下兩錯更留我過夏待共我商量我不道恁麼時錯我發足向南方去時早知錯了也首山念云據天平作恁麼解會未夢見西院在何故話在

寶壽和尚第二世在先寶壽爲供養主壽問父母未生前還我本來面目來師立至夜深下語不契翌日辭去壽曰汝何往師曰昨日蒙和尚設問某甲不契往南方叅知識去壽曰南方禁夏不禁冬我此間禁冬不禁夏汝且作街坊過夏若是佛法闤闠之中浩浩紅塵常說正法師不敢違一日街頭見兩人交爭揮一拳曰你得恁麼無面目師當下大悟走見寶壽未及出語壽便曰汝會也不用說師便禮拜壽臨遷化時囑三聖請師開堂師開堂日三聖推出一僧師便打聖曰與麼爲人非但瞎却這僧眼瞎却鎮州一城人眼去在法眼云甚麼處是瞎却人眼處師擲下拄杖便歸方丈僧問不占閫域請師不謗師曰莫問種種莊嚴慇

懃奉獻時如何師曰莫汙我心田師將順寂謂門人曰汝還知吾行履處否曰知和尚長坐不卧師又召僧近前來僧近前師曰去非吾眷屬言訖而化

三聖然禪師法嗣

鎮州大悲和尚僧問除上去下請師別道師曰開口卽錯曰眞是學人師也師曰今日向弟子手裏死問如何是和尚密作用師拈棒僧轉身受棒師拋下棒曰不打這死漢問如何是諦實之言師曰舌拄上齶曰爲甚麼如此師便打問如何是大悲境師曰千眼都來一隻收曰如何是境中人師曰手忙脚亂問不著聖凡請師答話師曰好僧擬議師便喝

淄州水陸和尚僧問如何是學人用心處師曰用心卽錯曰不起一念時如何師曰沒用處漢問此事如何保任師曰切忌問如何是最初一句師便喝僧禮拜師以拂子點曰且放問狹路相逢時如何師便攔胸拓一拓

魏府大覺和尚法嗣

廬州大覺和尚僧問牛頭未見四祖時爲甚麼鳥獸銜華師曰有恁麼畜生無所知曰見後爲甚麼不銜華師曰無恁麼畜生有所知

廬州澄心院旻德禪師在興化遇示衆曰若是作家戰將便請單刀直入更莫如何若何師出禮拜起便喝化亦喝師又喝化亦喝師禮拜歸衆化曰適來若是別人三十棒一棒也較不得何故爲他旻德會一喝不作一喝用住後僧問如何是澄心師曰我不作這活計曰未審作麼生師便喝僧曰大好不作這活計師便打問如何是道師曰老僧久住澄

心院曰如何是道中人師曰破衲長披經歲年問露地不通風時如何師曰漆問旣是澄心爲甚麽出來入去師曰鼻孔上著灸僧禮拜師便打

荊南府竹園山和尚僧問久嚮和尚會禪是否師曰是僧曰蒼天蒼天師近前以手掩僧口曰低聲低聲僧打一掌便拓開師曰山僧招得僧拂袖出去師笑曰早知如是悔不如是問旣是竹園還生筍也無師曰千株萬株曰恁麽則學人有分也師曰汝作麽生僧擬議師便打

宋州法華院和尚僧問如何是佛師曰獨坐五峯前問如何是初生月師曰不高不低曰還許學人瞻敬也無師曰三日後看問如何是法華家風師曰寒時寒殺熱時熱殺曰如何是寒時寒殺師曰三三兩兩抱頭行曰如何是熱時熱殺師曰東西南北見者嗤問學人手持白刃直進化門時如何師曰你試用看僧便喝師擒住僧隨手打一掌師拓開曰老僧今日失利僧作舞而出師曰賊首頭犯

灌谿閑禪師法嗣

池州魯祖山教禪師僧問如何是祖師西來意師曰今日不答話曰大好不答話師便打問如何是雙林樹師曰有相身中無相身曰如何是有相身中無相身師曰金香爐下鐵崑崙問如何是孤峯獨宿底人師曰半夜日頭明日午打三更問如何是格外事師曰化道緣終後虛空更那邊問進向無門時如何師曰太鈍生曰不是鈍生直下進向無門時如何師曰靈機未曾論邊際執法無門在暗

中問如何是學人著力處師曰春來草自青月上巳天明曰如何是不著力處師曰崩山石頭落平川燒火行

紙衣和尚法嗣

鎮州談空和尚僧問如何是佛師曰麻纏紙裹問百了千當時如何師和聲便打問格外之譚請師舉唱師曰隘路不通風曰莫秖這便是也無師乃噓噓

際上座行脚到洛京南禪時有朱行軍設齋入僧堂顧視曰直下是遂行香口不住道至師面前師便問直下是箇甚麼行軍便喝師曰行軍幸是會佛法底人又惡發作甚麼行軍曰喚作惡發卽不得師便喝行軍曰鉤在不疑之地師又喝行軍便休齋退令客司請適來下喝僧來師至便共行軍言論並不顧諸人僧錄曰行軍適來爭容得這僧無禮行軍曰若是你諸人喝下官有劒僧錄曰某等固是不會須是他輝長老始得行軍曰若是南禪長老也未夢見在僧問如何是佛法的的大意師曰龍騰滄海魚躍深潭曰畢竟如何師曰夜聞祭鬼鼓朝聽上灘歌問如何是上座家風師曰三脚蝦蟇背大象

南嶽下七世

南院顒禪師法嗣

汝州風穴延沼禪師餘杭劉氏子幼不茹葷習儒典應進士一舉不遂乃出家依本州開元寺智恭披削受具習天台止觀年二十五謁鏡清清問近離甚處師曰自離東來清曰還過小江也無師曰大舸獨飄空小江無可濟清曰鏡水秦山鳥飛不度子莫道聽途言

師曰滄溟尚怯艨艟勢烈漢飛帆渡五湖清竪拂子曰爭奈這箇何師曰這箇是甚麼清曰果然不識師曰出沒卷舒與師同用清曰杓卜聽虛聲熟睡饒譫語師曰澤廣藏山理能伏豹清曰捨罪放愆速須出去師曰出去即失便出到法堂乃曰夫行脚人因緣未盡其善不可便休去却回曰某甲適來輒陳小騃冐瀆尊顏伏望慈悲未賜罪責清曰適來言從東來豈不是翠巖來師曰雪竇親棲寶葢東清曰不逐忘羊狂解息却來這裏念篇章師曰路逢劒客須呈劒不是詩人莫獻詩清曰詩速秘却略借劒看師曰県首甑人攜劒去清曰不獨觸風化亦自顯顢頇師曰若不觸風化爭明古佛心清曰如何是古佛心師曰再許允容師今何有清曰東來衲子菽麥不分秖聞不已而已何得抑已而已師曰巨浪涌千尋澄波不離水清曰一句截流萬機寢削師便禮拜清曰衲子俊哉衲子俊哉師到華嚴嚴問我有牧牛歌輒請闍黎和師曰羯鼓掉鞭牛豹跳遠村梅樹觜盧都師叅南院入門不禮拜院曰入門須辯主師曰端的請師分院於左膝拍一拍師便喝院於右膝拍一拍師又喝院曰左邊一拍且置右邊一拍作麼生師曰瞎院便拈棒師曰莫盲枷瞎棒奪打和尚莫言不道院擲下棒曰今日被黄面浙子鈍置一場師曰和尚大似持鉢不得詐道不飢院曰闍黎曾到此間麼師曰是何言歟院曰老僧好好相借問師曰也不得放過便下叅衆了却上堂頭禮謝院曰闍黎曾見甚麼人來師曰在襄州華嚴與廓侍

者同夏院曰親見作家來院問南方一棒作麽商量師曰作奇特商量師却問和尚此間一棒作麽商量院拈住杖曰棒下無生忍臨機不見師師於言下大徹玄旨遂依止六年四衆請主風穴又八年李史君與闔城士庶再請開堂演法矣上堂夫參學眼目臨機直須大用現前勿自拘於小節設使言前薦得猶是滯殼迷封縱然句下精通未免觸途狂見應是從前依他作解明眛兩岐與你一時掃却直教箇箇如師子兒吒呀地哮吼一聲壁立千仞誰敢正眼覷著覷著即瞎却渠眼時有僧問如何是正法眼師曰即便瞎曰瞎後如何師曰撈天摸地師後因本郡兵寇作孽與衆避地于郢州謁前請主李史君留於衙內度夏普設大會請師上堂纔陞座乃曰祖師心印狀似鐵牛之機去即印住住即印破秖如不去不住印即是不印即是還有人道得麽時有盧陂長老出問學人有鐵牛之機請師不搭印師曰慣釣鯨鯢澄巨浸却嗟蛙步驟泥沙陂佇思師喝曰長老何不進語陂擬議師便打一拂子曰還記得話頭麽試舉看陂擬開口師又打一拂子牧主曰信知佛法與王法一般師曰見甚麽道理牧主曰當斷不斷反招其亂師便下座至九月汝州太師宋侯捨宅爲寺復來郢州請師歸新寺住持至周廣順元年賜額廣慧師住二十二年常餘百衆上堂僧問如何是佛師曰如何不是佛曰未曉玄言請師直指師曰家住海門洲扶桑最先照問明月當空時如何師曰不從天上輥任向地中埋問古曲無音

韻如何和得齊師曰木鷄啼子夜芻狗吠天明上堂舉寒山詩曰梵志死去來魂識見閻老讀盡百王書未免受捶拷一稱南無佛皆以成佛道僧問如何是一稱南無佛師曰燈連鳳翅當堂照月映娥眉頓面看問如何是佛師曰斷風木馬緣無絆背角泥牛痛下鞭問如何是廣慧劍師曰不斬死漢問古鏡未磨時如何師曰天魔膽裂曰磨後如何師曰軒轅無道問矛盾本成雙翳病帝網明珠事若何師曰爲山登九仞捻土定千鈞問干木奉文侯知心有幾人師曰少年曾決龍蛇陣老倒還聽稚子歌問如何是清涼山中主師曰一句不違無著問迄今猶作野盤僧問如何是和尚家風師曰鶴有九皐難翥翼馬無千里謾追風問未有之言請師試道師曰入市能長嘯歸家著短衣問夏終今日師意如何師曰不憐鵝護雪且喜蠟人氷問歸鄉無路時如何師曰平窺紅爛處暢殺子平生問滿目荒郊翠瑞草却滋榮時如何師曰新出紅爐金彈子簉破闍黎鐵面皮問如何是互換之機師曰和盲愬愬瞎問眞性不隨緣如何得證悟師曰猪肉案上滴乳香問如何是清淨法身師曰金沙灘頭馬郎婦問一色難分請師顯示師曰滿爐添炭猶嫌冷路上行人秖守寒問如何是學人立身處師曰井底泥牛吼林間玉兎驚問如何是道師曰五鳳樓前曰如何是道中人師曰問取皇城使問不傷物義請師便道師曰劈腹開心猶未性燥問未定渾濁如何得照師曰下坡不走快便難逢問如何是衲僧行履處師曰頭上喫

棒口裏喃喃問靈山話月曹溪指月去此二途請師直指師曰無言不當啞曰請師定當師曰先度汨羅江問任性浮沉時如何師曰牽牛不入欄問凝然便會時如何師曰截耳卧街問狼烟永息時如何師曰兩脚捎空問祖令當行時如何師曰點問不施寸刃便登九五時如何師曰鞭屍屈項上堂舉古云我有一隻箭曾經久磨煉射時徧十方落處無人見師曰山僧卽不然我有一隻箭未嘗經磨煉射不徧十方要且無人見僧便問如何是和尚箭師作彎弓勢僧禮拜師曰拖出這死漢問牛頭未見四祖時如何師曰披席把盌曰見後如何師曰披席把盌問未達其源時如何師曰鶴冷移巢易龍寒出洞難問不露鋒鋩句如何辯主賓師曰口銜羊角驟膠粘問將身御險時如何師曰布露長書寫罪原問學人解問諳訛句請師舉起訝人機師曰心裏分明眼睛黑問生死到來時如何師曰青布裁衫招犬吠曰如何得不吠去師曰自宜觶避寂無聲問如何是眞道人師曰竹竿頭上禮西方問魚隱深潭時如何師曰湯盪火燒問如何是諸佛行履處師曰青松綠竹下問如何是大善知識師曰殺人不眨眼曰旣是大善知識爲甚麼殺人不眨眼師曰塵埃影裏不拂袖畫戟門前磨寸金問一卽六六卽一一六俱亡時如何師曰一箭落雙鵰曰意旨如何師曰身亡跡謝問摘葉尋枝卽不問直截根源事若何師曰赴供凌晨去開塘帶雨歸問問問盡是揑怪請師直指根源師曰罕逢穿耳客多遇刻舟人問正當恁

麽時如何師曰盲龜值木雖優穩枯木生華物外春問寶塔元無縫金門卽日開時如何師曰智積佐來空合掌天王捧出不知音曰如何是塔中人師曰萎花風掃去香水雨飄來問隨緣不變者忽遇知音時如何師曰披簑側立千峰外引水澆蔬五老前問刻舟求不得常用事如何師曰大勳不立賞柴扉草自深問從上古人印印相契如何是相契底眼師曰輕囂道者知機變拈却招魂拭淚巾問九夏賞勞請師言薦師曰出袖拂開龍洞雨泛杯波涌鉢囊華問最初自恣合對何人師曰一把香芻拈未暇六環金錫響遙空問西祖傳來請師端的師曰一犬吠虛千猱啀實問王道與佛道相去幾何師曰芻狗吠時天地合木鷄啼後祖燈輝問祖師心印請師拂拭師曰祖月凌空圓聖智何山松檜不青青上堂若立一塵家國興盛野老顰蹙不立一塵家國喪亡野老安怗於此明得闍黎無分全是老僧於此不明老僧却是闍黎闍黎與老僧亦能悟却天下人亦能瞎却天下人欲識闍黎麽右邊一拍曰這裏是欲識老僧麽左邊一拍曰這裏是僧問大衆雲集請師說法師曰赤脚人趂兎著靴人喫肉問不留博覽空王教略借玄機試道看師曰白玉無瑕卞和刖足問如何是無爲之句師曰寶燭當軒顯紅光爍太虛問如何是臨機一句師曰因風吹火用力不多問素面相呈時如何師曰拈却蓋面帛問紫菊半開秋已老月圓當戶意如何師曰月生蓬島人皆見昨夜遭霜子不知問如何是直截一路師曰直截是

迃曲問如何是師子吼師曰阿誰要汝野干鳴問如何是諦實之言師曰口懸壁上上堂若是上上之流各有證據略赴箇程限中下之機各須英俊當處出生隨處滅盡如爆龜紋爆即成兆不爆成鈍欲爆不爆直下便捏問心不能緣口不能言時如何師曰逢人但恁麽舉問龍透清潭時如何師曰印駿捺尾問任性浮沉時如何師曰牽牛不入欄問有無俱無去處時如何師曰三月懶遊花下路一家愁閉雨中門問語默涉離微如何通不犯師曰常憶江南三月裏鷓鴣啼處百花香問百了千當時如何師曰不許夜行投明須到上堂三千劒客恥見莊周赤眉橫肩得無訛謬他時變豹後五日看珍重問心印未明時如何師曰雖聞酋帥投歸款未見牽羊納璧來問如何是臨濟下事師曰桀犬吠堯問如何是鐅鏃事師曰孟浪借辭論馬角上堂大衆集定師曰不是無言各須英鑒問大衆雲集師意如何師曰景謝祁寒骨肉疎冷問不修禪定爲甚麽成佛無疑師曰金鷄專報曉漆桶夜生光問一念萬年時如何師曰拂石仙衣破問洪鐘未擊時如何師曰充塞大千無不韻妙含幽致豈能分曰擊後如何師曰石壁山河無障礙翳消開後好杳聞問古今纔分請師密要師曰截却重舌問如何是大人相師曰赫赤窮漢曰未審將何受用師曰携蘿挈杖問如何是賓中主師曰入市雙瞳瞽曰如何是主中賓師曰回鑾兩曜新曰如何是賓中賓師曰攢眉坐白雲曰如何是主中主師曰磨礱三尺劍待斬不平人問如

何是钁頭邊意師曰山前一片青問如何是佛師曰杖林山下竹筋鞭

潁橋安禪師（號鐵胡）與鍾司徒向火次鍾忽問三界焚燒時如何出得師以香匙撥開火鍾擬議師曰司徒司徒鍾忽有省

西院明禪師法嗣

郢州興陽歸靜禪師初參西院便問擬問不問時如何院便打師良久院曰若喚作棒眉鬚墮落師於言下大悟住後僧問師唱誰家曲宗風嗣阿誰師曰少室山前無異路

南嶽下八世

風穴沼禪師法嗣

汝州首山省念禪師萊州狄氏子受業於本郡南禪寺纔具尸羅徧遊叢席常密誦法華經衆目爲念法華也晚於風穴會中充知客一日侍立次穴乃垂涕告之曰不幸臨濟之道至吾將墜於地矣師曰觀此一衆豈無人邪穴曰聰明者多見性者少師曰如某者如何穴曰吾雖望子之久猶恐耽著此經不能放下師曰此亦可事願聞其要穴遂上堂舉世尊以青蓮目顧視大衆乃曰正當恁麼時且道說箇甚麼若道不說而說又是埋没先聖且道說箇甚麼師乃拂袖下去穴擲下拄杖歸方丈侍者隨後請益曰念法華因甚不祇對和尚穴曰念法華會也次日師與眞園頭同上問訊次穴問眞曰作麼生是世尊不說說眞曰鵓鳩樹頭鳴穴曰汝作許多癡福作麼何不體究言句又問師曰汝作麼生師曰動容揚古路不墮悄然機穴謂眞曰汝何不看念法華下語師受風穴印可之後泯迹

韜光人莫知其所以因白兆楚和尚至汝州宣化風穴令師往傳語纔相見提起坐具便問展即是不展即是兆曰自家看取師便喝兆曰我曾親近知識來未嘗輙敢恁麼造次師曰草賊大敗兆曰來日若見風穴和尚待一一舉似師曰一任一任不得忘却師乃先回舉似風穴穴曰今日又被你收下一員草賊師曰好手不張名兆次日纔到相見便舉前話穴曰非但昨日今日和贓捉敗師於是名振四方學者望風而靡開法首山為第一世也入院上堂曰佛法付與國王大臣有力檀越令其佛法不斷絕燈燈相續至於今日大衆且道續箇甚麼良久曰須是迦葉師兄始得時有僧問靈山一會何異今朝師曰墮坑落壍曰爲甚麼如此師曰瞎問師唱誰家曲宗風嗣阿誰師曰少室巖前親掌示曰便請洪音和一聲師曰如今也要大家知問如何是徑截一路師曰或在山間或在樹下問如何是學人親切處師曰五九盡日又逢春曰畢竟事如何師曰冬到寒食一百五問如何是和尚家風師曰一言截斷千江口萬仭峯前始得玄問如何是首山境師曰一任衆人看曰如何是境中人師曰喫棒得也未僧禮拜師曰喫棒且待別時問如何是祖師西來意師曰風吹日炙問從上諸聖向甚麼處行履師曰牽犂拽杷問古人拈椎竪拂意旨如何師曰孤峯無宿客曰未審意旨如何師曰不是守株人問如何是菩提路師曰此去襄縣五里曰向上事如何師曰往來不易問諸聖說不到處請師舉唱師曰萬里神光都

一照誰人敢竝日輪齊問臨濟喝德山棒未審明甚麽邊事師曰汝試道看僧便喝師曰瞎僧又喝師曰這瞎漢秖麽亂喝作麽僧禮拜師便打問和尚是大善知識爲甚麽却首山師曰不坐孤峯頂常伴白雲閑問四衆圍繞師說何法師曰打草蛇驚曰未審作麽生下手師曰適來幾合喪身失命問二龍爭珠誰是得者師曰得者失曰不得者又如何師曰珠在甚麽處問一切諸佛皆從此經出如何是此經師曰低聲低聲曰如何受持師曰切不得污染問世尊滅後法付何人師曰好箇問頭無人答得曰如何是世尊不說說師曰任從滄海變終不爲君通曰如何是迦葉不聞聞師曰瞶人徒側耳問古人道見色便見心諸法無形將何所見師曰一家有事百家忙曰學人不會乞師再指師曰三日後看取問菩薩未成佛時如何師曰衆生曰成佛後如何師曰衆生衆生問路逢達道人不將語默對未審將甚麽對師曰瞥爾三千界曰與麽則目視不勞也師曰天恩未遇後悔難追上堂第一句薦得堪與祖佛爲師第二句薦得堪與人天爲師第三句薦得自救不了時有僧問如何是第一句師曰大用不揚眉棒下須見血曰慈悲何在師曰送出三門外問如何是第二句師曰不打恁麽驢漢曰將接何人師曰如斯爭奈何問如何是第三句師曰解問無人答曰卽今秖對者是誰師曰莫使外人知曰和尚是第幾句薦得師曰月落三更穿市過問維摩默然文殊贊善未審此意如何師曰當時聽衆必不如是曰旣不

如是維摩默然又且如何師曰知恩者少負恩者多乃曰若論此事實不挂一箇元字脚便下座問如何是古佛心師曰鎭州蘿蔔重三斤問如何是𢇁中的師曰有言須道却曰此意如何師曰無言鬼也瞋問如何是衲僧眼師曰此問不當曰當後如何師曰堪作甚麼問如何得離衆緣去師曰千年一遇曰不離時如何師曰立在衆人前問如何是大安樂底人師曰不見有一法曰將何爲人師曰謝闍黎領話問如何是常在底人師曰亂走作麼問如何是首山師曰東山高西山低曰如何是山中人師曰恰遇棒不在問如何是道師曰爐中有火無心撥處處縱横任意遊曰如何是道中人師曰坐看烟霞秀不與白雲齊問一毫未發時如何師曰路逢穿耳客曰發後如何師曰不用更遲疑問無絃一曲請師音韻師良久曰還聞麼曰不聞師曰何不高聲問著問學人乆處沉迷請師一接師曰老僧無這閑工夫曰和尚豈無方便師曰要行卽行要坐卽坐問如何是離凡聖底句師曰嵩山安和尚曰莫便是和尚極則處否師曰南嶽讓禪師問學人作入叢林乞師指示師曰闍黎到此多少時也曰已經冬夏師曰莫錯舉似人問有一人蕩盡來時師還接否師曰蕩盡卽置那一人是誰曰風高月冷師曰僧堂內幾人坐卧僧無對師曰賺殺老僧問如何是梵音相師曰驢鳴狗吠乃曰要得親切第一莫將問來問還會麼問在答處答在問處汝若將問來問老僧在汝脚底汝若擬議卽没交涉時有僧出禮拜師便打僧

便問挂錫幽巖時如何師曰錯僧曰錯師又打問如何是佛師曰新婦騎驢阿家牽曰未審此語甚麽句中收師曰三玄收不得四句豈能該曰此意如何師曰天長地久日月齊明問曹谿一句天下人聞未審和尚一句甚麽人得聞師曰不出三門外曰爲甚麽不出三門外師曰舉似天下人問如何是和尚不欺人底眼師曰看看冬到來曰究竟如何師曰即便春風至問遠聞和尚無絲可挂及至到來爲甚麽有山可守師曰道甚麽僧便喝師亦喝僧禮拜師曰放汝三十棒次住廣教及寶應三處法席海衆常臻淳化三年十二月四日午時上堂說偈曰今年六十七老病隨緣且遣日今年記却來年事來年記著今朝日至四年月日無爽前記上堂辭衆仍說偈曰白銀世界金色身情與非情共一眞明暗盡時俱不照日輪午後示全身言訖安坐而逝茶毗收舍利建塔

汝州廣慧眞禪師嘗在風穴作園頭穴問曰會昌沙汰時護法善神向甚麽處去師曰常在闤闠中要且無人識穴曰汝徹也師禮拜出世開堂日僧問如何是廣慧境師曰小寺前賫慶後問如何是和尚家風師曰杴爬钁子

鳳翔府長興院滿禪師僧問如何是古佛道場師曰行便踏著曰踏著後如何師曰氷消瓦解曰爲甚如此師曰城內君子郭外小兒問大用現前時如何師曰鬧市裏輥

潭州靈泉院和尚僧問如何是和尚活計師曰一物也無曰未審日用何物師便喝僧禮

拜師便打問先師道金沙灘上馬郎婦意旨如何師曰上東門外人無數曰便恁麼會時如何師曰天津橋上往來多

南嶽下九世

首山念禪師法嗣

汾州太子院善昭禪師太原俞氏子剃髮受具杖策遊方所至少留隨機叩發歷參知識七十一員後到首山問百丈卷席意旨如何山曰龍袖拂開全體現曰師意如何山曰象王行處絶狐蹤師於言下大悟拜起而曰萬古碧潭空界月再三撈摝始應知有問者曰見何道理便爾自肯師曰正是我放身命處後遊衡湘及襄沔間每爲郡守以名剎力致前後八請堅卧不答洎首山歿西河道俗遣僧契聰迎請住持師閉關高枕聰排闥而入讓之曰佛法大事靖退小節風穴懼應讖憂宗旨墜滅幸而有先師先師已棄世汝有力荷擔如來大法者今何時而欲安眠哉師矍起握聰手曰非公不聞此語趣辦嚴吾行矣住後上堂謂衆曰汾陽門下有西河師子當門踞坐但有來者即便齩殺有何方便入得汾陽門見得汾陽人若見汾陽人者堪與祖佛爲師不見汾陽人盡是立地死漢如今還有人入得麼快須入取免得孤負平生不是龍門客切忌遭點額那箇是龍門客一齊點下舉起拄杖曰速退速退珍重上堂先聖云一句語須具三玄門一玄門須具三要阿那箇是三玄三要底句快會取好各自思量還得穩當也未古德已前行脚聞一箇因緣未明中間直下飲食無味睡卧不安火急決擇

莫將爲小事所以大覺老人爲一大事因緣出現於世想計他從上來行脚不爲遊山翫水看州府奢華片衣口食皆爲聖心未通所以驅馳行脚決擇深奥傳唱敷揚博問先知親近高德葢爲續佛心燈紹隆祖代興崇聖種接引後機自利利他不忘先跡如今還有商量者麽有卽出來大家商量僧問如何是接初機底句師曰汝是行脚僧曰如何是辯衲僧底句師曰西方日出卯曰如何是正令行底句師曰千里持來呈舊面曰如何是立乾坤底句師曰北俱盧洲長粳米食者無貪亦無瞋乃曰將此四轉語驗天下衲僧纔見你出來驗得了也問如何是學人著力處師曰嘉州打大像曰如何是學人轉身處師曰陝府灌鐵牛曰如何是學人親切處師曰西河弄師子乃曰若人會得此三句已辯三玄更有三要語在切須薦取不是等閑與大衆須出三玄三要事難分得意忘言道易親一句明明該萬象重陽九日菊花新師爲并汾苦寒乃罷夜參有異比丘振錫而至謂師曰會中有大士六人奈何不說法言訖而去師密記以偈曰胡僧金錫光爲法到汾陽六人成大器勸請爲敷揚上堂凡一句語須具三玄門每一玄門須具三要有照有用或先照後用或先用後照或照用同時或照用不同時先照後用且要共你商量先用後照你也須是箇人始得照用同時你作麽生當抵照用不同時你又作麽生湊泊僧問如何是大道之源師曰掘地覓天曰何得如此師曰不識幽玄問如何是賓中賓師曰合掌菴前問

世尊曰如何是賔中主師曰對面無儔侶曰如何是主中賔師曰陣雲横海上拔劒攪龍門曰如何是主中主師曰三頭六臂擎天地忿怒那吒撲帝鐘上堂汾陽有三訣衲僧難辯別更擬問如何拄杖驀頭楔時有僧問如何是三訣師便打僧禮拜師曰爲汝一時頌出第一訣接引無時節巧語不能詮雲綻青天月第二訣舒光辯賢哲問答利生心拔却眼中楔第三訣西國胡人說濟水過新羅北地用鑌鐵復曰還有人會麽會底出來通箇消息要知遠近莫秖恁麽記言記語以當平生有甚麽利益不用久立珍重僧問如何是祖師西來意師曰青絹扇子足風涼問布鼓當軒挂誰是知音者師曰停鉏傾麥飯卧草不擡頭問如何是道場師曰下脚不得問如何是祖師西來意師曰徹骨徹髓曰此意如何師曰徧天徧地問眞正修道人不見世間過未審不見箇甚麽過師曰雪埋夜月深三尺陸地行舟萬里程曰和尚是何心行師曰却是你心行問大悲千手眼如何是正眼師曰瞎曰恁麽則一條拄杖兩人舁師曰三家村裏唱巴歌曰恁麽則和尚同在裏頭師曰謝汝慇懃問如何是和尚家風師曰三玄開正道一句破邪宗曰如何是和尚活計師曰尋常不掌握供養五湖僧曰未審喫箇甚麽師曰天酥陁飯非珍饌一味良羮飽卽休問牛頭未見四祖時如何師曰新神更著師婆賽曰見後如何師曰古廟重遭揩大題上堂謂衆曰夫說法者須具十智同眞若不具十智同眞邪正不辯緇素不分不能與人天爲

眼目決斷是非如鳥飛空而折翼如箭射的而斷弦弦斷故射的不中翼折故空不可飛弦壯翼牢空的俱徹作麼生是十智同真與諸上座點出一同一質二同大事三總同叅四同真志五同徧普六同具足七同得失八同生殺九同音吼十同得入又曰與甚麼人同得入與阿誰同音吼作麼生是同生殺甚麼物同得失阿那箇同具足是甚麼同徧普何人同真志孰能總同叅那箇同大事何物同一質有點得出底麼點得出者不悋慈悲點不出來未有叅學眼在切須辯取要識是非面目見在不可久立珍重龍德府尹李侯與師有舊盧承天寺致之使三反不赴使者受罰復至曰必欲得師俱往不然有死而已師笑曰老病業已不出山借往當先後之何必俱邪使曰師諾則先後唯所擇師令餜設且假裝曰吾先行矣停箸而化闍維收舍利起塔

五燈會元卷第二十九

音釋

貛 呼官切音歡狼牡貛牝狼也　貉 曷各切音鶴似貍　[舟侖] 龍春切音倫船前桄　愂 同悖亂也又逆也又盛貌　杴 虛嚴切音薟鍬屬

五燈會元卷第三十

宋沙門大川濟纂

南嶽下九世

首山念禪師法嗣

汝州葉縣廣教院歸省禪師冀州賈氏子弱冠依易州保壽院出家受具後遊方叅首山山一日舉竹篦問曰喚作竹篦即觸不喚作竹篦即背喚作甚麼師掣得擲地上曰是甚麼山曰瞎師於言下豁然頓悟開堂僧問祖祖相傳傳祖印師今得法嗣何人師曰寰中天子塞外將軍曰汝海一滴蒙師指向上宗風事若何師曰高祖殿前樊噲怒須知萬里絕烟塵問維摩丈室不以日月爲明和尚丈室以何爲明師曰眉分八字曰未審意旨如何師曰雙耳垂肩問如何是超師之作師曰老僧眉毛長多少問如何是塵中獨露身師曰塞北千人帳江南萬斛船曰恁麼即非塵也師曰學語之流一札萬行問如何是和尚深深處師曰猫有歃血之功虎有起屍之德曰莫便是也無師曰碓擣東南磨推西北問如何是金剛不壞身師曰百雜碎曰意旨如何師曰終是一堆灰問不落諸緣請師便道師曰落問如何是清淨法身師曰厠坑頭籌子問如何是戒定慧師曰破家具師一日陞座僧問纔上法堂來時如何師拍禪牀一下僧曰未審此意如何師曰無人過價打與三百問忽遇大闡提人來還相爲也無師曰法久成弊曰慈悲何在師曰年老成魔上堂宗師血脉或凡或聖龍樹馬鳴天堂地獄鑊湯爐炭牛頭獄卒森羅萬象日月星辰他方此

土有情無情以手畫一畫云俱入此宗此宗門中亦能殺人亦能活人殺人須得殺人刀活人須得活人句作麽生是殺人刀活人句道得底出來對衆道看若道不得卽孤負平生珍重問如何是和尚四無量心師曰放火殺人曰慈悲何在師曰遇明眼人舉似問不在內不在外不在中間未審在甚麽處師曰南斗六北斗七問如何是毘盧師法身主師曰僧排夏臘俗列耆年曰向上更有事也無師曰有曰如何是向上事師曰萬里崖州君自去臨行惆悵怨他誰上堂良久曰夫行脚禪流直須著忖叅學須具叅學眼見地須得見地句方有相親分始得不被諸境惑亦不落於惡道畢竟如何委悉有時句到意不到妄緣前塵分別影事有時意到句不到如盲摸象各說異端有時意句俱到打破虛空界光明照十方有時意句俱不到無目之人縱橫走忽然不覺落深坑問如何是古今無異路師曰俗人盡裹頭曰意旨如何師曰闍黎無席帽問已事未明以何爲驗師曰鬧市裏打靜槌曰意旨如何師曰日午點金燈問布鼓當軒擊誰是知音者師曰眼中有澁釘曰未審此意如何師曰喬翁賽南神僧請益栢樹子話師曰我不辭與汝說還信麽曰和尚重言爭敢不信師曰汝還聞簷頭水滴聲麽其僧豁然不覺失聲云㖿師曰你見箇甚麽道理僧便以頌對曰簷頭水滴分明歷歷打破乾坤當下心息師乃忻然問僧日暮投林朝離何處曰新戒不曾學禪師曰生身入地獄下去後有僧舉到智門寬和尚處門曰何

不道鎖匙在和尚手裏師因去將息寮看病僧僧乃問曰和尚四大本空病從何來師曰從闍黎問處來僧喘氣又問曰不問時如何師曰撒手卧長空僧曰喞便脫去

潭州神鼎洪諲禪師襄水扈氏子自遊方一衲以度寒暑嘗與數耆宿至襄沔間一僧舉論宗乘頗敏捷會野飯山店中供辦而僧論說不已師曰三界唯心萬法唯識唯識唯心眼聲耳色是甚麼人語僧曰法眼語師曰其義如何曰唯心故根境不相到唯識故聲色摐然師曰舌味是根境否曰是師以筯筴菜置口中含胡而語曰何謂相入邪坐者駭然僧不能答師曰途路之樂終未到家見解入微不名見道叅須實叅悟須實悟閻羅大王不怕多語僧拱而退後反長沙隱于衡嶽三

生藏有湘陰豪貴來遊福嚴即師之室見其氣貌閑靜一鉢挂壁餘無長物傾愛之遂拜跪請曰神鼎乃我家植福之地久乏宗匠願師俱往何如師笑而諾之卽以巳馬負師至十年始成叢席一杇牀爲說法座其甘枯淡無比又以德臘俱高諸方尊之如古趙州僧問諸法未聞時如何師曰風蕭蕭雨颯颯曰聞後如何師曰領話好問魚鼓未鳴時如何師曰看天看地曰鳴後如何師曰捧鉢上堂問古澗寒泉時如何師曰不是衲僧行履處曰如何是衲僧行履處師曰不見有古澗寒泉問兩手獻尊堂時如何師曰是甚麼問學人到寶山空手回時如何師曰臘月三十日問如何是和尚家風師曰飢不擇食問如何是和尚爲人句師曰拈柴擇菜曰莫秖這便

是也無師曰更須子細問撥塵見佛時如何師曰佛亦是塵問如何是道人活計師曰山僧自小不曾入學堂官人指木魚問這箇是甚麽師曰驚回多少瞌睡人官曰洎不到此問師曰無心打無心問如何是清淨法身師曰灰頭土面曰爲甚麽如此師曰爭怪得山僧曰未審法身向上還有事也無師曰有曰如何是向上事師曰毘盧頂上金冠子問菩提本無樹何處得子來師曰喚作無得麽問持地菩薩修路等佛和尚修橋等何人師曰近後問和尚未見先德時如何師曰東行西行曰見後如何師曰橫擔拄杖上堂舉洞山曰貪瞋癡太無知賴我今朝識得伊行便打坐便槌分付心王子細推無量劫來不解脫問汝三人知不知師曰古人與麽道神鼎則不然貪瞋癡實無知十二時中任從伊行即往坐即隨分付心王擬何爲無量劫來元解脫何須更問知不知

襄州谷隱山藴聰慈照禪師初叅百丈恒和尚因結夏百丈上堂舉中觀論曰正覺無名相隨緣即道場師便出問如何是正覺無名相丈曰汝還見露柱麽師曰如何是隨緣即道場丈曰今日結夏次叅首山問學人親到寶山空手回時如何山曰家家門前火把子師於言下大悟呈偈曰我今二十七訪道曾尋覔今朝喜得逢要且不相識後到太陽玄和尚問近離甚處師曰襄州陽曰作麽生是不隔底句師曰和尚住持不易陽曰且坐喫茶師便叅衆去侍者問適來新到祇對住持不易和尚爲甚麽教坐喫茶陽曰我獻他新

羅附子他酬我船上茴香你去問他有語在侍者請師喫茶問適來祗對和尚道住持不易意旨如何師曰眞鍮不博金住後僧問如何是佛師曰卭州多出九節杖曰謝師指示師曰且莫作答佛話會却問來時無物去時空二路俱迷如何得不迷去師曰秤頭半斤秤尾八兩問如何是古佛心師曰踏著秤錘硬似鐵曰意旨如何師曰明日向汝道問青山淥水卽不問急切一句作麽生道師曰手過膝耳垂肩問如何是道師曰車碾馬踏曰如何是道中人師曰横眠竪坐問日往月來遷不覺年衰老還有不老者麽師曰有曰如何是不老者師曰虬龍筋力高聲呌晩後精靈轉更多問如何是學人深深處師曰烏龜水底深藏六曰未審其中事若何師曰路上

行人莫與知問古人索火意旨如何師曰任他滅曰滅後如何師曰初三十一因作清涼河堰僧問忽遇洪水滔天還堰得也無師曰上拄天下拄地曰劫火洞然又作麽生師曰横出竪没問深山巖崖中還有佛法也無師曰有曰如何是深山巖崖中佛法師曰奇怪石頭形似虎火燒松樹勢如龍問古人道見色便見心露柱是色那箇是心師曰晝見簸箕星曰意旨如何師曰栁營節級横階上問如何是道師曰善犬帶牌曰爲甚如此師曰令人懼見上堂十五日已前諸佛生十五日已後諸佛滅十五日已前諸佛生你不得離我這裏若離我這裏我有鉤子鉤你十五日已後諸佛滅你不得住我這裏若住我這裏我有錐子錐你且道正當十五日用鉤卽是

用錐即是遂有偈曰正當十五日鉤錐一時息更擬問如何回頭日又出問如何是無縫塔師曰直下看曰如何是塔中人師曰退後退後問承古有言秖這如今誰動口意旨如何師曰莫認驢鞍橋作阿爺下頷張茂崇太保問摩騰入漢已涉繁詞達磨單傳請師直指師曰冬不寒臘後看問若能轉物即同如來萬象是物如何轉得師曰喫了飯無些子意智問寸絲不挂法網無邊爲甚麼却有迷悟師曰兩桶一擔問有情有用無情無用如何是無情應用師曰獨扇門子盡夜開上堂春景温和春雨普潤萬物生芽甚麼處不沾恩且道承恩力一句作麼生道良久曰春雨一滴滑如油問如何是學人自已法身師曰每日般柴不易曰此是大衆底如何是學人底師曰三生六十劫問逐日開單展鉢以何報答施主之恩師曰被這一問和我愁殺曰恁麼則謝供養也師曰得甚麼人氣力僧禮拜師曰明日更喫一頓問古人急水灘頭毬子意旨如何師曰雲開月朗問急水灘頭連底石意旨如何師曰屋破見青天曰屋破見青天意旨如何師曰通上徹下問一處火發任從你救八方齊發時如何師曰快曰還求出也無師曰若求出即燒殺你僧禮拜師曰直饒你不求出也燒殺你示衆第一句道得石裏迸出第二句道得揍撥將來第三句道得自救不了上堂五白貓兒爪距獰養來堂上絕蟲行分明上樹安身法切忌遺言許外生作麼生是許外生底句莫錯舉僧入室問正當與麼時還有師也無師曰燈明連夜

照甚處不分明曰畢竟事如何師曰來日是寒食

汝州廣慧院元璉禪師泉州陳氏到首山山問近離甚處師曰漢上山竪起拳曰漢上還有這箇麽師曰這箇是甚麽盌鳴聲山曰瞎師曰恰是拍一拍便出他日又問學人親到寶山空手回時如何山曰家家門前火把子師當下大悟云某甲不疑天下老和尚舌頭也山曰汝會處作麽生與我說來看師曰秖是地上水磵砂也山曰汝會也師便禮拜住後僧問如何是祖師西來意師曰竹竿頭上㒲紅旗楊億侍郎問天上無彌勒地下無彌勒未審在甚麽處師曰敲甎打瓦又問風穴道金沙灘頭馬郎婦意旨如何師曰更道也不及僧問如何是無位眞人師曰上木下鐵曰恁麽則罪歸有處也師曰判官擲下筆僧禮拜師曰拖出問如何是佛師曰兩箇不是多上堂臨濟兩堂首座相見同時下喝諸人且道還有賓主也無若道有秖是箇瞎漢若道無亦是箇瞎漢不有不無萬里崖州若向這裏道得也好與三十棒若道不得亦與三十棒衲僧家到這裏作麽生出得山僧圖稍去良久曰苦哉蝦蟆蚯蚓跨跳上三十三天撞著須彌山百雜碎拈拄杖曰一隊無孔鐵鎚速退速退

幷州承天院三交智嵩禪師叅首山問如何是佛法的的大意山曰楚王城畔汝水東流師於此有省頓契佛意乃作三玄偈曰須用直須用心意莫定動三歲師子吼十方没狐種我有眞如性如同幕裏隱打破六門關顯

出毘盧印眞骨金剛體可誇六塵一拂永無遮廓落世界空爲體體上無爲眞到家山閘乃請喫茶問這三頌是汝作來邪師曰是山曰或有人教汝現三十二相時如何師曰某甲不是野狐精山曰惜取眉毛師曰和尚落了多少山以竹篦頭上打曰這漢向後亂作去在住後上堂文殊仗劒五臺横行唐明一路把斷妖訛三世諸佛未出教乘網底游魚龍門難渡垂鉤四海秖釣獰龍格外玄談爲求知識若也舉揚宗旨須彌直須粉碎若也說佛說祖海水便須枯竭寶劒揮時毫光萬里放汝一路通方說話把斷咽喉諸人甚處出氣僧問鈍根樂小法不自信作佛作佛後如何師曰水裏捉麒麟曰與麼則便登高座也師曰騎牛上三十三天問古人拈椎竪拂意旨如何師曰騎驢不著靴問如何是奪人不奪境師曰家鄉有路無人到曰如何是奪境不奪人師曰暗傳天子勑陪行一百程曰如何是人境兩俱奪師曰無頭蝦蟆脚指天曰如何是人境俱不奪師曰晉祠南畔長柳巷問古人東山西嶺青意作麼生師曰波斯鼻孔大曰與麼則西天迦葉東土我師師曰金剛手板濶問大悲千手眼那箇是正眼師曰開化石佛拍手笑晉祠娘子解謳歌問臨濟推倒黄檗因甚維那喫棒師曰正狗不偷油鷄銜燈盞走問如何是截人之機師曰要用便用曰請和尚用師曰拖出這死漢鄭工部問百尺竿頭獨打毬萬丈懸崖絲繫腰時如何師曰幽州著脚廣南厮撲鄭無語師曰勘破這胡漢鄭曰二十年江南界裏這回却

見禪師師曰瞎老婆吹火僧問二邊純莫立中道不須安未審意旨如何師曰廣南出象牙曰不會請師直指師曰番國皮毬八百價上堂寒温冷暖著衣喫飯自不欠少波波地覓箇甚麽秪是諸人不肯承當如今還有承當底麽有則不得孤負山河大地珍重問祖師西來三藏東去當明何事師曰佛殿部署修僧堂老僧葢僧曰與麽則全明今日事也師曰今日事作麽生僧便喝師便打問如何是學人用心處師曰光剃頭淨洗鉢曰如何是學人行履處師曰僧堂前佛殿後上堂舉法眼偈曰見山不是山見水何曾別山河與大地都是一輪月大小法眼未出涅槃堂三交卽不然見山河與大地錐刀各自用珍重

忻州鐵佛院智嵩禪師有同叅到師見便問還記得相識麽叅頭擬議第二僧打叅頭一坐具曰何不快秖對和尚師曰一箭兩朶師問僧甚處來曰臺山來師曰還見龍王麽曰和尚試道看師曰我若道卽瓦解氷消僧擬議師曰不信道問亡僧遷化向甚麽處去也師曰下坡不走快便難逢

汝州首山懷志禪師僧問如何是祖師西來意師曰三尺杖子破瓦盆問如何是佛師曰桶底脫問從上諸聖有何言句師曰如是我聞曰不會師曰信受奉行

池州仁王院處評禪師問首山如何是佛法大意山便喝師禮拜山拈棒師曰老和尚没世界那山抛下拄杖曰明眼人難謾師曰草賊大敗

隨州智門迥罕禪師爲北塔僧使點茶次師

起揖曰僧使近上坐使曰鷂子頭上爭敢安巢師曰棒上不成龍隨後打一坐具使茶罷起曰適來却成觸忤和尚師曰江南杜禪客覓甚麽第二盌

襄州鹿門慧昭山主楊億侍郎問曰入山不畏虎當路却防人時如何僧曰君子坦蕩蕩僧問如何是鹿門山師曰石頭大底大小底小曰如何是山中人師曰橫眠竪卧

承相王隨居士謁首山得言外之旨自爾履踐深明大法臨終書偈曰畫堂燈已滅彈指向誰說去住本尋常春風掃殘雪

南嶽下十世

汾陽昭禪師法嗣

潭州石霜楚圓慈明禪師全州李氏子少為書生年二十二依湘山隱靜寺出家其母有賢行使之遊方聞汾陽道望遂往謁焉陽顧而默器之經二年未許入室每見必罵詬或毀詆諸方及有所訓皆流俗鄙事一夕訴曰自至法席已再夏不蒙指示但增世俗塵勞念歲月飄忽已事不明失出家之利語未卒陽熟視罵曰是惡知識敢裨販我怒舉杖逐之師擬伸救陽掩師口乃大悟曰是知臨濟道出常情服役七年辭去依唐明嵩禪師嵩謂師曰楊大年內翰知見高入道穩實子不可不見師乃往見大年年問曰對面不相識千里却同風師曰近奉山門請年曰真箇脫空師曰前月離唐明年曰適來悔相問師曰作家年便喝師曰恰是年復喝師以手劃一劃年吐舌曰真是龍象師曰是何言歟年喚客司點茶來元來是屋裏人師曰也不消得

荼罷又問如何是上座爲人一句師曰切年曰與麽則長裙新婦拖泥走師曰誰得似內翰年曰作家作家師曰放你二十棒年拊膝曰這裏是甚麽所在師拍掌曰也不得放過年大笑又問記得唐明當時悟底因緣麽師曰唐明問首山如何是佛法的的大意山曰楚王城畔汝水東流年曰秖如此語意旨如何師曰水上挂燈毬年曰與麽則孤負古人去也師曰內翰疑則別衆年曰三脚蝦蟆跳上天師曰一任𨁝跳年乃大笑館於齋中日夕質疑智證因聞前言往行恨見之晚朝中見駙馬都尉李公遵勗曰近得一道人眞西河師子李曰我以拘文不能就謁奈何年默然歸語師曰李公佛法中人聞道風遠至有願見之心政以法不得與侍從過從師於是

邀明謁李公公閱謁使童子問曰道得即與上座相見師曰今日特來相看又令童子曰碑文刋白字當道種青松師曰不因今日節餘日定難逢童又出曰都尉言與麽則與上座相見去也師曰脚頭脚底公乃出坐定問曰我聞西河有金毛獅子是否師曰甚麽處得者消息公便喝師曰野干鳴公又喝師曰恰是公大笑師辭公問如何是上座臨行一句師曰好將息公曰何異諸方師曰都尉又作麽生公曰放上座二十棒師曰專爲流通公又喝師曰瞎公曰好去師應喏喏自是往來楊李之門以法爲友久之辭還河東年曰有一語寄與唐明得麽師曰明月照見夜行人年曰却不相當師曰更深猶自可午後更愁人年曰開寶寺前金剛近日因甚麽汗出

師曰知年曰上座臨行豈無爲人底句師曰
重疊關山路年曰與麽則隨上座去也師嘘
一聲年曰眞師子兒大師子吼師曰放去又
收來年曰適來失脚蹈倒又得家童扶起師
曰有甚麽了期年大笑師還唐明李公遣兩
僧訊師師於書尾畫雙足寫來僧名以寄之
公作偈曰黑毫千里餘金槨示雙趺人天渾
莫測珍重赤鬚胡師以母老南歸至瑞州首
衆於洞山時聰禪師居焉先是汾陽謂師曰
我徧叅雲門兒孫特以未見聰爲恨故師依
止三年乃遊仰山楊大年以書抵宜春太守
黃宗旦使請師出世說法守以南源致師師
不赴旋特謁守願行守問其故對曰始爲讓
今偶欲之耳守大賢之住後上堂一切諸佛
及諸佛阿耨多羅三藐三菩提法皆從此經
出乃竪起拄杖曰這箇是南源拄杖子阿那
箇是經良久曰向下文長付在來日喝一喝
下座上堂良久曰無爲無事人猶是金鎖難
喝一喝下座問如何是佛師曰水出高原問
如何是南源境師曰黃河九曲水出崑崙曰
如何是境中人師曰隨流人不顧斫手望扶
桑上堂雲收霧卷果日當空不落明暗如何
通信僧問山深覓不得時如何師曰口能招
禍問如何是佛法大意師曰洞庭湖裏浪滔
天問東涌西沒時如何師曰尋問夜靜獨行
時如何師曰三把茆問寶劒未出匣時如何
師曰響曰出匣後如何師嘘一聲問鬧中取
靜時如何師曰頭枕布袋問牛頭未見四祖
時如何師曰堆堆地曰見後如何師曰堆堆
地問一得永得時如何師曰抱石投河問仗

鏌鋣劒擬取師頭時如何師曰斬將去僧擬議師便打師住三年棄去謁神鼎諲禪師鼎首山高弟望尊一時衲子非人類精奇無敢登其門者住山三十年門弟子氣吞諸方師髮長不翦弊衣楚音通謁稱法姪一衆大笑鼎遣童子問長老誰之嗣師仰視屋曰親見汾陽來鼎杖而出顧見頎然問曰汾州有西河師子是否師指其後絶叫曰屋倒矣童子返走鼎回顧相矍鑠師地坐脫隻履而視之鼎老忘所問又失師所在師徐起整衣且行且語曰見面不如聞名遂去鼎遣人追之不可歎曰汾州乃有此兒邪師自是名重叢林定林沙門本延有道行雅爲士大夫所信敬鼎見延稱師知見可與臨濟會道吾虛席延白郡請以師主之法令整肅亡軀爲法者集

焉上堂先賓應曰第一句薦得堪與祖佛爲師第二句薦得堪與人天爲師第三句薦得自救不了道吾則不然第一句薦得和泥合水第二句薦得無繩自縛第三句薦得四稜著地所以道起也海晏河清行人避路住也乾坤失色日月無光汝輩向甚麽處出氣如今還有出氣者麽有卽出來對衆出氣看如無道吾爲汝出氣去也乃噓一聲卓拄杖下座上堂道吾打鼓四大部洲同叅拄杖横也挑括乾坤大地鉢盂覆也蓋却恒沙世界且問諸人向甚麽處安身立命若也知得向北俱盧洲喫粥喫飯若也不知長連牀上喫粥喫飯次住石霜當解夏謂衆曰昨日作嬰孩今朝年已老未明三八九難踏古皇道手鑠黃河乾脚踢須彌倒浮生夢幻身人命夕難

倸天堂井地獄皆由心所造南山北嶺松北嶺南山草一雨潤無邊根苗壯枯槁五湖緇學人但問虛空討死脫夏天衫生披冬月襖分明無事人特地生煩惱喝一喝下座上堂一喝分賓主照用一時行要會箇中意日午打三更遂喝一喝曰且道是賓是主還有分得者麼若也分得朝打三千暮打八百若也未能老僧失利因同道相訪上堂颯颯凉風景同人訪寂寥煮茶山上水燒鼎洞中樵珍重問達磨未來時如何師曰長安夜夜家家月曰來後如何師曰幾處笙歌幾處愁問一物不將來時如何師曰槐木成林曰四山火來時如何師曰物逐人興曰步步登高時如何師曰雲生足下問古人封白紙意旨如何師曰家貧路富問如何是祖師西來意師曰三日風五日雨上堂夫宗師者奪貧子之衣珠究達人之見處若不如是盡是和泥合水漢良久曰路逢劍客須呈劍不是詩人不獻詩喝一喝上堂我有一言絕慮忘緣巧說不得秖要心傳更有一語無過直舉且作麼生是直舉一句良久以拄杖畫一畫喝一喝問已事未明以何爲驗師曰玄沙曾見雪峰來曰意旨如何師曰一生不出嶺問祖意教意是同是別師曰馬有垂韁之報犬有驟草之恩曰與麼則不別也師曰西天東土問如何是學人自己師曰打骨出髓上堂入水見長人珍重上堂面西行向東北斗正離宮道去何曾去騎牛臥牧童珍重上堂春生夏長卽不問你諸人脚跟下一句作麼生道良久曰華光寺主便下座上堂藥多病甚網細魚稠

便下座示衆以拄杖擊禪牀一下云大衆還會麽不見道一擊忘所知更不假修持諸方達道者咸言上上機香嚴恁麽悟去分明悟得如來禪祖師禪未夢見在且道祖師禪有甚長處若向言中取則悞賺後人直饒棒下承當辜負先聖萬法本閑唯人自閙所以山僧居福嚴秖見福嚴境界晏起早眠有時雲生碧嶂月落寒潭音聲鳥飛鳴般若臺前娑羅花香散祝融峰畔把瘦筇坐磐石與五湖衲子時話玄微灰頭土面住興化秖見興化家風迎來送去門連城市車馬駢闐漁唱瀟湘猿啼嶽麓絲竹謌謠時時入耳復與四海高人日談禪道歲月都忘且道居深山住城郭還有優劣也無試道看良久云是處是慈氏無門無善財問行脚不逢人時如何師曰釣絲絞水問尋枝摘葉即不問如何是直截根源師曰榔栗拄杖曰意旨如何師曰行即肩挑雲水衲坐來安在掌中拏問旣是護法善神爲甚麽張弓架箭師曰禮防君子問如何是佛師曰有錢使錢上堂祖師心印一印印空一印印水一印印泥如今還有印不著者麽試向脚跟下道將一句來設你道得倜儻分明第一不得行過衲僧門下且道衲僧有甚麽長處良久曰人王三寸鐵徧地是刀鎗喝一喝卓拄杖下座上堂天已明鼓已響聖衆臻齊合掌如今還有不合掌者麽有即尼乾歡喜無則瞿曇惡發久立珍重問磨礱三尺劒去化不平人師意如何師曰好去僧曰點師曰你看僧拍手一下歸衆師曰了上堂北山南南山北日月雙明天地黑大海江

河盡放光逢著觀音問彌勒珍重問有理難伸時如何師曰苦曰恁麼則舌挂上齶也師嘘一聲僧曰將謂胡鬚赤師曰夢見興化脚跟麽示徒偈曰黑黑黑道道道明明明得得得師室中揷劒一口以草鞋一對水一盆置在劒邊每見入室卽曰看看有至劒邊擬議者師曰險喪身失命了也便喝出師冬日牓僧堂作此字☲二二三几玥柮其下注曰若人識得不離四威儀中首座見曰和尚今日放參師聞而笑之寶元戊寅李都尉遣使邀師曰海內法友唯師與楊大年耳大年棄我而先僕年來頓覺衰落忍死以一見公仍以書抵潭帥敦遣之師惻然與侍者舟而東下舟中作偈曰長江行不盡帝里到何時旣得涼風便休將觽棹施至京師與李公會月餘而李公果歿臨終畫一圓相又作偈獻師世界無依山河匪礙大海微塵須彌納芥拈起幞頭解下腰帶若覓死生問取皮袋師曰如何是本來佛性公曰今日熱如昨日隨聲便問師臨行一句作麼生師曰本來無罣礙隨處任方圓公曰晚來困倦更不答話師曰無佛處作佛公於是泊然而逝仁宗皇帝尤留神空宗聞李公之化與師問答加歎久之師哭之慟臨壙而別有旨賜官舟南歸中途謂侍者曰我忽得風痺疾視之口吻已喎斜侍者以足頓地曰當柰何平生呵佛罵祖今乃爾師曰無憂爲汝正之以手整之如故曰而今而後不鈍置汝後年正月五日示寂壽五十四臘三十二銘行實於興化塔全身於石霜續通鑑則平河東在太平興國己卯據佛運統紀則師入滅於康定庚辰以壽數逆

而推之則雍熙丁亥師始生僧寶傳所載恐失考證

滁州琅邪山慧覺廣照禪師西洛人也父爲衡陽太守因疾傾喪師扶櫬歸洛過澧陽藥山古刹宛若夙居緣此出家遊方叅問得法汾陽應緣滁水與雪竇明覺同時唱道四方皆謂二甘露門逮今淮南遺化如在僧問如何是佛師曰銅頭鐵額曰意旨如何師曰鳥觜魚腮上堂奇哉十方佛元是眼中花欲識眼中花元是十方佛欲識十方佛不是眼中花欲識眼中花不是十方佛於此明得過在十方佛於此未明聲聞起舞獨覺臨粧珍重僧問阿難結集卽不問迦葉微笑事如何師曰尅時尅節曰自從靈鷲分燈後直至支那耀古今師曰點朱點漆問如何是賓中賓師曰手攜書劒謁明君曰如何是賓中主師曰卷起簾來無可覩曰如何是主中賓師曰三更過孟津曰如何是主中主師曰獨坐鎮寰宇問蓮花未出水時如何師曰貓兒戴紙帽曰出水後如何師曰狗子著靴行問拈槌竪拂卽不問瞬目揚眉事若何師曰趙州曾見南泉來曰學人未曉師曰今冬多雨雪貧家爭奈何上堂欲知常住身當觀爛壞體欲知常住性當觀拄杖子拄杖子吞却須彌須彌吞却拄杖子衲僧到這裏若也擬議劒梁落膊輸降款鐵作胸襟到海隅擊禪牀下座上堂見聞覺知俱爲生死之因見聞覺知正是解脫之本譬如師子反擲南北東西且無定止汝等諸人若也不會且莫孤負釋迦老子吽上堂山僧今日爲諸人說破明眼衲僧莫去泥裏打坐珍重上堂天高莫測地厚寧知

白雲片片嶺頭飛綠水潺潺澗下急東湧西沒一句卽不問你生前殺後一句作麼生道良久曰時寒喫茶去上堂阿呵呵是甚麼開口是合口過輕舟短棹汎波心簑衣箬笠從他破喚上堂十方諸佛是箇爛木橛三賢十聖是箇茅溷頭籌子汝等諸人來到這裏作麼良久曰欲得不招無間業莫謗如來正法輪上堂剪除狂寇掃蕩攙搶猶是功勳邊事君臣道合海晏河清猶是法身邊事作麼生是衲僧本分事良久曰透網金鱗猶滯水回途石馬出紗籠上堂承言須會宗勿自立規矩若人下得通方句我當刎頸而謝之上堂拈起拄杖曰山僧有時一棒作箇謾天網打俊鷹快鷂有時一棒作箇布絲網攎蜆撈蝦有時一棒作金毛師子有時一棒作蝦蟇蚯蚓山僧打你一棒且作麼生商量你若緇素得出不妨拄杖頭上眼開照四天下若也未然從教立在古屏畔待使丹青入畫圖上堂擊水魚頭痛穿林宿鳥驚黃昏不擊鼓日午打三更諸禪德旣是日午爲甚却打三更良久曰昨見垂楊綠今逢落葉黃上堂拈起拄杖更無上上放下拄杖是何模樣髑髏峰後卽不問汝諸人馬鐙裏藏身一句作麼生道若道不得拄杖子道去也卓一下便歸方丈上堂進前卽死退後卽亡不進不退又落在無事之鄉何故長安雖樂不是久居上堂汝等諸人在我這裏過夏與你點出五般病一不得向萬里無寸草處去二不得孤峰獨宿三不得張弓架箭四不得物外安身五不得滯於生殺何故一處有滯自救難爲五處若

通方名導師汝等諸人若到諸方遇明眼作者與我通箇消息貴得祖風不墜若是常徒卽便寢息何故躶形國裏誇服飾想君太煞不知時上堂山僧因看華嚴金師子章第九由心回轉善成門又釋曰如一尺之鏡納重重之影象若然者道有也得道無也得道非亦得道是亦得雖然如是更須知有拄杖頭上一竅若也不會拄杖子穿燈籠入佛殿撞著釋迦磕倒彌勒露柱拊掌呵呵大笑你且道笑箇甚麼卓拄杖下座上堂拈拄杖曰盤山道向上一路滑南院道壁立千仞嶮臨濟道石火電光鈍琅邪有定乾坤底句各各高著眼高著眼卓拄杖下座

瑞州大愚山守芝禪師纔陞座僧問如何是和尚家風師曰一言出口駟馬難追問如何是城裏佛師曰十字街頭石幢子問不落三寸時如何師曰乾三長坤六短曰意旨如何師曰切忌地盈虛問昔日靈山分半座二師相見事如何師曰記得麼僧良久師打禪牀一下曰多年忘却也乃曰且住且住若向言中取則句裏明機也似迷頭認影若也舉唱宗乘大似一場寐語雖然如是官不容針私通車馬放一線道有箇葛藤處遂敲禪牀一下曰三世諸佛盡皆頭痛且道大衆還有免得底麼若一人免得無有是處若免不得海印發光師乃豎起拂子曰這箇是印那箇是光這箇是光那箇是印掣電之機徒勞佇思會麼老僧說夢且道夢見箇甚麼南柯十更若不會聽取一頌北斗挂須彌杖頭挑日月林泉好商量夏末秋風切珍重問如何是祖

師西來意師曰天寒日短問心法無形如何雕琢師曰一丁兩丁曰未曉者如何領會師曰透七透八上堂一擊響玲瓏喧轟宇宙通知音纔側耳項羽過江東與麼會恰認得驢鞍橋作阿爺下頷上堂大愚相接大雄孫五湖雲水競頭奔競頭奔有何門擊箭寧知枯木存枯木存一年還曾兩度春兩度春帳裏眞珠撒與人撒與人思量也是慕西秦上堂竪窮三際橫徧十方拈起也帝釋心驚放下也地神膽戰不拈不放喚作甚麼自云蝦蟆上堂三世諸佛不知有狸奴白牯却知有乃拈起拂子云狸奴白牯總在這裏放光動地何謂如此兩段不同問如何是佛師曰鋸解秤鎚上堂大衆集定乃曰現成公案也是打揲不辦便下座上堂大洋海底排班立從頭第二鬢毛斑爲甚麼不道第一鬢毛斑要會麼金蘂銀絲成玉露高僧不坐鳳凰臺上堂衆集乃曰爲衆竭力禍出私門便下座上堂翠巖路嶮巇舉步涉千溪更有洪源水滔滔在嶺西擊禪牀下座示衆擎起香合云明頭合暗頭合道得天下橫行若道不得且合却下座問如何是爲人一句師曰四角六張曰意旨如何師曰八凹九凸上堂沙裏無油事可哀翠巖嚼飯餧嬰孩他時好惡知端的始覺從前滿面埃擊禪床下座

潭州石霜法永禪師僧問如何是佛師曰臂長衫袖短問如何是祖師西來意師曰布袴膝頭穿

五燈會元卷第三十

音釋

鍮他侯切音偷鍮石似金 邌憐題切同黎黎明比明也 揲弋涉切音葉度也揲

五燈會元卷第三十一

宋 沙 門 大 川 濟 纂

南嶽下十世

汾陽昭禪師法嗣

舒州法華院全舉禪師到公安遠和尚處安問作麽生是伽藍師曰深山藏獨虎淺草露羣蛇曰作麽生是伽藍中人師曰青松蓋不得黄葉豈能遮曰道甚麽師曰少年翫盡天邊月潦倒扶桑没日頭曰一句兩句雲開月露作麽生師曰照破佛祖到大愚芝和尚處愚問古人見桃花意作麽生師曰曲不藏直曰那箇且從這箇作麽生師曰大街拾得金四鄰爭得知曰上座還知麽師曰路逢劒客須呈劒不是詩人不獻詩曰作家詩客師曰一條紅線兩人牽曰玄沙道諦當甚諦當敢保老兄未徹在又作麽生師曰海枯終見底人死不知心曰却是師曰樓閣淩雲勢峰巒疊翠層到瑯邪覺和尚處邪問近離甚處師曰兩浙曰船來陸來師曰船來曰船在甚處師曰步下曰不涉程途一句作麽生道師以坐具摵一摵曰杜撰長老如麻似粟拂袖而出邪問侍者此是甚麽人者曰舉上座邪曰莫是舉師叔麽先師教我尋見伊遂下旦過問上座莫是舉師叔麽莫怪適來相觸忤師便喝復問長老何時到汾陽邪曰某時到師曰我在浙江早聞你名元來見解秖如此何得名播寰宇邪遂作禮曰某甲罪過師到杭州西菴菴主曾見明招主舉頌曰絶頂西峯上峻機誰敢當超然凡聖外瞥起兩重光師曰如何是兩重光主曰月從東出日向西没

師曰菴主未見明招時如何主曰滿盞油難盡師曰見後如何主曰多心易得乾住後僧問如何是奪人不奪境師曰白菊乍開重日暖百年公子不逢春曰如何是奪境不奪人師曰大地絕消息翛然獨任眞曰如何是人境兩俱奪師曰草荒人變色凡聖兩齊空曰如何是人境俱不奪師曰清風與明月野老笑相親上堂釋迦不出世達磨不西來佛法徧天下談玄口不開上堂鐘鳴鼓響鵲噪鴉鳴爲你諸人說般若講涅槃了也諸人還信得及麼觀音菩薩向諸人面前作大神通若信不及却往他方救苦利生去也上堂開口又成增語不開口又成剩語乃曰金輪天子勑草店家風別上堂三世諸佛口挂壁上天下老和尚作麼生措手你諸人到諸方作麼生舉山僧恁麼道也是久日樺來脣喝一喝上堂古者道我若一向舉揚宗教法堂裏草深一丈不可爲闍黎鎖却僧堂門去也雖然如是也是烏龜陸地弄塵行上堂語漸也返常合道論頓也不留眹迹直饒論其頓返其常也是抑而爲之問牛頭未見四祖時爲甚麼百鳥銜花獻師曰果熟猿兼重曰見後爲甚麼不銜花師曰林踈鳥不過問七星光彩天將曉不犯皇風試道看師曰將軍馬蹄紅曰錯師便打僧禮拜展坐具始收師曰一展一收法法皆周擬欲更問著甚來由遂問會麼僧曰不會師便打

南嶽芭蕉菴大道谷泉禪師泉州人也受法汾陽放蕩湖湘後省同叅慈明禪師明問白雲橫谷口道人何處來師左右顧視曰夜來

何處火燒出古人墳明曰未在更道師作虎聲明以坐具便摵師接住推明置禪牀上明却作虎聲師大笑曰我見七十餘員善知識今日始遇作家師因倚遇上座來叅遇後住法昌問菴主在麼師曰誰曰行脚僧師曰作甚麼曰禮拜菴主師曰恰值菴主不在曰你聻師曰向道不在說甚麼你我拽棒趂出遇次日再來師又趂出遇一日又來問菴主在麼師曰誰曰行脚僧揭簾便入師攔胸搊住曰我這裏狼虎縱橫尿牀鬼子三回兩度來討甚麼曰人言菴主親見汾陽來師解衣抖擻曰你道我見汾陽有多少奇特曰如何是菴中主師曰入門須辯取曰莫秖這便是麼師曰賺却幾多人曰前言何在師曰聽事不眞喚鐘作甕曰萬法泯時全體現君臣合處正中邪去也師曰驢漢不會便休亂統作麼曰未審客來將何秖待師曰雲門餬餅趙州茶曰恁麼則謝師供養去也師叱曰我這裏火種也未有早言謝供養師因大雪作偈曰今朝甚好雪紛紛如秋月文殊不出頭普賢呈醜拙慈明遷住福嚴師又往省之少留而還作偈寄之曰相别而今又半年不知誰共對談禪一般秀色湘山裏汝自匡徒我自眠明覺笑而已

蘄州黃梅龍華寺曉愚禪師到五祖戒和尚處祖問曰不落唇吻一句作麼生道師曰老老大大話頭也不照顧祖便喝師亦喝祖拈棒師拍手便出祖召曰闍黎且住話在師將坐具搭在肩上更不回首上堂摩騰入漢已涉繁詞達磨西來不守已分山僧今日與麼

道也是爲他閑事長無明

安吉州天聖皓泰禪師到瑯邪邪問埋兵掉鬬未是作家匹馬單鎗便請相見師指邪曰將頭不猛帶累三軍邪打師一坐具師亦打邪一坐具邪接住曰適來一坐具是山僧令行上座一坐具落在甚麼處師曰伏惟尚饗邪拓開曰五更侵早起更有夜行人師曰賊過後張弓邪曰且坐喫茶住後僧問如何是佛師曰黑漆聖僧曰如何是佛法大意師曰看墻似土色

唐州龍潭智圓禪師辭汾陽陽曰別無送路與子一枝拄杖一條手巾師曰手巾和尚受用拄杖卽不消得陽曰汝但將去有用處在師便收陽曰又道不用師便喝陽曰已後不讓臨濟師曰正令已行陽來日送出三門乃問汝介山逢尉遲時如何師曰一刀兩段陽曰彼現那吒又作麼生師便拽拄杖陽喝曰這回全體分付住後僧問承教有言是眞精進是名眞法供養如來如何是眞法師曰夜聚曉散問如何是龍潭劒師曰觸不得曰用者如何師曰白骨連山問昔日窮經今日叅禪此理如何師曰兩彩一賽曰作麼生領會師曰去後不留蹤曰如何是佛師曰火燒不燃問古殿無佛時如何師曰三門前合掌

舒州投子圓修禪師僧問達磨未來時如何師曰出口入耳曰來後如何師曰义手並足

汾州太子院道一禪師僧問如何是佛師曰賣扇老婆手遮日問紅輪未出時如何師曰照燭分明曰出後如何師曰撈天摸地問如何是學人親切處師曰慈母抱嬰兒曰如何

是學人轉身處師曰街頭巷尾曰如何是學人著力處師曰千斤擔子兩頭搖問古曲無音韻如何和得齊師曰三九二十七籬頭吹觱栗曰宮商角徵非關妙石人拊掌笑呵呵師曰同道方知

葉縣省禪師法嗣

舒州浮山法遠圓鑒禪師鄭州人也投三交嵩和尚出家幼爲沙彌見僧入室請問趙州庭栢因緣嵩詰其僧師傍有省進具後謁汾陽葉縣皆蒙印可嘗與逵觀頴薛大頭七八輩遊蜀幾遭橫逆師以智脫之衆以師曉吏事故號遠錄公開堂拈香曰汝海枯木上生花別迎春色僧問師唱誰家曲宗風嗣阿誰師曰八十翁翁輥繡毬曰恁麼則一句迥然開祖胄三玄戈甲振叢林師曰李陵元是漢朝臣問如何是佛師曰大者如兄小者如弟問如何是祖師西來意師曰平地起骨堆問祖師門下壁立千仞正令當行十方坐斷和尚將何表示師曰寒猫不捉鼠曰莫便是爲人處也無師曰波斯不繫腰問新歲已臨舊歲何往師曰目前無異恠不用貼鍾馗曰畢竟如何師曰將謂目前無僧以手畫曰爭奈這箇何師便打師與王質待制論道畫一圓相問曰一不得匹馬單鎗二不得衣錦還鄉鵲不得喜鵶不得殃速道速道王罔措師曰勘破了也上堂更莫論古話今秖據目前事與你諸人定奪區分僧便問如何是目前事師曰鼻孔曰如何是向上事師曰眼睛歐陽文忠公聞師奇逸造其室未有以異之與客碁師坐其旁文忠遽收局請因碁說法師卽

令過鼓陞座曰若論此事如兩家著碁相似何謂也敵手知音當機不讓若是綴五饒三又通一路始得有一般底秖解閉門作活不會奪角衝關硬節與虎口齊彰局破後徒勞綽斡所以道肥邊易得瘦肚難求思行則往往失粘心麄而時時頭撞休誇國手謾說神仙贏局輸籌卽不問且道黑白未分時一著落在甚麼處良久曰從來十九路迷悟幾多人文忠嘉歎從容謂同僚曰修初疑禪語爲虛誕今日見此老機緣所得所造非悟明於心地安能有此妙旨哉上堂天得一以清地得一以寧君王得一以治天下衲僧得一禍患臨身擊禪牀下座上堂諸佛出世建立化門不離三身智眼亦如摩醯首羅三目何故一隻水泄不通緇素難辯一隻大地全開十方通暢一隻高低一顧萬類齊瞻雖然若是本分衲僧陌路相逢別具通天正眼始得所以道三世諸佛不知有狸奴白牯却知有且道狸奴白牯知有箇甚麼事要會麼深秋簾幙千家雨落日樓臺一笛風師暮年休於會聖巖敘佛祖與義作九帶曰佛正法眼帶佛法藏帶理貫帶事貫帶理事縱橫帶屈曲垂帶妙叶兼帶金針雙鎖帶平懷常實帶學者既已傳誦師曰若據圓極法門本具十數今此九帶已爲諸人說了更有一帶還見得麼若也見得親切分明却請出來對衆說看說得分明許汝通前九帶圓明道眼若見不親切說不相應唯依吾語而爲已解則名謗法諸人到此如何衆無語師叱之而去

汝州寶應院法昭演教禪師僧問一言合道

時如何師曰七顛八倒曰學人禮拜師曰教休不肯休直待雨淋頭問大通智勝佛十劫坐道場佛法不現前不得成佛道爲甚麽不得成佛道師曰赤脚騎鐵驢直至海南居上堂十二時中許你一時絶學卽是學佛法不見阿難多聞第一却被迦葉擯出不得結集方知聰明博學記持憶想向外馳求與靈覺心轉沒交涉五蘊殼中透脫不過順情生喜違情生怒蓋覆深厚自纏自縛無有解脫流浪生死六根爲患衆苦所逼無自由分而被妄心於中主宰大丈夫兒早搆取好喝一喝曰叅上堂寶應門風險入者喪全身作麽生是出身一句若道不得三十年後

唐州大乘山慧果禪師僧問如何是從上來傳底意師曰金盤拓出衆人看問撥塵見佛時如何師曰撥塵卽乖見佛卽錯曰總不如是時如何師曰錯問如何是道師曰寬處寬窄處窄曰如何是道中人師曰苦處苦樂處樂曰道與道中人相去多少師曰十萬八千問如何是祖師西來意師曰天晴日出曰學人不會師曰雨下泥生

神鼎諲禪師法嗣

荆南府開聖寶情山主僧問如何是開聖境師曰三烏引路曰如何是境中人師曰二虎巡山

天台山妙智寺光雲禪師僧問如何是祖師西來意師曰東籬黃菊曰意旨如何師曰九日重陽

谷隱聰禪師法嗣

潤州金山曇穎達觀禪師首謁太陽玄禪師

遂問洞山特設偏正君臣意明何事陽曰父母未生時事師曰如何體會陽曰夜半正明天曉不露師罔然遂謁谷隱舉前話隱曰太陽不道不是秖是口門窄滿口說未盡老僧卽不然師問如何是父母未生時事隱曰糞墼子師曰如何是夜半正明天曉不露隱曰牡丹花下睡猫兒師愈疑駭一日普請隱問今日運薪邪師曰然隱曰雲門問僧人般柴柴般人如何會師無對隱曰此事如人學書點畫可效者工否者拙葢未能忘法耳當筆忘手手忘心乃可也師於是默契良久曰如石頭云執事元是迷契理亦非悟隱曰汝以爲藥語爲病語師曰是藥語隱呵曰汝以病爲藥又安可哉師曰事如函得葢理如箭直鋒妙寧有加者而猶以爲病實未喻旨隱曰妙至是亦秖名理事祖師意旨智識所不能到矧事理能盡乎故世尊云理障礙正見知事障續諸生死師恍如夢覺曰如何受用隱曰語不離窠臼安能出葢纏師歎曰纔涉唇吻便落意思盡是死門終非活路隹後示衆曰纔涉唇吻便落意思盡是死門俱非活路直饒透脫猶在沉淪莫教孤負平生虛度此世要得不孤負平生麽拈拄杖卓一下曰須是莫被拄杖瞞始得看看拄杖子穿過你諸人髑髏跨跳入你鼻孔裏去也又卓一下僧問經文最初兩字是甚麽字師曰以字曰有甚麽交涉師曰八字曰好賺人師曰謗此經故獲罪如是問一百二十斤鐵枷教阿誰擔師曰老僧曰自作自受師曰苦苦問和尚還曾念佛也無師曰不曾念佛曰爲甚麽不念

佛師曰怕汚人口上堂衆集定普座出禮拜師曰好好問著座低頭問話次師曰今日不答話便歸方丈上堂山僧門庭別已改諸方轍爲文殊拔出眼裏楔教普賢休嚼口中鐵勸人放開髑蛇手與汝斫却繫驢橛駐意擬思量喝曰揑揑參上堂山僧平生意好相撲秖是無人搭對今日且共首座搭對捲起袈裟下座索首座相撲座纔出師曰平地上喫交便歸方丈上堂三世諸佛是奴婢一大藏教是涕唾良久曰且道三世諸佛是誰奴婢乃將拂子畫一畫曰三世諸佛過這邊且道一大藏教是誰涕唾師乃自唾一唾上堂秤鎚井底忽然浮老鼠多年變作牛慧空見了拍手笑三脚猢猻差異猴上堂五千教典諸佛常談八萬塵勞衆生妙用猶未是金剛眼睛在如何是金剛眼睛良久曰瞎上堂大衆集定有僧纔出禮拜師曰欲識佛性義當觀時節因緣僧便問如何是時節因緣師便下座問如何是向去底人師曰從歸青嶂裏不出白雲來曰如何是却來底人師曰自從遊紫陌誰肯隱青山問如何是奪人不奪境師曰家裏已無回日信路邊空有望鄉牌曰如何是奪境不奪人師曰滄海盡教枯到底青山直得碾爲塵曰如何是人境兩俱奪師曰天地尚空秦日月山河不見漢君臣曰如何是人境俱不奪師曰鶯囀千林花滿地客遊三月草侵天問如何是和尚家風師曰伸手不見掌曰忽遇仙陀客來又作麼生師曰對面千里問師唱誰家曲宗風嗣阿誰師曰臨濟曰恁麼則谷隱的子也師曰德山問如何

是長法身師曰拄杖六尺曰如何是短法身師曰算子三寸曰恁麼則法身有二也師曰更有方圓在上堂諸方鉤又曲餌又香奔湊猶如蜂抱王因聖這裏鉤又直餌又無猶如水底捺葫蘆舉拄杖作釣魚勢曰深水取魚長信命不曾將酒祭江神擲拄杖下座

蘇州洞庭翠峰慧月禪師僧問一花開五葉結果自然成時如何師曰脫却籠頭卸却角馱曰撥出虛空去處處盡聞香師曰雲愁聞鬼哭雪壓髑髏吟問和尚未見谷隱時一句作麼生道師曰步步登山遠曰見後如何師曰驅驅信馬蹄

明州仗錫山修巳禪師與浮山遠公遊嘗卓庵廬山佛手巖後至四明山心獨居十餘載虎豹爲隣嘗曰羊腸鳥道無人到寂寞雲中一箇人爾後道俗聞風而至遂成禪林僧問如何是無縫塔師曰四稜著地曰如何是塔中人師曰高枕無憂問如何是祖師西來意師曰舶船過海赤脚回鄉

唐州大乘山德遵禪師問谷隱曰古人索火意旨如何曰任他滅師曰滅後如何曰初三十一師曰恁麼則好時節也曰汝見甚麼道理師曰今日一場困隱便打師乃有頌曰索火之機實快哉藏鋒妙用少人猜要會我師親的旨紅爐火盡不添柴僧問世界圓融一句請師道師曰團圞七尺餘問如何是祖師西來意師曰鼻大眼深上堂上來又不問下去又不疑不知是不是是卽也大奇便下座

荆南府竹園法顯禪師僧問如何是佛師曰好手畫不成問如何是道師曰交橫十字曰

如何是道中人師曰往往不相識
彭州永福院延照禪師僧問如何是彭州境師曰人馬合雜僧以手作拽弓勢師拈棒僧擬議師便打
安吉州景清院居素禪師僧問卽此見聞非見聞爲甚麽法身有三種病二種光師曰塡凹就缺問承和尚有言寰中天子勑塞外將軍令如何是塞外將軍令師曰揭曰其中事如何師曰蹴曰莫便是和尚爲人處也無師彈指一下問遠遠投師乞師一接師曰新羅人打鼓曰如何領會師曰船主未曾逢問如何是末上一句師曰金剛樹下曰如何是末後一句師曰拘尸城邊曰向上更有事也無師曰有曰如何是向上事師曰波旬擗掌呵呵笑迦葉攧頭不識人
處州仁壽嗣珍禪師僧問知師已得禪中旨當陽一句爲誰宣師曰土鷄瓦犬曰如何領會師曰門前不與山童掃任意松釵滿路岐上堂明明無悟有法卽迷日上無雲麗天普照眼中無翳空本無花無智人前不得錯舉參
越州雲門顯欽禪師上堂良久曰好箇話頭若到諸方不得錯舉便下座
果州永慶光普禪師初問谷隱古人道來日大悲院裏有齋意旨如何曰日出隈陽坐天寒不舉頭師入室次隱曰適來因緣汝作麽生會師曰會則途中受用不會則世諦流布曰未在更道師拂袖便出住後僧問如何是佛法大意師曰蜀地用鑌鐵
駙馬都尉李遵勗居士謁谷隱問出家事隱

以崔趙公問徑山公案答之公於言下大悟作偈曰學道須是鐵漢著手心頭便判直趣無上菩提一切是非莫管公一日與堅上座送別公問近離上黨得届中都方接塵談遽回虎錫指雲屏之翠嶠訪雪嶺之清流未審此處彼處的事作麽生座曰利劒拂開天地靜霜刀纔舉斗牛寒公曰恰直今日耳聵座曰一箭落雙鵰公曰上座爲甚麽著草鞋睡座以衣袖一拂公低頭曰今日可謂降伏也座曰普化出僧堂公臨終時膈胃躁熱有尼道堅謂曰衆生見劫盡大火所燒時都尉切宜照管主人公公曰大師與我煎一服藥來堅無語公曰這師姑藥也不會煎得公與慈明問答罷泊然而終語見慈明傳中

英公夏竦居士字子喬自契機於谷隱日與老衲遊偶上藍溥禪師至公問百骸潰散時那箇是長老自家底藍曰前月二十離蘄陽公休去藍却問百骸潰散時那箇是相公自家底公便喝藍曰喝則不無畢竟那箇是相公自家底公對以偈曰休認風前第一機太虛何處著思惟山僧若要通消息萬里無雲月上時藍曰也是弄精魂

廣慧璉禪師法嗣

東京華嚴道隆禪師初叅石門徹和尚問曰古者道但得隨處安閑自然合他古轍雖有此語疑心未歇時如何門曰知有乃可隨處安閑如人在州縣住或聞或見千奇百怪他總將作尋常不知有而安閑如人在村落住有少聲色則驚怪傳說師於言下有省門盡授其洞上厥旨後爲廣慧嗣一日福嚴承和

尚問曰禪師親見石門如何却嗣廣慧師曰我見廣慧渠欲剃髮使我擎凳子來慧曰道者我有凳子詩聽取乃曰放下便平穩我時便肯伊因敘在石門處所得廣慧曰石門所示如百味珍羞秪是飽人不得師至和初游京容景德寺日縱觀都市歸常二鼓一夕不得入卧於門之下仁宗皇帝夢至寺門見龍蟠地驚覺中夜遣中使視之覩師熟睡鼻鼾撼之驚矍問名歸奏帝聞名道隆乃喜曰吉徵也明日召至便殿問宗旨師奏對詳允帝大悅後以偈句相酬唱絡繹於道或入對留宿禁中禮遇特厚賜號應制明悟禪師皇祐間詔大覺璉禪師於化成殿演法召師問話機鋒迅捷帝大悅侍衞皆山呼師卽奏疏舉璉自代禁林待問秘殿譚禪乞歸廬山帝覽表不允有旨於曹門外建精舍延師賜號華嚴禪院開堂僧問如何是道師曰高高低低曰如何是道中人師曰脚瘦草鞋寬師年八十餘示寂於盛暑安坐七日手足柔和全身塔于寺之東

臨江軍慧力慧南禪師僧問師唱誰家曲宗風嗣阿誰師曰鐵牛不喫欄邊草直上須彌頂上眠曰恁麼則昔日汝陽親得旨臨江今日大敷揚師曰禮拜了退問如何是佛師曰頭大尾小曰未曉玄言乞師再指師曰眉長三尺二曰恁麼則人人皆頂戴見者盡攢眉師長噓一聲僧拍一拍便禮拜師曰一任跨跳

汝州廣慧德宣禪師僧問祖祖相傳傳祖印師今得法嗣何人師曰仲氏吹塤伯氏吹箎

曰恁麼則廣慧的子首山親孫也師曰椽搥裏坐地不打闍黎

文公楊億居士字大年幼舉神嬰及壯負才名而未知有佛一日過同僚見讀金剛經笑且罪之彼讀自若公疑之曰是豈出孔孟之右乎何佞甚因閱數板懵然始少敬信後會翰林李公維勉令叅問及由秘書監出守汝州首謁廣慧慧接見公便問布鼓當軒擊誰是知音者慧曰來風深辯公曰恁麼則禪客相逢秖彈指也慧曰君子可入公應喏喏慧曰草賊大敗夜語次慧曰秘監曾與甚人道話來公曰某曾問雲巖諒監寺兩箇大虫相齩時如何諒曰一合相某曰我秖管看未審恁麼道還得麼慧曰這裏即不然公曰請和尚別一轉語慧以手作拽鼻勢曰這畜生更

踍跳在公於言下脫然無疑有偈曰八角磨盤空裏走金毛獅子變作狗擬欲將身北斗藏應須合掌南辰後復杼其師承密證寄李翰林曰病夫夙以頑惷獲受獎顧預聞南宗之旨乆陪上國之遊動靜咨詢周旋策發俾其刳心之有詣墻面之無慙者誠出於席間牀下矣矧又故安公大師每垂誘導自雙林滅影隻履西歸中心浩然罔知所止仍歲沉痾神慮迷恍殆及小間再辯方位又得雲門諒公大士見顧蓬蒿諒之旨趣正與安公同轍並自廬山雲居歸宗而來皆是法眼之流裔去年假守玆郡適會廣慧禪伯實承嗣南院念念嗣風穴穴嗣先南院南院嗣興化興化嗣臨濟臨濟嗣黄檗黄檗嗣百丈丈嗣馬祖祖出讓和尚讓即曹溪之長嫡也齋中務

簡退食之暇或坐邀而至或命駕從之請扣無方縈滯頓釋半歲之後曠然弗疑如忘忽記如睡忽覺平昔礙膺之物曝然自落積劫未明之事廓爾現前固亦決擇之洞分應接之無蹇矣重念先德率多參尋如雪峰九上洞山三到投子遂嗣德山臨濟得法於大愚終承黃蘗雲巖多蒙道吾訓誘乃爲藥山之子丹霞親承馬祖印可而終作石頭之裔在古多有於理無嫌病夫今繼紹之緣實屬於廣慧而提激之自良出於鼇峯也欣幸欣幸公問廣慧曰承和尚有言一切罪業皆因財寶所生勸人踈於財利況南閻浮提衆生以財爲命邦國以財聚人教中有財法二施何得勸人踈財乎慧曰幡竿尖上鐵龍頭公曰海壇馬子似驢大慧曰楚鷄不是丹山鳳公曰佛滅二千歲比丘少慚愧公置一百問請廣慧答慧一一答回公問李都尉曰釋迦六年苦行成得甚麽事尉曰擔折知柴重公因微恙問環大師曰某今日忽違和大師慈悲如何醫療環曰丁香湯一盌公便作吐勢環曰恩愛成煩惱環爲煎藥次公叫曰有賊環下藥於公前叉手側立公瞠目眎之曰少叢林漢環拂袖而出又一日問曰某四大將欲離散大師如何相救環乃搥胷三下公曰賴遇作家環曰幾年學佛法俗氣猶未除公曰禍不單行環作噓噓聲公書偈遺李都尉曰漚生與漚滅二法本來齊欲識眞歸處趙州東院西尉見遂曰泰山廟裏賣紙錢尉卽至公已逝矣

南嶽下十一世

石霜圓禪師法嗣

洪州翠巖可眞禪師福州人也嘗叅慈明因之金鑾同善侍者坐夏善乃慈明高弟道吾眞楊岐會皆推伏之師自負親見慈明天下無可意者善與語知其未徹笑之一日山行舉論鋒發善拈一片瓦礫置磐石上曰若向這裏下得一轉語許你親見慈明師左右視擬對之善叱曰佇思停機情識未透何曾夢見師自愧悚卽還石霜慈明見來叱曰本色行脚人必知時節有甚急事夏末了早已至此師泣曰被善兄毒心終礙塞人故來見和尚明遽問如何是佛法大意師曰無雲生嶺上有月落波心明嗔目喝曰頭白齒豁猶作這箇見解如何脫離生死師悚然求指示明曰汝問我師理前語問之明震聲曰無雲生嶺上有月落波心師於言下大悟師爽氣逸出機辯迅捷叢林憚之住翠巖日僧問如何是佛師曰同坑無異土問如何是祖師西來意師曰深耕淺種問如何是學人轉身處師曰一堵墻百堵調曰如何是學人著力處師曰千日斫柴一日燒曰如何是學人親切處師曰渾家送上渡頭船問利人一句請師垂示師曰三脚蝦蟆飛上天曰前村深雪裏昨夜一枝開師曰饑逢王膳不能餐問如何是道師曰出門便見曰如何是道中人師曰擔枷過狀上堂先德道此事如爆龜文爆卽成兆不爆成鈍爆與不爆直下便捏上藍卽不然無固無必虛空走馬旱地行船南山起雲北山下雨遂拈拄杖曰拄杖子變作天大將軍巡歷四天下有守節不守節有戒行無戒

行一時奏與天帝釋乃喝一喝曰丈夫自有衝天志莫向如來行處行卓一下上堂舉龍牙頌曰學道如鑚火逢煙未可休直待金星現歸家始到頭神鼎曰學道如鑚火逢煙即便休莫待金星現燒脚又燒頭師曰若論頓也龍牙正在半途若論漸也神鼎猶少悟在於此復且如何諸仁者今年多落葉幾處掃歸家上堂臨陣抗敵不懼生死者將軍之勇也入山不懼虎兕者獵人之勇也入水不懼蛟龍者漁人之勇也作麽生是衲僧之勇拈拄杖曰這箇是拄杖子拈得把得動得三千大千世界一時搖動若拈不得把不得動不得文殊自文殊解脱自解脱叅上堂舉僧問巴陵如何是道陵曰明眼人落井又問寶應如何是道應曰五鳳樓前又問首山如何是道山曰脚下深三尺此三轉語一句壁立千仞一句陸地行船一句賓主交參諸人莫有揀得者麽出來道看如無且行羅漢慈破結賊故行菩薩慈安衆生故行如來慈得如相故問如何是佛法大意師曰五通賢聖曰學人不會師曰舌至梵天師將入滅示疾甚勞苦席藁于地轉側不少休喆侍者垂泣曰平生訶佛罵祖今何爲乃爾師熟視訶曰汝亦作此見解邪即起趺坐呼侍者燒香烟起遂示寂

蔣山賛元覺海禪師婺州義烏人姓傅氏乃大士之裔也夙修種智隨願示生父母感祥閭里稱異三歲出家七歲爲僧十五遊方遠造石霜陞於丈室慈明一見曰好好著槽廠師遂作驢鳴明曰眞法器耳俾爲侍者二十

年中運水搬柴不憚寒暑悉巳躬親求道後出世蘇臺天峯龍華白雲府帥請居誌公道場提綱宗要機鋒迅敏解行相應諸方推服丞相王公安石重師德望特奏章服師號公又堅辭鼎席結廬定林山中與師蕭散林下清談終日贈師頌曰不與物違眞道廣每尋緣起自禪深舌根巳淨誰能壞足跡如空我得尋此亦明世希有事也僧問如何是和尚家風師曰東壁打西壁曰客來如何祇待師曰山上樵井中水問如何是諸佛出身處師曰驢胎馬腹問曾祖面壁意旨如何師曰住持事繁問如何是大善知識師曰屠牛剝羊曰爲甚麼如此師曰業在其中上堂這箇若是如虎戴角這箇若不是喚作甚麼良久曰餧驢餧馬珍重元祐元年師乃遷化丞相王公慟哭于塔讚師眞曰賢哉人也行厲而容寂知言而能默譽榮弗喜辱毁弗戚弗矜弗克人自稱德有緇有白來自南北弗順弗逆弗抗弗抑弗觀汝華唯食巳實孰其嗣之我有遺則

瑞州武泉山政禪師僧問如何是佛法大意師曰衣成人水成田上堂黄梅席上海衆千人付法傳衣碓坊行者是則紅日西昇非則月輪東上參

南嶽雙峯寺省回禪師上堂南番人汎船塞北人揺艣波斯入大唐須彌山作舞是甚麼說話師元豐六年九月十七日淨髮沐浴辭衆偈曰九十二光陰分明對衆說遠洞散寒雲幽牕度殘月言訖坐逝荼毗齒頂不壞上有五色異光

洪州大寧道寬禪師僧問飲光正見爲甚麽見拈花却微笑師曰忍俊不禁問丹霞燒木佛院主爲甚麽眉鬚墮落師曰賊不打貧兒家問既是一眞法界爲甚麽却有千差萬別師曰根深葉茂僧打圓相曰還出得這箇也無師曰弄巧成拙問如何是前三三後三三師曰數九不到九問如何是佛法大意師曰點茶須是百沸湯曰意旨如何師曰喫盡莫留滓有僧造師之室問如何是露地白牛師以火筯插火爐中曰會麽曰不會師曰頭不欠尾不剩師在同安日時有僧問既是同安爲甚麽却有病僧化去師曰布施不如還債上堂少林妙訣古佛家風應用隨機卷舒自在如拳作掌開合有時似水成漚起滅無定動靜俱顯語默全彰萬用自然不勞心力到這裏喚作順水放船且道逆風舉棹誰是好手良久曰弄潮須是弄潮人喝一喝曰珍重上堂無念爲宗無住爲本眞空爲體妙有爲用所以道盡大地是眞空徧法界是妙有且道是甚麽人用得四時運用日月長明法本不遷道無方所隨緣自在逐物昇沈此土他方入凡入聖雖然如是且道入鄉隨俗一句作麽生道良久曰西天梵語此土唐言

潭州道吾悟眞禪師上堂古今日月依舊山河若明得去十方薄伽梵一路涅槃門若明不得謗斯經故獲罪如是上堂師子兒哮吼龍馬駒踍跳古佛鏡中明三山孤月皎遂作舞下座上堂舉洞山道五臺山上雲蒸飯佛殿堦前狗尿天刹竿頭上煎䭔子三箇猢猻夜簸錢老僧即不然三面狸奴脚踏月兩頭

白牯手拏烟戴冠碧兎立庭栢脫殼烏龜飛上天老僧葛藤盡被汝諸人覷破了也洞山老人甚是奇特雖然如是秪行得三步四步且不過七跳八跳且道誵訛在甚麽處老僧今日不惜眉毛一時布施良久曰叮嚀損君德無言眞有功任從滄海變終不爲君通問疑然便會時如何師曰老鼠尾上帶研槌問如何是眞如體師曰夜叉屈膝眼睛黑曰如何是眞如用師曰金剛杵打鐵山摧問如何是常照師曰針鋒上須彌曰如何是寂照師曰眉毛裏海水曰如何是本來照師曰草鞋裏蹱跳僧退師曰寂照常照本來照草鞋底下常蹱跳更會針鋒上須彌眉毛中水常渺渺問如何是佛師曰洞庭無蓋上堂山前麥熟廬陵米價鎭州蘿蔔更有一般良久曰時挑野菜和根煑旋斫生柴帶葉燒上堂古人道認著依前還不是實難會土宿頷下髭鬚多波斯眼深鼻孔大甚奇怪欻然透過新羅界問僧甚處來曰堂中來師曰聖僧道甚麽僧近前不審師曰東家作驢西家作馬曰過在甚麽處師曰萬里崖州師不安僧問和尚近日尊位如何師曰粥飯頭不了事僧無語師鳴指一下上堂普化明打暗打布袋橫撒豎撒石室行者踏碓因甚忘却下脚問如何是第一玄師曰釋尊光射阿難肩曰如何是第二玄師曰孤輪衆象攢曰如何是第三玄師曰泣向枯桑淚漣漣曰如何是第一要師曰最好精麤照曰如何是第二要師曰閃電乾坤光晃耀曰如何是第三要師曰路夾青松老上堂舉僧問首山如何是佛山曰新婦

騎驢阿家牽師曰手提巴鼻脚踏尾仰面看天聽流水天明送出路傍邊夜靜還歸茅屋裏

蔣山保心禪師僧問月未圓時如何師曰順數將去曰圓後如何師曰倒數將來問如何是吹毛劒師曰黑漆露柱問聲色兩字如何透得師曰一手吹一手拍

洪州百丈惟政禪師上堂巖頭和尚用三文錢索得箇妻秪解撈鰕摝蜆要且不解生男育女直至如今門風斷絕大衆要識巖公妻麼百丈今日不惜脣吻與你諸人注破蓬鬢荊釵世所稀布裙猶是嫁時衣僧問牛頭未見四祖時爲甚麼百鳥銜花獻師曰有錢千里通曰見後爲甚麼不銜花師曰無錢隔壁聾問達磨未來時如何師曰六六三十六曰來後如何師曰九九八十一問如何是祖師西來意師曰木耳樹頭生問一切法是佛法意旨如何師曰一重山下一重人問上行下斆未是作家背楚投吳方爲達士豈不是和尚語師曰是曰父財子用也師曰汝試用看僧擬議師便打上堂天台普請人人知有南嶽遊山又作麼生會則燈籠笑你不會有眼如盲

明州香山藴良禪師僧問如何是透法身句師曰剎竿頭上舞三臺曰如何是接初機句師曰上大人曰如何是末後句師曰雙林樹下問如何是學人轉身處師曰磨坊裏上堂良久呵呵大笑曰笑箇甚麼笑他鴻鵠冲天飛烏龜水底逐魚兒三箇老婆六隻妳金剛背上爛如泥阿呵呵知不知東村陳大耆𢓭

五燈會元卷第三十一

音釋

髂枯架切 齗去聲

鑌卑民切音賓 鑌鐵爲刀甚利

刳空胡切音枯 刳判也

五燈會元卷第三十二

宋沙門大川濟纂

南嶽下十一世

石霜圓禪師法嗣

蘇州南峯惟廣禪師上堂一問一答如鐘合響似谷應聲蓋爲事不獲已且於建化門中放一線道若據衲僧門下天地懸殊且道衲僧有甚麼長處良久曰盡日覓不得有時還自來咄

潭州大潙德乾禪師僧問如何是祖師西來意師曰水從山上出曰意旨如何師曰溪澗豈能留乃曰山花似錦文殊撞著眼睛幽鳥綿蠻觀音塞却耳際諸仁者更思量箇甚麼昨夜三更睡不著飜身捉得普賢貶向無生國裏一覺直至天明今朝又得與諸人相見說夢噫是甚麼說話卓拄杖下座

全州靈山本言禪師僧問如何是佛師曰誰教汝恁麼問曰今日起動和尚也師曰謝訪及

安吉州廣法院源禪師僧問如何是祖師西來意師曰氈頭毡片問鬧中取靜時如何師曰寬不可結問如何是正法眼師曰眉毛下曰便與麼會時如何師曰瞳兒笑點頭問如何是向上事師曰日月星辰曰如何是向下事師曰地獄鑊湯問萬里無雲時如何師曰猢猻忍餓曰乞師拯濟師曰甚麼火色問古人拈槌舉拂意旨如何師曰白日無閑人曰如何承當師曰如風過耳問握劒當胸時如何師曰老鴉成隊曰正是和尚見處師曰蛇穿鼻孔僧拂袖便出師曰大衆相逢問從上

諸聖向甚麽處行履師曰十字街頭曰與麽則敗缺也師曰知你不到這田地曰到後如何師曰家常茶飯問祖意教意是同是別師曰乾薑附子曰與麽則不同也師曰氷片雪團上堂春雨微微簷頭水滴聞聲不悟歸堂面壁上堂若論大道直教杼山無開口處你諸人試開口看僧便問如何是大道師曰擔不起曰爲甚麽擔不起師曰大道上堂若論此事切莫道著道著卽頭角生有僧出曰頭角生也師曰禍事曰某甲罪過師曰龍頭蛇尾伏惟珍重師元豐八年十月十二晚忽書偈曰雪鬢霜髭九九年半肩毳衲盡諸緣廓然笑指浮雲散玉兎流光照大千擲筆而寂

靈隱德章禪師初住大相國寺西經藏院慶曆八年九月一日仁宗皇帝詔師於延春閣下齋宣普照大師問如何是當機一句師曰一言逈出青霄外萬仞峯前嶮處行曰作麽生是嶮處行師便喝曰皇帝面前何得如此師曰也不得放過明年又宣入內齋復宣普照問如何是奪人不奪境師曰雷驚細草萌芽發高山進步莫遲遲曰如何是奪境不奪人師曰戴角披毛異來往任縱橫曰如何是人境兩俱奪師曰出門天外迥流光影不眞曰如何是人境俱不奪師曰寒林無宿客大海聽龍吟後再宣入化成殿齋宣守賢問齋筵大啟如何報答聖君師曰空中求鳥跡曰意旨如何師曰水內覓魚踪師進心珠歌曰心如意心如意任運隨緣不相離但知莫向外邊求外邊求終不是枉用工夫隱眞理識心珠光耀日秘藏深密無形質拈來掌內衆

人驚二乘精進爭能測碧眼胡須指出臨機妙用何曾失尋常切忌與人看大地山河動岌岌師皇祐二年乞歸山林養老御批杭州靈隱寺住持賜號明覺

瑯邪覺禪師法嗣

蘇州定慧院超信海印禪師僧問如何是佛法的的大意師曰湘源斑竹杖曰意旨如何師曰枝枝帶淚痕問如何是第一句師曰那吒忿怒曰如何是第二句師曰衲僧罔措曰如何是第三句師曰西天此土上堂泥蛇齩石鼈露柱啾啾叫須彌打一棒閻老呵呵笑參上堂若識般若卽被般若縛若不識般若亦被般若縛識與不識拈放一邊却問諸人如何是般若體參堂去上堂鶯聲闌蟬聲急入水烏龜頭不濕鷺鷥飛入蘆花叢雪月交輝俱不及吽

洪州泐潭曉月禪師僧問修多羅教如標月指未審指箇甚麼師曰請高著眼曰曙色未分人盡望及乎天曉也尋常師曰年衰鬼弄人

越州姜山方禪師僧問如何是不動尊師曰單著布衫穿市過曰學人未曉師曰騎驢踏破洞庭波曰透過三級浪專聽一聲雷師曰伸手不見掌曰還許學人進向也無師曰踏地告虛空曰雷門之下布鼓難鳴師曰八花毬子上不用繡紅旗曰三十年後此話大行師便打問蓮花未出水時如何師曰穿針嫌眼小曰出水後如何師曰盡日展愁眉問如何是一塵入正受師曰蛇銜老鼠尾曰如何是諸塵三昧起師曰鼈齩釣魚竿曰恁麼則

東西不辯南北不分去也師曰堂前一盌夜明燈簾外數莖青瘦竹問諸佛未出世時如何師曰不識酒望子曰出世後如何師曰釣魚船上贈三椎問如何是佛師曰留髭表丈夫問奔流度刃疾燄過風未審姜山門下還許借借也無師曰天寒日短夜更長曰錦帳繡鴛鴦行人難得見師曰髑髏裏面氣衝天僧召和尚師曰鷄頭鳳尾曰諸方泥裹洗姜山畫將來師曰姜山今日爲客且望闍黎善傳雖然如是不得放過便打上堂穿雲不渡水渡水不穿雲乾坤把定不把定虛空放行不放行橫三竪四乍離乍合將長補短卽不問汝諸人飯是米做一句要且難道良久曰私事不得官酬上堂不是道得道不得諸方盡把爲奇特寒山燒火滿頭灰笑罵豐干這老賊

福州白鹿山顯端禪師僧問如何是道師曰九州百粤曰如何是道中人師曰乘肥衣錦問如何是大善知識師曰持刀按劍曰爲甚麽如此師曰禮防君子問如何是異類師曰鴉巢生鳳上堂摩騰入漢肉上剜瘡僧會來吳眼中添屑達磨九年面壁鬼魅之由二祖立雪求心翫成不肖汝等諸人到這裏如何吐露若也道得海上橫行若道不得林間獨臥以拄杖擊禪牀一下問如何是無相佛師曰灘頭石師子曰意旨如何師曰有心江上住不怕浪淘沙問凝然湛寂時如何師曰不是闍黎安身立命處曰如何是學人安身立命處師曰雲有出山勢水無投澗聲問如何是教意師曰楞伽會上曰如何是祖意師曰

熊耳山前曰教意祖意相去幾何師曰寒松連翠竹秋水對紅蓮

滁州琅邪山智遷禪師僧問如何是琅邪境師曰松因有限蕭踈老花爲無情取次開曰如何是境中人師曰髮長僧貌醜問如何是和尚爲人句師曰眼前三尺雪曰莫便是也無師曰腦後一枝花

泉州淶峰洞淵禪師僧問如何是涅槃師曰刀斫斧劈曰如何是解脫師曰衫長袴短問諸聖不到處師還知也無師曰老來無力下禪牀問離四句絕百非時如何師曰柴門草自深問狗子還有佛性也無師曰松直棘曲問如何是佛師曰金沙照影曰如何是道師曰玉女抛梭曰佛與道相去幾何師曰龜毛長二丈兎角長八尺

眞州眞如院方禪師叅琅邪唯看栢樹子話每入室陳其所見不容措詞常被喝出忽一日大悟直入方丈曰我會也琅邪曰汝作麽生會師曰夜來牀薦暖一覺到天明琅邪可之

宣州興教院坦禪師永嘉牛氏子業打銀因淬礪缾器有省卽出家叅琅邪機語頓契後依天衣懷禪師時住興教擢爲第一座衣受他請欲聞州乞師繼之時刁景純學士守宛陵衣恐刁涉外議乃於觀音前祝曰若坦首座道眼明白堪任住持願示夢於刁學士刁夜夢牛在興教法座上衣凌晨辭州刁舉所夢衣大笑刁問其故衣曰坦首座姓牛又屬牛刁就座出帖請之師受請陞座有雪竇化主省宗出問諸佛未出世人人鼻孔遼天出

世後為甚麽沓無消息師曰鷄足峰前風悄然宗曰未在更道師曰大雪滿長安宗曰誰人知此意令我憶南泉拂袖歸衆更不禮拜師曰新興教今日失利便歸方丈令人請宗至師曰適來錯祇對一轉語人天衆前何不禮拜葢覆却宗曰大丈夫膝下有黃金爭肯禮拜無眼長老師曰我別有語在宗乃理前語至未在更道處師曰我有三十棒寄你打雪竇宗乃禮拜

江州歸宗可宣禪師漢州人也壯爲僧卽出峽依琅邪一語忽投羣疑頓息琅邪可之未幾令分座淨空居士郭功甫過門問道與厚及師領歸宗時功甫任南昌尉俄郡守恚師不爲禮捃甚遂作書寄功甫曰某世緣尚有六年奈州主抑逼當棄餘喘託生公家願無見阻功甫閱書驚喜且頷之中夜其妻夢間見師入其寢失聲曰此不是和尚來處功甫撼而問之妻詳以告呼燈取書示之相笑不已遂孕及生乃名宣老期年記問如昔至三歲白雲端禪師抵其家始見之曰吾姪來也雲曰與和尚相別幾年宣倒指曰四年矣（葢與相別一年方死）雲曰甚處相別曰白蓮莊上雲曰以何爲驗曰爹爹媽媽明日請和尚齋忽聞推車聲雲問門外是甚麼聲宣以手作推車勢雲曰過後如何曰平地兩條溝果六周無疾而逝

秀州長水子璿講師郡之嘉興人也自落髮誦楞嚴不輟從洪敏法師講至動靜二相了然不生有省謂敏曰敲空擊木（木二作竹）尚落筌蹄舉目揚眉以成擬議去此二途方契斯旨

敏附而證之然欲探禪源罔知攸往聞瑯邪道重當世卽趨其席值上堂次出問清淨本然云何忽生山河大地瑯邪憑陵答曰清淨本然云何忽生山河大地師領悟禮謝曰願侍巾瓶瑯邪謂曰汝宗不振久矣宜厲志扶持報佛恩德勿以殊宗爲介也乃如教再拜以辭後住長水承稟日顧衆曰道非言象得禪非擬議知會意通宗智無別致由是二宗仰之嘗疏楞嚴等經盛行於世

大愚芝禪師法嗣

南嶽雲峯文悅禪師南昌徐氏子初造大愚聞示衆曰大家相聚喫莖齏若喚作一莖齏入地獄如箭射便下座師大駭夜造方丈愚問來何所求師曰求心法愚曰法輪未轉食輪先轉後生趂色力健何不爲衆乞食我忍飢不暇何暇爲汝說禪乎師不敢違未幾愚移翠巖師納疏罷復過翠巖求指示巖曰佛法未到爛却雪寒宜爲衆乞炭師亦奉命能事罷復造方丈巖曰堂司闕人今以煩汝師受之不樂恨巖不去心地坐後架桶箍忽散自架墮落師忽然開悟頓見巖用處走搭伽黎上寢堂巖迎笑曰維那且喜大事了畢師再拜不及吐一辭而去服勤八年後出世翠巖時首座領衆出迎問曰德山宗乘卽不問如何是臨濟大用師曰你甚處去來座擬議師便掌座擬對師喝曰領衆歸去自是一衆畏服僧問如何是道師曰路不拾遺曰如何是道中人師曰草賊大敗僧禮拜師噓一聲問萬法歸一一歸何所師曰黃河九曲曰如何是第一句師曰垂手過膝曰如何是第二

句師曰萬里崖州曰如何是第三句師曰糞箕掃帚問如何是深山巖崖佛法師曰猢猻倒上樹問如何是衲衣下事師曰皮裏骨問不涉廉纖請師速道師曰須彌山問如何是清淨法身師曰柴場荻草上堂語不離窠道焉能出蓋纏片雲横谷口迷却幾人源所以道言無展事語不投機承言者喪滯句者迷汝等諸人到這裏憑何話會良久曰欲得不招無間業莫謗如來正法輪上堂過去諸佛已滅未來諸佛未生正當今日佛法委在翠巖放行則隨機利物把住則瓦解氷消且道把住好放行好良久曰咄這野狐精擊禪牀下座上堂汝等諸人與麼上來大似刺腦入膠盆與麼下去也是平地喫交直饒不來不去朝打三千暮打八百上堂道遠乎哉觸事

而眞聖遠乎哉體之則神所以娑婆世界以音聲爲佛事香積世界以香飯爲佛事翠巖這裏秖於出入息内供養承事過現未來塵沙諸佛無一空過者過現未來塵沙諸佛是翠巖侍者無一不到如一不到三十拄杖諸上座還會麼將此深心奉塵刹是則名爲報佛恩上堂有情之本依智海以爲源含識之流總法身而爲體秖爲情生智隔想變體殊達本情忘知心體合諸禪德會麼古佛與露柱相交佛殿與燈籠鬭額若也不會單重交折上堂竿木隨身逢場作戲然雖如是一手不獨拍衆中莫有作家禪客本分衲僧出來共相唱和有麼時有僧出禮拜師曰依稀似曲纔堪聽又被風吹别調中便下座上堂天明平旦萬事成辦北俱盧洲長粳米飯下座

上堂有佛處不得住無佛處急走過你等諸人橫擔拄杖向甚麼處行脚良久曰東勝身洲持鉢西瞿耶尼喫飯上堂假使心通無量時歷刼何曾異今日且道今日事作麼生良久曰烏龜鑽破壁上堂見聞覺知無障礙聲香味觸常三昧衲僧道會也山是山水是水飢來喫飯困來打睡忽然須彌山跨跳入你鼻孔裏摩竭魚穿你眼睛中作麼生商量良久曰叅堂去上堂一刀兩段未稱宗師就下平高固非作者翠巖到這裏口似匾擔你等諸人作麼生商量良久曰欲得不招無間業莫謗如來正法輪上堂若見諸相非相即山河大地竝無過咎諸上座終日著衣喫飯未曾齩著一粒米未曾挂著一縷絲便能變大地作黃金攪長河爲酥酪然雖如是著衣喫飯即不無衲僧門下汗臭氣也未夢見在上堂普賢行文殊智補陁巖上清風起瞎驢趂隊過新羅吉獠舌頭三千里上堂拈起拄杖曰掌鉢盂向香積世界爲甚麼出身無路挑日月於拄杖頭上爲甚麼有眼如盲直得風行草偃響順聲和無纖芥可留猶是交爭底法作麼生是不交爭底法卓拄杖下座上堂臨濟先鋒放過一著德山後令且在一邊獨露無私一句作麼生道良久曰堪嗟楚下鍾離眛(音抹)以拂子擊禪牀下座上堂教中道種種取捨皆是輪回未出輪回而辯圓覺彼圓覺性即同流轉若免輪回無有是處你等諸人到這裏且作麼生辯圓覺良久曰荷葉團團團似鏡菱角尖尖尖似錐以拂擊禪牀上堂古人道山河石壁不礙眼光師曰作麼生

是眼拈拄杖打禪牀一下曰須彌山百雜碎
卽不問你且道娑竭羅龍王年多少俗士問
如何是佛師曰著衣喫飯量家道曰恁麼則
退身三步叉手當胷去也師曰醉後添杯不
如無小參舉百丈歲夜示衆曰你這一隊後
生經律論固是不知入衆參禪禪又不會臘
月三十日且作麼生折合去師曰灼然諸禪
德去聖時遥人心澹泊看却今時叢林更是
不得所在之處或聚徒三百五百浩浩地秖
以飯食豐濃寮舍穩便爲旺化中間孜孜爲
道者無一人設有十箇五箇走上走下半青
半黃會卽總道我會各各自謂握靈蛇之珠
孰肯知非及乎挨拶鞭逼將來直是萬中無
一苦哉苦哉所謂般若叢林歲歲凋無明荒
草年年長就中今時後生纔入衆來便自端
然拱手受他別人供養到處菜不擇一莖柴
不搬一束十指不沾水百事不干懷雖則一
期快意爭奈三塗累身豈不見教中道寧以
熱鐵纏身不受信心人衣寧以洋銅灌口不
受信心人食上座若也是去直饒變大地作
黃金攪長河爲酥酪供養上座未爲分外若
也未是至於滴水寸絲便須披毛戴角牽犂
拽耙償他始得不見祖師道入道不通理復
身還信施此是決定底事終不虛也諸上座
光陰可惜時不待人莫待一朝眼光落地緇
田無一簣之功鐵圍陷百刑之痛莫言不道
珍重

蘇州瑞光月禪師僧問俱胝一指意旨如何
師曰月落三更穿市過

瑞州洞山子圓禪師上堂有僧出抛下坐具

師曰一釣便上僧提起坐具師曰弄巧成拙僧曰自古無生曲須是遇知音師曰波斯入唐土僧大笑歸衆

石霜永禪師法嗣

南嶽福嚴保宗禪師上堂世尊周行七歩舉足全乖目顧四方觸途成滯金襴授去殃及兒孫玉偈傳來挂人唇吻風幡悟性未離色塵鉢水投針全成管見祖師九年面壁不見纖毫盧公六代傳衣圖他小利江西一喝不解慎初德嶠全施未知護末南山鼈鼻謾指蹤由北院枯松徒彰風彩雲門顧鑒落二落三臨濟全提錯七錯八若説君臣五位直如紙馬過江更推賓主交叅恰似泥人澡洗獨超象外且非捉兎走鷹混迹塵中未是敲猪之狗何異趂坑墮塹正是避溺投罝如斯之解正在常途出格道人如何話會豈不見陶潛俗子尚自覩事見機而今祖室子孫不可皮下無血喝一喝

郢州太陽如漢禪師僧問如何是敲磕底句師曰檻外竹揺風驚起幽人睡曰觀音門大啟也師曰師子齩人𨔼曰聞聲悟道失却觀音眼睛見色明心眛了文殊巴鼻一出一入半開半合泥牛昨夜遊滄海直至如今不見回咄

浮山遠禪師法嗣

東京淨因院道臻淨照禪師僧問如何是佛師曰朝裴香暮換水問如何是觀音妙智力師曰河南犬吠河北驢鳴上堂拈拄杖曰㮚木杖子善能談佛祖聾人既得聞瘂人亦解語指白石爲玉點黄金爲土便恁麼會去

他家未相許不相許莫莽鹵南街打鼓北街舞

廬州興化仁岳禪師泉南人也僧問如何是佛法大意師曰臨濟問黃蘗曰學人不會師曰三回喫棒來問如何是和尚家風師曰曲彔禪床曰客來如何祗待師曰拄杖子問一大藏教盡是名言離此名言如何指示師曰癩馬揩枯柳曰學人不會師曰駱駝好喫鹽曰畢竟如何師曰鐵鞭指處馬空嘶

荆門軍玉泉謂芳禪師僧問從上諸聖以何法示人師拈起拄杖僧曰學人不會師曰兩手分付僧擬議師便打

宿州定林惠琛禪師僧問如何是道師曰秖在目前僧曰爲甚麼不見師曰瞎

秀州本覺若珠禪師僧問如何是道師舉起拳僧曰學人不會師曰拳頭也不識上堂說佛說祖埋没宗乘舉古談今淹留衲子撥開上路誰敢當頭齊立下風不勞拈出無星秤子如何辯得斤兩若也辯得須彌秖重半銖若辯不得拗折秤衡向日本國與諸人相見

東京華嚴普孜禪師僧問如何是賓中賓師曰客路如天遠曰如何是賓中主師曰侯門似海深曰如何是主中主師曰寰中天子勑曰如何是主中賓師曰塞外將軍令乃曰賓中問主互換機鋒主中問賓同生同死主中辯主飲氣吞聲賓中覓賓白雲萬里故句中無意意在句中於斯明得一雙孤鴈撲地高飛於斯未明一對鴛鴦池邊獨立知音禪客相共證明影響異流切須子細良久曰若是陶淵明攢眉便歸去

南康軍清隱院惟湜禪師僧問如何是道師曰斜街曲巷曰如何是道中人師曰百藝百窮

潭州衡嶽寺奉能禪師上堂宗風纔舉萬里雲收法令若行千峰寒色須彌頂上白浪滔天大海波中紅塵滿地應思黃梅昔日少室當年不能退巳讓人遂使舂糠答志斷臂酬心何似衡嶽這裏山畬粟米飯一桶沒鹽羮苦樂共住隨高就低且不是南頭買貴北頭賣賤直教文殊稽首迦葉攢眉龍樹馬鳴吞聲飲氣目連鶖子且不能爲爲甚如此諦觀法王法法王法如是

寶應昭禪師法嗣

滁州琅邪方銳禪師上堂造化無生物之心而物物自成雨露非潤物之意而靈苗自榮所以藥劑不食而病自損良師不親而心自明故知妙慧靈光不從緣得到這裏方許你進步琅邪與你別作箇相見還有麼若無不可壓良爲賤

郢州興陽山希隱禪師僧問如何是懸崖撒手底句師曰明月照幽谷曰如何是絶後再蘇底句師曰白雲生太虛曰恁麼則樵夫出林邱處處歌春色師曰是人道得上堂了見不見見了未了路上行人林間宿鳥月裏塔高十二層天外星躔五百杪要會麼手執夜明符幾箇知天曉參

石門進禪師法嗣

明州瑞巖智才禪師僧問如何是截斷衆流句師曰好曰如何是隨波逐浪句師曰隨曰如何是函蓋乾坤句師曰合曰三句外師指

如何辯古今師曰向後不得錯舉上堂天平等故常覆地平等故常載日月平等故四時常明涅槃平等故聖凡不二人心平等故高低無諍拈拄杖卓一下曰諸禪者這拄杖子晝夜爲諸人說平等法門還聞麼若聞去敢保諸人行脚事畢若言不聞亦許諸人頂門眼正何故是法平等無有高下是名阿耨多羅三藐三菩提良久笑曰向下文長

金山穎禪師法嗣

潤州普慈院崇珍禪師僧問如何是普慈境師曰出門便見鶴林山曰如何是境中人師曰入門便見珍長老

太平州瑞竹仲和禪師僧問得坐披衣人盡委向上宗乘事若何師曰但知冰是水曰更有事也無師曰休問水成冰曰弄潮須是弄潮人師曰這僧從浙中來

潤州金山懷賢圓通禪師僧問師揚宗旨得法何人師拈起拂子僧曰鐵甕城頭曾印證碧溪崖畔祖燈輝師拂一拂曰聽事不眞喚鐘作甕

越州石佛寺顯忠祖印禪師僧問如何是不動尊師曰熱鏊上猢猻曰如何是千百億化身師曰添香換水熱燈掃地曰如何是毘盧師法身主師曰繫馬柱曰有甚麼交涉師曰縛殺這漢問會殺佛祖底始是作家如何是殺佛祖底劒師曰不斬死漢曰如何是和尚劒師曰令不重行問如何是相生師曰山河大地曰如何是想生師曰兎子望月曰如何是流注生師曰無間斷曰如何是色空師曰五彩屏風上堂咄咄咄海底魚龍盡枯竭三

脚蝦蟇飛上天脫殼烏龜火中活上堂㸃時不到皂白未分到時不㸃和泥合水露柱跨跳入燈籠裏卽且從他汝眉毛因甚麼却拖在脚跟下直饒於此明得也是猢猻戴席帽於此未明何異曲蟮穿靴然雖如此笑我者多哂我者少

杭州淨住院居說眞淨禪師參達觀遂問曰某甲經論粗明禪直不信願師決疑觀曰旣不信禪豈可明經禪是經綱經是禪網提綱正網了禪見經師曰爲某甲說禪看觀曰向下文長師曰若恁麼經與禪乃一體觀曰佛及祖非二心如手搦拳如拳搦手師因而有省乃成偈曰二十餘年用意猜幾番曾把此心灰而今潦倒逢知己李白元來是秀才

安吉州西余山拱辰禪師上堂靈雲見華眼中著翳玄沙戲指體上遭迍不知且恁麼過時自然身心安樂上堂理因事有心逐境生事境俱忘千山萬水作麼生得恰好去良久曰且莫剜肉成瘡師有祖源通要三十卷行於世

蘇州崑山般若寺善端禪師僧問有生有滅盡是常儀無生無滅時如何師曰崑崙著靴空中立曰莫便是爲人處也無師曰石女簪花火裏眠曰大衆證明師曰更看泥牛鬬入海

節使李端愿居士兒時在館舍常閱禪書長雖婚宦然篤志祖道遂於後圃築室類蘭若邀達觀處之朝夕咨參至忘寢食觀一日視公曰非示現力豈致爾哉奈無箇所入何公問曰天堂地獄畢竟是有是無請師明說觀

曰諸佛向無中說有眼見空花太尉就有裏尋無手擡水月堪笑眼前見牢獄不避心外聞天堂欲生殊不知忻怖在心善惡成境太尉但了自心自然無惑公曰心如何了觀曰善惡都莫思量公曰不思量後心歸何所觀曰且請太尉歸宅公曰秖如人死後心歸何所觀曰未知生焉知死公曰生則某巳知之觀曰生從何來公罔措觀起摵其胷曰秖在這裏更擬思量箇甚麽公曰會得也觀曰作麽生會公曰秖知貪程不覺蹉路觀拓開曰百年一夢今朝方省旣而說偈曰三十八歲懵然無知及其有知何異無知滔滔汴水隱隱隋堤師其歸矣箭浪東馳

洞庭月禪師法嗣

蘇州薦福亮禪師僧問不假言詮請師示誨師曰大衆總見汝恁麽問曰莫秖這便是也無師曰罕逢穿耳客

仗錫巳禪師法嗣

台州黃巖保軒禪師僧問不欲無言畧憑施設時如何師曰知而故犯僧禮拜師便打

龍華岳禪師法嗣

安吉州西余師子淨端禪師本郡人也姓邱氏始見弄師子發明心要往見龍華㨿印可遂旋里合綵爲師子皮時被之因號端師子丞相章公慕其道躬請開法吳山化風盛播開堂日僧官宣疏至推倒回頭趯翻不托七軸之蓮經未誦一聲之漁父先聞師止之遂登座拈香祝聖罷引聲吟曰本是瀟湘一釣客自西自東自南北大衆雜然稱善師顧笑曰諦觀法王法法王法如是便下座上堂二

月二禪翁有何謂春風觸目百花開公子王孫日日醺醺醉唯有殿前陳朝檜不入時人意禪家流秖這是莫思慮坦然齋後一甌茶長連牀上伸脚睡咄師到華亭衆請上堂靈山師子雲間哮吼佛法無可商量不如打箇筋斗使下座問羚羊未挂角時如何師曰怕曰既是善知識因何却怕師曰山僧不曾見恁麼差異畜生

南嶽下十二世

翠巖眞禪師法嗣

潭州大溈慕喆眞如禪師撫州臨川聞氏子僧問趙州庭栢意旨如何師曰夜來風色緊孤客已先寒曰先師無此語又作麼生師曰行人始知苦曰十載走紅塵今朝獨露身師曰雪上加霜問如何是城裏佛師曰萬人叢裏不插標曰如何是村裏佛師曰泥猪疥狗曰如何是山裏佛師曰絶人往還曰如何是教外別傳底一句師曰翻譯不出問牛頭未見四祖時如何師曰寒毛卓竪曰見後如何師曰額頭汗出上堂月生一天地茫茫誰受屈月生二東西南北没巴鼻月生三善財特地向南參所以道放行也怛薩舒光把住也泥沙匿曜且道放行是把住是良久曰圓伊三點水萬物自尖新上堂古佛道昔於波羅奈轉四諦法輪墮坑落塹今復轉最妙無上大法輪土上加泥如今還有不歷階梯獨超物外者麼良久曰出頭天外看誰是箇中人上堂阿剌剌是甚麼翻思當年破竈墮杖子忽擊著方知孤負我以拄杖擊香臺一下曰墮墮上堂捫空追響勞汝精神夢覺覺非復

有何事德山老人在汝諸人眉毛眼睫上諸人還覺麽若也覺去夢覺覺非若也未覺捫空追響終無了期直饒向這裏倜儻分明猶是梯山入貢還有獨超物外者麽良久曰且莫詐明頭問大通智勝佛十劫坐道場爲甚麽不得成佛道師曰苦殺人上堂白雲滄浐水注滄溟萬法本閑復有何事所以道也有權也有實也有照也有用諸人到這裏如何履踐良久曰但有路可上更高人也行上堂山僧本無積畜且得粥足飯足困來卽便打眠一任東卜西卜上堂古者道一釋迦二元和三佛陀自餘是甚麽椀脫邱慧光卽不然一釋迦二元和三佛陀總是椀脫邱諸人還知慧光落處麽若也知去許你具鐵眼銅睛若也不知莫謂幾經風浪險扁舟曾向五湖遊上堂拈起拄杖曰一塵纔起大地全收卓一下曰妙喜世界百雜碎且道不動如來卽今在甚麽處若人識得可謂不動步而登妙覺若也未識向諸人眉毛眼睫裏涅槃去也又卓一下上堂不用思而知不用慮而解廬陵米價高鎮州蘿蔔大上堂拈起拄杖曰智海拄杖或作金剛王寶劒或作踞地師子或作探竿影草或不作拄杖用諸人還相委悉麽若也委悉去如龍得水似虎靠山出没卷舒縱横應用如未相委大似日中逃影上堂十方同聚會箇箇學無爲此是選佛場心空及第歸慧光門下直拔超升不歷科目諸人既到這裏風雲布地牙爪已成但欠雷聲燒尾如今爲你諸人震忽雷去也以拄杖擊禪牀下座師於紹聖二年十月八日無疾說偈

曰昨夜三更風雷忽作雲散長空前溪月落良久別衆趨寂闍維設利斗許大如豆目睛齒爪不壞門弟子分塔于京潭

南嶽西林崇奥禪師僧問一問一答賔主歷然不問不答如何辯别師曰坐底坐立底立曰便恁麼會時如何師曰舌拄上齶僧禮拜師曰不得諱却

蔣山元禪師法嗣

明州雪竇法雅禪師僧問學人不問西來意乞師方便指迷情師曰霹靂過頭猶瞌睡曰謝師答話師曰再三啟口問何人曰爭奈學人未禮拜何師曰休鈍置

邵州承熙應悅禪師撫之宜黄戴氏子上堂我宗無語句徒勞尋路布現成公案已多端那堪更涉他門戶覿面當機直下提何用波吒受辛苦咄

雙峯回禪師法嗣

閬州光國文賛禪師僧問不二之法請師速道師曰領曰恁麼則人人有分也師曰了曰錦屛天下少光國世間稀師曰退

定慧信禪師法嗣

蘇州穹窿智圓禪師上堂福臻不說禪無事日高眠有問祖師意連擲兩三拳大衆且道爲甚麼如此不合惱亂山僧睡

雲峯悅禪師法嗣

桂州壽寧齊曉禪師上堂徧目不會道猶較些子運足焉知路錯下名言諸仁者山僧今日將錯就錯汝等諸人見有眼聞有耳嗅有鼻味有舌因甚麼却不會良久曰武帝求仙不得仙王喬端坐却昇天咄僧問大衆雲臻

合談何事師曰波斯入鬧市曰恁麼則草偃風行去也師曰萬里望鄉關

淨因臻禪師法嗣

福州長慶惠暹文慧禪師僧問離上生之寶刹登延聖之道場如何是不動尊師曰孤舟載明月曰忽遇艣棹俱停又作麼生師曰漁人偏愛宿蘆花問長期進道西天以蠟人爲驗未審此間以何爲驗師曰鐵彈子曰意旨如何師曰大底大小底小

福州棲勝繼超禪師上堂拈拄杖良久曰三世諸佛盡在這裏踍跳大衆還會麼過去諸佛說了未來諸佛未說現在諸佛今說敢問諸人作麽生是說底事卓一下曰蘇嚧蘇嚧

興化岳禪師法嗣

潭州興化紹清禪師上堂祖師門下佛法不存善法堂前仁義休說然雖如是事無一向竊聞哀哀父母生我劬勞欲報深恩昊天罔極髮膚身體弗敢毀傷此曾仲尼之孝也輪轉三界中恩愛不能捨棄恩入無爲眞實報恩者故我大覺世尊雪山苦行摩竭成道往忉利天爲母說法此釋迦之孝也得大解脫運大神通手擎金錫掌拓龍盂詣地獄門卓然尋省見其慈母悲泣無量此目連之孝也作麼生是興化之孝良久曰興化今日不上天堂不入地獄於善法堂中燈王座上爲母說法以報劬勞且道我母即今在甚麼處乃曰我母生前足善緣無勞問佛定生天人間上壽古今少九十春秋減一年下座敢煩大衆燒一炷香以助山僧報孝既是山僧之母爲甚麼却煩諸人燒香不見道東家人死西

家人助哀以手搥胸曰蒼天蒼天

玉泉芳禪師法嗣

臨江軍慧力善周禪師上堂遼天鶻萬重雲抵一突是甚麽咄師元祐元年十二月望日沭浴淨髮說偈曰山僧住瑞筠未嘗形言句七十三年來七十三年去言畢而逝五日後鬚髮再生

五燈會元卷第三十二

音釋

畬 以諸切音余三年治田也　攎 莊加切音渣取也　揕 知鴆切砧去聲擊也

五燈會元卷第三十三

宋沙門大川濟纂

南嶽下十三世

大潙喆禪師法嗣

東京智海普融道平禪師上堂山僧不會佛法爲人總沒來由或時半開半合或時全放全收還如萬人叢裏冷地掉箇石頭忽然打著一箇方知觸處周流上堂趙州有四門門門通大道玉泉有四路路路透長安門門通大道畢竟誰親到路路透長安分明進步看拍膝一下曰歲晚未歸客西風門外寒上堂舉盤山示衆曰似地擎山不知山之孤峻如石含玉不知玉之無瑕古人恁麼說話大似抱贓叫屈智海門下人人慷慨生擒虎兕活捉獰龍眼裏著得須彌山耳裏著得大海水遂拈拄杖曰不是向人誇伎倆丈夫標致合如斯卓拄杖下座

洪州泐潭景祥禪師建昌南城傅氏子僧問如何是祖師西來意師曰十箇指頭八箇了問我手何似佛手師曰金鍮難辯曰我脚何似驢脚師曰黄龍路險曰人人有箇生緣如何是和尚生緣師曰把定要津不通凡聖中秋上堂靈山話曹谿指放過初生斫額底未問龍眠老古錐昨夜三更轉向西正當恁麼時有人問如何是月向明暗未分處道得一句便與古人共出一隻手如或未然實峯不免依模畫樣應箇時節乃打一圓相曰清光萬古復千古豈止人間一夜看師室中問僧達磨西歸手攜隻履當時何不兩隻都將去曰此土也要留箇消息師曰一隻脚在西天

一隻脚在東土著甚來由僧無語問僧唯一堅密身一切塵中現如何是塵中現底身僧指香爐曰這箇是香爐師曰帶累三世諸佛生陷地獄僧罔措師便打師不安次有僧問和尚近日尊候如何師曰土地前燒二陌紙著師常叉手夜坐如對大賔初坐手與趺綴至五鼓必齊膺因號祥叉手焉

和州光孝慧蘭禪師不知何許人也自號碧落道人嘗以觸衣書七佛名叢林稱爲蘭布裩有擬草庵歌一篇行于世具載普燈建炎末逆虜犯淮執師見酋長長曰聞我名否師曰我所聞者唯大宋天子之名長恚令左右以鎚擊之鎚至輒斷壞長驚異延麾下敬事之經旬師索薪自焚無敢供者親拾薪成龕怡然端坐烟焰一起流光四騰虜跪伏灼膚者多火絶得五色舍利併其骨而北歸所執僧尼悉得自便和人至今詠之

潭州東明仁仙禪師開堂日僧問世尊出世梵王前引帝釋後隨和尚出世有何祥瑞師曰任是百千諸佛一時趨向水牯欄裏曰有何祥瑞師曰山僧不曾眼花

泗州普照暁欽明悟禪師僧問師唱誰家曲宗風嗣阿誰師曰東邊更近東曰潙山的子智海親孫也師曰却笑傍人把釣竿上堂引手撮空展轉莫及翻身擲影徒自勞形當面拈來却成蹉過畢竟如何拍禪牀曰洎合錯商量

廬山東林自遵正覺禪師上堂十五日已前放過一著十五日已後未可商量正當十五日試道一句看良久曰山色翠穠春雨歇栢

庭香擁木蘭開

潭州福嚴寘禪師上堂福嚴山上雲舒卷任朝昏忽爾落平地客來難討門

潭州東明遷禪師久侍眞如晩居潙山眞如菴忠道者高其風每叩之一日閱首楞嚴次忠問如我按指海印發光佛意如何師曰釋迦老子好與二十棒曰爲甚麽如此師曰用按指作麽曰汝暫舉心塵勞先起又作麽生師曰亦是海印發光

雪竇雅禪師法嗣

衢州光孝普印慈覺禪師泉州許氏子室中問僧父母未生巳前在甚麽處行履僧擬對卽打出或曰達磨在你脚下僧擬看亦打出或曰道道僧擬開口復打出

慶善震禪師法嗣

杭州慶善院普能禪師上堂事不獲巳與諸人葛藤一切衆生秖爲心塵未脫情量不除見色聞聲隨波逐浪流轉三界汩没四生致使正見不明觸途成滯若也是非齊泯善惡都忘坐斷報化佛頭截却聖凡途路到這裏方有少許相應直饒如是衲僧分上未爲奇特何故如此纔有是非紛然失心咄上堂拈拄杖曰未入山僧手中萬法宛然旣入山僧手中復有何事良久曰有意氣時添意氣不風流處也風流卓拄杖一下

淨土思禪師法嗣

杭州靈鳳山萬壽法詮禪師僧問如何是佛師曰抱椿打拍浮曰如何是法師曰黄泥彈子曰如何是僧師曰剃除鬚髮曰三寶外還别有爲人處也無師舉起一指僧曰不會師

曰指在唯觀月風來不動幡上堂德山棒臨濟喝盡是無風波帀帀燈籠踍跳過青天霹柱魂驚頭腦裂雖然如是大似食鹽加得渴喝一喝

杭州慶善守隆禪師開堂日僧問知師久蘊囊中寶今日當筵略借看師曰多少分明曰師子吼時全露現文殊仗劒又如何師曰驚殺老僧問千佛出世各有奇祥和尚今日以何爲驗師曰木人把板雲中拍曰意旨如何師曰石女拈笙水底吹上堂花簇簇錦簇簇鹽醬年來事事足留得南泉打破鍋分付沙彌煑晨粥晨粥一任諸人喫洗鉢盂一句作麼生會多少人疑著

護國月禪師法嗣

江陵府護國慧本禪師僧問有物先天地無形本寂寥未審是甚麼物師曰一鋌墨曰恁麼則耀古照今去也師曰作麼生是耀古照今底僧便喝師便打上堂好箇時節誰肯承當苟或無人不如惜取良久曰彈雀夜明珠

南嶽下十四世

智海平禪師法嗣

東京淨因蹣庵繼成禪師袁之宜春劉氏子上堂拈拄杖曰清淨本然云何忽生山河大地看看富樓那穿過釋迦老子鼻孔釋迦老子鑽破虛空肚皮且道山河大地在甚麼處擲下拄杖召大衆曰虛空翻筋斗向新羅國裏去也是你諸人切忌認葉止啼刻舟尋劒上堂茫茫盡是覓佛漢舉世難尋閑道人棒喝交馳成藥忌了亾藥忌未天眞上堂崑崙奴著鐵袴打一棒行一步爭似火中釣鼈曰

裏藏冰陰影門翻䫜魍虛空縛殺麻繩上堂狹路相逢且莫疑電光石火已遲遲若教直下三心徹秖在如今一餉時到這裏直使問來答去火迸星飛互換主賔照用得失波翻嶽立玉轉珠回衲僧面前了無交涉豈不見拈花鷲嶺獨許飲光問疾毗耶誰當金粟那知微笑已成途轍縱使黙然未免風波要須格外相逢始解就中穎契還會麼一曲寥寥動今古洛陽三十六峯西上堂舉不顧卽差互擬思量何劫悟大衆枯桑知天風是顧不顧海水知天寒是思不思且喚甚麼作悟底道理兎角杖頭挑法界龜毛拂子舞三臺上堂鼻裏音聲耳裏香眼中鹹淡舌玄黃意能覺觸身分別冰室如春九夏涼如斯見得方知男子身中入定時女子身中從定出葵花隨日轉犀紋翫月生香楓化老人螟蛉成蜾蠃若也不知苦哉佛陀耶許你具隻眼上堂一念心清淨佛居魔王殿一念惡心生魔王居佛殿懷禪師曰但恁麼信去喚作脚踏實地而行終無別法亦無別道理老僧恁麼舉了秖恐你諸人見兎放鷹刻舟求劒何故功德天黑暗女有智主人二俱不受上堂舉汾陽拈拄杖示衆曰三世諸佛在這裏爲汝諸人無孔竅遂走向山僧拄杖裏去強生節目師曰汾陽與麼示徒大似擔雪塡井傍若無人山僧今日爲汝諸人出氣拈起拄杖曰三世諸佛不敢强生節目却從山僧拄杖裏走出向諸人道我不敢輕於汝等汝等皆當作佛說是語已翻筋斗向拘尸羅城裏去也擲下拄杖曰若到諸方分明舉似師同圓悟法

眞慈受并十大法師禪講千僧赴太尉陳公良弼府齋時徽宗皇帝私幸觀之太師魯國公亦與焉有善華嚴者乃賢首宗之義虎也對衆問諸禪曰吾佛設教自小乘至于圓頓掃除空有獨證眞常然後萬德莊嚴方名爲佛常聞禪宗一喝能轉凡成聖則與諸經論似相違背今一喝若能入吾宗五教是爲正說若不能入是爲邪說諸禪視師師曰如法師所問不足三大禪師之酬淨因小長老可以使法師無惑也師召善善應諾師曰法師所謂愚法小乘教者乃有義也大乘始教者乃空義也大乘終教者乃不有不空義也大乘頓教者乃卽有卽空義也一乘圓教者乃不有而有不空而空或作空而不有有而不空義也如我一喝非唯能入五教至於工巧技藝諸子百家悉皆能入師震聲喝一喝問善曰聞麽曰聞師曰汝既聞此一喝是有能入小乘教須臾又問善曰聞麽曰不聞師曰汝既不聞適來一喝是無能入始教遂顧善曰我初一喝汝既道有喝久聲銷汝復道無道無則元初實有道有則而今實無不有不無能入終教我有一喝之時有非是有因無故有無一喝之時無非是無因有故無卽有卽無能入頓教須知我此一喝不作一喝用有無不及情解俱忘道有之時纖塵不立道無之時横徧虛空卽此一喝入百千萬億喝百千萬億喝入此一喝是故能入圓教善乃起再拜師復謂曰非唯一喝爲然乃至一語一默一動一靜從古至今十方虛空萬象森羅六趣四生三世諸佛一切聖賢八萬四千法門百千三

昧無量妙義契理契機與天地萬物一體謂之法身三界唯心萬法唯識四時八節陰陽一致謂之法性是故華嚴經云法性徧在一切處有相無相一聲一色全在一塵中含四義事理無邊周徧無餘參而不雜混而不一於此一喝中皆悉具足猶是建化門庭隨機方便謂之小歇場未至寶所殊不知吾祖師門下以心傳心以法印法不立文字見性成佛有千聖不傳底向上一路在善又問曰如何是向上一路師曰汝且向下會取善曰如何是寶所師曰非汝境界善曰望禪師慈悲師曰任從滄海變終不爲君通善膠口而退聞者靡不歎仰皇帝顧謂近臣曰禪宗玄妙深極如此淨因才辯亦罕有也近臣奏曰此宗師之緒餘也

南嶽法輪彥孜禪師處之龍泉陳氏子上堂若是諦當漢通身無隔礙舉措絶毫釐把手出紅塵撥開向上竅當頭劄定不犯鋒鋩轉握將來應用恰好絲毫不漏函蓋相應任是諸佛諸祖覷著寒毛卓竪會麼喫茶去僧問如何是不涉烟波底句師曰皎皎寒松月飄飄谷口風曰萬差俱掃蕩一句截流機師曰點僧曰到師曰借人面具舞三臺問如何是佛師曰白額大蟲曰秖如洞山道麻三斤又作麼生師曰毒蛇鑽露柱曰學人不曉師曰踏著始驚人

衡州開福崇哲禪師邵州劉氏子上堂妙體堂堂觸處彰快須回首便承當今朝對衆全分付莫道儂家有覆藏擲拂子召侍者曰因甚打下老僧拂子問一水吞空遠三峯峭壁

危猊臺重拂拭共喜主人歸未審到家如何施設師曰空手捻雙拳曰意旨如何師曰突出難辯上堂山僧有三印更無增減剩覷面便相呈能轉凡成聖諸人還知麼若也未知不免重重註破一印印空日月星辰列下風一印印泥頭頭物物顯眞機一印印水捩轉魚龍頭作尾三印分明體一同看來非赤又非紅互換高低如不薦青山依舊白雲中

溈潭祥禪師法嗣

台州鴻福德昇禪師衢陽人也上堂諸人恁麼上來墮在見聞覺知恁麼下去落在動靜施爲若也不去不來正是鬼窟活計如何道得出身底句若也道得則分付拄杖子若道不得依而行之卓拄杖下座

建寧府萬壽慧素禪師上堂僧問劫火洞然大千俱壞未審這箇還壞也無大隨曰壞修山主曰不壞未審孰是孰非師曰一壞一不壞笑殺觀自在師子驀齩人狂狗盡逐塊復曰會麼曰不會師曰漆桶不快便下座一日有僧來作禮師問甚處來曰和尚合知某來處師曰湖南擔屎漢江西刈禾客曰和尚眞人天眼目某在大溈克圜頭東林作藏主師打三棒喝出紹興二十三年六月朔沐浴趺坐書偈曰昨夜風雷忽爾露柱生出兩指天明笑倒燈籠拄杖依前扶起拂子跨跳過流沙奪轉胡僧一隻履於是儼然而逝

明州香山道淵禪師本郡人上堂酒市魚行頭頭寶所鵶鳴鵲噪一一妙音卓拄杖曰且道這箇是何佛事狼籍不少上堂香山有箇話頭彌滿四大神洲若以佛法批判還如認

馬作牛諸人既不作佛法批判畢竟是甚麼道理擊拂子無鑐鑠子不厭動搖半夜枕頭要須摸著下座

建寧府開善木菴道瓊首座信之上饒人叢林以耆德尊之泐潭亦謂其飽叅分座日嘗舉隻履西歸語謂衆曰坐脫立亡倒化卽不無要且未有逝而復出遺履者爲復後代兒孫不及祖師爲復祖師剩有這一著子乃大笑曰老野狐紹興庚申冬信守以超化革律爲禪迎爲第一祖師語專使曰吾初無意人間欲爲山子正爲宗派耳然恐多不能往受請已取所藏泐潭繪像與木菴二字仍書偈囑清泉亨老寄得法弟子慧山曰口嘴不中祥老子愛向叢林鼓是非分付雪峯山首座爲吾痛駡莫饒伊顱專使曰爲我傳語侍郎行計迫甚不及修答聲絕而化

景淳知藏梅州人於化度寺得度往依泐潭入室次潭問陜府鐵牛重多少師叉手近前曰且道重多少潭曰尾在黃河北頭枕黃河南善財無鼻孔依舊向南叅師擬議潭便打忽頓徹巾侍有年竟隱居林壑嘗作偈曰怕寒懶剃髼鬆髮愛暖頻添榾柮柴破衲伽黎撩亂搭誰能勞力强安排

信州懷玉用宣首座四明彭氏子幼爲僧徑趨叢席侍泐潭於黃檗一日自臨川持鉢歸值潭晚叅有云一葉飄空便見秋法身須透鬧啾啾師聞領旨潭爲證據後依大慧慧亦謂其類己以是名卿鉅公列刹迎禮不就嘗有頌大愚答佛話曰鋸解秤鎚出老杜詩紅稻啄殘鸚鵡顆碧梧棲老鳳凰枝

光孝蘭禪師法嗣

明州蘆山無相法眞禪師江南李主之裔也上堂欲明向上事須具頂門眼若具頂門眼始契出家心旣契出家心常具頂門眼要會頂門眼歷四京人著衣喫飯兩浙人飽暖自如通玄峯頂香風清花發蟠桃三四株

南嶽下十五世

淨因成禪師法嗣

台州瑞巖如勝佛燈禪師上堂人人領略釋迦箇箇平欺達磨及乎問著宗綱束手盡云放過放過卽不無秖如女子出定趙州洗鉢盂又作麽生話會鶴有九皐難翥翼馬無千里謾追風

無爲軍冶父實際道川禪師崑山狄氏子初爲縣之弓級聞東齋謙首座爲道俗演法往從之習坐不倦一日因不職遭笞忽於杖下大悟遂辭職依謙謙爲改名道川且曰汝舊呼狄三今名道川川卽三耳汝能竪起脊梁了辦箇事其道如川之增若放倒則依舊狄三也師銘於心建炎初圓頂游方至天封蹣菴與語鋒投菴稱善歸憇東齋道俗愈敬有以金剛般若經請問者師爲頌之今盛行於世隆興改元殿撰鄭公喬年漕淮西適冶父虛席迎開法上堂羣陰剝盡一陽生草木園林盡發萌唯有衲僧無底鉢依前盛飯又盛羹上堂舉雪峯一日登座拈拄杖東覷曰東邊底又西覷曰西邊底諸人還知麽擲下拄杖曰向這裏會取師曰東邊覷了復西觀拄杖重重話歲寒帶雨一枝花落盡不煩公子倚闌干

青原下四世

雲巖晟禪師法嗣

瑞州洞山良价悟本禪師會稽俞氏子幼歲從師念般若心經至無眼耳鼻舌身意處忽以手捫面問師曰某甲有眼耳鼻舌等何故經言無其師駭然異之曰吾非汝師即指往五洩山禮默禪師披剃年二十一詣嵩山具戒遊方首詣南泉值馬祖諱辰修齋泉問衆曰來日設馬祖齋未審馬祖還來否衆皆無對師出對曰待有伴即來泉曰此子雖後生甚堪雕琢師曰和尚莫壓良爲賤次參潙山問曰頃聞南陽忠國師有無情說法話某甲未究其微潙曰闍黎莫記得麼師曰記得潙曰汝試舉一徧看師遂舉僧問如何是古佛心國師曰墻壁瓦礫是僧曰墻壁瓦礫豈不是無情國師曰是僧曰還解說法否國師曰常說熾然說無間歇僧曰某甲爲甚麼不聞國師曰汝自不聞不可妨他聞者也僧曰未審甚麼人得聞國師曰諸聖得聞僧曰和尚還聞否國師曰我不聞僧曰和尚既不聞爭知無情解說法國師曰賴我不聞我若聞即齊於諸聖汝即不聞我說法也僧曰恁麼則衆生無分去也國師曰我爲衆生說不爲諸聖說僧曰衆生聞後如何國師曰即非衆生僧曰無情說法據何典教國師曰灼然言不該典非君子之所談汝豈不見華嚴經云刹說衆生說三世一切說師舉了潙曰我這裏亦有秖是罕遇其人師曰某甲未明乞師指示潙竪起拂子曰會麼師曰不會請和尚說潙曰父母所生口終不爲子說師曰還有與

師同時慕道者否溈曰此去澧陵攸縣石室相連有雲巖道人若能撥草瞻風必爲子之所重師曰未審此人如何溈曰他曾問老僧學人欲奉師去時如何老僧對他道直須絕滲漏始得他道還得不違師旨也無老僧道第一不得道老僧在這裏師遂辭溈山徑造雲巖舉前因緣了便問無情說法甚麼人得聞巖曰無情得聞師曰和尚聞否巖曰我若聞汝即不聞吾說法也師曰某甲爲甚麼不聞巖竪起拂子曰還聞麼師曰不聞巖曰我說法汝尚不聞豈況無情說法乎師曰無情說法該何典教巖曰豈不見彌陁經云水鳥樹林悉皆念佛念法師於此有省乃述偈曰也大奇也大奇無情說法不思議若將耳聽終難會眼處聞時方得知師問雲巖某甲有

餘習未盡巖曰汝曾作甚麼來師曰聖諦亦不爲巖曰還歡喜也未師曰歡喜則不無如糞掃堆頭拾得一顆明珠師問雲巖擬欲相見時如何曰問取通事舍人師曰見問次曰向汝道甚麼師辭雲巖巖曰甚麼處去師曰雖離和尚未卜所止曰莫湖南去師曰無曰莫歸鄉去師曰無曰早晚却回師曰待和尚有住處即來曰自此一別難得相見師曰難得不相見臨行又問百年後忽有人問還邈得師真否如何秖對巖良久曰秖這是師沈吟巖曰价闍黎承當箇事大須審細師猶涉疑後因過水睹影大悟前旨有偈曰切忌從他覓迢迢與我踈我今獨自往處處得逢渠渠今正是我我今不是渠應須恁麼會方得契如如他日因供養雲巖真次僧問先師道

秖這是莫便是否師曰是曰意旨如何師曰當時幾錯會先師意曰未審先師還知有也無師曰若不知有爭解恁麼道若知有爭肯恁麼道（長慶云既知有爲甚麼恁麼道又云養子方知父慈）師在泐潭見初首座有語曰也大奇也大奇佛界道界不思議師遂問曰佛界道界即不問秖如說佛界道界底是甚麼人初良久無對師曰何不速道初曰爭即不得師曰道也未曾道說甚麼爭即不得初無對師曰佛之與道俱是名言何不引教初曰教道甚麼師曰得意忘言初曰猶將教意向心頭作病在師曰說佛界道界底病大小初又無對次日忽遷化時稱師爲問殺首座价師自唐大中末於新豐山接誘學徒厥後盛化豫章高安之洞山權開五位善接三根大闡一音廣弘萬品橫抽寶劍剪諸見之稠林妙叶引通截萬端之穿鑿又得曹山深明的旨妙唱嘉猷道合君臣偏正回互由是洞上玄風播於天下故諸方宗匠咸共推尊之曰曹洞宗師因雲巖諱日營齋僧問和尚於雲巖處得何指示師曰雖在彼中不蒙指示曰既不蒙指示又用設齋作甚麼師曰爭敢違背他曰和尚初見南泉爲甚麼却與雲巖設齋師曰我不重先師道德佛法秖重他不爲我說破曰和尚爲先師設齋還肯先師也無師曰半肯半不肯曰爲甚麼不全肯師曰若全肯即孤負先師也問欲見和尚本來師如何得見師曰年牙相似即無阻矣僧擬進語師曰不躡前蹤別請一問僧無對（雲居代云恁麼則不見和尚本來師也僧問長慶如何是年牙相似者慶云古人恁麼道闍黎又向這裏覓箇甚麼）問寒暑到來如何回

避師曰何不向無寒暑處去曰如何是無寒暑處師曰寒時寒殺闍黎熱時熱殺闍黎上堂還有不報四恩三有者麽衆無對又曰若不體此意何超始終之患直須心心不觸物步步無處所常無間斷始得相應直須努力莫閑過日問僧甚處來曰遊山來師曰還到頂麽曰到師曰頂上有人麽曰無人師曰恁麽則不到頂也曰若不到頂爭知無人師曰何不且住曰某甲不辭住西天有人不肯師曰我從來疑著這漢師與泰首座冬節喫果子次乃問有一物上拄天下拄地黑似漆常在動用中動用中收不得且道過在甚麽處泰曰過在動用中(同安顯別云不知)師喚侍者掇退果卓問雪峰從甚處來曰天台來師曰見智者否曰義存喫鐵棒有分僧問如何是西來意師曰大似駭雞犀問蛇吞蝦蟇救則是不救則是師曰救則雙目不睹不救則形影不彰有僧不安要見師師遂往僧曰和尚何不救取人家男女師曰你是甚麽人家男女曰某甲是大闡提人家男女師良久僧曰四山相逼時如何師曰老僧日前也向人家屋簷下過來曰回互不回互師曰不回互曰教某甲向甚處去師曰粟畬裏去僧嘘一聲曰珍重便坐脫師以拄杖敲頭三下曰汝秖解與麽去不解與麽來因夜參不點燈有僧出問話退後師令侍者點燈乃召適來問話僧出來其僧近前師曰將取三兩粉來與這箇上座其僧拂袖而退自此省發遂罄捨衣資設齋得三年後辭師師曰善爲時雪峰侍立問曰秖如這僧辭去幾時却來師曰他秖知一

去不解再來其僧歸堂就衣鉢下坐化峰上報師師曰雖然如此猶較老僧三生在雪峰上問訊師曰入門來須有語不得道早箇入了也峰曰某甲無口師曰無口且從還我眼來峰無語（雲居別前語云待某甲有口即道長慶別云恁麼則某甲謹退）雪峰般柴次乃於師面前拋下一束師曰重多少峰曰盡大地人提不起師曰爭得到這裏峰無語問僧甚處來曰三祖塔頭來師曰既從祖師處來又要見老僧作甚麼曰祖師即別學人與和尚不別師曰老僧欲見闍黎本來師還得否曰亦須待和尚自出頭來始得師曰老僧適來暫時不在官人問有人修行否師曰待公作男子即修行僧問相逢不拈出舉意便知有時如何師乃合掌頂戴問僧作甚麼來曰孝順和尚來師曰世間甚麼物最孝順僧無對上堂有一人在千人萬人中不背一人不向一人你道此人具何面目雲居出曰某甲參堂去師有時曰體得佛向上事方有些子語話分僧問如何是語話師曰語話時闍黎不聞曰和尚還聞否師曰不語話時即聞問如何是正問正答師曰不從口裏道曰若有人問師還答否師曰也未曾問問如何是從門入者非寶師曰便好休問和尚出世幾人肯師曰並無一人肯曰爲甚麼並無一人肯師曰爲他箇箇氣宇如王師問講維摩經僧曰不可以智知不可以識識喚作甚麼語曰讚法身語師曰喚作法身早是讚也問時時勤拂拭爲甚麼不得他衣鉢未審甚麼人合得師曰不入門者曰秖如不入門者還得也無師曰雖然如此不得不與他

却又曰直道本來無一物猶未合得他衣鉢汝道甚麽人合得這裏合下得一轉語且道下得甚麽語時有一僧下九十六轉語並不契末後一轉始愜師意師曰闍黎何不早恁麽道別有一僧密聽秖不聞末後一轉遂請益其僧僧不肯說如是三年相從終不爲舉一日因疾其僧曰某三年請舉前話不蒙慈悲善取不得惡取去遂持刀白曰若不爲某舉即殺上座去也其僧悚然曰闍黎且待我爲你舉乃曰直饒將來亦無處著其僧禮謝有菴主不安凡見僧便曰相救相救多下語不契師乃去訪之主亦曰相救師曰甚麽相救主曰莫是藥山之孫雲巖嫡子麽師曰不敢主合掌曰大家相送便遷化僧問亡僧遷化向甚麽處去師曰火後一莖茆問師尋常教學人行鳥道未審如何是鳥道師曰不逢一人曰如何行師曰直須足下無私去曰秖如行鳥道莫便是本來面目否師曰闍黎因甚顛倒曰甚麽處是學人顛倒師曰若不顛倒因甚麽却認奴作郎曰如何是本來面目師曰不行鳥道師謂衆曰知有佛向上人方有語話分僧問如何是佛向上人師曰非佛保福別云佛非法眼別云方便呼爲佛　師與密師伯過水乃問過水事作麽生伯曰不濕脚師曰老老大大作這箇語話伯曰你又作麽生師曰脚不濕問僧甚處去來曰製鞋來師曰自解依他曰依他師曰他還指教汝也無曰允即不違僧問茱萸如何是沙門行萸曰行則不無有覺即乖別有僧舉似師師曰他何不道未審是甚麽行僧遂進此語萸曰佛行佛行僧回舉

似師師曰幽州猶似可最苦是新羅東禪齊拈云此語還有疑訛也無若有且道甚麼處不得若無他又道最苦是新羅還點檢得出麼他道行則不無有覺即乖却令再問是甚麼行又道佛行那僧是會了問不會了問請斷看僧却問如何是沙門行師曰頭長三尺頸長二寸師令侍者持此語問三聖然和尚聖於侍者手上掐一掐侍者回舉似師師肯之師見幽上座來遽起向禪牀後立幽曰和尚為甚麼回避學人師曰將謂闍黎不見老僧問如何是玄中又玄師曰如死人舌師洗鉢次見兩烏爭蝦蟇有僧便問這箇因甚麼到恁麼地師曰秖為闍黎問如何是毗盧師法身主師曰禾莖粟榦問三身之中阿那身不墮眾數師曰吾常於此切僧問曹山先師道吾常於此切意作麼生山云要頭便斫去又問雪峰峰以拄杖劈口打云我亦曾到洞山來會下有老宿去雲巖回師問汝去雲巖作甚麼宿曰不

會師代曰堆堆地師行脚時會一官人曰三祖信心銘弟子擬註師曰纔有是非紛然失心作麼生註法眼代云恁麼則弟子不註也師看稻次見朗上座牽牛師曰這箇牛須好看恐傷人苗稼朗曰若是好牛應不傷人苗稼僧問如何是青山白雲父師曰不森森者是曰如何是白雲青山兒師曰不辯東西者是曰如何是白雲終日倚師曰去離不得曰如何是青山總不知師曰不顧視者是問清河彼岸是甚麼草師曰是不萌之草師作五位君臣頌曰正中偏三更初夜月明前莫怪相逢不相識隱隱猶懷舊日嫌偏中正失曉老婆逢古鏡分明覿面別無真休更迷頭猶認影正中來無中有路隔塵埃但能不觸當今諱也勝前朝斷舌才兼中至兩刃交鋒不須避好手猶如

火裏蓮宛然自有冲天志兼中到不落有無誰敢和人人盡欲出常流折合還歸炭裏坐上堂向時作麽生奉時作麽生功時作麽生共功時作麽生功功時作麽生僧問如何是向師曰喫飯時作麽生曰如何是奉師曰背時作麽生曰如何是功師曰放下钁頭時作麽生曰如何是共功師曰不得色曰如何是功功師曰不共乃示頌曰聖主由來法帝堯御人以禮曲龍腰有時鬧市頭邊過到處文明賀聖朝淨洗濃粧爲阿誰子規聲裏勸人歸百花落盡啼無盡更向亂峰深處啼枯木花開劫外春倒騎玉象趂麒麟而今高隱千峰外月皎風清好日辰衆生諸佛不相侵山自高兮水自深萬別千差明底事鷓鴣啼處百花新頭角纔生已不堪擬心求佛好羞慚

迢迢空劫無人識肯向南詢五十三師因曹山辭遂囑曰吾在雲巖先師處親印寶鏡三昧事窮的要今付於汝詞曰如是之法佛祖密付汝今得之宜善保護銀盌盛雪明月藏鷺類之弗齊混則知處意不在言來機亦赴動成窠臼差落顧佇背觸俱非如大火聚但形文彩即屬染汙夜半正明天曉不露爲物作則用拔諸苦雖非有爲不是無語如臨寶鏡形影相覩汝不是渠渠正是汝如世嬰兒五相完具不去不來不起不住婆婆和和有句無句終不得物語未正故重離六爻偏正回互疊而爲三變盡成五如荎草味如金剛杵正中妙挾敲唱雙舉通宗通塗挾帶挾路錯然則吉不可犯忤天眞而妙不屬迷悟因緣時節寂然昭著細入無間大絶方所毫忽

之差不應律呂今有頓漸緣立宗趣宗趣分矣即是規矩宗通趣極真常流注外寂中搖係駒伏鼠先聖悲之爲法檀度隨其顛倒以緇爲素顛倒想滅肯心自許要合古轍請觀前古佛道垂成十劫觀樹如虎之缺如馬之羇以有下劣寶几珍御以有驚異貍奴白牯羿以巧力射中百步箭鋒相直巧力何預木人方歌石女起舞非情識到寧容思慮臣奉於君子順於父不順非孝不奉非輔潛行密用如愚若魯但能相續名主中主師又曰末法時代人多乾慧若要辯驗真僞有三種滲漏一曰見滲漏機不離位墮在毒海二曰情滲漏滯在向背見處偏枯三曰語滲漏究妙失宗機昧終始濁智流轉於此三種子宜知之又綱要偈三首一敲唱俱行偈曰金針雙鎖備叶路隱全該寶印當風妙重重錦縫開二金鎖玄路偈曰交互明中暗功齊轉覺難力窮忘進退金鎖網鞔鞔三不墮凡聖亦名理事不涉偈曰事理俱不涉回照絕幽微背風無巧拙電火爍難追上堂道無心合人人無心合道欲識箇中意一老一不老後僧問曹山如何是一老山云不扶持云如何是一不老山云枯木僧又舉似逍遙忠忠云三從六義問僧世間何物最苦曰地獄最苦師曰不然在此衣線下不明大事是名最苦師與密師伯行次指路傍院曰裏面有人說心說性伯曰是誰師曰被師伯一問直得去死十分伯曰說心說性底誰師曰死中得活問僧名甚麼曰某甲師曰阿那箇是闍黎主人公曰見祇對次師曰苦哉苦哉今時人例皆如此秖認得驢前馬後底將爲自己佛法平沈此之是也賓

中主尚未分如何辯得主中主僧便問如何是主中主師曰闍黎自道取曰某甲道得即是賓中主（雲居代云某甲道得不是賓中主）如何是主中主師曰恁麼道即易相續也大難遂示頌曰嗟見今時學道流千千萬萬認門頭恰似入京朝聖主秖到潼關便即休師不安令沙彌傳語雲居乃囑曰他或問和尚安樂否但道雲巖路相次絕也汝下此語須遠立恐他打汝沙彌領旨去傳語聲未絕早被雲居打一棒沙彌無語（同安顯代云恁麼則雲巖一枝不墜也雲居錫云上座且道雲巖路絕不絕崇壽稠云古人打此一棒意作麼生）師將圓寂謂衆曰吾有閑名在世誰人為吾除得衆皆無對時沙彌出曰請和尚法號師曰吾閑名已謝（石霜云無人得他肯雲居云若有閑名非吾先師曹山云從古至今無人辯得疎山云龍有出水之機無人辯得）僧問和尚違和還有不病者也無師曰有曰不病者還看和尚否師曰老僧看他有分曰未審和尚如何看他師曰老僧看時不見有病師乃問僧離此殼漏子向甚麼處與吾相見僧無對師示頌曰學者恒沙無一悟過在尋他舌頭路欲得忘形泯蹤跡努力殷勤空裏步乃命剃髮澡身披衣聲鐘辭衆儼然坐化時大衆號慟移晷不止師忽開目謂衆曰出家人心不附物是真修行勞生惜死哀悲何益復令主事辦愚癡齋衆猶慕戀不已延七日食具方備師亦隨衆齋畢乃曰僧家無事大率臨行之際勿須喧動遂歸丈室端坐長往當咸通十年三月壽六十三臘四十二謚悟本禪師塔曰慧覺

五燈會元卷第三十三

音釋

蹣蒲官切音槃蹣跚旋行貌荎陳尼切音治荎藸五味子馵之戍切音注

五燈會元卷第三十四

宋　沙　門　大　川　濟　纂

青原下五世

洞山价禪師法嗣

撫州曹山本寂禪師泉州莆田黄氏子少業儒年十九往福州靈石出家二十五登戒尋謁洞山山問闍黎名甚麼師曰本寂山曰那箇聻師曰不名本寂山深器之自此入室盤桓數載乃辭去山遂密授洞上宗旨復問曰子向甚麼處去師曰不變異處去山曰不變異處豈有去邪師曰去亦不變異遂往曹溪禮祖塔回吉水衆嚮師名乃請開法師志慕六祖遂名山爲曹尋值賊亂乃之宜黄有信士王若一捨何王觀請師住持師更何王爲荷玉由是法席大興學者雲萃洞山之宗至師爲盛師因僧問五位君臣旨訣師曰正位即空界本來無物偏位即色界有萬象形正中偏者背理就事偏中正者舍事入理兼帶者冥應衆緣不墮諸有非染非淨非正非偏故曰虛玄大道無著真宗從上先德推此一位最妙最玄當詳審辯明君爲正位臣爲偏位臣向君是偏中正君視臣是正中偏君臣道合是兼帶語僧問如何是君師曰妙德尊寰宇高明朗太虛曰如何是臣師曰靈機弘聖道真智利羣生曰如何是臣向君師曰不墮諸異趣凝情望聖容曰如何是君視臣師曰妙容雖不動光燭本無偏曰如何是君臣道合師曰混然無内外和融上下平師又曰以君臣偏正言者不欲犯中故臣稱君不敢斥言是也此吾法宗要乃作偈曰學者先須

識自宗莫將眞際雜頑空妙明體盡知傷觸力在逢緣不借中出語直教燒不著潛行須與古人同無身有事超岐路無事無身落始終復作五相◑偈曰白衣須拜相此事不爲奇積代簪纓者休言落魄時◐偈曰子時當正位明正在君臣未離兜率界烏雞雪上行⊙偈曰燄裏寒冰結楊花九月飛泥牛吼水面木馬逐風嘶○偈曰王宮初降日玉兎不能離未得無功旨人天何太遲●偈曰渾然藏理事朕兆卒難明威音王未曉彌勒豈惺惺稠布衲問披毛帶角是甚麼墮師曰是類墮曰不斷聲色是甚麼墮師曰是隨墮曰不受食是甚麼墮師曰是尊貴墮乃曰食者即是本分事知有不取故曰尊貴墮若執初心知有自已及聖位故曰類墮若初心知有已事囘光之時擯却色聲香味觸法得寧謐即成功勳後却不執六塵等事隨分而昧任之則礙所以外道六師是汝之師彼師所墮汝亦隨墮乃可取食食者即是正命食也亦是就六根門頭見聞覺知秖是不被他染汙將爲墮且不是同向前均他本分事尚不取豈況其餘事邪師凡言墮謂混不得類不齊凡言初心者所謂悟了同未悟耳師作四禁偈曰莫行心處路不挂本來衣何須正恁麼切忌未生時僧問學人通身是病請師醫師曰不醫曰爲甚麼不醫師曰教汝求生不得求死不得問沙門豈不是具大慈悲底人師曰是曰忽遇六賊來時如何師曰亦須具大慈悲曰如何具大慈悲師曰一劍揮盡曰盡後如何師曰始得和同問五位對賓時如何師

曰汝即今問那箇位曰某甲從偏位中來請師向正位中接師曰不接曰爲甚麼不接師曰恐落偏位中去師却問僧秖如不接是對賓是不對賓曰早是對賓了也師曰如是如是問萬法從何而生師曰從顛倒生曰不顛倒時萬法何在師曰在曰在甚麼處師曰顛倒作麼問不萌之草爲甚麼能藏香象師曰闍黎幸是作家又是曹山作麼問三界擾擾六趣昏昏如何辨色師曰不辨色曰爲甚麼不辨色師曰若辨色即昏也師聞鐘聲乃曰阿㖿阿㖿僧問和尚作甚麼師曰打著我心僧無對（五祖戒代云作賊人心虛）問維那甚處來曰牽醋槽去來師曰或到險處又作麼生牽那無對（雲居代云正好著力踈山代云切須放却始得）問金峰志曰作甚麼來曰蓋屋來師曰了也未曰這邊則了師曰那邊事作麼生曰候下工日白和尚師曰知是如是師一日入僧堂向火有僧曰今日好寒師曰須知有不寒者曰誰是不寒者師筴火示之僧曰莫道無人好師拋下火僧曰某甲到這裏却不會師曰日照寒潭明更明問不與萬法爲侶者是甚麼人師曰汝道洪州城裏如許多人甚麼處去問眉與目還相識也無師曰不相識曰爲甚麼不相識師曰爲同在一處曰恁麼則不分去也師曰眉且不是目曰如何是目師曰端的去曰如何是眉師曰曹山却疑曰和尚爲甚麼却疑師曰若不疑即端的去也問如何是無刃劒師曰非淬鍊所成曰用者如何師曰逢者皆喪曰不逢者如何師曰亦須頭落曰逢者皆喪則固是不逢者爲甚麼頭落師曰不見道能盡一

切曰盡後如何師曰方知有此劒問於相何眞師曰即相即眞曰當何顯示師竪起拂子問幻本何眞師曰幻本元眞（法眼別云幻本不眞）曰當幻何顯師曰即幻即顯（法眼別云幻即無當）曰恁麼則始終不離於幻也師曰覓幻相不可得問即心即佛即不問如何是非心非佛師曰兔角不用無牛角不用有問如何是常在底人師曰恰遇曹山暫出曰如何是常不在底人師曰難得僧問清稅孤貧乞師賑濟師召稅闍黎稅應諾師曰清原白家酒三盞喫了猶道未沾唇（玄覺云甚麼處是與他酒喫）問擬豈不是類師曰直是不擬亦是類曰如何是異師曰莫不識痛痒好鏡清問清虛之理畢竟無身時如何師曰理即如此事作麼生曰如理如事師曰謾曹山一人即得爭奈諸聖眼何曰若無諸聖眼爭鑑得箇不恁麼師曰官不容針私通車馬雲門問不改易底人來師還接否師曰曹山無恁麼閑工夫問人人盡有弟子在塵中師還有否師曰過手來其僧過手師點曰一二三四五六足問魯祖面壁用表何事師以手掩耳問承古有言未有一人倒地不因地而起如何是倒師曰肯即是曰如何是起師曰起也問子歸就父為甚麼父全不顧師曰理合如是曰父子之恩何在師曰始成父子之恩曰如何是父子之恩師曰刀斧斫不開問靈衣不挂時如何師曰曹山孝滿曰孝滿後如何師曰曹山好顛酒問教中道大海不宿死屍如何是大海師曰包含萬有者曰既是包含萬有為甚麼不宿死屍師曰絶氣息者不著曰既是包含萬有為甚麼絶氣息

者不著師曰萬有非其功絶氣息者有其德曰向上還有事也無師曰道有道無即得爭奈龍王按劒何問具何知解善能問難師曰不呈句曰問難箇甚麼師曰刀斧斫不入曰恁麼問難還有不肯者麼師曰有曰是誰師曰曹山問世間甚麼物最貴師曰死猫兒頭最貴曰爲甚麼死猫兒頭最貴師曰無人著價問無言如何顯師曰莫向這裏顯曰甚麼處顯師曰昨夜牀頭失却三文錢問日未出時如何師曰曹山也曾恁麼來曰出後如何師曰猶較曹山半月程問僧作甚麼曰掃地師曰佛前掃佛後掃曰前後一時掃師曰與曹山過靸鞋來僧問抱璞投師請師雕琢師曰不雕琢曰爲甚麼不雕琢師曰須知曹山好手問如何是曹山眷屬師曰白髮連頭戴頂上一枝花問古德道盡大地唯有此人未審是甚麼人師曰不可有第二月也曰如何是第二月師曰也要老兄定當曰作麼生是第一月師曰險師問德上座菩薩在定聞香象渡河出甚麼經曰出涅槃經師曰定前聞定後聞曰和尚流也師曰道也太煞道秖道得一半曰和尚如何師曰灘下接取問學人十二時中如何保任師曰如經蠱毒之鄉水也不得沾著一滴問如何是法身主師曰謂秦無人曰這箇莫便是否師曰斬問親何道伴即得常聞於未聞師曰同共一被蓋曰此猶是和尚得聞如何是常聞於未聞師曰不同於木石曰何者在先何者在後師曰不見道常聞於未聞問國内按劒者是誰師曰曹山法燈別云汝不是恁麼人曰擬殺何人師曰一切總殺

曰忽逢本生父母又作麼生師曰揀甚麼曰爭奈自已何師曰誰奈我何曰何不自殺師曰無下手處問一牛飲水五馬不嘶時如何師曰曹山解忌口問常在生死海中沉沒者是甚麼人師曰第二月曰還求出也無師曰也求出秖是無路曰未審甚麼人接得伊師曰擔鐵枷者問雪覆千山爲甚麼孤峰不白師曰須知有異中異曰如何是異中異師曰不墮諸山色紙衣道者來叅師問莫是紙衣道者否者曰不敢師曰如何是紙衣下事者曰一裘纔挂體萬法悉皆如師曰如何是紙衣下用者近前應諾便立脫師曰汝秖解恁麼去何不解恁麼來者忽開眼問曰一靈真性不假胞胎時如何師曰未是妙者曰如何是妙師曰不借借者珍重便化師示頌曰覺性圓明無相身莫將知見妄疎親念異便於玄體昧心差不與道爲鄰情分萬法沉前境識鑒多端喪本真如是句中全曉會了然無事昔時人問強上座曰佛真法身猶若虛空應物現形如水中月作麼生說箇應底道理曰如驢覷井師曰道則太煞道秖道得八成曰和尚又如何師曰如井覷驢僧舉藥山問僧年多少曰七十二山曰是七十二那曰是山便打此意如何師曰前箭猶似可後箭射人深曰如何免得此棒師曰王勑既行諸侯避道問如何是佛法大意師曰填溝塞壑問如何是師子師曰衆獸近不得曰如何是師子兒師曰能吞父母者曰既是衆獸近不得爲甚麼却被兒吞師曰豈不見道子若哮吼祖父俱盡曰盡後如何師曰全身歸父曰未

審祖盡時父歸何所師曰所亦盡曰前來爲甚麽道全身歸父師曰譬如王子能成一國之事又曰闍黎此事不得孤滯直須枯木上更撒些子華雲門問如何是沙門行師曰喫常住苗稼者是曰便恁麽去時如何師曰你還畜得麽曰畜得師曰你作麽生畜曰著衣喫飯有甚麽難師曰何不道披毛戴角門便禮拜陸亘大夫問南泉姓甚麽泉曰姓王曰王還有眷屬也無泉曰四臣不昧曰王居何位泉曰玉殿苔生後僧舉問師玉殿苔生意旨如何師曰不居正位曰八方來朝時如何師曰他不受禮曰何用來朝師曰違則斬曰違是臣分上未審君意如何師曰樞密不得旨曰恁麽則燮理之功全歸臣相也師曰你還知君意麽曰外方不敢論量師曰如是如是問纔有是非紛然失心時如何師曰斬僧問香嚴如何是道嚴曰枯木裏龍吟曰如何是道中人嚴曰髑髏裏眼睛（玄沙別云龍藏枯木）僧不領乃問石霜如何是枯木裏龍吟霜曰猶帶喜在曰如何是髑髏裏眼睛霜曰猶帶識在又不領乃問師如何是枯木裏龍吟師曰血脉不斷曰如何是髑髏裏眼睛師曰乾不盡曰未審還有得聞者麽師曰盡大地未有一人不聞曰未審枯木裏龍吟是何章句師曰不知是何章句聞者皆喪遂示偈曰枯木龍吟真見道髑髏無識眼初明喜識盡時消息盡當人那辨濁中清問朗月當空時如何師曰猶是堦下漢曰請師接上堦師曰月落後來相見師尋常應機曾無軌轍於天復辛酉夏夜問知事曰今日是幾何日月曰六月十

五師曰曹山平生行脚到處秖管九十日爲一夏明日辰時行脚去及時焚香宴坐而化閱世六十二臘三十七葬全身於山之西阿謚元證禪師塔曰福圓

洪州雲居道膺禪師幽州玉田王氏子童丱出家於范陽延壽寺二十五成大僧其師令習聲聞篇聚非其好棄之遊方至翠微問道會有僧自豫章來盛稱洞山法席師遂造焉山問甚處來師曰翠微來山曰翠微有何言句示徒師曰翠微供養羅漢某甲問供養羅漢羅漢還來否微曰你每日噇箇甚麼山曰實有此語否師曰有山曰不虛叅見作家來山問汝名甚麼師曰道膺山曰向上更道師曰向上即不名道膺山曰與老僧祇對這吾底語一般師問如何是祖師意山曰闍黎他後有把茅蓋頭忽有人問如何祇對師曰道膺罪過山謂師曰吾聞思大和尚生倭國作王是否師曰若是思大佛亦不作山然之山問師甚處去來師曰蹋山來山曰那箇山堪住師曰那箇山不堪住山曰恁麼則國內總被闍黎占却師曰不然山曰恁麼則子得箇入路師曰無路山曰若無路爭得與老僧相見師曰若有路即與和尚隔山（山或作生）去也山乃曰此子已後千人萬人把不住去在師隨洞山渡水次山問水深多少師曰不濕山曰麤人師曰請師道山曰不乾南泉問僧講甚麼經曰彌勒下生經泉曰彌勒幾時下生曰見在天宮當來下生泉曰天上無彌勒地下無彌勒師問洞山天上無彌勒地下無彌勒未審誰與安名山被問直得禪牀震動乃曰

膺闍黎吾在雲巖曾問老人直得火爐震動今日被子一問直得通身汗流師後結庵于三峰經旬不赴堂山問子近日何不赴齋師曰每日自有天神送食山曰我將謂汝是箇人猶作這箇見解在汝晚間來師晚至山召膺庵主師應諾山曰不思善不思惡是甚麼師回庵寂然宴坐天神自此竟尋不見如是三日乃絶山問師作甚麼師曰合醬山曰用多少鹽師曰旋入山曰作何滋味師曰得山問大闡提人作五逆罪孝養何在師曰始成孝養自爾洞山許爲室中領袖初止三峰其化未廣後開法雲居四衆臻萃上堂舉先師道地獄未是苦向此衣線下不明大事却是最苦師曰汝等既在這箇行流十分去九不較多也更著些子精彩便是上座不屈平生行脚不孤負叢林古人道欲得保任此事須向高高山頂立深深海底行方有些子氣息汝若大事未辦且須履踐玄途上堂得者不輕微明者不賤用識者不咨嗟解者無厭惡從天降下則貧窮從地湧出則富貴門裏出身易身裏出門難動則埋身千丈不動則當處生苗一言迥脫獨拔當時言語不要多多則無用處僧問如何是從天降下則貧窮師曰不貴得曰如何是從地湧出則富貴師曰無中忽有劉禹端公問雨從何來師曰從端公問處來公歡喜讚歎師却問公雨從何來公無語（有老宿代云適來道甚麼歸宗柔別云謝和尚再三）問如何是沙門所重師曰心識不到處問佛與祖還有階級否師曰俱在階級問如何是西來意師曰古路不逢人問如何是一法師曰如何是

萬法曰未審如何領會師曰一法是你本心萬法是你本性且道心與性是一是二僧禮拜師示頌曰一法諸法宗萬法一法通唯心與唯性不說異兼同問如何是口訣師曰近前來僧近前師擲拂子曰會麼曰不會師曰趂雀兒也不會僧問有人衣錦繡入來見和尚後爲甚寸絲不挂師曰直得瑠璃殿上行樸倒也須粉碎問馬祖出八十四人善知識未審和尚出多少人師展手示之問如何是向上人行履處師曰天下太平問遊子歸家時如何師曰且喜歸來曰將何奉獻師曰朝打三千暮打八百問如何是諸佛師師喝曰這田厙兒僧禮拜師曰你作麼生會僧喝曰這老和尚師曰元來不會僧作舞出去師曰泌臺盤乞兒師曾令侍者送袴與一住庵道者道者曰自有孃生袴竟不受師再令侍者問孃未生時著箇甚麽道者無語後遷化有舍利持似於師師曰直饒得八斛四斗不如當時下得一轉語好師在洞山作務悞剗殺蚯蚓山曰這箇聻師曰他不死山曰二祖往鄴都又作麼生師不對後有僧問和尚在洞山剗殺蚯蚓因緣和尚豈不是無語師曰當時有語秖是無人證明問山河大地從何而有師曰從妄想有曰與某甲想出一鋌金得麼師便休去僧不肯師問雪峰門外雪消也未曰一片也無消箇甚麼師曰消也僧問一時包裹時如何師曰旋風千匝上堂如人將三貫錢買箇獵狗秖解尋得有蹤跡底忽遇羚羊挂角莫道蹤跡氣息也無僧問羚羊挂角時如何師曰六六三十六曰挂角後如何

師曰六六三十六僧禮拜師曰會麽曰不會師曰不見道無蹤跡其僧舉似趙州州曰雲居師兄猶在僧便問羚羊挂角時如何州曰九九八十一曰挂角後如何州曰九九八十一曰得恁麽難會州曰有甚麽難會曰請和尚指示州曰新羅新羅又問長慶羚羊挂角時如何慶曰草裏漢曰挂後如何慶曰亂叫喚曰畢竟如何慶曰驢事未去馬事到來衆僧俟叅侍者持燈來影在壁上僧見便問兩箇相似時如何師曰一箇是影問學人擬欲歸鄉時如何師曰秖這是新羅僧問佛陀波利見文殊爲甚却回去師曰秖爲不將來所以却回去問如何是佛師曰讃歎不及曰莫秖這便是否師曰不勞讃歎問教中道是人先世罪業應墮惡道以今世人輕賤故此意如何師曰動則應墮惡道靜則爲人輕賤崇壽稠別云心外有法應墮惡道守住自己爲人輕賤問香積飯甚麽人得喫師曰須知得喫底人入口也須抉出有僧在房内念經師隔窓問闍棃念者是甚麽經僧曰維摩經師曰不問維摩經念者是甚麽經其僧從此得入上堂孤迥迥峭巍巍僧出問曰某甲不會師曰面前案山子也不會新羅僧問是甚麽得恁麽難道師曰有甚麽難道曰便請和尚道師曰新羅新羅問明眼人爲甚麽黑如漆師曰何怪荆南節度使成汭入山設供問曰世尊有密語迦葉不覆藏如何是世尊密語師召尚書書應諾師曰會麽書曰不會師曰汝若不會世尊有密語汝若會迦葉不覆藏僧問纔生爲甚麽不知有師曰不同生曰未生時如何師曰不曾滅曰

未生時在甚麼處師曰有處不收曰甚麼人不受滅師曰是滅不得者上堂僧家發言吐氣須有來由莫將等閑這裏是甚麼所在爭受容易凡問箇事也須識些子好惡若不識尊卑良賤不知觸犯信口亂道也無利益傍家行脚到處覓相似語所以尋常向兄弟道莫恠不相似恐同學太多去第一莫將來將來不相似言語也須看前頭八十老人入塲屋不是小兒嬉不是因循事一言參差即千里萬里難爲取攝蓋爲學處不著力敲骨打髓須有來由言語如鉗如夾如鉤如鎖須教相續不斷始得頭頭上具物物上明豈不是得妙底事一種學大須子細研窮直須諦當的的無差到這裏有甚麼踈跣處有甚麼擬議處向去底人常須慘悚戢翼始得若是知有底人自解護惜終不取次十度發言九度休去爲甚麼如此恐怕無利益體得底人心如臘月扇子直得口邊醭出不是强爲任運如此欲得恁麼事須是恁麼人既是恁麼人不愁恁麼事恁麼事即難得上堂汝等諸人直饒學得佛邊事早是錯用心不見古人講得天花落石點頭亦不干自已事自餘是甚麼閑擬將有限身心向無限中用如將方木逗圓孔多少誵訛若無恁麼事饒你攢花簇錦亦無用處未離情識在一切事須向這裏盡是流俗閨閤中物捨不得俱爲滲漏直須向這裏及取及去及來併盡一切事始得無差之毫氂過犯山嶽不見古人道學處不玄過如人頭頭上了物物上通秖㬇作了事人

終不喚作尊貴將知尊貴一路自別不見道從門入者非寶棒上不成龍知麼師爲南昌鍾王尊之願爲世世師天復元年秋示疾明年正月三日問侍者曰今日是幾曰初三師曰三十年後但道秖這是乃告寂謚弘覺禪師

撫州踈山匡仁禪師吉州新淦人投本州元證禪師出家一日告其師往東都聽習未經歲月忽曰尋行數墨語不如默捨巳求人假不如眞遂造洞山值山早叅出問未有之言請師示誨山曰不諾無人肯師曰還可功也無山曰你即今還功得麼師曰功不得即無諱處山他日上堂曰欲知此事直須如枯木生花方與他合師問一切處不乖時如何山曰闍黎此是功勳邊事幸有無功之功子何不問師曰無功之功豈不是那邊人山曰大有人笑子恁麼問師曰恁麼則迢然去也山曰迢然非迢然非不迢然師曰如何是迢然山曰喚作那邊人即不得師曰如何是非迢然山曰無辨處山問師空劫無人家是甚麼人住處師曰不識山曰人還有意旨也無師曰和尚何不問他山曰現問次師曰是何意旨山不對洎洞山順世弟子禮終乃到潭州大溈值溈示衆曰行脚高士直須向聲色裏睡眠聲色裏坐臥始得師出問如何是不落聲色句溈竪起拂子師曰此是落聲色句溈放下拂子歸方丈師不契便辭香嚴嚴曰何不且住師曰某甲與和尚無緣嚴曰有何因緣試舉看師遂舉前話嚴曰某甲有箇語師曰道甚麼嚴曰言發非聲色前不物師曰元

來此中有人遂囑香嚴曰向後有住處某甲却來相見乃去溈問嚴曰問聲色話底矮闍黎在麼嚴曰已去也溈曰曾舉向子麼嚴曰某甲亦曾對他來溈曰試舉看嚴舉前語溈曰他道甚麼嚴曰深肯某甲溈失笑曰我將謂這矮子有長處元來秖在這裏此子向去若有箇住處近山無柴燒近水無水喫師聞

福州大溈安和尚示衆曰有句無句如藤倚樹師特入嶺到彼值溈泥壁便問承聞和尚道有句無句如藤倚樹是否溈曰是師曰忽遇樹倒藤枯句歸何處溈放下泥槃呵呵大笑歸方丈師曰某甲三千里賣却布單特為此事而來和尚何得相弄溈喚侍者取二百錢與這上座去遂囑曰向後有獨眼龍為子點破在溈山次日上堂師出問法身之理理

絶玄微不奪是非之境猶是法身邊事如何是法身向上事溈舉起拂子師曰此猶是法身邊事溈曰如何是法身向上事師奪拂子摺折擲向地上便歸衆溈曰龍蛇易辨衲子難瞞後聞婺州明招謙和尚出世(謙眇一目)徑往禮拜招問甚處來師曰閩中來招曰曾到大溈否師曰到招曰有何言句師舉前話招曰溈山可謂頭正尾正秖是不遇知音師亦不省復問忽遇樹倒藤枯句歸何處招曰却使溈山笑轉新師於言下大悟乃曰溈山元來笑裏有刀遥望禮拜悔過招一日問虎生七子那箇無尾巴師曰第七箇無尾巴香嚴出世師不爽前約遂往訪之嚴上堂僧問不求諸聖不重已靈時如何嚴曰萬機休罷千聖不攜師在衆作嘔聲曰是何言歟嚴聞便下

座曰適對此僧語必有不是致招師叔如是未審過在甚麼處師曰萬機休罷猶有物在千聖不攜亦從人得如何無過嚴曰却請師叔道師曰若教某甲道須還師資禮始得嚴乃禮拜躡前問師曰何不道肯諾不得全嚴曰肯又肯箇甚麼諾又諾於阿誰師曰肯即肯他千聖諾即諾於已靈嚴曰師叔恁麼道向去倒局三十年在師到夾山山上堂師問承師有言目前無法意在目前如何是非目前法山曰夜月流輝澄潭無影師作掀禪牀勢山曰闍黎作麼生師曰目前無法了不可得山曰大衆看取這一員戰將師忝嚴頭頭見來乃低頭佯睡師近前而立頭不顧師拍禪牀一下頭回首曰作甚麼師曰和尚且瞌睡拂袖便行頭呵呵大笑曰三十年弄馬騎

今日被驢撲回謁石霜機語具石霜章遂歸故里出主藍田信士張霸遷問和尚有何言句師示偈曰吾有一寶琴寄之在曠野不是不解彈未遇知音者後遷疎山上堂病僧咸通年前會得法身邊事咸通年後會得法身向上事雲門出問如何是法身邊事師曰枯椿曰如何是法身向上事師曰非枯椿曰還許某甲說道理也無師曰許曰枯椿豈不是明法身邊事師曰是曰非枯椿豈不是明法身向上事師曰是曰秖如法身還該一切也無師曰還該法身麼師曰闍黎莫向淨瓶邊覓門便法身周徧豈得不該門指淨瓶曰秖如淨瓶禮拜師問鏡清肯諾不得全子作麼生會清曰全歸肯諾師曰不得全又作麼生清曰箇中無肯路師曰始愜病僧意問僧甚處來曰

雪峰來師曰我已前到時事事不足如今足也未曰如今足也師曰粥足飯足僧無對(雲門代云粥足飯足)有僧爲師造壽塔畢白師師曰將多少錢與匠人曰一切在和尚師曰爲將三錢與匠人爲將兩錢與匠人爲將一錢與匠人若道得與吾親造塔來僧無語後僧舉似大嶺庵閑和尚(即羅山也)嶺曰還有人道得麼僧曰未有人道得嶺曰汝歸與踈山道若將三錢與匠人和尚此生決定不得塔若將兩錢與匠人和尚與匠人共出一隻手若將一錢與匠人累他匠人眉鬚墮落僧回如教而說師具威儀望大嶺作禮歎曰將謂無人大嶺有古佛放光射到此間雖然如是也是臘月蓮花大嶺後聞此語曰我恁麼道早是龜毛長三尺僧問如何是諸佛師師曰何不問踈山老漢僧無對師常握木蛇有僧問手中是甚麼師提起曰曹家女問如何是和尚家風師曰尺五頭巾曰如何是尺五頭巾師曰圓中取不得因鼓山舉威音王佛師師乃問作麼生是威音王佛師山曰莫無慚愧好師曰閣黎恁麼道即得若約病僧即不然山曰作麼生是威音王佛師師曰不坐無貴位問靈機未運時如何師曰夜半放白牛問如何是一句師曰不道曰爲甚麼不道師曰少時輩問久負不逢時如何師曰饒你雄信解拈鎗比逐秦王較百步曰正當恁麼時如何師曰將軍不上便橋金牙徒勞拈筈問如何是直指師曰珠中有水君不信擬向天邊問太陽冬至上堂僧問如何是冬來意師曰京師出大黃問和尚百年後向甚麼處去師曰背抵芒

叢四脚指天師臨遷化有偈示衆曰我路碧空外白雲無處閑世有無根樹黄葉風送還偈終而逝塔于本山

青林師虔禪師初參洞山山問近離甚處師曰武陵曰武陵法道何似此間師曰胡地冬抽笋山曰别甑炊香飯供養此人師拂袖便出山曰此子向後走殺天下人在師在洞山栽松次有劉翁者求偈師作偈曰長長三尺餘鬱鬱覆青草不知何代人得見此松老劉得偈呈洞山山謂曰此是第三代洞山主人師辭洞山山曰子向甚麼處去師曰金輪不隱的徧界絶紅塵山曰善自保任師珍重而出洞山門送謂師曰恁麼去一句作麼生道師曰步步踏紅塵通身無影像山良久師曰老和尚何不速道山曰子得恁麼性急師曰某甲罪過便禮辭師至山南府青銼山住庵經十年忽記洞山遺言乃曰當利羣蒙豈拘小節邪遂往隨州衆請住青林後遷洞山凡有新到先令般柴三轉然後參堂有一僧不肯問師曰三轉内即不問三轉外如何師曰鐵輪天子寰中旨僧無對師便打趂出僧問昔年病苦又中毒藥請師醫師曰金錍撥破腦頭上灌醍醐曰恁麼則謝師醫師便打上堂祖師門下鳥道玄微功窮皆轉不究難明汝等諸人直須離心意識參出凡聖路學方可保任若不如是非吾子息問久負不逢時如何師曰古皇尺一寸問請師答話師曰修羅掌於日月上堂祖師宗旨今日施行法令已彰復有何事僧問正法眼藏祖祖相傳未審和尚傳付何人師曰靈苗生有地大悟不

存師問如何是道師曰回頭尋遠澗曰如何是道中人師曰擁雪首揚眉問千差路別如何頓曉師曰足下背驪珠空怨長天月問學人徑往時如何師曰死蛇當大路勸子莫當頭曰當頭者如何師曰喪子命根曰不當頭者如何師曰亦無回避處曰正當恁麼時如何師曰失却也曰向甚麼處去師曰草深無覓處曰和尚也須隄防始得師拊掌曰一等是箇毒氣

高安白水本仁禪師因設先洞山忌齋僧問供養先師先師還來也無師曰更下一分供養著上堂老僧尋常不欲向聲前色後鼓弄人家男女何故且聲不是聲色不是色僧問如何是聲不是聲師曰喚作色得麼曰如何是色不是色師曰喚作聲得麼僧作禮師曰且道爲汝說答汝話若向這裏會得有箇入處上堂眼裏著沙不得耳裏著水不得僧問如何是眼裏著沙不得師曰應眞無比曰如何是耳裏著水不得師曰白淨無垢問文殊與普賢萬法悉同源文殊普賢即不問如何是同源底法師曰却問取文殊普賢曰如何是文殊普賢師曰一釣便上師謂鏡清曰時寒道者清曰不敢師曰還有臥單也無曰設有亦無展底工夫師曰直饒道者滴水氷生亦不干他事曰滴水氷生事不相涉師曰是曰此人意作麼生師曰此人不落意曰不落意此人聻師曰高山頂上無可與道者啗啄長生然和尚問如何是西來意師曰還見庭前杉樅樹否曰恁麼則和尚今日因學人致得是非師曰多口座主然去後師方知是雪

峰禪客乃曰盜法之人終不成器（然任後衆緣不備果符師記因僧問從上宗乘如何舉唱然云不可為闍黎一人荒却長生山也玄沙聞云然師兄佛法即大行受記之緣亦就）僧問如何是不遷義師曰落花隨流水明月上孤岑師將順世焚香白衆曰香煙絕處是吾涅槃時也言訖跏趺而坐息隨煙滅

洛京白馬遁儒禪師僧問如何是衲僧本分事師曰十道不通風症子傳來信曰傳甚麼信師乃合掌頂戴問如何是密室中人師曰纔生不可得不貴未生時曰是箇甚麼不貴未生時師曰是汝阿爺問三千里外嚮白馬及乎到來為甚麼不見師曰是汝不見不干老僧事曰請和尚指示師曰指即沒交涉問如何是學人本分事師曰昨夜三更月正午問如何是法身向上事師曰井底蝦蟆吞却月（僧問黃龍如何是井底蝦蟆吞却月龍曰不奈何曰恁麼則吞却去也龍曰一任吞曰吞後如何龍曰好蝦蟆）問如何是學人急切處師曰俊鳥猶嫌鈍瞥然早已遲問如何是西來意師曰點額獼猻探月波

潭州龍牙山居遁證空禪師撫州人也因叅翠微乃問學人自到和尚法席一箇餘月不蒙一法示誨意在於何微曰嫌甚麼師又問洞山山曰爭怪得老僧（法眼別云祖師來也雲居齊云此三人尊宿還有親疎也無若有那箇親若無親疎眼在甚麼處）師又問翠微如何是祖師意微曰與我將禪板來師遂過禪板微接得便打師曰打即任打要且無祖師意又問臨濟如何是祖師意濟曰與我將蒲團來師乃過蒲團濟接得便打師曰打即任打要且無祖師意後有僧問和尚行脚時問二尊宿祖師意未審二尊宿明也未師曰明

即明也要且無祖師意東禪齊云衆中道佛法即有秖是無祖師意若恁麼會有何交涉別作麼生會無祖師意底道理師復舉德山頭落底語因自省過遂止于洞山隨衆叅請一日問如何是祖師西來意山曰待洞水逆流即向汝道師始悟厥旨服勤八稔湖南馬氏請住龍牙上堂夫叅玄人須透過祖佛始得新豐和尚道祖佛言教似生冤家始有叅學分若透不得即被祖佛謾去僧問祖佛還有謾人之心也無師曰汝道江湖還有礙人之心也無乃曰江湖雖無礙人之心爲時人過不得江湖成礙人去不得道江湖不礙人祖佛雖無謾人之心爲時人透不得祖佛成謾人去不得道祖佛不謾人若透得祖佛過此人過却祖佛若也如是始體得佛祖意方與向上人同如未透得但學佛學祖則萬劫無有出期僧曰如何得不被祖佛謾去師曰道者直須自悟去始得問十二時中如何著力師曰如無手人欲行拳始得問終日區區如何頓息師曰如孝子喪却父母始得東禪齊云衆中道如喪父母向有閑暇恁麼會還息得人疑情麼除此外且作麼生會龍牙意問如何是道師曰無異人心是乃曰若人體得道無異人心始是道人若是言說則沒交涉道者汝知行底道人否十二時中除却著衣喫飯無絲髮異於人心無誑人心此箇始是道人若道我得我會則沒交涉大不容易問如何是祖師西來意師曰待石烏龜解語即向汝道曰石烏龜語也師曰向汝道甚麼問古人得箇甚麼便休去師曰如賊入空室問無邊身菩薩爲甚麼不見如來頂相師曰汝道如來還有頂相麼問大庾嶺頭提不起時如

何師曰六祖爲甚麽將得去問二鼠侵藤時如何師曰須有隱身處始得曰如何是隱身處師曰還見儂家麽問維摩掌擎世界未審維摩向甚麽處立師曰道者汝道維摩掌擎世界問知有底人爲甚麽却有生死師曰恰似道者未悟時問如何是西來意師曰此一問最苦（報慈云此一問最好）問祖意教意是同是別師曰祖師在後來問如何是無事沙門師曰若是沙門不得無事曰爲甚麽不得無事師曰覓一箇也難得問蟾蜍無反照之功玉兔無伴月之意時如何師曰道者堯舜之君猶有化在問如何得此身安去師曰不被別身謾始得（法眼別云誰惱亂汝）報慈嶼讚師眞曰日出連山月圓當户不是無身不欲全露師一日在帳中坐僧問不是無身不欲全露請師全露師撥開帳子曰還見麽曰不見師曰不將眼來（報慈嶼聞云龍牙秖道得一半法眼別云飽叢林）師將順寂有大星隕于方丈前

五燈會元卷第三十四

音釋

淬（取内切音倅淬劒燒而入水也）柎（芳無切音敷華蕚也）汭（儒稅切音芮水名在涊地）䠆（他典切音腆行跡）跣（蘇典切音銑足親地也）醭（普卜切音支醋生白醭）榝（山戛切音殺樧也一名山桃）

五燈會元卷第三十五

宋沙門大川濟纂

青原下五世

洞山价禪師法嗣

京兆華嚴寺休靜禪師在洛浦作維那時一日白槌普請曰上間般柴下間鋤地第一座問聖僧作甚麽師曰當堂不正坐不赴兩頭機師問洞山學人無箇理路未免情識運爲山曰汝還見有理路也無師曰見無理路山曰甚處得情識來師曰學人實問山曰恁麽則直須向萬里無寸草處去師曰萬里無寸草處還許某甲去也無山曰直須恁麽去師般柴次洞山把住曰狹路相逢時如何師曰反側反側山曰汝記吾言向南住有一千人向北住止三百而已初住福州東山之華嚴衆滿一千未幾屬後唐莊宗徵入輦下大闡玄風其徒果止三百莊宗問祖意教意是同是别師曰探盡龍宫藏衆義不能詮問大悟底人爲甚麽却迷師曰破鏡不重照落花難上枝問大軍設天王齋求勝賊軍亦設天王齋求勝未審天王赴阿誰願師曰天垂雨露不揀榮枯莊宗請入内齋見大師大德總看經唯師與徒衆不看經帝問師爲甚麽不看經師曰道泰不傳天子令時清休唱太平歌帝曰師一人即得徒衆爲甚麽也不看經師曰師子窟中無異獸象王行處絶狐蹤帝曰大師大德爲甚麽總看經師曰水母元無眼求食須賴鰕帝曰既是後生爲甚麽却稱長老師曰三歲國家龍鳳子百年殿下老朝臣師後遊河朔於平陽示滅荼毗獲舍利建四

浮圖一晉州一房州一終南山逍遥園一華嚴寺諡寶智禪師無爲之塔

瑞州九峰普滿禪師僧問如何是不遷義師曰東生明月西落金烏曰非師不委師曰理當則行僧禮拜師便打僧曰仁義道中禮拜何咎師曰來處不明須行嚴令問眼不到色塵時如何師指香臺曰面前是甚麼曰請師子細師曰不妨遭人檢點問人人盡道請益未審師還拯濟也無師曰汝道巨嶽還乏寸土麼曰四海叅尋當爲何事師曰演若迷頭心自狂曰還有不狂者也無師曰有曰如何是不狂者師曰突曉途中眼不開問僧近離甚處曰閩中師曰遠涉不易曰不難動步便到師曰有不動步者麼曰有師曰爭得到此僧無對師以拄杖趁下問對境心不動時如何師曰汝無大人力曰如何是大人力師曰對境心不動曰適來爲甚麼道無大人力師曰在舍秖言爲客易臨川方覺取魚難問如何是道師曰見通車馬曰如何是道中人師便打僧作禮師便喝問十二時中如何合道師曰與心合道曰畢竟如何師曰土上加泥猶自可離波求水實堪悲問如何是不壞身師曰正是曰學人不會請師直指師曰適來曲多少問古人道眞因妄立從妄顯眞是否師曰是曰如何是眞師曰不雜食曰如何是妄師曰起倒攀緣曰去此二途如何合得圓常師曰不敬功德天誰嫌黒暗女問九峰一路今古咸知向上宗乘請師提唱師竪起拂子僧曰大衆側聆願垂方便師曰清波不覩魚龍現迅浪風高下底鈎曰若不久叅那

知今日師曰人生無定止像沒鏡中圓問如何是祖師西來意師曰更問阿誰曰恁麼則學人全體是也師曰須彌頂上戴須彌

益州北院通禪師初叅夾山問曰目前無法意在目前不是目前法非耳目之所到豈不是和尚語山曰是師乃掀倒禪牀叉手而立山起來打一拄杖師便下去（法眼云是他掀倒禪牀何不便去須待他打一棒了去意在甚麼處）次叅洞山山上堂曰坐斷主人公不落第二見師出衆曰須知有一人不合伴山曰猶是第二見師便掀倒禪牀山曰老兄作麼生師曰待某甲舌頭爛即向和尚道後辭洞山擬入嶺山曰善爲飛猿嶺峻好看師良久山召通闍黎師應諾山曰何不入嶺去師因有省更不入嶺住後上堂諸上座有甚麼事出來論量取若上上根機不假如斯若是中下之流直須剗削門頭户底教索索地莫教入泥水第一速須省事直須無心去學得千般萬般秖成知解與衲僧門下有甚麼交涉僧問直須無心學時如何師曰不管繫問如何是佛師曰峭壁本無苔灑墨圖斑駁問二龍爭珠誰是得者師曰得者失曰不得者如何師曰還我珠來問如何是清淨法身師曰無點汙問轉不得時如何師曰功不到問如何是大富貴底人師曰如輪王寶藏曰如何是赤窮底人師曰如酒店腰帶問水灑不著時如何師曰乾剝剝地問一槌便成時如何師曰不是偶然問如何是祖師西來意師曰壁上畫枯松遊蜂競采蘂滅後諡證眞禪師

洞山道全禪師問先洞山如何是出離之要

山曰闍黎足下煙生師當下契悟更不他遊雲居進語曰終不敢孤負和尚足下煙生山曰步步玄者即是功到暨洞山圓寂衆請踵迹住持僧問佛入王宫豈不是大聖再來師曰護明不下生曰爭奈六年苦行何師曰幻人呈幻事曰非幻者如何師曰王宫覔不得問清淨行者不入涅槃破戒比丘不入地獄時如何師曰度盡無遺影還他越涅槃問極目千里是甚麼風範師曰是闍黎風範曰未審和尚風範如何師曰不布婆娑眼

京兆府蜆子和尚不知何許人也事迹頗異居無定所自印心於洞山混俗閩川不畜道具不循律儀冬夏唯披一衲逐日沿江岸採掇鰕蜆以充其腹暮即宿東山白馬廟紙錢中居民目爲蜆子和尚華嚴靜禪師聞之欲決眞假先潛入紙錢中深夜師歸嚴把住曰如何是祖師西來意師遽荅曰神前酒臺盤嚴放手曰不虛與我同根生嚴後赴莊宗詔入長安師亦先至每日歌唱自拍或乃佯狂泥雪去來俱無蹤跡厥後不知所終

台州幽棲道幽禪師鏡清問如何是少父師曰無標的曰無標的以爲少父邪師曰有甚麼過曰秪如少父作麼生師曰道者是甚麼心行問如何是佛師曰汝不信是衆生曰學人大信師曰若作勝解即受羣邪問如何是道師曰但有路可上更高人也行曰如何是道中人師曰解驅雲裏信師一日齋時入堂白槌曰白大衆衆舉頭師曰且喫飯師將示滅僧問和尚百年後向甚麼處去師曰迢然迢然言訖坐亡

越州乾峰和尚上堂法身有三種病二種光須是一一透得始解歸家穩坐須知更有向上一竅在雲門出問庵內人爲甚麽不知庵外事師呵呵大笑門曰猶是學人疑處師曰子是甚麽心行門曰也要和尚相委師曰直須與麽始解穩坐門應喏喏上堂舉一不得舉二放過一著落在第二雲門出衆曰昨日有人從天台來却往徑山去師曰典座來日不得普請便下座問僧甚處來曰天台師曰見說石橋作兩段是否曰和尚甚處得這消息來師曰將謂華頂峰前客元是平田莊裏人問如何得出三界去師曰喚院主來趁出這僧著師問衆僧輪囘六趣具甚麽眼衆無對僧問如何是超佛越祖之談師曰老僧問聻曰和尚問則且置師曰老僧問尚不奈何說甚麽超佛越祖之談問十方薄伽梵一路涅槃門未審路頭在甚麽處師以拄杖畫云在這裏僧後請益雲門門拈起扇子云扇子踍跳上三十三天築著帝釋鼻孔東海鯉魚打一棒雨似盆傾會麽

吉州禾山和尚僧問學人欲伸一問師還答否師曰禾山答汝了也問如何是西來意師曰禾山大頂問如何是和尚家風師曰滿日青山起白雲曰或遇客來如何祇待師曰滿盤無味醍醐果問無言童子居何國土師曰當軒木馬嘶風切

明州天童咸啟禪師問伏龍甚處來曰伏龍來師曰還伏得龍麽曰不曾伏這畜生師曰且坐喫茶簡大德問學人卓卓上來請師的的師曰我這裏一局便了有甚麽卓卓的的曰和尚恁麽答話更買草鞋行脚好師曰近

前來箇近前師曰秖如老僧恁麼荅過在甚麼處箇無對師便打問如何是本來無物師曰石潤元含玉鑛異自生金問如何是眞常流注師曰涓滴無移

潭州寶蓋山和尚僧問一間無漏舍合是何人居師曰無名不挂體曰還有位也無師曰不處問如何是寶蓋師曰不從人天得曰如何是寶蓋中人師曰不與時人知曰佛來時如何師曰覔他路不得問世界壞時此物何處去師曰千聖尋不得曰時人如何歸向師曰直須似他去曰還有的當也無師曰不立標則問不居正位底人如何行履師曰紅焰叢中駿馬嘶

澧州欽山文邃禪師福州人也少依杭州大慈山寰中禪師受業時巖頭雪峰在衆覩師吐論知是法器相率遊方二大士各承德山印記師雖屢歎揚而終然凝滯一日問德山曰天皇也恁麼道龍潭也恁麼道未審和尚作麼生道山曰汝試擧天皇龍潭道底看師擬進語山便打師被打歸延壽堂曰是則是打我太煞巖頭曰汝恁麼道他後不得道見德山來法眼別云是則是錯打我後於洞山言下發解乃爲之嗣年二十七止于欽山對大衆前自省過擧參洞山時語山問甚麼處來師曰大慈來曰還見大慈麼師曰見曰色前見色後見師曰非色前後見洞山默置師乃曰離師太早不盡師意法眼云不盡師意不易承嗣得他僧問如何是祖師西來意師曰梁公曲尺誌公剪刀問一切諸佛及諸佛法皆從此經出如何是此經師曰常轉曰未審經中說甚麼師曰有疑請

問問如何是和尚家風師曰錦繡銀香囊風吹滿路香巖頭聞令僧去云傳語十八子好好事潘郎有僧寫師真呈師曰還似我也無僧無對師自代曰衆僧看取德山侍者來參纔禮拜師把住曰還甘欽山與麼也無者曰某甲却悔久住德山今日無言可對師乃放手曰一任祇對者擬開胷曰且聽某通氣一上師曰德山門下即得這裏一點用不著者曰久聞欽山不通人情師曰累他德山眼目參堂去師與巖頭雪峰坐次洞山行茶來師乃閉眼洞曰甚麼處去來曰入定來洞曰定本無門從何而入師入浴院見僧踏水輪僧下問訊師曰幸自轆轆地轉何須恁麼曰不恁麼又爭得師曰若不恁麼欽山眼堪作甚麼曰作麼生是師眼師以手作撥眉勢曰和尚又何得恁麼師曰是我恁麼你便不恁麼僧無對師曰索戰無功一場氣悶良久乃問曰會麼曰不會師曰欽山爲汝擔取一半師與巖頭雪峰過江西到一茶店喫茶次師曰不會轉身通氣者不得茶喫頭曰若恁麼我定不得茶喫峰曰某甲亦然師曰這兩箇老漢話頭也不識頭曰甚處去也師曰布袋裏老鴉雖活如死頭退後曰看看師曰豁公且置存公作麼生峰以手畫一圓相師曰不得不問頭呵呵曰太遠生師曰有口不得茶喫者多巨良禪客參禮拜了便問一鏃破三關時如何師曰放出關中主看良曰恁麼則知過必改師曰更待何時良曰好隻箭放不著所在便出去師曰且來闍黎良回首師下禪牀擒住曰一鏃破三關即且置試爲欽山發

箭看良擬議師打七棒曰且聽箇亂統漢疑三十年有僧舉似同安察安曰良公雖解發箭要且未中的僧便問未審如何得中的去安曰關中主是甚麽人僧回舉似師師曰良公若解恁麽也免得欽山口然雖如此同安不是好心亦須看始得僧叅師竪起拳曰開即成掌五指參差如今爲拳必無高下汝道欽山還通商量也無僧近前却竪起拳師曰你恁麽秖是箇無開合漢曰未審和尚如何接人師曰我若接人共汝一般去也曰特來叅師也須吐露箇消息師曰汝若特來我須吐露曰便請師便打僧無語師曰守株待兔枉用心神上堂横按拄杖顧視大衆曰有麽有麽如無欽山唱菩薩蠻去也囉囉哩哩便下座師與道士論義士立義曰麤言及細語皆歸第一義師曰道士是佛家奴士曰太麤生師曰第一義何在士無語

瑞州九峰通玄禪師郢州程氏子初叅德山後於洞山言下有省住後僧問自心他心得相見否師曰自己尚不見他人何可覩問罪福之性如何了達得無同異師曰絺綌不禦寒

青原下六世

曹山寂禪師法嗣

瑞州洞山道延禪師因曹山垂語云有一人向萬丈崖頭騰身直下此是甚麽人衆無對師出曰不存山曰不存箇甚麽師曰始得撲不碎山深肯之後有僧問請和尚密付眞心師曰欵這裏無人作麽

撫州金峰從志玄明禪師僧問如何是金峰

正主師曰此去鎮縣不遙闍黎莫造次曰何不道取師曰口如磉盤問千峰萬峰那箇是金峰師乃斫額問千山無雲萬里絶霞時如何師曰飛猿嶺那邊何不吐却問如何是西來意師曰壁邊有鼠耳問如何是和尚家風師曰金峰門前無五里牌新到叅師曰不用通時暄第一句道將來曰孟春猶寒伏惟和尚師曰猶有這箇在曰不可要人點檢去也師曰誰僧指自身師曰不妨遭人點檢拈起椀子示僧曰一切人喚作椀子金峰道不是僧曰未審和尚喚作甚麽師拈起椀子僧曰恁麽則依而行之師曰你喚作甚麽僧曰椀子師曰落在金峰窠裏問金盃滿酌時如何師曰金峰不勝酩酊僧掃地次師問作甚麽僧竪起苕帚師曰猶有這箇在曰和尚適來見箇甚麽師竪起拄杖僧叅纔入方丈師便打僧曰是是師又打僧曰不是不是師作禮拜勢僧作拓勢師曰老僧眼暗闍黎耳聾曰將飯餧魚還須克巳師曰施食得長壽報曰和尚年多少師曰不落數量曰長壽者誰師曰金峰曰果然眼昏師曰是是問僧甚處來僧近前良久師曰闍黎叅見甚麽人曰叅甚麽椀師曰金峰有過曰是是師良久師問僧甚處來曰東國來師曰作麽生過得金峰關曰公驗分明師曰試呈似金峰看僧展兩手師曰金峰關從來無人過得曰和尚還過得麽師曰波斯喫胡椒問僧姓甚麽曰姓何師曰至竟不脱俗曰因師致得師曰若恁麽過在金峰曰不敢師曰灼然金峰有過僧問訊次師把住曰輙不得向人道我有一則因緣

舉似你僧作聽勢師與一掌僧曰爲甚麼打某甲師曰我要這話行看經次駢道者來師擎起經作攬衣勢以目視之駢提起坐具以目視師師曰一切人道你會禪駢曰和尚作麼生師笑曰草賊大敗問是身無知如土木瓦石此意如何師下禪牀扭僧耳朶僧負痛作聲師曰今日始捉著箇無知漢僧作禮出去師召闍黎僧回首師曰若到堂中不可舉著曰何故師曰大有人笑金峰老婆心上堂老僧二十年前有老婆心二十年後無老婆心僧問如何是二十年前有老婆心師曰問凡答凡問聖答聖曰如何是二十年後無老婆心師曰問凡不答凡問聖不答聖師見僧來乃舉手曰此是大人分上事你試通箇消息看曰某甲不欲瞞和尚師曰知孝養人也還稀有曰莫是大人分上事麼師曰老僧瞞闍黎曰到這裏不易辨白師曰灼然灼然僧禮拜師曰發足何處曰秖這裏師曰不唯自瞞兼瞞老僧上堂我若舉來又恐遭人唇吻不舉又遭人笑怪於其中間如何即是有僧纔出師便歸方丈至晚別僧請益曰和尚今日爲甚不答這僧話師曰大似失錢遭罪問僧你還知金峰一句子麼曰知來久矣師曰作麼生僧便喝師良久僧曰金峰一句今日粉碎師曰老僧大曾問人唯有闍黎門風峭峻曰不可須要人點檢師曰眞鍮不博金問如何是非言之言師曰不加文彩問四海晏清時如何師曰猶是堦下漢上堂事存函蓋合理應箭鋒拄還有人道得麼如有人道得金峰分半院與他住時有僧出作禮師曰相

見易得好共住難為人便下座僧辭師問何處去曰不敢妄通消息師曰若到諸方切忌道著金峰為人處曰已領尊旨師曰忽有人問你作麼生僧提起袈裟角師曰提弱於闍黎

襄州鹿門山處真禪師僧問如何是和尚家風師曰有鹽無醋曰忽遇客來如何祇待師曰柴門草户謝子遠來問如何是道人師曰口似鼻孔問祖祖相傳傳甚麼物師曰金襴袈裟問如何是函中般若師曰佛殿挾頭六百卷問和尚百年後向甚麼處去師曰山下李家使牛去曰還許學人相隨也無師曰汝若相隨莫同頭角曰諾師曰合到甚麼處曰佛眼辨不得師曰若不放過亦是茫茫問如何是鹿門高峻處師曰汝還曾上主山也無

問如何是禪師曰鸞鳳入雞籠曰如何是道師曰藕絲牽大象問劫火洞然大千俱壞未審此箇還壞也無師曰臨崖看滸眼特地一場愁問如何是和尚轉身處師曰昨夜三更失却枕子問一句下豁然時如何師曰汝是誰家子上堂一片凝然光燦爛擬意追尋卒難見瞥然撞著豁人情大事分明總成辦實快活無繫絆萬兩黄金終不換任他千聖出頭來總是向渠影中現

撫州曹山慧霞了悟禪師僧問佛未出世時如何師曰曹山不如曰出世後如何師曰不如曹山問四山相逼時如何師曰曹山在裏許曰還求出也無師曰在裏許即求出僧侍立師曰道者可煞熱曰是師曰秖如熱向甚處回避曰向鑊湯鑪炭裏回避師曰秖如鑊

湯鑪炭又作麽生回避曰衆苦不能到

華州草庵法義禪師僧問如何是祖師西來意師曰爛沙浮漚飽滿喫問擬心即差如何進道師曰有人常擬爲甚麽不差曰此猶是和尚分上事師曰紅焰蓮花朶朶開問如何是和尚得力處師曰如盲似聾曰不會師曰恰與老僧同參

撫州曹山光慧玄悟禪師上堂良久曰雪峰和尚爲人如金翅鳥入海取龍相似僧出問未審和尚此間如何師曰甚處去來問如何是西來的的意師曰不禮拜更待何時問如何是密傳底心師良久僧曰恁麽則徒勞側耳也師喚侍者來燒香著問古人云如紅鑪上一點雪意旨如何師曰惜取眉毛好問如何指示即得不昧去師曰不可雪上更加霜曰恁麽則全因和尚去也師曰因箇甚麽問如何是妙明眞性師曰款款莫磕損上堂良久僧出曰爲衆竭力禍出私門未審放過不放過師默然問古人道生也不道死也不道意旨如何師良久僧禮拜師曰會麽曰不會師曰也是廚寒甑足塵上堂舉拄杖曰從上皆留此一路方便接人有僧出曰和尚又是從頭起也師曰謝相委悉問機關不轉請師商量師曰瘂得我口麽問路逢猛虎時如何師曰放憨作麽

撫州曹山羌慧智炬禪師初問先曹山曰古人提持那邊人學人如何體悉山曰退步就己萬不失一師於言下頓忘玄解乃辭去徧參至三祖因看經次僧問禪僧心不挂元字脚何得多學師曰文字性異法法體空迷則

句句瘡疣悟則文文般若苟無取舍何害圓伊後離三祖到瑞州衆請住龍泉僧問如何是文殊師曰不可有第二月也曰即今事如何師曰正是第二月問如何是如來語師曰猛風可繩縛問如何履踐即得不昧宗風師曰須知龍泉好手曰請和尚好手師曰却憶鐘子期問古人道若記一句論劫作野狐精未審古人意旨如何師曰龍泉僧堂未曾鎖曰和尚如何師曰風吹耳朶問如何是一句師曰無聞問如何是聲前一句師曰恰似不道問如何是和尚爲人一句師曰汝是九色鹿問抱璞投師時如何師曰不是自家珍曰如何是自家珍師曰不琢不成器

衡州育王山弘通禪師僧問混沌未分時如何師曰混沌曰分後如何師曰混沌上堂釋

迦如來四十九年說不到底句今夜山僧不避羞耻與諸尊者共譚良久曰莫道錯珍重僧問學人有病請師醫師曰將病來與汝醫曰便請師曰還老僧藥價錢來問曹源一路即不問衡陽江畔事如何師曰紅爐焰上無根草碧潭深處不逢魚問心法雙亡時如何師曰三脚蝦蟇背大象問如何是西來意師曰老僧毛竪問如何是佛法大意師曰直待文殊過即向你道曰文殊過也請和尚道師便打問如何是和尚家風師曰渾身不直五文錢曰太貧寒生師曰古代如是曰如何施設師曰隨家豐儉問如何是急切處師曰鍼眼裏打筋斗問如何是本來身師曰回光影裏見方親

衡州華光範禪師僧問如何是無縫塔師指

僧堂曰此間僧堂無門戶問僧曾到紫陵麼曰曾到師曰曾到鹿門麼曰曾到師曰嗣紫陵即是嗣鹿門即是曰即今嗣和尚得麼師曰人情不打即不可便打問非隱顯處是和尚那箇是某甲師曰盡乾坤無一不是曰此猶是和尚那箇是某甲師曰木人石女笑分明

處州廣利容禪師初住貞溪僧叅師舉拂子曰貞溪老僧還具眼麼曰某甲不敢見和尚過師曰老僧死在闍黎手裏也問如何是和尚家風師曰謝闍黎道破問西院拍手笑呵呵意作麼生師曰捲上簾子著問自己不明如何得明師曰不明曰爲甚麼不明師曰不見道自己事問魯祖面壁意作麼生師良久曰還會麼曰不會師曰魯祖面壁因郡守受代歸師出送接話次守問和尚遠出山門將甚麼物來師曰無盡之寶呈獻守無對後有人進語曰便請師曰太守尊嚴問千途路絶語思不通時如何師曰猶是堦下漢曰如何是堦上漢師曰龍樓不舉手乃曰作麼生是尊貴底人試道看莫秖向長連牀上坐地見他人不肯忽被明眼人拶著便向鐵圍山裏藏身若到廣利門下須道得第一句即開一線道與兄弟商量時有僧出禮拜師曰將謂是異國舶主元來是此土商人

泉州盧山小谿院行傳禪師青原周氏子僧問久嚮廬山石門爲甚麼入不得師曰鈍漢僧曰忽遇猛利者還許也無師曰喫茶去

益州布水巖和尚僧問如何是西來意師曰一回思著一傷心問寶劒未磨時如何師曰

用不得曰磨後如何師曰觸不得
蜀川西禪和尚僧問佛是摩耶降生未審和尚是誰家子師曰水上卓紅旗問三十六路阿那一路最妙師曰不出第一手曰忽遇出時如何師曰脊著地也不難
韶州華嚴和尚僧問既是華嚴還將得華來麼師曰孤峰頂上千枝秀一句當機對聖明僧錄問法身無相不可言宣皇帝詔師將何接引師曰金鐘迥出雲中響萬里歸朝賀聖君問如何是佛法大意師曰驚天動地曰還當也無師曰靈機永布千家月秖這如今萬世傳

雲居膺禪師法嗣

洪州鳳棲山同安丕禪師僧問如何是無縫塔師曰吽吽曰如何是塔中人師曰今日大有人從建昌來問一見便休去時如何師曰是也更來這裏作麼問如何是點額魚師曰不透波瀾曰慚耻時如何師曰終不仰面曰恁麼則不變其身也師曰是也青雲事作麼生問如何是和尚家風師曰金雞抱子歸霄漢玉兔懷胎入紫微曰忽遇客來將何祇待師曰金果朝來猿摘去玉花晚後鳳銜歸問無情還解説法也無師曰玉犬夜行不知天曉問路逢達道人不將語默對未審將甚麼對師曰要蹋要拳問纔有言詮盡落今時不落言詮請師直説師曰木人解語非干舌石女抛梭豈亂絲問依經解義三世佛冤離經一字即同魔説此理如何師曰孤峰迥秀不挂煙蘿片月行空白雲自在新到叅師問甚處來曰湖南師曰還知同安這裏風雲體道

花檻璇璣麼曰知師曰非公境界僧便喝師曰短販樵人徒誇書劍僧擬進語師曰劍甲未施賊身已露問佛未出世時如何師曰藕絲繫大象曰出世後如何師曰鐵鎖鎖石牛問不傷王道如何師曰喫粥喫飯曰莫便是不傷王道也無師曰遷流左降問玉印開時何人受信師曰不是恁麼人曰親宮事如何師曰道甚麼問如何是毗盧師師曰闍黎在甚麼處出家問如何是觸目菩提師曰面前佛殿問片玉無瑕請師不觸師曰落汝後問玉印開時何人受信師曰不是小小問迷頭認影如何止師曰告阿誰曰如何即是師曰從人覓即轉遠也曰不從人覓時如何師曰頭在甚麼處問如何是同安一隻箭師曰腦後看曰腦後事如何師曰過也問亡僧衣衆人唱祖師衣甚麼人唱師曰打問將來不相似不將來時如何師曰甚麼處著問未有這箇時作麼生行履師曰尋常又作麼生曰恁麼則不改舊時人也師曰作何行履問如何是異類中人師曰露地藏白牛溪山籠日月師看經次見僧來衆遂以衣袖蓋却頭僧近前作弔慰勢師放下衣袖提起經曰會麼僧却以衣袖蓋頭師曰蒼天蒼天

廬山歸宗寺懷惲禪師僧問無佛無衆生時如何師曰甚麼人如此問水清魚現時如何師曰把一箇來僧無對（同安代云動即失）問如何是五老峰師曰突兀地問截水停輪時如何師曰磨不轉曰如何是磨不轉師曰不停輪問如何是塵中弟子師曰灰頭土面（同安代云不拂拭）問如何是世尊不説説師曰正恁麼曰如何

是迦葉不聞聞師曰不附物問不佛不衆生時如何師曰是甚麽人如此問學人不到處請師說師曰汝不到甚麽處來

池州嵇山章禪師在投子作柴頭投子同喫茶次謂師曰森羅萬象總在裏許師潑却茶曰森羅萬象在甚麽處子曰可惜一椀茶師後謁雪峰峰問莫是章柴頭麽師乃作輪椎勢峰肯之

南康軍雲居懷岳禪師僧問如何是大圓鏡師曰不鑒照曰忽遇四方八面來時作麽生師曰胡來胡現漢來漢現曰大好不鑒照師便打問如何是一丸療萬病底藥師曰汝患甚麽問如何是本來瑞草師曰好手拈不出曰如何是無根樹師曰處處著不得

杭州佛日本空禪師初遊天台山嘗曰如有人奪得我機者即吾師矣尋謁雲居作禮問曰二龍爭珠誰是得者居曰卸却業身來與子相見師曰業身已卸居曰珠在甚麽處師無對（同安代云回頭即沒交涉）遂投誠入室時始年十三後四年參夾山纔入門見維那那曰此間不著後生師曰某甲不求挂搭暫來禮謁和尚維那白夾山山許相見師未陞堦山便問甚處來師曰雲居來曰即今在甚麽處師曰在夾山頂𩕳上山曰老僧行年在坎五鬼臨身師擬上堦山曰三道寶堦從何而上師曰三道寶堦曲爲今時向上一路請師直指山便揖師乃上堦禮拜山問闍黎與甚麽人同行師曰木上座山曰何不來相看老僧師曰和尚看他有分山曰在甚處師曰在堂中山便同師下到堂中師遂取拄杖擲在山面前山

曰莫從天台得否師曰非五嶽之所生山曰莫從須彌得否師曰月宮亦不逢山曰恁麼則從人得也師曰自己尚是冤家從人得堪作甚麼山曰冷灰裏有一粒豆爆乃喚維那明窻下安排著師曰未審明窻還解語也無山曰待明窻解語即向汝道夾山來日上堂問昨日新到在甚麼處師出應喏山曰子未到雲居已前在甚麼處師曰天台國清山曰吾聞天台有潺潺之瀑淥淥之波謝子遠來此意如何師曰久居巖谷不挂松蘿山曰此猶是春意秋意作麼生師良久山曰看君秖是撐船漢終歸不是弄潮人來日普請維那令師送茶師曰某甲爲佛法來不爲送茶來那曰奉和尚處分師曰和尚尊命即得乃將茶去作務處搖茶甌作聲山回顧師曰釅茶三五盌意在钁頭邊山曰瓶有傾茶勢籃中幾箇甌師曰瓶有傾茶勢籃中無一甌便行茶時衆皆舉目師曰大衆鶴望請師一言山曰路逢死蛇莫打殺無底籃子盛將歸師曰手執夜明符幾箇知天曉山曰大衆有人也歸去來歸去來遂住普請歸院衆皆仰嘆師終于佛日卵塔存焉

蘇州永光院真禪師上堂言鋒若差鄉關萬里直須懸崖撒手自肯承當絕後再蘇欺君不得非常之旨人焉廋哉問道無橫徑立者皆危如何得不被橫徑所侵去師以杖拄僧口僧曰此猶是橫徑師曰合取口問如何是常在底人師曰來往不易問如何是祖師西來意師曰鐵山夜鎖千家月金烏常照不當門

廬山歸宗澹權禪師僧問金雞未鳴時如何師曰失却威音王曰鳴後如何師曰三界平沉問盡身供養時如何師曰將甚麼來曰所有不惜師曰供養甚麼人僧無語問學人爲佛法來如何是佛法師曰正空閑曰便請商量師曰周匝有餘問大衆雲集合譚何事師曰三三兩兩問路逢達道人不將語默對未審將甚麼對師曰爭能肯得人僧良久師曰會麼曰不會師曰長安路上廁圾子問如何是佛法大意師曰三枷五棒問通徹底人如何語道師曰汝秖今作麼生曰任性隨流師曰不隨流爭得息

蘄州廣濟禪師僧問疋馬單槍時如何師曰頭落也問如何是方外之譚師曰汝道甚麼問如何是廣濟水師曰飲者絶饑渴曰恁麼則學人不虛到也師曰情知你受人安排問遠遠來投乞師指示師曰有口秖解喫飯問溫伯雪與仲尼相見時如何師曰此間無恁麼人問不識不見請師道出師曰不昧曰不昧時作麼生師曰汝喚作甚麼問如何是奇特事師曰焰裏牡丹花問如何是無心道人師曰丹霞放火燒

潭州水西南臺和尚僧問如何是此間一滴水師曰入口即抉出問如何是西來意師曰靴頭線綻問祖祖相傳未審傳箇甚麼師曰不因闍黎問老僧亦不知

歙州朱谿謙禪師韶國師到參次聞大皷靈鼠聲國師便問是甚麼聲師曰犬皷靈鼠聲國師曰既是靈鼠爲甚麼却被犬皷師曰皷殺也國師曰好箇犬師便打國師曰莫打某

甲話在師休去因造佛殿畢一僧同看師曰此殿著得甚麼佛曰著即不無有人不肯師曰我不問那箇人曰恁麼則某甲亦未曾祇對和尚

揚州豐化和尚僧問上無片瓦下無卓錐時如何師曰莫飃露麼問不具得失時如何師曰道甚麼

南康軍雲居道簡禪師范陽人也久入先雲居之室密受眞印而分掌寺務典司樵爨以臘高堂中爲第一座屬先雲居將順寂主事請問誰堪繼嗣居曰堂中簡主事雖承言而意不在師謂令揀擇可當說法者僉曰第二座可然且備禮先請第一座若謙讓即堅請第二座師既密承授記略不辭免即自持道具入方丈攝衆演法主事等不愜素志罔循規式師察其情乃潛弃去其夜安樂樹神號泣詰旦主事大衆奔至麥莊悔過哀請歸院衆聞空中連聲唱曰和尚來也僧問如何是和尚家風師曰隨處得自在問維摩豈不是金粟如來師曰是曰爲甚麼却在釋迦會下聽法師曰他不擔人我問橫身蓋覆時如何師曰還蓋覆得麼問蛇子爲甚麼吞却蛇師師曰在裏不傷問諸聖道不得處和尚還道得麼師曰汝道甚麼處諸聖道不得問路逢猛虎時如何師曰千人萬人不逢爲甚麼闍黎偏逢問孤峰獨宿時如何師曰閑却七間僧堂不宿阿誰教汝孤峰獨宿師後無疾而寂塔于本山

洪州大善慧海禪師僧問不坐青山頂時如何師曰且道是甚麼人問如何是解作客底

人師曰不占上問靈泉忽逢時如何師曰從甚麼處來問如何道即不違於師師曰莫惜口曰道後如何師曰道甚麼問如何道得相親去師曰快道曰恁麼則不道也師曰用口作甚麼問如何是西來意師曰三界平沉

鼎州德山和尚僧問路逢達道人不將語默對未審將甚麼對師曰秖恁麼僧良久師曰汝更問僧再問師乃喝出

南嶽南臺和尚僧問直上融峰時如何師曰見麼

南康軍雲居昌禪師僧問相逢不相識時如何師曰既相逢爲甚麼不相識問紅爐猛焰時如何師曰裏頭是甚麼問不受商量時如何師曰來作甚麼曰來亦不商量師曰空來何益問方丈前容身時如何師曰汝身大小

晉州大梵和尚僧問如何是學人顧望處師曰井底架高樓曰恁麼則超然去也師曰何不擺手

新羅國雲住和尚僧問諸佛道不得甚麼人道得師曰老僧道得曰諸佛道不得和尚作麼生道師曰諸佛是我弟子曰請和尚道師曰不是對君王好與二十棒問達磨未來時如何師曰夜半石牛吼曰來後如何師曰特地使人愁問既是普眼爲甚不見普賢師曰秖爲貪程太速

昤珽和尚僧問學人不負師機還免披毛帶角也無師曰闍黎何得對面不相識曰恁麼則吞盡百川水方明一點心師曰雖脱毛衣猶披鱗甲曰好來和尚具大慈悲師曰盡力道也出老僧格不得

五燈會元卷第三十五

音釋

駮與駁同　絺抽遲切音郗細葛也　綌乞逆切音隙麤葛也　舶薄陌切音白蠻夷汎海舟曰舶　阾郎丁切音靈陂也

五燈會元卷第三十六

宋　沙　門　大　川　濟　纂

青原下六世

踈山仁禪師法嗣

隨州護國院守澄淨果禪師上堂諸方老宿盡在曲彔木牀上爲人及有人問著祖師西來意未曾有一人當頭道著時有僧問請和尚當頭道師曰河北驢鳴河南犬吠問如何是佛師咄曰這驢漢問盡大地是一隻眼底人來時如何師曰堦下漢問諸佛不到處是甚麼人行履師曰聃耳髯頭曰何人通得彼中信師曰驢面獸腮問隨緣認得時如何師曰錯問如何是西來意師曰一人傳虛萬人傳實問不落干將手如何是太阿師曰七星光彩耀六國罷煙塵問鶴立枯松時如何師曰地下底一場懡㦬問會昌沙汰時護法善神向甚麼處去師曰三門前兩箇一場懡㦬問滴水滴凍時如何師曰日出後一場懡㦬

洛京靈泉歸仁禪師初問踈山枯木生花始與他合是這邊句是那邊句山曰亦是這邊句師曰如何是那邊句山曰石牛吐出三春霧靈雀不棲無影林住後僧問如何是靈泉家風師曰十日作活九日病曰此病如何師曰回避不得曰還療得也無師曰耆婆稽首醫王皺眉問祖意教意是同是別師曰牛馬同羣放曰還分不分師曰夜半崑崙穿市過午後烏雞帶雪飛問急切相投時如何師曰見佛似寃家問如何是靈泉竹師曰不從栽種得曰還變動也無師曰三冬瑞雪應難改九夏凝霜色轉鮮問如何是靈泉心印師曰

不傳不受曰或遇交代時如何師曰淮南船子看洛陽問六國未寧時如何師曰作亂者誰問如何是祖師西來意師曰仰面獨揚眉回頭自拍手問如何是和尚家風師曰騎牛戴席帽過水著靴衫問如何是無問而自說師曰死人口裏活人舌曰未審是何人領會師曰無角水牯牛曰如何是靈泉活計師曰東壁打倒西壁曰憑箇甚麼過朝夕師曰折腰鐺子無煙火曰二時將何奉獻師曰野老共炊無米飯溪邊大會不來人問如何是靈泉境師曰枯椿花爛熳曰如何是境中人師曰子規啼斷後花落布堦前問如何是沙門行師曰恰似箇屠兒曰如何行履師曰破齋犯戒曰究竟作麼生師曰因不收果不入俗士問俗人還許會佛法否師曰那箇臺無月誰家樹不春

瑞州五峰遇禪師僧問佛未出世時如何師曰一堆泥土問如何是不撥不觸底人師曰閉目藏三寸𪖙眉蓋眼睛

撫州踈山證禪師初叅先踈山得旨後歷諸方謁投子子問近離甚處曰延平子曰還將得劒來麼曰將得來子曰呈似老僧看師乃指面前地子便休至晚問侍者新到在麼者曰當時去也子曰三十年弄馬騎今日被驢撲住後僧問如何是就事學師曰著衣喫飯曰如何是就理學師曰騎牛去穢曰如何是向上事師曰溥際不收問如何是聲色混融句師曰不辨消不及曰如何是聲色外別行底句師曰難逢不可得問親切處乞一言師以拄杖敲之僧曰為甚麼不道師曰得恁麼

不識好惡

洪州百丈明照安禪師新羅人也僧問一藏圓光如何是體師曰勞汝遠來曰莫使是一藏圓光麽師曰更喫一椀茶問如何是和尚家風師曰手巾寸半布問萬法歸一一歸何處師曰未有一箇人不問問如何是極則處師曰空王殿裏登九五野老門前不立人問隨緣認得時如何師曰未認得時作麽生問如何是毗盧師師曰人天收不得曰如何是一代時教師曰義例分明

瑞州黄檗山慧禪師洛陽人也少出家業經論因增受菩薩戒而歎曰大士攝律儀與吾本受聲聞戒俱止持作犯也然於篇聚增減支本通别制意且殊旣微細難防復於攝善中未嘗行於少分況饒益有情乎且世間泡幻身命何可留戀哉由是置講課欲以身捐於水中飼鱗甲之類念已將行偶二禪者接之款話說南方頗多知識何滯於一隅師從此回志叅尋屬關津嚴緊乃謂守吏曰吾非翫山水誓求祖道他日必不忘恩也吏者察其志遂不苛留且謂之曰師旣爲法忘身回時願無吝所聞師欣謝直造疎山時仁和尚坐法堂受叅師先顧視大衆然後致問曰剎那便去時如何山曰畐塞虚空汝作麽生去師曰畐塞虚空不如不去山便休師下堂叅第一座座曰適來秪對甚奇特師曰此乃率爾敢望慈悲開示愚昧座曰一剎那間還有擬議否師於言下頓省禮謝住後僧問黄檗一路荒來久今日當陽事若何師曰虚空不假金鎚鍊日月何曾待照人師示滅塔于本

山肉身至今如生
延州伏龍山奉璘禪師僧問如何是和尚家風師曰橫身臥海日裏挑燈問如何是伏龍境師曰山峻水流急三冬發異華問和尚還愛財色也無師曰愛曰既是善知識爲甚麼却愛財色師曰知恩者少師問火頭培火了也未曰低聲師曰甚麼處得這消息來曰不假多言師曰省錢易飽吃了還饑問如何是和尚家風師曰長虀冷飯曰太寂寞生師曰僧家合如是
安州大安山省禪師僧問失路迷人請師直指師曰三門前去問舉步臨危請師指月師曰不指月曰爲甚麼不指月師曰臨坑不推人問離四句絕百非請和尚道師曰我王庫內無如是刀問重重關鎖信息不通時如何師曰爭得到這裏曰到後如何師曰彼中事作麼生問如何是眞中眞師曰十字路頭泥佛子問無爲無事人猶是金鎖難金鎖牽不住是甚麼人師曰向闍黎道即得不可荒却大安山去也
洪州百丈超禪師海東人也僧問祖意教意是同是别師曰金雞玉兔聽遠須彌問日落西山去林中事若何師曰洞深雲出晚澗曲水流遲問某甲今日辭去或有人問和尚說甚麼法向他道甚麼師曰但道大雄山頂上虎生師子兒
洪州天王院和尚僧問國內按劒者是誰師曰天王問百骸俱潰散一物鎮長靈時如何師曰不墮無壞爛問如何是佛師曰錯問如何是無相道場師曰門外列金剛

常州正勤院蘊禪師魏府韓氏子幼而出家老有童顏僧問師唱誰家曲宗風事若何師曰迥出簫韶外六律豈能過曰不過底事作麼生師曰聲前拍不散句後覔無蹤問如何是正勤一路師曰泥深三尺曰如何到得師曰闍黎從甚麼處來問如何是禪師曰石上蓮華火裏泉曰如何是道師曰楞伽峰頂一莖草曰禪道相去幾何師曰泥人落水木人撈晉天福中順寂葬于院側經二稔門人發塔覩全身儼然髮爪俱長乃闍維收舍利真骨重建塔焉

襄州洞山瑞禪師僧問道有又無時如何師曰龍頭蛇尾腰間一劒問如何是無生曲師曰未問已前

京兆府三相和尚僧問如何是無縫塔師曰覔縫不得曰如何是塔中人師曰對面不相見問如何是西來意師曰雪覆孤峰白殘照露瑕痕

青林虔禪師法嗣

襄州萬銅山廣德延禪師僧問如何是和尚家風師曰山前人不住山後人更忙問如何是透法身句師曰無力登山水茅户絶知音問如何是佛法大意師曰始嗟黃葉落又見柳條青問盡大地是箇死屍向甚麼處葬師曰北邙山下千丘萬丘師不安僧問和尚患箇甚麼師曰無思不墜的曰恁麼則已知和尚病源也師曰你道老僧患甚麼曰和尚忌口好師便打問如何是佛師曰畫戟門開見墜仙僧後問悟空畫戟門開見墜仙意旨如何空曰直饒親見釋迦來智者咸言不是佛

襄州石門獻蘊禪師京兆人也初問青林如何用心得齊於諸聖林仰面良久曰會麼師曰不會林曰去無子用心處師禮拜乃契悟更不他遊遂作園頭一日歸侍立次林曰子今日作甚麼來師曰種菜來林曰徧界是佛身子向甚處種師曰金鉏不動土靈苗在處生林欣然來日入園喚蘊闍黎師應喏林曰剩栽無影樹留與後人看師曰若是無影樹豈受栽邪林曰不受栽且止你曾見他枝葉麼師曰不曾見林曰既不曾見爭知不受栽師曰秖爲不曾見所以不受栽林曰如是如是林將順寂召師師應諾林曰日轉西山後不須取次安師曰雪滿金檀樹靈枝萬古春林曰或有人問你金針線囊事子道甚麼師曰若是毛羽相似者某甲終不敢造次初住

南嶽蘭若未幾遷夾山道由潭州時楚王馬氏出城延接便問如何是祖師西來大道師曰好大哥御駕六龍千古秀玉街排仗出金門王大喜延入天册府供養數日方至夾山開堂僧問今日一會何異靈山師曰天垂寶蓋重重異地湧金蓮葉葉新曰未審將何法示人師曰無絃琴韻流沙界清音普應大千機問師唱誰家曲宗風嗣阿誰師曰一曲宮商纔品弄辨寶還他碧眼胡曰恁麼則清流分洞下滿月照青林去也師曰多子塔前分的意至今異世度洪音問如何是夾山正主師曰好手須知欒布作韓光虛妄立功勳問如何是西來意師曰玉璽不離天子手金箱豈許外人知問不落機關請師便道師曰湛月迅機無可比君今曾問幾人來曰即今問

和尚師曰好大哥雲綻不須藏九尾怨君殘壽速歸丘師以蠻夷作亂遂離夾山至襄州創石門寺再振玄風上堂瑠璃殿上光輝而日日無私七寶山中晃耀而頭頭有據泥牛運步木馬嘶聲野老謳歌樵人舞袖太陽路上古曲玄音林下相逢更有何事僧問月生雲際時如何師曰三箇孩兒抱華鼓好大哥莫來攔我毬門路問如何是和尚家風師曰常騎駿馬驟高樓鐵鞭指盡胡人路問如何是石門境師曰徧界黃金無異色往來遊子罷追尋曰如何是境中人師曰無相不居凡聖位經行鳥道沒蹤由問猛虎當軒時如何師曰性命不存曰恁麼則遭他毒手師曰一任齩嚼問如何是淨土中人師曰披毛遊火聚戴角混塵泥問道界無窮際通身絕點痕時如何師曰渺渺曰雲漫雪嶽轉身玄路莫遲遲曰未審轉身路在甚麼處師曰石人舉手分明記萬年枯骨笑時看問如如不動時如何師曰有甚麼了日曰如何即是師曰石户非關鎖般若寺遭焚有人問曰旣是般若為甚麼被火燒師曰萬里一條鐵師應機多云好大哥時稱大哥和尚

韶州龍光諲禪師僧問人王與法王相見時如何師曰越國君王曾按劒龍光一句不曾虧上堂良久曰不煩珍重問如何是西來意師曰胡風一扇漢地成規問揆塵見佛時如何師拊掌顧視問如何是龍光一句師曰不空罥索曰學人不會師曰唵問如何是極則為人處師曰殷勤囑付後來人問賓頭盧一身為甚麼赴四天下供師曰千江同一月萬

戸盡逢春遂有偈曰龍光山頂寶月輪照耀乾坤爍暗雲尊者不移元一質千家影現萬家春

郢州芭蕉和尚僧問十二時中如何用心師曰攏揔一木盆問如何是道師曰或横三或竪五曰如何是道中人師曰罷舉雲中信半夜太陽輝

定州石藏慧炬禪師僧問如何是西來意師曰樹帶滄浪色山横一抹青問如何是伽藍師曰秖這是曰如何是伽藍中人師曰作麽作麽曰忽遇客來將何秖待師曰喫茶去

白水仁禪師法嗣

京兆府重雲智暉禪師咸泰高氏子總角之歲好遊佛宇誓志出家父母不能止禮圭峰温禪師剃度後謁白水獨領微言潛通秘鍵尋回洛卜于中灘創温室院常施水給藥爲事有比丘患白癩衆惡之唯師與之摩洗如常俄有神光異香既而訝之遂失所在遺瘡痂馨香酷烈遂聚而塑觀音像以藏之師後忽欲歸終南圭峰舊居一日閑步巖岫間如常寢處倏覩摩衲數珠銅瓶欆笠觸之即壞謂侍者曰此吾前身道具耳就兹建寺以酬宿因當薙草間有祥雲蔽日屯于峰頂久而不散因目爲重雲山猛獸皆自引去及塞龍潭以通徑龍亦他徙後唐明宗賜額曰長興學侶臻萃上堂僧問如何是歸根得旨師曰早是忘却不憶塵生曰如何是隨照失宗師曰家遭劫賊問不憶塵生如何是進身一路師曰足下已生草前程萬丈坑問要路坦然如何踐履師曰我若指汝則東西南北去也

問如何是重雲秤師曰任將天下勘問如何是截鐵之言師曰寧死不犯問如何是迦葉親聞底事師曰重雲記不得問如何是重雲境師曰四時花蔟蔟三冬異草青師闡法四十餘年節度使王彥超微時常從師遊欲爲沙門師熟視曰汝世緣深當爲我家垣墻王公後果鎮永興申弟子禮師將順世先與王公言別囑護法門王公泣曰師忍棄弟子乎師笑曰借千年亦一別耳及歸書偈示衆曰我有一間舍父母爲修蓋住來八十年近來覺損壞早擬移別處事涉有憎愛待他摧毀時彼此無妨礙乃跏趺而逝塔于本山

杭州瑞龍院幼璋禪師唐相國夏侯孜之猶子也大中初伯父司空出鎮廣陵師方七歲遊慧照寺聞誦法華志求出家伯父初不允因師絕飲食不得已而許之師慧遠禪師後遊諸禪會著山白水咸受心訣咸通十三年至江陵騰騰和尚囑之曰汝往天台尋靜而棲遇安即止已而又值憨憨和尚撫而記曰汝卻後四十年有巾子山下菩薩王於江南當此時吾道昌矣尋抵天台山於靜安鄉創福唐院乃契騰騰之言又住隱龍院中和四年浙東饑疫師於溫台明三郡收瘞遺骸時謂悲增大士雪峰嘗往見之遺椶櫚拂子而去天祐三年錢尚父遣使童建賚衣服香藥入山致請至府庭署志德大師館于功臣堂日親問法師請每年於天台山建金光明道場諸郡黑白大會逾月而散（光明大會始於師也）將辭歸山王加戀慕於府城建瑞龍院（文穆王改爲寶山院）延請開法時禪門興盛斯則憨憨懸記應矣

上堂老僧頃年遊歷江外嶺南荆湖但有知識叢林無不叅問來蓋爲今日與諸人聚會各要知箇去處然諸方終無異説秖教當人歇却狂心休從他覔但隨方任眞亦無眞可任隨時受用亦無時可用設垂慈苦口且不可呼晝作夜更饒善巧終不能指東爲西脫或能爾自是神通作怪非干我事若是學語之流不自省已知非直欲向空裏採花波中取月還著得心力麽汝今各且退思忽然肯去始知瑞龍老漢事不獲已迂回太甚還肯麽時有僧問如何是瑞龍境師曰道汝不見得麽曰如何是境中人師曰後生可畏問廓然無雲如何是中秋月師曰最好是無雲曰恁麽則一輪高挂萬國同觀去也師曰揑目之子難與言天成二年丁亥四月乞墳塔于尚父父命陸仁璋於西關選勝地建塔創院改天台隱龍爲隱迹塔畢師入府庭辭尚父囑以護法剋期順寂尚父悲悼遣僧正集在城宿德迎引入塔

白馬儒禪師法嗣

興元府青剉山如觀禪師僧問如何是和尚家風師曰無底籃子拾生菜問如何是青剉境師曰三冬華木秀九夏雪霜飛

龍牙遁禪師法嗣

潭州報慈藏嶼匡化禪師僧問心眼相見時如何師曰向汝道甚麽問如何是實見處師曰絲毫不隔曰恁麽則見也師曰南泉甚好去處問如何是西來意師曰昨夜三更送過江問臨機便用時如何師曰海東有果樹頭心問如何是眞如佛性師曰阿誰無問如何

是向上一路師曰郴連道永問和尚年多少師曰秋來黄葉落春到便開花問僧甚處來曰臥龍來師曰在彼多少時曰經冬過夏師曰龍門無宿客爲甚麽在彼許多時曰師子窟中無異獸師曰汝試作師子吼看曰某甲若作師子吼即無和尚師曰念汝新到放汝三十棒問如何是湖南境師曰艛船戰棹曰還許學人遊翫也無師曰一任闍黎打僜問和尚百年後有人問如何祇對師曰分明記取問情生智隔想變體殊秖如情未生時如何師曰隔曰情未生時隔箇甚麽師曰這箇梢郎子未遇人在問如何是龍牙山師曰益陽那邊曰如何即是師曰不擬曰如何是不擬去師曰恁麽則不是問古人面壁意旨如何師良久却召僧僧應諾師曰你去別時來上堂一句徧大地一句纔問便道一句問亦不道僧問如何是徧大地句師曰無空闕曰如何是纔問便道句師曰低聲低聲曰如何是問亦不道句師曰便合知時

襄州含珠山審哲禪師僧問如何是和尚深深處師曰寸釘纔入木九牛拽不出問如何是正法眼師曰門前神樹子問如何是佛法大意師曰貧兒抱子渡恩愛競隨流問僧有亦不是無亦不是不有不無亦不是汝本來名箇甚麽曰學人已具名了師曰具名即不無畢竟名箇甚麽曰秖這莫便是否師曰且喜没交涉曰如何即是師曰親切處更請一問曰學人道不得請和尚道師曰別日來與汝道曰即今爲甚麽不道師曰覔箇領話人不可得又問僧張王李趙不是汝本來姓汝

本來姓箇甚麽曰與和尚同姓師曰同姓即且從汝本來姓箇甚麽曰待漢水逆流却向和尚道師曰即今爲甚麽不道曰漢水逆流也未師休去問隨緣認得時如何師曰是甚麽問如何是無位眞人師曰別安排又爭得曰不安排時如何師曰無位眞人問如何是眞經師曰阿彌陀

西川存禪師僧問學人解問諸訛句請師舉起訝人機師曰巢父不牽牛許由不洗耳問具足底人來師還接否師便打

華嚴靜禪師法嗣

鳳翔府紫陵匡一定覺禪師初到蟠龍見僧問碧潭清似鏡蟠龍何處安龍曰沇沙不見底浮浪足巑岏師不肯龍請師道師曰金龍迴透青霄外潭中豈滯玉輪機龍肯之住後僧問未作人身已前作甚麽來師曰石牛步步火中行返顧休銜日中草問智識路絕思議併忘時如何師曰停囚長智養病喪軀

九峰滿禪師法嗣

洪州同安院威禪師僧問牛頭未見四祖時如何師曰路邊神樹子見者盡擎拳曰見後如何師曰室內無靈牀渾家不著孝問祖意教意是同是別師曰玉兔不曾知曉意金烏爭肯夜頭明問如何是同安一曲師曰靈琴不別人間韻知音豈度伯牙門曰未審何人和得師曰木馬嘶時從彼聽石人拊掌阿誰聞曰或遇知音時如何師曰知音不度耳達者豈同聞師一日遊山大衆隨後師曰㫺前翠竹砌下黃花古人道眞如般若同安即不然有僧曰古人也好和尚師曰不貪香餌味

可謂碧潭龍曰諸方眼目不恠淵明師曰闍黎閉目中秋坐却笑月無光曰堦前翠竹砌下黄花又作麽生師曰安南未伏塞北那降僧禮拜師曰名稱普聞師問僧寅晡飲啄無處藏身你道有此道理麽曰和尚作麽生師打一拂子僧曰㩉手征人徒誇好手師曰握鞭側帽豈是闍黎曰今古之道何處藏身師曰闍黎作麽生僧珍重便出師曰未在

北院通禪師法嗣

京兆府香城和尚初叅北院問曰一似兩箇時如何院曰一箇賺汝師乃有省僧問三光景色謝照燭事如何師曰朝邑峯前卓五彩曰不涉文彩事作麽生師曰如今特地過江來問向上一路請師舉唱師曰釣絲鈎不出問牛頭還得四祖意否師曰沙書下點落千字曰下點後如何師曰别將一撮表人天曰恁麽則人人有也師曰汝又作麽生問囊無繫蟻之絲廚絶聚蠅之糝時如何師曰日捨不求思從妄得

青原下七世

洞山延禪師法嗣

瑞州上藍院慶禪師初遊方問雪峯如何是雪峯的的意峯以杖子敲師頭師應諾峯大笑師後承洞山印解開法上藍僧問如何是上藍無刃劒師曰無曰爲甚麽無師曰闍黎諸方自有

洪州同安慧敏禪師初叅洞山問諸聖以何爲命山曰以不間斷師曰還有向上事也無山曰有師曰如何是向上事山曰不從間斷師於言下有省住後僧問請師一句師曰好

記取

金峰志禪師法嗣

廬山天池智隆禪師在金峰普請般柴次峰問般柴人過水否師曰有一人不過水曰不過水還般柴否師曰雖不般柴也不得動著他

鹿門眞禪師法嗣

襄州谷隱智靜悟空禪師僧問如何是和尚轉身處師曰臥單子下問如何是道師曰鳳林關曰學人不會師曰直至荆南問如何是指歸之路師曰莫用伊曰還使學人到也無師曰甚麼處著得汝問靈山一會何異今時師曰不異如今曰不異底事作麼生師曰如來密旨迦葉不聞問古澗寒泉甚麼人得飲師曰絕飢渴者曰絕飢渴者如何得飲師曰東畎東流西畎西流

益州崇眞禪師僧問如何是禪師曰澄潭釣玉兔曰如何是道師曰拍手笑清風問如何是大人相師曰泥捏三官土地堂

襄州鹿門志行譚禪師僧問如何是實際理地師曰南贍部洲北鬱單越曰恁麼則事同一家也師曰隔須彌在問遠遠投師請師一接師曰從甚麼處來曰江北來師曰南堂裏安下問如何是清淨法身師曰戌亥年生

廬山佛手巖行因禪師鴈門人也首謁鹿門師資契會尋抵廬山山之北有巖如五指下有石窟可三丈餘師宴處其中因號佛手巖和尚江南李主三召不起堅請就棲賢開堂不逾月潛歸巖室僧問如何是對現色身師豎一指（法眼別云還有也未）後示微疾謂侍僧曰日午

吾去矣及期僧報日午也師下牀行數步屹然立化李主備香薪荼毗塔于巖之陰

曹山霞禪師法嗣

嘉州東汀和尚僧問如何是向去底人師曰石女紡麻纑曰如何是却來底人師曰扇車關棙斷問徧界是佛身教某甲甚麼處立師曰孤峰頂上木人叫紅焰輝中石馬嘶

草菴義禪師法嗣

泉州龜洋慧忠禪師本州陳氏子謁草菴菴問何方來師曰六眸峰菴曰還見六眸否師曰患非重瞳菴然之師尋回故山屬唐武宗廢教例民其衣暨宣宗中興師曰古人有言上昇道士不受籙成佛沙彌不具戒秖為白衣過中不食不宇而禪迹不出山者三十年述三偈以自見曰雪後始知松栢操雲收方見濟河分不因世主教還俗那辨雞羣與鶴羣多年塵事謾騰騰雖著方袍未是僧今日修行依善慧滿頭留髮候然燈形儀雖變道常存混俗心源亦不昏試讀善財巡禮偈當時豈例作沙門謂門弟子曰衆生不能解脫者情累爾悟道易明道難僧問如何得明道去師曰但脫情見其道自明矣夫明之為言信也如禁蛇人信其呪力藥力以蛇綰弄揣懷袖中無難未知呪藥等力者怖駭棄去但諦見自心情見便破今千疑萬慮不得用者未見自心者也忽索香焚罷安然而化全身葬于無了禪師塔之東後數年塔忽坼裂連階丈餘主僧將發視之是夜宴寂中見無了曰不必更發也今為沈陳二眞身無了姓沈見馬祖

同安丕禪師法嗣

洪州同安志禪師先同安將示寂上堂曰多子塔前宗子秀五老峰前事若何如是三舉未有對者末後師出曰夜明簾外排班立萬里歌謠道太平安曰須是這驢漢始得住後僧問二機不到處如何舉唱師曰徧處不逢玄中不失問凡有言句盡落今時學人上來請師直指師曰目前不現句後不迷曰向上事如何師曰迴然不換標的即乖

袁州仰山和尚僧問如何是仰山境師曰白雲峰下猿啼早碧嶂巖前虎起遲僧曰如何是境中人師曰寒來火畔坐熱向澗邊行

歸宗惲禪師法嗣

廬山歸宗弘章禪師僧問學人有疑時如何師曰疑來多少時也問小船渡大海時如何師曰較些子曰如何得渡師曰不過來問枯木生華時如何師曰把一朶來問混然覔不得時如何師曰是甚麼

嵇山章禪師法嗣

隨州雙泉山道虔禪師僧問洪鐘未擊時如何師曰絕音響曰擊後如何師曰絕音響問如何是在道底人師曰無異念問如何是希有底事師曰白蓮華向半天開

雲居岳禪師法嗣

楊州豐化院令崇禪師舒州人也僧問如何是敵國一著碁師曰下將來問一棒打破虛空時如何師曰把將一片來看

澧州藥山忠彥禪師僧問教中道諸佛放光明助發實相義光明即不問如何是實相義師曰會麼曰莫便是否師曰是甚麼問師唱

誰家曲宗風嗣阿誰師曰雲嶺龍昌月神風洞上泉

梓州龍泉和尚僧問如何是祖師西來意師曰不在闍黎分上問學人欲跳萬丈洪崖時如何師曰撲殺

護國澄禪師法嗣

隨州護國知遠演化禪師僧問舉子入門時如何師曰緣情體物事作麼生問乾坤休駐意宇宙不留心時如何師曰總是戰爭收拾得却因歌舞破除休

隨州智門寺守欽圓照禪師僧問兩鏡相照爲甚麼中間無像師曰自己亦須隱曰鏡破臺亡時如何師竪起拳問如何是和尚家風師曰額上不貼牓問如何是祖師西來意師曰把火燒天徒自疲

安州大安山崇教能禪師僧問師唱誰家曲宗風嗣阿誰師曰打動南山鼓唱起北山歌問如何是三冬境師曰千山添翠色萬樹鎖銀華

潁州薦福院思禪師僧問古殿無佛時如何師曰梵音何來曰不假修證如何得成師曰修證即不成

隨州護國志朗圓明禪師僧問如何是萬法之源師曰空中收不得護國豈能該

靈泉仁禪師法嗣

郢州大陽慧堅禪師初在靈泉入室次泉問甚麼處來師曰僧堂裏來泉曰爲甚麼不築著靈柱師於言下有省住後僧問如何是玄旨師曰壁上挂錢財問如何是法王劒師曰腦後看問如何是無相道場師曰佛殿裏懸

幡問不借時機用如何話祖宗師曰老鼠齩腰帶僧請益法身師示偈曰扶桑出日頭黃河輥底流六六三十六陝府灌鐵牛

五峯遇禪師法嗣

瑞州五峰紹禪師僧問如何是第一義師拍禪牀云若不是仙陀千里萬里問如何是祖師西來意師曰迢迢十萬餘

廣德延禪師法嗣

襄州廣德義禪師謁先廣德作禮問曰如何是和尚密密處德曰隱身不必須巖谷闤闠堆堆覩者稀師曰恁麼則酌水獻華去也德曰忽然雲霧靄闇黎作麼生師曰採汲不虛施廣德忻然曰大衆看取第二代廣德師次踵住持聚徒開法僧問如何是佛師曰披蓑倒騎牛草深不露角問如何是祖師西來意

師曰魚躍無源水鶯啼枯木花問如何是常在底人師曰臘月死蛇當大路觸著傷人不奈何問如何是學人相契處師曰方木逗圓孔問如何是大寂滅海師曰鬧市走馬不觸一人曰如何是大通智勝佛師曰孤輪罷照妙峰頂汝報巴猿莫斷腸問如何是作無間業底人師曰猛火然鐺煑佛喋師因事示偈曰纔到洪山便蹤根四方八面不言論他家自有眠雲志蘆管橫吹宇宙喧問如何是古佛心師曰多年曆日雖無用犯著應須總滅門曰或遇新曆日又作麼生師曰運動修營無滯礙何勞入市問孫臏問時人有病醫王醫醫王有病甚人醫師展手曰與我診候看曰不會師曰須彌徒作藥四海謾爲湯問向上一路千聖不傳和尚還傳也無師曰鐵丸

驀口塞難得解吞人問如何是佛法大意師曰雪寒向火日暖偎陽問如何是賓中賓師曰蕩子無家計飄蓬不自知曰如何是賓中主師曰茅户挂珠簾曰如何是主中賓師曰龍樓鋪草坐曰如何是主中主師曰東宮雖至嫡不面聖堯顔問有一室女未曾嫁娉生得一子姓箇甚麽師曰偶然衫子破闌外没人縫問如何是不落堦級底人師曰胎中童子眉如雪問如何是不睡底眼師曰昨夜三更擘不開問諦信底人信箇甚麽師曰莫道冰無火斯須紅焰生問如何是密室師曰茅茨當大道歷劫没人敲問如何是異日已前人師曰萬年枯木鳥銜來問懸崖峭峻還具得失也無師曰忻逢良便好與一推問牛頭未見四祖時如何師曰鮓甕乍開蠅咂咂曰見後如何師曰底穿蕩盡泠湫湫

襄州廣德周禪師僧問魚向深潭難避網龍居淺水却難尋時如何師曰徧體崑崙黑通身一點霜問貧子歸家時如何師曰入門不見面處處故園春問命盡禄絶時如何師曰死曰此人落歸何道師曰薰薰彌宇宙爛壞莫能拈問聞話不覺時如何師曰徧界没蕁人誰是知音者曰如何是知音者師曰斷絃續不得歷劫響泠泠問教中道阿逸多不斷煩惱不修禪定佛記此人成佛無疑此理如何師曰鹽又盡炭又無曰鹽盡炭無時如何師曰愁人莫向愁人説説向愁人愁殺人問如何得念念相應去師曰鷩水魚龍散曰念念相應後如何師曰海北天南各自行不勞魚鴈通消息

石門蘊禪師法嗣

襄州石門慧徹禪師僧問金烏出海光天地與此光陰事若何師曰龍出洞兮風雨至海岳傾時日月明問從上諸聖向甚麼處去也師曰露柱挂燈籠問如何是和尚家風師曰解接無根樹能挑海底燈問如何是祖師西來意師曰少林澄九鼎浪動百花新問如何是佛法大意師曰三門外松樹子見生見長問三身中那身是正師曰報化路頭橫鳥道石人眼裏不栽花問雲光作牛意旨如何師曰陋巷不騎金色馬回途却著破襴衫問年窮歲盡時如何師曰東村王老夜燒錢問一毫未發時如何師曰后羿不調弓箭透三江口問如何是佛師曰樵子度荒郊騎牛草不露曰如何是騎牛草不露師曰遮掩不得問如何是靈利底物師曰古墓毒蛇頭戴角又曰維摩不離方丈室文殊未到却先知又曰垢膩汗衫皂角洗因令初上座領衆來參師問萬仞峰頭石牛吼穿雲渡水意如何初無對師曰山僧住持事大衆堂去師後令僧下語或云久嚮和尚或云訪道尋師明的旨覺了根源顯異機師曰當時初上座若下得這語不將他作參學人上堂一切衆生本源佛性譬如朗月當空秖爲浮雲翳障不得顯現爲明爲照爲道爲路爲舟爲檝爲依爲止一切衆生本源佛性亦復如是時汾陽昭和尚在衆出問朗月海雲遮不得舒光直透水晶宮時如何師曰石壁山河非障礙閻浮界外任昇騰陽曰恁麼則千聖共傳無底鉢時人皆唱太平歌師曰太平曲子如何唱陽曰不

墮五音非關六律師曰還有人和得麼陽曰請和尚不悋慈悲師曰仁者善自保任

五燈會元卷第三十六

音釋

薯 常恕切音署　嶼 象呂切胥上聲島也平地小山在水爲島在陸爲嶼　巑岏 上徂丸切音攢下五官切音黿山竦列貌　惲 委粉切音蘊重厚也　羿 研計切音詣有窮后羿一名射師

五燈會元卷第三十七

宋沙門大川濟纂

青原下七世

含珠哲禪師法嗣

洋州龍穴山和尚僧問如何是西來意師曰騎虎唱巴歌問既是善知識爲甚麽却與土地燒錢師曰彼上人者難爲醻對

唐州大乘山和尚僧問枯樹逢春時如何師曰世間希有問如何是四方八面事師曰升子裏踍跳斗子内轉身

襄州延慶院歸曉慧廣禪師僧問言語道斷時如何師曰兩重公案曰如何領會師曰分明舉似問如何是鳳山境師曰好生看取曰如何是境中人師曰識麽

襄州含珠山眞禪師僧問師唱誰家曲宗風嗣阿誰師曰含珠密意同道者知曰恁麽則不假羽翼便登霄漢去也師曰鈍問古鏡未磨時如何師曰昧不得曰磨後如何師曰黑如漆

紫陵一禪師法嗣

幷州廣福道隱禪師僧問如何是指南一路師曰妙引靈機事澄波顯異輪問三家同到請未審赴誰家師曰月印千江水門門盡有僧

紫陵微禪師初到夾山山問近離甚處師曰向北山曰是何宗徒師曰昔日老胡師子吼頂門一裂至如今住後僧問如何是紫陵境師曰寂照燈光夜已深曰如何是境中人師曰猿啼虎嘯問寶劒未出匣時如何師曰磐陀石上栽松栢問如何是大猛烈底人師曰

石牛步步火中行返顧休銜日中草曰如何是五逆底人師曰放火夜燒無相宅天明戴帽入長安曰如何是孝順底人師曰步步手提無米飯斂手堂前不舉頭問如何是祖師西來意師曰紅爐焰上碧波流

興元府大浪和尚僧問既是喝河神爲甚麽被水推却師曰隨流始得妙住岸却成迷

洪州東禪和尚僧問如何是密室師曰江水深七尺曰如何是密室中人師曰此去江南三十步僧問如何是新吳劒師作拔劒勢

同安威禪師法嗣

陳州石鏡和尚僧問石鏡未磨還鑒照否師曰前生是因今生是果

青原下八世

谷隱靜禪師法嗣

襄州谷隱知儼宗教禪師登州人也僧問師唱誰家曲宗風嗣阿誰師曰白雲南傘蓋北問如何是迦葉親聞底事師曰速須吐却問如何是諸佛照不著處師曰問這山鬼窟作麽曰照著後如何師曰咄精怪問千山萬水如何登陟師曰舉步便千里萬里曰不舉步時如何師曰亦千里萬里

襄州普寧院法顯禪師僧問曩劫共住爲甚麽不識親踈師曰誰曰更待某甲道師曰將謂不領話問千山萬水如何登陟師曰青霄無間路到者不迷機

同安志禪師法嗣

鼎州梁山緣觀禪師僧問如何是和尚家風師曰益陽水急魚行澀白鹿松高鳥泊難問家賊難防時如何師曰識得不爲寃曰識得

後如何師曰貶向無生國裏曰莫是他安身立命處也無師曰死水不藏龍曰如何是活水龍師曰興波不作浪曰忽然傾湫倒嶽時如何師下座把住曰莫教濕却老僧袈裟角問師唱誰家曲宗風嗣阿誰師曰龍生龍子鳳生鳳兒問如何是西來意師曰葱嶺不傳唐土印胡人謾唱太平歌問如何是從上傳來底事師曰渡水胡僧無膝袴背駝梵夾不持經問如何是正法眼師曰南華裏曰爲甚在南華裏師曰爲汝問正法眼問如何是學人自己師曰寰中天子塞外將軍曰便恁麼去時如何師曰朗月懸空室中暗坐問如何是衲衣下事師曰密師與瑞長老坐次僧問二尊不並化爲甚兩人居方丈師曰一亦非有偈曰梁山一曲歌格外人難和十載訪知音未嘗逢一箇問亡僧遷化向甚麼處去師曰亡僧幾時遷化曰爭奈相送何師曰紅爐燄上條絲縷靉靆雲中不點頭上堂垂鉤四海秪釣獰龍格外玄機爲尋知己上堂垂絲千尺意在深潭一句橫空白雲自異孤舟獨棹不犯清波海上橫行罕逢明鑒問如何是衲衣下事師曰衆聖莫顯師後示偈曰紅燄藏吾身何須塔用新有人相肯重灰裏邈全眞

歸宗章禪師法嗣

東京普淨院常覺禪師陳留李氏子初訪歸宗聞法省悟遂求出家未幾歸宗將順寂召師撫之曰汝於法有緣他後濟衆人莫測其量也仍以披剃事囑諸門人師至唐乾化二年落髮明年納戒於東林寺甘露壇尋遊五

臺山還上都於麗景門外獨居二載間有北鄰信士張生者請師供養張素探玄理因叩師垂誨師乃隨宜開誘張生於言下悟入設榻留宿至深夜與妻竊窺之見師體徧一榻頭足俱出及令婢僕視之即如常倍加欽慕曰弟子夫婦垂老今願割宅之前堂以禪丈室師欣然受之至後唐天成三年遂成大院賜額曰普淨師以時機淺昧難任極旨苟啟之非器令彼招謗讟之咎我寧不務開法每月三八施浴僧道萬計師嘗謂諸徒曰但得慧門無壅則福何滯哉一日給事中陶穀入院致禮而問曰經云離一切相則名諸佛今目前諸相紛然如何離得師曰給事見箇甚麼陶欣然仰重自是王公大人屢薦章服師號皆却而不受以開寶四年十二月二日示疾十一日告衆囑付訖右脇而化

護國遠禪師法嗣

懷安軍雲頂德敷禪師初叅護國問曰直截根源佛所印摘葉尋枝我不能時如何國曰罷攀雲樹三秋果休弄碧潭孤月輪師乃頓釋所疑住後成都帥請就衙陞座有樂營將出禮拜起回顧下馬臺曰一口吸盡西江水即不問請師吞却堦前下馬臺師展兩手唱曰細抹將來營將猛省

大陽堅禪師法嗣

襄州石門聰禪師僧問大陽遷化向甚麼處去師曰騎牛不戴帽正坐不偏行

潭州北禪契念禪師僧問如何是大道之源師曰衆流混不得曰獨脫事如何師曰穿雲透石問如何是不墜古今句師曰十五十六

日月相逐

石門徹禪師法嗣

襄州石門紹遠禪師初在石門作田頭門問如何是田頭水牯牛師曰角轉轟天地朝陽處處春他日門又問水牯牛安樂否師曰水草不曾虧曰田中事作麽生師曰深耕淺種曰如法著師曰某甲不曾取次住後僧問師唱誰家曲宗風嗣阿誰師曰十方無異路揭覺鳳林前問先師已歸鴈塔去當陽一句請師宣師曰修羅掌內擎日月夜叉足下蹋泥龍問金龍不吐凡間霧請師舉唱鳳凰機師曰白眉不展手長安路坦平問如何是西來意師曰布袋盛烏龜問如何是石門境師曰孤峰對鳳嶺曰如何是境中人師曰巖中殘雪處處分輝問如何是和尚家作用師曰滴瀝非旨趣千山不露身問四方八面來時如何師曰赤脚波斯鼻嗅天問亡僧遷化向甚麽處去師曰灰飛煙滅白骨連天師與病僧炙次僧問正當與麽時如何師曰通玄一脉大似流星問如何是古佛心師曰白牛露地臥青谿問生死之河如何過得師曰風吹荷葉浮萍草問如何是教外别傳一句師曰羊頭車子入長安問生死浪前如何話道師曰毛袋横身絶飲啄青谿常臥太陽春問如何是道師曰山深水冷曰如何是道中人師曰金鎚擊金鼓問天陰日不出光輝何處去師曰鐵蛇横大路通身黑似煙問如何是宗乘中一句師曰石火夜燒山大地齊合掌問如何是祖師西來意師曰石牛攔古路木馬驟高樓

潭州北禪懷感禪師僧問如何是諸聖爲人底句師曰紅輪當萬户光燭本無心問師唱誰家曲師曰石户不留心洞玄通妙的問如何是佛師曰尺短寸長

鄂州靈竹守珍禪師僧問如何是西來意師曰錫帶胡天雪瓶添漢地泉問迷悟不入諸境時如何師曰境從何來曰恁麼則無諸境去也師曰龍頭蛇尾漢

舒州四面山津禪師僧問如何是佛師曰王字不著點曰學人不會師曰點問如何是祖師西來意師曰山寒水冷師有拄杖頌曰四面一條杖當機驗龍象頭角稍低昂電光臨背上

嘉州承天義懃禪師僧問如何是承天境師曰兩江夾却青盲漢一帶山藏赤脚蠻問如何是諦實之言師曰措大巾子黑

鳳翔府青峰義誠禪師僧問三際不生是何人境界師曰白雲連雪嶽明月混魚鉤曰未審向上更有事也無師曰有曰如何是向上事師曰靈光爍破瑠璃色大地明來絶點痕問如何是青峰家風師曰向火喫刮瓜

襄州廣德山智端禪師僧問牛頭未見四祖時如何師曰著衣喫飯曰見後如何師曰著衣喫飯問如何是廣德山師曰當陽花易發背陰雪難消曰如何是山中人師曰朝霞不出門暮霞行千里

筠首座者太原人也自至石門逾三十年叢林慕之有僧請喫茶次問如何是首座爲人一著子師曰適來猶記得曰即今又如何師曰好生點茶來一日荷鉏入園僧問三身中

那一身去作務師拄鉏而立僧曰莫便當也無師攜鉏便行

青原下九世

谷隱儼禪師法嗣

襄州谷隱契崇禪師僧問如何是祖師西來意師曰番人皮裘胡人著曰學人不會此理如何師曰聾人側耳瘂人歌

梁山觀禪師法嗣

郢州大陽山警玄禪師江夏張氏子依智通禪師出家十九爲大僧聽圓覺了義講席無能及者遂遊方初到梁山問如何是無相道場山指觀音曰這箇是吳處士畫師擬進語山急索曰這箇是有相底那箇是無相底師遂有省便禮拜山曰何不道取一句師曰道即不辭恐上紙筆山笑曰此語上碑去在師獻偈曰我昔初機學道迷萬水千山覔見知明今辨古終難會直說無心轉更疑蒙師點出秦時鏡照見父母未生時如今覺了何所得夜放烏雞帶雪飛山謂洞上之宗可倚一時聲價籍籍山歿辭塔至大陽謁堅禪師堅讓席使主之僧問如何是大陽境師曰羸鶴老猿啼谷韻瘦松寒竹鎖青煙曰如何是境中人師曰作麼作麼曰如何是和尚家風師曰滿缾傾不出大地沒饑人上堂嵯峨萬仞鳥道難通劒刃輕氷誰富履踐宗乘妙句語路難陳不二法門淨名杜口所以達磨西來九年面壁始遇知音大陽今日也大無端珍重問如何是透法身句師曰大洋海底紅塵起須彌頂上水橫流師問僧甚處來曰洪山師曰先師在麼曰在師曰在即不無請渠出

來我要相見僧曰壍師曰這箇猶是侍者僧無對師曰喫茶去上堂諸禪德須明平常無生句妙玄無私句體明無盡句第一句通一路第二句無賓主第三句兼帶去一句道得師子嚬呻二句道得師子返擲三句道得師子踞地縱也周徧十方擒也一時坐斷正當恁麼時作麼生通得箇消息若不通得箇消息來朝更獻楚王看問如何是平常無生句師曰白雲覆青山青山頂不露曰如何是妙玄無私句師曰寶殿無人不侍立不種梧桐免鳳來曰如何是體明無盡句師曰手指空時天地轉回途石馬出紗籠曰如何是師子嚬呻師曰終無回顧意爭肯落平常曰如何是師子返擲師曰周旋往返全歸父繁興大用體無虧曰如何是師子踞地師曰迴絶去來機古今無變異問如何是大達底人師曰虛空類不得曰如何是清淨法身師曰白牛吐雪彩黑馬上烏雞上堂撒手那邊千聖外祖堂少室長根芽鷺倚雪巢猶自可更看白馬入蘆花上堂夜半烏雞抱鵲卵天明起來生老鸛鶴毛鷹嘴鷺鷥身却共烏鵶爲侶伴高入煙霄低飛柳岸向晚歸來子細看依俙恰似雲中鴈師嘗釋曹山三種墮曰此三語須明得轉位始得一作水牯牛是類墮師曰是沙門轉身語是異類中事若不曉此意即有所滯直是要伊一念無私即有出身之路二不受食是尊貴墮師曰須知那邊了却來這邊行履若不虛此位即坐在尊貴三不斷聲色是隨墮師曰以不明聲色故隨處墮須向聲色裏有出身之路作麼生是聲色外一

句乃曰聲不自聲色不自色故云不斷指掌當指何掌也五位頌曰正中偏一輪皎潔正當天宛轉虛玄事不彰明暗秖在影中圓偏中正休觀朗月泰時鏡隱隱猶如日下燈明暗混融誰辨影正中來脉路玄玄絕迂迴靜照無私隨處現如行鳥道入鄽開偏中至法法無依即智智橫身物外兩不傷妙用玄玄善周備兼中到叶路當風無中道莫守寒巖異草青坐却白雲宗不妙師神觀奇偉有威重從兒稚中日秖一食自以先德付授之重足不越限脇不至席年八十歎無可以繼者遂作偈并皮履布直裰寄浮山遠禪師使為求法器偈曰楊廣山頭草憑君待價焞異苗翻茂處深密固靈根偈尾云得法者潛衆十年方可闡揚遠拜而受之遂賛師像曰黒狗爛銀蹄白象崑崙騎於斯二無礙木馬火中嘶師天聖五年七月十九陞座辭衆示寂塔于本山

鼎州梁山巖禪師僧問如何是祖師西來意師曰新羅附子蜀地當歸

澧州藥山利昱禪師上堂山河大地日月星辰與諸上座同生三世諸佛與諸上座同參三藏聖教與諸上座同時還信得及麼若也信得及陝府鐵牛吞却乾坤雖然如是被法身礙却轉身不得須知有出身之路作麼生是諸上座出身之路道道良久曰若道不得永沉苦海珍重僧問格外之談乞師垂示師曰要道也不難曰恁麼則萬仭碧潭許垂一線也師曰大衆笑你

鼎州羅紋得珍山主僧問親切處乞師指示

師曰老僧元是廣南人

石門遠禪師法嗣

潭州道吾契詮禪師僧問師唱誰家曲宗風嗣阿誰師曰鳳嶺無私曲如今天下傳曰如何是道吾境師曰溪花含玉露庭果落金臺曰如何是境中人師曰擁爐披古衲曝日枕山根問牛頭未見四祖時如何師曰玉上青蠅曰見後如何師曰紅爐焰裏氷

懷安軍雲頂山鑒禪師僧問雪點紅爐請師驗的師曰王婆煮䭔曰爭奈即今何師曰猶嫌少在

鄧州廣濟方禪師僧問如何是佛師曰騎牛趂春草背却少年脩問寶劒未磨時如何師曰烏龜咱黒豆曰磨後如何師曰庭柱挂燈籠曰如何是修行師曰庭柱傷寒

果州青居山昇禪師僧問師唱誰家曲宗風嗣阿誰師曰金雞啼石户得意逐波清曰未審是誰之子師曰謝汝就門罵詈

北禪感禪師法嗣

濠州南禪聰禪師僧問如何是西來意師曰冬月深林雨三春平地風問如何是大道根源師曰雲興當午夜石虎叫連霄

青原下十世

太陽玄禪師法嗣

舒州投子義青禪師青社李氏子七齡頴異往妙相寺出家試經得度習百法論未幾歎曰三祇塗遠自困何益乃入洛聽華嚴義若貫珠嘗讀諸林菩薩偈至即心自性猛省曰法離文字寧可講乎即棄游宗席時圓鑑禪師居會聖巖一夕夢畜青色鷹爲吉徵居旦

師來鑑禮延之令看外道問佛不問有言不問無言因緣經三載一日問曰汝記得話頭麽試舉看師擬對鑑掩其口師了然開悟遂禮拜鑑曰汝妙悟玄機邪師曰設有也須吐却時資侍者在旁曰青華嚴今日如病得汗師回顧曰合取狗口若更忉忉我即便嘔自此復經三年鑑時出洞下宗旨示之悉皆妙契付以太陽頂相皮履直裰囑曰代吾續其宗風無久滯此善宜護持遂書偈送曰須彌立太虛日月輔而轉羣峰漸倚他白雲方改變少林風起叢曹溪洞簾卷金鳳宿龍巢宸苔豈車碾令依圓通秀禪師師至彼無所叅問唯嗜睡而已執事白通曰堂中有僧日睡當行規法通曰是誰曰青上座通曰未可待與按過通即曳杖入堂見師正睡乃擊牀呵曰我這裏無閑飯與上座喫了打眠師曰和尚教某何爲通曰何不叅禪去師曰美食不中飽人喫通曰爭奈大有人不肯上座師曰待肯堪作甚麽通曰上座曾見甚麽人來師曰浮山通曰怪得恁麽頑賴遂握手相笑歸方丈由是道聲籍甚初住白雲次遷投子上堂召大衆曰若論此事如鸞鳳沖霄不留其迹羚羊挂角那覔乎蹤金龍不守於寒潭玉兔豈棲於蟾影其或主賓若立須威音世外搖頭問答言陳仍玄路旁提爲唱若能如是猶在半途更若凝眸不勞相見上堂宗乘若舉凡聖絶蹤樓閣門開别户相見設使卷簾悟去豈免旁觀春遇桃華重增眼病所以古人道向上一路千聖不傳諸仁者既是不傳爲甚鐵牛走過新羅國裏遂喝曰達者須知

暗裏驚僧問師唱誰家曲宗風嗣阿誰師曰威音前一箭射透兩重山曰如何是相傳底事師曰全因淮地月得照郢陽春曰恁麼則入水見長人也師曰秖知荆玉異那辨楚王心僧禮拜師以拂子擊之復曰更有問話者麼如無彼此著便問和尚適來拈香祝延聖壽且道當今年多少師曰月籠丹桂遠星拱北辰高曰南山直聳齊天壽東海洪波比福源師曰雙鳳朝金闕青松古韻高曰聖壽已蒙師指示治化乾坤事若何師曰不如緘口退却是報皇恩上堂默沉陰界語落深坑擬著則天地懸殊棄之則千生萬劫洪波浩渺白浪滔天鎮海明珠在誰收掌良久卓拄杖曰百雜碎上堂孤村陋店莫挂缾盂祖佛玄關横身直過早是蘇秦觸塞求路難回項主臨江何逃困命諸禪德到這裏進則落於天魔退則沈於鬼趣不進不退正在死水中諸仁者作麼生得平穩去良久曰任從三尺雪難壓寸靈松師作五位頌并序夫長天一色星月何分大地無偏枯榮自異是以法無異法何迷悟而可及心不自心假言象而提唱其言也偏圓正到兼帶叶通其法也不落是非豈關萬象幽旨旣融於水月宗源派混於金河不墜虛凝回途復妙頌曰正中偏星河横轉月明前彩氣夜交天未曉隱裏俱彰暗裏圓偏中正夜半天明羞自影朦朦霧色辨何分混然不落秦時鏡正中來火裏金雞坐鳳臺玄路倚空通脉上披雲鳥道出塵埃兼中至雪仭籠身不回避天然猛將兩不傷暗裏全施善周備兼中到解走之人不觸道一

般拈掇與君殊不落是非方始妙師示寂書偈曰兩處住持無可助道珍重諸人不須尋討投筆奄息闍維多靈異茲不盡具獲設利五色同靈骨塔于寺北三峰庵

郢州興陽清剖禪師在太陽作園頭種瓜次陽問甜瓜何時得熟師曰即今熟爛了也曰揀甜底摘來師曰與甚麼人喫曰不入園者師曰未審不入園者還喫也無曰汝還識伊麼師曰雖然不識不得不與陽笑而去住後上堂西來大道理絕百非句裏投機全乖妙旨不已而已有屈祖宗豈況忉忉有何所益雖然如是事無一向且於唱教門中通一線道大家商量僧問娑竭出海乾坤震覲面相呈事若何師曰金翅鳥王當宇宙箇中誰是出頭人曰忽遇出頭時又作麼生師曰似鶻提鳩君不信髑髏前驗始知眞曰恁麼則叉手當胷退身三步也師曰須彌座下烏龜子莫待重遭點額回問從上諸聖向甚麼處去師曰月照千江靜孤燈海底明鄭金部問和尚甚麼時開堂師曰不歷僧祇數日月未生前師臥疾次太陽問是身如泡幻泡幻中成辦若無箇泡幻大事無由辦若要大事辦識取箇泡幻作麼生師曰猶是這邊事陽曰那邊事作麼生師曰匝地紅輪秀海底不栽花陽笑曰乃爾惺惺邪師喝曰將謂我忘却竟爾趨寂

南嶽福嚴審承禪師侍立太陽次陽曰有一人偏身紅爛臥在荊棘林中周匝火圍若親近得此人大敞鄽鬧若親近不得時中以何爲據師曰六根不具七識不全陽曰你教伊

出來我要見伊師曰適來別無左右秖對和尚陽曰官不容針師便禮拜師後至華嚴隆和尚處舉前話隆曰冷如毛粟細如冰雪李相公特上山問如何是祖師西來意師指庭前栢樹公如是三問師如是三答公欣然乃有頌曰出沒雲閑滿太虛元來眞相一塵無重重請問西來意唯指庭前栢一株

惠州羅浮山顯如禪師初到太陽陽問汝是甚處人曰益州陽曰此去幾里曰五千里陽曰你與麼來還曾踏著麼曰不曾踏著陽曰汝解騰空那曰不解騰空陽曰爭得到這裏曰步步不迷方通身無辨處陽曰汝得超方三昧耶曰聖心不可得三昧豈彰名陽曰如是如是汝應信此即本體全彰理事不二善自護持住後僧問如何是羅浮境師曰突兀侵天際巍峩鎮海涯曰如何是境中人師曰頂上白雲散足下黑煙生

襄州白馬歸喜禪師初問太陽學人懞昧乞指箇入路陽曰得良久乃召師師應諾陽曰與你箇入路師於言下有省住後僧問如何是佛法大意師曰善犬帶牌問如龜藏六時如何師曰布袋裏弓箭問不著佛求不著法求當於何求師曰村人跪拜石師子曰意旨如何師曰社樹下設齋上堂急走即蹉過慢行趂不上沒量大衲僧無計奈何有多口饒舌底出來僧問一句即不問如何是半句師曰投身擲下曰這箇是一句也師曰半句也摸不著問如何是閴寂之門師曰莫鬧莫鬧

郢州太陽慧禪師僧問漢君七十二陣大覇寰中和尚臨筵不施寸刃承誰恩力師曰杲

日當軒際森羅一樣覷曰恁麽則金烏凝秀色玉兔瑞雲深師曰滴瀝無私旨通方一念玄問如何是和尚家風師曰麤布直裰重重補日用鉏頭旋旋揩曰向上客來如何秪待師曰要用便用問如何是西來意師曰日出東方月落西户復示頌曰朝朝日出東方夜夜月落西户如今大宋官家盡是金枝玉樹

越州雲門山靈運寶印禪師上堂夜來雲雨散長空月在森羅萬象中萬象靈光無内外當明一句若爲通不見僧問大哥和尚云月生雲際時如何大哥曰三箇孩兒抱花鼓莫來攔我毬門路月生雲際是明甚麽邊事三箇孩兒抱花鼓擬思即隔莫來攔我毬門路須有出身處始得若無出身處也似黑牛臥死水出身一句作麽生道不勞久立

懷安軍雲頂海鵬禪師僧問如何是大疑底人師曰畢鉢巖中面面相覷曰如何是不疑底人師曰如是我聞須彌粉碎問祖意教意是同是別師曰達磨逢梁武摩騰遇漢明

復州乾明機聰禪師僧問如何是佛法大意師曰此問不虛問如何是東禪境師曰定水不曾離舊岸紅塵爭敢入波來

梁山巖禪師法嗣

鼎州梁山善冀禪師僧問撥塵見佛時如何師曰莫眼華問和尚幾時成佛師曰且莫壓良爲賤曰爲甚麽不肯承當師曰好事不如無師頌魯祖面壁曰魯祖三昧最省力纔見僧來便面壁若是知心達道人不在揚眉便相悉

道吾詮禪師法嗣

相州天平山契愚禪師僧問師唱誰家曲宗風嗣阿誰師曰杖鼓兩頭打問如何是祖師西來意師曰鎮州蘿蔔石含茶居士問法無動揺時如何師曰你從潞府來士曰一步也不曾蹔師曰因甚得到這裏士曰和尚睡語作麼師曰放你二十棒官人問無鄰可隔爲甚麼不相見師曰怨阿誰師廊下行次見僧以拄杖示之僧便近前接師便打

青原下十一世

投子青禪師法嗣

東京天寧芙蓉道楷禪師沂州崔氏子自幼學辟穀隱伊陽山後遊京師籍名術臺寺試法華得度謁投子於海會乃問佛祖言句如家常茶飯離此之外别有爲人處也無子曰汝道寰中天子敕還假堯舜禹湯也無師欲進語子以拂子摵師口曰汝發意來早有三十棒也師即開悟再拜便行子曰且來闍黎師不顧子曰汝到不疑之地邪師即以手掩耳後作典座子曰廚務勾當不易師曰不敢子曰煑粥邪蒸飯邪師曰人工淘米著火行者煑粥蒸飯子曰汝作甚麼師曰和尚慈悲放他閑去一日侍投子遊菜園子度拄杖與師師接得便隨行子曰理合恁麼師曰與和尚提鞋挈杖也不爲分外子曰有同行在師曰那一人不受教子休去至晚間師早來説話未盡師曰請和尚舉子曰卯生日戍生月師即點燈來子曰汝上來下去總不徒然師曰在和尚左右理合如此子曰奴兒婢子誰家屋裏無師曰和尚年尊闕他不可子曰得恁麼殷勤師曰報恩有分住後僧問胡家曲

子不墮五音韻出青霄請師吹唱師曰木雞啼夜半鐵鳳叫天明曰恁麽則一句曲含千古韻滿堂雲水盡知音師曰無舌童兒能繼和曰作家宗師人天眼目師曰禁取兩片皮問夜半正明天曉不露如何是不露底事師曰滿船空載月漁父宿蘆花問如何是曹洞家風師曰繩牀風雨爛方丈草來侵問如何是直截根源師曰足下已生草舉步落危坡上堂晝入祇陀之苑皓月當天夜登靈鷲之山太陽溢目烏鵶似雪孤鴈成羣鐵狗吠而凌霄泥牛鬭而入海正當恁麽時十方共聚彼我何分古佛場中祖師門下大家出一隻手接待往來知識諸仁者且道成得箇甚麽事良久曰剩栽無影樹留與後人看上堂纔陞此座已涉塵勞更乃凝眸自彰瑕玷别傳一句勾賊破家不失本宗狐狸戀窟所以眞如凡聖皆是夢言佛及衆生並爲增語到這裏回光返照撒手承當未免寒蟬抱枯木泣盡不回頭上堂喚作一句已是埋沒宗風曲爲今時通途消耗所以借功明位用在體處借位明功體在用處若也體用雙明如門扇兩開不得向兩扇上著意不見新豐老子道峰巒秀異鶴不停機靈木迢然鳳無依倚直得功成不處電火難追擬議之間長途萬里上堂臘月三十日已前即不問臘月三十日事作麽生諸仁者到這裏佛也爲你不得法也爲你不得祖師也爲你不得天下老和尚也爲你不得山僧也爲你不得閻羅老子也爲你不得直須盡却今時去若也盡却今時佛也不奈他何法也不奈他何祖師也不奈

他何天下老和尚也不奈他何山僧也不奈他何閻羅老子也不奈他何諸人且道如何是盡却今時底道理還會麼明年更有新條在惱亂春風卒未休問如何是道師曰無角泥牛犇夜欄上堂鐘鼓喧喧報未聞一聲驚起夢中人圓常靜應無餘事誰道觀音別有門良久曰還會麼休問補陀巖上客鶯聲啼斷海山雲上堂拈拄杖曰這裏薦得盡是諸佛建立邊事直饒東涌西没卷舒自在也未夢見七佛已前消息須知有一人不從人得不受教詔不落階級若識此人一生參學事畢驀召大衆曰更若疑聠不勞相見上堂良久曰青山常運步石女夜生兒便下座上堂假言唱道落在今時設使無舌人解語無脚人能行要且未能與那一人相應還會麼龍吟徒側耳虎嘯謾沉吟問如何是兼帶之語師曰妙用全施該世界木人開步火中來曰如何是和尚家風師曰衆人皆見曰未審見箇甚麼師曰東壁打西壁大觀初開封尹李孝壽奏師道行卓冠叢林宜有褒顯即賜紫方袍號定照禪師內臣持勅命至師謝恩竟乃陳已志出家時嘗有重誓不爲利名專誠學道用資九族苟渝願心當弃身命父母以此聽許今若不守本志竊冐寵光則佛法親盟背矣於是修表具辭復降旨京尹堅俾受之師確守不回以拒命坐罪奉旨下棘寺與從輕寺吏聞有司欲徒淄州有司曰有疾與免刑及吏問之師曰無疾曰何有灸瘢邪師曰昔者疾今日愈吏令思之師曰已悉厚意但妄非所安乃恬然就刑而行從之者如歸

市及抵淄川僦居學者愈親明年冬勑令自便庵於芙蓉湖心道俗川湊示衆曰夫出家者爲厭塵勞求脱生死休心息念斷絶攀緣故名出家豈可以等閑利養埋没平生直須兩頭撒開中間放下遇聲遇色如石上栽花見利見名似眼中著屑況從無始以來不是不曾經歷又不是不知次第不過翻頭作尾止於如此何須苦苦貪戀如今不歇更待何時所以先聖教人秖要盡却今時能盡今時更有何事若得心中無事佛祖猶是冤家一切世事自然冷淡方始那邊相應你不見隱山至死不肯見人趙州至死不肯告人匾擔拾橡栗爲食大梅以荷葉爲衣紙衣道者秖披紙玄泰上座秖著布石霜置枯木堂與人坐卧秖要死了你心投子使人辦米同煑共餐要得省取你事且從上諸聖有如此榜樣若無長處如何甘得諸仁者若也於斯體究的不虧人若也不肯承當向後深恐費力山僧行業無取忝主山門豈可坐費常住頓忘先聖付囑今者輙斆古人爲住持體例與諸人議定更不下山不赴齋不發化主唯將本院莊課一歲所得均作三百六十分日取一分用之更不隨人添減可以備飯則作飯作飯不足則作粥作粥不足則作米湯新到相見茶湯而已更不煎點唯置一茶堂自去取用務要省緣專一辦道又況活計具足風景不踈華解笑鳥解啼木馬長鳴石牛善走天外之青山寡色耳畔之鳴泉無聲嶺上猿啼露濕中宵之月林間鶴唳風回清曉之松春風起時枯木龍吟秋葉凋而寒林華散玉堦

鋪苔蘚之紋人面帶烟霞之色音塵寂爾消息宛然一味蕭條無可趣向山僧今日向諸人面前説家門已是不著便豈可更去陞堂入室拈槌豎拂東喝西棒張眉努目如癎病發相似不唯屈沈上座況亦辜負先聖你不見達磨西來少室山下面壁九年二祖至於立雪斷臂可謂受盡艱辛然而達磨不曾措了一詞二祖不曾問著一句還喚達磨作不爲人得麼二祖做不求師得麼山僧每至説著古聖做處便覺無地容身慚愧後人軟弱又況百味珍羞遞相供養道我四事具足方可發心秖恐做手脚不迭便是隔生隔世去也時光似箭深爲可惜雖然如是更在他人從長相度山僧也強教你不得諸仁者還見古人偈麼山田脱粟飯野菜淡黃虀喫則從君喫不喫任東西伏惟同道各自努力珍重政和七年冬賜額曰華嚴禪寺八年五月十四日索筆書偈付侍僧曰吾年七十六世緣今已足生不愛天堂死不怕地獄撒手橫身三界外騰騰任運何拘束移時乃逝

五燈會元卷第三十七

音釋

讟杜谷切音獨痛怨也　壅於用切雍去聲塞也　焞殊倫切音屯火色也　飜音番與翻同　犇博昆切音賁牛驚　淄莊持切音菑水名淄水出泰山萊蕪縣原山又州名　癇何間切音閑小兒癲病

五燈會元卷第三十八

宋　沙　門　大　川　濟　纂

青原下十一世

投子青禪師法嗣

隨州大洪山報恩禪師衞之黎陽劉氏子世皆碩儒師未冠舉方略擢上第後厭塵境請于朝乞謝簪紱爲僧上從其請遂遊心祖道至投子未久即悟心要子曰汝再來人也宜自護持辭謁諸名宿皆蒙印可丞相韓公縝請開法於西京少林未幾大洪革律爲禪詔師居之上堂五五二十五案山雷主山雨明眼衲僧莫教錯舉僧問九鼎澄波即不問爲祥爲瑞事如何師曰古今不墜曰這箇且拈放一邊向上還有事也無師曰太無厭生曰作家宗師師曰也不消得上堂如斯話會誰是知音直饒向一句下千眼頓開端的有幾箇是迷逢達磨諸人要識達磨祖師麼乃舉手作捏勢曰達磨鼻孔在少林手裏若放開去也從教此土西天說黃道黑欺胡謾漢若不放過不消一捏有人要與祖師作主便請出來與少林相見還有麼良久曰果然上堂拈起拄杖曰昔日德山臨濟信手拈來便能坐斷十方壁立千仞直得冰河焰起枯木花芳諸人若也善能横擔竪夯徧問諸方苟或不然少林倒行此令去也擊禪牀一下僧問一箭一羣即不問一箭一箇事如何師曰中也曰還端的也無師曰同聲相應同氣相求曰恁麼則石鞏猶在師曰非但一箇兩箇曰好事不如無師曰穿却了也問三玄三要即不問五位君臣事若何師曰非公境界曰恁

麼則石人拊掌木女呵呵師曰杓卜聽虛聲熟睡饒譫語曰若不上來伸此問焉能得見少林機師曰放過即不可隨後便打上堂橫按拄杖曰便與麼休去已落二三更若忉忉終成異見既到這裏又不可弓折箭盡去也且衲僧家遠則能照近則能明乃拈起拄杖曰穿却德山鼻孔換却臨濟眼睛掀翻大海撥轉虛空且道三千里外誰是知音於斯明得大似杲日照天苟或未明不免雲騰致雨卓一下問祖師西來九年面壁最後一句請師舉唱師曰面黑眼睛白師嘗設百問以問學者其略曰假使百千劫所作業不忘爲甚麼一稱南無佛罪滅河沙劫又作此○相曰森羅萬象總在其中具眼禪人試請甄別上堂拈拄杖曰看看大地雪漫漫春來特地寒

靈峰與少室料掉不相干休論佛意祖意謾謂言端語端鐵牛放去無蹤跡明月蘆花君自看卓拄杖下座師素與無盡居士張公商英友善無盡嘗以書問三教大要曰清涼疏第三卷西域邪見不出四見此方儒道亦不出此四見如莊老計自然爲因能生萬物即是邪因易曰太極生兩儀太極爲因亦是邪因若謂一陰一陽之謂道能生萬物亦是邪因若計一爲虛無則是無因今疑老子自然與西天外道自然不同何以言之老子曰常無欲以觀其妙常有欲以觀其徼無欲則常有徼則已入其道矣謂之邪因豈有說乎易曰一陰一陽之謂道陰陽不測之謂神神也者妙萬物而爲言寂然不動感而遂通天下之故今乃破陰陽變易之道爲邪因撥去不

測之神豈有說乎望紙後批示以斷疑網故也師答曰西域外道宗多途要其會歸不出有無四見而已謂有見無見亦有亦無見非有非無見也蓋不即一心爲道則道非我有故名外道不即諸法是心則法隨見異故名邪見如謂之有有則有無如謂之無無則無有有無則有見競生無有則無見斯起若亦有亦無見非有非無見亦猶是也夫不能離諸見則無以明自心無以明自心則不能知正道矣故經云言詞所說法小智妄分別不能了自心云何知正道又曰有見即爲垢此則未爲見遠離於諸見如是乃見佛以此論之邪正異途正由見悟殊致故也故清涼以莊老計道法自然能生萬物易謂太極生兩儀一陰一陽之謂道以自然太極爲因一陰一陽爲道能生萬物則是邪因計一爲虛無則是無因嘗試論之夫三界唯心萬緣一致心生故法生心滅故法滅推而廣之彌綸萬有而非有統而會之究竟寂滅而非無非無亦非非無非有亦非非有四執既亡百非斯遣則自然因緣皆爲戲論虛無眞實俱是假名矣至若謂太極陰陽能生萬物常無常有斯爲衆妙之門陰陽不測是謂無方之神雖聖人設教示悟多方然既異一心寧非四見何以明之蓋虛無爲道道則是無若自然若太極若一陰一陽爲道道則是有常無常有則是亦無亦有陰陽不測則是非有非無先儒或謂妙萬物謂之神則非物物物則亦是無故西天諸大論師皆以心外有法爲外道萬法唯心爲正宗蓋以心爲宗則諸見自亡

言雖或異未足以爲異也心外有法則諸見競生言雖或同未足以爲同也雖然儒道聖人固非不知之乃存而不論耳良以未即明指一心爲萬法之宗雖或言之猶不論也如西天外道皆大權菩薩示化之所施爲橫生諸見曲盡異端以明佛法是爲正道此其所以爲聖人之道順逆皆宗非思議之所能知矣故古人有言緣昔眞宗未至孔子且以繫心今知理有所歸不應猶執權教然知權之爲權未必知權也知權之爲實斯知權矣是亦周孔老莊設教立言之本意一大事因緣之所成始所成終也然則三教一心同途異轍究竟道宗本無言說非維摩大士孰能知此意也

沂州洞山雲禪師上堂秋風卷地夜雨翻空可中別有清涼箇裏更無熱惱是誰活計到者方知纔落見聞即居途路且道到家後如何任運獨行無伴侶不居正位不居偏

長安福應文禪師上堂明明百草頭明明祖師意直下便承當錯認弓爲矢惺惺底築著磕著懵懂底和泥合水龜毛拂逼塞虛空兔角杖撐天拄地日射珊瑚林知心能幾幾擊禪牀下座

滁州龍蟠聖壽曇廣禪師僧問師唱誰家曲宗風嗣阿誰師曰楊廣山頭雲靄靄月華菴畔栢青青曰恁麼則投子嫡嗣太陽親孫也師曰未跨鐵牛棒如雨點曰今日已知端的師曰一任敲甎打瓦

青原下十二世

芙蓉楷禪師法嗣

鄧州丹霞子淳禪師劍州賈氏子弱冠爲僧徹證於芙蓉之室上堂乾坤之内宇宙之間中有一寶秘在形山肇法師恁麼道秖解指蹤話跡且不能拈示於人丹霞今日擘開宇宙打破形山爲諸人拈出具眼者辨取以拄杖卓一下曰還見麼鷺鷥立雪非同色明月蘆花不似他上堂舉德山示衆曰我宗無語句實無一法與人德山恁麼説話可謂是秖知入草求人不覺通身泥水子細觀來秖具一隻眼若是丹霞則不然我宗有語句金刀剪不開深深玄妙旨玉女夜懷胎上堂亭亭日午猶虧半寂寂三更尚未圓六户不曾知暖意往來常在月明前上堂寶月流輝澄潭布影水無蘸月之意月無分照之心水月兩忘方可稱斷所以道昇天底事直須颺却十成底事直須去却擲地金聲不須回顧若能如是始解向異類中行諸人到這裏還相委悉麼良久曰常行不舉人間步披毛戴角混塵泥僧問牛頭未見四祖時如何師曰金菊乍開蜂競採曰見後如何師曰苗枯華謝了無依宣和己亥春示寂塔全身於洪山之南

東京淨因枯木法成禪師嘉興崇德人也上堂燈籠忽爾笑咍咍如何露柱亦懷胎天明生得白頭女至今游蕩不歸來這寃家好歸來黃花與翠竹早晚爲誰栽上堂知有佛祖向上事方有説話分諸禪德且道那箇是佛祖向上事有箇人家兒子六根不具七識不全是大闡提無佛種性逢佛殺佛逢祖殺祖天堂收不得地獄攝無門大衆還識此人麼良久曰對面不仙陀睡多饒寐語上堂歸元

性無二方便有多門但了歸元性何愁方便門諸人要會歸元性麽露柱將來作木杓旁人不肯任從伊要會方便門麽木杓將來作露柱撑天拄地也相宜且道不落方便門一句作麽生道三十年後莫教錯舉

洪州寶峰闡提惟照禪師簡州李氏子幼超邁而惡俗一日授書至性相近也習相遠也遽曰凡聖本一體以習故差别我知之矣即趨成都師鹿苑清泰年十九剃染登具泰令聽起信於大慈師輙歸臥泰詰之師曰既稱正信大乘豈言説所能了乃虛心游方謁芙蓉於大洪嘗夜坐閣道適風雪震薄聞警盗者傳呼過之豁有所得辭去大觀中芙蓉嬰難師自三吳欲趨沂水僕夫迷道師舉杖擊之忽大悟歎曰是地非龍山也耶比至沂芙蓉望而喜曰紹隆吾宗必子數輩矣因留躬耕湖上累年智證成就出領招提遷甘露三祖宣和壬寅詔補圓通棄去復居泐潭上堂古佛道我初成正覺親見大地衆生悉皆成正覺後來又道深固幽遠無人能到因没見識漢好龍頭蛇尾便下座上堂過去諸佛已入涅槃了也汝等諸人不應追念未來諸佛未出於世汝等諸人不要妄想正當今日你是何人叅上堂伯夷隘柳下惠不恭君子不由也二邊不立中道不安時作麽生拈拄杖曰鴛鴦繡出從君看不把金針度與人上堂太陽門下妙唱彌高明月堂前知音蓋寡不免舟横江渚棹舉清波唱慶堯年和清平樂如斯告報普請承當擬議之間白雲萬里上堂本自不生今亦無滅是死不得底樣子當

處出生隨處滅盡是活生受底規模大丈夫漢直須處生死流臥荆棘林俯仰屈伸隨機施設能如是也無量方便莊嚴三昧大解脱門蕩然頓開其或未然無量煩惱一切塵勞嶽立面前塞却古路上堂古人道墮肢體黜聰明離形去智同於大道正當恁麼時且道是甚麼人刪詩書定禮樂還委悉麼禮云禮云玉帛云乎哉樂云樂云鐘鼓云乎哉問承師有言雲黯黯處獨秀峰挺出月朦朦裏泐潭水光生豈不是寶峰境師曰若是寶峰境憑君子細看曰如何是境中人師曰看取令行時曰秖如承言須會宗勿自立規矩如何是和尚宗師曰須知雲外千峰上别有靈松帶露寒雪下僧問祖師西來即不問時節因緣事若何師曰一片兩片三四片落在眼中

猶不薦建炎二年正月七日示寂闍維得設利如珠琲舌齒不壞塔于寺之西峰

襄州石門元易禪師潼川税氏子上堂十方同聚會箇箇學無爲此是選佛場心空及第歸大衆秖如聞見覺知未嘗有間作麼生説箇心空底道理莫是見而不見聞而不聞爲之心空邪錯莫是忘機息慮萬法俱捐銷能所以入玄宗泯性相而歸法界爲之心空邪錯恁麼也不得不恁麼也不得恁麼不恁麼總不得未審畢竟作麼生還會麼良久曰若實無爲無不爲天堂地獄長相隨三尺杖子攪黄河八臂那吒冷眼窺無限魚龍盡奔走捉得循河三脚龜脱取殼鑽錐錐吉凶之兆便分輝借問東村白頭老吉凶未兆若何爲休休休古往今來春復秋白日騰騰隨分過

更嫌何處不風流咄上堂皓月當空澄潭無影紫微轉處夕陽輝彩鳳歸時天欲曉碧霄雲外石笋横空綠水波中泥牛駕浪懷胎玉兔曉過西岑抱子金雞夜棲東嶺於斯明得始知夜明簾外别是家風空王殿中聖凡絶跡且道作麽生是夜明簾外事還委悉麽正值秋風來入户一聲砧杵落誰家僧問古鏡未磨時如何師曰精靈皺眉曰磨後如何師曰波斯彈指曰爲甚麽如此師曰好事不出門紹興丁丑七月二十五日坐寂火後收設利塔于學射山

東京淨因自覺禪師青州王氏子幼以儒業見知於司馬温公然事高尚而無意功名一旦落髮從芙蓉游履踐精密契悟超絶出世住大乘崇寧間詔居淨因上堂祖師西來特

唱此事自是諸人不肯委悉向外馳求投赤水以尋珠詣荆山而覓玉殊不知從門入者不是家珍認影迷頭豈非大錯直得宗門提唱體寂無依念異不生古今無間森羅萬象觸目家風鳥道遼空不妨舉步金雞報曉丹鳳翺翔玉樹花開枯枝結子秖有太陽門下日日三秋明月堂前時時九夏要會麽無影樹垂寒潤月海潮東注斗移西

西京天寧禧誧禪師蔡州宋氏子初住韶山次過天寧丹霞上堂韶山近日没巴鼻眼裏聞聲鼻嘗味有時一覺到天明不在牀上不落地大衆且道在甚麽處諸人於斯下得一轉語非唯救得韶山亦乃不孤行脚其或未然三級浪高魚化龍癡人猶戽夜塘水問如何是君師曰宇宙無雙日乾坤秖一人曰如

何是臣師曰德分明主化道契物情機曰如何是臣向君師曰赤心歸舜日盡節報堯天曰如何是君視臣師曰玄眸凝不瞬妙體鑒旁來曰如何是君臣道合師曰帳符尊賤隔潛信往來通政和五年九月四日忽召主事令以楮囊分而爲四衆僧童行常住津送各一既而復曰丹霞有箇公案從來推倒扶起今朝普示諸人且道是箇甚底顧視左右曰會麼曰不會師曰偉哉大丈夫不會末後句遂就寢右脇而化

長安天寧大用齊璉禪師上堂清虛之理佛祖同歸畢竟無身聖凡一體理則如是滿目森羅事作麼生纖塵絶際渠儂有眼豈在旁窺官不容針私通車馬若到恁麼田地始可隨機受用信手拈來妙應無方當風玄路直得金針錦縫線脚不彰玉殿寶階珠簾未卷正當此時且道是甚麼人境界古渡秋風寒颯颯蘆花紅蓼滿江灣

潼川府梅山已禪師僧問如何是法身邊事師曰枯木糝花不犯春曰如何是法身向上事師曰石女不粧眉

福州普賢善秀禪師僧問如何是正中偏師曰龍吟初夜後虎嘯五更前曰如何是偏中正師曰輕煙籠皓月薄霧鎖寒巖曰如何是正中來師曰松瘁何曾老花開滿未萌曰如何是兼中至師曰猿啼音莫辨鶴唳響難明曰如何是兼中到師曰撥開雲外路脱去月明前

襄州鹿門法燈禪師成都劉氏子依大慈寶範爲僧俾聽華嚴得其要棄謁芙蓉蓉問曰

如何是空劫已前自已師於言下心跡泯然從容進曰靈然一句超羣象迥出三乘不假修蓉撫而印之開法鹿門僧問虛玄不犯寶鑑光寒時如何師曰掘地深埋問如何是逍遙物外底人師曰徧身紅爛不可扶持

建昌軍資聖南禪師聖節上堂顧視左右曰諸人還知麼夜明簾外之主萬化不渝瑠璃殿上之尊四臣不昧端拱而治不令而行壽逾百億須彌化洽大千沙界且道正恁麼時如何行履野老不知黃屋貴六街慵聽靜鞭聲

瑞州洞山微禪師上堂日暖風和柳眼青氷消魚躍浪花生當鋒妙得空王印半夜崑崙戴雪行僧問如何是默默相應底事師曰瘂子喫苦瓜

太傅高世則居士字仲貽號無功初參芙蓉求指心要蓉令去其所重扣已而參一日忽造微密呈偈曰懸崖撒手任縱橫大地虛空自坦平照壑輝巖不借月庵頭别有一簾明

大洪恩禪師法嗣

隨州大洪守遂禪師遂寧章氏子上堂召大衆一拳拳倒黃鶴樓一踏踏翻鸚鵡洲慣向高樓驟玉馬曾於急水打金毬然雖恁麼爭奈有五色絲條繫手脚三鐍金鎖鎖咽喉直饒鎚碎金鎖割斷絲條須知更有一重礙汝在且道如何是那一重還會麼善吉維摩談不到目連鶖子看如盲上堂舉李刺史問藥山何姓山曰正是時李罔測乃問院主某甲適來問長老何姓答道正是時的當是姓甚麼主曰秖是姓韓山聞曰若六月對他便道

姓熱也又巖頭問講僧見說大德會教是否曰不敢巖頭舉拳曰是甚麼教曰是權教頭曰苦哉我若展脚問你不可道是脚教也師曰奇怪二老宿有殺人刀有活人劒一轉語似石上栽花一轉語似空中挂劒當時若無後語達磨一宗掃土而盡諸人要見二老宿麼寧可截舌不犯國諱

青原下十三世

丹霞淳禪師法嗣

眞州長蘆眞歇清了禪師左綿雍氏子襁褓入寺見佛喜動眉睫咸異之年十八試法華得度往成都大慈習經論領大意出蜀至沔漢扣丹霞之室霞問如何是空劫已前自己師擬對霞曰你鬧在且去一日登鉢盂峰豁然契悟徑歸侍立霞掌曰將謂你知有師欣然拜之翌日霞上堂曰日照孤峰翠月臨溪水寒祖師玄妙訣莫向寸心安便下座師直前曰今日陞座更瞞某不得也霞曰你試舉我今日陞座看師良久霞曰將謂你瞥地師便出後游五臺之京師浮汴直抵長蘆謁祖照一語契投命爲侍者踰年分座未幾照稱疾退閑命師繼席學者如歸建炎末游四明主補陀台之天封閩之雪峰詔住育王徙溫州龍翔杭之徑山慈寧皇太后命開山皐寧崇先上堂我於先師一掌下伎倆俱盡覓箇開口處不可得如今還有恁麼快活不徹底漢麼若無銜鐵負鞍各自著便上堂久黙斯要不務速說釋迦老子待要款曲實弄爭奈未出母胎已被人覷破且道覷破箇甚麼瞞雪峰不得上堂上孤峰頂過獨木橋驀直恁

麼行猶是時人脚高脚低處若見得徹不出户身徧十方未入門常在屋裏其或未然趂涼般取一轉柴上堂道得第一句不被拄杖子瞞識得拄杖子猶是途路中事作麼生是到地頭一句上堂處處覓不得秖有一處不覓自得且道是那一處良久曰賊身已露上堂口邊白醭去始得入門遍身紅爛去方知有門裏事更須知有不出門底乃曰喚甚麼作門僧問三世諸佛向火焰裏轉大法輪還端的也無師大笑曰我却疑著曰和尚爲甚麼却疑著師曰野花香滿路幽鳥不知春問不落風彩還許轉身也無師曰石人行處不同功曰向上事作麼生師曰妙在一漚前豈容千聖眼僧禮拜師曰秖恐不恁麼師一日入厨看煑麵次忽桶底脫衆皆失聲曰可惜

許師曰桶底脫自合歡喜因甚麼却煩惱僧曰和尚即得師曰灼然可惜許一桶麵問僧你死後燒作灰撒却了向甚麼處去僧便喝師曰好一喝秖是不得翻款僧又喝師曰公案未圓更喝始得僧無語師打曰這死漢上堂菖封古徑不墮虛疑霧鎻寒林肯彰風要鉤針穩密孰云漁父棲巢秖麼承當自是平常快活還有具透關眼底麼良久曰直饒聞早便歸去爭似從來不出門上堂乍雨乍晴乍寒乍熱山僧底箇山僧自知諸人底箇諸人自說且道雪峰口除喫飯外要作甚麼問僧瑠璃殿上玉女攛梭明甚麼邊事曰回互不當機師曰還有斷續也無曰古今不曾間師曰正當不曾間時如何僧珍重便出上堂撼拄杖曰看看三千大千世界一時搖動雲

門大師即得雪峰則不然卓拄杖曰三千大千世界向甚麼處去還會麼不得重梅雨秧苗爭見青上堂幻化空身即法身遂作舞云見麼見麼恁麼見得過橋村酒美又作舞云見麼見麼恁麼不見隔岸野花香上堂還有不被玄妙汙染底麼良久曰這一點傾四海水已是洗脫不下僧問如何是空劫已前自已師曰白馬入蘆花上堂窮微喪本體妙失宗一句截流淵玄及盡是以金針密處不露光鋩玉線通時潛舒異彩雖然如是猶是交互雙明且道巧拙不到作麼生相委良久曰雲蘿秀處青陰合巖樹高低翠鎻深上堂轉功就位是向去底人玉韞荊山貴轉位就功是却來底人紅爐片雪春功位俱轉通身不滯撒手亡依石女夜登機密室無人掃正恁麼時絕氣息一句作麼生相委良久曰歸根風墮葉照盡月潭空師終于阜寧崇先塔于寺西華桐嶋謚悟空禪師

明州天童宏智正覺禪師隰州李氏子毋夢五臺一僧解環與環其右臂乃孕遂齋戒及生右臂特起若環狀七歲日誦數千言祖寂父宗道久叅佛陁遜禪師嘗指師謂其父曰此子道韻勝甚非塵埃中人苟出家必爲法器十一得度於淨明本宗十四具戒十八遊方訣其祖曰若不發明大事誓不歸矣及至汝州香山成枯木一見深所器重一日聞僧誦蓮經至父毋所生眼悉見三千界瞥然有省即詣丈室陳所悟山指臺上香合曰裏面是甚麼物師曰是甚麼心行山曰汝悟處又作麼生師以手畫一圓相呈之復拋向後山

曰弄泥團漢有甚麼限師曰錯山曰別見人始得師應喏喏即造丹霞霞問如何是空刼已前自己師曰井底蝦蟆吞却月三更不借夜明簾霞曰未在更道師擬議霞打一拂子曰又道不借師言下釋然遂作禮霞曰何不道取一句師曰某甲今日失錢遭罪霞曰未暇打得你且去霞領大洪師掌牋記後命首衆得法者已數人四年過圓通時眞歇初住長蘆遣僧邀至衆出迎見其衣鳥穿弊且易之眞歇俾侍者易以新履師却曰吾爲鞋來邪衆聞心服懇求說法居第一座六年出住泗州普照次補太平圓通能仁及長蘆天童屋廬湫隘師至創闢一新衲子爭集上堂黄閣簾垂誰傳家信紫羅帳合暗撒眞珠正恁麼時視聽有所不到言詮有所不及如何通得箇消息去夢回夜色依俙曉笑指家風爛熳春上堂心不能緣口不能議直饒退步荷擔切忌當頭觸諱風月寒清古渡頭夜船撥轉瑠璃地上堂空刼有眞宗聲前問已躬赤窮新活計清白舊家風的的三乘外寥寥一印中却來行異類萬派自朝東上堂今日是釋迦老子降誕之辰長蘆不解說禪與諸人畫箇樣子秖如在摩耶胎時作麼生以拂子畫此⊙相曰秖如以清淨水浴金色身時又作麼生復畫此㊌相曰秖如周行七步目顧四方指天指地成道說法神通變化智慧辯才四十九年三百餘會說青道黄指東畫西入般涅槃時又作麼生乃畫此㊉相復曰若是具眼衲僧必也相許其或未然一一歷過始得上堂僧問如何是向去底人師曰白雲

投壑盡青嶂倚空高曰如何是却來底人師曰滿頭白髮離巖谷半夜穿雲入市鄽曰如何是不來不去底人師曰石女喚回三界夢木人坐斷六門機乃曰句裏明宗則易宗中辨的則難良久曰還會麼凍雞未報家林曉隱隱行人過雪山僧問一絲不著時如何師曰合同船子並頭行曰其中事作麼生師曰快刀快斧斫不入問布袋頭開時如何師曰一任填溝塞壑問淸虛之理畢竟無身時如何師曰文彩未痕初消息難傳際曰一步密移玄路轉通身放下刧壺空師曰誕生就父時合體無遺照曰理旣如是事作麼生師曰歷歷纔回分化事十方機應又何妨曰恁麼則塵塵皆現本來身去也師曰透一切色超一切心曰如理如事又作麼生師曰路逢死虵莫打殺無底籃子盛將歸曰入市能長嘯歸家著短衫師曰木人嶺上歌石女溪邊舞上堂諸禪德呑盡三世佛底人爲甚麼開口不得照破四天下底人爲甚麼合眼不得許多病痛與你一時拈却了也且作麼生得十成通暢去還會麼擘開華嶽連天色放出黃河到海聲師住持以來受無貪而施無厭歲艱食竭已有及贍衆之餘賴全活者數萬日常過午不食紹興丁丑九月謁郡僚及檀度次謁越帥趙公令詵與之言別十月七日還山翌日辰巳間沐浴更衣端坐告衆顧侍僧索筆作書遺育王大慧禪師請主後事仍書偈曰夢幻空花六十七年白鳥煙沒秋水連天擲筆而逝龕留七日顏貌如生奉全軀塔于東谷謚宏智塔名妙光

隨州大洪慧照慶預禪師上堂進一步踐他國王水草退一步踏他祖父田園不進不退正在死水中還有出身之路也無蕭騷晚額松釵短游漾春風柳線長上堂舉船子囑夾山曰直須藏身處無蹤跡無蹤跡處莫藏身吾在藥山三十年秖明此事今時人爲甚麼却造次丹山無彩鳳寶殿不留冠有時愍有時癡非我途中爭得知

處州治平湡禪師上堂優游實際妙明家轉步移身指落霞無限白雲猶不見夜乘明月出蘆花

淨因成禪師法嗣

台州天封子歸禪師上堂卓拄杖一下召大衆曰八萬四千法門八字打開了也見得麼金鳳夜棲無影樹峰巒纔露海雲遮

太平州吉祥法宣禪師僧問如何是祖師西來意師曰久旱無甘雨田中稻穗枯曰意旨如何師曰今年米價貴容易莫嫌麤

台州護國守昌禪師上堂拈拄杖卓曰三十六旬之開始七十二候之起元萬邦迎和氣之時東帝布生成之令直得天垂瑞彩地擁貞祥微微細雨洗寒空淡淡春光籠野色可謂應時納祐慶無不宜盡大地人皆添一歲敢問諸人且道那一人年多少良久曰千歲老兒顏似玉萬年童子鬢如絲

鄧州丹霞普月禪師上堂威音已前誰當辨的然燈已後孰是知音直饒那畔承當未免打作兩橛縱向這邊行履也應未得十全良由杜口毗耶已是天機漏洩任使掩室摩竭終須縫罅離披休云體露眞常直是純清絕

點說甚皮膚脫落自然獨運孤明雖然似此新鮮未稱衲僧意氣直得五眼齊開三光洞啟從此竿頭絲線自然不犯波瀾須明轉位回機方解入鄽垂手所以道任使板齒生毛莫教眼睛顧著認著則空花繚亂言之則語路參差既然如是敢問諸人不犯鋒鋩一句作麼生道良久曰半夜烏龜眼豁開萬象曉來都一色

東京妙慧尼慧光淨智禪師上堂舉趙州勘婆話乃曰趙州舌頭連天老婆眉光覆地分明勘破歸來無限平人瞌睡

寶峯照禪師法嗣

江州圓通青谷眞際德止禪師金紫徐閎中之季子也世居歷陽師雙瞳紺碧神光射人十歲未知書多喜睡其父目爲懵然子暨成童強記過人學文有奇語弱冠夢異僧授四句偈已而有以南安巖主像遺之者即傍所載聰明偈自是持念不忘後五年隨金紫將漕西洛一夕忽大悟連作數偈一曰不因言句不因人不因物色不因聲夜半吹燈方就枕忽然這裏已天明每嘯歌自若衆莫測之乃力求出家父弗許欲以官授之師曰某方將脫世網不著三界豈復刺頭於利名中邪請移授從兄玨遂祝髮受具未數載名振京師宣和三年春徽宗皇帝賜號眞際俾居圓通上堂山僧二十年前兩目皆盲了無所覩唯是聞人說道青天之上有大日輪照三千大千世界無有不徧之處籌策萬端終不能見二十年後眼光漸開又值天色連陰濃雲亂湧四方觀察上下推窮見雲行時便於行

處作計較見雲住時便於住處立箇窠臼正如是問忽遇著箇多知漢問道莫是要見日輪麽何不向高山頂上去山僧却徵他道那裏是高山頂上他道紅塵不到處是諸仁者好箇端的消息還會麽長連牀上佛陁耶上堂昨夜黄面瞿曇將三千大千世界來一口呑盡如人飲湯水蹤跡不留應時消散當爾時諸大菩薩聲聞羅漢及與一切衆生盡皆不覺不知唯有文殊普賢瞥然覷見雖然得見渺渺茫茫恰似向大洋海裏頭出頭沒諸人且道是甚麽消息若也檢點得破許他頂門上具一隻眼示寂闍維煙氣所及悉成設利塔司空山分窆疊石原

台州真如道會禪師上堂空劫中事自肯承當日用全彰有何滲漏正好歸家穩坐任他雪覆青山不留元字挂懐誰顧波飜水面且道正不立玄偏不附物一句如何舉似機絲不挂梭頭事文彩縱横意自殊

興國軍智通大死翁景深禪師台州王氏子自幼不羣年十八依廣度院德芝披剃始謁淨慈象禪師一日聞象曰思而知慮而解皆鬼家活計與不自遏遂往寶峰求入室峰曰直須斷起滅念向空劫已前掃除玄路不涉正偏盡却今時全身放下放盡還放方有自由分師聞頓領厥旨峰擊鼓告衆曰深得闡提大死之道後學宜依之因號大死翁建炎改元開法智通上堂來不入門去不出户來去無痕如何提唱直得古路苔封羺羊絶迹蒼梧月鏁丹鳳不棲所以道藏身處沒蹤跡沒蹤跡處莫藏身若能如是去住無依了無

向背還委悉麼而今分散如雲鶴你我相忘觸處玄僧問如何是正中偏師曰黑面老婆披白練曰如何是偏中正師曰白頭翁子著皂衫曰如何是正中來師曰屎裏飜筋斗曰如何是兼中至師曰雪刃籠身不自傷曰如何是兼中到師曰崑崙夜裏行曰向上還有事也無師曰捉得烏龜喚作鼈曰乞師再垂方便師曰入山逢虎臥出谷鬼來牽曰何得干戈相待師曰三兩綫一斤麻紹興初歸住寶藏巖以事民其服壬申二月示微恙乃曰世緣盡矣三月十三爲衆小參仍說偈曰不用剃頭何須澡浴一堆紅焰千足萬足雖然如是且道向上還有事也無遂歛目而逝

衢州華藥智朋禪師四明黃氏子依寶峰有年無省因爲衆持鉢峰自題其像曰雨洗淡紅桃萼嫩風搖淺碧柳絲輕白雲影裏怪石露綠水光中古木清噫你是何人至焦山枯木成禪師見之歎曰今日方知此老親見先師來師遂請益其賛成曰豈不見法眼拈夾山境話曰我二十年秖作境會師即契悟（羅湖野錄云成指以問師曰汝會麼師曰不會成曰汝記得法燈擬寒山否師遂誦至誰人知此意令我憶南泉於憶字處成遽以手掩師口曰住住師豁然有省）乃曰元來恁麼地成曰汝作麼生會師曰春生夏長秋收冬藏成曰直須保任師應喏紹興初出住華藥婺之天寧後遷清涼上堂海風吹夢嶺猿啼月敢問諸人是何時節恁麼會得無影樹下任遨遊其或未然三條椽下直須打徹後退居明之瑞巖建康再以清涼挽之明守亦勉其行師不從作偈送使者曰相煩專使入煙霞灰冷無湯不點茶寄語甬東賢太守

難教枯木再生花未幾而終

石門易禪師法嗣

吉州青原齊禪師福州陳氏子二十八辭父兄從雲蓋智禪師出家執事首座座一日秉拂罷師問曰某聞首座所説莫曉其義伏望慈悲指示座諄諄誘之使究無著説這箇法踰兩日有省以偈呈曰説法無如這箇親十方刹海一微塵若能於此明眞理大地何曾見一人座駭然因語智得度徧扣諸方後至石門深器可出住青原僅一紀示寂日説偈遺衆曰昨夜三更過急灘灘頭雲霧黑漫漫一條拄杖爲知已擊碎千關與萬關

越州天衣法聰禪師上堂幽室寒燈不假挑虛空明月徹雲霄要知日用常無間烈焰光中發異苗因裝普賢大士開光明次師登梯秉筆顧大衆曰道得即爲下筆衆無對師召侍者與老僧牢扶梯子遂點之

遂寧府香山尼佛通禪師因誦蓮經有省往見石門乃曰成都喫不得也遂寧喫不得也門拈拄杖打出通忽悟曰榮者自榮謝者自謝秋露春風好不著便門拂袖歸方丈師亦不顧而出由此道俗景從得法者衆

淨因覺禪師法嗣

東京華嚴眞懿慧蘭禪師上堂達磨大師九年面壁未開口已前不妨令人疑著却被神光座主一覷脚手忙亂便道吾本來茲土傳法救迷情一華開五葉結果自然成當時若有箇漢腦後有照破古今底眼目手中有截斷虛空底鉗鎚纔見恁麼道便與驀胷搊住問他道一華五葉且拈放一邊作麼生是你

傳底法待伊開口便與掀倒禪牀直饒達磨全機也倒退三千里免見千古之下負累兒孫華嚴今日豈可徒然非唯重整頹綱且要爲諸人雪屈遂拈拄杖橫按召大衆曰達磨大師向甚處去也擲拄杖下座上堂拈拄杖曰靈山會上與作拈花少室峰前名爲得髓從上古德秖可傍觀末代宗師盡皆拱手華嚴今日不可逐浪隨波擬向萬仞峰前點出普天春色會麼髑髏無喜識枯木有龍吟

天寧誧禪師法嗣

西京熊耳慈禪師上堂般若無知應緣而照山僧今日撒屎撒尿這邊放那邊屙東山西嶺笑呵呵幸然一片清涼地剛被熊峰染汙他染汙他莫啾唧泥牛木馬盡呵叱過犯彌天且莫論再得清明又何日還會麼來年更有新條在惱亂春風卒未休

大洪遂禪師法嗣

隨州大洪慶顯禪師僧問須菩提巖中宴坐帝釋雨華和尚新據洪峰有何祥瑞師曰鐵牛耕破扶桑國迸出金烏照海門曰未審是何宗旨師曰熨斗煎茶銚不同

大洪智禪師法嗣

越州天章樞禪師上堂召大衆曰春將至歲已暮思量古往今來秖是箇般調度凝眸昔日家風下足舊時岐路勸君休莫莽鹵眨上眉毛須薦取東村王老笑呵呵此道今人棄如土

五燈會元卷第三十八

音釋

紱分勿切音弗綬也　譫之廉切音詹多言也　徼吉弔切音叫循也一曰徼

妙 沂魚衣切音澧水名 誧奔謨切音逋大也 鑐詢趨切音須鑐牡也

誏下懇切音很不聽從也 閎胡盲切音宏閎門也

五燈會元卷第三十九

宋沙門大川濟纂

青原下十四世

長蘆了禪師法嗣

明州天童宗珏禪師僧問如何是道師曰十字街頭休斫額上堂劫前運步世外横身妙契不可以意到眞證不可以言傳直得虚靜斂氛白雲向寒巖而斷靈光破暗明月隨夜船而來正恁麽時作麽生履踐偏正不曾離本位縱横那涉語因緣

眞州長蘆妙覺慧悟禪師上堂盡大地是箇解脱門把手拽不肯入雪峰老漢抑逼人作麽旣到這裏爲甚麽鼻孔在別人手裏良久曰貪觀天上月失却手中橈僧問鴈過長空影沈寒水鴈無遺蹤之意水無沈影之心還端的也無師曰蘆花兩岸雪江水一天秋曰便恁麽去時如何師曰鴈過長空聻僧擬議師曰靈利衲子

福州龜山義初禪師上堂久默斯要不務速説釋迦老子寐語作麽我今爲汝保任斯事終不虚也大似壓良爲賤旣不恁麽畢竟如何白雲籠嶽頂翠色轉崔嵬

建康保寧興譽禪師上堂步入道場影涵宗鑑粲粲星羅霽夜英英花吐春時木人密運化機絲毫不爽石女全提空印文彩未彰且道不一不異無去無來合作麽生體悉的的縱横皆妙用阿儂元不異中來

眞州北山法通禪師上堂吞盡三世底爲甚麽開口不得照破四天下底爲甚麽開眼不得作麽生得十成通暢去金針雙鎖備叶露

隱全該僧問斷言語絕思惟處乞師指示師曰滴水不入石

天童覺禪師法嗣

明州雪竇聞庵嗣宗禪師徽州陳氏子幼業經圓具依妙湛慧禪師詰問次釋然契悟慧以麈尾拂付之後謁宏智掌印可其道愈尊出住普照善權翠巖雪竇上堂人人有箇鼻孔唯有善權無鼻孔爲甚麼無二十年前被人掣落了也人人有兩箇眼睛唯有善權無眼睛爲甚麼無被人木槵子換了也人人有箇髑髏唯有善權無髑髏爲甚麼無借人作屎杓了也遂召大衆曰鼻孔又無眼睛又無髑髏又無諸人還識善權麼若也不識是諸人埋没善權其或未然更聽一頌澗底泥牛金貼面山頭石女著眞紅繫驢橛上生芝草不是雲靄香爐峰上堂翠巖不是不説秖爲無箇時節今朝快便難逢一句爲君剖決露柱本是木頭秤鎚秖是生鐵諸人若到諸方莫道山僧饒舌僧問蓮花未出水時如何師曰没却你鼻孔曰出水後如何師曰穿著你眼睛曰如何是正法眼師曰烏豆問如何是君師曰磨礱三尺劒待斬不平人曰如何是臣師曰白雲閑不徹流水太忙生曰如何是君臣道合師曰雲行雨施月皎星輝問如何是正中偏師曰菱花未照前曰如何是偏中正師曰團圞無少剩曰如何是正中來師曰徧界絕纖埃曰如何是兼中至師曰齧鏃功前戲曰如何是兼中到師曰十道不通耗問如何是轉功就位師曰撒手無依全體現扁舟漁父宿蘆花曰如何是轉位就功師曰半

夜嶺頭風月靜一聲高樹老猿啼曰如何是功位齊彰師曰出門不踏來時路滿目飛塵絶點埃曰如何是功位俱隱師曰泥牛飲盡澄潭月石馬加鞭不轉頭師終于本山塔全身寺之西南隅

常州善權法智禪師陜府栢氏子壯於西京聖果寺祝髮習華嚴棄謁南陽謹次參大洪智踰十年無所證後於宏智言下豁然出居善權次遷金粟上堂明月高懸未照前雪眉人凭玉欄干夜深雨過風雷息客散雲樓酒椀乾上堂三界無法何處求心驚虵入草飛鳥出林雨過山堂秋夜靜市聲終不到孤岑

杭州淨慈自得慧暉禪師會稽張氏子幼依澄照道凝染削進具甫二十扣眞歇於長蘆微有所證旋里謁宏智智舉當明中有暗不以暗相遇當暗中有明不以明相覩問之語不契初夜定回往聖僧前燒香而宏智適至師見之頓明前話次日入室智舉堪嗟去日顏如玉却歎回時鬢似霜詰之師曰其入離其出微自爾問答無滯智許爲室中眞子紹興丁巳開法補陀徙萬壽及吉祥雪竇淳熙三年勑補淨慈上堂朔風凜凜掃寒林葉落歸根露赤心萬派朝宗船到岸六窗虛映芥投針本成現莫他尋性地閑閑耀古今戶外凍消春色動四山渾作木龍吟上堂釋迦老子窮理盡性金口敷宣一代時教珠回玉轉被人喚作拭不淨故紙達磨祖師以一乘法直指單傳面壁九年不立文字被人喚作壁觀婆羅門且道作麼生行履免被傍人指注去衲帔蒙頭萬事休此時山僧都不會上堂

巢知風穴知雨甜者甜兮苦者苦不須計較作思量五五從來二十五萬般施設到平常此是叢林飽參句諸人還委悉麼野老不知堯舜力鼕鼕打鼓祭江神上堂谷之神樞之要裏許旁參回途得妙雲雖動而常閑月雖晦而彌照賓主交參正偏兼到十洲春盡花凋殘珊瑚樹林日杲杲僧問如何是正中偏師曰昨夜三更星滿天曰如何是偏中正師曰白雲籠嶽頂終不露崔嵬曰如何是正中來師曰莫謂鯤鯨無羽翼今日親從鳥道來曰如何是兼中至師曰應無跡用無痕曰如何是兼中到師曰石人衫子破大地没人縫上堂皮膚脫落絶方隅明了身心一物無妙入道寰深靜處玉人端馭白牛車妙明田地達者還稀識情不到唯證方知白雲兒靈靈自照青山父卓卓常存機分頂後光智契劫前眼所以道新豐路兮峻仍敻新豐洞兮湛然沃登者登兮不動揺游者游兮莫忽速亭堂雖有到人稀林泉不長尋常木諸禪德向上一著尊貴難明瑠璃殿上不稱尊翡翠簾前還合伴正與麼時針線貫通眞宗不墜合作麼生施設滿頭白髮離巖谷半夜穿雲入市鄽上堂舉傅大士法身頌云空手把鋤頭步行騎水牛人從橋上過橋流水不流雲門大師道諸人東來西來南來北來各各騎一頭水牯牛來然雖如是千頭萬頭秖要識取這一頭師曰雲門尋常乾爆爆地錐劄不入到這裏也解拖泥帶水諸人秖今要見這一頭麼天色稍寒各自歸堂上堂舉風幡話師曰風幡動處著得箇眼却是上座風幡動處

失却箇眼即是風幡其或未然不是風幡不是心衲僧徒自強錐針巖房雨過昏煙淨臥聽涼風生竹林七年秋退歸雪竇十年仲冬二十九日中夜沐浴而逝窆全身於明覺塔右

明州瑞巖石窻法恭禪師郡之奉化林氏子於棲眞院下髮受具往延慶講下一夕誦法華至父母所生眼悉見三千界時聞風剌欞櫚葉聲忽然有省弃依天童始明大旨凡當世弘法者悉往咨決出住能仁光孝瑞巖上堂春風楊柳眉春禽弄百舌一片祖師心兩處俱漏泄不動步還家習漏頓消滅暗投玉線芒曉貫金針穴深固實幽遠無人孰辨别慚愧可憐生頭頭皆合轍不念阿彌陀南無乾屎橛無智癡人前第一不得說上堂見得徹用時親相逢盡是箇中人望空雨寶休誇富無地容錐未是貧踏著秤鎚硬似鐵八兩元來是半斤上堂舉世尊生下指天指地公案頌曰五天一隻蓬蒿箭攪動支那百萬兵不得雲門行正令幾乎錯認定盤星

襄州石門清涼法眞禪師劒門人也上堂柳色含煙春光迥秀一峰孤峻萬卉爭芳白雲淡泞已無心滿目青山元不動漁翁垂釣一溪寒雪未曾消野渡無人萬古碧潭清似鏡實中有主拄杖橫挑日月輪主中有賓踏破草鞋赤脚走直得賓主互顯殺活自由理事渾融正偏不滯入荒田不揀信手拈來草且道如何委悉塵中雖有隱身術爭似全身入帝鄉

明州光孝了堂思徹禪師上堂羊頭車子推

明月沒底船兒載曉風一句頓超情量外道無南北與西東所以却前消息非口耳之所傳格外眞規豈思量之能解須知佛佛祖祖了無一法爲人子子孫孫直下全身荷負既已萬機寢削自然一糝不留湛湛之波碧水冷涵於秋色靈靈之照霽天淨洗於氷輪宛轉旁參叶通兼帶夢手推開玉户飜身撥動機輪正令纔行又見一陽萌動化工密運俄驚三世變遷雖則默爾無言爭奈熾然常說無遷無變今朝拈置一邊有故有新且道如何話會諸人還委悉麼羣陰消剝盡來日是書雲

隨州大洪法爲禪師天台鮑氏子上堂法身無相不可以音聲求妙道亡言豈可以文字會縱使超佛越祖猶落階梯直饒說妙談玄終挂唇齒須是功勳不犯形跡不留枯木寒巖更無津潤幻人木馬情識皆空方能垂手入鄽轉身異類不見道無漏國中留不住却來煙塢臥寒沙

眞州長蘆琳禪師上堂拈拄杖曰其宗也離心意識其旨也超去來今離心意識故品萬類不見差殊超去來今故盡十方更無滲漏當頭不犯徹底無依悟向朕兆未生已前用在功勳不犯之處平常活計不用躊躕擬議之間即沒交涉

大洪預禪師法嗣

臨江軍慧力悟禪師上堂一切聲是佛聲簷前雨滴響泠泠一切色是佛色覷面相呈諱不得便恁麼若爲明碧天雲外月華清

福州雪峰慧深首座示衆未得入頭應切切

入頭已得須教徹徹雖然得入本無無莫守無無無間歇大洪聞之乃曰深兄說禪若此惜福緣不勝耳一日普說罷揮偈辭衆以筆一拍而化

天封歸禪師法嗣

江州東林通理禪師上堂峰頭駕鐵船三更日輪杲心閑不自明落葉知誰掃等閑摘箇鄭州梨放手元是青州棗

天衣聰禪師法嗣

蘇州慧日法安禪師本郡人僧問如何是和尚爲人一句師曰狗走抖擻口曰意旨如何師曰猴愁摟揪頭

温州護國欽禪師上堂有句無句明來暗去活捉生擒提書露布如藤倚樹物以類聚海外人參蜀中綿附樹倒藤枯切忌名模句歸何處蘇嚧囌嚧呵呵大笑破鏡不照大地茫茫一任跨跳

無爲軍吉祥元實禪師高郵人自到天衣蚤夜精勤脇不至席一日偶失笑喧衆衣擯之中夜宿田里覩星月粲然有省曉歸趨方丈衣見乃問洞山五位君臣如何話會師曰我這裏一位也無衣令參堂謂侍僧曰這漢却有箇見處奈不識宗旨何入室次衣預令行者五人分序而立師至俱召實上座師於是密契奧旨述偈曰一位纔彰五位分君臣叶處紫雲屯夜明簾卷無私照金殿重重顯至尊衣稱善後住吉祥

舒州投子道宣禪師久侍天衣無所契衣叱之師忘寢食者月餘一夕聞巡更鈴聲忽猛省曰住住一聲直透青霄路寒潭月皎有誰

知泥牛觸折珊瑚樹衣聞命職藏司住後凡有所問以拂子作搖鈴勢

青原下十五世

天童玨禪師法嗣

明州雪竇智鑒禪師滁州吳氏子兒時母與洗手瘍因曰是甚麼對曰我手似佛手長失恃怙依眞歇於長蘆大休首衆即器之後遯象山百怪不能惑深夜開悟求證於延壽然復見大休住後上堂世尊有密語迦葉不覆藏一夜落花雨滿城流水香

雪竇宗禪師法嗣

泰州廣福徹庵道勤禪師本郡俞氏子上堂舉僧問同安如何是和尚家風同安曰金雞抱子歸霄漢玉兔懷胎入紫微曰忽遇客來將何祇待同安曰金果早朝猿摘去玉華晚後鳳銜來師曰廣福即不然有問如何是和尚家風秖向他道翠竹叢邊歌款乃碧巖深處臥煙蘿忽遇客來將何祇待沒底籃兒盛皓月無心盌子貯清風

善權智禪師法嗣

越州超化藻禪師開爐上堂雪滿寒窗燒盡丹霞木佛氷交野渡凍殺陝府鐵牛直得寒灰發燄片雪不留任運縱橫現成受用諸禪德要會麼衲帔蒙頭坐冷煖了無知

青原下十六世

雪峰存禪師法嗣

韶州雲門山光奉院文偃禪師嘉興人也姓張氏幼依空王寺志澄律師出家敏質生知慧辯天縱及長落髮稟具於毗陵壇侍澄數年探窮律部以已事未明往叅睦州州纔見

來便閉却門師乃扣門州曰誰師曰某甲州曰作甚麼師曰己事未明乞師指示州開門一見便閉却師如是連三日扣門至第三日州開門師乃撥入州便擒住曰道道師擬議州便推出曰秦時轆轢鑽遂掩門損師一足師從此悟入州指見雪峰師到雪峰莊見一僧廼問上座今日上山去那僧曰是師曰寄一則因緣問堂頭和尚秖是不得道是別人語僧曰得師曰上座到山中見和尚上堂衆纔集便出握腕立地曰這老漢項上鐵枷何不脫却其僧一依師教雪峰見這僧與麼道便下座攔胷把住曰速道速道僧無對峰拓開曰不是汝語僧曰是某甲語峰曰侍者將繩棒來僧曰不是某語是莊上一浙中上座教某甲來道峰曰大衆去莊上迎取五百人善知識來師次日上雪峰峰纔見便曰因甚麼得到與麼地師乃低頭從茲契合温研積稔密以宗印授焉師出嶺徧謁諸方叡窮殊軌鋒辯險絕世所盛聞後抵靈樹冥符知聖禪師接首座之說初知聖住靈樹二十年不請首座常云我首座生也我首座牧牛也我首座行脚也一日令擊鐘三門外接首座衆出迓師果至直請入首座寮解包（人天眼目見靈樹章）後廣主命師出世靈樹開堂日主親臨曰弟子請益師曰目前無異路（法眼別云不可無益於人）師乃曰莫道今日謾諸人好抑不得已向諸人前作一場狼籍忽遇明眼人見成一場笑具如今避不得也且問你諸人從上來有甚事欠少甚麼向你道無事已是相埋沒也雖然如是也須到這田地始得亦莫趂口快亂問自

已心裏黑漫漫地明朝後日大有事在你若根思遲回且向古人建化門庭東覷西覷看是箇甚麼道理你欲得會麼都緣是你自家無量劫來妄想濃厚一期聞人說著便生疑心問佛問法問向上向下求覓解會轉没交涉擬心即差况復有言有句莫是不擬心是麼莫錯會好更有甚麼事珍重上堂我事不獲已向你諸人道直下無事早是相埋没了也更欲踏步向前尋言逐句求覓解會千差萬别廣設問難贏得一場口滑去道轉遠有甚麼休歇時此事若在言語上三乘十二分教豈是無言語因甚麼更道教外别傳若從學解機智得秖如十地聖人說法如雲如雨猶被呵責見性如隔羅縠以此故知一切有心天地懸殊雖然如此若是得底人道火不能燒口終日說事未嘗挂著脣齒未嘗道著一字終日著衣喫飯未嘗觸著一粒米挂一縷絲雖然如此猶是門庭之說也須是實得恁麼始得若約衲僧門下句裏呈機徒勞佇思直饒一句下承當得猶是瞌睡漢時有僧問如何是一句師曰舉上堂三乘十二分教横說竪說天下老和尚縱横十字說與我拈針鋒許說底道理來看恁麼道早是作死馬醫雖然如此且有幾箇到此境界不敢望汝言中有響句裏藏鋒瞬目千差風恬浪静伏惟尚饗僧來參師乃拈起袈裟曰汝若道得落我袈裟圈䙴裏汝若道不得又在鬼窟裏坐作麼生自代曰某甲無氣力師一日打椎曰妙喜世界百雜碎拓鉢向湖南城裏喫粥飯去來上堂諸兄弟盡是諸方參尋知識决

擇生死到處豈無尊宿垂慈方便之詞還有透不得底句麽出來舉看待老漢與你大家商量有麽有麽時有僧出擬伸問次師曰去去西天路迢迢十萬餘便下座舉世尊初生下一手指天一手指地周行七步目顧四方云天上天下唯我獨尊師曰我當時若見一棒打殺與狗子喫却貴圖天下太平師在文德殿赴齋有鞠常侍問靈樹果子熟也未師曰甚麽年中得信道生僧問如何是西來意師曰山河大地曰向上更有事也無師曰有曰如何是向上事師曰釋迦老子在西天文殊菩薩居東土問如何是雲門山師曰庚峰定穴問如何是大修行人師曰一榼在手上堂因聞鐘聲乃曰世界與麽廣濶爲甚麽鐘聲披七條問一生積惡不知善一生積善不知惡此意如何師曰燭問如何是和尚非時爲人一句師曰早朝牽犂晚間拽杷舉雪峰云三世諸佛向火燄上轉大法輪師曰火燄爲三世諸佛說法三世諸佛立地聽上堂舉一則語教汝直下承當早是撒屎著汝頭上也直饒拈一毫頭盡大地一時明得也是剜肉作瘡雖然如此汝亦須是實到這箇田地始得若未切不得掠虛却須退步向自巳根脚下推尋看是箇甚麽道理實無絲毫許與汝作解會與汝作疑惑況汝等各各當人有一段事大用現前更不煩汝一毫頭氣力便與祖佛無別自是汝諸人信根淺薄惡業濃厚突然起得許多頭角擔鉢囊千鄉萬里受屈作麽且汝諸人有甚麽不足處大丈夫漢阿誰無分獨自承當得猶不著便不可受人

欺謾取人處分纔見老和尚開口便好把特石驀口塞便是屎上青蠅相似鬬唼將去三箇五箇聚頭商量苦屈兄弟古德一期爲汝諸人不柰何所以方便垂一言半句通汝入路知是般事拈放一邊自著些子筋骨豈不是有少許相親處快與快與時不待人出息不保入息更有甚麼身心別處閑用切須在意珍重上堂盡乾坤一時將來著汝眼睫上你諸人聞恁麼道不敢望你出來性燥把老漢打一摑且緩緩子細看是有是無是箇甚麼道理直饒你向這裏明得若遇衲僧門下好槌折脚若是箇人聞說道甚麼處有老宿出世便好驀面唾汚我耳目汝若不是箇手脚纔聞人舉便承當得早落第二機也汝不看他德山和尚纔見僧入門拽杖便趁睦州和尚纔見僧入門來便云見成公案放汝三十棒自餘之輩合作麼生若是一般掠虛漢食人涎唾記得一堆一擔骨董到處馳騁驢唇馬觜誇我解問十轉五轉話饒你從朝問到夜論劫恁麼還曾夢見麼甚麼處是與人著力處似這般底有人屈衲僧齋也道得飯喫有甚堪共語處他日閻羅王面前不取汝口解說諸兄弟若是得底人他家依衆遣日若也未得切莫容易過時大須子細古人大有葛藤相爲處秖如雪峰道盡大地是汝自已夾山道百草頭上薦取老僧鬧市裏識取天子洛浦云一塵纔起大地全收一毛頭師子全身總是汝把取翻覆思量看日久歲深自然有箇入路此事無汝替代處莫非各在當人分上老和尚出世秖爲汝證明汝若有

少許來由亦昧汝不得若實未得方便撥汝即不可兄弟一等是踏破草鞋拋却師長父母行脚直須著些子精彩始得若未有箇入頭處遇著本色齩猪狗手脚不惜性命入泥入水相爲有可齩嚼貶上眉毛高挂鉢囊拗折拄杖十年二十年辦取徹頭莫愁不成辦直是今生不得徹頭來生亦不失人身向此門中亦乃省力不虛孤負平生亦不孤負師長父母十方施主直須在意莫空遊州獵縣横擔拄杖一千里二千里走這邊經冬那邊過夏好山好水堪取性多齋供易得衣鉢苦屈苦屈圖他一粒米失却半年糧如此行脚有甚麼利益信心檀越把菜粒米作麼生消得直須自看無人替代時不待人忽然一日眼光落地到前頭將甚麼抵擬莫一似落湯螃蠏手脚忙亂無汝掠虛說大話處莫將等閑空過時光一失人身萬劫不復不是小事莫據目前俗人尚道朝聞道夕死可矣況我沙門合履踐箇甚麼事大須努力珍重僧問靈樹如何是祖師西來意樹默然遷化後門人立行狀碑欲入此語問師曰先師默然處如何上碑師對曰師上堂佛法也太煞有秖是舌頭短良久曰長也普請般柴次師遂拈一片拋下曰一大藏教秖說這箇見僧量米次問米籮裏有多少達磨眼睛僧無對師代曰斗量不盡上堂人人自有光明在看時不見暗昏昏作麼生是諸人自己光明自代曰厨庫三門又曰好事不如無示衆古德道藥病相治盡大地是藥那箇是你自己乃曰遇賤即貴僧曰乞師指示師拍手一下拈拄杖

曰接取拄杖子僧接得拗作兩橛師曰直饒恁麽也好與三十棒上堂一言纔舉千車同轍該括微塵猶是化門之説若是衲僧合作麽生若將佛意祖意這裏商量曹谿一路平沈還有人道得麽道得底出來僧問如何是超佛越祖之談師曰餬餅曰這裏有甚麽交涉師曰灼然有甚麽交涉乃曰汝等諸人没可作了見人道著祖意便問超佛越祖之談汝且喚甚麽作佛喚甚麽作祖且説超佛越祖底道理看問箇出三界汝把將三界來看有甚麽見聞覺知隔礙著汝有甚麽聲塵色法與汝可了了箇甚麽椀以那箇爲差殊之見他古聖不奈何横身爲物道箇舉體全眞物物覿體不可得我向汝道直下有甚麽事早是相埋没了也汝若實未有入頭處且獨自參詳除却著衣喫飯屙屎送尿更有甚麽事無端起得如許多般妄想作甚麽更有一般底如等閑相似聚頭學得箇古人話路識性記持妄想卜度道我會佛法了也秖管説葛藤取性過時更嫌不稱意千鄉萬里抛却父母師長作這去就這般打野榸漢有甚麽死急行脚去以拄杖趁下上堂故知時運澆漓代干像季近日師僧北去言禮文殊南去謂遊衡嶽恁麽行脚名字比丘徒消信施苦哉苦哉問著黑漆相似秖管取性過時設有三箇兩箇狂學多聞記持話路到處覓相似語句印可老宿輕忽上流作薄福業他日閻羅王釘釘之時莫道無人向你説若是初心後學直須擺動精神莫空記人説處多虚不如少實向後秖是自賺有甚麽事近前上堂

衆集師以拄杖指面前曰乾坤大地微塵諸佛總在裏許爭佛法覓勝負還有人諫得麽若無人諫得待老漢與你諫看僧曰請和尚諫師曰這野狐精上堂拈拄杖曰天親菩薩無端變作一條楖栗杖乃畫一畫曰塵沙諸佛盡在這裏葛藤便下座上堂我看汝諸人二三機中尚不能搆得空披衲衣何益汝還會麽我與汝註破久後到諸方若見老宿舉一指竪一拂子云是禪是道拽拄杖打破頭便行若不如此盡落天魔眷屬壞滅吾宗汝若實不會且向葛藤社裏看我尋常向汝道微塵剎土中三世諸佛西天二十八祖唐土六祖盡在拄杖頭上說法神通變現聲應十方一任縱橫汝還會麽若不會且莫掠虛然雖如此且諦當實見也未直饒到此田地也未夢見衲僧沙彌在三家村裏不逢一人驀拈拄杖畫一畫曰總在這裏又畫一畫曰總從這裏出去也珍重師一日以手入木師子口叫曰齩殺我也相救（歸宗柔代云和尚出手太殺）上堂聞聲悟道見色明心遂舉起手曰觀世音菩薩將錢買餬餅放下手曰元來秖是饅頭上堂乾坤之內宇宙之間中有一寶秘在形山拈燈籠向佛殿裏將三門來燈籠上作麽生自代曰逐物意移又曰雲起雷興示衆曰十五日已前不問汝十五日已後道將一句來衆無對自代曰日日是好日上堂拈拄杖曰凡夫實謂之有二乘析謂之無緣覺謂之幻有菩薩當體即空衲僧家見拄杖便喚作拄杖行但行坐但坐不得動著僧問如何是佛法大意師曰春來草自青問新到甚處人曰

新羅師曰將甚麼過海曰草賊大敗師引手曰爲甚麼在我這裏曰恰是師曰一任跨跳僧無對問牛頭未見四祖時如何師曰家家觀世音曰見後如何師曰火裏蝍蟟吞大蟲問如何是雲門一曲師曰臘月二十五曰唱者如何師曰且緩緩問如何是雪嶺泥牛吼師曰山河走曰如何是雲門木馬嘶師曰天地黑問從上來事請師提綱師曰朝看東南暮看西北曰便恁麼會時如何師曰東家點燈西家暗坐問十二時中如何即得不空過師曰向甚麼處著此一問曰學人不會請師舉師曰將筆硯來僧乃取筆硯來師作一頌曰舉不顧即差互擬思量何劫悟問如何是學人自已師曰遊山翫水曰如何是和尚自已師曰賴遇維那不在問一口吞盡時如何

師曰我在你肚裏曰和尚爲甚麼在學人肚裏師曰還我話頭來問如何是道師曰去曰學人不會請師道師曰闍黎公驗分明何在重判問生死到來如何排遣師展手曰還我生死來問父母不聽不得出家如何得出家師曰淺曰學人不會師曰深問如何是學人自已師曰怕我不知問萬機喪盡時如何師曰與我拈佛殿來與汝商量曰豈關他事師喝曰這掠虛漢問樹凋葉落時如何師曰體露金風問如何是佛師曰乾屎橛問如何是諸佛出身處師曰東山水上行問古人面壁意旨如何師曰念七問如何是祖師西來意師曰日裏看山師問僧近離甚麼處曰南嶽師曰我不曾與人葛藤近前來僧近前師曰去僧問如何是和尚家風師曰有讀書人來

報問如何是透法身句師曰北斗裏藏身問如何是西來意師曰久雨不晴又曰粥飯氣問承古有言牛頭橫說竪說猶未知有向上關棙子如何是向上關棙子師曰東山西嶺青問如何是端坐念實相師曰河裏失錢河裏摝上堂函蓋乾坤目機銖兩不涉世緣作麽生承當衆無對自代曰一鏃破三關僧問如何是雲門劒師曰祖問如何是玄中的師曰墼問如何是吹毛劒師曰骼又曰胔問如何是正法眼師曰普問如何是啐啄機師曰響問如何是雲門一路師曰親問殺父殺母向佛前懺悔殺佛殺祖向甚麽處懺悔師曰露問鑿壁偷光時如何師曰恰問三身中那身說法師曰要問承古有言了即業障本來空未了應須償宿債未審二祖是了未了師曰確師垂語曰會佛法如河沙百草頭上道將一句來自代云俱僧問如何是一代時教師曰對一說問不是目前機亦非目前事時如何師曰倒一說問如何是法身向上事師曰向上與汝道即不難作麽生會法身曰請和尚鑒師曰鑒即且置作麽生會法身曰與麽與麽師曰這箇是長連牀上學得底我且問你法身還解喫飯麽僧無對師問嶺中順維那古人竪起拂子放下拂子意旨如何順曰拂前見拂後見師曰如是如是師後却舉問僧汝道當初諾伊不諾伊僧無對師曰可知禮也問僧甚處來曰禮塔來師曰謊我曰實禮塔來師曰五戒也不持師嘗舉馬大師道一切語言是提婆宗以這箇爲主乃曰好語秖是無人問我時有僧問如何是提婆宗

師曰西天九十六種你是最下種問僧近離甚處曰西禪師曰西禪近日有何言句僧展兩手師打一掌僧曰某甲話在師𨚫展兩手僧無語師又打師舉臨濟三句語問塔主秖如塔中和尚得第幾句主無對師曰你問我主便問師曰不快即道主曰作麼生是不快即道師曰一不成二不是問直歲甚處去來曰刈茆來師曰刈得幾箇祖師曰三百箇師曰朝打三千暮打八百東家杓柄長西家杓柄短又作麼生歲無語師便打僧問秋初夏末前程若有人問作麼生秖對師曰大衆退後曰未審過在甚麼處師曰還我九十日飯錢來有講僧叅經時乃曰未到雲門時恰似初生月及乎到後曲彎彎地師得知乃召問是你道否曰是師曰甚好吾問汝作麼生是初生月僧乃斫額作望月勢師曰你如此已後失𨚫目在僧經旬日復來師又問你還會也未曰未會師曰你問我僧便問如何是初生月師曰曲彎彎地僧罔措後果然失目上堂諸和尚子莫妄想天是天地是地山是山水是水僧是僧俗是俗良久曰與我拈案山來僧便問學人見山是山水是水時如何師曰三門爲甚麼騎佛殿從這裏過曰恁麼則不妄想去也師曰還我話頭來上堂你若不相當且覓箇入頭處微塵諸佛在你舌頭上三藏聖教在你脚跟底不如悟去好還有悟得底麼出來對衆道看示衆盡十方世界乾坤大地以拄杖畫云百雜碎三乘十二分教達磨西來放過即不可若不放過不消一喝示衆眞空不壞有眞空不異色僧便問作麼

生是眞空師曰還聞鐘聲麼曰此是鐘聲師曰驢年夢見麼上堂平地上死人無數過得荆棘林者是好手時有僧出曰與麼則堂中第一座有長處也師曰蘇嚕蘇嚕瑫長者舉菩薩手中赤幡問師作麼生師曰你是無禮漢瑫曰作麼生無禮師曰是你外道奴也作不得僧問佛法如水中月是否師曰清波無透路曰和尚從何得師曰再問復何來曰正與麼時如何師曰重疊關山路上堂拈拄杖曰拄杖子化爲龍吞却乾坤了也山河大地甚處得來師有偈曰不露風骨句未語先分付進步口喃喃知君大罔措示衆大用現前不存軌則時有僧問如何是大用現前師拈起拄杖高聲唱曰釋迦老子來也上堂要識祖師麼以拄杖指曰祖師在你頭上踍跳要識祖師眼睛麼在你脚跟下又曰這箇是祭鬼神茶飯雖然如此鬼神也無厭足示衆一人因說得悟一人因喚得悟一人聞舉便回去你道便回去意作麼生復曰也好與三十棒上堂光不透脫有兩般病一切處不明面前有物是一又透得一切法空隱隱地似有箇物相似亦是光不透脫又法身亦有兩般病得到法身爲法執不忘巳見猶存坐在法身邊是一直饒透得法身去放過即不可子細點檢將來有甚麼氣息亦是病問僧光明寂照遍河沙豈不是張拙秀才語曰是師曰話墮也僧問如何是法身師曰六不收問不起一念還有過也無師曰須彌山問如何是清淨法身師曰花藥欄曰便恁麼去時如何師曰金毛師子問如何是塵塵三昧師曰鉢

裹飯桶裹水問一言道盡時如何師曰裂破問如何是佛法大意師曰面南看北斗問一切智通無障礙時如何師曰掃地潑水相公來師到天童童曰你還定當得麽師曰和尚道甚麽童曰不會則月前包裹師曰會則目前包裹師到曹山見示衆云諸方盡把格則何不與他道却令他不疑去師問密密處爲甚麽不知有山曰祇爲密密所以不知有師曰此人如何親近山曰莫向密密處親近師曰不向密密處親近時如何山曰始解親近師應喏喏師到鵝湖聞上堂曰莫道未了底人長時浮逼逼地設使了得底明明得知有去處尚乃浮逼逼地師下問首座適來和尚意作麽生曰浮逼逼地師曰首座久在此住頭白齒黃作這箇語話曰上座又作麽生師

曰要道即得見即便見若不見莫亂道曰祇如道浮逼逼地又作麽生師曰頭上著枷脚下著杻曰與麽則無佛法也師曰此是文殊普賢大人境界僧舉灌溪上堂曰十方無壁落四面亦無門淨躶躶赤灑灑沒可把師曰舉即易出也大難曰上座不肯和尚與麽道那師曰你適來與麽舉那曰是師曰你驢年夢見灌溪曰某甲話在師曰我問你十方無壁落四面亦無門你道大梵天王與帝釋天商量甚麽事曰豈干他事師喝曰逐隊喫飯漢師到江州有陳尚書者請齋纔見便問儒書中即不問三乘十二分教自有座主作麽生是衲僧行脚事師曰曾問幾人來書曰即今問上座師曰即今且置作麽生是教意書曰黄卷赤軸師曰這箇是文字語言作麽生

是教意書曰口欲談而辭喪心欲緣而慮忘師曰口欲談而辭喪爲對有言心欲緣而慮忘爲對妄想作麽生是教意書無語師曰見說尚書看法華經是否書曰是師曰經中道一切治生產業皆與實相不相違背且道非非想天有幾人退位書無語師曰尚書且莫草草三經五論師僧拋却特入叢林十年二十年尚不奈何尚書又爭得會書禮拜曰某甲罪過師唱道靈樹雲門凡三十載機緣語句備載廣錄以乾和七年己酉四月十日順寂塔全身於方丈後十七載示夢阮紹莊曰與吾寄語秀華宮使特進李托奏請開塔遂致奉勑迎請內庭供養逾月方還因改寺爲大覺諡大慈雲匡眞弘明禪師

五燈會元卷第三十九

音釋

玨 訖岳切音覺雙玉曰玨　皾 徒谷切音瀆滑也　瘍 移章切音陽創瘫也

款乃 二俱依亥切哀上聲今行船搖櫓戛軋聲似之讀如𫜺靄是也款本作欵

榼 克盍切音榼酒器也　骼胔 各額切音格下資四切音漬鳥獸殘骨禮月令掩骼埋胔

五燈會元卷第四十

宋沙門大川濟纂

青原下七世

雲門偃禪師法嗣

韶州白雲子祥實性大師初住慈光院廣主召入府説法時有僧問覺華纔綻正遇明時不昧宗風乞師方便師曰我王有令問祖意教意是同是别師曰不别曰恁麽則同也師曰不妨領話問諸佛出世普徧大千白雲一會如何舉揚師曰賺却幾人來曰恁麽則四衆何依師曰没交涉問即心即佛示誨之辭不涉前言如何指教師曰東西且置南北作麽生問如何是和尚家風師曰石橋那邊有這邊無會麽曰不會師曰且作丁公吟問衣到六祖爲甚麽不傳師曰海晏河清問從上宗乘如何舉揚師曰今日未喫茶上堂諸人會麽但向街頭市尾屠兒魁劊地獄鑊湯處會取若恁麽會得堪與人天爲師若向衲僧門下天地懸殊更有一般底秖向長連牀上作好人去汝道此兩般人那箇有長處無事珍重問僧甚麽處來曰雲門來師曰裏許有多少水牛曰一箇兩箇師曰好水牛問僧不壞假名而談實相作麽生僧指倚子曰這箇是倚子師以手撥倚曰與我將鞋袋來僧無對師曰這虚頭漢雲門聞乃云須是我祥兄始得師將示滅白衆曰某甲雖提祖印未盡其中事諸仁者且道其中事作麽生莫是無邊中間内外已否若如是會即大地如鋪沙良久曰去此即他方相見言訖而寂

鼎州德山緣密圓明禪師上堂僧堂前事時

人知有佛殿後事作麽生上堂我有三句語示汝諸人一句函葢乾坤一句截斷衆流一句隨波逐浪作麽生辯若辯得出有叅學分若辯不出長安路上輥輥地僧問如何是透法身句師曰三尺杖子攪黄河問百花未發時如何師曰黄河渾底流曰發後如何師曰幡竿頭指天問不犯辭鋒時如何師曰天台南嶽曰便恁麽去時如何師曰江西湖南問佛未出世時如何師曰河裏盡是木頭船曰出世後如何師曰這頭蹋著那頭掀上堂與麽來者現成公案不與麽來者教生招箭總不與麽來者徐六擔板迅速鋒鋩猶是鈍漢萬里無雲青天猶在上堂但叅活句莫叅死句活句下薦得永劫無滯一塵一佛國一葉一釋迦是死句揚眉瞬目舉指竪拂是死句山河大地更無誵訛是死句時有僧問如何是活句師曰波斯仰面看曰恁麽則不謬去也師便打上堂舉臨濟示衆曰恁麽來者恰似失却不恁麽來者無繩自縛十二時中莫亂斟酌會與不會都盧是錯分明與麽道一任天下人貶剝師曰古鏡潤一丈屋梁長三尺是汝鉢盂鐼子潤多少上堂俱胝和尚凡有扣問秖竪一指寒則普天寒熱則普天熱僧問已事未明如何辯得師曰須彌山頂上曰便恁麽去時如何師曰脚下水淺深問達磨未來時如何師曰千年松倒挂曰來後如何師曰金剛努起拳問師未出世時如何師曰佛殿正南開曰出世後如何師曰白雲山上起曰出與未出還分不分師曰靜處薩婆訶問如何是和尚家風師曰南山起雲北山

下雨問如何是應用之機師喝僧曰秖這箇爲復別有師便打問大用現前不存軌則時如何師曰黒地打破甕僧退步師便打問佛未出世時如何師曰猢猻入布袋問文殊與維摩對談如何師曰猢猻繫露柱曰出世後何事師曰并汝三人無繩自縛問如何是佛師曰滿目荒榛曰學人不會師曰勞而無功問盡大地致一問不得時如何師曰話墮也曰大衆總見師便打問無蹤無跡是甚麼人行履師曰偷牛賊問羺羊未挂角時如何師曰獵屎狗曰挂後如何師曰獵屎狗問牛頭未見四祖時如何師曰秋來黄葉落曰見後如何師曰春來草自青

岳州巴陵新開院顥鑒禪師初到雲門門曰雪峯和尚道開却門達磨來也我問你作麽生師曰築著和尚鼻孔門曰地神惡發把須彌山一擲跨跳上梵天摑破帝釋鼻孔你爲甚麽向日本國裏藏身師曰和尚莫瞞人好門曰築著老僧鼻孔又作麽生師無語門曰將知你秖是學語之流師住後更不作法嗣書秖將三轉語上雲門僧問如何是道師曰明眼人落井問如何是吹毛劒師曰珊瑚枝枝撑著月問如何是提婆宗師曰銀椀裏盛雪門曰他後老僧忌日秖消舉此三轉語足以報恩自後忌辰果如所囑僧問祖意教意是同是別師曰雞寒上樹鴨寒下水問三乘十二分教即不疑如何是宗門中事師曰不是衲僧分上事曰如何是衲僧分上事師曰貪觀白浪失却手橈問僧遊山來爲佛法來曰清平世界説甚麽佛法師曰好箇無事禪

客曰早是多事了也師曰上座去年在此過夏了曰不曾師曰與麽則先來不相識下去師將拂子遺僧僧曰本來清淨用拂子作甚麽師曰既知清淨切勿忘却（梁山觀別云也須排却）

隨州雙泉山師寛明教禪師上堂舉拂子曰這箇接中下之人時有僧問上上人來時如何師曰打鼓爲三軍問向上宗乘如何舉唱師曰不敢曰恁麽則含生有望師曰脚下水深淺問凡有言句盡落有無不落有無時如何師曰東弗于逮曰這箇猶落有無師曰支過雪山西僧問洞山初和尚如何是佛山曰麻三斤師聞之乃曰向南有竹向北有木問不可以智知不可以識識時如何師曰不入這箇野狐羣隊問如何是定師曰緊跳不出斗曰如何出得去師曰南山起雲北山下雨問北斗裏藏身意旨如何師曰雞寒上樹鴨寒下水問竪起杖子意旨如何師曰一葉落知天下秋師遊山回首座同衆出接座曰和尚遊山巇嶮不易師提起拄杖曰全得這箇力座乃奪却師放身便倒大衆皆進前扶起師拈柱杖一時趂散回顧侍者曰向道全得這箇力師一日訪白兆兆曰老僧有箇木魚須師曰請舉看兆曰伏惟爛木一橛佛與衆生不別若以杖子擊著直得聖凡路絶師曰此頌有成褫無成褫兆曰無成褫師曰佛與衆生不別蹔侍僧救曰有成褫師曰直得聖凡路絶蹔當時白兆一衆失色僧問新年頭還有佛法也無師曰無曰日日是好日年年是好年爲甚却無師曰張公喫酒李公醉僧曰老老大大龍頭蛇尾師曰明教今日失利

益州青城香林院澄遠禪師漢州綿竹人往上官在衆日普請鉏草次有一僧曰看俗家失火師曰那裏火曰不見那師曰不見曰這瞎漢是時一衆皆言遠上座敗闕後明教寬聞舉歎曰須是我遠兄始得住後僧問美味醍醐爲甚麽變成毒藥師曰導江紙貴問見色便見心時如何師曰適來甚麽處去來曰心境俱忘時如何師曰開眼坐睡問北斗裏藏身意旨如何師曰月似彎弓少雨多風問如何是諸佛心師曰清則始終清曰如何領會師曰莫受人謾好問如何是祖師西來意師曰踏步者誰問如何是和尚妙藥師曰不離衆味曰喫者如何師曰喫啗看問如何是室内一盌燈師曰三人證龜成鼈問如何是衲衣下事師曰臘月火燒山問大衆雲集請師施設師曰三不待兩問如何是學人時中事師曰恰恰問如何是玄師曰今日來明日去曰如何是玄中玄師曰長連牀上問如何是香林一脉泉師曰念無間斷曰飲者如何師曰隨方斗秤問如何是衲僧正眼師曰不分別曰照用事如何師曰行路人失脚問萬機俱泯迹方識本來人時如何師曰清機自顯曰恁麽則不別人師曰方見本來人問魚遊陸地時如何師曰發言必有後救曰却下碧潭時如何師曰頭重尾輕問但有言句盡是賓如何是主師曰長安城裏曰如何領會師曰千家萬户問如何是西來的的意師曰坐久成勞曰便回轉時如何師曰墮落深坑問如何是無縫塔師曰合掌當胷曰如何是塔中人師曰露也問敎法未來時如何師曰

閻羅天子曰來後如何師曰大宋國裏問一子出家九族解脫目連爲甚麽母入地獄師曰確問如何是平常心師曰早朝不審晚後珍重上堂是汝諸人盡是擔鉢囊向外行脚還識得性也未若識得試出來道看若識不得秖是被人熱謾將去且問汝諸人是汝叅學日久用心掃地煎茶遊山翫水汝且釘釘喚甚麽作自性諸人且道始終不變不異無高無下無好無醜不生不滅究竟歸於何處諸人還知得下落所在也未若於這裏知得所在是諸佛解脫法門悟道見性始終不疑不慮一任横行一切人不柰汝何出言吐氣實有來處如人買田須是收得元本契書若不得他元本契書終是不穩遮莫經官判狀亦是不得其柰不收得元本契書終是被人奪却汝等諸人叅禪學道亦復如是還有人收得元本契書麽試拈出看汝且喚甚麽作元本契書諸人試道看若是靈利底纔聞與麽說著便知去處若不知去處向外邊學得千般巧妙記持解會口似傾河終不究竟與汝自己天地差殊且去衣鉢下體當尋覓看若有箇見處上來這裏道看老僧與汝證明若覓不得且依行隊去將示寂辭知府宋公瑫曰老僧行脚去通判曰這僧風狂八十歲行脚去那裏宋曰大善知識去住自由師謂衆曰老僧四十年方打成一片言訖而逝塔于本山

襄州洞山守初宗慧禪師初叅雲門門問近離甚處師曰查渡門曰夏在甚處師曰湖南報慈曰幾時離彼師曰八月二十五門曰放

汝三頓棒師至明日却上問訊昨日蒙和尚放三頓棒不知過在甚麽處門曰飯袋子江西湖南便恁麽去師於言下大悟遂曰他後向無人煙處不蓄一粒米不種一莖菜接待十方往來盡與伊抽釘拔楔拈却炙脂帽子脫却鶻臭布衫教伊洒洒地作個無事衲僧豈不快哉門曰你身如椰子大開得如許大口師便禮拜住後上堂言無展事語不投機承言者喪滯句者迷還得麽你衲僧分上到這裏須具擇法眼始得秖如洞山恁麽道也有一場過且道過在甚麽處僧問迢迢一路時如何師曰天晴不肯去直待雨淋頭曰諸聖作麽生師曰入泥入水問心未生時法在甚麽處師曰風吹荷葉動決定有魚行問師登師子座請師唱道情師曰晴乾開水道無

事設曹司曰恁麽則謝師指示師曰賣鞋老婆脚趚趚問如何是三寶師曰商量不下問如何是無縫塔師曰十字街頭石師了問僧甚處來曰汝州師曰此去多少曰七百里師曰踏破幾緉草鞋曰三緉師曰甚處得錢買曰打笠子師曰叅堂去僧應喏問如何是免得生死底法師曰見之不取思之三年僧問離却心機意識請師一句師曰道士著黄甕裏坐問非時親覲請師一句師曰對衆怎生舉曰據現定舉師曰放汝三十棒曰過在甚麽處師曰罪不重科問如何是佛師曰麻三斤問蓮華未出水時如何師曰楚山頭倒卓曰出水後如何師曰漢水正東流問如何是吹毛劒師曰金州客曰用者如何師曰伏惟尚饗問車住牛不住時如何師曰用駕車漢

作麼問如何是衲僧分上事師曰雲裹楚山頭決定多風雨問海竭人亡時如何師曰難得曰便恁麼去時如何師曰雲在青天水在甁問文殊普賢來叅時如何師曰趂向水牯牛欄裏著曰和尚入地獄如箭射師曰全憑子力問如何是正法眼師曰紙撚無油問牛頭未見四祖時如何師曰榔栗木拄杖曰見後如何師曰實八布衫問如何是佛師曰灼然諦當問萬緣俱息意旨如何師曰甕裏石人賣棗圈問如何是洞山劒師曰作麼曰學人要知師曰罪過問乾坤休著意宇宙不留心學人秖恁麼師又作麼生師曰峴山亭起霧灘峻不留船問大衆雲臻請師撮其樞要畧舉大綱師曰水上浮漚呈五色海底蝦蟇吽月明問正當恁麼時文殊普賢在甚麼處師曰長者八十一其樹不生耳曰意旨如何師曰一則不成二則不是

洪州泐潭道謙禪師僧問如何是泐潭家風師曰闍黎到來幾日也問但有纖毫即是塵不有時作麼生師以手掩兩目問當陽舉唱誰是聞者師曰老僧不患耳聾問悟本無門如何得入師曰阿誰教汝恁麼問

金陵奉先深禪師江南主請開堂纔升座維那白槌曰法筵龍象衆當觀第一義師便曰果然不識鈍置殺人時有僧出問如何是第一義師曰賴遇適來道了也曰如何領會師曰速禮三拜復曰大衆且道鈍置落在阿誰分上師同明和尚在衆時聞僧問法眼如何是色眼竪起拂子或曰雞冠花或曰貼肉汗衫二人特往請益問曰承聞和尚有三種色

語是否眼曰是師曰鵓子過新羅便歸衆時李主在座下不肯乃白法眼曰寡人來日致茶筵請二人重新問話明日茶罷備綵一箱劒一口謂二師曰上座若問話得是奉賞雜綵一箱若問不是秪賜一劒法眼陞座師復出問今日奉敕問話師還許也無眼曰許曰鵓子過新羅捧綵便行大衆一時散去時法燈作維那乃鳴鐘集衆僧堂前勘師衆集燈問承聞二上座久在雲門有甚奇特因緣舉一兩則來商量看師曰古人道白鷺下田千點雪黄鸎上樹一枝花維那作麽生商量燈擬議師打一坐具便歸衆師同明和尚到淮河見人牽網有魚從網透出師曰明兄俊哉一似箇衲僧相似明曰雖然如此爭如當初不撞入網羅好師曰明兄你欠悟在明至中夜方省

隨州雙泉郁禪師僧問如何是第一句師曰回頭終不顧曰如何是第二句師曰未語先分付曰如何是第三句師曰連根猶帶苦上堂初祖不虛傳二祖不虛受彼彼大丈夫因甚麽到恁麽地便下座後住舒州海會僧問如何是舒州境師曰浣水逆流山露骨曰如何是境中人師曰地有毒蛇沙有風

韶州披雲智寂禪師僧問如何是披雲境師曰白日没閑人問如何是不遷義師曰山高不礙白雲飛問以字不成八字不是未審是甚麽字師曰聽老僧一偈以字不是八不成森羅萬象此中明直饒巧説千般妙不是謳阿不是經問如何是色空師曰拾取落花生舊枝問如何是一塵師曰滿目是青山問如

何是毗盧藏中有大經卷師曰拈不得曰爲甚拈不得師曰特地却成愁

韶州舜峯義韶禪師僧問正法無言時如何師曰言曰學人不會乞師端的師曰兩重公案曰豈無方便師曰無禮難容問祖意教意是同是别師曰日出東方月落西僧正到方丈曰方丈得恁麼黑師曰老鼠窩正曰放猫兒入好師曰試放看正無對師拊掌笑師與老宿渡江次師取錢與渡子宿曰囊中若有青銅片師揖曰長老莫笑

南嶽般若寺啓柔禪師僧問西天以蠟人爲驗此土如何師曰新羅人草鞋問如何是千聖同歸底道理師曰未達苦空境無人不歎嗟上堂衆聞板聲集師因示偈曰妙哉三下板知識盡來參旣善分時節吾今不再三便下座

潞府妙勝臻禪師僧問金粟如來爲甚麼却降釋迦會裏師曰香山南雪山北曰南贍部洲事又作麼生師曰黄河水急浪花麤問如何是向上一路師曰一條濟水貫新羅

饒州薦福承古禪師操行高潔禀性虛明參大光敬玄禪師乃曰秖是箇草裏漢遂參福嚴雅和尚又曰秖是箇脫灑衲僧由是終日黙然深究先德洪規一日覽雲門語忽然發悟自此韜藏不求名聞棲止雲居弘覺禪師塔所四方學者奔湊因稱古塔主也景祐四年范公仲淹出守鄱陽聞師道德請居薦福開闡宗風僧問大善知識將何爲人師曰莫曰恁麼則有問有答去也師曰莫問青青翠竹盡是眞如鬱鬱黄花無非般若如何是般

若師曰黃泉無老少曰春來草自青師曰聲名不朽曰若然者碧眼胡僧也皺眉師曰退後三步僧曰苦師乃吽吽問臨濟舉拂學人舉拳是同是別師曰訛言亂衆曰恁麽則依令而行也師曰天涯海角問一喝分賓主照用一時行此意如何師曰乾柴濕爇僧便喝師曰紅燄炎天上堂夫出家者爲無爲法無爲法中無利益無功德近來出家人貪著福慧與道全乖若爲福慧須至明心若要達道無汝用心處所以常勸諸人莫學佛法但自休心利根者晝時解脫鈍根者或三五年遠不過十年若不悟去老僧與你入拔舌地獄叅

金陵清涼智明禪師江南主請師上堂小長老問凡有言句盡落方便不落方便請師速道師曰國主在此不敢無禮

潭州南臺道遵法雲禪師上堂從上宗乘合作麽生提綱合作麽生言論佛法兩字當得麽眞如解脫當得麽雖然如是細不通風大通車馬若約理化門中一言纔啓震動乾坤山河大地海晏河清三世諸佛說法現前於此明得古佛殿前同登彼岸無事珍重問如何是祖師西來意師曰下坡不走問牛頭未見四祖時如何師曰著衣喫飯曰見後如何師曰鉢盂挂壁上問如何是眞如含一切師曰分明曰爲甚麽有利鈍師曰四天打鼓樓上擊鐘問如何是南臺境師曰金剛手指天問如何是色空師曰道士著眞紅問十二時中時時不離時如何師曰諦

韶州雙峰竟欽禪師益州人也開堂日雲門

和尚躬臨證明僧問如何是佛法大意師曰日出方知天下朗無油那點佛前燈問如何是雙峯境師曰夜聽水流庵後竹晝看雲起面前山問如何是和尚爲人一句師曰因風吹火上堂進一步則迷理退一步則失事饒你一向兀然去又同無情僧問如何得不同無情去師曰動轉施爲曰如何得不迷理失事去師曰進一步退一步僧作禮師曰向來有人恁麼會老僧不肯伊曰請師直指師便打出問如何是正法眼師曰山河大地問如何是法王劒師曰鉛刀徒逞不若龍泉曰用者如何師曰藏鋒猶不許露刃更何堪問賓頭盧應供四天下還得徧也無師曰如月入水問如何是用而不離師曰明月堂前垂玉露水晶殿裏瑑眞珠有行者問某甲遇賊來時若殺即違佛敎不殺又違王敕未審師意如何師曰官不容針私通車馬廣主嘗親問法要錫慧眞廣悟號將示寂告門人曰吾不久去世汝可就山頂預修墳塔洎工畢以聞師曰後日子時行矣及期會雲門爽和尚等七人夜話侍者報三更也師索香焚之合掌而逝

韶州資福詮禪師僧問不問宗乘請師心印師曰不荅這話曰爲甚麼不荅師曰不副前言問覿面難逢處如何顧鑒咦乞師垂半偈免使後人疑師曰鋒前一句超調御擬問如何歷劫違曰恁麼則東山西嶺時人知有未審資福庭前誰家風月師曰且領前話

廣州黃雲元禪師初開堂日以手拊繩牀曰諸人還識廣大須彌之座也無若不識老僧

陞座去也師便坐僧問如何是大漢國境師曰歌謠滿路上堂古人道䋲目不曾無臨機何不道山僧即不然䋲目未曾無臨機道甚麽珍重

廣州龍境倫禪師開堂陞座提起拂子曰還會麽若會頭上更增頭若不會斷頭取活僧問如何是龍境家風師曰豺狼虎豹問如何是佛師曰勤耕田曰學人不會師曰早收禾

問僧甚麽處來曰黃雲來師曰作麽生是黃雲郎當媚𪴙抹𨇽爲人一句僧無對示衆曰作麽生是長連牀上取性一句道將來

韶州雲門山爽禪師上堂僧問如何是佛師曰聖躬萬歲問如何是透法身句師曰銀香臺上生蘿蔔

韶州白雲聞禪師上堂良久僧出問白雲一路全因今日師曰不是不是曰和尚又如何師曰白雲一路草深一丈便下座問擬伸一問師還答否師曰皂莢樹頭懸風吹曲不成

問受施主供養將何報答師曰作牛作馬

韶州淨法禪想章禪師廣主問如何是禪師乃良久主罔測因署其號僧問日月重明時如何師曰日月雖明不鑒覆盆之下問既是金山爲甚麽鑿石師曰金山鑿石問如何是道師曰迢迢十萬餘

韶州溫門山滿禪師僧問如何是佛師曰胷題卍字曰如何是祖師曰不遊西土有人指壁上畫問既是千尺松爲甚麽却在屋下師曰芥子納須彌作麽生問隔墻見角便知是牛時如何師便打問如何是和尚家風師曰汝曾讀書麽問太子初生爲甚麽不識父母

師曰迥然尊貴
英州大容諲禪師僧問如何是大容水師曰還我一滴來問當來彌勒下生時如何師曰慈氏宮中三春草問如何是眞空師曰拈却拒陽著曰如何是妙用師乃握拳僧曰眞空妙用相去幾何師以手撥之問長蛇偃月即不問匹馬單槍時如何師曰麻江橋下會麽曰不會師曰聖壽寺前問既是大容爲甚麽趂出僧師曰大海不容塵小溪多搕𢶍問如何是古佛一路師指地僧曰不問這箇師曰去師與一老宿相期他往偶因事不去宿曰佛無二言師曰法無一向
廣州羅山崇禪師僧問如何是大漢國境師曰玉狗吠時天未曉金雞啼處五更初問丹霞訪居士女子不擕籃時如何師曰也要到這裏一轉問如何是羅山境師曰布水千尋
韶州雲門常寶禪師上堂至道無難唯嫌揀擇還有揀擇者麽時有僧問十方國土中唯有一乘法如何是一乘法師曰日月分明曰學人不會師曰清風滿路
郢州林谿竟脫禪師僧問如何是法身師曰四海五湖賓曰如何是透法身句師曰明眼人笑汝問如何是本來人師曰風吹滿面塵問牛頭未見四祖時如何師曰富貴多賓客曰見後如何師曰貧窮絶往還問如何是佛師曰十字路頭曰如何是法師曰三家村裏曰佛之與法是一是二師曰露柱渡三江猶懷感恨長問如何是無縫塔師曰復州城曰如何是塔中人師曰龍興寺
韶州廣悟禪師僧問如何是和尚爲人一句

師曰因風吹火
廣州華嚴慧禪師僧問承古有言妄心無處即菩提正當妄時還有菩提也無師曰來音已照曰不會師曰妄心無處即菩提
韶州長樂山政禪師僧問祖師心印何人提掇師曰石人妙手在曰學人還有分也無師曰木人整不齊
英州觀音和尚因穿井次僧問井深多少師曰没汝鼻孔問牛頭未見四祖時如何師曰英州觀音曰見後如何師曰英州觀音問如何是觀音妙智力師曰風射破牕鳴
韶州林泉和尚僧問如何是林泉主師曰巖下白石曰如何是林泉家風師曰迎賔待客問如何是道師曰迢迢曰便恁麽領會時如何師曰久久忘縁者寧懷去住情

韶州雲門煦禪師僧問如何是祖師西來意師曰即今是甚麽意僧曰恰是師便喝
瑞州黄檗法濟禪師僧問如何是和尚家風師曰與天下人作牓樣問如何是佛師曰眉麤眼大上堂良久曰若識得黄檗帳子平生行脚事畢珍重
信州康國耀禪師僧問文殊與維摩對談何事師曰汝向髑髏後會始得曰古人道髑髏裏薦取又如何師曰汝還薦得麽曰恁麽則遠人得遇於師去也師曰莫謾語
潭州谷山豐禪師僧問師唱誰家曲宗風嗣阿誰師曰雪嶺梅花綻雲洞老僧驚上堂駿馬機前異遊人肘後懸既參雲外客試爲老僧看時有僧纔出師便打曰何不早出頭來便下座

潁州羅漢匡果禪師僧問如何是吹毛劒師曰了問和尚百年後忽有人問向甚麽處去如何詶對師曰久後遇作家分明舉似曰誰是知音者師曰知音者即不恁麽問問鑿壁偷光時如何師曰錯曰爭奈苦志專心師曰錯錯

鼎州滄谿璘禪師僧問是法住法位世間相常住雲門和尚向甚麽處去也師曰見麽曰錯師曰錯錯問如何是西來意師曰不錯師因事示頌曰天地之前徑時人莫彊移箇中生解會眉上更安眉

瑞州洞山清稟禪師泉州李氏子參雲門門問今日離甚處曰慧林門舉拄杖曰慧林大師恁麽去汝見麽曰深領此問門顧左右微笑而已師自此入室印悟金陵主請居光睦未幾命入澄心堂集諸方語要經十稔迎住洞山開堂日維那白槌曰法筵龍象衆當觀第一義師曰好箇消息秖恐錯會時有僧問雲門一曲師親唱今日新豐事若何師曰也要道却

蘄州北禪悟通寂禪師上堂拈拄杖曰過去未來現在三世諸佛微塵菩薩一時在拄杖頭上轉大法輪盡向諸人鼻孔裏過還見麽若見與我拈將來若不見大似立地死漢良久曰風恬浪靜不如歸堂問僧甚處來曰黄州師曰夏在甚處曰資福師曰福將何資曰兩重公案師曰爭奈在北禪手裏曰在手裏即收取師便打僧不甘師隨後趂出問如何是佛師曰對面千里

盧州南天王永平禪師僧問如何是西來意

師曰不撒沙問如何是南天王境師曰一任觀看曰如何是境中人師曰且領前話問久戰沙場爲甚麽功名不就師曰秖爲眠霜臥雪深曰恁麽則罷息干戈束手歸朝去也師曰指揮使未到你在

湖南永安朗禪師僧問如何是洞陽家風師曰入門便見曰如何是入門便見師曰客是主人相師問如何是至極之談師曰愛别離苦

湖南湘潭明照禪師僧問如何是湘潭境師曰山連大嶽水接瀟湘曰如何是境中人師曰便合知時問如何是佛法大意師曰百感謾勞神

西川青城大面山乘禪師僧問如何是相輪峯師曰直聳煙嵐際曰向上事如何師曰入地三尺五問如何是佛法大意師曰興義門前鼕鼕鼓曰學人不會師曰朝打三千暮打八百

興元府普通封禪師僧問今日一會何似靈山師曰震動乾坤問如何是普通境師曰庭前有竹三冬秀户内無燈午夜明

韶州燈峰淨源真禪師上堂古人道山河大地普真如大衆若得真如即隱却山河大地若不得即違古人至言衆中道得者出來道看若道不得不如各自歸堂珍重僧問達磨未來時如何師曰三家村裏兩兩三三曰來後如何師曰千斛不如一直問諸法寂滅相即不問如何是世間相師曰真不掩假問如何是和尚爲人一句師曰不著力

韶州大梵圓禪師因見聖僧乃問僧此箇聖

僧年多少僧曰恰共和尚同年師喝曰這碣斗不易道得

澧州藥山圓光禪師僧問藥嶠燈聯師當第幾師曰相逢盡道休官去林下何曾見一人

問水陸不涉者師還接否師曰蘇嚕蘇嚕師

問新到南來北來曰北來師曰不落言詮速道速道曰某甲是福建道人善會鄉談師曰

叅衆去僧曰灼然師曰更踍跳便打問如何是祖師西來意師曰道甚麽

信州鵝湖雲震禪師僧問如何是佛師曰闍黎不是問僧近離甚處曰兩浙師曰還將得吹毛劒來否僧展兩手師曰將謂是箇爛柯仙元來却是樗蒲漢問如何是鵝湖家風師曰客是主人相師曰恁麽則謝師周旋去也師曰難下陳蕃之榻

廬山開先清耀禪師僧問如何是燈燈不絶師曰青楊飄遞植曰學人不會師曰無根樹下唱虛名問披雲一句師親唱長慶今朝事若何師曰家家觀世音問如何是披雲境師曰一缾淥水安牕下便當生涯度幾秋曰如何是長慶境師曰堂裏老僧頭雪白曰二境同歸應當別理師曰在處得人疑問古澗寒泉誰人能到師曰乾曰恁麽則到也師曰深多少

襄州奉國清海禪師僧問青青翠竹盡是眞如如何是眞如師曰點鐵成金客聞名不見形曰恁麽則禮謝去也師曰昔時妄想至今猶存問承古有云見月休觀指歸家罷問程如何是家師曰試舉話頭看問放過即東道西說不放過怎生道師曰二年同一春

韶州慈光禪師僧問即心即佛誘誨之言不涉前蹤如何指教師曰東西且置南北事作麽生曰恁麽則學人罔測去也師曰龍頭蛇尾

韶州雙峯慧真禪師僧問如何是和尚非時爲人一句師曰喫棒得也未僧禮拜師便打

潭州保安師密禪師僧問覗芥投針時如何師曰落在甚麽處(梁山云落在汝眼裏)問不犯詞鋒時如何師曰天台南嶽曰便恁麽去時如何師曰江西湖南

韶州雲門法球禪師僧問如何是西來大道師曰當時妄想至今不絕問如何是雲門劒師曰長空不匣鋒鋩色曰用者又如何師曰四海唯清日月明問如何是道師曰頭上脚下曰如何是道中人師曰一任東西問如何是隨色摩尼珠師曰色即不無作麽生是珠曰學人不會特伸請益師曰雲有出山勢水無投澗聲問牛頭未見四祖時如何師曰香風吹萎花曰見後如何師曰更雨新好者

韶州佛陀山遠禪師僧問如何是佛師曰銅頭鐵額曰意旨如何師曰簸土颺塵

連州慈雲山深禪師僧問寶鏡當軒時如何師曰天地皆失色問如何是教外别傳一句師曰扣牙恐驚齒

廬山化城鑒禪師僧問如何是和尚正法眼師曰新羅人迷路上堂十方薄伽梵一路涅槃門諸禪德且作麽生是涅槃門莫是山僧這裏聚會少時便爲涅槃門麽莫錯會好諸禪德總不恁麽會莫别有商量底麽山僧這裏早是事不獲已向諸人恁麽道已是相鈍

置了也更擬踏步向前有何所益諸禪德但自無事自然安樂任運天真隨緣自在莫用巡他門户求見解會記憶在心被他繫縛不得自在便被生死之所拘何時得出頭可惜光陰倏忽便是來生速須努力時有僧問生死到來如何免得師曰柴鳴竹爆驚人耳曰學人不會請師直指師曰家犬聲獰夜不休問如何是菩提路師曰月照舊房深問如何是和尚家風師曰不欲說似人曰爲甚麼却如此師曰家醜不外揚問如何是和尚尋常爲人底句師曰量才補職曰恁麼則學人無分也師曰心不負人問佛法畢竟成得甚麼邊事師曰好箇問頭無人答得曰和尚豈無方便師曰雲有出山勢水無投澗聲問如何是向上關棙子師曰拔劒攪龍門

五燈會元卷第四十

音釋

儈古外切音膾　趯狼狄切音歷速行貌　趚穌谷切音速趚趚走聲　峴胡典切賢上聲山名在今襄陽　芟居肴切音交乾芻也　嵐盧含切音婪山氣潤也　摴蒱上音樗下音蒲戲也牧猪奴戲

五燈會元卷第四十一

宋沙門大川濟纂

青原下七世

雲門偃禪師法嗣

廬山護國和尚上堂曰有解問話者麽出來對衆問看時有僧出禮拜師曰來朝更獻楚王看便歸方丈上堂實際理地不受一塵佛事門中不捨一法又曰一法若有毗盧墮在凡夫萬法若無普賢失其境界諸上座作麽生理論朝夕恁麽上來向諸上座説箇甚麽即得若説三乘十二分教自有座主律師若説世諦因縁又非僧家之所議若論佛法從上祖宗多少佛法可與評量總不如是須知各各當人分上事作麽生是諸上座分上事知有底對衆吐露箇消息以表平生行脚㕘善知識具爍迦羅目不被人謾豈不快哉還有麽良久云若無人出頭買賣不當價徒勞更商量珍重僧問佛未出世時如何師曰雲遮海門樹曰出世後如何師曰擘破鐵圍山

廬州天王崧禪師僧問如何是一大藏教師曰高座不曾登曰登後如何師曰三段不同今當第一向下文長付在來日東家籬西家壁自已分上又作麽生僧無對師便打問如何是從天降下師曰風雨順時曰如何是從地湧出師曰稻麻竹葦

廬州慶雲和尚僧問三乘十二分教即不問如何是直截根源師曰十進九退曰如何即是師曰何日得休時問一言道斷時如何師曰未是極則處曰如何是極則處師曰冬後一陽生問諸法實相義和尚如何説師曰口

挂東壁上問佛令祖令今已委向上機鋒事若何師曰令曰學人不曉如何指示師曰收

岳州永福院朗禪師問僧汝是甚處人曰荆南人師曰還過公安渡也無曰過公安渡師曰汝何不判公驗曰和尚何得特地師曰爭奈岳陽關頭何僧無語師便打

郢州芭蕉山弘義禪師僧問如何是最初一句師曰舉起分明曰如何受持師曰蘇嚕悉哩問學人非時上來乞師一接師曰汝是甚處人曰河北人師曰不易過黃河

郢州趙横山和尚僧問十二時中如何用心師曰長連牀上喫粥喫飯問如何是諸佛師師曰平地看高

信州西禪欽禪師僧問如何是函葢乾坤句師曰天上有星皆拱北曰如何是截斷衆流句師曰大地坦然平曰如何是隨波逐浪句師曰春生夏長問古殿重興時如何師曰一回春到一回新

廬州南天王海禪師僧問如何是一體眞如師曰五郎手裏鐵彈子問十度發言九度休時如何師曰口邊生荆棘曰如何免得此過師曰半路好抽身

桂州覺華普照禪師僧問大千世界爲甚麽轉身不得師曰誰礙闍黎曰爭奈轉不得師曰無用處問聲色二字如何透得師曰虛空無變易日月自紛拏問如何是眞如涅槃師曰秋風聲颯颯澗水響潺潺上堂總似今日老胡有望然燈佛不如闍黎總似今日老胡絶望闍黎不如然燈佛於此明得大地微塵諸佛西天二十八祖唐土六祖天下老宿一

時拈來山僧拄杖頭上轉妙法輪於此明不得百千諸佛穿你鼻孔西天二十八祖透過你髑髏還知麼若不知山僧與你指出良久曰山河大地有甚麼過久立珍重

益州鐵幢覺禪師僧問十二時中如何履踐師曰光剃頭淨洗鉢問如何是道師曰踏著曰如何是道中人師曰退後三步問諸佛出世當爲何事師曰截耳臥街

新州延長山和尚（後住龍景山真身現在）僧問如何是和尚家風師曰醜拙不可當曰客來如何祗待師曰瓦盌竹筯問從上古聖向甚麼處去師曰不在山間即居樹下曰未審成得箇甚麼師曰汝還知落處麼僧無語師便打

眉州福化克禪師僧問如何是大人相師曰山僧這裏不曾容易對闍黎曰如何得相承去師曰白雲雖有影綠竹且無陰問天皇也恁麼道龍潭也恁麼道未審和尚作麼生道師曰汝試道看曰比來請益豈無方便師曰將謂是海東船主元來是北地番人問如何是佛法大意師曰十字路頭華表柱曰學人不會乞師再指師曰君自行東我向西

眉州黃龍贊禪師僧問如何是和尚關棙子師曰少人踏得著曰忽踏得著時如何師曰汝試進前看僧便喝師便打問僧近離甚處曰香林師曰在彼多少時曰六年師曰世尊在雪山六年證無上菩提汝在香林六年成得箇甚麼僧無語師曰移廚喫飯漢

衡州大聖院守賢禪師僧問如何是古佛道場師曰五通廟裏沒香爐問如何是佛法大意師曰南斗七北斗八

舒州天柱山和尚上堂曰莫有作家戰將麼試出來與山僧相見時有僧出禮拜師曰山僧打退鼓曰和尚是甚麼心行師曰敗將不戰問北斗藏身意旨如何師曰闍黎豈不是荆南人曰是師曰秖見波瀾起不測洞庭深

韶州雲門山朗上座自幼肄業講肆聞僧問雲門如何是透法身句門曰北斗裏藏身師罔測微旨遂造雲門門纔見便把住曰道道師擬議門拓開乃示頌曰雲門聳峻白雲低水急遊魚不敢棲入戶巳知來見解何勞再舉轢中泥師因斯大悟即便禮拜自此依雲門爲上座僧問如何是解脫師曰穿靴水上行問如何是透脫一路師曰南贍部州北鬱單越曰學人不會意旨如何師曰朝遊羅浮暮歸檀特

郢州纂子山菴主僧問如何是透法身句師曰朝看東南暮看西北

青原下八世

白雲祥禪師法嗣

韶州大歷和尚初參白雲雲舉拳曰我近來不恁麼也師領旨禮拜自此入室住後僧問如何是西來意師曰破草鞋問如何是無爲師乃攞手問施主供養將何報答師以手撚髭曰有髭即撚無髭又如何師曰非公境界

連州寶華和尚上堂看天看地新羅國裏和南不審日銷萬兩黃金雖然如此猶是少分又曰盡十方世界是箇木羅漢幡竿頭上道將一句來又曰天上龍飛鳳走山間虎嘯猿啼拈向鼻孔道將一句來問僧甚處來曰大容來師曰大容近日作麼生曰近來合得一

甕醬師喚沙彌將一椀水來與這僧照影因有僧問大容曰天賜六銖披挂後將何報答我皇恩容曰來披三事衲歸挂六銖衣師聞之乃曰這老凍膿作恁麼語話容聞令人傳語曰何似奴緣不斷師曰比為抛甎秖圖引玉師見一僧從法堂堦下過師乃敲繩牀僧曰若是這箇不請拈出師喜下地詰之僧無語師便打師有時戴冠子謂衆曰若道是俗且身披袈裟若道是僧又頭戴冠子衆無對

韶州月華山月禪師初謁白雲雲問業箇甚麼曰念孔雀經雲曰好箇人家男女隨烏雀後走師聞語驚異遂依附久之乃契旨尋住月華僧問如何是月華家風師曰若問家風即答家風曰學人問家風師曰金銅羅漢上堂舉一句語徧大千界還有人會得這箇時節麼試出來道看要知親切良久曰不出頭是好手久立珍重僧問如何是祖師西來意師曰梁王不識曰意旨如何師曰隻履西歸師入京上堂有一官人出禮拜起低頭良久師曰掣電之機徒勞佇思有一老宿上法堂東西顧視曰好箇法堂要且無主師聞乃召曰且坐喫茶宿問曰玄中最的猶是龜毛兎角不向二諦中修如何容用師曰測宿曰恁麼則拗折拄杖割斷草鞋去也師曰細而詳之

南雄州地藏和尚上堂僧問今日供養地藏地藏還來否師曰打開佛殿門裝香換水師與大容和尚在白雲開火路容曰三道寶堦何似箇火路師曰甚麼處不是

英州樂淨含匡禪師上堂良久曰摩竭提國

親行此令去却攙簉截流相見僧問如何是西來意師曰側耳無功問如何是樂淨家風師曰天地養人問如何是樂淨境師曰有工貪種竹無暇不栽松曰忽遇客來將何供養師曰滿園秋果熟要者近前嘗問龍門有意透者如何師曰灘下接取曰學人不會師曰喚行頭來問但得本莫愁末如何是本師曰不要問人曰如何是末師乃竪指問如何是樂淨境師曰滿月團圓菩薩面庭前樓樹夜义頭僧辭師問甚處去曰大容去師曰大容若問樂淨有何言敎汝作麽生祇對僧無語師代云但道樂淨近日不肯大容因普請打籬次僧問古人種種開方便門和尚爲甚麽却攔截師曰牢下橛著

韶州後白雲和尚僧問古琴絶韻請師彈師曰伯牙雖妙手時人聽者希曰恁麽則再遇子期也師曰笑發驚絃斷寧知調不同問昔日靈山一會梵王爲主未審白雲甚麽人爲主師曰有常侍在曰恁麽則法雨霶霈羣生有賴師曰汝莫這裏賣梔子

韶州白雲福禪師僧問如何是佛法的的之意師曰直曰學人不會意旨如何師曰崖州路上問知音

德山密禪師法嗣

鼎州文殊應眞禪師上堂直鉤釣獰龍曲鉤釣蝦蟆蚯蚓還有龍麽良久曰勞而無功僧問寶劒未出匣時如何師曰在甚麽處曰出匣後如何師曰臂長衫袖短問古人拊掌意旨如何師曰家無小使不成君子

南嶽南臺勤禪師僧問如何是祖師西來意

師曰一寸龜毛重七斤

鼎州德山紹晏禪師僧問如何是祖師西來意師曰桃源水遶白雲亭上堂一塵纔起大地全收一毛頭上師子全身且道一塵纔起大地全收須彌山重多少一毛頭上師子全身大海水有幾滴有人道得與汝拄杖子天下橫行若道不得須彌山蓋却汝頭大海水溺却汝身

潭州鹿苑文襲禪師僧問遠遠投師請師一接師曰五門巷裏無消息僧良久師曰會麽曰不會師曰長樂坡頭信不通

澧州藥山可瓊禪師上堂僧出曰請師答話師曰好曰還當得也無師曰更問問巨嶽不曾乏寸土師今苦口爲何人師曰延壽也要道過曰不伸此問焉辯我師師便喝僧禮拜師便打

巴陵乾明院普禪師僧問萬行齊修古人不許不落功勳還許也無師曰一日學人未曉乞師再指師曰三十年後

興元府中梁山崇禪師僧問垂絲千尺意在深潭時如何師曰紅鱗掌上躍

鄂州黄龍志愿禪師僧問迦葉上行衣何人合得披師曰一片燒痕地春入又逢青

益州東禪秀禪師僧問既是善神爲甚麽却被雷打師曰世亂奴欺主年衰鬼弄人問如何是一代時教師曰多年故紙

鼎州普安道禪師三句頌函蓋乾坤曰乾坤并萬象地獄及天堂物物皆真見頭頭用不傷截斷衆流曰堆山積嶽來一一盡塵埃更擬論玄妙氷消瓦解摧隨波逐浪曰辯口利

舌問高低總不虧還如應病藥診候在臨時三句外曰當人如舉唱三句豈能該有問如何事南嶽與天台擡簫商量曰相見不揚眉君東我亦西紅霞穿碧落白日繞須彌

巴陵鑒禪師法嗣

泐潭靈澄散聖因智門寬禪師問曰甚處來師曰水清月現門曰好好借問師曰褊衫不染皂門曰喫茶去師有西來意頌曰因僧問我西來意我話居山七八年草履秖栽三箇耳麻衣曾補兩番肩東菴每見西菴雪下澗長流上澗泉半夜白雲消散後一輪明月到牀前

襄州興化院興順禪師僧問如何是和尚深深處師曰舉即易答即難曰爲甚麽如此師曰過去問如何是百千妙門同歸方寸師曰水底看夜市問如何是向上事師曰楚山頭指天

雙泉寬禪師法嗣

蘄州五祖師戒禪師僧問如何是佛師曰鼻孔長三尺曰學人不會師曰眞不掩僞曲不藏直問如何是道師曰點曰點後如何師曰荆三汴四問寶劒未出匣時如何師曰看曰出匣後如何師曰收問如何是隨色摩尼珠師曰隨曰隨後如何師曰一箇婆婆兩箇嫂問得船便渡時如何師曰棹在誰人手僧擬議師曰雲有出山勢水無投澗聲上堂佛病祖病一時與諸禪德拈向三門外諸禪德還拈得山僧病也無若拈得山僧病不妨見得佛病祖病珍重問如何是祖師西來意師曰擔不起曰爲甚麽擔不起師曰祖師西來意

問牛頭未見四祖時如何師曰高問低對曰見後如何師曰風蕭蕭雨颯颯上堂僧問名喧宇宙知師久雪嶺家風略借看師曰未在更道僧展兩手師便打僧禮拜師竪起拄杖曰大衆會麽言不再舉令不重行便下座問僧近離甚處曰東京師曰還見天子也無曰常年一度出金明池師曰有禮可恕無禮難容出去智門問曰暑往寒來即不問林下相逢事若何師曰五鳳樓前聽玉漏門曰爭奈主山高案山低師曰須彌頂上擊金鐘

江陵府福昌院重善禪師僧問如何是正法眼師曰夜觀乾象曰學人不會意旨如何師曰日裏看山問如何是佛法的的大意師曰東方甲乙木曰恁麽則粉骨碎身也師曰易開終始口難保歲寒心問浩浩塵中如何辯主師曰長安天子塞外將軍曰恁麽則權握在手師曰不斬無罪人問如何是不遷底法師曰死人不坐禪曰學人不會意旨如何師曰那伽常在定問離却咽喉唇吻請師速道師曰福昌口門窄曰和尚爲甚麽口門窄師曰還我話來問如何是離筌蹄底句師曰頭大帽子小曰意旨如何師曰側脚反穿靴問金烏東涌玉兎西沉時如何師曰措大不騎驢曰恁麽則謝師指南師曰更須子細問牛頭未見四祖時如何師曰摠子數珠曰見後如何師曰鐵磬行者問未施武藝便入戰場時如何師曰老僧打退鼓曰恁麽則展陣開旗去也師曰伏惟尚饗上堂盡乾坤大地微塵諸佛總在福昌這裏拈拄杖畫一畫曰說佛說法諸禪德若也會得出來與汝證據若

也不會花須連夜發莫待曉風吹便下座

蘄州四祖志譚禪師僧問如何是透法身句師曰多年松樹老𦁓皺問葉落歸根時如何師曰一歲一枯榮

襄州興化奉能禪師僧問如何是佛師曰髮長僧貌醜

唐州天睦山慧滿禪師僧問如何是佛師曰多年桃核曰意旨如何師曰打破裏頭人問如何是祖師西來意師曰三年逢一閏曰合談何事師曰九日是重陽

鄂州建福智同禪師僧問如何是透法身句師曰鸚䳇慕西秦僧禮拜師曰聽取一頌雲門透法身法身何許人鴈回沙塞北鸚䳇慕西秦

襄州延慶宗本禪師僧問魚未跳龍門時如何師曰擺手入長安曰跳過後如何師曰長安雖樂

鼎州大龍山炳賢禪師僧問昔日先師語如何透法身師曰萬仞峯前句不與白雲齊問如何是動乾坤句師曰透出龍宮䶎大海掌開日月倒須彌問如何是出家人師曰深曰如何是出家法師曰苦

自巖上座僧問如何是無縫塔師曰甎瓦泥土曰如何是塔中人師曰含齒戴髮問如何是大人相師曰不曾作模樣曰如何是老人相師曰無力把拄杖問洞山麻三斤意旨如何師曰八十婆婆不粧梳

香林遠禪師法嗣

隨州智門光祚禪師先住北塔僧問如何是佛師曰踏破草鞋赤脚走曰如何是佛向上事師

曰拄杖頭上挑日月問如何是祖師西來意師曰眼不見鼻曰便恁麽領會時如何師曰鼻孔裏呷羹問曹谿路上還有俗談也無師曰六祖是盧行者問一切智智清淨還有地獄也無師曰閻羅王是鬼做上堂一法若有毗盧墮在凡夫萬法若無普賢失其境界正當恁麽時文殊向甚麽處出頭若也出頭不得金毛師子腰折幸好一盤飯莫待糝椒薑上堂山僧記得在母胎中有一則語今日舉似大衆諸人不得作道理商量還有人商量得麽若商量不得三十年後不得錯舉問如何是清淨法身師曰滿眼是埃塵問古鏡未磨時如何師曰也秖是箇銅片曰磨後如何師曰且收取問如何是般若體師曰蚌含明月曰如何是般若用師曰兎子懷胎問金剛眼中著得箇甚麽師曰一把沙曰爲甚麽如此師曰非公境界問如何是無縫塔師曰四稜著地曰如何是塔中人師曰鼻孔三斤秤不起問蓮花未出水時如何師曰蓮花曰出水後如何師曰荷葉上堂汝等諸人横擔拄杖出一叢林入一叢林你道叢林有幾種或有旃檀叢林旃檀圍繞或有荆棘叢林荆棘圍繞或有荆棘叢林旃檀圍繞或有旃檀叢林荆棘圍繞秖如四種叢林是汝諸人在阿那箇叢林裏安身立命若無安身立命處虚踏破草鞋閻羅王徵你草鞋錢有日在上堂雪峰輥毬羅漢書字歸宗斬蛇大隨燒畬且道明甚麽邊事還有人明得麽試道看若明不得所以道斬蛇須是斬蛇手燒畬須是燒畬人瞥起情塵生妄見眼裏無筋一世貧上

堂赫日裏我人雲霧裏慈悲霜雪裏假褐雹子裏藏身還藏得身麽若藏不得却被雹子打破髑髏上堂東家李四婆西家來乞火門外立少時嗔他停滯我惡發走歸家虚心屋裏坐可憐羣小兒終日受饑餓有眼不點睛空鑠髑髏破

瀧州羅漢和尚僧問如何是佛師曰牛頭阿旁曰如何是法師曰劒樹刀山問如何是佛法大意師曰井中紅談日裏浮漚曰如何領會師曰遥指扶桑日那邊問如何是本來心師曰蹉過了也

瀧州青城香林信禪師僧問覿面相呈時如何師曰築著鼻孔

洞山初禪師法嗣

潭州福嚴良雅禪師居洞山第一座山叅次僧出問如何是佛山答曰麻三斤叅罷山至寮謂師曰我今日答這僧話得麽曰恰值某淨髮山曰你元來作這去就拂袖便出師曰這老漢將謂我明他這話頭不得因作偈呈曰五彩畫牛頭黄金爲點額春晴二月初農人皆取則寒食賀新正鐵錢三五百山見深肯之住福嚴日僧問如何是和尚家風師曰入門便見

荆南府開福德賢禪師僧問去離不得時如何師曰子承父業問如何是衲僧活計師曰耳裏種田上堂不用思而知不用慮而解知解俱泯合談何事良久曰一葉落天下秋問承和尚有言隔江招手意旨如何師曰被裏張帆曰恁麽則南山起雲北山下雨去也師曰踏不著

潭州報慈嵩禪師僧問北斗藏身意旨如何師曰百歲老人入漆甕

岳州乾明睦禪師問洞山停機罷賞時如何山曰水底弄傀儡師曰誰是看翫者山曰停機罷賞者師曰恁麼則知音不和也山曰知音底事作麼生師曰大盡三十日山曰未在更道師曰某甲合喫和尚手中痛棒山休去問昔日靈山記今朝嗣阿誰師曰楚山突兀漢水東流曰恁麼則洞山的嗣也師曰聽事不眞喚鐘作甕

鄧州廣濟院同禪師僧問萬緣息盡時如何師曰三脚蝦蟇飛上天問如何是透法身句師曰華嶽三峯小曰此意如何師曰黄河輥底流

韶州東平山洪教禪師僧問如何是向上關師豎起拂子僧曰學人未曉乞師再指師曰非公境界曰和尚豈無方便師曰再犯不容

泐潭謙禪師法嗣

虔州丫山宗盛禪師上堂鐘聲清鼓聲響早晚相聞休妄想薦得徒勞别問津莫道山僧無伎倆咄

奉先深禪師法嗣

天台蓮華峯祥菴主僧問如何是雪嶺泥牛吼師曰聽曰如何是雲門木馬嘶師曰響示寂日拈拄杖示衆曰古人到這裏爲甚麼不肯住衆無對師乃曰爲他途路不得力復曰畢竟如何以杖横肩曰楖栗横擔不顧人直入千峯萬峯去言畢而逝

江州崇聖御禪師僧問如何是學人受用三昧師曰横擔拄杖曰意旨如何師曰步步踏

實

雙泉郁禪師法嗣

鼎州德山慧遠禪師開堂示衆曰無量法門悉已具足然雖如是且須委悉始得其餘方便昔時聖人互出乃曰傳燈爾後賢者差肩故云繼祖是以心心相傳法法相印且作麼生傳作麼生印舉起拂子曰此乃人天同證若如是也遞相證明其或未曉之徒請垂下問僧問如何是祖師西來意師曰鐵門路險解夏上堂僧問九旬禁足今已滿自恣之儀事若何師曰猢猻趂蛺蝶九步作一歇曰意旨如何師示頌曰兩箇童兒舁木鼓左邊打了右邊舞刹那變現百千般分明示君君記取問亡僧遷化向甚麼處去師曰烏龜鑽破壁上堂枕石漱流任運天眞不見古者道撥霞掃雪和雲母掘石移松得茯苓當恁麼時復何言哉諸禪德要會麼聽取一頌雪霽長空迥野飛鴻段雲片片向西向東

襄州含珠山彬禪師僧問如何是正法眼師曰瞎問如何是和尚關棙子師竪起拂子僧便喝師便打問如何是三乘教師曰上大人曰意旨如何師曰化三千

披雲寂禪師法嗣

廬山開先照禪師僧問向上宗乘乞師垂示師曰白雲斷處見明月曰猶是學人疑處師曰黃葉落時聞擣衣問如何是和尚家風師曰一條寒澗木得力勝兒孫曰用者如何師曰百雜碎上堂叢林規矩古佛家風一粲一請一粥一飯且道明得箇甚麼秖如諸人心心不停念念不住若能不停處停念處無念

自合無生之理與麽説話笑破他人口參

金陵天寶和尚僧問白雲抱幽石時如何師曰非公境界問如何是和尚家風師曰列半作三曰學人未曉師曰鼻孔針筒

舜峯韶禪師法嗣

磁州桃園山曦朗禪師僧問如何是祖師西來意師曰西來若有意斬下老僧頭曰爲甚却如此師曰不見道爲法喪軀

安州法雲智善禪師僧問如何是古佛道場師曰山青水緑

般若柔禪師法嗣

藍田縣真禪師僧問如何是大定門師曰拈柴擇菜上堂成山假就於始簣脩途託至於初步上座適來從地爐邊來還與初步同別若言同即不會不遷若言别亦不會不遷上座作麽生會還會麽這裏不是那裏那裏不是這裏且道是一處兩處是遷不遷是來去不是來去若於此顯明得便乃古今一如初終自爾念念無常心心永滅所以道觀方知彼去去者不至方上座適來恁麽來却請恁麽去參

妙勝臻禪師法嗣

西川雪峯欽山主上堂昨日一今日二不用思量快須瞥地不瞥地蹉過平生没巴鼻咄

薦福古禪師法嗣

和州淨戒守密禪師僧問如何是佛師曰稽首稽首曰學人有分也無師曰頓首頓首僧作舞而出師曰似則恰似是即未是

清凉明禪師法嗣

吉州西峯雲豁禪師郡之曾氏子早扣諸方

晩見清涼問佛未出世時如何涼曰雲遮海門樹曰出世後如何涼曰擘破鐵圍山師於言下大悟涼印可之歸住寶龍雲侶駢集眞宗皇帝遣使召至訪問宗要留上苑經時寘坐不食上嘉異賜號圓淨辭歸珍錫甚隆皆不受以詩寵其行改寶龍曰祥符旌師之居也嘗有問易中要旨者師曰夫神生於無形而成於有形從有以至於無然後能合乎妙圓正覺之道故自四十九衍以至於萬有一千五百二十以窮天下之理以盡天下之性不異吾聖人之敎也示寂日爲衆曰天不高地不厚自是時人覷不透但看臘月二十五依舊面南看北斗瞑然而逝茶毗獲設利建塔

青原下九世

文殊眞禪師法嗣

瑞州洞山曉聰禪師遊方時在雲居作燈頭見僧說泗州大聖近在揚州出現有設問曰既是泗州大聖爲甚麽却向揚州出現師曰君子愛財取之以道後僧擧似蓮華峯祥庵主主大驚曰雲門兒孫猶在中夜望雲居拜之住後僧問達磨未傳心地印釋迦未解髻中珠此時若問西來意還有西來意也無師曰六月雨淋淋寛其萬姓心曰恁麽則雲散家家月春來處處花師曰脚跟下到金剛水際是多少僧無語師曰祖師西來特唱此事自是上座不薦所以從門入者不是家珍認影迷頭豈非大錯既是祖師西來特唱此事又何必更對衆忉忉珍重問無根樹子向甚麽處栽師曰千年常住一朝僧問如何是離

聲色句師曰南贍部洲北鬱單越曰恁麼則學人知恩不昧也師曰四大海深多少問古鏡未磨時如何師曰此去漢陽不遠曰磨後如何師曰黃鶴樓前鸚鵡洲問如何是佛師曰理長即就上堂教山僧道甚麼即得古即是今今即是古所以楞嚴經道松直棘曲鵠白烏玄還知得麼雖然如是未必是松一向直棘一向曲鵠便白烏便玄洞山道這裏也有曲底松也有直底棘也有玄底鵠也有白底烏久立上堂僧問學人進又不得退又不得時如何師曰抱首哭蒼天僧無語師曰汝還知鉢盂鐼子落處麼汝若知得落處也從汝問三十年後驀然問著也不定上堂舉寒山云井底生紅塵高峯起白浪石女生石兒龜毛寸寸長若要學菩提但看此模樣良久曰還知落處也無若也不知落處看看菩提入僧堂裏去也久立上堂春寒凝冱夜來好雪還見麼大地雪漫漫春風依舊寒說禪說道易成佛成祖難珍重上堂晨鷄報曉靈粥後便天明燈籠猶瞌睡露柱却惺惺復曰惺惺直言惺惺歷歷直言歷歷明朝後日莫認奴作郎珍重因事示衆天晴蓋却屋乘乾刈却禾早輸王稅了鼓腹唱巴歌問德山入門便棒猶是起模畫樣臨濟入門便喝未免揑目生花離此二途未審洞山如何爲人師曰天晴久無雨近日有雲騰曰他日若有人問洞山宗旨教學人如何舉似師曰園蔬枯槁甚擔水潑菠稜師一日不安上堂辭衆述法身頌曰參禪學道莫茫茫問透法身北斗藏余今老倒尪羸甚見人無力得商量唯有钁

頭知我意栽松時復上金剛言訖而寂塔于金剛嶺

南臺勤禪師法嗣

汝州高陽法廣禪師僧問如何是大悲千手眼師曰墮坑落塹

潭州石霜節誠禪師僧問古者道捲簾當白晝移榻對青山如何是捲簾當白晝師曰過淨瓶來曰如何是移榻對青山師曰却安舊處著上堂心外無法法外無心隨緣蕩蕩更莫沉吟你等諸人纔上堦道便好回去更要待第二杓惡水潑作甚麼

德山晏禪師法嗣

鼎州德山志先禪師僧問見色便見心時如何師曰角弓彎似月寶劒利如霜曰如何領會師曰金甲似魚鱗朱旗如火燄問遠遠投師乞師一接師曰不接曰恁麼則虛伸一問師曰少逢穿耳客多遇刻舟人問大通智勝佛十劫坐道場爲甚麼不得成佛道師曰貪觀天上月失却掌中珠問軍期急速時如何師曰十字街頭滿面塵曰爲甚麼如此師曰知而故犯問如何是無爲之談師曰石羊石虎喃喃語曰是何言教師曰長行書不盡短偈絶人聞問如何是一稱南無佛師曰皆以成佛道

黒水璟禪師法嗣

袞眉黒水義欽禪師上堂僧出禮拜師曰大地百雜碎便下座

五祖戒禪師法嗣

洪州泐潭懷澄禪師僧問見者是色聞者是聲離此二途請師別道師曰古寺新牌額問

不與萬法爲侶者是甚麽人師曰觀世音菩薩師一日見僧披衲師曰得恁麽好針線曰秖要牢固師曰打草驚蛇作甚麽曰客來須看師曰秖有這箇更别有曰雲生嶺上師曰未在更道曰水滴巖間問如何是佛法大意師曰文殊自文殊解脱自解脱

瑞州洞山目寶禪師上堂總恁麽風恬浪靜那裏得來忽遇洪波浩渺白浪滔天當恁麽時覓箇水手也難得衆中莫有把柂者麽衆無對師曰賺殺一船人僧問如何是佛師曰腰長脚短

復州北塔思廣禪師僧問如何是衲僧變通之事師曰東涌西没曰變通後如何師曰地肥茄子嫩問如何是和尚家風師曰左手書右字曰學人不會師曰歐頭柳脚

蘄州四祖端禪師法身頌曰燈心剌著石人脚火急去請周醫博路逢龐公相借問六月日頭乾曬却

潭州雲蓋志顒禪師僧問如何是祖師西來意師曰古寺碑難讀曰意旨如何師曰讀者盡攢眉

舒州海會通禪師僧問如何是佛法大意師曰柿桶蓋樓笠曰學人不曉師曰行時頭頂載坐則挂高壁

瑞州洞山妙圓禪師僧問如何是佛師曰頭腦相似

蘄州義臺子祥禪師僧問如何是義臺境師曰路不拾遺曰如何是境中人師曰桀犬吠堯

明州天童懷清禪師僧問如何是祖師西來

意師曰眼裏不著沙曰如何領會師曰耳裏不著水曰恁麼則禮拜也師曰東家點燈西家暗坐

越州寶嚴叔芝禪師僧問如何是佛師曰土身木骨曰意旨如何師曰五彩金裝曰恁麼則頂禮去也師曰天台楖栗

蘄州五祖山秀禪師僧問無法可說是名說法旣是無法可說又將何說師曰霜寒地凍曰空生不解巖中坐惹得天花動地來師曰日出冰消僧擬議師曰何不進語僧又無語師曰車不橫推理無曲斷

襄州白馬辯禪師僧問如何是佛師曰水來河漲曰如何是法師曰風來樹動

隨州水南智昱禪師上堂欲識解脫道鷄鳴天巳曉趙州庭前栢打落青州棗咄

五燈會元卷第四十一

音釋

簦都騰切音登笠蓋也　皴七倫切音逡皮細起也　呷迄甲切音[illegible]吸呷也　菠逋禾切音嶓菜名　尪同尣烏光切音汪跛曲脛也　璟同璄於境切音影玉光彩

五燈會元卷第四十二

宋沙門大川濟纂

青原下九世

福昌善禪師法嗣

安吉州上方齊岳禪師僧問如何是菩提師曰甎頭瓦子曰意旨如何師曰苦上堂旋收黄葉燒青煙竹榻和衣半夜眠粥後放叅三下鼓孰能更話祖師禪便下座

明州育王常坦禪師僧問如何是有中有師曰金河峯上曰如何是無中無師曰般若堂前上堂千花競發百鳥啼春是向上句諸佛出世知識與慈是向下句作麽生是不涉二途句若識得頂門上出氣若識不得土牛耕石田擊禪牀下座

潤州金山瑞新禪師僧問吾有大患爲吾有身父母未生未審此身在甚麽處師曰曠大劫來無處所若論生滅盡成非曰恁麽則周徧十方心不在一切處師曰泥裏撼樁上堂世間所貴者和氏之璧隋侯之珠金山喚作驢屎馬糞出世間所貴者真如解脱菩提涅槃金山喚作屎沸碗鳴且道恁麽説話落在甚麽處故不是取舍心重信邪倒見諸人要知麽猛虎不顧几上肉洪爐豈鑄囊中錐

乾明信禪師法嗣

澧州藥山彝肅禪師僧問佛未出世時如何師曰大樹大皮裹曰出世後如何師曰小樹小皮纏問如何是不動尊師曰四王擡不起

智門祚禪師法嗣

明州雪竇重顯禪師遂寧府李氏子依普安院仁銑上人出家受具之後横經講席究理

窮玄詰問鋒馳機辯無敵咸知法器僉指南遊首造智門即伸問曰不起一念云何有過門召師近前師纔近前門以拂子驀口打師擬開口門又打師豁然開悟出住翠峯後遷雪竇開堂日於法座前顧視大衆曰若論本分相見不必高陞法座遂以手畫一畫曰諸人隨山僧手看無量諸佛國土一時現前各各子細觀瞻其或涯際未知不免拖泥帶水便陞座上首白椎罷有僧方出師約住曰如來正法眼藏委在今日放行則瓦礫生光把住則眞金失色權柄在手殺活臨時其有作者共相證據僧出問遠離翠峰祖席已臨雪竇道場未審是一是二師曰馬無千里謾追風曰恁麽則雲散家家月師曰龍頭蛇尾漢問德山臨濟棒喝已彰和尚如何爲人師曰放過一著僧擬議師便喝僧曰未審秪恁麽別有在師曰射虎不眞徒勞没羽問吹大法螺擊大法鼓朝宰臨筵如何即是師曰清風來未休曰恁麽則得遇於師也師曰一言已出駟馬難追僧禮拜師曰放過一著乃普觀大衆曰人天普集合發明箇甚麽事焉可互分賓主馳騁問答便當宗乘去廣大門風威德自在輝騰今古把定乾坤千聖秪言自知五乘莫能建立所以聲前悟旨猶迷顧鑒之端言下知宗尚昧識情之表諸人要知眞實相爲麽但以上無攀仰下絶已躬自然常光現前箇箇壁立千仞還辯明得也無未辯辯取未明明取既辯明得能截生死流同據佛祖位妙圓超悟正在此時堪報不報之恩以助無爲之化問如何是佛法大意師曰祥雲

五色曰學人不會師曰頭上漫漫問達磨未來時如何師曰猿啼古木曰來後如何師曰鶴唳青霄曰即今事作麽生師曰一不成二不是問和尚未見智門時如何師曰爾鼻孔在我手裏曰見後如何師曰穿過髑髏有僧出禮拜起曰請師答話師便棒僧曰豈無方便師曰罪不重科復有一僧出禮拜起曰請師答話師曰兩重公案曰請師不答話師亦棒問古人道北斗裏藏身意旨如何師曰千聞不如一見曰此話大行師曰老鼠銜鐵問古人道皎皎地絕一絲頭秖如山河大地又且如何師曰面赤不如語直曰學人未曉師曰徧問諸方問如何是學人自己師曰乘槎斫額曰莫秖這便是師曰浪死虛生問如何是緣生義師曰金剛鑄鐵券曰學人不會師曰鬧市裏牌曰恁麽則行到水窮處坐看雲起時師曰列下問四十九年說不盡底請師說師曰爭之不足曰謝師答話師曰鐵棒自看問如何是把定乾坤眼師曰拈却鼻孔曰學人不會師曰一喜一悲僧擬議師曰苦問如何是脫珍御服著獘垢衣師曰垂手不垂手曰乞師方便師曰左眼挑筋右眼抉肉問龍門爭進舉那箇是登科師曰重遭點額曰學人不會師曰退水藏鱗問寂寂忘言誰是得者師曰卸帽穿雲去曰如何領會師曰披簑帶雨歸曰三十年後此話大行師曰一場酸澁問坐斷毗盧底人師還接否師曰殷勤送別瀟湘岸曰恁麽則學人罪過也師曰天寬地窄太愁人僧禮拜師曰苦屈之詞不妨難吐問生死到來如何回避師曰定花板上

曰莫便是他安身立命處也無師曰符到奉行上堂僧問如何是吹毛劒師曰苦曰還許學人用也無師噓一噓乃曰大衆前共相酬唱也須是箇漢始得若也未有奔流度刃底眼不勞拈出所以道如大火聚近著即燎却面門亦如按太阿寶劒衝前即喪身失命乃曰太阿横按祖堂寒千里應須息萬端莫待冷光輕閃爍復云看看便下座上堂僧問如何是維摩一默師曰寒山訪拾得曰恁麽則入不二之門師噓一噓復曰維摩大士去何從千古令人望莫窮不二法門休更問夜來明月上孤峯上堂春山疊亂青春水漾虛碧寥寥天地間獨立望何極便下座却顧謂侍者曰適來有人看方丈麽者曰有師曰作賊人心虛上堂十方無壁落四面亦無門古人向甚麽處見客或若道得接手句許你天上天下上堂田地穩密底佛祖不敢近爲甚麽擡脚不起神通游戲底鬼神不能測爲甚麽下脚不得直饒十字縱横朝打三千暮打八百上堂大衆這一片田地分付來多時也爾諸人四至界畔猶未識在若要中心樹子我也不惜問如何是諸佛本源師曰千峯寒色曰未委向上更有也無師曰雨滴巖花上堂僧問雪覆蘆花時如何師曰點曰恁麽則爲祥爲瑞去也師曰雨重公案乃曰雪覆蘆花欲暮天謝家人不在漁船白牛放却無尋處空把山童贈鐵鞭師一日遊山四顧周覽謂侍者曰何日復來於此侍者哀乞遺偈師曰平生唯患語之多矣翌日出杖屨衣盂散及徒衆乃曰七月七日復相見耳至期盥沐攝

衣北首而逝塔全身於寺之西塢賜明覺大
師
襄州延慶山子榮禪師僧問如何是隨色摩尼珠師曰三箇童兒弄花毬曰恁麼則終朝盡日也師曰頭白齒落上堂僧問靈光隱隱月照寒總善法堂前請師舉唱師曰聽曰此猶是這邊事那邊事作麽生師曰脚下毛生問如何是佛師曰横身彰十號入栁示雙趺曰將何供養師曰合掌當胷問如何是祖師西來意師曰穿耳胡僧不著鞋
洪州百丈智映寶月禪師僧問師唱誰家曲宗風嗣阿誰師曰窣堵那吒掌上擎曰恁麽則北塔的子韶石兒孫也師曰斫額望新羅
韶州南華寶緑慈濟禪師僧問如何是祖師西來意師曰青山緑水曰未來時還有意也無師曰高者高低者低
黄州護國院壽禪師僧問如何是一路涅槃門師曰寒松青有千年色一徑風飄四季香問如何是靈山一會師曰如來纔一顧迦葉便低眉
瑞州九峯勤禪師僧問方便門中請師垂示師曰佛不奪衆生願曰恁麽則謝師方便師曰却須喫棒上堂口羅舌沸千喚萬喚露柱因甚麽不回頭良久曰美食不中飽人喫便下座
潭州雲葢繼鵬禪師初謁雙泉雅禪師泉令充侍者示以芭蕉拄杖話經久無省發一日泉向火次師侍立泉忽問拄杖子話試舉來與子商量師擬舉泉拈火筯便摵師豁然大悟住後僧問如何是佛法大意師曰舌頭無

骨問如何是祖師西來意師曰湯瓶火裏煨問佛未出世時如何師曰天曰出世後如何師曰地上堂高不在絕頂富不在福嚴樂不在天堂苦不在地獄良久曰相識滿天下知心能幾人

鄂州黃龍海禪師僧問如何是黃龍家風師曰看曰忽遇客來如何祗待師以拄杖點之問如何是最初一句師曰掘地討天

鼎州彰法澄泗禪師僧問如何是佛法大意師曰多少人摸索不著曰忽然摸著又作麼生師曰堪作甚麼

泉州雲臺因禪師僧問如何是和尚家風師曰嗔拳不打笑面曰如何施設師曰天台則有南嶽則無問如何是佛師曰月不破五曰意旨如何師曰初三十一問如何是佛法大意師曰今日好曬麥曰意旨如何師曰問取磨頭上堂菩薩子不在內不在外不在中間且道落在甚麼處良久曰南贍部洲北鬱單越

福嚴雅禪師法嗣

潭州北禪智賢禪師僧問如何是佛師曰匙挑不上曰如何是道師曰險路架橋歲夜小參曰年窮歲盡無可與諸人分歲老僧烹一頭露地白牛炊黍米飯煮野菜羹燒榾柮火大家喫了唱村田樂何故免見倚他門户傍他墻剛被時人喚作郎便下座歸方丈至夜深維那入方丈問訊曰縣裏有公人到勾和尚師曰作甚麼那曰道和尚宰牛不納皮角師遂捋下頭帽擲在地上那便拾去師跳下禪牀攔胸擒住叫曰賊賊那將帽子覆師頂

曰天寒且還和尚師呵呵大笑那便出去時法昌爲侍者師顧昌曰這公案作麽生昌曰潭州紙貴一狀領過

南嶽衡嶽寺振禪師山居頌曰呵呵呵瘦松寒竹鎖清波有時獨坐磐陀上無人共唱太平歌朝看白雲生洞口暮觀明月照娑婆有人問我居山事三尺杖子攪黄河

開福賢禪師法嗣

日芳上座僧問如何是函葢乾坤句師竪起拄杖僧曰如何是截斷衆流句師横按拄杖僧曰如何是隨波逐浪句師擲下拄杖僧曰三句外請師道師便起去師賛開福眞曰清儀瘦兮可瞻可仰仰之非親妙筆圖兮可擬可像像之非眞非親非眞秋月盈輪有言無味兮的中的既往如在兮見焉見當機隱顯兮絲髮諳訛金烏卓午兮迅風霹靂

報慈嵩禪師法嗣

郢州興陽山遜禪師僧問如何是佛師曰髮白面皺曰如何是法師曰暑往寒來問如何是三界外事師曰洛陽千里餘不得舊時書

德山遠禪師法嗣

廬山開先善暹禪師臨江軍人也操行清苦徧游師席以明悟爲志叅德山見山上堂顧視大衆曰師子嚬呻象王回顧師忽有省入室陳所解山曰子作麽生會師回顧曰後園驢喫草山然之後至雪竇竇與語喜其超邁目曰海上横行暹道者遂命分座四方英衲敬畏之他日竇舉師出世金鵝師聞潛書二偈于壁而去曰不是無心繼祖燈道慙未廁嶺南能三更月下離巖竇眷眷無言戀碧層

二十餘年四海閒尋師擇友未甞閑今朝得到無心地却被無心趂出山晚年衆請滋甚遂開法開先以慰道俗之望開堂日上首白椎罷師曰千聖出來也秖是稽首讚歎諸代祖師提挈不起是故始從迦葉迄至山僧二千餘年月燭慧燈星排道樹人天普照凡聖齊榮且道承甚麽人恩力老胡也秖道明星出現時我與大地有情同時成道如是則彼旣丈夫我亦爾孰爲不可良由諸人不肯承當自生退屈所以便推排一人半箇先達出來遞相開發也秖是與諸人作箇證明今日人天會上莫有久遊赤水夙在荆山懐袖有珍頂門有眼到處踐踏覺場底衲僧麽却請爲新出世長老作箇證明還有麽時有僧出師曰象駕崢嶸謾進途誰信螳螂能拒轍問

一棒一喝猶是葛藤瞬目揚眉拖泥帶水如何是直截根源師曰速曰恁麽則祖師正宗和尚把定師曰野渡無人舟自横問如何是露地白牛師曰瞎問妙峯頂上即不問半山相見事如何師曰把手過江來曰高步出長安師曰脚下一句作麽生道僧便喝師曰山腰裏走問一雨所潤爲甚麽萬木不同師曰羊羮雖美衆口難調問年窮歲盡時如何師曰依舊孟春猶寒問更深夜靜時如何師曰老鼠入燈籠問瞥瞋瞥喜時如何師曰適來菩薩面如今夜乂頭上堂一若是二即非東西南北人不知休話指天并指地青山白雲徒爾爲以拄杖擊香臺下座問雨雪連天爲甚麽孤峯露頂師曰有甚遮掩處上堂僧問如何是祖師西來意師曰洛陽城古曰學人

不會師曰少室山高僧禮拜師迺曰佛種從緣起遂舉拄杖曰拄杖子是緣且作麽生說箇起底道理良久曰金屑雖貴落眼成翳卓拄杖下座

吉州禾山楚材禪智禪師臨江軍人也僧問佛令祖令諸方並行未審和尚如何師曰山僧退後曰恁麽則諸方不別也師曰伏惟伏惟問如何是離凡聖底句師曰山河安掌上曰恁麽則迥超今古外師曰展縮在當人問一毫未發時如何師曰海晏河清曰發後如何師曰徧界無知已問如何是和尚說法底口師曰放一線道問抱璞投師請師雕琢師曰不雕琢曰爲甚麽不雕琢師曰弄巧翻成拙

秀州資聖院盛勤禪師僧問如何是正法眼師曰山青水綠問四威儀中如何履踐師曰鷺鷥立雪曰恁麽則聞鐘持鉢日上欄干師曰魚躍千江水龍騰萬里雲曰畢竟如何師曰山中逢猛虎天上見文星上堂多生覺悟非干衲一點分明不在燈拈拄杖曰拄杖頭上祖師燈籠脚下彌勒須彌山腰鼓細即不問你作麽生是分明一點你若道得無邊刹境總在你眉毛上你若道不得作麽生過得羅刹橋良久曰水流千派月山鎖一溪雲卓拄杖下座

潭州鹿苑圭禪師桂州人也僧問如何是道師曰吳頭楚尾曰如何是道中人師曰騎馬踏鐙不如步行問如何是第一義諦師曰胡人讀漢書上堂凡有因緣須曉其宗若曉其宗無是無不是用則波騰海沸全眞體以運

行體則鏡淨水沉舉隨緣而會寂且道兜率天宮幾人行幾人坐若向這裏辯得緇素許你諸人東西南北如雲似鶴於此不明踏破草鞋未有了日在參

青原下十世

洞山聰禪師法嗣

南康軍雲居曉舜禪師瑞州人也少年麤猛忽悟浮幻投師出家乃修細行參洞山一日如武昌行乞首謁劉公居士家士高行爲時所敬意所與奪莫不從之師時年少不知其飽參頗易之士曰老漢有一問若相契即開疏如不契即請還山遂問古鏡未磨時如何師曰黑似漆士曰磨後如何師曰照天照地士長揖曰且請上人還山拂袖入宅師懡㦬即還洞山山問其故師具言其事山曰你問我我與你道師理前問山曰此去漢陽不遠師進後語山曰黄鶴樓前鸚鵡洲師於言下大悟機鋒不可觸住後僧問承師有言不談玄不說妙去此二途如何指示師曰蝦蟇趕鷂子曰全因此問也師曰老鼠弄猢猻上堂唯一堅密身一切塵中現蝦蟇蚯蚓各有窟穴烏鵲鳩鴿亦有窠巢正當與麽時爲甚麽人說法良久曰方以類聚物以羣分上堂三峽道無別朝朝秪麽說僧繇會寫眞鎮府出鑌鐵上堂不長不短不小不大此箇道理是誰境界咄上堂聞說佛法兩字早是汚我耳目諸人未跨雲居門脚跟下好與三十棒雖然如是也是爲衆竭力上堂舉夾山道鬧市門頭識取天子百草頭上薦取老僧雲居即不然婦搖機軋軋兒弄口㗖㗖上堂諸方有

弄蛇頭撥虎尾跳大海劒刃裏藏身雲居這裏寒天熱水洗脚夜間脫鞋打睡早朝旋打行纒風吹籬倒喚人夫劈篾縛起上堂雲居不會禪洗脚上牀眠冬瓜直儱侗瓠子曲彎彎

潭州大溈懷宥禪師僧問人將語試金將火試未審衲僧將甚麽試師曰拄杖子曰畢竟如何師曰退後著僧應喏師便打曰教休不肯休直待雨淋頭

杭州佛日契嵩禪師藤州鐔津李氏子七歲出家十三得度十九遊方徧叅知識得法于洞山師夜則頂戴觀音像而誦其號必滿十萬乃寢以爲常自是世間經書章句不學而能作原教論十餘萬言明儒釋之道一貫以抗宗韓排佛之説讀之者畏服後居永安蘭若著禪門定祖圖傳法正宗記輔教編上進仁宗皇帝覽之加歎付傳法院編次入藏下詔褒寵賜號明教宰相韓琦大叅歐陽脩皆延見而尊禮之洎東還熙寧四年六月四日晨興寫偈曰後夜月初明吾今喜獨行不學大梅老貪隨䑕鼠聲至中夜而化闍維不壞者五曰頂曰耳曰舌曰童真曰數珠其頂骨出舍利紅白晶潔道俗合諸不壞瘗於故居永安之左後住淨慈北礀居簡嘗著五種不壞贊師有文集二十卷目曰鐔津盛行于世

洪州太守許式叅洞山得正法眼一日與泐潭澄上藍溥坐次潭問閬郎中道夜坐連雲石春栽帶雨松當時答洞山甚麽話公曰今日放衙早潭曰聞答泗州大聖在揚州出現底是否公曰别點茶來潭曰名不虛傳公曰

和尚早晚回山潭曰今日被上藍覷破藍便喝潭曰須是你始得公曰不奈船何打破戽斗

潙潭澄禪師法嗣

明州育王山懷璉大覺禪師漳州龍溪陳氏子誕生之夕夢僧伽降室因小字泗州既有異兆僉知祥應齠齔出家丱角圓頂篤志道學寢食無廢一日洗面潑水于地微有省發即慕參尋遠造潙潭法席投機印可師事之十餘年去遊廬山掌記於圓通訥禪師所皇祐中仁廟有詔住淨因禪院召對化成殿問佛法大意奏對稱旨賜號大覺禪師後遣中使問曰才去竪拂人立難當師即以頌回進曰有節非干竹三星偃月宮一人居日下弗與衆人同帝覽大悅又詔入對便殿賜羅扇一把題元寂頌於其上與師問答詩頌書以賜之凡十有七篇至中和乞歸老山中乃進頌曰六載皇都唱祖機兩曾金殿奉天威青山隱去欣何得滿篋唯將御頌歸帝和頌不允仍宣諭曰山即如如體也將安歸乎再住京國且興佛法師再進頌謝曰中使宣傳出禁闈再令臣住此禪扉青山未許藏千拙白髮將何補萬幾霄露恩輝方湛湛林泉情味苦依依堯仁況是如天濶應任孤雲自在飛既而遣使賜龍腦鉢師謝恩罷捧鉢曰吾法以壞色衣以瓦鐵食此鉢非法遂焚之中使回奏上加歎不已治平中上疏丐歸仍進頌曰千簇雲山萬壑流閑身歸老此峯頭餘生願祝無疆壽一炷清香滿石樓英廟依所乞賜手詔曰大覺禪師懷璉受先帝聖眷累錫

宸章屢貢誠懇乞歸林下今從所請俾遂閑心凡經過小可菴院任性住持或十方禪林不得抑逼堅請師既渡江少留金山西湖四明郡守以育王虛席迎致九峯韶公作疏勸請四明之人相與出力建大閣藏所賜詩頌榜之曰宸奎翰林蘇公軾知杭時以書問師曰承要作宸奎閣碑謹已撰成衰朽廢學不知堪上石否見忝寥說禪師出京日英廟賜手詔其略云任性住持者不知果有否如有切請録示全文欲添入此一節師終藏而不出逮委順後獲於篋笥開堂日僧問諸佛出世利濟羣生猊座師登將何拯濟師曰山高水闊曰華發無根樹魚跳萬仞峯師曰新羅國裏曰慈舟不棹清波上劒峽徒勞放木鵝師曰脫却衣裳臥荆棘曰人將語試師曰慣得其便僧拊掌師曰更踍跳問聖君御頌親頒賜和尚將何報此恩師曰兩手拓地曰恁麼則一人有慶兆民賴之師曰半尋拄杖攪黃河問艣棹不停時如何師曰清波箭急曰恁麼則移舟諳水勢舉棹别波瀾師曰濟水過新羅曰古佛位中留不住夜來依舊宿蘆花師曰兒童不識十字街問坐斷毗盧頂不稟釋迦文猶未是學人行業如何是學人行業師曰斫額望明月僧以手便拂師曰作甚麼僧茫然師曰賺却一船人師曰若論佛法兩字是加增之辭兼纖之說諸人向這裏承當得盡是二頭三首譬如金屑雖貴眼裏著不得若是本分衲僧纔聞舉著一擺擺斷不受纖塵獨脫自在最爲親的然後便能在天同天在人同人在僧同僧在俗同俗在凡同

凡在聖同聖一切處出沒自在並拘檢他不得名邈他不得何也爲渠能建立一切法故一切法要且不是渠渠旣無背面第一不用妄與安排但知十二時中平常飲啄快樂無憂秖此相期更無別事所以古人云放曠長如癡兀人他家自有通人愛上堂文殊寶劒得者爲尊乃拈拄杖曰淨因今日恁麼直得千聖路絕雖然如是猶是矛盾相攻不犯鋒鋩如何運用良久曰野蒿自發空臨水江燕初歸不見人參上堂太陽東昇爍破大千之暗諸人若向明中立猶是影響相馳若向暗中立也是藏頭露影漢到這裏作麼生吐露良久曰逢人秖可三分語未可全拋一片心參上堂世法裏面迷卻多少人佛法裏面醉卻多少人秖如不迷不醉是甚麼人分上事上堂言鋒纔擊義海交深若用徑截一路各請歸堂上堂應物現形如水中月遂拈起拄杖曰這箇不是物即今現形也且道月在甚麼處良久曰長空有路還須透潭底無蹤不用尋擊香臺下座上堂白日東上白日西落急如投壺閃寥廓神龍一舉透無邊纖鱗猶向泥中躍靈龕中休湊泊三歲孩童鬢四角參上堂良久舉起拳頭曰握拳則五嶽倒卓展手則五指參差有時把定佛祖關有時拓開千聖宅今日這裏相呈且道作何使用拍禪牀曰向下文長付在來日

臨安府靈隱雲知慈覺禪師僧問一佛出世各坐一華和尚出世有何祥瑞師曰白雲橫谷口曰光前絕後去也師曰錯曰大衆證明學人禮謝師曰點問如何是道師曰甚麼道

曰大道師曰欲行千里一步爲初曰如何是道中人師曰西天駐泊此地都監僧禮拜師乃吽吽上堂日月雲霞爲天標山川草木爲地標招賢納士爲德標閑居趣寂爲道標拈拄杖曰且道這箇是甚麽標會麽拈起則有文有彩放下則糲糲磕磕直得不拈不放又作麽生良久曰扶過斷橋水伴歸明月村卓一下下座上堂秋風起庭梧墜衲子紛紛看祥瑞張三李四賣囂虛拾得寒山爭賤貴覿面相逢更無難易四衢道中棚欄瓦市冨塞虛空普天帀地任是臨濟赤肉團上雪峰南山鼈鼻玄沙見虎俱秖舉指一時拈來當面布施更若擬議千山萬水復曰過

婺州承天惟簡禪師僧問佛與衆生是一是二師曰花開滿樹紅花落萬枝空曰畢竟是一是二師曰唯餘一朶在明日恐隨風問如何是吹毛劒師曰星多不當月曰用者如何師曰落曰落後如何師曰觀世音菩薩問如何是和尚家風師曰理長即就曰如何領會師曰繪雉不成雞問開口即失閉口即喪未審如何說師曰舌頭無骨僧曰不會師曰對牛彈琴上堂夫遮那之境界衆妙之玄門知識說之而莫窮善財酌之而不竭文殊體之而寂寂普賢證之以重重若也隨其法性如雲收碧漢本無一物若也隨其智用如花開春谷應用無邊雖說徧恒沙乃同遵一道且問諸人作麽生是一道良久曰白雲斷處見明月黃葉落時聞擣衣衆上堂莫離葢纏莫求佛祖去此二途以何依怙江淹夢筆天龍見虎古老相傳月不跨五衆上堂一刀兩段

埋没宗風師子飜身拖泥帶水直饒坐斷十方不通凡聖脚跟下好與三十上堂拈一放一妙用縱横去解除玄收凡破聖若望本分草料大似磨甎作鏡衲僧家合作麽生良久曰寔

明州九峯鑒韶禪師僧問承聞和尚是泐潭嫡子是否師曰是曰還記得當時得力句否師曰記得曰請舉看師曰左手握拳右手把筆上堂山僧説禪如蚱蜢吐油揑著便出若不揑著一點也無何故秖爲不曽看讀古今因縁及預先排疊勝妙見知等候陞堂便磨唇捋觜將粥飯氣熏炙諸人凡有一問一答蓋不得已豈獨山僧看他大通智勝如來默坐十劫無開口處後因諸天梵天及十六王子再三勸請方始説之却不是秘惜秖爲不敢埋没諸人山僧既不埋没諸人不得道山僧曽陞座𠩄

婺州西塔顯殊禪師上堂黄梅席上數如麻句裏呈機事可嗟直是本來無一物青天白日被雲遮𠩄

天台崇善寺用良禪師僧問三門與自己是同是别師曰八兩移來作半斤曰恁麽則秋水泛漁舟去也師曰東家點燈西家爲甚麽却見油曰山高月上遲師曰道甚麽曰莫瞌睡師曰入水見長人

臨江軍慧力有文禪師上堂建山寂寞坐倚城郭無味之談七零八落以拄杖敲香臺下座

福州雪峯象敦禪師僧問如何是佛師曰把火照魚行曰如何是法師曰唐人譯不出曰

佛法巳蒙師指示未審畢竟事如何師曰臘月三十日

南康軍雲居守億禪師上堂馬祖纔陞堂雄峰便卷席春風一陣來滿地花狼籍便下座

瑞州洞山永孚禪師上堂棒頭挑日月木馬夜嘶鳴拄杖曰雲門大師來也卓一下曰炊沙作飯看井作袴𥀑

令滔首座久叅泐潭潭因問祖師西來單傳心印直指人心見性成佛子作麽生會師曰某甲不會潭曰子未出家時作箇甚麽師曰牧牛潭曰作麽生牧師曰早朝騎出去晚後復騎歸潭曰子大好不會師於言下大悟遂成頌曰放却牛繩便出家剃除鬚髮著袈裟有人問我西來意拄杖横挑囉哩囉

洞山寶禪師法嗣

瑞州洞山清辯禪師僧問百丈得大機黄檗得大用未審和尚得箇甚麽師便喝僧亦喝師便打僧曰爭奈大衆眼何便歸衆師嘘兩嘘

北塔廣禪師法嗣

荆門軍玉泉承皓禪師姓王氏眉州丹稜人也依大力院出家登具後遊方叅北塔發明心要得大自在三昧製犢鼻裩書歷代祖師名字乃曰唯有文殊普賢較些子且書於帶上故叢林目爲皓布裩元豐間首衆於襄陽谷隱有鄉僧亦効之師見而詬曰汝具何道理敢以爲戲事耶嘔血無及耳尋於鹿門如所言而逝張無盡奉使京西南路就謁之致開法於郢州大陽時谷隱主者私爲之喜師受請陞座曰某在谷隱十年不曾飲谷隱一

滴水嚼谷隱一粒米汝若不會來大陽爲汝說破携拄杖下座傲然而去尋遷玉泉有示衆曰一夜雨霶烹打倒蒲萄棚知事頭首行者人力拄底拄撐底撐撐撐拄拄到天明依舊可憐生自贊粥稀後坐牀窄先臥耳聵愛高聲眼昏宜字大冬至示衆曰晷運推移布裩赫赤莫恠不洗無來換替僧入室次狗子在室中師叱一聲狗便出去師曰狗却會你却不會師示寂門人圍繞師笑曰吾年八十一老死昇屍出兒郎齊著力一年三百六十日言畢而逝

四祖瑞禪師法嗣

福州廣明常委禪師僧問知師久蘊囊中寶今日當場略借看師曰看曰恁麽則謝師指示師曰等閑垂一釣容易上鈎來

雲蓋顒禪師法嗣

南康軍雲居文慶海印禪師僧問如何是函葢乾坤句師曰合曰如何是隨波逐浪句師曰闊曰如何是截斷衆流句師曰窄上堂道本無爲法非延促一念萬年千古在目月白風恬山青水緑法法現前頭頭具足祖意教意非直非曲要識廬陵米價會取山前麥熟以拂子擊禪牀下座

上方岳禪師法嗣

越州東山國慶順宗禪師上堂心生則種種法生心滅則種種法滅拈起拄杖曰此箇是法那箇是滅底心若人道得許你頂門上具眼其或未然雲暗不知天早晚雪深難辯路高低㕘

金山新禪師法嗣

安吉州天聖守道禪師上堂日月遶須彌人間分晝夜南閻浮提人秖被明暗色空留礙且道不落明暗一句作麽生道良久曰柳色黃金嫩梨花白雪香悉上堂不從一地至一地寂滅性中寧有位釋迦稽首問然燈仁者何名爲受記便下座

雪竇顯禪師法嗣

越州天衣義懷禪師永嘉樂清陳氏子也世以漁爲業母夢星殞于屋乃孕及産尤多吉祥兒時坐船尾父得魚付師貫之師不忍乃私投江中父怒詈之師恬然如故長遊京師依景德寺爲童行天聖中試經得度謁金鑾善葉縣省皆蒙印可遂由洛抵龍門復至都下欲繼宗風意有未決忽遇言法華拊師背曰雲門臨濟去及至姑蘇禮明覺於翠峰覺問汝名甚麽曰義懷覺曰何不名懷義曰當時致得覺曰誰爲汝立名曰受戒來十年矣覺曰汝行脚費却多少草鞋曰和尚莫瞞人好覺曰我也沒量罪過汝也沒量罪過你作麽生師無語覺打曰脫空謾語漢出去入室次覺曰恁麽也不得不恁麽也不得恁麽不恁麽總不得師擬議覺又打出如是者數四尋爲水頭因汲水折擔忽悟作投機偈曰一二三四五六七萬仞峰頭獨足立驪龍頷下奪明珠一言勘破維摩詰覺聞拊几稱善後七坐道場化行海內嗣法者甚衆住後僧問如何是佛師曰布髮掩泥橫身臥地曰意旨如何師曰任是波旬也皺眉曰恁麽則謝師指示師曰西天此土問學人上來請師說法師曰林間鳥噪水底魚行上堂須彌頂上不

扣金鐘畢鉢巖中無人聚會山僧倒騎佛殿諸人反著草鞋朝遊檀特暮到羅浮拄杖針筒自家收取上堂衲僧横說竪說未知有頂門上眼時有僧問如何是頂門上眼師曰衣穿瘦骨露屋破看星眠上堂大衆集定乃曰上來道箇不審能銷萬兩黃金下去道箇珍重亦銷得四天下供養若作佛法話會滴水難消若作無事商量眼中著屑且作麽生即是良久曰還會麽珍重上堂夫爲宗師須是驅耕夫之牛奪飢人之食遇賤即貴遇貴即賤驅耕夫之牛令他苗稼豐登奪飢人之食令他永絕飢渴遇賤即貴握土成金遇貴即賤變金成土老僧亦不驅耕夫之牛亦不奪飢人之食何謂耕夫之牛我復何用飢人之食我復何餐我也不握土成金也不變金作土何也金是金土是土玉是玉石是石僧是僧俗是俗古今天地古今日月古今山河古今人倫雖然如此打破大散關幾箇迷逢達磨上堂鴈過長空影沉寒水鴈無遺蹤之意水無留影之心若能如是方解向異類中行不用續鳧截鶴夷嶽盈壑放行也百醜千拙收來也攣攣拳拳用之則敢與八大龍王鬬富不用都來不直半分錢叅上堂髑髏常干世界鼻孔摩觸家風芭蕉聞雷開葵花隨日轉諸仁者芭蕉聞雷開還有耳麽葵花隨日轉還有眼麽若也會得西天即是此土若也不會七九六十三收上堂靈源絕眹普現色身法離斷常有無堪示所以道塵塵不見佛剎剎不聞經要會靈山親授記晝見日夜見星良久曰若到諸方不得錯舉叅上堂夜來

寒霜凜冽黄河凍結陝府鐵牛腰折盡道女媧煉石補天爭奈西北一缺如今欲與他補却又恐大地人無出氣處且留這一竅與大地人出氣衆上堂虚明自照不勞心力上士見之鬼神茶飯中下得之狂心頓息更有一人切忌道著上堂光透日月明暗不收智出聖凡賢愚不歷所以道不用低頭思量難得良久曰是甚麼上堂青蘿夤緣直上寒松之頂白雲淡泞出没太虚之中何似南山起雲北山下雨若也會得甜瓜徹蔕甜若也不會苦瓠連根苦上堂無邊刹境自他不隔於毫端且道妙喜世界不動如來説甚麼法十世古今始終不離於當念秖如威音王佛最初一會度多少人若是通方作者試爲道看良久曰行路難行路難萬仞峯頭君自看上堂枯桑知天風海水知天寒金色頭陀見處不眞雞足山中與他看守衣鉢三千大踰八百小踰大似泥裏洗土塊四十九年三百六十餘會摩竭提國猶較些子德山臨濟雖然丈夫爭似罽賓國王一刀兩段如今若有箇人鼻孔遼天山僧性命何在良久曰太平本是將軍致不許將軍見太平喝一喝下座僧問天不能蓋地不能載未審是甚麼人師曰掘地深埋曰此人還受安排也無師曰土上更加泥問牛頭未見四祖時如何師曰長江無六月曰見後如何師曰一年一度春室中問僧無手人能行拳無舌人解言語忽然無手人打無舌人無舌人道箇甚麼又曰蜀魄連宵叫鵾鳴終夜啼圓通門大啓何事隔雲泥晚年以疾居池陽杉山菴門弟子智才住臨

平之佛日迎歸侍奉才如蘇城未還師速其歸及踵門師告之曰時至吾行矣才曰師有何語示徒乃說偈曰紅日照扶桑寒雲封華嶽三更過鐵圍揆折驪龍角才問卵塔已成如何是畢竟事師舉拳示之遂就寢推枕而寂塔全身寺東之原崇寧中謚振宗禪師

五燈會元卷第四十二

音釋

𡱂同启徒昆切音豚尾下竅也　榾柮上音骨下音咄榾柮木頭　軋乙黠切音扎車聲也　嘓古禾切音戈小兒相應之聲嘓嗖　髽莊華切音撾　蚱蜢上音窄下音猛蟥類　鵽都括切音掇鵽鳩鳥名　鳭丁聊切音貂鳭鷯黄鳥也

五燈會元卷第四十三

宋 沙 門 大 川 濟 纂

青原下十世

雪竇顯禪師法嗣

越州稱心省倧禪師僧問如何是祖師西來意師曰行人念路僧曰不會師曰緊峭草鞋上堂佛種從緣起是故說一乘拈拄杖曰拄杖是緣那箇是佛種拄杖是一乘法那箇是緣這裏恭見釋迦老子了却買草鞋行脚不得向衲僧門下過打折汝腰且道衲僧據箇甚麼良久曰三十年後莫孤負人卓拄杖下座

泉州承天傳宗禪師僧問大用現前不存軌則時如何師曰承天今日高竪降旗僧便喝師曰臨濟兒孫僧又喝師便打問如何是般若體師曰雲籠碧嶠曰如何是般若用師曰月在清池

處州南明日愼禪師僧問祖意教意是同是別師曰水天影交碧曰畢竟是同是別師曰松竹聲相寒

舒州投子法宗禪師(時稱道者)僧問如何是道者家風師曰袈裟裹草鞋曰意旨如何師曰赤脚下桐城

天台寶相蘊觀禪師僧問如何是佛師曰堂堂八尺餘

岳州君山顯昇禪師上堂大方無外含裹十虛至理不形圓融三際高超名相妙體全彰迥出古今眞機獨露握驪珠而鑑物物流輝擲寶劒以揮空空絕迹把定則摩竭掩室淨名杜詞放行則拾得搖頭寒山拊掌且

道是何人境界拈拄杖卓一下曰瞬目揚眉處憑君子細看

平江府水月寺惠金典座依明覺於雪竇聞舉須彌山話默有契一日欲往謁遇之殿軒覺問汝名甚麼曰惠金覺曰阿誰惠汝金曰容少間去方丈致謝覺曰即今聻曰這裏容和尚不得

修撰曾會居士幼與明覺同舍及冠異途天禧間公守池州一日會于景德寺公遂引中庸大學叅以楞嚴符宗門語句質明覺覺曰這箇尚不與教乘合況中庸大學邪學士要徑捷理會此事乃彈指一下曰但恁麼薦取公於言下領旨天聖初公守四明以書幣迎師補雪竇既至公曰某近與清長老商量趙州勘婆子話未審端的有勘破處也無覺曰清長老道箇甚麼公曰又與麼去也覺曰清長老且放過一著學士還知天下衲僧出這婆子圈繢不得麼公曰這裏別有箇道處趙州若不勘破婆子一生受屈覺曰勘破了也公大笑

延慶榮禪師法嗣

廬山圓通居訥祖印禪師梓州人姓蹇氏生而英特讀書過目成誦十一出家十七試法華得度受具後肄業講肆者年多下之會禪者南遊回力勉其行於是徧叅荊楚間迄無所得至襄州洞山留止十年因讀華嚴論有省後游廬山道價日起由歸宗而遷圓通仁廟聞其名皇祐初詔住十方淨因禪院師稱目疾不能奉詔有旨令舉自代遂舉大覺璉應詔及引對問佛法大意稱旨天下賢師知

人也僧問祖剎重興時如何師曰人在破頭山曰一朝權在手師便打

百丈映禪師法嗣

臨安府慧因懷祥禪師上堂南山高北山低日出東方夜落西白牛上樹覓不得烏鷄入水大家知且道覓得後又如何良久曰堪作甚麽

臨安府慧因義寧禪師僧問佛未出世時如何師曰摩耶夫人曰出世後如何師曰悉達太子

南華緣禪師法嗣

齊州興化延慶禪師上堂言前薦得孤負平生句後投機全乖道體離此二途祖宗門下又且如何良久曰眼裏瞳兒吹木笛

韶州寶壽行德禪師冬日在南華受請示衆曰新冬新寶壽言是舊時言若會西來意波斯上舶船

韶州白虎山守昇禪師僧問如何是佛師曰有眼無鼻孔

北禪賢禪師法嗣

潭州興化紹銑禪師上堂拈拄杖曰一大藏教是拭不淨故紙超佛超祖之談是誑謼閭閻漢若論衲僧門下一點也用不得作麽生是衲僧門下事良久曰多虛不如少實擊香臺下座

洪州法昌倚遇禪師漳州林氏子幼棄家依郡之崇福得度有大志自受具游方名著叢席浮山遠和尚嘗指謂人曰此後學行脚樣子也叅北禪禪問近離甚處師曰福嚴禪曰思大鼻孔長多少師曰與和尚當時見底一

般禪曰汝道我見時長多少師曰和尚大似不曾到福嚴禪曰學語之流又問來時馬大師安樂否師曰安樂禪曰向汝道甚麼師曰教和尚莫亂統禪曰念汝新到不能打得你師曰某甲亦放和尚過茶罷禪問鄉里甚處師曰漳州禪曰三平在彼作甚麼師曰說禪說道禪曰年多少師曰與露柱齊年禪曰有露柱且從無露柱年多少師曰無露柱一年也不少禪曰夜半放烏鷄師留北禪最久於是師資敲唱妙出一時晚至西山睠雙嶺深邃棲息三年始應法昌之請師在雙嶺受請與英勝二首座相別曰三年聚首無事不知檢點將來不無滲漏以拄杖畫一畫曰這箇即且止宗門事作麼生英曰須彌安鼻孔師曰恁麼則臨崖看滸眼特地一場愁英曰深沙努眼睛師曰爭奈聖凡無異路方便有多門英曰鐵蛇鑽不入師曰這般漢有甚共語處英曰自緣根力淺莫怨太陽春却畫一畫曰宗門事且止這箇事作麼生師便掌英曰這漳州子莫無去就師曰你這般見解不打更待何時又打英曰也是老僧招得上堂祖師西來特唱此事秖要時人知有如貧子衣珠不從人得三世諸佛秖是弄珠底人十地菩薩秖是求珠底人汝等正是竛竮乞丐懷實迷邦靈利漢纔聞舉著眨上眉毛便知落處若更踏步向前不如策杖歸山去長嘯一聲烟霧深示衆我要一箇不會禪底作國師上堂汝若退身千尺我便當處生芽汝若覷面相呈我便藏身露影汝若春池拾礫我便撒下明珠直得水灑不著風吹不入如箇無

孔鐵鎚相似且道法昌還有爲人處也無良久曰利刀割肉瘡猶合惡語傷人恨不銷上堂春山青春水緑一覺南柯夢初足携笻縱步出松門是處桃英香馥郁因思昔日靈雲老三十年來無處討如今競愛摘楊花紅香滿地無人掃上堂拈起拄杖曰我若拈起你便喚作先照後用我若放下你便喚作先用後照我若擲下你便喚作照用同時忽然不拈不放你向甚麼處卜度直饒會得倜儻分明若遇臨濟德山便須腦門著地且道伊有甚麼長處良久曰曾經大海休誇水除却須彌不是山上堂夜半烏鷄誰捉去石女無端遭指注空王令下急搜求唯心便作軍中主雲門長驅潙山隊伍列五位槍旗布三玄戈弩藥山持刀青原荷斧石鞏彎弓禾山打鼓陣排雪嶺長蛇兵屯黄檗飛虎木馬帶毛烹泥牛和角煮賞三軍犒師旅打葛藤分露布截海颺塵橫山簸土擊玄關除徼路多少平人受辛苦無邊剎海競紛紛三界聖凡無覓處無覓處還知否昨夜雲收天宇寬依然帶月啼高樹上堂閑來祇麽坐拍手誰賡和回頭忽見簸箕星水墨觀音解推磨拍手一下曰還會麽八十翁翁雖皓首看看不見老人容上堂法昌今日開爐行脚僧無一箇唯有十八高人緘口圍爐打坐不是規矩嚴難免見諸人話墮直饒口似秤鎚未免燈籠勘破不知道絶功勳妄自修因證果喝曰但能一念回光定脫三乘羈鎖黄龍南禪師至上堂拏雲攫浪數如麻點著銅睛眼便花除却黄龍頭角外自餘渾是赤斑蛇法昌小剎路遠

山遥景物蕭疎游人罕到敢謂黄龍禪師曲
賜光臨不唯泉石生輝亦乃人天欣悅然雲
行雨施自古自今其奈爐鞴之所鈍鐵尤多
良醫之門病者愈甚瘥病須求靈藥銷頑必
藉金鎚法昌這裏有幾箇垛根阿師病者病
在膏肓頑者頑入骨髓若非黄龍老漢到來
總是虚生浪死拈拄杖曰要會麽打麪還他
州土麥唱歌須是帝鄉人僧問古鏡未磨時
如何師曰却須磨取曰未審如何下手師曰
鏡在甚麽處僧遂作一圓相師便打曰這漆
桶礫轢也不識師與感首座歲夜喫湯次座
曰昔日北禪分歲曾烹露地白牛和尚今夜
分歲有何施設師曰臘雪連山白春風透戶
寒座曰大衆喫箇甚麽師曰莫嫌冷淡無滋
味一飽能消萬劫飢座曰未審是甚麽人置

辦師曰無慚愧漢來處也不知英勝二首座
到山相訪英曰和尚尋常愛點檢諸方今日
因甚麽却來古廟裏作活計師曰打草秪要
蛇驚英曰莫塗糊人好師曰你又剌頭入膠
盆作甚麽英曰古人道我見兩個泥牛鬭入
海所以住此山未審和尚見箇甚麽師曰你
他時異日有把茆蓋頭人或問你作麽生秪
對英曰山頭不如嶺尾師曰你且道還當得
住山事也無英曰使钁不及拖犂師曰還曾
夢見古人麽英曰和尚作麽生師展兩手英
曰鰕跳不出斗師曰休將三寸燭擬比太陽
輝英曰爭奈公案見在師曰亂統禪和如麻
似粟龍圖徐公禧布衣時與師往來爲法喜
之游師將化前一日作偈遺之曰今年七十
七出行須擇日昨夜問龜哥報道明朝吉徐

覽偈聳然邀靈源清禪師同往師方坐寢室以院務誡知事曰吾住此山二十三年護惜常住每自菹之今行矣汝輩著精彩言畢舉拄杖曰且道這箇分付阿誰徐與靈源皆屏息遂擲杖投牀枕臂而化

福州廣因擇要禪師上堂王臨寶位胡漢同風紐半破三佛殿倒卓藏身句即不問你透出一字作麼生道拈拄杖曰春風開竹戶夜雨滴花心上堂古者道秖恐爲僧心不了爲僧心了總輸僧且如何是諸上座了底心良久曰漁翁睡重春潭闊白鳥不飛舟自橫僧問如何是祖師西來意師曰長安東洛陽西問如何是佛師曰福州橄欖兩頭尖問佛未出世時如何師曰隈巖傍壑曰出世後如何師曰前山後山

開先暹禪師法嗣

南康軍雲居山了元佛印禪師饒州浮梁林氏子誕生之時祥光上燭鬚髮爪齒宛然具體風骨爽拔孩孺異常發言成章語合經史閭里先生稱曰神童年將頂角博覽典墳卷不再舒洞明今古才思俊邁風韻飄然志慕空宗投師出家試經圓具感悟夙習即徧參尋投機於開先法席出爲宗匠九坐道場四衆傾向名動朝野神宗賜高麗磨衲金鉢以旌師德僧問如何是佛師曰木頭雕不就曰恁麼則皆是虛妄也師曰梵音深遠令人樂聞問如何是諸佛說不到底法師曰蟻子解尋腥處走蒼蠅偏向臭邊飛曰學人未曉請師再指師曰九萬里鵬從海出一千年鶴遠天歸問達磨面壁意旨如何師曰閉口深藏

舌曰學人未曉師曰一言已出駟馬難追問大修行人還入地獄也無師曰在裏許曰大作業人還上天堂也無師曰鰕跳不出斗曰恁麽則鑊湯爐炭吹教滅劍樹刀山喝使摧師曰自作自受乃曰適來禪客出衆禮拜各以無量珍寶布施大衆又於面門上放大光明照耀乾坤令諸人普得相見於此明得可謂十方諸佛各坐其前常爲勞生演說大法豈假山僧重重註破如或未然不免横身狗物乃横按拄杖曰萬般草木根苗異一得春風便放花上堂寒寒風撼竹聲乾水凍魚行澀林踈鳥宿難早是嚴霜威重那堪行客衣單休思紫陌山千朶且擁紅爐火一攅放下茱萸空中竹橛倒却迦葉門前刹竿直下更云不會算來也太無端叅師一日與學徒入室次適東坡居士到面前師曰此間無坐榻居士來此作甚麽士曰暫借佛印四大爲坐榻師曰山僧有一問居士若道得即請坐道不得即輸腰下玉帶子士欣然曰便請師曰居士適來道暫借山僧四大爲坐榻秖如山僧四大本空五陰非有居士向甚麽處坐士不能答遂留玉帶師却贈以雲山衲衣士乃作偈曰百千燈作一燈光盡是恒沙妙法王是故東坡不敢惜借君四大作禪牀病骨難堪玉帶圍鈍根仍落箭鋒機會當乞食歌姬院奪得雲山舊衲衣此帶閱人如傳舍流傳到我亦悠哉錦袍錯落猶相稱乞與佯狂老萬回

東京智海本逸正覺禪師僧問古鏡未磨時如何師曰青青河畔草曰磨後如何師曰鬱

鬱園中柳曰磨與末磨是同是別師曰同別且置還我鏡來僧擬議師便喝上堂開口是合口是眼下無妨更著鼻開口錯合口錯眼與鼻孔都拈却佛也打祖也打眞人面前不說假佛也安祖也安衲僧肚皮似海寬此乃一出一入半合半開是山僧尋常用底敢問諸禪德剎竿因甚麽頭指天力士何故揎起拳良久曰叅上堂拈拄杖曰這拄杖在天也與日月並明在地也與山河同固在王侯也以代蒲鞭在百姓也防身禦惡在衲僧也晝橫肩上渡水穿雲夜宿旅亭撐門拄戶且道在山僧手裏用作何爲要會麽有時放步東湖上與僧遥指遠山青擊禪牀下座上堂憶得老僧年七歲時於村校書處得一法門超情離見絕妙絕玄爰自染神逾六十載今日輒出普告大衆若欲傳持宜當諦聽遂曰寒原耕種罷牽犢負薪歸此夜一爐火渾家身上衣諸禪德逢人不得錯舉上堂古者道接物利生絕妙外甥終是不肖他家自有兒孫將來應用恰好諸禪德還會麽菜園墻倒晴方築房店籬穿雨過修院宇漏時隨分整兒孫大小盡風流上堂舉暹和尚道寒寒地爐火暖閑坐蒲團說迦葉不是談達磨無端此也彼也必然一般師召大衆曰迦葉甚處不是達磨那裏無端若檢點得出彼之二老一場懡㦬若檢點不出三十年後莫道不被人瞞好上堂我有這一著人人口裏嚼嚼得破者速須吐却嚼不破者翻成毒藥乃召諸禪德作甚麽滋味試請道看良久曰醫王不是無方義千里蘇香象不回道士問如何是道

師曰龍吟金鼎虎嘯丹田曰如何是道中人師曰吐故納新曰道與道中人相去多少師曰胥鶴顛崖上冲天昧米民

越州天章元楚寶月禪師僧問如何是佛法大意師曰一年三百六十日曰便恁麼會時如何師曰迢迢十萬不是遠上堂鼓聲錯落山色崔嵬本既不有甚處得來良久曰高著眼

欽山勤禪師法嗣

鼎州梁山圓應禪師僧問如何是超佛越祖之談師曰喫粥喫飯

青原下十一世

雲居舜禪師法嗣

金陵蔣山法泉佛慧禪師隨州時氏子僧問古人說不到處請師說師曰夫子入太廟曰學人未曉師曰春暖柳條青問如何是急切一句師曰火燒眉毛問祖師面壁意旨如何師曰撐天拄地曰便恁麼去時如何師曰落七落八問二祖立雪齊腰意旨如何師曰三年逢一閏曰爲甚麼付法傳衣師曰村酒足人酤問蓮華未出水時如何師曰西瞿耶尼曰出水後如何師曰泗州大聖問如何是祖師西來意師曰髮長僧貌醜曰未審意旨如何師曰閉戶怕天寒問南禪結夏爲甚麼却在蔣山解師曰衆流逢海盡曰恁麼則事同一家師曰夢裏到家鄉上堂來不來去不去脚下須彌山腦後擎天柱大藏不能宣佛眼不能覷諸禪德漸老逢春解惜春昨夜飛花落無數上堂畫一圓相以手拓起曰諸仁者還見麼團團離海嶠漸漸出雲衢諸人若也

未見莫道南明長老措大相却於寶華王座上念中秋月詩若也見得此夜一輪滿清光何處無上堂要去不得去要住不得住打破大散關脫却孃生袴諸仁者若到臘月三十日且道用箇甚麽良久曰柳絮隨風自西自東上堂古人恁麽南禪不恁麽古人不恁麽南禪却恁麽大衆還委悉麽王婆衫子短李四帽簷長聖節上堂拈拄杖擊法座一下曰以此功德祝延聖壽便下座上堂時人欲識南禪路門前有箇長松樹脚下分明不較多無奈行人恁麽去莫恁去急回顧樓臺烟鎖鐘鳴處師因雪下上堂召大衆曰還有過得此色者麽良久曰文殊笑普賢嗔眼裏無筋一世貧相逢盡道休官去林下何曾見一人上堂快人一言快馬一鞭若更眼睛定動未免紙裹麻纏脚下是地頭上是天不信但看八九月紛紛黃葉滿山川師晚奉詔住大相國智海禪寺問衆曰赴智海留蔣山去就孰是衆皆無對師索筆書偈曰非佛非心徒擬議得皮得髓謾商量臨行珍重諸禪侶門外千山正夕陽書畢坐逝

明州天童澹交禪師僧問臨雲閣聳太白峰高到這裏如何進步師曰但尋荒草際莫問白雲深曰未審如何話會師曰寒山逢拾得兩箇一時癡曰向上宗乘又且如何舉唱師曰前言不及後語上堂也大奇也大差十箇指頭八箇錞由來多少分明不用鑽龜打瓦便下座

建州崇梵餘禪師僧問臨濟喝少遇知音德山棒難逢作者和尚今日作麽生師曰山僧

被你一問直得退身三步脊背汗流曰作家宗師今日遭遇師曰一語傷人千刀攪腹僧以手畫一畫曰爭奈這箇何師曰草賊大敗問恁麽來底人師還接否師曰孤峰無宿客曰不恁麽來底人師還接否師曰灘峻不留船曰恁麽不恁麽則且置穿過髑髏一句作麽生師曰堪笑亦堪悲上堂直須向黑豆未生芽時搆取良久召大衆曰劒去遠矣

處州慈雲院修慧圓照禪師上堂片月浸寒潭微雲滿空碧若於達道人好箇眞消息還有達道人麽徹雲穿過你髑髏片月觸著你鼻孔珍重

大溈宥禪師法嗣

廬山歸宗慧通禪師僧問如何是函蓋乾坤句師曰日出東方夜落西曰如何是截斷衆流句師曰鐵山横在路曰如何是隨波逐浪句師曰船子下揚州問如何是塵塵三昧師曰灰飛火亂問如何是佛法大意師曰黄河水出崑崙問十二時中如何履踐師曰鐵牛步春草問隻履西歸當爲何事師曰爲緣生處樂不是厭他鄉曰如何是當面事師曰眼下鼻頭垂上堂心隨相起見自塵生了見本心知心無相即十方刹海念念圓明無量法門心心周匝夫如是者何假覺城東際參見文殊樓閣門開方親彌勒所以道一切法門無盡海會同一法道場中拈起拄杖曰這箇是一法那箇是道場這箇是道場那箇是一法良久曰看看拄杖子穿過諸人髑髏須彌山撥破諸人鼻孔擊香臺一下曰且向這裏會取上堂從無入有易從有入無難有無

俱盡處且莫自顢頇舉來看寒山拾得禮豐
干
安州大安興教慧憲禪師上堂我有一條拄
杖尋常將何比況採來不在南山亦非崑崙
西嶂拈起滿目光生放下驪龍縮項同徒若
也借看卓出人中之上擊香臺下座

育王璉禪師法嗣

臨安府佛日淨慧戒弼禪師僧問如何是毘
盧印師曰草鞋踏雪曰學人不會師曰步步
成蹤
福州天宮愼徽禪師上堂八萬四千波羅密
門門門長開三千大千微塵諸佛佛佛說法
不說有不說無不說非有非無不說亦有亦
無何也離四句絕百非相逢舉目少人知昨
夜霜風漏消息梅花依舊綴寒枝

靈隱知禪師法嗣

臨安府靈隱正童圓明禪師僧問如何是道
師曰夜行莫踏白曰如何是道中人師曰黄
張三黑李四

承天簡禪師法嗣

婺州智者山利元禪師上堂拈拄杖曰大用
現前不存軌則東方一指乾坤肅靜西方一
指瓦解冰消南方一指南斗作窼北方一指
北斗潛藏上方一指築著帝釋鼻孔下方一
指穿過金剛水際諸人面前一指成得甚麽
邊事良久卓一下曰路上指奔鹿門前打犬
兒

九峰韶禪師法嗣

明州大梅法英祖鏡禪師本郡張氏子棄儒
試經得度肄講延慶凡義學有困於宿德輒

以詰師師縱辭辨之為衆所敬忽曰名相迂曲豈吾所宗哉乃叅九峯峰見器之與語若久在叢席因痛劄之師領旨自爾得譽任後上堂三十六句之始七十二候之初末後句則且置秪如當頭一句又作麽生道拈拄杖曰歲朝把筆萬事皆吉急急如律令大衆山僧恁麽舉唱且道還有祖師意也無良久曰記得東村黑李四年年親寫在門前卓拄杖下座宣和初救天下僧尼為德士雖主法聚議無一言以回上意師肆筆解老子詰進上覽謂近臣曰法英道德經解言簡理詣於古未有宜賜入道藏流行仍就賜冠珮壇誥不知師意者往往以其為佞諛明年秋詔復天下僧尼師獨無改志至紹興初晨起戴樺皮冠披鶴氅執象簡穿朱履使擊鼓集衆陞座召大衆曰蘭芳春谷菊秋籬物必榮枯各有時昔毀僧尼專奉道後平道佞復僧尼且道僧尼形相作麽生復取冠示衆曰吾頂從來似月圓雖冠其髮不成仙今朝拋下無遮障放出神光透碧天擲之于地隨易僧服提鶴氅曰如來昔日貿皮衣數載慚將鶴氅披還我丈夫調御服須知此物不相宜擲之舉象簡曰為嫌禪板太無端豈料遭他象簡瞞今日因何忽放下普天致仕老仙官擲之提朱履曰達磨攜將一隻歸兒孫從此赤脚走借他朱履代麻鞋休道時難事掣肘化鵬未遇不如鵾畫虎不成反類狗擲之橫拄杖曰今朝拄杖化為龍分破華山千萬重復倚肩曰珍重佛心真聖主好將堯德振吾宗擲下拄杖斂目而逝

玉泉皓禪師法嗣

郢州林溪興教文慶禪師上堂六六三十六東方甲乙木嘉州大像出關來陝府鐵牛入西蜀參

夾山遵禪師法嗣

江陵福昌信禪師僧問一花開五葉如何是第一葉師提起坐具僧曰雲生片片雨點霏霏師曰不痛不知傷僧曰這箇猶是風生雨意如何是第一葉師將坐具摵一摵僧拍掌師曰一任跨跳問如何是佛師曰東家兒郎西家織女僧曰學人不會師曰擲筆拋梭上堂召大衆衆舉頭師曰南山風色緊便下座

天衣懷禪師法嗣

東京慧林宗本圓照禪師常州無錫管氏子體貌厖碩所事淳厚年十九依姑蘇承天永安道昇禪師出家巾侍十載剃度受具又三年禮辭遊方至池陽謁振宗宗舉天親從彌勒內宮而下無著問云人間四百年彼天爲一晝夜彌勒於一時中成就五百億天子證無生法忍未審說甚麼法天親曰秖說這箇法如何是這箇法師久而開悟一日室中問師即心即佛時如何曰殺人放火有甚麼難於是名播寰宇漕使李公復圭命師開法瑞光法席日盛武林守陳公襄以承天興教二剎命師擇居蘇人擁道遮留又以淨慈堅請移文諭道俗曰借師三年爲此邦植福不敢久占道俗始從元豐五年神宗皇帝下詔闢相國寺六十四院爲八禪二律召師爲慧林第一祖既至上遣使問勞閱三日傳旨就寺之三門爲士民演法翌日召對延和殿問道

賜坐師即跏趺帝問卿受業何寺奏曰蘇州承天永安帝大悦賜茶師即舉盞長吸又蕩而撼之帝曰禪宗方興宜善開導師奏曰陛下知有此道如日照臨臣豈敢自怠即辭退帝目送之謂左右曰眞福慧僧也後帝登遐命入福寧殿說法以老乞歸林下得旨任便雲遊州郡不得抑令住持擊鼓辭衆說偈曰本是無家客那堪任意遊順風加艣棹船子下揚州既出都城王公貴人送者車騎相屬師臨別誨之曰歲月不可把玩老病不與人期唯勤修勿怠是眞相爲聞者莫不感涕晚居靈巖其嗣法傳道者不可勝紀僧問如何是祖師西來意師曰韓信臨朝曰中下之流如何領會師曰伏屍萬里曰早知今日事悔不愼當初師曰三皇塚上草離離問上是天下是地未審中間是甚麼物師曰山河大地曰恁麼則謝師答話師曰大地山河曰和尚何得瞞人師曰却是老僧罪過上元日僧問千燈互照絲竹交音正恁麼時佛法在甚麼處師曰謝布施曰莫便是和尚爲人處也無師曰大似不齋來上堂於一毫端現寶王剎坐微塵裏轉大法輪拈起拄杖曰這箇是塵作麼生說箇轉法輪底道理山僧今日不惜眉毛與汝諸人說破拈起也海水騰波須彌岌峇放下也四海晏清乾坤肅靜敢問諸人且道拈起即是放下即是當斷不斷兩重公案擊禪牀下座上堂看看爍爍瑞光照大千界百億微塵國土百億大海水百億須彌山百億日月百億四天下乃至微塵剎土皆於光中一時發現諸仁者還見麼若也見得許

汝親在瑞光若也不見莫道瑞光不照好叅

上堂頭圓像天足方似地古貌稜層丈夫意氣趯倒須彌踏翻海水帝釋與龍王無著身處乃拈拄杖曰却來拄杖上回避咄任汝神通變化究竟須歸這裏以拄杖卓一下師全身塔于蘇之靈巖

東京法雲寺法秀圓通禪師秦州隴城辛氏子母夢老僧託宿覺而有娠先是麥積山老僧與應乾寺魯和尚者善嘗欲從魯游方魯老之旣去緒語曰他日當尋我竹鋪坡前鐵場嶺下魯後聞其所俄有兒生即往觀焉兒爲一笑三歲願隨魯歸遂從魯姓十九試經圓具勵志講肆習圓覺華嚴妙入精義因聞無爲軍鐵佛寺懷禪師法席之盛徑往叅謁懷問曰座主講甚麽經師曰華嚴曰華嚴以何爲宗師曰法界爲宗曰法界以何爲宗師曰以心爲宗曰心以何爲宗師無對懷曰毫釐有差天地懸隔汝當自看必有發明後聞僧舉白兆叅報慈情未生時如何慈曰隔師忽大悟直詣方丈陳其所證懷曰汝眞法器吾宗異日在汝行矣初住龍舒四面後詔居長蘆法雲爲鼻祖神宗皇帝上仙宣就神御前說法賜圓通號僧問不離生死而得涅槃不出魔界而入佛界此理如何師曰赤土搽牛妳曰謝師答話師曰你話頭道甚麽僧擬議師便喝問陽春二三月萬物盡生芽未審道芽還增長也無師曰自家看取曰莫便是指示處麽師曰芭蕉高多少曰野火燒不盡春風吹又生師曰這箇是白公底你底作麽生曰且待別時師曰看你道不出上堂看風

使帆正是隨波逐浪截斷衆流未免依前滲漏量才補職寧越長短買帽相頭難得恰好直饒上不見天下不見地東西不辯南北不分有甚麽用處任是純鋼打就生鐵鑄成也須額頭汗出總不恁麽如何商量良久曰赤心片片誰知得笑殺黃梅石女兒上堂山僧不會巧說大都應箇時節相喚喫椀茶湯亦無祖師妙訣禪人若也未相諳踏著秤鎚硬似鐵上堂秋雲秋水青山滿目這裏明得千足萬足其或未然道士倒騎牛叅上堂寒雨細朔風高吹沙走石拔木鳴條諸人盡知有且道風作何色若識得去許你具眼若也不識莫怪相瞞叅上堂少林九年冷坐却被神光覷破如今玉石難分秖得麻纏紙裹還會麽笑我者多哂我者少上堂衲僧家高揖釋迦不拜彌勒未爲分外秖如半偈亡軀一句投火又圖箇甚麽良久曰彼彼住山人何須更說破師示疾謂衆曰老僧六處住持有煩知事首座大衆今來四大不堅火風將散各宜以道自安無違吾囑遂曰來時無物去時空南北東西事一同六處住持無所補師良久監寺惠當進曰和尚何不道末後句師曰珍重珍重言訖而逝

東京相國慧林院若冲覺海禪師江寧府鍾氏子上堂碧落靜無雲秋空明有月長江瑩如練清風來不歇林下道人幽相看情共悅諸仁者適來道箇清風明月猶是建化門中事作麽生是道人分上事良久曰閑來石上觀流水欲洗禪衣未有塵上堂無邊義海咸歸顧眄之中萬象形容盡入照臨之內你諸

人築著磕著因甚麼却不知良久曰莫怪山僧太多事光陰如箭急相催珍重

眞州長蘆應夫廣照禪師滁州蔣氏子僧問古者道如來禪即許老兄會祖師禪未夢見在未審如來禪與祖師禪是同是別師曰一箭過新羅僧擬議師便喝問識得衣中寶時如何師曰你試拈出看僧展一手師曰不用指東畫西寶在甚麼處曰爭奈學人用得師曰你試用看僧拂坐具一下師曰衆人笑你上堂召衆曰江山遶檻宛如水墨屏風殿閣淩空麗若神仙洞府森羅萬象海印交參一道神光更無遮障諸人還會麼良久曰寥寥天地間獨立望何極參上堂顧大衆曰這箇爲甚麼擁不聚撥不散風吹不入水灑不著火燒不得刀斫不斷是箇甚麼衆中莫有釘觜鐵舌底衲僧試爲山僧定當看還有麼良久曰若無山僧今日失利久立

臨安府佛日智才禪師台州人僧問如何是道師曰水冷生冰曰如何是道中人師曰春雪易消曰如何談論師鳴指一下問東西密相付爲甚麼衆人皆知師曰春無三日晴曰特伸請益師曰拖泥帶水曰學人到這裏却不會師曰賊身已露上堂城裏喧繁空山寂靜然雖如此動靜一如死生不二四時輪轉物理湛然夏不去而秋自來風不涼而人自爽今也古也不改絲毫誰少誰多身無二用諸禪德既身無二用爲甚麼龍女現十八變君不見弄潮須是弄潮人珍重上堂風雨蕭騷塞汝耳根落葉交加塞汝眼根香臭叢雜塞汝鼻根冷熱甘甜塞汝舌根衣綿溫冷塞

汝身根顛倒妄想塞汝意根諸禪德直饒汝翻得轉也是平地骨堆𠫵上堂嚴風刮地大野清寒萬里草離衰千山樹顆𩦿蒼鷹得勢俊鶻橫飛頗稱衲僧鉢囊高挂獨步遐方似猛將出荒郊臨機須扣敵今日還有麼良久曰匣中寶劒袖裏金鎚幸遇太平挂向壁上𠫵上堂諸禪德還知麼山僧生身父母一時喪了直是無依倚處以手搥胷曰蒼天蒼天復顧大衆良久曰你等諸人也是鐵打心肝便下座上堂舉栢樹子話師曰趙州庭栢說與禪客黒漆屏風松攡亮隔僧問如何是無爲師曰山前雪半消曰請師方便師曰水聲轉嗚咽

北京天鉢寺重元文慧禪師青州千乘孫氏子母夢於佛前吞一金果後乃誕師相儀殊特迥異羣童十七出家冠歲圓具初遊講肆頗達宗教嘗晏坐古室忽聞空中有告師學上乘者無滯於此驚駭出視杳無人迹翌日客至出寒山集師一覽之即慕𠫵玄至天衣法席遇衆請益豁然大悟衣印可曰此吾家千里駒也出世後僧問如何是禪師曰入籠入檻僧拊掌師曰跳得出是好手僧擬議師曰了問如何是透法身句師曰上是天下是地上堂冬不受寒夏不受熱身上衣口中食應時應節既非天然自然盡是人人膏血諸禪德山僧恁麼說話爲是世法爲是佛法若也擇得分明萬兩黄金亦消得喝一喝上堂福勝一片地行也任你行住也任你住步步踏著始知落處若未然者直須退步脚下看取咄上堂古今天地萬象森然歲歲秋收冬

藏人人道我總會還端的也無直饒端的比他鷄足峯前是甚麽閑事良久曰今朝十月初旬天寒不得普請叅師四易名藍緇白仰重示寂正盛暑中清風透室異香馥郁荼毘煙燄到處獲舍利五色太史文公彥博以上賜白琉璃缾貯之藉以錦褥躬瘞于塔居士何震所獲頷骨齒牙舍利別瘞浮圖

五燈會元卷第四十三

音釋

驪鄰知切音離千里馬也　銚餘典切音跣金之光澤者名銚　譯同諕　溢同袪臨也　紐女九切音忸糸也　摵率掴切音槭與摵同拂著也　厖莫江切音尨厚也　眄莫見切音麪斜視也　黷黲上么減切音黤下七感切音慘深黑也

五燈會元卷第四十四

宋沙門大川濟纂

青原下十一世

天衣懷禪師法嗣

台州瑞巖子鴻禪師本郡吳氏子僧問如何是道師曰開眼覷不見問法爾不爾如何指南師曰話墮也曰乞師指示師呵呵大笑上堂一不守二不向上下四維無等量大洋海裏汎鐵船須彌頂上翻鯨浪臨濟縮却舌頭德山閣却拄杖千古萬古獨巍巍留與人間作榜樣

廬山棲賢智遷禪師僧問一問一答盡是建化門庭未審向上更有事也無師曰有曰如何是向上事師曰雲從龍風從虎曰恁麼則龍得水時添意氣虎逢山勢長威獰師曰與雲致雨又作麼生僧便喝師曰莫更有在僧擬議師咄曰念話杜家問如何是本來心師曰拆東籬補西壁曰恁麼則今日齋宴師曰退後著上堂聞佛法二字早是污我耳目諸人未跨法堂門脚跟下好與三十棒雖然如是山僧今日也是爲衆竭力珍重上堂是甚麼物得恁頑頑囂囂瞷瞷覞覞拊掌呵呵大笑曰今朝巴鼻直是黄面瞿曇通身是口也分疎不下久立

越州淨衆梵言首座示衆南陽國師道說法有所得斯則野干鳴說法無所得是名師子吼師曰國師恁麼道大似掩耳偷鈴何故說有說無盡是野干鳴諸人要識師子吼麼咄

舒州山谷三祖冲會圓智禪師臨安府人也初開堂日僧問如何是第一義諦師曰百雜

碎曰恁麽則褒禪一會不異靈山師曰將糞箕掃帚來問師登寶座壁立千仞正令當行十方坐斷未審將何爲人師曰千鈞之弩曰大衆承恩師曰量才補職問理雖頓悟事假漸除除即不問如何是頓悟底道理師曰言中有響曰便恁麽又且如何師曰金毛師子問生也猶如著衫死也還同脫袴未審意旨如何師曰譬如閑曰爲甚麽如此師曰因行不妨掉臂問如何是天堂師曰太遠在曰如何是地獄師曰放你不得曰天堂地獄相去多少師曰七零八落問白雲綻處樓閣門開善財爲甚麽從外而入師曰開眼即瞎曰未審落在甚麽處師曰塡溝塞壑問如何是不動尊師曰寸步千里

泉州資壽院捷禪師僧問如何是佛法大意師曰鐵牛生石卵曰如何是接人句師曰三門前合掌曰如何是大用句師曰腦門著地曰如何是無事句師曰橫眠大道曰如何是奇特句師曰的

洪州觀音啓禪師僧問如何是祖師西來意師曰松長栢短曰意旨如何師曰葉落歸根

越州天章元善禪師僧問大無外小無内旣無内外畢竟是甚麽物師曰開口見膽曰學人未曉師曰苦中苦曰爲衆竭力禍出私門師打曰教休不肯休須待雨淋頭問如何是最初句師曰末後問將來曰爲甚如此師曰先行不到曰入水見長人也師曰秦皇擊缶上堂君問西來意馬師踏水潦若認一毛頭何曾知起倒劫火纔洞然愚夫覓乾草寧知明眼人爲君長懊惱

眞州長蘆體明圓鑑禪師上堂顧視左邊曰師子之狀豈免嚬呻顧右邊曰象王之儀寧忘回顧取此逃彼上士奚堪識變知機野狐窠窟到這裏須知有凡聖不歷處古今不到處且道是甚麽人行履良久曰丈夫自有衝天志莫向如來行處來

汀州開元智孜禪師上堂衲僧家向針眼裏藏身稍寬大海中走馬甚窄將軍不上便橋勇士徒勞挂甲晝行三千夜行八百即不問不動步一句作麽生道若也道得觀音勢至文殊普賢秖在目前若道不得直須撩起布裙緊峭草鞋叅上堂寒空落落大地漫漫雲生洞口水出高原若也把定則十方世界恍然若也放行則東西南北坦然茫茫宇宙人無數一箇箇鼻孔遼天且問諸人把定即是放行即是還有人斷得麽若無人斷得三門外有兩箇大漢一箇張眉握劒一箇努目揮拳叅

平江府澄照慧慈禪師僧問了然無所得爲甚麽天高地闊師曰窄上堂若論此事眨上眉毛早是蹉過那堪進步向前更要山僧說破而今說破了也還會麽昨日雨今日晴

臨安府法雨慧源禪師僧問如何是最初一句師曰梁王不識曰如何是末後一句師曰達磨渡江

秀州崇德智澄禪師上堂覿面相呈更無餘事若也如此豈不俊哉山僧蓋不得已曲爲諸人若向衲僧面前一點也著不得諸禪德且道衲僧面前說箇甚麽即得良久曰深秋簾幕千家雨落日樓臺一笛風

泉州棲隱有評禪師僧問如何是平常道師曰和尚合掌道士擎拳問十二時中如何趣向師曰著衣喫飯曰别還有事也無師曰有曰如何即是師曰齋餘更請一甌茶

平江府定慧雲禪師僧問如何是爲人一句師曰見之不取曰學人未曉師曰思之千里

建寧府乾符大同院旺禪師僧問如何是祖師西來意師曰入市烏龜曰意旨如何師曰得縮頭時且縮頭

無爲軍鐵佛因禪師僧問如何是和尚家風師曰一尋寒木自爲隣三事秋雲更誰識曰和尚家風蒙指示爲人消息又如何師曰新月有圓夜人心無滿時

安吉州報本法存禪師錢塘陸氏子僧問無味之談塞斷人口作麽生是塞斷人口底句師便打僧曰恁麽則一句流通天人聳耳師曰秖恐不是玉是玉也大奇曰專爲流通師曰一任亂道在天衣受請上堂曰吳江聖壽見召住持進退不遑且隨緣分此皆堂頭和尚提耳訓育終始獎諭若據今日正令當行便好一棒打殺那堪更容立在座前雖然如是養子方見父慈

和州開聖院棲禪師開堂垂語曰選佛場開人天普會莫有久歷覺場罷參禪客出來相見時有僧出師曰作家作家僧曰莫著忙師曰元來不是作家僧提起坐具曰看看摩竭陀國親行此令師曰秖今作麽生僧禮拜師曰龍頭蛇尾問東西不辯南北不分學人上來乞師一接師曰不接曰爲甚麽不接師曰爲你東西不辯南北不分曰將謂胡鬚赤更

有赤鬚胡師曰蘇嚧蘇嚧問如何是道師曰放汝三十棒曰爲甚麽如此師曰殺人可恕無禮難容上堂拈拄杖曰大衆急著眼看須彌山畫一畫百雜碎南贍部洲打一棒東傾西側不免且收在開聖手中教伊出氣不得卓一下

福州衡山惟禮禪師上堂若論此事直下難明三賢罔測十聖不知到這裏須高提祖令横按鏌鎁佛尚不存纖塵何立直教須彌粉碎大海焦枯放一線道與諸人商量且道商量箇甚麽良久曰鹽貴米賤

臨安府北山顯明善孜禪師僧問如何是祖師西來意師曰九年空面壁懡㦬又西歸曰爲甚麽如此師曰美食不中飽人餐問如何是無情說法師曰燈籠掛露柱曰甚麽人得聞師曰牆壁有耳

明州啓霞思安禪師僧問諸佛出世蓋爲羣生和尚出世當爲何人師曰不爲闍黎曰恁麽則潭深波浪靜學廣語聲低師曰棒上不成龍

越州雲門靈侃禪師僧問十二時中如何用心師曰佛殿裏燒香曰學人不會師曰山門頭合掌上堂塵勞未破觸境千差心鑑圓明絲毫不立靈光皎皎獨露現前今古兩忘聖凡路絕到這裏始能卷舒自在應用無虧出沒往還人間天上大衆雖然如是忽被人把住問你道拄杖子向甚麽處著又如何秖對還有人道得麽出來道看衆無對乃拍禪牀下座

天台太平元坦禪師上堂是法無宗隨緣建

立聲色動靜不昧見聞舉用千差如鐘待扣於此薦得且隨時著衣喫飯若是德山臨濟更須打草鞋行脚㕘

臨安府佛日文祖禪師僧問峭峻之機請師垂示師曰十字街頭八字立曰秖如大洋海底行船須彌山上走馬又作麽生師曰烏龜向火曰恁麽則能騎虎頭善把虎尾師以拄杖點一下曰禮拜著

沂州望仙山宗禪師僧問四時八節即不問平常一句事如何師曰禾山打鼓曰莫是學人著力處也無師曰歸宗拽石僧無語師曰眞箇衲僧上堂南台烏藥北海天麻新羅附子辰錦朱砂良久曰大衆會麽久立上堂你等諸人還肯放下麽若不放下且擔取去便下座

瑞州五峰淨覺院用機禪師僧問如何是道師曰十字街頭踏不著曰便恁麽去時如何師曰且緩緩上堂清平過水投子賣油一年三百六十日不須頻向數中求以拂擊禪牀下座

無爲軍佛足處祥禪師僧問如何是般若體師曰琉璃殿裏隱寒燈曰如何是般若用師曰活卓卓地問一色無變異喚作露地白牛還端的也無師曰頭角生也曰頭角未生時如何師曰不要犯人苗稼

平江府明因慧贇禪師上堂橫按拄杖曰若恁麽去直得天無二日國無二王釋迦老子飲氣吞聲一大藏教如蟲蝕木設使鑽仰不及正是無孔鐵鎚假饒信手拈來也是殘羹餿飯一時吐却方有少分相應更乃墮在空

亡依舊是鬼家活計要會麽雨後始知山色翠事難方見丈夫心卓拄杖下座

興化軍西臺其辯禪師上堂舉臨濟無位眞人語乃召大衆曰臨濟老漢尋常一條脊梁硬似鐵及乎到這裏大似日中迷路眼見空花直饒道無位眞人是乾屎橛正是泥龜曳尾其僧秖知季夏極熱不知仲冬嚴寒若據當時合著得甚麽語塞斷天下人舌頭西臺秖恁麽休去又乃眼不見爲淨不免出一隻手狼籍去也臨濟一擔西臺一堆一擔一堆分付阿誰從教撒向諸方去笑殺當年老古錐

禮部楊傑居士字次公號無爲歷叅諸名宿晚從天衣遊衣每引老龐機語令研究深造後奉祠泰山一日鷄一鳴睹日如盤湧忽大悟乃別有男不婚有女不嫁之偈曰男大須婚女長須嫁討甚閑工夫更說無生話書以寄衣衣稱善後會芙蓉楷禪師公曰與師相別幾年蓉曰七年公曰學道來叅禪來蓉曰不打這鼓笛公曰恁麽則空遊山水百無所能也蓉曰別來未久善能高鑒公大笑公有辭世偈曰無一可戀無一可捨太虛空中之乎者也將錯就錯西方極樂

稱心倧禪師法嗣

彭州慧日堯禪師僧問古者道我有一句待無舌人解語却向汝道未審意旨如何師曰無影樹下好商量僧禮拜師曰兎解冰消

報本蘭禪師法嗣

福州中際可遵禪師上堂咄咄咄井底啾啾是何物直饒三千大千也秖是箇鬼窟咄上

堂昨夜四更起來呵呵大笑不歇幸然好一覺睡霜鐘撞作兩橛上堂禾山普化忽顛狂打鼓搖鈴戲一場劫火洞然宜煮茗嵐風大作好乘涼四蛇同篋看他弄二鼠侵藤不自量滄海月明何處去廣寒宮殿白銀牀咄上堂八萬四千深法門門門有路超乾坤如何箇箇踏不著秪爲蜈蚣太多脚不唯多脚亦多口釘觜鐵舌徒增醜拈椎竪拂泥洗泥揚眉瞬目籠中鷄要知佛祖不到處門掩落花春鳥啼

邢州開元法明上座依報本未久深得法忍後歸里事落魄多嗜酒呼盧每大醉唱柳詞數闋日以爲常鄉民侮之召齋則拒召飲則從如是者十餘年咸指曰醉和尚一日謂寺衆曰吾明旦當行汝等無他往衆竊笑之翌晨攝衣就座大呼曰吾去矣聽吾一偈衆聞奔視師乃曰平生醉裏顛蹶醉裏却有分別今宵酒醒何處楊柳岸曉風殘月言訖寂然撼之已委蛻矣

稱心明禪師法嗣

洪州上藍院光寂禪師上堂橫按拄杖召大衆曰還識上藍老漢麼眼似木突口如匾擔無問精粗不知鹹淡與麼住持百千過犯諸禪德還有爲山僧懺悔底麼良久曰氣急殺人卓拄杖下座

廣因要禪師法嗣

福州妙峯如璨禪師上堂今朝是如來降生之節天下緇流莫不以香湯灌沐共報洪恩爲甚麼教中却道如來者無所從來既是無所從來不知降生底是誰試請道看若道得

其恩自報若道不得明年四月八還是驀頭
澆

雲居元禪師法嗣

臨安府百丈慶善院淨悟禪師僧問如何是佛師曰問誰曰特問和尚師曰鷂子過新羅上堂說則搖脣行則動脚直饒不說不行時錯錯拍禪牀下座

常州善權慧泰禪師上堂諸佛出世廣演三乘達磨西來密傳大事上根之者言下頓超中下之流須當漸次發明心地或一言唱道或三句敷揚或善巧應機遂成多義撮其樞要總是空花一句窮源沉埋祖道敢問諸人作麽生是依時及節底句良久曰微雲淡河漢疎雨滴梧桐叅

饒州崇福德基禪師上堂若於這裏會得便能入一佛國坐一道場水鳥樹林共談斯要樓臺殿閣同演真乘續千聖不盡之燈照八面無私之燄所以道在天同天在人同人還有知音者麽良久曰水底金烏天上日眼中瞳子面前人

婺州寶林懷吉眞覺禪師上堂善慧遺風五百年雲黃山色秖依然而今祖令重行也一句流通徧大千大衆且道是甚麽句莫是函蓋乾坤截斷衆流隨波逐浪底麽吽有甚交涉自從有佛祖已來未曾動著今日不可漏泄眞機去也顧視大衆曰若到諸方不得錯舉

洪州資福宗誘禪師上堂龍泉今日與諸人說些葛藤良久曰枝蔓上更生枝蔓

智海逸禪師法嗣

瑞州黃檗志因禪師僧問如何是得力句師曰脚曰學人不會師曰一步進一步上堂四十九年說恩潤禽魚十萬途程來警悟人天這二老漢各人好與三十棒何故一箇說長說短一箇胡言漢語雖然如是且放過一著

福州大中德隆海印禪師上堂法無異法道無別道時時逢見釋迦處處撞著達磨放步即交肩開口即皷破不皷破大小大上堂夫欲智拔先須定動卓拄杖曰唵蘇嚧嗯唎娑婆訶歸堂喫茶上堂觸境無滯底爲甚麼擡頭不起田地穩密底爲甚麼下脚不得譬如天王賜與華屋雖獲大宅要因門入乃曰門𨷲𨷲開眞主出巨靈擡手錦鱗噴忝上堂平旦寅曉何人處處彌陀佛家家觀世音月裏麒麟看北斗向陽椑子一邊青

簽判劉經臣居士字興朝少以逸才登仕版於佛法未之信年三十二會東林照覺總禪師與語啓廸之乃敬服因醉心祖道旣而抵京師謁慧林冲禪師於僧問雪竇如何是諸佛本源答曰千峰寒色語下有省歲餘官雒幕就叅韶山杲禪師將去任辭韶山山囑曰公如此用心何愁不悟爾後或有非常境界無量歡喜宜急收拾若收拾得去便成法器若收拾不得則有不寧之疾成失心之患矣未幾復至京師趨智海依正覺逸禪師請問因緣海曰古人道平常心是道你十二時中放光動地不自覺知向外馳求轉疎轉遠公益疑不解一夕入室海舉傳燈所載香至國王問波羅提尊者何者是佛尊者曰見性是佛之語問之公不能對疑甚遂歸就寢熟睡

至五鼓覺來方追念間見種種異相表裏通徹六根震動天地回旋如雲開月現喜不自勝忽憶韶山臨別所囑之言姑抑之逗明趨智海悉以所得告海爲證據且曰更須用得始得公曰莫要踐履否海厲聲曰這箇是甚麽事却說踐履公黙契乃作發明心地頌八首及著明道諭儒篇以警世詞曰明道在乎見性余之所悟者見性而已孟子曰口之於味也目之於色也耳之於聲也鼻之於臭也四肢之於安佚也性也楊子曰視聽言貌思性所有也有見於此則能明乎道矣當知道不遠人人之於道猶魚之於水未甞須臾離也唯其迷已逐物故終身由之而不知佛曰大覺儒曰先覺蓋覺此耳昔人有言曰今古應無墬分明在目前又曰大道秖在目前要且目前難睹欲識大道眞體不離聲色言語又曰夜夜抱佛眠朝朝還共起起倒鎭相隨語黙同居止欲識佛去處秖這語聲是此佛者之語道爲最親者立則見其參於前也在輿則見其倚於衡也瞻之在前也忽焉在後也取之左右逢其原也此儒者之語道最邇者奈何此道唯可心傳不立文字故世尊拈花而妙心傳於迦葉達磨面壁而宗旨付於神光六葉既敷千花競秀分宗列派各有門庭故或瞬目揚眉擎拳舉指或行棒行喝竪拂拈槌或持义張弓輥毬舞笏或拽石般土打鼓吹毛或一黙一言一吁一笑乃至種種方便皆是親切爲人然秖爲太親故人多罔措瞥然見者不隔絲毫其或沉吟迢迢萬里欲明道者宜無忽焉祖祖相傳至今不絶眞

得吾儒所謂忿而不發開而弗達者矣余之有得實在此門反思吾儒自有其道良哉孔子之言默而識之一以貫之故目擊而道存指掌而意喻凡若此者皆合宗門之妙旨得教外之眞機然而孔子之道傳之子思子思傳之孟子孟子既沒不得其傳而所以傳於世者特文字耳故余之學必求自得而後已幸余一夕開悟凡目之所見耳之所聞心之所思口之所談手足之所運動無非妙者得之既久日益見前每以與人人不能受然後知其妙道果不可以文字傳也嗚呼是道也有其人則傳無其人則絕余既得之矣誰其似之乎終余之身而有其人邪無其人邪所不可得而知也故爲記頌歌語以流播其事而又著此篇以諭吾徒云

青原下十二世

蔣山泉禪師法嗣

清獻公趙抃居士字悅道年四十餘擯去聲色系心宗教會佛慧來居衢之南禪公日親之慧未嘗容措一詞後典青州政事之餘多宴坐忽大雷震驚即契悟作偈曰默坐公堂虛隱几心源不動湛如水一聲霹靂頂門開喚起從前自家底慧聞笑曰趙悅道撞彩耳富鄭公初於宗門未有所趣公勉之書曰伏惟執事富貴如是之極道德如是之盛福壽康寧如是之備退休閑逸如是之高其所未甚留意者如來一大事因緣而已能專誠求所證悟則他日爲門下賀也公年七十有二以太子少保致仕而歸親舊里民遇之如故作高齋以自適題偈見意曰腰佩黃金已退

藏箇中消息也尋常世人欲識高齋老秖是柯村趙四郎復曰切忌錯認臨薨遺佛慧書曰非師平日警誨至此必不得力矣慧悼以偈曰仕也邦爲瑞歸歟世作程人間金粟去天上玉樓成慧劒無纖缺冰壺徹底清春風瀫水路孤月照雲明

慧林本禪師法嗣

東京法雲善本大通禪師族董氏漢仲舒之裔也太父琪父温皆官于潁遂爲潁人母無子禱白衣大士乃得師及長博極羣書然清修無仕宦意嘉祐八年與弟善思往京師地藏院選經得度習毘尼東遊至姑蘇禮圓照於瑞光照特顧之於是契旨經五稔益躋微奥照令依圓通秀師去又盡其要元豐七年渡淮留太守巖久之出住雙林遷淨慈尋被旨徙法雲僧問寶塔元無縫如何指示人師曰煙霞生背面星月遶簷楹曰如何是塔中人師曰竟日不知清世事長年占斷白雲鄉曰向上更有事也無師曰太無厭生問若論此事譬如兩家著碁學人上來請師一著師曰早見輸了也僧曰錯師曰是僧曰進前無路也師卓拄杖一下曰爭奈這箇何僧曰秖如黑白未分時又作麼生師曰且饒一著問百尺竿頭如何進步師曰險曰便恁麼去又作麼生師曰百雜碎問九夏賞勞即不問從今向去事如何師曰光剃頭淨洗鉢曰謝師指示師曰滴水難消上堂上不見天下不見地畐塞虛空無處回避爲君明破即不中且向南山看鼈鼻擲拄杖下座

鎮江府金山善寧法印禪師僧問天皇也恁

麽道龍潭也恁麽道未審和尚作麽生道師曰手握白玉鞭驪珠盡擊碎曰退身有分師曰知過必改上堂顧視大衆曰古人道在眼曰見在耳曰聞在鼻嗅香在舌談論在身覺觸在意攀緣雖然如是秖見錐頭利不見鑿頭方若是金山即不然有眼覷不見有耳聽不聞有鼻不知香有舌不談論有身不覺觸有意絶攀緣一念相應六根解脱敢問諸禪德且道與前來是同是别莫有具眼底衲僧出來通箇消息若無復爲諸人重重注破放開則私通車馬捏聚則毫末不存若是飽戰作家一任是非貶剥

壽州資壽院圓澄巖禪師僧問大藏經中還有奇特事也無師曰秖恐汝不信曰如何即是師曰黑底是墨黄底是紙曰謝師答話師曰領取鉤頭意莫認定盤星上堂雲生谷口月滿長川樵父斫深雲漁翁釣沙島到這裏便是吳道子張僧繇無你下手處良久曰歸堂問取聖僧叅上堂乾坤肅靜海晏河清風不鳴條雨不破塊春生夏長秋收冬藏這箇是世間法作麽生是佛法良久曰欲得不招無間業莫謗如來正法輪

秀州本覺寺守一法眞禪師江陰沈氏子僧問如何是向中玄師曰崑崙騎象藕絲牽曰如何是體中玄師曰影浸寒潭月在天曰如何是玄中玄師曰長連牀上帶刀眠曰向上還有事也無師曰放下著上堂舉拂子曰三世諸佛六代祖師總在這裏還見麽見汝不相當又爲説法云無二無二分無别無斷故還聞麽汝又不惺惺一時却往上方香積世

界去也撼拂子曰退後退後突著你眼睛上堂折半列三人人道得去一拈七亦要商量正當今日雲門道底不要别作麽生露得箇消息良久曰日月易流

舒州投子修顒證悟禪師僧問是法平等無有高下爲甚麽趙州三等接人師曰入水見長人曰爭奈學人未會師曰喚不回頭爭奈何上堂楞伽峯頂誰能措足少室巖前水泄不通正當恁麽時黄頭老子張得口碧眼胡僧開得眼雖然如是事無一向先聖幸有第二義門足可共諸人東說西說所以道春生夏長秋落冬枯四時遷改輪轉長途愚者心生彼此達者一味無殊良久曰陜府鐵牛吞大像嘉州佛向藕絲藏上堂巍巍少室水鎮羣峯有時雲中捧出有時霧罩無蹤有時突在目前有口道不得被人喚作壁觀胡僧諸仁者作麽生免得此過休休不如且持課良久曰一元和二佛陀三釋迦自餘是甚椀躂丘叅

福州地藏守恩禪師本州丘氏子僧問如何是佛師曰晝眠無益曰意旨如何師曰早起甚長問如何是西來祖意師曰風吹滿面塵上堂竪起拳曰或時爲拳復開曰或時爲掌若遇衲僧有功者賞遂放下曰直是土曠人稀相逢者少上堂雨後鳩鳴山前麥熟何處牧童兒騎牛笑相逐更把短笛横吹風前一曲兩曲叅上堂山僧今日畧通一線不用狐疑麥中有麵上堂拈拄杖擊禪牀一下曰有智若聞則能信解無智疑悔則爲永失三十年後不得道山僧今日上堂秖念法華經叅

上堂衲僧現前三昧釋迦老子不會住世四十九年說得天花亂墜爭似饑餐渴飲展脚堂中打睡上堂諸人知處山僧盡知山僧知處諸人不知今日不免布施諸人良久曰頭上是天脚下是地叅

衢州靈曜寺曁艮佛慈禪師饒州呉氏子清獻趙公命開法於越州福果衢州超化海會靈曜四刹僧問三變禪林四回出世於和尚分上成得甚麼邊事師曰鉢盂口向天曰三十年來關棙子而今流落五湖傳師曰那箇是山僧關棙子曰一言超影象不墜古人風師曰惜取眉毛上堂不知時分之延促不知日月之大小灰頭土面且與麼過山僧每遇月朔特地鬬飣家風抑揚問答一場笑具雖然如是因風撒土借水獻花有箇葛藤露布與諸人共相解摘看驀拈拄杖擊香臺曰叅堂去

明州香山延泳正覺禪師上堂心隨境現境逐心生心境兩忘是箇甚麼拈起拄杖曰且道這箇甚處得來若道是拄杖瞎却汝眼若道不是拄杖眼在甚麼處是與不是一時拈却且騎拄杖出三門去也遂曳杖下座

安吉州道場慧印禪師上堂韶石渡頭舟横野水汾陽浪裏棹撥孤煙雲月無私谿山豈異一言合轍千里同風敢問諸人作麼生是同風底句良久曰八千子弟今何在萬里山河屬帝家

臨安府西湖妙慧文義禪師上堂會麼已被熱謾了也今早起來無害可說下牀著鞋後架洗面堂内展鉢喫粥粥後打睡睡起喫茶

見客相喚齋時喫飯日日相似有甚麽過然雖如是更有一般令我笑金剛倒地一堆泥拍禪牀下座

處州靈泉山宗一禪師上堂美玉藏頑石蓮華出淤泥須知煩惱處悟得即菩提咄

泗州普照寺處輝真寂禪師滁州趙氏子開堂日僧問世尊出世地湧金蓮和尚出世有何祥瑞師曰掃却門前雪

常州南禪寧禪師僧問廬陵米價作麽生酬師曰欵出囚口

越州石佛曉通禪師上堂冷似秋潭月無心合太虛山高流水急何處駐游魚僧問如何是頓教師曰月落寒潭曰如何是漸教師曰雲生碧漢曰不漸不頓時如何師曰八十老婆不言嫁

法雲秀禪師法嗣

東京法雲惟白佛國禪師上堂離婁有意白浪徒以滔天罔象無心明珠忽然在掌以手打一圓相召大衆曰還見麽良久曰看即有分上堂拈拄杖示衆曰山僧住持七十餘日未曾拈動這箇而今不免現些小神通供養諸人遂卓拄杖下座上堂過去已過去未來且莫算正當現在事今朝正月半明月正團圓打鼓普請看大衆看即不無畢竟喚甚麽作月休於天上覓莫向水中尋師有續燈録三十卷入藏

建康府保寧子英禪師錢塘人也上堂拈拄杖曰日月不能並明河海不能競深須彌不能同高乾坤不能同固聖凡智慧不及且道這箇有甚麽長處良久曰節目分明生來條

直冰雪敲開片片分白雲點破承伊力擊禪牀下座

温州僊巖景純禪師僧問德山棒臨濟喝和尚如何作用師曰老僧今日困僧便喝師曰却是你惺惺

寧國府廣教守訥禪師圓照上足時稱訥叔僧問如何是古今常存底句師曰鐵牛横海岸曰如何是衲僧正眼師曰針劄不入

興元府慈濟聰禪師僧問如何是道師曰此去長安三十七程曰如何是道中人師曰擅頭磕額問不是風動不是幡動未審是甚麽動師曰低聲低聲問如何是隨色摩尼珠師曰青青翠竹鬱鬱黄花曰如何是正色師曰退後退後問釋迦已滅彌勒未生未審誰爲導首師曰鐵牛也須汗出曰莫便是爲人處也無師曰細看前話問如何是超佛越祖之談師曰陜府鐵牛上堂三乘教典不是眞詮直指本心未爲極則若是通心上士脫灑髙流出來相見乃顧視大衆曰休上堂終日孜孜相爲恰似牽牛上壁大衆何故如此貪生逐日區區去喚不回頭爭奈何上堂一即一二即二把定要津何處出氣拈拄杖曰彼自無瘡勿傷之也卓一下下座

安州白兆山通慧珪禪師上堂幸逢嘉會須采異聞旣遇寳山莫令空手不可他時後日門扇後壁角頭自説大話也窮天地亘古今即是當人一箇自性於是中間更無他物諸人每日行時行著卧時卧著坐時坐著秖對語言時滿口道著以至揚眉瞬目嗔喜愛憎寂默游戲未始間斷因甚麽不肯承當自家

歇去良由無量劫來愛欲情重生死路長背覺合塵自生疑惑譬如空中飛鳥不知空是家鄉水裏游魚忘却水爲性命何得自抑却問傍人大似捧飯稱饑臨河叫渴諸人要得休去麽各請立地定著精神一念回光豁然自照何異空中紅日獨運無私盤裏明珠不撥自轉然雖如是秖爲初機向上機關未曾踏著且道作麽生是向上機關良久曰仰面看天不見天

廬州長安淨名法因禪師上堂天上月圓人間月半七八是數事却難算隱顯不辨即且置黑白未分一句作麽生道良久曰相逢秋色裏共話月明中上堂祖師妙訣別無可說直饒釘觜鐵舌未免弄巧成拙淨名已把天機泄

浮槎山福嚴守初禪師僧問如何是受用三昧師曰拈匙放筯問如何是正直一路師曰踏不著曰踏著後如何師曰四方八面乃曰若論此事放行則曹谿路上月白風清把定則少室峰前雲收霧卷如斯語論已涉多途但由一念相應方信不從人得大衆且道從甚麽處得良久曰水流元在海月落不離天上堂即性之相一亘晴空即相之性千波競起若徹來源清流無阻所以舉一念而塵沙法門頓顯拈一毫而無邊剎境齊彰且道文殊普賢在甚麽處下坡不走快便難逢便下座

鼎州德山仁繪禪師僧問如何是不動尊師曰來千去萬曰恁麽則脚跟不點地也師曰却是汝會上堂至道無難唯嫌揀擇但莫憎

愛洞然明白山僧即不然至道最難須是揀
擇若無憎愛爭見明白
灃州聖壽香積用旻禪師上堂木馬衝開千
騎路鐵牛透過萬重關木馬鐵牛即今在甚
麽處良久曰驚起暮天沙上鴈海門斜去兩
三行
瑞州瑞相子來禪師上堂顧視衆曰夫爲宗
匠隨處提綱應機問答殺活臨時心眼精明
那容妖怪若也棒頭取證喝下承當埋沒宗
風恥他先作轉身一路不在遲疑一息不來
還同死漢大衆直饒到這田地猶是句語埋
藏未有透脫一路敢問諸人作麽生是透脫
一路還有人道得麽若無山僧不免與諸人
說破良久曰五離荆岫寒光動劒出豐城紫
氣横

廬州真空從一禪師上堂心鏡明鑑無礙遂
拈起拄杖曰喚這箇作拄杖即是礙不喚作
拄杖亦是礙離此之外畢竟如何要會麽礙
不礙誰爲對大地山河廓然粉碎
襄州鳳凰山乾明廣禪師上堂日頭東畔出
月向西邊沒來去急如梭催人成白骨山僧
有一法堪爲保命術生死不相干打破精魂
窟咄咄是何物不是衆生不是佛叅
慧林冲禪師法嗣
東京永興華嚴寺智明佛慧禪師常州史氏
子上堂若論此事在天則列萬象而齊現在
地則運四時而發生在人則出沒卷舒六根
互用且道在山僧拄杖頭上又作麽生良久
卓一下曰高也著低也著
鎭州永泰智航禪師上堂散爲氣者乃道之

滴適於變者爲法之弊靈機不昧亘古亘今大用現前何得何失雖然如是忽遇無孔鐵槌作麽生話會拈拄杖曰穿過了也上堂龍騰碧漢變化無方鳳翥青霄誰知蹤跡可行則行不出百千三昧可止則止寧忘萬象森羅所以道取不得舍不得不可得中秖麽得且道得箇甚麽良久曰莫妄想

江陰軍壽聖子邦圓覺禪師僧問祖意教意拈放一邊如何得速成佛去師曰有成終不是是佛亦非眞僧擬議師叱曰話頭道甚麽

長蘆夫禪師法嗣

明州雪竇道榮覺印禪師郡之陳氏子僧問寒山逢拾得時如何師曰揚眉飛閃電曰更有何事師曰開口放毫光曰如何是向上一路師曰七六八

眞州長蘆宗賾慈覺禪師洺州孫氏子僧問達磨面壁此理如何師良久僧禮拜師曰今日被這僧一問直得口瘂上堂冬去寒食一百單五活人路上死人無數頭鑽荆棘林將謂衆生苦拜掃事如何骨堆上添土唯有出家人不踏無生路大衆且道向甚麽處去還會麽南天台北五臺𠫭上堂新羅別無妙訣當言不避截舌但能心口相應一生受用不徹且道如何是心口相應底句良久曰焦甎打著連底凍𠫭問六門未息時如何師曰鼻孔裏燒香曰學人不會師曰耳朶裏打鼓問如何是無功之功師曰泥牛不運步天下沒荒田曰恁麽則功不浪施也師曰雖然廣大神通未免遭他痛棒上堂金屑雖貴落眼成翳金屑旣除眼在甚麽處若如此者未出荆

棘林中棒頭取證喝下承當正在金峰窠裏

上堂樓外紫金山色秀門前甘露水聲寒古槐陰下清風裏試爲諸人再指看拈拄杖曰還見麽擊香卓曰還聞麽靠却拄杖曰眼耳若通隨處足水聲山色自悠悠

平江府慧日智覺廣燈禪師本郡梅氏子上堂良久曰休休休徒悠悠釣竿長在手魚冷不吞鉤喝一喝下座

五燈會元卷第四十四

音釋

嚚 疑巾切音銀愚也 腼 他典切音腆面慚也 睍 胡典切賢上聲小視也 鏌鋣 上末各切音莫下以遮切音鋣劍名 贇 紆倫切音頵美好貌 蹶 居月切音厥僵也 雒 歷各切音洛水名 抃 皮變切音卞拊手也 [illegible] 俗辯字 翥 章恕切音[illegible]飛舉也

五燈會元卷第四十五

宋沙門大川濟纂

青原下十二世

佛日才禪師法嗣

澧州夾山靈泉自齡禪師常州周氏子僧問金鷄啄破琉璃殼玉兎挨開碧海門此是人間光影如何是祖師機師曰針劄不入曰秖如朕兆未生已前作麽生道師舉起拂子僧曰如何領會師曰斫額望扶桑問混沌未分時如何師曰春風飀飀曰分後如何師曰春日遲遲曰向上更有事也無師曰一年三百六十日上堂良久顧大衆曰月裏走金烏誰云一物無趙州東壁上挂箇大葫蘆叅上堂良久打一圓相曰大衆五千餘卷詮不盡三世諸佛讃不及令人却憶賣油翁狠忙走下繩牀立叅上堂便乃忘機守默已被金粟占先擬欲展演詞鋒落在瞿曇之後離此二途作麽生是衲僧透脫一路良久曰好笑南泉提起處刈茆鐮子曲彎彎叅

天鉢元禪師法嗣

衛州元豐院清滿禪師滄州田氏子僧問如何是佛師曰天寒地冷曰如何是道師曰不道曰爲甚麽不道師曰道是閑名字上堂無異思惟諦聽諦聽昨日寒今日寒抖擻精神著力看著力看看來看去轉顢頇要得不顢頇看叅上堂堪作梁底作梁堪作柱底作柱靈利衲僧便知落處驀拈拄杖曰還知這箇堪作甚麽打香臺一下曰莫道無用處復打一下曰叅上堂看看堂裏木師伯被聖僧打一摑走去見維那被維那打兩摑露柱呵呵

笑打著這師伯元豐路見不平與你雪正拈拄杖曰來來然是聖僧也須喫棒擊香臺下座歲旦上堂憶昔山居絶糧有頌舉似大衆饑飡松栢葉渴飲澗中泉看罷青青竹和衣自在眠大衆更有山懷爲君說今年年是去年年上堂此劒刃上事須劒刃上漢始得有般名利之徒爲人天師懸羊頭賣狗肉壞後進初機滅先聖洪範你等諸人聞恁麽事豈不寒心由是疑悞衆生墮無間獄苦哉苦哉取一期快意受萬劫餘殃有甚麽死急來爲釋子喝曰瞶人徒側耳便下座上堂喝一喝曰不是道不是禪每逢三五夜皓月十分圓㕘師凡見僧乃曰佛法世法眼病空花有僧曰翳消花滅時如何師曰將謂汝靈利

青州定慧院法本禪師僧問古人到這裏爲甚麽拱手歸降師曰理合如是曰畢竟如何師曰夜眠日走

西京善勝真悟禪師上堂揚聲止響不知聲是響根弄影逃形不知形爲影本以法問法不知法本非法以心傳心不知心本無心心本無心知心如幻了法非法知法如夢心法不實莫謾追求夢幻空花何勞把捉到這裏三世諸佛一大藏教祖師言句天下老和尚路布葛藤盡使不著何故太平本是將軍致不許將軍見太平

瑞巖鴻禪師法嗣

明州育王曇振真戒禪師上堂今日布袋頭開還有買賣者麽時有僧出曰有師曰不作貴不作賤作麽生酬價僧無語師曰老僧失利

棲賢遷禪師法嗣

舒州王屋山崇福燈禪師上堂天不能蓋地不能載一室無私何處不在大衆直饒恁麽會去也是鬼弄精魂怎生説箇常在底道理良久曰金風昨夜起徧地是黄花

淨衆言首座法嗣

西京招提惟湛廣燈禪師嘉禾人也僧問如何是和尚家風師曰秋風黄葉亂遶岫白雲歸曰專爲流通也師曰即今作麽生舉僧便喝師便打上堂偏不偏正不正那事從來難比並滿天風雨骨毛寒何須更入那伽定卓拄杖下座上堂六塵不惡還同正覺馬上誰家白面郎穿花折柳垂巾角夜來一醉明月樓呼盧輸却黄金宅臂鷹走犬歸不歸娥眉皓齒嚬無力此心能有幾人知黄頭碧眼非相識囉囉哩拍手一下下座

青原下十三世

法雲本禪師法嗣

臨安府淨慈楚明寶印禪師百粵張氏上堂祖師心印非長非短非方非圓非内非外亦非中間且問大衆決定是何形貌拈拄杖曰還見麽古篆不成文飛帛難同體從本自分明何須重特地擘禪牀下座上堂出門見山水入門見佛殿靈光觸處通諸人何不薦若不薦淨慈今日不著便上堂祖師道吾本來茲土傳法救迷情一花開五葉結果自然成淨慈當時若見恁麽道用黒漆拄杖子一棒打殺埋向無陰陽地上令他出氣不得何故叵耐他瞞我唐土人衆中莫有爲祖師出氣底麽出來和你一時埋却上堂若論此事如

散鋪寶貝亂堆金玉昧巳者自甘窮困有眼底信手拈來所以道閻浮有大寶見少得還稀若人將獻我成佛一餉時乃拈拄杖曰如今一時呈似普請大衆高著眼擲拄杖下座眞州長蘆道和祖照禪師興化潘氏子僧問無遮聖會還有不到者麼師曰有曰誰是不到者師曰金剛脚下鐵崑崙問不許夜行投明須到意旨如何師曰羊頭車子推明月曰便恁麼去時如何師曰鐵門路嶮問一槌兩當時如何師曰踏藕得魚歸問教外別傳未審傳箇甚麼師曰鐵彈子問百城遊罷時如何師曰前頭更有趙州關上堂一二三四五六碧眼胡僧數不足泥牛入海過新羅木馬追風到天竺天竺茫茫何處尋補陀巖上問觀音普賢拍手呵呵笑歸去來兮秋水深

福州雪峯思慧妙湛禪師錢塘俞氏子僧問古殿無燈時如何師曰東壁打西壁曰恁麼則撞著露柱也師曰未敢相許上堂一法若通萬緣方透拈拄杖曰這裏悟了提起拄杖海上橫行若到雲居山頭爲我傳語雪峯和尚咄上堂布大教網摝人天魚護聖不似老胡拖泥帶水秖是見兔放鷹遇獐發箭乃高聲召衆曰中上堂昔日藥山早晚不参動經旬月一日大衆纔集藥山便歸方丈諸禪德彼時佛法早自淡薄論來猶較些子如今每日鳴鼓陞堂忉忉怛怛地問者口似紡車答者舌如霹靂總似今日靈山慧命殆若懸絲少室家風危如纍卵又安得箇慨然有志扶竪宗乘底衲子出來喝散大衆非唯耳邊靜辦當使正法久住豈不偉哉如或棒上不成

龍山僧倒行此令以拄杖一時趂散上堂眼睫横亘十方眉毛上透青天下徹黄泉且道鼻孔在甚麼處良久曰劄上堂妙高山頂雲海茫茫少室巖前雪霜凜凜齊腰獨立徒自苦疲七日不逢一場𢤱㦬别峯相見落在半途隻履西歸遠之遠矣卓拄杖下座上堂大道秖在目前要且目前難睹欲識大道眞體今朝三月十五不勞久立建炎改元上堂天地之大德曰生聖人之大寶曰位今上皇帝踐登寶位萬國歸仁草木禽魚咸被其德此猶是聖主應世邊事王宫降誕已前一句天下人摸索不著上堂一切法無差雲門胡餅趙州茶黄鶴樓中吹玉笛江城五月落梅花慚愧太原孚上座五更聞鼓角天曉弄琵琶喝一喝上堂南詢諸友踏破草鞋絶學無爲坐消日月凡情易脱聖解難忘但有纖毫皆成滲漏可中爲道似地擎山應物現形如驢覰井縱無計較途轍已成若論相應轉没交涉勉諸仁者莫錯用心各自歸堂更求何事

婺州寶林果昌寶覺禪師安州時氏子師與提刑楊次公入山同遊山次楊拈起大士飯石問旣是飯石爲甚麼齩不破師曰秖爲太硬楊曰猶涉繁詞師曰未審提刑作麼生楊曰硬師曰也是第二月楊爲寫七佛殿額乃問七佛重出世時如何師曰一回相見一回新上堂一即一二即二齅著直是無香氣驀拈拄杖卓一下曰識得山僧榔栗條莫向南山尋鼈鼻

鄭州資福法明寶月禪師上堂資福别無所補五日一參擊鼓何曾說妙談玄秖是麤言

直語甘草自來甜黃連依舊苦忽若鼻孔遼天逢人切忌錯舉忝上堂若論此事譬如伐樹得根灸病得穴若也得根豈在千枝徧斫若也得穴不假六分全燒以拄杖卓一下曰這箇是根那箇是穴擲下拄杖曰這箇是穴又喚甚麼作根咄是何言歟

潭州雲峯志璿祖燈禪師南粵陳氏子上堂休去歇去一念萬年去寒灰枯木去古廟香爐去一條白練去大衆古人見處如日暉空不著二邊豈墮陰界堪嗟後代兒孫多作一色邊會山僧即不然不休去不歇去業識茫茫去七顛八倒去十字街頭鬧浩浩地聲色裏坐卧去三家村裏盈衢塞路荊棘裏游戲去刀山劒樹劈腹剜心鑊湯爐炭皮穿骨爛去如斯舉唱大似三歲孩兒輥繡毬上堂一切聲是佛聲塗毒鼓透入耳朵裏一切色是佛色鐵蒺藜穿過眼睛中好事不如無便下座上堂盡乾坤大地是箇熱鐵圓汝等諸人向甚麼處下口良久曰吞不進吐不出上堂瘦竹長松滴翠香流風疏月度炎涼不知誰住原西寺每日鐘聲送夕陽上堂聲色頭上睡眠虎狼羣裏安禪荊棘林内翻身雪刃叢中遊戲竹影掃堦塵不動月穿潭底水無痕上堂不是風動不是幡動衲僧失却鼻孔是風動是幡動分明是箇漆桶兩段不同眼暗耳聾澗水如藍碧山花似火紅上堂僧問如何是西來意師曰築著額頭磕著鼻曰意旨如何師曰驢馳馬載曰向上還有事也無師曰朝到西天暮歸唐土曰謝師答話師曰大乘砑郎當僧退師乃曰僧問西來意築著額

頭磕著鼻意旨又如何驢駞并馬載朝到西天暮歸唐大乘恰似研卽當何故沒量大人被語脉裏轉却遂拊掌大笑下座僧問丹霞燒木佛院主爲甚麼眉鬚墮落師曰一人傳虛萬人傳實曰恁麼則不落也師曰兩重公案曰學人未曉特伸請益師曰筠袁虔吉頭上插筆問德山入門便棒意旨如何師曰束杖理民曰臨濟入門便喝又作麼生師曰不言而化曰未審和尚如何爲人師曰一刀兩段問無縫鐵門請師一路師曰進前三步曰向上無關請師一閉師曰退後一尋曰不開不閉又作麼生師曰吽吽便打

東京慧林常悟禪師僧問若不傳法度衆生舉世無由報恩者未審傳箇甚麼法師曰開宗明義章第一問達磨未來時如何師曰省得草鞋錢曰來後如何師曰重疊關山路

安吉州道場有規禪師婺州姜氏子上堂拈拄杖曰還見麼窮諸玄辯若一毫置於太虛竭世樞機似一滴投於巨壑德山老人雖則焚其疏鈔也是賊過後張弓且道文彩未彰以前又作麼生理論三千劒客今何在獨許莊周致太平上堂種田博飯地藏家風客來喫茶趙州禮度且道護聖門下別有甚麼長處良久曰尋常不放山泉出屋底清池冷照人化士出問促裝已辦乞師一言師曰好看前路事莫比在家時曰恁麼則三家村裏十字街頭等箇人去也師曰照顧打失布袋

越州延慶可復禪師上堂胡來胡現漢來漢現忽然胡漢俱來時如何祇準良久曰落霞與孤鶩齊飛秋水共長天一色叅上堂驀拈

拄杖橫按膝上曰苦痛深苦痛深碧潭千萬丈那箇是知音卓一下下座

安吉州道場慧顏禪師上堂世尊按指海印發光拈拄杖曰莫妄想便下座

温州雙峰普寂宗達佛海禪師僧問如何是永嘉境師曰華蓋峰曰如何是境中人師曰一宿覺上堂衆集定喝一喝曰冤有頭債有主珍重

越州五峰子琪禪師僧問學人上來乞師垂示師曰花開千朶秀曰學人不會師曰雨後萬山青曰謝指示師曰你作麼生會僧便喝師曰未在僧又喝師曰一喝兩喝後作麼生曰也知和尚有此機要師曰適來道甚麼僧無語師便喝

西京韶山雲門道信禪師僧問如何是祖師西來意師曰千年古墓蛇今日頭生角曰莫便是和尚家風也無師曰卜度則喪身失命問如何是學人自己師曰無人識者曰如何得脱灑去師曰你問我答

臨安府上天竺從諫慈辯講師處之松陽人也具大知見聲播講席於止觀深有所契每與禪衲遊嘗以道力扣大通通一日作書寄之師發緘睹黑白二圓相乃悟答偈曰黑相白相擔枷過狀了不了兮無風起浪若問究竟事如何洞庭山在太湖上

金山寧禪師法嗣

婺州普濟子淳圓濟禪師僧問摩尼珠人不識如來藏裏親收得如何是珠師曰不撥自轉曰如何是藏師曰一撥便轉曰轉後如何師曰把不住上堂雨過山青雲開月白帶雪

寒松摇風庭栢山僧恁麽說話還有祖師意也無其或未然良久曰看看

吉州禾山用安禪師僧問蓮華未出水時如何師曰魚挨鼈倚曰出水後如何師曰水仙頭上戴好手絶躋攀曰出與未出時如何師曰應是乾坤措不教容易看

本覺一禪師法嗣

福州越峰粹珪妙覺禪師本郡林氏子僧問如何是祖師西來意師曰瘦田損種曰未審如何領會師曰刈禾鎌子曲如鉤問機關不到時如何師曰抱甕灌園曰此猶是機關邊事師曰須要雨淋頭

台州天台如庵主久依法眞因看雲門東山水上行語發明已見歸隱故山猿鹿爲伍郡守聞其風遣使逼令住持師作偈曰三十年來住此山郡符何事到林間休將瑣瑣塵寰事換我一生閑又閑遂焚其廬竟不知所止

平江府西竺寺尼法海禪師寶文呂嘉之姑也首參法雲秀和尚後領旨於法眞言下諸名儒屢挽應世堅不從殂日說偈曰霜天雲霧結山月冷涵輝夜接故鄉信曉行人不知屈明坐脫

投子顒禪師法嗣

壽州資壽灌禪師上堂良久曰便恁麽散去已是葛藤更若喃喃有何所益以拂子擊禪牀下座

西京白馬崇壽江禪師僧問知師久蘊囊中寶今日開堂略借看師曰不借曰爲甚麽不借師曰賣金須是買金人

鄧州香嚴智月海印禪師僧問法雷已震選

佛場開不昧宗乘請師直指師曰三月三日時千花萬花拆曰普天匝地承恩力覺苑仙葩一夜開師曰切忌隨他去乃曰判府吏部此日命山僧開堂祝聖紹續祖燈秖如祖燈作麼生續不見古者道六街鐘鼓響鼕鼕即處鋪金世界中池長芰荷庭長栢更將何法演眞宗恁麼說話也是事不獲已有旁不肯底出來把山僧拽下禪牀痛打一頓許伊是箇本分衲僧若未有這箇作家手脚切不得草草匆匆勘得脚跟下不實頭没去處却須倒㓨香嚴手中钁柄莫言不道上堂吾家寶藏不慳惜覿面相呈人罕識輝今耀古體圓時照地照天光赫赤荆山美玉奚爲貴合浦明珠比不得借問誰人敢酬價波斯鼻孔長三尺咄

丞相富弼居士字彥國由清獻公警勵之後不舍晝夜力進此道聞顒禪師主投子法席冠淮甸往質所疑會顒爲衆登座見其顧視如象王回旋公微有得因執弟子禮趨函丈命侍者請爲入室顒見即曰相公已入來富弼猶在外公聞汗流浹背即大悟尋以偈寄圓照本曰一見顒公悟入深夤緣傳得老師心東南謾說江山遠目對靈光與妙音後奏署顒師號顒上堂謝語有曰彼一期之悞我亦將錯而就錯公作偈贊曰萬木千花欲向榮臥龍猶未出滄溟彤雲彩霧呈嘉瑞依舊南山一色青

甘露宣禪師法嗣

平江府妙湛寺尼文照禪師温陵人上堂靈源不動妙體何依歷歷孤明是誰光彩若道

眞如實際大似好肉剜瘡更作祖意商量正是迷頭認影老胡四十九年說夢即且止僧堂裏憍陳如上座爲你諸人舉覺底還記得麽良久曰惜取眉毛好

瑞巖居禪師法嗣

台州萬年處幽禪師上堂先聖行不到處凡流恰到凡流既到先聖莫知到與不到知與不知總置一壁秖如僧問乾峰十方薄伽梵一路涅槃門未審路頭在甚麽處峰以拄杖畫一畫曰在這裏且道此老與他先聖凡流相去幾何南山虎齩石羊兒須向其中識生死

廣靈祖禪師法嗣

處州縉雲仙巖懷義禪師僧問如何是佛師曰自屈作麽曰如何是道師曰你道了曰向上更有事也無師曰無曰恁麽則小出大遇也師曰秖恐不恁麽曰也是師曰却恁麽去也

淨因岳禪師法嗣

福州鼓山體淳禪師上堂由基弓矢不射田蛙任氏絲綸要投溟渤發則穿楊破的得則修鯨巨鼇隻箭既入重城長竿豈釣淺水而今莫有吞鉤齧鏃底麽若無山僧卷起絲綸拗折弓箭去也擲拄杖下座

乾明覺禪師法嗣

岳州平江長慶應圓禪師上堂寒氣將殘春日到無索泥牛皆踍跳築著崑崙鼻孔頭觸倒須彌成糞掃牧童兒鞭棄了懶吹無孔笛拍手呵呵笑歸去來兮歸去來煙霞深處和衣倒良久曰切忌睡著

長蘆信禪師法嗣

東京慧林懷深慈受禪師壽春府夏氏子生而祥光現舍文殊堅禪師遙見疑火也詰旦知師始生往訪之師見堅輒笑母許出家十四割愛冠祝髮後四年訪道方外依淨照於嘉禾資聖照舉良遂見麻谷因緣問曰如何是良遂知處師即洞明出住資福屨滿户外蔣山佛鑑懃禪師行化至茶退師引巡寮至千人街坊鑑問既是千人街坊爲甚麽秖有一人師曰多虚不如少實鑑曰恁麽那師赧然偶朝廷以資福爲神霄宫因棄往蔣山留西庵陳請益鑑曰資福知是般事便休師曰某實未穩望和尚不外鑑舉倩女離魂話反覆窮之大豁疑礙呈偈曰秖是舊時行履處等閑舉著便誵訛夜來一陣狂風起吹落桃花知幾多鑑拊几曰這底豈不是活祖師意未幾被旨住焦山僧問如何是佛師曰面黄不是眞金貼曰如何是佛向上事師曰一箭一蓮華僧作禮師彈指三下問知有道不得時如何師曰瘂子喫蜜曰道得不知有時如何師曰鸚鵡喚人僧禮拜師叱曰這傳語漢問甚麽人不被無常吞師曰秖恐他無下口處曰恁麽則一念通玄箭三尸鬼失奸也師曰汝有一念定被他吞了曰無一念時如何師曰捉著闍黎上堂古者道忍忍三世如來從此盡饒饒萬禍千殃從此消默默無上菩提從此得師曰會得此三種語了好箇不快活漢山僧秖是得人一牛還人一馬潑水相唾插觜厮罵卓拄杖曰平出平出上堂雲自何山起風從甚澗生好箇入頭處官路少人

行上堂不是境亦非心喚作佛時也陸沈箇中本自無階級切忌無階級處尋總不尋過猶深打破雲門飯袋子方知赤土是黄金咄

平江府萬壽如瓆證悟禪師建寧魏氏開堂日僧問如何是蘇臺境師曰山横師子秀水接太湖清曰如何是境中人師曰衣冠皇宋後禮樂大周前師凡見僧必問近日如何僧擬對即拊其背曰不可思議將示寂衆集復曰不可思議乃合掌而終

越州天衣如哲禪師族里未詳自退席寓平江之萬壽飲啖無擇人多侮之有以瑞巖喚主人公話問者師答以偈曰瑞巖長喚主人公突出須彌最上峯大地掀翻無覔處笙歌一曲畫樓中一日曰吾行矣令拂拭所乘筍輿乃書偈告衆曰道在用處用在死處時人秖管貪歡樂不肯學無爲叙平昔叅問勉衆進修巳忽竪起拳曰諸人且道這箇落在甚麼處衆無對師揮案一下曰一齊分付與秋風遂入輿端坐而逝

婺州智者法銓禪師上堂要扣玄關須是有節操極慷慨斬得釘截得鐵硬剥剥地漢始得若是畏刀避箭碌碌之徒看即有分以拂子擊禪牀下座

臨安府徑山智訥妙空禪師僧問牛頭未見四祖時如何師曰坐久成勞曰見後如何師曰不妨我東行西行

金山慧禪師法嗣

常州報恩覺然寶月禪師越州鄭氏子上堂學者無事空言須求妙悟去妙悟而事空言其猶遂臭耳然雖如是罕逢穿耳客多遇刻

舟人一日謂衆曰世緣易染道業難辦汝等勉之語卒而逝

法雲白禪師法嗣

婺州智者紹先禪師漳州人也上堂根塵同源縛脫無二不動絲毫十方遊戲子湖犬子雖獰爭似南山鼈鼻遂高聲曰大衆看脚下

上堂團不聚撥不散日曬不乾水浸不爛等閑挂在太虛中一任傍人冷眼看

沂州馬鞍山福聖院仲易禪師上堂一二三四五陞堂擊法鼓簇簇簇齊上來一一面相睹秋色滿虛庭秋風動寰宇更問祖師禪雪峯到投子咄

東京慧林慧海月印禪師僧問師唱誰家曲宗風嗣阿誰師曰黃金地上玉樓臺曰如何是祖師西來意師曰三月洛陽人戴花上堂黃金地上具眼者未肯安居荊棘林中本分底留伊不得秖如去此二途作麼生是衲僧行履處良久曰舉頭煙靄裏依約見家山上堂顧視大衆拍禪牀一下曰聊表不空便下座

楊州建隆原禪師姑蘇夏氏子上堂拈拄杖曰買帽相頭依模畫樣從他野老自顰眉誌公不是閑和尚卓拄杖下座

保寧英禪師法嗣

臨安府廣福院惟尚禪師初叅覺印問曰南泉斬貓兒意旨如何印曰須是南泉始得印以前語詰之師不能對至僧堂忽大悟曰古人道從今日去更不疑天下老和尚舌頭信有之矣述偈呈印曰須是南泉第一機不知不覺驀頭錐覿面若無青白眼還如鸕鷀守

空池舉未絶印竪拳曰正當恁麼時作麼生師掀倒禪牀印遂喝師曰賊過後張弓便出

任廣福日室中問僧提起來作麼生會又曰且道是箇甚麼要人提起

明州雪竇法寧禪師衢州杜氏子上堂百川異流以海爲極森羅萬象以空爲極四聖六凡以佛爲極明眼衲子以拄杖子爲極且道拄杖子以何爲極有人道得山僧兩手分付儻或未然不如閑倚禪牀畔留與兒孫指路頭

開先珣禪師法嗣

廬州延昌熈詠禪師僧問少林面壁意旨如何師曰慚惶殺人

廬州開先宗禪師上堂一不做二不休捩轉鼻孔捺下雲頭禾山解打鹽官鼓僧繇不寫戴嵩牛廬陵米投子油雪峯依舊輥雙毬夜來風送衡陽信寒鴈一聲霜月幽

甘露顒禪師法嗣

楊州先孝元禪師僧問如何是和尚家風師曰七顛八倒曰忽遇客來如何祗待師曰生鐵蒺䔧劈口塞

雪竇榮禪師法嗣

福州雪峯大智禪師僧問如何是祖師西來意師銜拂柄示之僧曰此是香嚴底和尚又作麼生師便喝僧大笑師叱曰這野狐精

元豐滿禪師法嗣

福州雪峯宗演圓覺禪師恩州人也僧問不慕諸聖不重巳靈時如何師曰欵出囚口曰便恁麼會去時如何師曰換手搥胸問如何是大善知識心師曰十字街頭片瓦子辭衆

曰僧問如何是臨岐一句師曰有馬騎馬無馬步行曰途中事作麽生師曰賤避貴上堂遺迷求悟不知迷是悟之鉗鎚愛聖憎凡不知凡是聖之鑪鞴秖如聖凡雙泯迷悟俱忘一句作麽生道半夜彩霞籠玉像天明峯頂五雲遮

衢州王大夫遺其名以喪偶猒世相遂叅元豐於言下知歸豐一日謂曰子乃今之陸亘也公便掩耳旣而回壇山之陽縛茅自處者三載偶歌曰壇山裏日何長青松嶺白雲鄉吟鳥啼猿作道場散髮采薇歌又笑從教人道野夫狂

育王振禪師法嗣

明州岳林眞禪師上堂古人道初秋夏末合有責情三十棒岳林則不然靈山會上世尊拈華迦葉微笑正當恁麽時好與三十棒何故如此太平時節强起干戈教人吹大法螺擊大法鼓舉步則金蓮踐蹀端居則寶座巍峩梵王引之於前香花繚繞帝釋隨之於後龍象駢羅致令後代兒孫遞相倣斆三三兩兩皆言出格風標劫劫波波未肯歸家穩坐鼓脣摇舌宛如鐘磬笙竽奮臂點胸何啻稻麻竹葦更是遊山翫水撥草瞻風人前說得石點頭天上飛來花撲地也好與三十棒且道坐夏賞勞如何酬奬良久曰萬寶功成何厚薄千鈞價重自低昂

招提湛禪師法嗣

秀州華亭觀音和尚僧問如何是佛師曰半夜烏龜火裏行曰意作麽生師曰虛空無背面僧禮拜師便打

青原下十四世

淨慈明禪師法嗣

臨安府淨慈象禪師越州山陰人也上堂古者道一翳在眼空花亂墜拈拄杖曰淨慈拈起拄杖豈不是一翳在眼百千諸佛總在拄杖頭現丈六紫磨金色之身乘其國土遊歷十方說一切法度一切衆豈不是空花亂墜即今莫有向拄杖未拈已前坐斷得麼出來與淨慈相見如無切忌向空本無花眼本無翳處著倒乃擲拄杖下座

福州雪峯隆禪師上堂一不成二不是口喫飯鼻出氣休云北斗藏身說甚南山鼈鼻家財運出任交關勸君莫競錐頭利

長蘆和禪師法嗣

鎮江府甘露達珠禪師福州人上堂聖賢不分古今惟一可謂火就燥水流濕鑿井而飲耕田而食大衆東村王老去不歸紛紛黃葉空狼籍

臨安府靈隱惠淳圓智禪師上堂吾心似秋月碧潭清皎潔乃喝曰寒山子話墮了也諸禪德皎潔無塵豈中秋之月可比虛明絕待非照世之珠可倫獨露乾坤光吞萬象普天匝地耀古騰今且道是箇甚麼良久曰此夜一輪滿清光何處無

雪峯慧禪師法嗣

臨安府淨慈月堂道昌佛行禪師湖州寶溪吳氏僧問大用現前不存軌則時如何師曰張家兄弟太無良曰恁麼則一切處皆是去也師曰莫唐突人好問心生則法生心滅則法滅秖如心法雙忘時生滅在甚麼處師曰

左手得來右手用問如何是從上宗門中事師曰一畝地曰便恁麽會時如何師曰埋没不少問如何是諸佛本源師曰屋頭問路曰向上還有事也無師曰月下抛甎上堂未透祖師關千難與萬難既透祖師關千難與萬難未透時難即且置既透了因甚麽却難放下笊籬雖得價動他杓柄也無端上堂與我相似共你無緣打翻藥銚傾出爐煙還丹一粒分明在流落人間是幾年咄上堂鴈過長空影沉寒水鴈無遺蹤之意水無留影之心若能如是正好買草鞋行脚所以道動則影現覺則冰生不動不覺正在死水裏薦福老人出頭不得即且置育王今日又作麽生向道莫行山下路果聞猿叫斷腸聲歲旦上堂舉拂子曰歲朝把筆萬事皆吉忽有箇漢出來道和尚這箇是三家村裏保正書門底爲甚麽將來華王座上當作宗乘秖向他道牛進千頭馬入百疋

臨安府徑山照堂了一禪師明州人上堂叅玄之士觸境遇縁不能直下透脱者蓋爲業識深重情妄膠固六門未息一處不通絶點純清舍生難到直須入林不動草入水不動波始可順生死流入人間世諸人要會麽以拄杖畫曰秖向這裏薦取

鎮江府金山了心禪師上堂佛之一字孰云無木馬泥牛𥠖道途倚遍欄干春色晚海風吹斷碧珊瑚還有同聲相應同氣相求者麽百鳥不來樓閣閉秖聞夜雨滴芭蕉

香嚴月禪師法嗣

鄧州香嚴倚松如璧禪師撫州饒氏子上堂

變化密移何太急剎那念念一呼吸八萬四千方便門且道何門不可入入不入曉來雨打芭蕉濕殷勤更問箇中人門外堂堂相對立聞啄木鳥鳴說偈曰剥剥剥裏面有蟲外面啄多少茫茫瞌睡人頂後一錐猶未覺若不覺更聽山僧剥剥剥

慧林深禪師法嗣

臨安府靈隱寂室慧光禪師錢塘夏侯氏僧問飛來山色示清淨法身合澗溪聲演廣長舌相正當恁麼時如何是雲門一曲師曰芭蕉葉上三更雨曰一句全提超佛祖滿筵朱紫盡知音師曰逢人不得錯舉上堂不用求眞何須息見倒騎牛兮入佛殿羌笛一聲天地空不知誰識瞿曇面

台州國清愚谷妙印禪師上堂滿口道得底爲甚麼不知有十分知有底爲甚麼滿口道不得且道誵訛在甚麼處若也知得許你照用同時明闇俱了其或未然道得道不得知有不知有南山石大蟲解作師子吼

台州國清垂慈普紹禪師上堂靈雲悟桃花玄沙傍不肯多少癡禪和擔雪去塡井今春花又開此意誰能領端的少人知花落春風靜

泉州九座慧邃禪師上堂九座今日向孤峰絕頂駕一隻鐵船截斷天下人要津教他揮篙動棹不得有箇錦標子且道在甚麼人手裏拈拄杖曰看看向道是龍剛不信等閑奪得始驚人

報恩然禪師法嗣

秀州資聖元祖禪師僧問紫金蓮捧千輪足

白玉毫輝萬德身如何是佛師曰拖槍帶甲曰貫花千偈雖殊品標月還歸理一如如何是法師曰元豐條紹興令曰林下雅爲方外客人問堪作火中蓮如何是僧師曰披席把椀

慧林海禪師法嗣

廬山萬杉壽堅禪師相州人歲旦上堂有一人不拜歲不迎新寒暑不能侵其體聖凡不能混其迹從來鼻孔遼天誰管多年曆日大衆且道此人即今在甚麼處卓拄杖曰咄咄咄沒處去

開先宗禪師法嗣

瑞州黃檗惟初禪師常州蔡氏子上堂我見宗大哥平生槁默危坐所謂朽木形骸未嘗口角譊譊將佛祖言教以當門庭秖要當人歇得十成自然不向這殼漏子上著倒有僧問旣不向這殼漏子上著倒未審如何保任師曰無你用心處曰和尚豈無方便師曰鏾餅旣無汁壓沙那有油

潭州嶽麓海禪師僧問進前三步時如何師曰撞頭磕額曰退後三步時如何師曰墮坑落塹曰不進不退時如何師曰立地死漢

雪峰演禪師法嗣

福州西禪慧舜禪師眞定府人上堂五日一參三八普說千說萬說橫說竪說忽有箇漢出來道說即不無爭奈三門頭兩箇不肯山僧即向他道瞎漢若不得他兩箇西禪大似不遇知音

青原下十五世

雪竇明禪師法嗣

密州崵山寧禪師上堂有時孤峰頂上嘯月眠雲有時大洋海中翻波走浪有時十字街頭七穿八穴諸人還相委悉麽樟樹花開盛芭蕉葉最多

淨慈昌禪師法嗣

臨安府五雲悟禪師茗溪人也上堂月堂老漢道行不見行是箇甚麽坐不見坐是箇甚麽著衣時不見著衣是箇甚麽喫飯時不見喫飯是箇甚麽山僧雖與他同牀打睡要且各自做夢何故行見行坐見坐著衣時見著衣喫飯時見喫飯無有不見底道理亦無箇是甚麽諸人且道老漢底是五雲底是拈拄杖卓一下曰桃紅李白薔薇紫問著春風總不知

靈隱光禪師法嗣

臨安府中竺癡禪元妙禪師婺州王氏僧問如何是截斷衆流句師曰佛祖開口無分曰如何是函蓋乾坤句師曰匝地普天曰如何是隨波逐浪句師曰有時入荒草有時上孤峰上堂黄昏雞報曉半夜日頭明驚起雪師子瞠開紅眼睛上堂去年梅今歲柳顔色馨香喝一喝良久曰若不得這一喝幾乎道著依舊且道道著後如何眼睛突出

圓覺曇禪師法嗣

撫州靈巖圓日禪師上堂悟無不悟得無不得九年面壁空勞力三脚驢兒跳上天泥牛入海無蹤跡爲甚如此九九八十一

嶽麓海禪師法嗣

荆門軍玉泉思達禪師僧問如何是一印印空師曰萬象收歸古鑑中曰如何是一印印

水師曰秋蟾影落千江裏曰如何是一印印泥師曰細觀文彩未生時

青原下十六世

中竺妙禪師法嗣

溫州光孝已菴深禪師本郡人也上堂曰龍生龍鳳生鳳老鼠養兒沿屋棟達磨大師不會禪歷魏遊梁乾打閧上堂一九二九相逢不出手三九二十七籬頭吹觱栗翻憶小釋迦雙手抱屈膝知不知實不實摩訶般若波羅蜜上堂維摩默然普賢廣說歷代聖人互呈醜拙君不見落花三月子規啼一聲聲是一點血上堂風蕭蕭葉飄飄雲片片水茫茫江干獨立向誰說天外飛鴻三兩行

五燈會元卷第四十五

音釋

摑古獲切音摑批也打也　聵魚怪切音顢聾也　砑五駕切音訝碾砑也　赧乃版切音戁面慚赤也　豻居顏切音菅詐也　璝與瑰同　蹀達協切音牒履也　猒么鹽切音懕足也　觱壁吉切音必羌人所吹以驚馬也

五燈會元卷第四十六

宋沙門大川濟纂

南嶽下十一世

石霜圓禪師法嗣

隆興府黃龍慧南禪師信州章氏子依泐潭澄禪師分座接物名振諸方偶同雲峯悅禪師遊西山夜話雲門法道峯曰澄公雖是雲門之後法道異矣師詰其所以異峯曰雲門如九轉丹砂點鐵成金澄公藥汞銀徒可翫入煆則流去師怒以枕投之明日峯謝過又曰雲門氣宇如王甘死語下乎澄公有法授人死語也死語其能活人乎即背去師挽之曰若如是則誰可汝意峯曰石霜圓手段出諸方子宜見之不可後也師默計之曰悅師翠巖使我見石霜於悅何有哉即造石霜中途聞慈明不事事忽叢林遂登衡嶽乃謁福嚴賢賢命掌書記俄賢卒郡守以慈明補之既至目其貶剝諸方件件數爲邪解師爲之氣索遂造其室明曰書記領徒遊方借使有疑可坐而商略師哀懇愈切明曰公學雲門禪必善其旨如云放洞山三頓棒是有喫棒分無喫棒分師曰有喫棒分明色莊曰從朝至暮鵲噪鴉鳴皆應喫棒明即端坐受師炷香作禮明復問趙州道臺山婆子我爲汝勘破了也且那裏是他勘破婆子處師汗下不能加答次日又詣明詬罵不已師曰罵豈慈悲法施耶明曰你作罵會那師於言下大悟作頌曰傑出叢林是趙州老婆勘破沒來由而今四海清如鏡行人莫與路爲讎呈慈明明頷之後開法同安初受請日泐潭遣僧來

審師提唱之語有曰智海無性因覺妄而成凡覺妄元虛即凡心而見佛便爾休去將謂同安無折合隨汝顛倒所欲南斗七北斗八僧歸舉似澄澄不懌自是泐潭舊好絕矣問儂家自有同風事如何是同風事師良久僧曰恁麼則起動和尚去也師曰靈利人難得僧禮拜示衆曰江南之地春寒秋熱近日已來滴水滴凍僧問滴水滴凍時如何師曰未是衲僧分上事曰如何是衲僧分上事師曰滴水滴凍問牛頭未見四祖時爲甚麼百鳥銜華獻師曰釘根桑樹闊角水牛曰見後爲甚麼不銜華師曰裩無襠袴無口問無爲無事人猶是金鎖難未審過在甚麼處師曰一字入公門九牛車不出曰學人未曉乞師方便師曰大庾嶺頭笑却成哭問一不去二不

住請師道師曰高祖殿前樊噲怒曰恁麼則今日得遇和尚也師曰仰面看天不見天問德山棒臨濟喝直至如今少人拈掇請師拈掇師曰千鈞之弩不爲鼷鼠而發機曰作家宗師今朝有在師便喝僧禮拜師曰五湖衲子一錫禪人未到同安不妨疑著上堂横吞巨海倒卓須彌衲僧面前也是尋常茶飯行脚人須是荊棘林內坐大道場向和泥合水處認取本來面目且作麼生見得遂拈拄杖曰直饒見得未免山僧拄杖上堂聖凡情盡體露真常拈起拂子曰拂子踍跳上三十三天搊脫帝釋鼻孔驢驫先生拊掌大笑道盡十方世界覓箇識好惡底人萬中無一擊禪牀下座上堂說妙談玄乃太平之姦賊行棒行喝爲亂世之英雄英雄姦賊棒喝玄妙皆

爲長物黃檗門下總用不著且道黃檗門下尋常用箇甚麼喝一喝上堂撞鐘鐘鳴擊皷皷響大衆殷勤問訊同安端然合掌這箇是世法那箇是佛法咄上堂有一人朝看華嚴暮觀般若晝夜精勤無有暫暇有一人不參禪不論義把箇破蓆日裏睡於是二人同到黃龍一人有爲一人無爲安下那一箇即是良久曰功德天黑暗女有智主人二俱不受上堂心王不妄動六國一時通罷拈三尺劒休弄一張弓擊禪牀下座上堂道遠乎哉觸事而眞聖遠乎哉體之即神乃拈拄杖曰道之與聖總在歸宗拄杖頭上汝等諸人何不識取若也識得十方刹土不行而至百千三昧無作而成若也未識有寒暑兮促君壽有鬼神兮妬君福上堂半夜捉烏鷄驚起梵王睡毗嵐風忽起吹倒須彌山官路無人行私酒多人喫當此之時臨濟德山開得口張得眼有棒有喝用不得汝等諸人各自尋取祖業契書莫認驢鞍橋作阿爺下頷上堂舉大珠和尚道身口意清淨是名佛出世身口意不淨是名佛滅度也好箇消息古人一期方便與你諸人計箇入路既得箇入路又須得箇出路登山須到頂入海須到底登山不到頂不知宇宙之寬廣入海不到底不知滄溟之淺深既知寬廣又知淺深一踏踏飜四大海一摑摑倒須彌山撒手到家人不識鵲噪鴉鳴栢樹間上堂千般說萬般喻秪要教君早回去去何處良久云夜來風起滿庭香吹落桃華三五樹因化主歸上堂世間有五種不易一化者不易二施者不易三變生爲熟

者不易四端坐喫者不易更有一種不易是甚麼人良久云聻便下座（時翠巖眞爲首座藏主問云適來和尚道第五種不易是甚麼人眞曰臘後見腮莫與往來）上堂拈拄杖曰横拈倒用撥開彌勒眼睛明去暗來敲落祖師鼻孔當是時也目連鶖子飲氣吞聲臨濟德山呵呵大笑且道笑箇甚麼咄師室中常問僧曰人人盡有生緣上座生緣在何處正當問答交鋒却復伸手曰我手何似佛手又問諸方叅請宗師所得却復垂脚曰我脚何似驢脚三十餘年示此三問學者莫有契其旨脱有酬者師未嘗可否叢林目之爲黃龍三關師自頌曰生緣有語人皆識水母何曾離得鰕但見日頭東畔上誰能更喫趙州茶我手佛手兼舉禪人直下薦取不動干戈道出當處超佛越祖我脚驢脚竝行步步踏著無生會得雲收日卷方知此道縱横總頌曰生緣斷處伸驢脚驢脚伸時佛手開爲報五湖叅學者三關一一透將來熙寧己酉三月十六日四祖演長老通嗣法書上堂山僧才輕德薄豈堪人師蓋不昧本心不欺諸聖未免生死今免生死未出輪迴今出輪迴未得解脱今得解脱未得自在今得自在所以六覺世尊於然燈佛所無一法可得六祖夜半於黃梅又傳箇甚麼乃説偈曰得不得傳不傳歸根得旨復何言憶得首山曾漏泄新婦騎驢阿家牽翌日午時端坐示寂闍維得五色舍利塔于前山謚普覺禪師

南嶽下十二世

黃龍南禪師法嗣

隆興府黃龍祖心寶覺禪師南雄鄔氏子叅

雲峯悦禪師三年無所得辭去悦曰必往依黃檗南禪師師至黃檗四年不大發明又辭再上雲峯會悦謝世就止石霜因閱傳燈至僧問多福如何是多福一叢竹福曰一莖兩莖斜曰不會福曰三莖四莖曲師於此開悟徹見二師用處徑回黃檗方展坐具檗曰子已入吾室矣師踊躍曰大事本來如是和尚何得教人看話百計搜尋檗曰若不教你如此究尋到無心處自見自肯即吾埋沒汝也住後僧問達磨九年面壁意旨如何師曰身貧無被蓋曰莫孤負他先聖也無師曰闍黎見處又作麼生僧畫一圓相師曰燕雀不離窠僧禮拜師曰更深猶自可午後始愁人問未登此座時如何師曰一事全無曰登後如何師曰仰面觀天不見天上堂愚人除境不忘心智者忘心不除境不知心境本如如觸目遇緣無障礙遂舉拂子曰看拂子走過西天却來新羅國裏知我者謂我拖泥帶水不知我者贏得一場怪誕上堂大凡窮生死根源直須明取自家一片田地教伊去處分明然後臨機應用不失其宜秖如鋒芒未兆已前都無是箇非箇瞥爾爆動便有五行金土相生相剋胡來漢現四姓雜居各任方隅是非鋒起致使玄黃不辨水乳不分疾在膏肓難爲救療若不當陽曉示窮子無以知歸欲得大用現前便可頓忘諸見諸見既盡昏霧不生大智洞然更非他物珍重上堂擊禪牀曰一塵纔舉大地全收諸人耳在一聲中一聲徧在諸人耳若是摩霄俊鶻便合乘時止濼困魚徒勞激浪上堂不與萬法爲侶即是

無諍三昧便恁麼去爭奈絃急則聲促若能向紫羅帳裏撒眞珠未必善因而招惡果上堂有句無句如藤倚樹且任諸人點頭及乎樹倒藤枯上無衝天之計下無入地之謀靈利漢這裏著得一隻眼便見七縱八橫舉拂子曰看太陽溢目萬里不挂片雲若是覆盆之下又爭怪得老僧上堂若也單明自己不悟目前此人有眼無足若悟目前不明自己此人有足無眼據此二人十二時中常有一物蘊在胷中物既在胷不安之相常在目前既在目前觸途成滯作麼生得平穩去祖不言乎執之失度必入邪路放之自然體無去住上堂良工未出玉石不分巧冶無人金沙混雜還有無師自悟底麼出來辨别看乃舉拂子曰且道是金是沙良久曰見之不取思之千里上堂有時開門待知識知識不來過有時把手上高山高山人不顧或作敗軍之將向闍黎手裏拱手歸降或爲忿怒那吒敲骨打髓正當恁麼時還有同聲相應同氣相求底麼有則向百尺竿頭進取一步如無少室峯前一場笑具上堂心同虛空界示等虛空法證得虛空時無是無非法便恁麼休去停橈把纜且向灣裏泊船若據衲僧門下天地懸隔且道衲僧門下有甚長處榔栗橫擔不顧人直入千峯萬峯去上堂一不向二不開翻思南嶽與天台堪笑白雲無定止被風吹去又吹來上堂不是風動不是幡動明眼漢謾他一點也不得仁者心動且緩緩你向甚處見祖師乃擲下拂子曰看上堂過去諸佛已滅未來諸佛未生正當現在佛法委付

黃龍放行則恍恍惚惚其中有物把住則杳杳冥冥其中有精且道放行即是把住即是竿頭絲線從君弄不犯清波意自殊上堂虎頭生角人難措石火電光須密布假饒烈士也應難懵底那能善回互手擎日月背負須彌擲向他方其中衆生不覺不知其中衆生騎驢入諸人眼裏諸人亦不覺不知會麼將此身心奉塵剎是則名爲報佛恩上堂一漚未發古帆未征風信不來無人舉櫂正當恁麼時水脈如何辨的君不見雲門老垂手處落落清波無透路又不見華亭叟泄天機夜深空載月明歸莫怪相逢不相識從教萬古漫漫黑上堂馬祖陞堂百丈卷席後人不善來風盡道不留眹迹殊不知桃華浪裏正好張帆七里灘頭更堪垂釣如今必有辨浮沉識淺深底漢試出來定當水脈看如無且將漁父笛閑向海邊吹上堂風瀟瀟兮木葉飛鴻鴈不來音信稀還鄉一曲無人吹令余拍手空遲疑上堂鏡像或謂有攬之不盈手鏡像或謂無分明如儼圖所以取不得舍不得不可得中秖麼得還會麼不作維摩詰又似傅大士上堂夫玄道者不可以設功得聖智者不可以有心知眞諦者不可以存我會至功者不可以營事爲古人一期應病與藥則不可若是丈夫漢出則經濟天下不出則卷而懷之爾若一向聲和響順我則排斥諸方爾若示現酒肆婬坊我則孤峯獨宿且道甚處是黃龍爲人眼師室中常舉拳問僧曰喚作拳頭則觸不喚作拳頭則背喚作甚麼將入滅命門人黃太史廷堅主後事茶毗日隣

峯爲秉炬火不續黃顧師之得法上首死心新禪師曰此老師有待於吾兄也新以喪拒黃强之新執炬召衆曰不是餘殃累及我彌天罪過不容誅而今兩脚捎空去不作牛兮定作驢以火炬打一圓相曰秪向這裏雪屈擲炬應手而爇靈骨窆于普覺塔之東謚寶覺禪師

江州東林興龍寺常總照覺禪師延平施氏子久依黃龍密授大法決旨出住泐潭次遷東林皆符讖記僧問乾坤之内宇宙之間中有一寶秘在形山如何是寶師曰白月現黑月隱曰非但聞名今日親見師曰且道寶在甚麼處曰古殿戸開光燦爛白蓮池畔社中人師曰別寶還他碧眼胡又僧出衆提起坐具曰請師答話師曰放下著僧又作展勢師曰收曰昔年尋劍客今朝遇作家師曰這裏是甚麼所在僧便喝師曰喝老僧那僧又喝師曰放過又爭得便打上堂乾坤大地常演圓音日月星辰每談實相翻憶先黃龍道秋雨淋漓連宵徹曙點點無私不落別處復云滴穿汝眼睛浸爛汝鼻孔東林則不然終歸大海作波濤擊禪牀下座上堂老盧不識字頓明佛意佛意離文墨故白兆不識書圓悟宗乘宗乘非言詮故如此老婆心分明入泥水今時人猶尚抱橋柱洗澡把纜放船良久曰爭怪得老僧

隆興府寶峯克文雲庵真淨禪師陝府鄭氏子坐夏大溈聞僧舉僧問雲門佛法如水中月是否門曰清波無透路師乃領解往見黃龍不契却曰我有好處這老漢不識我遂往

香城見順和尚順問甚處來師曰黃龍來曰黃龍近日有何言句師曰黃龍近日州府委請黃檗長老龍垂語云鐘樓上念讚牀脚下種菜有人下得語契便往住持勝上座云猛虎當路坐龍遂令去住黃檗順不覺云勝首座秪下得一轉語便得黃檗住佛法未夢見在師於言下大悟方知黃龍用處遂回見黃龍龍問甚處來師曰特來禮拜和尚龍曰恰值老僧不在師曰向甚麼處去龍曰天台普請南嶽遊山師曰恁麼則學人得自在去也龍曰脚下鞋甚處得來師曰廬山七百五十文唱來龍曰何曾得自在師指鞋曰何嘗不自在龍駭之開堂日拈香祝聖問答罷乃曰問話且止秖知問佛問法殊不知佛法來處且道從甚麼處來垂一足曰昔日黃龍親行此令十方諸佛無敢違者諸代祖師一切聖賢無敢越者無量法門一切妙義天下老和尚舌頭始終一印無敢異者無異則且置印在甚麼處還見麼若見非僧非俗無偏無黨一一分付若不見而我自收遂收足喝一喝曰兵隨印轉將逐符行佛手驢脚生緣老好痛與三十棒而今會中莫有不甘者麼若有不妨奇特若無新長老謾你諸人去也故我大覺世尊昔於摩竭陀國十二月八日明星現時豁然悟道大地有情一時成佛今有釋子沙門某於東震旦國大宋筠陽城中六月十三日赫日現時又悟箇甚麼以拂子畫曰我不敢輕於汝等汝等皆當作佛僧問如何是佛師呵呵大笑僧曰何哂之有師曰笑你隨語生解曰偶然失利師喝曰不得禮拜僧

便歸衆師復笑曰隨語生解問江西佛手驢脚接人和尚如何接人師曰鮎魚上竹竿曰全因今日師曰烏龜入水問新豐吟雲門曲舉世知音能和續大衆臨筵願清耳目師以右手拍禪牀僧曰木人拊掌石女揚眉師以左手拍禪牀僧曰猶是學人疑處師曰何不脚跟下薦取僧以坐具一拂師曰爭奈脚跟下何問遠遠馳符命禪師俯應機祖令當行也方便指羣迷師曰深曰深意如何師曰淺曰教學人如何領會師曰點問馬祖下尊宿一箇箇屙漉漉地唯有歸宗老較些子黃龍下兒孫一箇箇硬剝剝地秖有眞淨老師較些子學人恁麼還扶得也無師曰打疊面前搕𢶍却曰若不同牀睡焉知被底穿師不答僧曰這箇爲上上根人忽遇中下之流如何

指接師亦不答僧曰非但和尚懡㦬學人亦乃一場敗缺師曰三十年後悟去在問承古有言衆生日用而不知未審不知箇甚麼師曰道曰忽然知後如何師曰十萬八千僧提起坐具曰爭奈這箇何師便喝上堂天地與我同根萬物與我一體脚頭脚尾橫三竪四北倶盧洲火發燒著帝釋眉毛東海龍王忍痛不禁轟一箇霹靂直得傾湫倒嶽雲黯長空十字街頭廖胡子醉中驚覺起來拊掌呵呵大笑曰菿陽城中近來少賊乃拈拄杖曰賊賊上堂道泰不傳天子令行人盡唱太平歌五九四十五莫有人從懷州來麽若有不得忘却臨江軍豆豉上堂世尊拈華迦葉微笑拈拄杖曰洞山拈起拄杖子你諸人合作麽生擊香棹下座上堂裩無襠袴無口頭上

青灰三五斗趙州老漢少賣弄然則國清才子貴家富小兒驕其奈禾黍不陽艶競栽桃李春皺令力耕者半作賣華人上堂佛法兩字亘是難得人有底不信自已佛事唯憑少許古人影響相似般若所知境界定相法門動即背覺合塵黏將去脫不得或學者來如印印泥遞相印授不唯自誤亦乃誤他洞山門下無佛法與人秖有一口劍凡是來者一一斬斷使伊性命不存見聞俱泯却向父母未生前與伊相見見伊纔向前便爲斬斷然則剛刀雖利不斬無罪之人莫有無罪底麼也好與三十拄杖上堂洞山門下要行便行要坐便坐鉢盂裏屙屎淨瓶裏吐唾執法修行如牛拽磨上堂洞山門下有時和泥合水有時壁立千仞你諸方擬向和泥合水處見洞山洞山且不在和泥合水處擬向壁立千仞處見洞山洞山且不在壁立千仞處擬向一切處見洞山洞山且不在一切處你擬不要見洞山鼻索又在洞山手裏擬瞌睡也把鼻索一掣秖見眼孔定動又不相識也不要你識洞山但識得自已也得上堂汾陽莫妄想俱胝豎指頭古今佛法事到此一時休休休却憶趙州勘婆子不風流處也風流拈拄杖曰爲衆竭力上堂頭陁石被莓苔裹擲筆峯遭薜荔纏羅漢院裏一年度三箇行者歸宗寺裏衆退喫茶上堂師子不食鵰殘快鷹不打死兔放出臨濟大龍抽却雲門一顧拈起拄杖曰雲行雨施三草二木師崇寧改元十月旦示疾望乃愈出道具散諸徒翌日中夜沐浴更衣趺坐衆請說法示偈及遺誡宗

門大略言卒而逝火葬餘成五色白光上騰煙所至處皆設利分骨塔于泐潭新豐

南康軍雲居眞如院元祐禪師信州王氏子僧問如何是道林的旨師曰劄曰隨流認得性無喜亦無憂師曰汝皮袋重多少曰高著眼看師曰自領出去問如何是祖師西來意師曰胡天雪壓王麒麟問如龜藏六時如何師曰文彩已彰曰爭奈處處無蹤跡師曰一任拖泥帶水曰便與麼去時如何師曰果然上堂過去諸如來更不再勘現在諸菩薩放過即不可未來修學人謾他一點不得所以教中道若人欲了知三世一切佛應觀法界性一切惟心造雖然如是雲居門下正是金屑落眼上堂凡見聖見春雲掣電眞說妄說空華水月鱗憶長髭見石頭解道紅鑪一點雪擊禪牀下座上堂龜毛爲箭兔角爲弓那吒忿怒射破虛空虛空撲落傾湫倒嶽牆壁瓦礫放光明歸依如來大圓覺擊禪牀下座上堂月色和雲白松聲帶露寒好箇眞消息憑君子細看黃龍先師和身放倒還有人扶得起麼祖禰不了殃及兒孫擊禪牀下座上堂一切聲是佛聲以拂子擊禪牀曰梵音深遠令人樂聞又曰一切色是佛色乃拈起拂子曰今佛放光明助發實相義已到之者頂戴奉行未到之者應如是知應如是信擊禪牀下座令諸方三塔師始創也

潭州大溈懷秀禪師信州應氏子僧問昔日溈山水牯牛自從放去絕蹤由今朝幸遇師登座未審時人何處求師曰不得犯人苗稼曰恁麼則頭角已分明師曰空把山童贈鐵

鞭
瑞州黃檗惟勝眞覺禪師潼川羅氏子
聚時偶以扇勒窻櫺有聲忽憶教中道十方
俱擊鼓十處一時聞因大悟白本講講令叅
問師徑往黃龍後因瑞州太守委龍遴選黃
檗主人龍集衆垂語曰鐘樓上念讚牀脚下
種菜若人道得乃往住持師出答曰猛虎當
路坐龍大悅遂令師往由是諸方宗仰之上
堂臨濟喝德山棒留與禪人作模範歸宗磨
雪峯毬此箇門庭接上流若是黃檗即不然
也無喝也無棒亦不推磨亦不輥毬前面是
案山背後是主山塞却你眼睛撥破你面門
於此見得得不退轉地盡未來際不向他求
若見不得醍醐上味飜成毒藥上堂寂兮寥
兮蟾騐皎皎下空谷寬兮廓兮曦光赫赫流
四海曹谿路上勦絶人行多子塔前駢闐如
市直饒這裏薦得倜儻分明未是衲僧活計
大丈夫漢須是向黑暗獄中敲枷打鎖餓鬼
隊裏放火奪漿推倒慈氏樓拆却空王殿靈
苗瑞草和根拔滿地從教荊棘生
隆興府祐聖法宮禪師潮陽鄭氏子晚見黃
龍深蒙印可上堂此事如醫家驗病方且雜
毒滿腹未易攻治必瞑眩之藥而後可瘳就
令狗意投之適足狂惑增其沈痼求其已病
不亦左乎法堂前草深於心無媿
蘄州開元子琦禪師泉州許氏子依開元智
訥試經得度精楞嚴圓覺棄謁翠巖眞禪師
問佛法大意眞唾地曰這一滴落在甚麼處
師捫膺曰學人今日脾疼眞解顏辭叅積翠
歲餘盡得其道乘間侍翠商㩁古今適大雪

翠指曰斯可以一致若帚否師曰不能然則天霽日出雲物解駁豈復有哉知有底人於一切言句如破竹雖百節當迎刃而解詎容聲於擬議乎一日翠遣僧逆問老和尚三關語如何師厲聲曰你理會久遠時事作麽翠聞益奇之於是名著叢席翠歿四祖演禪師命分座室中垂語曰一人有口道不得姓字爲誰後傳至東林總禪師歎曰琦首座如鐵山萬仞卒難逗他語脉未幾以開元爲禪林請師爲第一世上堂虛空無内外事理有短長順則成菩提逆則成煩惱燈籠常瞌睡露柱亦懊惱大道在目前更於何處討以拂子擊禪牀上堂四面亦無門十方無壁落頭鬈鬆耳卓朔箇箇男兒大丈夫何得無繩而自縛且道透脱一句作麽生道良久曰踏破草鞋赤脚走僧問須彌納芥子即不問微塵裏轉大法輪時如何師曰一步進一步曰恁麽則朝到西天暮歸唐土師曰作客不如歸家曰久嚮道風請師相見師曰雲月是同谿山各異

袁州仰山行偉禪師河朔人也東京大佛寺受具聽習圓覺微有所疑挈囊遊方專扣祖意至南禪師法席六遷星序一日扣請尋被喝出足擬跨門頓省玄旨出世仰山道風大著上堂大衆會麽古今事掩不得日用事藏不得既藏掩不得則日用現前且問諸人現前事作麽生參上堂大衆見麽開眼則普觀十方合眼則包含萬有不開不合是何模樣還見模樣麽久參高德舉處便曉後進初機識取模樣莫秖管貪睡睡時眼見箇甚麽若

道不見與死人何别直饒丹青處士筆頭上畫出青山緑水夾竹桃華秪是相似模樣設使石匠錐頭鑽出羣羊走獸也秪是相似模樣若是真模樣任是處士石匠無你下手處諸人要見須是著眼始得良久曰廣則一線道狹則一寸半以拂子擊禪牀上堂鼓聲纔動大衆雲臻諸人上觀山僧下覷上覷覷箇甚麼下覷覷箇甚麼良久曰對面不相識上堂道不在聲色而不離聲色凡一語一默一動一靜隱顯縱横無非佛事日用現前古今凝然理何差互師自題其像曰吾真難邈斑斑駁駁擬欲安排下筆便錯示寂闍維獲五色舍利骨石栓索勾連塔于寺之東

南嶽福嚴慈感禪師潼川杜氏子上堂古佛心秪如今若不會苦沈吟秋雨微微秋風颯颯作此作彼若爲酧答沙岸蘆華青黃交雜禪者何依良久曰劄

潭州雲蓋守智禪師劍州陳氏子遊方至豫章大寧時法昌遇禪師韜藏西山師聞其飽叅即之昌問曰汝何所來師曰大寧又問三門夜來倒汝知麼師愕然曰不知昌曰吳中石佛大有人不曾得見師惘然即展拜昌使謁翠巖真禪師雖久之無省且不舍寸陰及謁黃龍於積翠始盡所疑後首衆石霜遂開法道吾徒雲蓋僧問有一無絃琴不是世間木今朝負上來請師彈一曲師拊膝一下僧曰金風颯颯和清韻請師方便再垂音師曰陝府出鐵牛上堂緊峭離水靴踏破湖湘月手把鐵蒺藜打破龍虎穴跳身倒上樹始見無生滅却笑老瞿曇彈指超彌勒上堂昨日

高山看釣魚步行騎馬失却驢有人拾得駱
驢去重賞千金一也無若向這裏薦得不著
還草鞋錢上堂舉趙州問僧向甚麼處去曰
摘茶去州曰閑師曰道著不著何處摸索背
後龍鱗面前驢脚飜身筋斗孤雲野鶴阿呵
呵示衆不離當處常湛然覔即知君不可見
雖然先聖恁麼道且作箇模子搭却若也出
不得秪抱得古人底若也出得方有少分相
應雲蓋則不然騎駿馬繞須彌過山尋蟻跡
能有幾人知師居院之東堂政和辛卯死心
謝事黄龍由湖南入山奉覲日巳夕矣侍僧
通謁師曳履且行且語曰將燭來看其面目
何似生而致名喧宇宙死心亦絶叫把近前
來我要照是眞師叔是假師叔師即當胷毆
一拳死心曰却是眞箇遂作禮賓主相得歡
甚及死心復領黄龍至政和甲午示寂時師
住開福得訃上堂法門不幸法幢摧五蘊山
中化作灰昨夜泥牛通一線黄龍從此入輪
廻

福州玄沙合文明慧禪師僧問如何是道師
曰私通車馬僧進一歩師曰官不容鍼

楊州建隆院昭慶禪師上堂始見新歳倏忽
早是二月初一天氣和融擬舉箇時節因緣
與諸人商量却被帝釋梵王在門外柳眼中
努出頭來先說偈言褭褭颺輕絮且逐風來
去相次走綿毬休言道我絮當時撞著阿修
羅把住云任你絮忽逢西風吹渭水落葉滿
長安一句作麼生道於是帝釋縮頭入柳眼
中良久曰參

安吉州報本慧元禪師潮州倪氏子十九爲

大僧徧歷叢席於黃龍三關語下悟入住後僧問諸佛不出世達磨不西來正當恁麼時未審來不來師曰撞著你鼻孔上堂白雲消散紅日東昇仰面看天低頭覰地東西南北一任觀光達磨眼睛斗量不盡演若何曾認影善財不往南方衲僧鼻孔遼天到此一時穿却僧出禮拜曰學人有一問和尚還答否師曰昨日答汝了也曰今日作麼生師曰明日來上堂僧問諸佛所說法種種皆方便是否師曰是曰爲甚麼諸法寂滅相不可以言宣師曰且莫錯會僧以坐具一畫師喝曰諸法寂滅相不可以言宣今之學者方見道不可以言宣便擬絕慮忘緣杜塞視聽如斯見解未有自在分諸人要會寂滅相麼出門不見一纖毫滿目白雲與青嶂師坐而不臥餘三十年示寂塔全身于峴山

吉州仁山隆慶院慶閑禪師福州卓氏子母夢胡僧授以明珠吞之而娠及生白光照室幼不近酒胾年十一棄俗十七得度二十徧叅後謁黃龍於黃檗龍問甚處來師曰百丈曰幾時離彼師曰正月十三龍曰脚跟好痛與三十棒師曰非但三十棒龍喝曰許多時行脚無點氣息師曰百千諸佛亦乃如是曰汝與麼來何曾有纖毫到諸佛境界師曰諸佛未必到慶閑境界龍問如何是汝生緣處師曰早晨喫白粥如今又覺饑問我手何似佛手師曰月下弄琵琶問我脚何似驢脚師曰鷺鷥立雪非同色龍嗟咨而視曰汝剃除鬚髮當爲何事師曰秖要無事曰與麼則數聲清磬是非外一箇閑人天地間也師曰是

何言歟曰靈利衲子師曰也不消得龍曰此間有辯上座者汝著精彩師曰他有甚長處曰他拊汝背一下又如何師曰作甚麼曰他展兩手師曰甚處學這虛頭來龍大笑師却展兩手龍喝之又問儱儱鬆鬆兩人共一梲作麼生會師曰百雜碎曰盡大地是箇須彌山撮來掌中汝又作麼生會師曰兩重公案曰這裏從汝胡言漢語若到同安如何過得（時英邵武在同安作首座師欲往見之）師曰渠也須到這箇田地始得曰忽被渠指火爐曰這箇是黑漆火爐那箇是黑漆香桌甚處是不到處師曰慶閑面前且從恁麼說話若是別人笑和尚去龍拍一拍師便喝明日同看僧堂曰好僧堂師曰極好工夫曰好在甚處師曰一梁拄一柱曰此未是好處師曰和尚又作麼生龍以手指曰這柱得與麼圓那枋得與麼匾師曰人天大善知識須是和尚始得即趨去明日侍立龍問得坐披衣向後如何施設師曰遇方即方遇圓即圓曰汝與麼說話猶帶脣齒在師曰慶閑即與麼和尚作麼生曰近前來爲汝說師拊掌曰三十年用底今朝捉敗龍大笑曰一等是精靈師拂袖而去由是學者爭歸之廬陵太守張公鑒請居隆慶僧問鋪席新開不可放過師曰記取話頭曰請師高著眼師曰蹉過了也室中垂問曰禪師心印篆作何文諸佛本源深之多少又曰十二時中上來下去開單展鉢此是五蘊敗壞之身那箇是清淨法身又曰不用指東畫西實地上道將一句來又曰十二時中著衣喫飯承甚麼人恩力又曰魚行水濁鳥飛毛落亮座

主一入西山爲甚麽杳無消息師居隆慶未朞年鍾陵太守王公韶請居龍泉不逾年以病求去廬陵道俗舟載而歸居隆慶之東堂事之益篤元豐四年三月七日將示寂遺偈曰露質浮世奄質浮滅五十三歲六七八月南嶽天台松風澗雪珍重知音紅鑪優鉢泊然坐逝俾畫工就寫其眞首忽自舉次日仍平視闍維日雲起風作飛瓦折木煙氣所至東西南北四十里凡草木沙礫之間皆得舍利如金色計其所獲幾數斛閱世五十五坐夏三十六初蘊子由欲爲作記而疑其事方臥疳夢有呵者曰閑師事何疑哉疑即病矣子由夢中作數百言其銘略曰稽首三界尊閑師不止此愍世狹劣故聊示其小者子由其知言哉

舒州三祖山法宗禪師僧問如何是佛師曰喫鹽添得渴問如何是道師曰十里雙牌五里單堠曰如何是道中人師曰少避長賤避貴問如何是善知識所爲底心師曰十字街頭一片甎曰如何是十字街頭一片甎師曰不知曰既不知却恁麽說師曰無人踏著上堂五五二十五時人盡解數𠜂拈第二籌茫茫者無據爲甚麽無據愛他一縷失却一端上堂明晃晃活鱍鱍十方世界一毫末拋向面前知不知莫向意根上拈掇拍一拍上堂架梯可以攀高雖升而不能達河漢鑄鍬可以掘鑿雖利而不能到風輪其器者費功其謀者益妄不如歸家坐免使走塵壤大衆那箇是塵壤祖佛禪道

隆興府泐潭洪英禪師邵武陳氏子幼頴邁

一目五行長棄儒得度訪道曹山依雅禪師久之辭登雲居睠其勝絕殆終于此山因閱華嚴十明論乃證宗要即詣黄檗南禪師席檗與語達旦曰荷擔大法盡在爾躬厚自愛所至議論奪席晚遊西山與勝首座棲雙嶺後開法石門久之遷泐潭僧問逢場作戲時如何師曰紅罏爆出鐵烏龜曰當軒布鼓師親擊百尺竿頭事若何師曰山僧不作這活計僧擬議師曰不唧嚠漢又僧禮拜起便垂下袈裟角曰脱衣卸甲時如何師曰喜得狼煙息弓消壁上懸僧却攬上袈裟曰重整衣甲時如何師曰不到烏江畔知君未肯休僧便喝師曰驚殺我僧拍一拍師曰也是死中得活僧禮拜師曰將謂是収燕破趙之才元來是販私鹽賊問臨濟栽松即不問百丈開田事若何師曰深著钁頭曰古人猶在師曰更添钁頭僧禮拜師扣禪牀一下乃曰問也無窮答也無盡問答去來於道轉遠何故况為此事直饒棒頭薦得不是丈夫喝下承當未為達士那堪更向言中取則句裏馳求語路尖新機鋒捷疾如斯見解盡是埋没宗旨玷汚先賢於吾祖道何曾夢見秖如我佛如來臨般涅槃乃云吾有正法眼藏涅槃妙心付囑摩訶大迦葉迦葉遂付阿難暨商那和修優波毱多諸祖相繼至於達磨西來直指人心見性成佛不立文字語言豈不是先聖方便之道自是當人不信却自迷頭認影奔逐狂途致使聆竮流浪生死諸禪德若能一念回光返照到自巳脚跟下褫剥究竟將來可謂洞門豁開樓閣重重十方普現海會齊

彰便乃凡聖賢愚山河大地以海印三昧一印印定更無纖毫迸漏山僧如是舉唱若是衆中有本色衲僧聞之實謂掩耳而回笑破他口大衆且道本色衲僧門下一句作麼生道良久曰天際雪埋千尺石洞門凍折數株松上堂釋迦老子當時一手指天一手指地云天上天下唯我獨尊釋迦老子旁若無人當時若遇箇明眼衲僧直教他上天無路入地無門然雖如是也須是銅沙鑼裏滿盛油始得上堂顧視大衆曰青山重疊疊綠水響潺潺遂拈拄杖曰未到懸崖處擡頭子細看卓一下上堂寶峯高士罕曾到巖前雪壓枯松倒嶺前嶺後野猨啼一條古路清風掃禪德雖然如是且道山僧拄杖長多少遂拈起曰長者隨長使短者隨短用卓一下上堂顧

視大衆曰石門巇嶮鐵關牢舉目重重萬仞高無角鐵牛衝得破毗盧海內作波濤且道不涉波濤一句作麼生道良久曰一句不遑無著問迄今猶作野盤僧師因知事紛爭止之不可乃謂衆曰領衆不肅正坐無德吾有愧黃龍敘行脚始末曰吾滅後火化以骨石藏普同塔明生死不離清衆也言卒而逝

金陵保寧寺圓璣禪師福州林氏子僧問生死到來如何回避師曰堂中瞌睡寮裏抽解曰便恁麼時如何師曰須知有轉身一路曰如何是轉身一路師曰傾出你腦髓拽脫你鼻孔曰便從今日無疑去也師曰作麼生會曰但知行好事不用問前程師曰須是恁麼上堂道源不遠性海非遙但向己求莫從他覓古人與麼說話大似認奴作郎指鹿爲馬

若是翠巖即不然也不向已求亦不從他覓何故雙眉本來自横鼻孔本來自直直饒說得天華亂墜頑石點頭算來多虛不如少實且道如何是少實底事良久日冬瓜直儱侗瓠子曲彎彎上堂春雨微微百事皆宜禾苗發秀蔬菜得時阿難如合掌迦葉亦攢眉直饒靈山會上拈華微笑算來猶涉離微爭似三家村裏老翁深耕淺種各知其時有事當面便說誰管瞬目揚眉更有一般奇特事末後一著更須知擊拂子下座上堂廣尋文義鏡裏求形息念觀空水中捉月單傳心印特地多端德山臨濟枉用工夫石鞏子湖飜成特地若是保寧總不恁麼但自隨緣飲啄一切尋常深遯白雲甘爲無學之者敢問諸人保寧畢竟將何報答四恩三有良久曰愁人莫向愁人說說向愁人愁殺人師示寂闍維有終不壞者二滌以五色舍利塔于雨華臺之左

南安軍雪峯道圓禪師南雄人也依積翠日宴坐下板時二僧論野狐話一云不昧因果也未脫得野狐身一云不落因果又何曾墮野狐來師聞之悚然因詣積翠庵渡澗猛省述偈曰不落不昧僧俗本無忌諱丈夫氣宇如王爭受囊藏被蓋一條楖栗任縱横野狐跳入金毛隊裏見爲助喜住後上堂舉風幡話頌曰不是風兮不是幡白雲依舊覆青山年來老大渾無力偷得忙中些子閑

五燈會元卷第四十六

音釋

汞　虎孔切音貢丹砂所化爲水銀也　懌　夷益切音睪心悅也　窆　陂驗切音

砝糞下棺也鲇奴兼切音拈䱰魚也搕㩭上克盍切音搕下疾盍切音蚉搕㩭糞色窖斤於切音居舍也截貲四切音剸切肉也痁詩廉切音苫熱㾊疾也玷都念切音店王之瑕也岭[illegible]上郎丁切音靈下滂丁切音儚行不正也

五燈會元卷第四十七

宋 沙 門 大 川 濟 纂

南嶽下十二世

黃龍南禪師法嗣

蘄州四祖山法演禪師桂州人也僧問如何
是心相師曰山河大地曰如何是心體師曰
汝喚甚麼作山河大地上堂葉辭柯秋已暮
參玄人須警悟莫謂來年更有春等閑蹉了
巖前路且道作麼生是巖前路良久曰嶮上
堂主山吞却案山尋常言論拄杖子普該塵
剎未足爲奇光境兩亡復是何物良久曰劫
火洞然毫末盡青山依舊白雲中上堂佛祖
之道壁立千仞擬議馳求還同點額識不能
識智不能知古聖到這裏垂一言半句要你
諸人有箇入處所以道低頭不見地仰面不
見天欲識白牛處但看髑髏前如今頭上是
屋脚下是地面前是佛殿且道白牛在甚麼
處乃召大衆衆舉頭師叱之

南康軍清隱潛庵清源禪師豫章鄧氏子上
堂寒風激水成氷杲日照氷成水氷水本自
無情各各應時而至世間萬物皆然不用强
生擬議上堂先師初事棲賢諟泐潭澄歷二
十年宗門奇奧經論玄要莫不貫穿及因雲
峯指見慈明則一字無用遂設三關語以驗
學者而學者如葉公畫龍龍現即怖

安州興國院契雅禪師僧問請師不於語默
裏荅話師以拄杖卓一下僧曰和尚莫草草
忽忽師曰西天斬頭截臂僧禮拜師曰墮也
墮也上堂心如朗月連天靜遂打一圓相曰
寒山子弊性似寒潭徹底清是何境界良久

曰無價夜光人不識識得又堪作甚麼凡夫虛度幾千春乃呵呵大笑曰爭如獨坐明窻下華落華開自有時下座

齊州靈巖山重確正覺禪師上堂祖師心印狀似鐵牛之機鍼挑不出匙挑不上過在阿誰綠雖千種草香秖一株蘭上堂不方不圓不上不下驢鳴狗吠十方無價拍禪牀下座

虔州廉泉院曇秀禪師僧問滿口道不得時如何師曰話墮也問不與萬法爲侶時如何師曰自家肚皮自家畫問如何是學人轉身處師曰掃地澆華曰如何是學人親切處師曰高枕枕頭曰總不恁麼時如何師曰鶯啼嶺上華發巖前問如何是衲僧口師曰殺人不用刀

南嶽高臺寺宣明佛印禪師僧問正法眼藏涅槃妙心便請拈出師直上覰僧曰恁麼則人天有賴師曰金屑雖貴

蘄州三角山慧澤禪師僧問師登寶座大衆側聆師卓拄杖一下僧曰答即便答又卓箇甚麼師曰百雜碎

南嶽法輪文昱禪師上堂以拄杖卓一卓喝一喝曰雪上加霜眼中添屑若也不會北鬱單越

信州靈鷲慧覺禪師上堂大衆百千三昧無量妙義盡在諸人脚跟下各請自家回互取會麼回互不回互認取歸家路智慧爲橋梁柔和作依怙居安則慮危在樂須知苦君不見龐居士黃金拋却如糞土父子團圞頭共說無生語無生語仍記取九夏雪華飛三冬汗如雨

黃檗積翠永庵主示衆山僧住庵來無禪可說無法可傳亦無蓋珍異寶秖収得續火柴頭一箇留與後人令他煙燄不絕火光長明遂擲下拂子時有僧就地拈起吹一吹師便喝曰誰知續火柴頭從這漢邊煙消火滅去乃拂袖歸庵僧吐舌而去

廬山歸宗志芝庵主臨江人也壯爲苾蒭依黃龍於歸宗遂領深旨有偈曰未到應須到到了令人笑眉毛本無用無渠底波俏未幾龍引退芝陞沈于衆一日普請罷書偈曰茶芽麓蔌初離焙筍角狼忙又吐泥山舍一年春事辦得閑誰管板頭低由是衲子親之師不懌結茆絕頂作偈曰千峯頂上一間屋老僧半間雲半間昨夜雲隨風雨去到頭不似老僧閑

南嶽下十三世上

黃龍心禪師法嗣

隆興府黃龍死心悟新禪師韶州黃氏子生有紫肉幕左肩右袒如僧伽黎狀壯依佛陀院德修祝髮進具後遊方至黃龍謁晦堂堂竪拳問曰喚作拳頭則觸不喚作拳頭則背汝喚作甚麼師罔措經二年方領解然尚談辯無所抵捂堂患之偶與語至其銳堂遽曰住住說食豈能飽人師窘乃曰某到此弓折箭盡望和尚慈悲指箇安樂處堂曰一塵飛而翳天一芥墮而覆地安樂處政忌上座許多骨董直須死却無量劫來全心乃可耳師趨出一日聞知事捶行者而迅雷忽震即大悟趨見晦堂忘納其屨即自譽曰天下人總是叅得底禪某是悟得底堂笑曰選佛得甲

科何可當也因號死心叟僧問如何是黃龍接人句師曰開口要罵人曰罵底是接人句驗人一句又作麼生師曰但識取罵人問弓箭在手智刃當鋒龍虎陣圓請師相見師曰敗將不斬曰恁麼則銅柱近標修水側鐵關高鏁鳳凰峯師曰不到烏江未肯休曰若然者七擒七縱正令全提師曰棺木裏瞠眼僧禮拜師曰苦苦問承師有言老僧今夏向黃龍潭內下三百六十箇釣筒未曾遇著箇錦鱗紅尾爲復是鉤頭不妙爲復是香餌難尋師曰雨過竹風清雲開山嶽露曰恁麼則已得眞人好消息人間天上更無疑師曰是鉤頭不妙是香餌難尋曰出身猶可易脫體道應難師曰亂統禪和如麻似粟上堂深固幽遠無人能到釋迦老子到不到若到因甚麼無人若不到誰道幽遠上堂祖師心印狀似鐵牛之機去即印住住即印破秖如不去不住印即是不印即是金果早朝猿摘去玉華晚後鳳銜歸上堂行脚高人解開布袋放下鉢囊去却藥忌一人所在須到半人所在須到無人所在也須親到上堂拗折拄杖將甚麼登山渡水拈却鉢盂是著將甚麼喫粥喫飯不如向十字街頭東卜西卜忽然卜著是你諸人有彩若卜不著也怪雲巖不得上堂文殊騎師子普賢騎象王釋迦老子足蹋紅蓮且道黃龍騎箇甚麼良久曰近來年老一步是一步上堂清珠下於濁水濁水不得不清念佛投於亂心亂心不得不佛佛既不亂濁水自清濁水既清功歸何所良久曰幾度黑風翻大海未曾聞道釣舟傾上堂有時破

二作三有時會三歸一有時三一混同有時不落數量且道甚麼處是黃龍爲人處良久曰珍重僧問如何是四大毒蛇師曰地水火風曰如何是地水火風師曰四大毒蛇曰學人未曉乞師方便師曰一大既爾四大亦同室中問僧月晦之陰以五色彩著於瞑中令百千萬人夜視其色寧有辯其青黃赤白者麼僧無語師代曰箇箇是盲人師因王正言問嘗聞三緣和合而生又聞即死即生何故有奪胎而生者某甚疑之師曰如正言作漕使隨所住處即居其位還疑否王曰不疑師曰復何疑也王於言下領解師臨寂示偈曰說時七顛八倒黙時落二落三爲報五湖禪客心王自在休㕘茶毗設利五色後有過其區所者獲之尤甚塔于晦堂丈室之北

隆興府黃龍靈源惟清禪師本州陳氏子印心於晦堂每謂人曰今之學者未脫生死病在甚麼處病在偷心未死耳然非其罪爲師者之罪也如漢高帝給韓信而殺之信雖死其心果死乎古之學者言下脫生死效在甚麼處在偷心已死然非學者自能爾實爲師者鉗鎚妙密也如梁武帝御大殿見侯景不動聲氣而景之心已枯竭無餘矣諸方所說非不美麗要之如趙昌畫華華雖逼眞而非眞華也上堂皷聲纔動大衆雲臻無限天機一時漏泄不孤正眼便合歸堂更待繁詞沈埋宗旨縱謂釋迦不出世四十九年說達磨不西來少林有妙訣修山主也似萬里望鄉關又道若人識祖佛當處便超越直饒恁麼悟入䚹切去更有轉身一路勘過了打以拂

子擊禪牀下座上堂江月照松風吹永夜清宵更是誰霧露雲霞遮不得箇中猶道不如歸復何歸荷葉團團團似鏡菱角尖尖尖似錐上堂三世諸佛不知有恩無重報狸奴白牯却知有功不浪施明大用曉全機絕蹤跡不思議歸去好無人知衡開碧落松千尺截斷紅塵水一溪上堂至道無難唯嫌揀擇但莫憎愛洞然明白祖師恁麼說話瞎却天下人眼識是非别緇素底衲僧到這裏如何辨明未能行到水窮處難解坐看雲起時

隆興府泐潭草堂善清禪師南雄州何氏子初謁大溈喆禪師無所得後謁黃龍龍示以風幡話久而不契一日龍問風幡話子作麼生會師曰迥無入處乞師方便龍曰子見貓兒捕鼠乎目睛不瞬四足踞地諸根順向首尾一直擬無不中子誠能如是心無異緣六根自靜默然而究萬無失一也師從是屏去閑緣歲餘豁然契悟以偈告龍曰隨隨隨昔昔隨隨隨後無人識夜來明月上高峯元來秖是這箇賊龍頷之復告之曰得道非難弘道爲難弘道猶在已說法爲人難既明之後在力行之大凡宗師說法一句中具三玄一玄中具三要子入處眞實得坐披衣向後自看自然七通八達去師復依止七年乃辭徧訪叢林後出世黃龍終于泐潭僧問牛頭未見四祖時如何師曰京三卞四曰見後如何師曰灰頭土面曰畢竟如何師曰一場懡㦬開堂上堂舉浮山遠和尚云欲得英俊麼仍須四事俱備方顯宗師蹊徑何謂也一者祖師巴鼻二具金剛眼睛三有師子爪牙四

得衲僧殺活拄杖得此四事方可縱橫變態任運卷舒高聳人天壁立千仞儻不如是守死善道者敗軍之兆何故棒打石人貴論實事是以到這裏得不修江耿耿大野雲凝綠竹含煙青山鎻翠風雲一致水月齊觀一句該通已彰殘朽師曰黃龍今日出世時當末季佛法澆漓不用祖師巴鼻不用金剛眼睛不用師子爪牙不用殺活拄杖秖有一枝拂子以為蹊徑亦能縱橫變態任運卷舒亦能高聳人天壁立千仞有時逢強即弱有時遇貴即賤拈起則羣魔屛迹佛祖潛蹤放下則合水和泥聖凡同轍且道拈起好放下好竿頭絲線從君弄不犯清波意自殊上堂色心不異彼我無差竪起拂子曰若喚作拂子入地獄如箭不喚作拂子有眼如盲直饒透脫兩頭也是黑牛臥死水

吉州青原惟信禪師上堂老僧三十年前未叅禪時見山是山見水是水及至後來親見知識有箇入處見山不是山見水不是水而今得箇休歇處依前見山秖是山見水秖是水大衆這三般見解是同是別有人緇素得出許汝親見老僧

澧州夾山靈泉院曉純禪師嘗以木刻作一獸師子頭牛足馬身每陞堂時持出示衆曰喚作師子又是馬身喚作馬身又是牛足且道畢竟喚作甚麼令僧下語莫有契者師示頌曰軒昂師子首牛足馬身材三道如能入玄門疊疊開上堂有箇漢自從曠大劫無住亦無依上無片瓦蓋頭下無寸土立足且道十二時中在甚處安身立命若也知得朝到

西天暮歸東土

漢州三聖繼昌禪師彭州黎氏子上堂木佛不度火甘露臺前逢達磨惆悵落陽人未來面壁九年空冷坐金佛不度爐坐歎勞生走道途不向華山圖上看豈知潘閬倒騎驢泥佛不度水一道靈光照天地堪羨玄沙老古錐不要南山要鼈鼻上堂舉趙州訪二庵主師曰五陵公子爭誇富百衲高僧不厭貧近來世俗多顛倒秖重衣衫不重人

隆興府雙嶺化禪師上堂翠竹黃華非外境白雲明月露全真頭頭盡是吾家物信手拈來不是塵遂舉拂子曰會麼認著依前還不是擊禪牀下座

泗州龜山水陸院曉津禪師僧問如何是賓中賓師曰巢父飲牛曰如何是賓中主師曰許由洗耳曰如何是主中賓師便喝曰如何是主中主師曰禮拜了退上堂田地穩密過犯彌天灼然擡腳不起神通遊戲無瘡自傷特地下腳不得且道過在甚麼處具參學眼底出來共相理論要見本分家山不支岐路莫秖管自家點頭蹉過歲月他時異日頂上一椎莫言不道

漳州保福本權禪師臨漳人也性質直而勇於道乃於晦堂舉拳處徹證根源機辯捷出黃山谷初有所入問晦堂此中誰可與語堂曰漳州權師方督役開田山谷同晦堂往致問曰直歲還知露柱生兒麼師曰是男是女黃擬議師揮之堂謂曰不得無禮師曰這木頭不打更待何時黃大笑上堂舉寒山偈曰吾心似秋月碧潭清皎潔無物堪比倫教我

如何說老僧即不然吾心似燈籠點火內外紅有物堪比倫來朝日出東傳者以爲笑死心和尚見之歎曰權兄提唱若此誠不負先師所付囑也

潭州南嶽雙峯景齊禪師上堂拈柱杖曰橫拈倒用諸方虎步龍行打狗撑門雙峯掉在無事甲裏因風吹火別是一家以柱杖靠肩顧視大衆曰喚作無事得麼良久曰刀尺髙懸著眼看誌公不是閑和尚卓柱杖一下

温州護國寄堂景新禪師郡之陳氏子上堂三界無法何處求心欲知護國當陽句且看門前竹一林

鄂州黃龍智明禪師一日上堂衆纔集師乃曰不可更開眼說夢去也便下座上堂南北一訣斬釘截鐵切忌思量䨜成途轍師同胡巡檢到公安二聖胡問達磨對梁武帝云廓然無聖公安爲甚麼却有二聖師曰一點水墨兩處成龍

潭州道吾仲圓禪師上堂不是心不是佛不是物古人恁麼道譬如管中窺豹但見一斑設或入林不動草入水不動波亦如騎馬向冰凌上行若是射鵰手何不向劒頭上揩㦸具正眼者試辨看良久曰鴛鴦繡出自金鍼

太史山谷居士黃庭堅字魯直以般若夙習雖膴仕澹如也出入宗門未有所向好作艷詞嘗謁圓通秀禪師秀呵曰大丈夫翰墨之妙甘施於此乎秀方戒李伯時畫馬事公誚之曰無乃復置我於馬腹中邪秀曰汝以艷語動天下人婬心不止馬腹中正恐生泥犂耳公悚然悔謝由是絶筆惟孳孳於道著發

願文痛戒酒色但朝粥午飯而已往依晦堂乞指徑捷處堂曰祇如仲尼道二三子以我爲隱乎吾無隱乎爾者太史居常如何理論公擬對堂曰不是不是公迷悶不已一日侍堂山行次時巖桂盛放堂曰聞木樨華香麼公曰聞堂曰吾無隱乎爾公釋然即拜之曰和尚得恁麼老婆心切堂笑曰祇要公到家耳久之謁雲巖死心新禪師隨衆入室心見張目問曰新長老死學士死燒作兩堆灰向甚麼處相見公無語心約出曰晦堂處參得底使未著在後左官黔南道力愈勝於無思念中頓明死心所問報以書曰往年甞蒙苦提撕長如醉夢依俙在光影中蓋疑情不盡命根不斷故望崖而退耳謫官在黔南道中晝臥覺來忽爾尋思被天下老和尚謾了多少惟有死心道人不肯乃是第一相爲也不勝萬幸後作晦堂塔銘曰某夙承記莂堪任大法道眼未圓而來瞻窣堵實深宗仰之歎乃勒堅珉敬頌遺美公復設蘋蘩之供祭之以文弔之以偈曰海風吹落楞伽山四海禪徒著眼看一把柳絲收不得和煙搭在玉欄干

觀文王韶居士字子淳出刺洪州乃延晦堂問道默有所契因述投機頌曰晝曾忘食夜忘眠捧得驪珠欲上天却向自身都放下四稜塌地恰團圓呈堂堂深肯之

秘書吳恂居士字德夫居晦堂入室次堂謂曰平生學解記憶多聞即不問你父母未生已前道將一句來公擬議堂以拂子擊之即領深旨連呈三偈其後曰咄這多知俗漢齩

盡古今公案忽於狠籍堆頭拾得𧍘蜋糞彈明明不直分文萬兩黄金不換等閑拈出示人秪爲走盤難看咦堂答曰水中得火世還稀看著令人特地疑自古不存師弟子如今却許老胡知

東林總禪師法嗣

隆興府泐潭應乾禪師袁州彭氏子上堂靈光洞耀逈脱根塵體露眞常不拘文字心性無染本自圓成但離妄緣即如如佛古人恁麽道殊不知是箇坑穽貼肉汗衫脱不去過不得直須如師子兒壁立千仞方能勦絶去然雖如是也是布袋裏老鵶拍禪牀下座

廬山開先行瑛廣鑑禪師桂州毛氏子僧問如何是道師曰良田萬頃曰學人不會師曰春不耕秋無望問如何是祖師西來意師曰君山點破洞庭湖曰意旨如何師曰白浪四邊繞紅塵何處來上堂談玄說妙譬如畫餅充饑入聖超凡大似飛蛾赴火一向無事敗種焦芽更若馳求水中捉月以拂子一拂云適來許多見解拂却了也作麽生是諸人透脱一句良久曰鐵牛不喫欄邊草直向須彌頂上眠以拂子擊禪牀上堂彎石鞏弓架興化箭運那羅延力定爍迦羅眼不射大雄虎不射藥山鹿不射雲巖師子不射象骨獮猴且道射箇甚麽良久曰放過一著上堂登山須到頂入海須到底學道須到佛祖道不得處若不如是盡是依草附木底精靈喫野狐涕唾底鬼子華嚴恁麽道譬如良藥然則苦口且要治疾阿㖿㖿

廬山圓通可遷法鏡禪師嚴州陳氏子僧問

如何是佛法大意師曰寸釘牛力曰學人不會師曰叅取不會底

紹興府象田梵卿禪師嘉興人姓錢氏僧問大悲菩薩用許多手眼作甚麼師曰富嫌千口少曰畢竟如何是正眼師曰從來共住不知名問寒風乍起衲子開爐忽憶丹霞燒木佛因何院主墮眉鬚師曰張公喫酒李公醉曰爲復是逢强即弱爲復是妙用神通師曰堂中聖僧却諳此事僧問象田有屠龍之劒欲借一觀時如何師横按拄杖僧便喝師擲下拄杖僧無語師曰這死蝦蟇上堂春已暮落華紛紛下紅雨南北行人歸不歸千林萬林鳴杜宇我無家兮何處歸十方刹土奚相依老夫有箇眞消息昨夜三更月在池上堂佛法到此命若懸絲異目超宗亦難承紹豎起拂子曰賴有這箇堪作流通於此覷得便見三世諸佛向燈籠露柱裏轉大法輪六趣衆生於鐵圍山得聞法要聲非聲見色非色隨異類四生各得解脱如斯舉唱非但埋没宗風亦乃平沈自己且道如何得不犯令去拍禪牀下座

東京褒親旌德院有瑞佛海禪師興化軍陳氏子初叅黄龍南禪師龍問汝爲人事來爲佛法來師曰爲佛法來龍曰若爲佛法來即今便分付遂打一拂子師曰和尚也不得惱亂人龍即器之後依照覺深悟玄奥上堂有佛世界以一塵一毛而作佛事令見一法者而具足一切法故權爲架閣有佛化内以忘言寂默爲大佛事使其學者離一切相即名諸佛故好與三下火抄有佛土中以黄華翠

竹而爲佛事令覩相者見色即空故且付與彌勒有佛寶刹以法空爲座而示佛事俾其行人不著佛求故勘破了勾下有佛道場以四事供養而成佛事使知足者斷異念故可與下載有佛妙域以一切語言三昧作其佛事令隨機入者不捨動靜故爲渠裝載大衆且道於中還有優劣也無良久曰到者須知是作家衆

臨江軍慧力院可昌禪師僧問佛力法力即不問如何是慧力師曰踏倒人我山扶起菩提樹曰菩提本無樹向甚麼處下手師曰無下手處正好著力曰今日得聞於未聞師曰莫把真金喚作鍮上堂佛法根源非正信妙智不能悟入祖師關鍵非大悲重願何以開通具信智則權實雙行如金在鑛全悲願則善惡可辨似月離雲大衆秖如父母未生時許多譬喻向甚麼處吐露良久曰十語九中不如一默

黃州栢子山棲眞院德嵩禪師上堂天地一指絕諍競之心萬物一馬無是非之論由是魔羅潛跡佛祖興隆寒山拊掌欣欣拾得呵呵大笑大衆二古聖笑箇甚麼良久呵呵大笑曰曇華一朶再逢春

廬山萬杉院紹慈禪師桂州趙氏子參照覺問曰世尊付金襴外別傳何物覺舉拂子師曰畢竟作麼生覺以拂子驀口打師擬開口覺又打師於是有省遂奪拂子便禮拜覺曰汝見何道理便禮拜師曰拂子屬某甲了也覺曰三十年老將今日被小卒折倒自此玄風大振推爲東林上首上堂先行不到若須

彌立乎巨川末後太過猶猛士發乎狂矢或高或下未有準繩以是還非遭人點檢且道如何得相應去良久曰紅爐燄裏重添火烜赫金剛眼自開咄上堂我祖别行最上機縱横生殺絶猜疑雖然塞斷羣狐路返擲須還師子兒衆中還有金毛烜赫牙爪生獰者麼試出哮吼一聲看良久曰直饒有也不免玉溪寨主撩鉤搭索參

南嶽衡嶽寺道辯禪師僧問拈槌舉拂即且置和尚如何爲人師曰客來須接曰便是爲人處也師曰麤茶澹飯僧禮拜師曰須知滋味始得

吉州禾山甘露志傳禪師僧問一等没絃琴請師彈一曲師曰山僧耳聾曰學人請益師曰去曰慈悲何在師曰自有諸方眼

東京褒親旌德寺諭禪師上堂新羅打皷大宋上堂庭前栢子問話燈籠露柱著忙香臺拄杖起作舞臥病維摩猶在牀這老漢我也識得你病休訝郎當咄

隆興府西山龍泉夔禪師上堂衆集師乃曰秖恁麼便散去不妨要妙雖然如是早是無風起浪釘橛空中豈況牽枝引蔓說妙譚玄正是金屑眼中翳衣珠法上塵且道拂塵出屑是甚麼人卓柱杖下座

南康軍兜率志恩禪師上堂落落皛皛居村居郭莽莽鹵鹵何今何古不重已靈休話佛祖搊定釋迦鼻孔揭却觀音耳朵任他雪嶺輥毬休管禾山打皷若是本色衲僧終不守株待兔參

福州興福院康源禪師上堂山僧有一訣尋

常不漏泄今日不囊藏分明為君說良久曰寒時寒熱時熱

慧圓上座開封酸棗于氏子世業農少依邑之建福寺德光為師性椎魯然勤渠祖道堅坐不臥居數歲得度出遊廬山至東林每以己事請問朋輩見其貌陋舉止乖踈皆戲侮之一日行殿庭中忽足顛而仆了然開悟作偈俾行者書於壁曰這一交這一交萬兩黃金也合消頭上笠腰下包清風明月杖頭挑即日離東林衆傳至照覺覺大喜曰衲子叅究若此善不可加令人迹其所往竟無知者（大慧武庫謂證悟顒語非也）

內翰東坡居士蘇軾字子瞻因宿東林與照覺論無情話有省黎明獻偈曰溪聲便是廣長舌山色豈非清淨身夜來八萬四千偈他日如何舉似人未幾抵荆南聞玉泉皓禪師機鋒不可觸公擬抑之即微服求見泉問尊官高姓公曰姓秤乃秤天下長老底秤泉喝曰且道這一喝重多少公無對於是尊禮之後過金山有寫公照容者公戲題曰心似已灰之木身如不繫之舟問汝平生功業黃州惠州瓊州

寶峯文禪師法嗣

隆興府兜率從悅禪師贛州熊氏子初首衆於道吾領數衲謁雲蓋智和尚智與語未數句盡知所蘊乃笑曰觀首座氣質不凡奈何出言吐氣如醉人邪師面熱汗下曰願和尚不吝慈悲智復與語錐劄之師茫然遂求入室智曰曾見法昌遇和尚否師曰曾看他語録自了可也不願見之智曰曾見洞山文和

尚否師曰關西子没頭腦拖一條布裙作尿臭氣有甚長處智曰你但向尿臭氣處叅取師依教即謁洞山深領奥旨復謁智智曰見關西子後大事如何師曰若不得和尚指示洎乎蹉過一生遂禮謝師復謁眞淨後出世鹿苑有清素者久叅慈明寓居一室未始與人交師因食蜜漬荔枝偶素過門師呼曰此老人鄉果也可同食之素曰自先師亡後不得此食久矣師曰先師爲誰素曰慈明也某忝執侍十三年耳師乃疑駭曰十三年堪忍執侍之役非得其道而何遂饋以餘果稍稍親之素問師所見者何人曰洞山文素曰文見何人師曰黄龍南素曰南匾頭見先師不久法道大振如此師益疑駭遂袖香詣素作禮素起避之曰吾以福薄先師授記不許爲人師益恭素乃曰憐子之誠違先師之記子平生所得試語我師具通所見素曰可以入佛而不能入魔師曰何謂也素曰豈不見古人道末後一句始到牢關如是累月素乃印可仍戒之曰文示子者皆正知正見然子離文太早不能盡其妙吾今爲子點破使子受用得大自在他日切勿嗣吾也師後嗣眞淨

僧問提兵統將須憑帝主虎符領衆匡徒密佩祖師心印如何是祖師心印師曰滿口道不得曰秖這箇别更有師曰莫將支遁鶴喚作右軍鵞問如何是兜率境師曰一水挼藍色千峯削玉青曰如何是境中人師曰七凹八凸無人見百手千頭秖自知上堂耳目一何清端居幽谷裏秋風入古松秋月生寒水衲僧於此更求眞兩箇猢猻垂四尾喝一喝

上堂兜率都無辨別却喚烏龜作鼈不能說妙談眞秪解搖脣鼓舌遂令天下衲僧覷見眼中滴血莫有驀瞋作喜笑傲煙霞者麼良久曰笛中一曲昇平樂算得生平未解愁上堂始見新春又逢初夏四時若箭兩曜如梭不覺紅顏驀成白首直須努力別著精神耕取自己田園莫犯他人苗稼既然如是牽犂拽杷須是雪山白牛始得且道鼻孔在甚麼處良久曰叱叱上堂常居物外度淸時牛上橫將竹笛吹一曲自幽山自綠此情不與白雲知慶快諸禪德驀思范蠡謾泛滄波因念陳摶空眠太華何曾夢見浪得高名實未神遊閑漂野跡既然如此具眼衲僧莫道龍安非他是已好上堂無法亦無心無心復何捨要眞盡屬眞要假全歸假平地上行船虛空裏走馬九年面壁人有口還如瘂參上堂夜夜抱佛眠朝朝還共起起坐鎮相隨語默同居止欲識佛去處秪這語聲是諸禪德大小傅大士秪會抱橋柱澡洗把纜放船印板上打將來模子裏脫將去豈知道本色衲僧塞除佛祖窟打破玄妙門跳出斷常坑不依淸淨界都無一物獨奮雙拳海上橫行建家立國有一般漢也要向百尺竿頭凝然端坐泊乎驀身之際捨命不得豈不見雲門大師道知是般事拈放一邊直須擺動精神著些筋骨向混沌未剖已前薦得猶是鈍漢那堪更於他人舌頭上咂啖滋味終無了日諸禪客要會麼剔起眉毛有甚難分明不見一毫端風吹碧落浮雲盡月上青山玉一團喝一喝下座一日漕使無盡居士張公商英按部過

分寧請五院長老就雲巖說法師最後登座橫拄杖曰適來諸善知識橫拈竪放直立斜抛換步移身藏頭露角既於學士面前各納敗闕未免喫兜率手中痛棒到這裏不由甘與不甘何故見事不平爭忍得衲僧正令自當行卓拄杖下座室中設三語以驗學者一曰撥草撩風秖圖見性即今上人性在甚麼處二曰識得自性方脫生死眼光落地時作麼生脫三曰脫得生死便知去處四大分離向甚麼處去元祐六年冬浴訖集衆說偈曰四十有八聖凡盡殺不是英雄龍安路滑奄然而化其徒遵師遺誡欲火葬捐骨江中得法弟子無盡居士張公遣使持祭且曰老師於祖宗門下有大道力不可使來者無所起敬俾塔於龍安之乳峯謚眞寂禪師

東京法雲佛照杲禪師自妙年遊方謁圓通璣禪師入室次璣舉僧問投子大死底人却活時如何子曰不許夜行投明須到意作麼生師曰恩大難酬璣大喜遂命首衆至晚爲衆秉拂機遲而訥衆笑之師有赧色次日於僧堂點茶因觸茶瓢墜地見瓢跳乃得應機三昧後依眞淨因讀祖偈曰心同虛空界示等虛空法證得虛空時無是無非法豁然大悟每謂人曰我於紹聖三年十一月二十一日悟得方寸禪出住歸宗詔居淨因僧問達磨西來傳箇甚麼師曰周秦漢魏問昔日僧問雲門如何是透法身句門曰北斗裏藏身意旨如何師曰赤心片片曰若是學人即不然師曰汝又作麼生曰昨夜撞頭看北斗依稀却似點糖糕師曰但念水草餘無所知上

堂西來祖意教外别傳非大根器不能證入其證入者不被文字語言所轉聲色是非所迷亦無雲門臨濟之殊趙州德山之異所以唱道須明有語中無語無語中有語若向這裏薦得可謂終日著衣未嘗挂一縷絲終日喫飯未嘗齩一粒米直是呵佛罵祖有甚麽過雖然如是欲得不招無間業莫謗如來正法輪喝一喝下座上堂拈拄杖曰歸宗會斬蛇禾山解打鼓萬象與森羅皆從這裏去擲下拄杖曰歸堂喫茶師以力叅深到語不入時每示衆常舉老僧熙寧八年文帳在鳳翔府供申當年崩了華山四十里壓倒八十村人家汝輩後生茄子瓠子幾時知得或問曰寶華王座上因甚麽一向世諦師曰癡人佛性豈有二種邪

隆興府泐潭湛堂文準禪師興元府梁氏子初謁眞淨淨問近離甚處師曰大仰淨曰夏在甚處師曰大溈淨曰甚處人師曰興元府淨展手曰我手何似佛手師罔措淨曰適來秪對一一靈明一一天眞及乎道箇我手何似佛手便成窒礙且道病在甚處師曰某甲不會淨曰一切見成更教誰會師當下釋然服勤十載所往必隨紹聖三年眞淨移石門衆益盛凡衲僧扣問但瞋目危坐無所示見來學則往治蔬圃率以爲常師謂同行恭上座曰老漢無意於法道乎一日舉杖決渠水濺衣忽大悟淨詬曰此乃敢爾囂苴邪自此迹愈晦而名益著顯謨李公景直守豫章請開法雲巖未幾移居泐潭僧問教意即且置未審如何是祖意師曰煙村三月裏别是一

家春問寒食因悲郭外春壟田無處不傷神林間壘壘添新塚半是去年來哭人這事且拈放一邊如何是道師曰蒼天蒼天曰學人特伸請問師曰十字街頭吹尺八村酸冷酒兩三巡問一法若有毗盧墮在凡夫萬法若無普賢失其境界去此二途請師一決師曰大黃甘草曰此猶是學人疑處師曰放待冷來看問向上一路千聖不傳未審如何是向上一路師曰行到水窮處坐看雲起時曰爲甚不傳師曰家家有路透長安曰秖如衲僧門下畢竟作麼生師曰放你三十棒上堂曰五九四十五聖人作而萬物覩秦時𨍏轢鑽頭尖漢祖殿前樊噲怒曾聞黃鶴樓崔顥題詩在上頭晴川歷歷漢陽樹芳草萋萋鸚鵡洲可知禮也君子務本本立而道生道生一一生二二生三三生萬物驀拈拄杖起身云大衆寶峯何似孔夫子良久曰酒逢知已飲詩向會人吟卓拄杖下座上堂劄久雨不晴直得五老峯頭黑雲靉靆洞庭湖裏白浪滔天雲門大師忍俊不禁向佛殿裏燒香三門頭合掌禱祝呪願黃梅石女生兒子母團圓少室無角鐵牛常甘水草喝一喝有甚麼交涉顧衆曰不因楊得意爭見馬相如上堂混元未判一氣岑寂不聞有天地玄黃宇宙洪荒日月盈昃秋收冬藏正當恁麼時也好箇時節叵耐雪峯老漢卻向虛空裏釘橛輥三箇木毬直至後人搆占不上便見溈山水牯牛一向膽大心麤長沙大蟲到處齩人家猪狗雖然無禮難容而今放過一著孝經序云朕聞上古其風朴略山前華堯民解元且

喜尊候安樂衆上堂今朝臘月十夜來天落雪羣峯極目高低白緑竹青松難辨别必是來年蠶麥熟張公李公皆忻悦皆忻悦鼓腹謳歌笑不徹把得雲簫撩亂吹依稀有如楊柳枝又不覺手之舞之足之蹈之左之右之喝曰禪客相逢秖彈指此心能有幾人知上堂太陽門下日日三秋明月堂前時時九夏洞山和尚秖解夜半捉烏雞殊不知驚起𤘩家睡寶峯相席打令告諸禪德也好冷處著把火咄上堂古人道不看經不念佛看經念佛是何物自從識得轉經人舉拂子曰龍藏聖賢都一拂以拂子拂一拂曰諸禪德正當恁麼時且道雲巖土地向甚麼處安身立命擲下拂子以兩手握拳叩齒曰萬靈千聖千聖萬靈上堂僧問教中道若有一人發眞歸源十方虛空悉皆消殞未審此理如何師遂展掌點指曰子丑寅卯辰巳午未一羅二土三水四金五太陽六太陰七計都今日計都星入巨蟹宮寶峯不打這鼓笛便下座上堂大道縱橫觸事現成雲開日出水緑山青拈拄杖卓一下曰雲門大師來也說道觀音菩薩將錢買胡餅放下手元來却是饅頭大衆雲門秖見錐頭利不見鑿頭方寶峯即不然擲下拄杖曰勿於中路事空王策杖須還達本鄉昨日有人從淮南來不得福建信却道嘉州大像吞却陝府鐵牛喝一喝曰是甚說話笑倒雲居土地上堂祖師關棙子幽隱少人知不是悟心者如何舉似伊喝一喝曰是何言歟若一向恁麼達磨一宗掃土而盡所以大覺世尊初悟此事便開方便門示眞實

相普令南北東西四維上下郭大李二鄧四張三同明斯事雲巖今日不免傚古去也擊拂子曰方便門開也作麽生是眞實相良久云十八十九癡人夜走示衆拈拄杖曰衲僧家竿木隨身逢場作戲倒把横拈自有意思所以昔日藥山和尚問雲巖曰聞汝解弄師子是否巖曰是山曰弄得幾出巖曰弄得六出山曰老僧亦解弄巖曰和尚弄得幾出山曰老僧秪弄得一出巖曰一即六六即一山便休大衆藥山雲巖鈍置殺人兩丈子弄一箇師子也弄不出若是準上座秖消得自弄捜得來拈頭作尾拈尾作頭轉兩箇金睛攫幾鉤鐵爪吼一聲直令百里内猛獸潛蹤滿空裏飛禽亂墜準上座未弄師子請大衆高著眼先做一箇定場擲下拄杖曰箇中消息子能有幾人知師自浙回泐潭謁深禪師尋命分座聞有悟侍者見所擲爨餘有省詣方丈通所悟深喝出因喪志自經於延壽堂廁後出没無時衆憚之師聞半夜特往登溷方脱衣悟即提淨水至師曰待我脱衣脱罷悟復到未幾悟供籌子師滌淨已召接淨桶去悟纔接師執其手問曰汝是悟侍者那悟曰諾師曰是當時在知客寮見掉火柴頭有箇悟處底麽參禪學道秖要知箇本命元辰下落處汝剗地作此去就汝在藏殿移首座鞋豈不是汝當時悟得底又在知客寮移他枕子豈不是汝當時悟得底汝每夜在此提水度籌豈不是汝當時悟得底因甚麽不知下落卻在這裏惱亂大衆師猛推之索然如倒壘甓由是無復見者政和五年夏師臥病進

藥者令忌毒物師不從有問其故師曰病有自性乎曰病無自性師曰既無自性則毒物寧有心哉以空納空吾未嘗顛倒汝輩一何昏迷十月二十日更衣說偈而化闍維得設利晶圓光潔睛齒數珠不壞塔于南山之陽

五燈會元卷第四十七

音釋

麓蔌 上盧谷切音鹿下蘇谷切音速 紿 蕩亥切音殆欺也詐也 膴 罔甫切音武膴膴肥美也 珉 彌鄰切音民美石也 漬 資四切音恣浸也 挼 儒誰切音緌按挼也 凹凸 上於交切音坳土窪也下陀訥切音突高起也 咂 作答切音噆食入口也 溷 胡困切音慁廁也

五燈會元卷第四十八

宋沙門大川濟纂

南嶽下十三世

寶峰文禪師法嗣

廬山慧日文雅禪師受請日僧問向上宗乘乞師不吝師曰拄杖正開封曰小出大遇也師曰放過卽不可便打

瑞州洞山梵言禪師太平州人也上堂有二僧齊出一僧禮拜一僧便問得用便用時如何師曰伊蘭作旃檀之樹曰有意氣時添意氣不風流處也風流師曰甘露乃蒺藜之園上堂吾心似秋月碧潭清皎潔無物堪比倫教我如何說寒山子勞而無功更有箇拾得道不識這箇意修行徒苦辛恁麼說話自救不了尋常拈糞箕把掃帚掣風掣顛猶較些子直饒是文殊普賢再出若到洞山門下一時分付與直歲燒火底燒火掃地底掃地前廊後架切忌攙匙亂箸豐干老人更不饒舌參退喫茶上堂一生二二生三過捺不住廓周沙界德雲直上妙峰善財却入樓閣新婦騎驢阿家牽山青水綠桃華紅李華白一塵一佛土一葉一釋迦乃合掌曰不審諸佛子今晨改旦季春極暄起居輕利安樂行否少間專到上寮問訊不勞久立上堂臘月二十日一年將欲盡萬里未歸人大衆總是他鄉之客還有返本還源者麼擊拂子曰門前殘雪日輪消室內紅塵遣誰掃

德安府文殊宣能禪師僧問如何是祖師燈師曰四生無不照一點任君看上堂石鞏箭秘魔叉直下會得眼裏空華堪悲堪笑少林

客暗攜隻履度流沙
桂州壽寧善資禪師上堂若論此事如鵶啄鐵牛無下口處無用心處更向言中問覔句下尋思縱饒卜度將來黏成戲論邊事殊不知本來具足直下分明佛及衆生纎毫不立尋常向諸人道凡夫具足聖人法凡夫不知聖人具足凡夫法聖人不會聖人若會即同凡夫凡夫若知即是聖人然則凡聖一致名相互陳不識本源迷其眞覺所以逐境生心狥情附物苟能一念情忘自然眞常體露良久曰便請薦取上堂諸方五日一參壽寧日日陞座莫恠重說偈言過在西來達磨上士處處逢渠後學時時蹉過且道蹉過一著落在甚麽處舉起拂子曰一片月生海幾家人上樓
南嶽祝融上封慧和禪師上堂未陞此座已前盡大地人成佛已畢更有何法可說更有何生可利況菩提煩惱本自寂然生死涅槃猶如昨夢門庭施設誑謼小兒方便門開羅紋結角於衲僧面前皆成幻惑且道衲僧有甚麽長處拈起拄杖曰孤根自有擎天勢不比尋常曲彔枝卓拄杖下座
瑞州五峰淨覺本禪師僧問同聲相應時如何師曰鵓鳩樹上啼曰同氣相求時如何師曰猛虎巖前嘯問一進一退時如何師曰脚在肚下曰如何是不動尊師曰行住坐臥上堂僧問寶座既陞願聞舉唱師曰雪裏梅華火裏開曰莫便是爲人處也無師曰井底紅塵已漲天上堂恁麽也不得不恁麽也不得恁麽不恁麽總不得諸人作麽生會直下會

得不妨奇特更或針錐西天此土上堂五峯家風南北西東要用便用以橛釘空咄

永州太平安禪師上堂有利無利莫離行市鎭州蘿蔔極貴廬陵米價甚賤爭似太平這裏時豐道泰商賈駢闐白米四文一升蘿蔔一文一束不用北頭買賤西頭賣貴自然物及四生自然利資王化又怎生說箇佛法道理良久云勸君不用鐫頑石路上行人口似碑

潭州報慈進英禪師僧問遠涉長途即不問到家一句事如何師曰雪滿長空曰此猶是時人知有轉身一路又作麼生師便喝上堂報慈有一公案諸方未曾結斷幸遇改旦拈出各請高著眼看遂趯下一隻鞋曰還知這箇消息也無達磨西歸時提攜在身畔上堂與麼上來猛虎出林與麼下去驚蛇入草不上不下日輪杲杲喝一喝曰瀟湘江水碧溶溶出門便是長安道上堂擲下拄杖却召大衆曰拄杖吞却祖師了也教甚麼人說禪還有人救得也無喝一喝上堂驀拈拄杖曰三世一切佛同入這窠窟衲僧喚作邉人鵲卓拄杖一下

瑞州洞山至乾禪師上堂洞山不會談禪不會說道秖是饑來喫飰困來打睡你諸人必然別有長處試出來盡力道一句看有麼有麼良久曰睦州道底

平江府寶華普鑑佛慈禪師本郡周氏子幼不茹葷依景德寺清智下髮十七遊方初謁覺印英禪師不契遂扣眞淨之室淨舉石霜虔侍者話問之釋然契悟作偈曰枯木無華

幾度秋斷雲猶挂樹梢頭自從鬬折泥牛角直至如今水逆流淨肯之命侍巾鉢晚徇衆開法寶華次移高峯上堂叅禪别無奇特祇要當人命根斷疑情脱千眼頓開如大洋海底輥一輪赫日上昇天門照破四天之下萬别千差一時明了便能握金剛王寶劍七縱八横受用自在豈不快哉其或見諦不真影像彷彿尋言逐句受人指呼驢年得快活去不如屏淨塵緣竪起脊梁骨著些精彩究教七穿八穴百了千當向水邊林下長養聖胎亦不枉受人天供養然雖如是卧雲門下有箇鐵門限更須猛著氣力跳過始得擬議之間墮坑落壍以拂子擊禪牀下座上堂月圓伏惟三世諸佛狸奴白牯各各起居萬福時中淡薄無可相延切希寛抱老水牯牛近日亦自多病多惱不甘水草遇著暖日和風當下和身便倒教渠拽杷牽犂直是摇頭擺腦可憐萬頃良田一時變爲荒草

瑞州九峯希廣禪師遊方日謁雲蓋智和尚乃問興化打克賓意旨如何智下禪牀展兩手吐舌示之師打一坐具智曰此是風力所轉又問石霜琳禪師琳曰你意作麽生師亦打一坐具琳曰好一坐具秖是不知落處又問真淨淨曰你意作麽生師復打一坐具淨曰他打你也打師於言下大悟淨因有頌曰丈夫當斷不自斷興化爲人徹底漢已後從教眼自開棒了罰錢趂出院後住九峯衲子宗仰

瑞州黄檗道全禪師上堂以拂子擊禪牀曰一槌打透無盡藏一切珍寶吾皆有拈來普

濟貧乏人免使波吒路邊走遂喝曰誰是貧乏者

瑞州清涼慧洪覺範禪師郡之彭氏子年十四父母俱亡乃依三峰靘禪師爲童子日記數千言覽羣書殆盡靘器之十九試經於東京天王寺得度從宣秘講成實唯識論逾四年棄謁真淨於歸宗淨遷石門師隨至淨患其深聞之弊每舉玄沙未徹之語發其疑凡有所對淨曰你又說道理耶一日頓脫所疑述偈曰靈雲一見不再見紅白枝枝不著華叵耐釣魚船上客却來平地摝魚鰕淨見爲助喜命掌記未久去謁諸老皆蒙賞音由是名振叢林顯謨朱公彥請開法撫州北景德後住清涼示衆舉首楞嚴如來語阿難曰汝應齅此爐中栴檀此香若復然於一銖室羅筏城四十里內同時聞氣於意云何此香爲復生栴檀木生於汝鼻爲生於空阿難若復此香生於汝鼻稱鼻所生當從鼻出鼻非栴檀云何鼻中有栴檀氣稱汝聞香當於鼻入鼻中出香說聞非義若生於空空性常恒香應常在何藉爐中爇此枯木若生於木則此香質因爇成煙若鼻得聞合蒙煙氣其煙騰空未及遙遠四十里內云何已聞是故當知香鼻與聞俱無處所卽齅與香二處虛妄本非因緣非自然性師曰入此鼻觀親證無生又大智度論問曰聞者云何聞用耳根聞耶用耳識聞耶用意識聞耶若耳根聞耳根無覺識知故不能聞若耳識聞耳識一念故不能分別不應聞若意識聞意識亦不能聞何以故先五識識五塵然後意識識意識不能

識現在五塵唯識過去未來五塵若意識能識現在五塵者盲聾人亦應識聲也何以故意識不破故師曰究此聞塵則合本妙既證無生又合本妙畢竟是何境界良久曰白猿已叫千巖晚碧縷初橫萬字鑪住景德日僧問南有景德北有景德德即不問如何是景師曰頸在頂上崇寧二年會無盡居士張公於峽之善溪張嘗自謂得龍安悅禪師末後句叢林畏與語因夜話及之曰可惜雲菴不知此事師問僧以張曰商英頃自金陵酒官移知豫章過歸宗見之欲爲點破方敘悅末後句未卒此老大怒罵曰此吐血禿丁脫空妄語不得信既見其盛怒更不欲敘之師笑曰相公但識龍安口傳末後句而真藥現前不能辨也張大驚起執師手曰老師眞有此意耶曰疑則別參乃取家藏雲菴頂相展拜贊之書以授師其詞曰雲菴綱宗能用能照天鼓希聲不落凡調冷面嚴眸神光獨耀孰傳其眞靚面爲肖前悅後洪如融如肇大慧處衆日嘗親依之每歎其妙悟辯慧建炎二年五月示寂于同安太尉郭公天民奏賜寶覺圓明之號

衢州超化靜禪師上堂聲前認得已涉廉纖句下承當猶爲鈍漢電光石火尚在遲疑點著不來橫屍萬里良久云有甚用處咄

南嶽石頭懷志菴主婺州吳氏子年十四師智慧院實偁二十二試所習落髮肆講十二年宿學敬慕嘗欲會通諸宗正一代時敎有禪者問曰杜順乃賢首宗祖師也談法身則曰懷州牛喫禾益州馬腹脹此偈合歸天台

何義耶師無對卽出遊方晚至洞山謁眞淨問古人一喝不作一喝用意旨如何淨叱之師趨出淨笑呼曰浙子齋後遊山好師忽領悟久之辭去淨曰子所造雖逸格惜緣不勝耳因識其意自爾諸方力命出世師却之庵居二十年不與世接士夫踵門略不顧有偈曰萬機休罷付癡憨蹤跡時容野鹿參不脫麻衣拳作枕幾生夢在綠蘿庵或問住山多年有何旨趣師曰山中住獨掩柴門無別趣三箇柴頭品字煨不用援毫文彩露崇寧改元冬曳杖造龍安人莫之留明年六月晦問侍僧曰早暮曰巳夕矣遂笑曰夢境相逢我睡巳覺汝但莫負叢林卽是報佛恩德言訖示寂於最樂堂荼毗收骨塔于乳峰之下

婺州雙溪印首座自見眞淨徹證宗猷歸遯雙溪一日偶書云折脚鐺兒謾自煨飯餘長是坐堆堆一從近日生涯拙百鳥銜華去不來又以觸衣碎甚作偈曰不挂寸絲方免寒何須特地裊長竿而今落落零零也七佛之名甚處安

南嶽下十三世

雲居祐禪師法嗣

廬山羅漢院系南禪師汀州張氏子上堂禪不禪道不道三寸舌頭胡亂掃昨夜日輪飄桂華今朝月窟生芝草阿呵呵萬兩黃金無處討一向絕思量諸法不相到師臨示寂陞座告衆曰羅漢今日倒騎鐵馬逆上須彌踏破虛空不留眹迹乃歸方丈跏趺而逝

潭州慈雲彥隆禪師上堂舉玄沙示衆曰盡大地都來是一顆明珠時有僧問既是一顆

明珠學人爲甚不識沙曰全體是珠更教誰識曰雖然全體是爭奈學人不識沙曰問取你眼師曰諸禪德這箇公案喚作嚼飯餧小兒把手更與杖還會麼若未會須是扣巳而恭直要眞實不得信口掠虛徒自虛生浪死

郢州子陵山自瑜禪師僧問如何是古佛心師曰赤脚踏泥冷似冰曰未審意旨如何師曰休要拖泥帶水問泗洲大聖爲甚麼楊州出現師曰業在其中曰意旨如何師曰降尊就卑曰謝和尚答話師曰賊是小人智過君子

隆興府東山景福省悅禪師上堂十二時中跛跛挈挈且與麼過大衆利害在甚麼處良久曰聽諸方斷看擊禪牀下座

亳州白藻清儼禪師信州人僧問楊廣失橐駞到處無人見未審是甚麼人得見師以拂子約曰退後退後妨他別人所問曰畢竟落在甚麼處師曰可煞不識好惡便打

台州寶相元禪師僧問一切諸佛及諸佛阿耨多羅三藐三菩提皆從此經出如何是此經師曰長時誦不停非義亦非聲曰如何受持師曰若欲受持者應須用眼聽

信州永豐慧日庵主本郡丘氏子丱歲出家於明心寺得度自機契雲居孰遊湘漢暨歸永豐或處巖谷或居鄽市令鄉民稱丘師伯凡有所問以莫曉答之忽語邑人曰吾明目行脚去汝等可來相送於是賫路者畢集師笑不巳衆問其故卽書偈曰丘師伯莫曉寂寂明皎皎日午打三更誰人打得了投筆而逝

泉州南峰永程禪師示衆始自雞峰續燄少室流芳大布慈雲宏開慧日教分三藏直指一心或全提而棒喝齊施或縱奪而賓主互設或金剛按劍或師子飜身或照用雷奔或機鋒電掣無非剪除邪妄開廓玄微直下明宗到眞實地諸仁者到此方許一線道與你商量苟或未然盡是依師作解無有是處

大溈秀禪師法嗣

潭州大溈祖瑃禪師福州吳氏子僧問如何是溈山家風師曰竹有上下節松無今古青曰未審其中飲噉何物師曰饑餐相公玉粒飯渴點神運倉前茶上堂道無定亂法離見知言句相投都無定義自古龍門無宿客至今鳥道絕行蹤欲會箇中端的意火裏蝍蟟呑大蟲咄上堂雨下堦頭濕晴乾水不流鳥巢滄海底魚躍石山頭衆中大有商量前頭兩句是平實語後頭兩句是格外談若如是會秖見石磊磊不見玉落落若見玉落落方知道寬廓咦

南嶽福嚴文演禪師僧問如何是佛師當面便唾

南嶽南臺允恭禪師開堂日上堂稀逢難遇正在此時何謂釋迦已滅彌勒未生拈拂子曰正當今日佛法盡在這箇拂子頭上放行把住一切臨時放行也風行草偃瓦礫生光拾得寒山點頭拊掌把住也水洩不通精金失色德山臨濟飲氣呑聲當恁麼時放行即是把住即是良久曰後五日看

黃檗勝禪師法嗣

成都府昭覺純白紹覺禪師上堂寒便向火

熱即搖扇饑時喫飯困來打眠所以趙州庭前柏香嚴嶺後松栽來無別用秖要引清風且道畢竟事作麼生甲子乙丑海中金丙寅丁卯鑪中火

開元琦禪師法嗣

饒州薦福道英禪師僧問佛未出世時如何師曰瑠璃缾貯華曰出世後如何師曰瑪瑙鉢盛果曰未審和尚今日是同是別師曰趯倒缾拽倒鉢上堂據道而論語也不得默也不得直饒語默兩忘亦沒交涉何故句中無路意在句中無意無不意非計較之所及若是劈頭點一點頂門豁然眼開者於此却有疾速分若低頭向意根下尋思卒摸索不著是知萬法無根欲窮者錯一源絕迹欲返者迷看他古佛光明先德風彩一一從無欲無依中發現或時孤峻峭拔竟不可搆或時舍融混會了無所睹終不椿定一處亦不繫係兩頭無是無不是無非無不非得亦無所得失亦無所失不曾隔越纖毫不曾移易絲髮明明古路不屬玄微覿面擎來瞥然便過不居正位豈落邪途不蹈大方那趨小徑騰騰兀兀何住何爲回首不逢觸目無對一念普觀廓然空寂此之宗要千聖不傳直下了知當處超越是知赤灑灑處恁麼即易明歷歷處恁麼還難不用沾黏點染直須剝脫屏除若是本分手脚放去無收不來底一一放光現瑞一一剷跡絕蹤機上了不停語中無可露徹底攪不渾通身撲不碎且道畢竟是箇甚麼得恁麼靈通得恁麼奇特得恁麼堅確諸仁者休要識渠面孔不用安渠名字亦莫

覓渠所在何故渠無所在渠無名字渠無面孔纔起一念追求如微塵許便隔十生五生更擬管帶思惟益見紛紛叢雜不如長時放教自由自在要發便發要住便住卽天然非天然卽如如非如如卽湛寂非湛寂卽敗壞非敗壞無生戀無死畏無佛求無魔怖不與菩提會不與煩惱俱不受一法不嫌一法無在無不在非離非不離若能如是見得釋迦自釋迦達磨自達磨干我甚麽椀恁麽說話衲僧門下推勘將來布裙芒鞋不免撩他些些泥水豈況汝等諸人更道這箇是平實語句這箇是差別門庭這箇是關棙巴鼻這箇是道眼根塵遆相教習如七家村裏傳口令相似有甚交涉無事珍重

泉州尊勝有朋講師本郡蔣氏子卅歲試經中選下髮多歷敎肆嘗疏楞嚴維摩等經學者宗之每疑祖師直指之道故多與禪衲遊一日謁開元跡未及閫心忽領悟元出遂問座主來作甚麽師曰不敢貴耳賤目元曰老老大大何必如是師曰自是者不長元曰朝看華嚴夜讀般若則不問如何是當今一句師曰日輪正當午元曰閑言語更道來師曰平生仗忠信今日任風波然雖如是秖如和尚恁麽道有甚交涉須要新戒草鞋穿元曰這裏且放你過忽遇達磨問你作麽生道師便喝元曰這座主今日見老僧氣衝牛斗師曰再犯不容元拊掌大笑

仰山偉禪師法嗣

潭州龍王山善隨禪師僧問如何是龍王境師曰水晶宮殿曰如何是龍王如意寶珠師

曰頂上髻中僧禮拜師曰莫道不如意好

瑞州黄檗山祇園永泰禪師僧問如何是祖師西來意師曰鐵鑄就僧擬議師曰會麽僧禮拜師曰何不早如此

廬山慧曰明禪師上堂不用求心唯須息見三祖大師雖然回避金鉤殊不知巳吞紅線慧曰又且不然不用求真并息見倒騎牛兮入佛殿牧笛一聲天地寬稽首瞿曇真箇黄面

福嚴感禪師法嗣

慶元府育王法達寶鑑禪師饒州余氏子僧問不落階級處請師道師曰蠟人向火曰畢竟如何師曰薄處先穿

雲蓋智禪師法嗣

安吉州道場法如禪師衢州徐氏子叅雲蓋悟汾陽十智同真話尋常多説十智同真故叢林號爲如十同也水菴圓極皆依之圓極嘗贊之曰生鐵面皮難湊泊等閑舉步動乾坤戲拈十智同真話不負黄龍嫡骨孫上堂知見立知卽無明本知見無見斯卽涅槃無漏真淨云何是中更容他物釋迦老子和身放倒後代兒孫如何接續要會麽通玄不是人間世滿目青山何處尋

福州寶壽最樂禪師古田人也上堂諸佛不真實説法度羣生菩薩有智慧見性不分明白雲無心意灑爲世間雨大地不舍情能長諸草木若也會得猶存知解若也不會墮在無記去此二途如何卽是海闊難藏月山深分外寒

紹興府石佛慧明解空禪師僧問如何是寶

相境師曰三生鑿成曰如何是境中人師曰一佛二菩薩

玄沙丈禪師法嗣

福州廣慧達杲禪師上堂佛爲無心悟心因有佛迷佛心清淨處雲外野猿啼

建隆慶禪師法嗣

平江府泗洲用元禪師一日問建隆曰臨濟在黃檗三回問佛法大意三回被打意旨如何語猶未了被打一拂子師頓領宗旨開堂日僧問四衆雲臻請師說法師曰有眼無耳朶六月火邊坐曰一句截流萬機頓息師曰聽事不眞喚鐘作甕問朝叅暮請成得甚麼邊事師曰秪要你歇去曰早知燈是火飯熟已多時師曰你鼻孔因甚麽著拄杖子穿却曰拗曲作直又爭得師曰且斂出氣上堂一二三四五火裏蝍蟟呑却虎六七八九十水底泥牛波上立一日一夜雨霖霖無孔鐵鎚灑不入灑不入著底急百川洶湧須彌岌八臂那吒撞出來稽首讚歎道難及咦上堂橫按拄杖顧視大衆曰今日平地上喫交便下座

報本元禪師法嗣

平江府承天永安元正傳燈禪師鄆州鄭氏子上堂天人羣生類皆承此恩力大衆有一人道我不承佛恩力不居三界不屬五行祖師不敢定當先佛不敢安名你且道是箇甚麽人良久曰倚石巖前燒鐵鉢就松枝上挂銅鉼

隆慶閑禪師法嗣

潭州安化啓寧聞一禪師上堂拈華微笑處

勞力立雪齊腰枉用功爭似老盧無用處却傳衣鉢振真風大衆且道那箇是老盧傳底衣鉢莫是大庾嶺頭提不起底麽且莫錯認定盤星以拂子擊禪牀下座

三祖宗禪師法嗣

寧國府光孝惟爽禪師上堂今朝六月旦一年已過半奉報叅玄人識取孃生面孃生面薦不薦鷺鷥飛入碧波中抖擻一團銀繡線

泐潭英禪師法嗣

南嶽法輪齊添禪師僧問學人上來乞師指示師曰汝適來聞鼓聲麽曰聞師曰還我話頭來僧禮拜師曰令人疑著上堂喝一喝曰師子哮吼又喝一喝曰象王嚬呻又喝一喝曰狂狗趂塊又喝一喝曰鰕跳不出斗乃曰此四喝有一喝堪與祖佛爲師明眼衲僧試請揀看若揀不出大似日中迷路上堂良久曰性靜情逸乃喝一喝曰心動神疲遂顧左右曰守真志滿拈拄杖曰逐物意移驀召大衆曰見怪不怪其怪自壞靠拄杖便下座

泉州慧明雲禪師僧問般若海中如何爲人師曰雲開銀漢迥曰畢竟如何師曰棒頭見血問毗婆尸佛早留心直至如今不得妙意旨如何師曰醜拙不堪當

保寧璣禪師法嗣

慶元府育王無竭淨曇禪師嘉禾人也晚歸錢塘之法慧一日上堂本自深山臥白雲偶然來此寄閑身莫來問我禪兼道我是喫飯屙屎人紹興丙寅夏辭朝貴歸付院事四衆擁眎揮扇久之書偈曰這漢從來沒縫罅五十六年成話霸今朝死去見閻王劍樹刀山

得人怕遂打一圓相曰嗄一任諸方鑽龜打瓦收足而化火後設利如霰門人持骨歸阿育王山建塔

台州眞如戒香禪師興化林氏子上堂孟冬改旦曉天寒葉落歸根露遠山不是見聞生滅法當頭莫作見聞看

五祖常禪師法嗣

蘄州南烏崖壽聖楚淸禪師僧問亡僧遷化向甚麼處去師曰靈峰水急曰恁麼則不生也師曰蒼天蒼天

黃龍肅禪師法嗣

瑞州百丈維古禪師上堂大衆集定拈拄杖示衆曰多虛不如少實卓一下便起

嘉定府月珠祖鑑禪師僧請筆師語要師曰達磨西來單傳心印曹谿六祖不識一字今日諸方出世語句如山重增繩索乃拍禪牀曰於斯薦得猶是鈍根若也未然白雲深處從君臥切忌寒猿中夜啼

石霜琳禪師法嗣

鼎州德山靜照庵什庵主僧問如何是庵中主師曰從來不相許僧擬議師曰會卽便會本來底不得安名著字僧擬開口師便打出師室中常以拂子示衆曰喚作拂子依前不是不喚作拂子特地不識汝喚作甚麼因僧請益師頌答之曰我有一柄拂子用處別無調度有時挂在松枝任他頭垂角露

華光恭禪師法嗣

郴州萬壽念禪師僧問龍華勝會肇啟玆晨未審彌勒世尊現居何處師曰猪肉案頭曰旣是彌勒世尊爲甚麼却在猪肉案頭師曰

不是弄潮人休入洪波裏曰畢竟事又且如何師曰番人不繫腰歲旦上堂往復無際動靜一源含有德以還空越無私而逈出昔日日今日日照無兩明昔日風今日風鼓無兩動昔日雨今日雨澤無兩潤於其中間覓去來相而不可得何故自他心起起處無蹤自我心忘忘無滅迹大衆若向這裏會去與天地而同根共萬物爲一體若也未明山僧爲你重重頌出元正一古佛家風從此出不勞向上用工夫歷劫何曾異今日元正二寂寥冷淡無滋味趙州相喚喫茶來剔起眉毛須瞥地元正三上來稽首各和南若問香山山裏事靈源一派碧如藍遂喝一喝下座

上藍順禪師法嗣

叅政蘇轍居士字子由元豐三年以睢陽從事左遷瑞州搉筦之任是時洪州上藍順禪師與其父文安先生有契因往訪焉相得歡甚公咨以心法順示搐鼻因緣已而有省作偈呈曰中年聞道覺前非邂逅相逢老順師搐鼻徑叅眞面目掉頭不受別鉗鎚枯藤破衲公何事白酒青鹽我是誰慚愧東軒殘月上一杯甘露滑如飴

南嶽下十四世

黄龍新禪師法嗣

吉州禾山超宗慧方禪師上堂舉拂子曰看看秖這箇在臨濟則照用齊行在雲門則理事俱備在曹洞則偏正叶通在溈山則暗機圓合在法眼則何止唯心然五家宗派門庭施設則不無直饒辯得倜儻分明去猶是光影邊事若要抵敵生死則霄壤有隔且超越

生死一句作麽生道良久曰洎合錯下注脚

臨安府崇覺空禪師姑孰人也上堂十方無壁落四面亦無門淨躶躶赤灑灑沒可把遂舉拂子曰灌溪老漢向十字街頭逞風流賣惺惺道我解穿真珠解玉版過亂絲卷筒絹婬坊酒肆厖合輿臺虎穴魔宮那吒忿怒遇文王興禮樂逢桀紂逞干戈今日被崇覺覷見一場懡㦬師頌野狐話曰含血噀人先汚其口百丈野狐失頭狂走驀地喚回打箇筋斗

潭州上封祖秀禪師常德府何氏子上堂枯木巖前夜放華鐵牛依舊臥煙沙儂家鞭影重拈出擊拂子曰一念回心便到家遂喝一喝下座

嘉定府九頂寂惺惠泉禪師僧問心迷法華轉心悟轉法華未審意旨如何師曰風暖鳥聲碎日高華影重上堂昔日雲門有三句謂函蓋乾坤句截斷衆流句隨波逐浪句九頂今日亦有三句所謂饑來喫飯句寒卽向火句困來打睡句若以佛法而論則九頂望雲門直立下風若以世諦而論則雲門望九頂直立下風二語相違且如何是九頂爲人處

嘉興府華亭性空妙普庵主漢州人久依死心獲證乃抵秀水追船子遺風結茅青龍之野吹鐵笛以自娛多賦詠得之者必珍藏其山居曰心法雙忘猶隔妄色塵不二尚餘塵百鳥不來春又過不知誰是住庵人又警衆曰學道猶如守禁城晝防六賊夜惺惺中軍主將能行令不動干戈治太平又曰不耕而食不蠶衣物外清閑適聖時未透祖師關棙

子也須存意著便宜又曰十二時中莫住工窮來窮去到無窮直須洞徹無窮底踏倒須彌第一峰建炎初徐明叛道經烏鎮肆殺戮民多逃亡師獨荷策而往賊見其偉異疑必詭伏者問其來師曰吾禪者欲抵密印寺賊怒欲斬之師曰大丈夫要頭便斫取奚以怒爲吾死必矣願得一飯以爲送終賊奉肉食師如常齋出生畢乃曰孰當爲我文之以祭賊笑而不答師索筆大書曰嗚呼惟靈勞我以生則大塊之過役我以壽則陰陽之失乏我以貧則五行不正困我以命則時日不吉吁哉至哉賴有出塵之道悟我之性與其妙心則其妙心孰與爲鄰上同諸佛之眞化下合凡夫之無明纖塵不動本自圓成妙矣哉妙矣哉日月未足以爲明乾坤未足以爲大磊磊落落無罣無礙六十餘年和光混俗四十二臘逍遙自在逢人則喜見佛不拜笑矣乎笑矣乎可惜少年郎風流太光彩坦然歸去付春風體似虛空終不壞尚饗遂舉箸飫餐賊徒大笑食罷復曰劫數既遭離亂我是快活烈漢如今正好乘時便請一刀兩段乃大呼斬斬賊方駭異稽首謝過令衛而出烏鎮之廬舍免焚實師之惠也道俗聞之愈敬有僧睹師見佛不拜歌逆問曰既見佛爲甚麼不拜師掌之曰會麼云不會師又掌曰家無二主紹興庚申冬造大盆穴而塞之修書寄雪竇持禪師曰吾將水葬矣壬戌歲持至見其尚存作偈嘲之曰咄哉老性空剛要餧魚鼈去不索性去祇管向人說師閱偈笑曰待兄來證明耳令徧告四衆衆集師爲說法

要仍說偈曰坐脫立亡不若水葬一省柴燒二省開壙撒手便行不妨快暢誰是知音船子和尚高風難繼百千年一曲漁歌少人唱遂盤坐盆中順潮而下衆皆隨至海濱望欲斷目師取塞戽水而回衆擁觀水無所入復乘流而往唱曰船子當年返故鄉沒蹤跡處妙難量真風徧寄知音者鐵笛橫吹作散場其笛聲嗚咽頃於蒼茫間見以笛擲空而沒衆號慕圖像事之後三日於沙上趺坐如生道俗爭往迎歸留五日闍維設利大如菽者莫計二鶴徘徊空中火盡始去衆奉設利靈骨建塔于青龍

嚴州鍾山道隆首座桐廬董氏子於鍾山寺得度自遊方所至耆衲皆推重晚抵黃龍死心延為座元心順世遂歸隱鍾山慕陳尊宿高世之風掩關不事事日獨數緉自適人無識者手常穿一緉凡有禪者至提以示之曰老僧這緉著三十年了也有寺僧戲問如何是無諍三昧師便掌

揚州齊謐首座本郡人也死心稱為飽叅諸儒屢以名山致之不可後示化於潭之谷山異跡頗衆門人嘗繪其像請贊為書曰箇漢灰頭土面尋常不欲露現而今寫出人前大似虛空著箭怨怨可惜人間三尺絹

空室道人智通者龍圖范珣女也幼聰慧長歸丞相蘇頌之孫悌未幾厭世相還家求祝髮父難之遂清修因看法界觀頓有省連作二偈見意一曰浩浩塵中體一如縱橫交互印毗盧全波是水波非水全水成波水自殊次曰物我元無異森羅鏡像同明明超主伴

了了徹眞空一體含多法交叅帝網中重重無盡處動靜悉圓通後父母俱亡兄涓領分寧尉通偕行聞死心名重往謁之心見知其所得便問常啼菩薩賣却心肝敎誰學般若通曰你若無心我也休又問一兩所滋根苗有異無陰陽地上生箇甚麽通曰一華五葉復問十二時中向甚麽處安身立命通曰和尚惜取眉毛好心打曰這婦女亂作次第通禮拜心然之於是道聲籍甚政和間居金陵嘗設浴於保寧揭榜于門曰一物也無洗箇甚麽纖塵若有起自何來道取一句子玄乃可大家入浴古靈秖解揩背開士何曾明心欲證離垢地時須是通身汗出盡道水能洗垢焉知水亦是塵直饒水垢頓除到此亦須洗却後爲尼名惟久挂錫姑蘇之西竺緇白日夕師問得其道者頗衆俄示疾書偈趺坐而終有明心錄行於世

五燈會元卷第四十八

音釋

鐫 子全切音鋑雕鐫也 靘 千定切音倩青黑色也 趿 楚嫁切音衩踏也 筦 古緩切音管主也籥也 搐 敕六切讀若六畜之畜牽制也 磊 魯猥切音壘石衆也 過 與淈同烏禾切音倭 籰 越縛切音貜絡繰具 戽 荒古切呼去聲戽斗舟中抒水器也

五燈會元卷第四十九

宋沙門大川濟纂

南嶽下十四世

黃龍清禪師法嗣

潭州上封佛心才禪師福州姚氏子幼得度受具遊方至大中依海印隆禪師見老宿達道者看經至一毛頭師子百億毛頭一時現師指問曰一毛頭師子作麽生得百億毛頭一時現達曰汝作入叢林豈可便理會許事師因疑之遂發心領淨頭職一夕汛掃次印適夜叅至則遇結座擲拄杖曰了卽毛端吞巨海始知大地一微塵師豁然有省及出閩造豫章黃龍山與死心機不契乃叅靈源凡入室出必揮淚自訟曰此事我見得甚分明秖是臨機吐不出若爲柰何靈源知師勤篤告以須是大徹方得自在也未幾竊觀鄰案僧讀曹洞廣録至藥山採薪歸有僧問甚麽處來山曰討柴來僧指腰下刀曰鳴剥剥是箇甚麽山拔刀作斫勢師忽欣然摑鄰案僧一掌揭簾趨出衝口說偈曰徹徹大海乾枯虛空迸裂四方八面絶遮攔萬象森羅齊漏泄後分座於眞乘應上封之命屢遷名刹住乾元日開堂示衆曰百千三昧門無量福德藏放行也如開武庫錯落交輝把住也似雪覆蘆華通身莫辨使見之者擦起便行聞之者單刀直入箇箇具頂門正眼人人懸肘後靈符掃佛祖見知作叢林殃害憶得寶壽開堂日三聖推出一僧寶壽便打三聖云與麽爲人瞎却鎭州一城人眼去在且如乾元今日開堂或有僧出來山僧亦打不唯此話大

行且要開却福州一城人眼去何也劒爲不平離寶匣藥因救病出金餅上堂達磨未來東土已前人人懷娼水之珠箇箇抱荆山之璞可謂壁立千仞及乎二祖禮却三拜之後一一南詢諸友北禮文殊好不丈夫或有一箇半箇不求諸聖不重已靈匹馬單鎗投虛置刃不妨慶快平生如今有麼自是不歸歸便得五湖煙景有誰爭上堂宗乘提唱妙絶名言一句該通乾坤函蓋直似首羅正眼竪亞面門又如圓∴三點橫該法界乃卓拄杖曰向這一點下明得出身猶可易脫體道應難又卓拄杖曰向第二點下明得縱橫三界外隱顯十方身又卓拄杖曰向第三點下明得魚龍鎖户佛祖潛蹤不然放過一著隨分有春色一枝三四華上堂一法有形該動植百川湍激競朝宗昭琴不鼓雲天淡想像毗耶老病翁維摩病則上封病上封病則拄杖子病拄杖子病則森羅萬象病森羅萬象病則凡之與聖病諸人還覺病本起處麽若也覺去情與無情同一體處處皆同眞法界其或未然甜瓜徹蔕甜苦瓠連根苦

隆興府黃龍德逢通照禪師郡之靖安胡氏子生有龐眉年十七從上藍晉禪師落髮往依靈源卽明深旨上堂舉夾山境話師曰法眼徒有此語殊不知夾山老漢被這僧輕輕撥著直得脚前脚後設使不作境話會未免猶在半途

潭州法輪應端禪師南昌徐氏子少依化度善月圓顱登具謁眞淨文禪師機不諧至雲居會靈源分座爲衆激昂師扣其旨然以妙

入諸經自負源嘗痛劄之師乃援馬祖百丈機語及華嚴宗旨爲表源笑曰馬祖百丈固錯矣而華嚴宗旨與箇事喜沒交涉師憤然欲他往因請辭及揭簾忽大悟汗流浹背源見乃曰是子識好惡矣馬祖百丈文殊普賢幾被汝帶累由此譽望四馳名士夫爭挽應世皆不就政和末太師張公司成以百丈堅命開法師不得已始從上堂舉大隋刼火洞然話遂曰六合傾翻劈面來暫披麻縷混塵埃因風吹火渾閑事引得遊人不肯回壞不壞隨不隨徒將聞見强鍼錐太湖三萬六千頃月在波心說向誰僧問如何是賓中賓師曰芒鞋竹杖走紅塵曰如何是賓中主師曰十字街頭逢上祖曰如何是主中賓師曰御馬金鞭混四民曰如何是主中主師曰金門誰敢撞眸覷曰賓主已蒙師指示向上宗乘又若何師曰昨夜霜風刮地寒老猿嶺上啼殘月

東京天寧長靈守卓禪師泉州莊氏子上堂曰三千劍客獨許莊周爲甚麽跳不出良醫之門多病人因甚麽不消一劄已透關者更請辯看上堂譬如眼根不自見眼性自平等無平等者便恁麽去無孔鐵鎚聊且安置直得入林不動草入水不動波也是一期方便若也籬内竹抽籬外筍澗東華發澗西紅更待勘過了打僧問丹霞燒木佛院主爲甚麽眉鬚墮落師曰猫兒會上樹曰早知如是終不如是師曰惜取眉毛問如何是衲衣下事師曰天旱爲民愁問佛未出世時如何師曰絕毫絕氂曰出世後如何師曰塡溝塞壑曰

出與未出相去幾何師曰人平不語水平不流上堂平高就下勾賊破家截鐵斬釘狐狸戀窟總不恁麽合作麽生所以道萬仞崖頭親撒手須是其人秖如香積國中持鉢一句作麽生道良久曰切忌風吹别調中上堂釋迦掩室過犯彌天毗耶杜詞自救不了如何如何口門太小宣和五年十二月二十七日奄然示寂閣維日皇帝遣中使賜香持金盤求設利爇香罷盤中鏗然視之五色者數顆大如豆使者持還上見大悅

信州博山無隱子經禪師歲旦上堂和氣生枯枿寒雲散遠郊木人占吉兆夜半露龜爻諸禪德龜爻露處文彩已彰便見一年十二月月月如然一日十二時時時相似到這裏直似黄金之黄白玉之白自從曠大劫來未嘗異色還見麽其或未然且狥張三通節序從教李四鬢蒼浪

隆興府百丈以栖禪師興化人也上堂摩騰入漢達磨來梁途轍既成後代兒孫開眼迷路若是箇惺惺底終不向空裏採華波中捉月謾勞心力畢竟何爲山僧今日已是平地起骨堆諸人行時各自著精彩看

邵州光孝曇清禪師上堂殺父殺母佛前懺悔殺佛殺祖不消懺悔爲甚麽不消懺悔且得寃家解脱

温州光孝德週禪師信州璩氏子於景德尊勝院染削問道有年後至黄龍聞舉少林面壁頓悟述二偈以呈龍許之自爾名流江漸上堂曰舉體露堂堂十方無罣礙千聖不能傳萬靈成頂戴擬欲共商量開口百雜碎秖

如未開口已前作麼生咄上堂回互不回互覷見沒可覩透出祖師關踏斷人天路阿呵呵悟不悟落華流水知何處寺丞戴道純居士字乎中咨扣靈源一日有省乃呈偈曰杳冥源底全機處一片心華露印紋知是幾生曾供養時時微笑動香雲

泐潭清禪師法嗣

隆興府黃龍山堂道震禪師金陵趙氏子少依覺印英禪師爲童子英移居泗之普照適淑妃擇度童行師得圓具久之辭謁丹霞淳禪師一日與論洞上宗旨師呈偈曰白雲深覆古寒巖異草靈華彩鳳銜夜半天明日當午騎牛背面著靴衫淳器之師自以爲礙棄依草堂一見契合日取藏經讀之一夕聞晚參皷步出經堂舉頭見月遂大悟亟趨方丈

堂望見即爲印可初住曹山次遷廣壽黃龍上堂曰舉箇古人因緣問闍黎不得作古會若作古會失却當面眼舉箇即今因緣問闍黎闍黎不得作今會若作今會障却闍黎本來眼假饒不失不障非古非今猶是藥病相治止啼之說秖如透脫一句闍黎還道得也無若道不得直待羅漢峯深談實相即向汝道上堂少林冷坐門人各說異端大似衆盲摸象神光禮三拜依位而立達磨云汝得吾髓這黑面婆羅門脚跟也未點地在上堂石人問枯椿何時汝發華枯椿怒石人何得口吧吧石人呵呵笑枯椿吐異葩紅霞輝玉象白玉碾金沙借問通玄士何人不到家台州萬年雪巢法一禪師太師襄陽郡王李公遵勗之玄孫也世居開封祥符縣母夢一

老僧至而產年十七試上庠從祖仕淮南欲官之不就將棄家事長蘆慈覺頤禪師祖弗許母曰此必宿世沙門願勿奪其志未幾慈覺沒大觀改元禮靈巖通照愿禪師祝髮登具依愿十年迷悶不能入謁圓悟於蔣山悟曰此法器也悟奉詔從京師天寧師侍行靖康末謁草堂於踈山一語之及大法頓明紹興七年泉守寶文劉公彥修請居延福後四遷巨刹上堂拈拄杖曰拄杖子有時作出水蛟龍萬里雲煙不斷有時作踞地師子百年妖怪潛蹤有時心法兩忘照體獨立有時照用同時主賓互用以拄杖畫曰延福門下總用不著且道延福尋常用箇甚麼卓拄杖喝一喝下座上堂仰面不見天低頭不見地古劒髑髏前大海波濤沸退長蘆歸天台萬年觀音院忽示微疾書偈曰今年七十五歸作庵中主珍重觀世音泥虵吞石虎入龜趺坐而逝

福州雪峯東山慧空禪師本郡陳氏子十四圓頂卽遊諸方徧謁諸老晚契悟於草堂紹興癸酉開法雪峯受請日上堂曰俊快底點著便行癡鈍底推挽不動便行則人人歡喜不動則箇箇生嫌山僧而今轉此癡鈍爲俊快去也彈指一下曰從前推挽不出而今出從前有院不住而今住從前嫌佛不做而今做從前嫌法不說而今說出不出住不住卽且置敢問諸人做底是甚麼佛空王佛耶然燈佛耶釋迦佛耶彌勒佛耶說底又是甚麼法根本法耶無生法耶世間法耶出世間法耶衆中莫有道得底麼若道得山僧出世事

畢如或未然逢人不得錯舉喝一喝下座上堂舉雲門示衆云秖這箇帶累殺人師曰雲門尋常氣宇如王作恁麽說話大似貧恨一身多山僧即不然秖這箇快活殺人何故大雨方歸屋裏坐業風吹又遶山行然雖如是也是乞兒見小利且不傷物義一句作麽生道上堂一拳拳倒黃鶴樓一趯趯飜鸚鵡洲有意氣時添意氣不風流處也風流俊哉俊哉快活快活一似十七八歲狀元相似誰管你天誰管你地心王不妄動六國一時通罷拈三尺劍休弄一張弓自在自在快活快活恰似七八十老人作宰相相似風以時雨以時五穀植萬民安豎起拄杖曰大衆這兩箇幷山僧拄杖子共作得一箇衲僧到雪峯門下但知隨例餐饅子也得三文買草鞋喝一喝卓拄杖下座僧問和尚未見草堂時如何師曰江南有曰見後如何師曰江北無

慶元府育王野堂普崇禪師本郡人也示衆舉巴陵和尚道不是風動不是幡動不是風幡又向甚麽處著有人爲祖師出氣出來與巴陵相見雪竇和尚道風動幡動既是風幡又向甚麽處著有人爲巴陵出氣出來與雪竇相見師曰非風非幡無處著是幡是風無著處遼天俊鶻悉逃蹤踞地金毛還失措阿呵呵悟不悟令人轉憶謝三郎一絲獨釣寒江雨

青原信禪師法嗣

潭州梁山懽禪師僧問大衆雲臻請師開示師曰天靜不知雲去處地寒留得雪多時曰學人未曉玄言乞師再垂方便師曰一重山

後一重人

成都府正法希明禪師漢州人也解制上堂林葉紛紛落乾坤報早秋分明西祖意何用更馳求若恁麼會得始信佛祖之道本自平夷大解脫門元無關鑰彌綸宇宙偪塞虛空量不可窮智不能測若也未明此旨不達其源任是百刦熏功千生鍊行徒自疲苦了無交涉若深明此旨洞達其源乃知動靜施爲經行坐臥頭頭合道念念朝宗祖不云乎迷生寂亂悟無好惡得失是非一時放却如是則誰迷誰悟誰是誰非自是諸人獨生異見觀大觀小執有執無巳靈獨耀不肯承當心月孤圓自生違背何異家中捨父衣內忘珠致使菩提路上荊棘成林解脫空中迷雲蔽日山僧今日幸直衆僧自恣化主還山諸上善人得得光訪不可緘默隨分葛藤曲爲今時少開方便也須是諸人著眼各自諦觀若更擬議尋思白雲萬里遂拈拄杖曰於斯明得靈山一會儼在目前其或未然更待來晨分付

祖庵主見青原之後縛屋衡嶽間三十餘年人無知者偶遺與作偈曰小鍋煮菜上蒸飰菜熟飰香人正饑一補饑瘡了無事明朝依樣畫貓兒由是衲子披榛扣之無盡張公力挽其開法不從竟終於此山

夾山純禪師法嗣

澧州欽山乾明普初禪師上堂良久曰舉揚宗旨上祝皇基伏願祥雲與景星俱現醴泉與甘露雙呈君乃堯舜之君俗乃成康之俗使林下野夫不覺成太平曲且作麽生是太

平曲無爲而爲神而化之灑德雨以霶霈鼓仁風而雍熙民如野鹿上如標枝十八子知不知哩哩囉邏囉哩拍一拍下座

泐潭乾禪師法嗣

楚州勝因戱魚咸靜禪師本郡高氏子上堂遊徧天下當知寸步不曾移歷盡門庭家家竈底少煙不得所以肩筇峭履乘興而行掣釣沉絲任性而住不爲故鄉田地好因緣熟處便爲家今日信手拈來從前幾曾計較不離舊時科段一回舉著一回新明眼底瞥地便回未悟者識取面目且道如何是本來面目良久曰前臺華發後臺見上界鐘聲下界聞以拂子擊禪牀下座上堂舉世尊在摩竭陀國爲衆說法是時將欲白夏乃謂阿難曰諸大弟子人天四衆我常說法不生敬仰我今入因沙臼室中坐夏九旬忽有人來問法之時汝代爲我說一切法不生一切法不滅言訖掩室而坐師召衆曰釋迦老子初成佛道之時大都事不獲已纔方成箇保社便生退倦之心勝因當時若見將釘釘却室門教他一生無出身之路免得後代兒孫遞相倣斆不見道若不傳法度衆生是不名爲報恩者擊拂子下座後晦處漣漪之天寧示微疾書偈曰弄罷影戱七十一載更問如何回來别賽置筆而逝

潭州龍牙宗密禪師豫章人僧問如何是佛師曰莫寐語問如何是一切法師曰早落第二上堂大衆集師曰已是團圞不勞雕琢歸堂喫茶上堂休把庭華類此身庭華落後更逢春此身一往知何處三界茫茫愁殺人

福州東禪祖鑑從密禪師汀州人也上堂開口不是禪合口不是道踏步擬進前全身落荒草

慶元府天童普交禪師郡之萬齡畢氏子幼穎悟未冠得度往南屏聽台教因爲檀越修懺摩有問曰公之所懺罪爲自懺耶爲他懺耶若自懺罪罪性何來若懺他罪他罪非汝烏能懺之師不能對遂改服遊方造泐潭足纔踵門潭卽呵之師擬問潭卽曳杖逐之一日忽呼師至丈室曰我有古人公案要與你商量師擬進語潭遂喝師豁然領悟乃大笑潭下繩牀執師手曰汝會佛法耶師便喝復拓開潭大笑於是名聞四馳學者宗仰後歸桑梓留天童掩關却掃者八年寺偶虛席郡僚命師開法恐其遯預遣吏候于道故不得辭受請日上堂曰咄哉黃面老佛法付王臣林下無情容官差逼殺人莫有知心底爲我免得麼若無不免將錯就錯便下座師凡見僧來必叱曰楖栗未擔時爲汝說了也且道說箇甚麼招手洗鉢拈扇張弓趙州柏樹子靈雲見桃華且擲放一邊山僧無恁麼閑脣吻與汝打葛藤何不休歇去拈拄杖逐之宣和六年三月二十日沐浴陞堂說偈脫然示寂偈曰寶杖敲空觸處春箇中消息特彌綸昨宵風動寒巖冷驚起泥牛耕白雲壽七十七臘五十八

江州圓通道旻圓機禪師世稱古佛興化蔡氏子母夢吞摩尼寶珠有孕生五歲足不履口不言母抱遊西明寺見佛像遽履地合爪稱南無佛仍作禮人大異之及宦學大染依

景德寺德祥出家試經得度徧往參激皆染指親溈山喆禪師最久晚慕泐潭往謁潭見默器之師陳歷叅所得不蒙印可潭舉世尊拈華迦葉微笑語以問復不契後侍潭行次潭以拄杖架肩長噓曰會麽師擬對潭便打有頃復拈草示之曰是甚麽師亦擬對潭遂喝於是頓明大法作拈華勢乃曰這回瞞昊上座不得也潭挽曰更道更道師曰南山起雲北山下雨即禮拜潭首肯後開法灌溪次居圓通以符道濟禪師之記學者嚮臻朝廷聞其道會宰臣復爲之請錫以命服與圓機號上堂諸佛出世無法與人秖是抽釘拔楔除疑斷惑學道之士不可自謾若有一疑如芥子許是汝眞善知識喝一喝曰是甚麽切莫剌腦入膠盆

慶元府二靈知和庵主蘇臺玉峯張氏子兒時嘗習坐垂堂堂傾父母意其必死師瞑目自若因使出家年滿得度趨謁泐潭潭見乃問作甚麽師擬對潭便打復喝曰你喚甚麽作禪師驀領旨即曰禪無後無先波澄大海月印青天又問如何是道師曰道紅塵浩浩不用安排本無欠少潭然之次謁衡嶽辯禪師辯尤器重元符間抵雪竇之中峯棲雲兩庵逾二十年嘗有偈曰竹筧二三升野水松窻七五片閑雲道人活計秖如此留與人間作見聞有志於道者多往見之僧至禮拜師曰近離甚處曰天童師曰太白峯高多少僧以手斫額作望勢師曰猶有這箇在曰却請庵主道師却作斫額勢僧擬議師便打師初偕天童交禪師問道盟曰他日吾二人宜踞

孤峯絶頂目視霄漢爲世外之人不可作今時籍名官府屈節下氣於人者後交爽盟至則師竟不接正言陳公以計誘師出山住二靈三十年間居無長物唯二虎侍其右一日感於人以偈遣之宣和七年四月十二日趺坐而逝正言陳公狀師行實及示疾異跡甚詳仍塑其像二虎侍之至今存焉

開先瑛禪師法嗣

紹興府慈氏瑞仙禪師本郡人年二十去家以試經披削習毗尼因覩戒性如虛空持者爲迷倒師謂戒者束身之法也何自縛乎遂探台教又閱諸法不自生亦不從他生不共不無因是故說無生疑曰又不自他不共不無因生畢竟從何而生即省曰因緣所生空假三觀抑揚性海心佛衆生名異體同十境十乘轉識成智不思議境智照方明非言詮所及棄謁諸方後至投子廣鑑問鄉里甚處師曰兩浙東越鑑曰東越事作麼生師曰秦望峯高鑑湖水闊鑑曰秦望峯與你自己是同是別師曰西天梵語此土唐言鑑曰此猶是叢林秖對畢竟是同是別師便喝鑑便打師曰恩大難酬便禮拜後歸里開法慈氏室中嘗問僧三箇槖駞兩隻脚日行萬里趂不著而今收在玉泉山不許時人亂斟酌諸人向甚麼處與仙上座相見

潭州大潙海評禪師上堂曰燈籠上作舞露柱裏藏身深沙神惡發崑崙奴生嗔喝一喝曰一句合頭語萬劫墮迷津

圓通僊禪師法嗣

溫州淨光了威佛日禪師僧問如何是祖師

西來意師曰一宿二宿程千山萬山月曰意旨如何師曰朝看東南暮看西北曰向上更有事也無師曰人心難滿谿壑易塡問時節因緣卽不問惠超佛話事如何師曰波斯彎弓面轉黑曰意旨如何師曰穿過髑髏笑未休曰學人好好借問師曰黃泉無邸店今夜宿誰家

象田卿禪師法嗣

慶元府雪竇持禪師郡之盧氏子僧問中秋不見月時如何師曰更待夜深看曰忽若黑雲未散又且如何師曰爭怪得老僧上堂悟心容易息心難息得心源到處閑斗轉星移天欲曉白雲依舊覆青山

紹興府石佛益禪師上堂一葉落天下秋一塵起大地收一法透萬法周且道透那一法遂喝曰切忌錯認驢鞍橋作阿爺下頷便下座

褒親瑞禪師法嗣

安州應城壽寧道完禪師僧問雲從龍風從虎未審和尚從箇甚麼師曰一字空中畫曰得恁麼奇特師曰千手大悲提不起問十方國土中唯有一乘法如何是一乘法師曰斗量不盡曰恁麼則動容揚古路不墮悄然機師曰作麼生是悄然機僧舉頭看師舉起拂子僧喝一喝師曰大好悄然上堂古人見此月今人見此月此月鎮常存古今人還別若人心似月碧潭光皎潔決定是心源此說更無說咄上堂諸禪德三冬告盡臘月將臨三十夜作麼生秖準良久曰衣穿瘦骨露屋破看星眠

兜率悅禪師法嗣

撫州疎山了常禪師僧問如何是疎山爲人底句師曰懷中玉尺未輕擲袖裏金鎚劈面來上堂等閑放下佛手掩不住特地收來大地絶纖埃向君道莫疑猜處處頭頭見善財鎚下分明如得旨無限勞生眼自開

隆興府兜率慧照禪師南安郭氏子上堂龍安山下道路縱橫兜率宮中樓閣重疊雖非天上不是人間到者安心全忘諸念善行者不移雙足善入者不動雙扉自能笑傲煙蘿誰管坐消歲月旣然如是且道向上還有事也無良久曰莫教推落巖前石打破下方遮日雲上堂舉拂子曰端午龍安亦鼓橈青山雲裏得逍遥饑餐渴飲無窮樂誰愛爭先奪錦標却向乾地上划船高山頭起浪明椎玉皷暗展鐵旗一盞菖蒲茶數箇沙糖粽且移取北鬱單越來與南閻浮提鬬額看擊禪牀下座上堂兜率都無伎倆也數諸方榜樣五日一度陞堂起動許多龍象禪道佛法又無到此將何供養須知達磨西來分付一條拄杖乃拈起曰所以道你有拄杖子我與你拄杖子你無拄杖子我奪你拄杖子且道那箇是賓句那箇是主句若斷得去卽途中受用若斷不得且世諦流布乃拋下拄杖

丞相張商英居士字天覺號無盡年十九應舉入京道由向氏家向預夢神人報曰明日接相公凌晨公至向異之勞問勤腆乃曰秀才未娶當以女奉灑掃公謙辭再三向曰此行若不了當吾亦不爽前約後果及第乃娶之初任主簿因入僧寺見藏經梵筴金字齊

整乃怫然曰吾孔聖之書不如胡人之教人所仰重夜坐書院中研墨吮筆憑紙長吟中夜不眠向氏呼曰官人夜深何不睡去公以前意白之正此著無佛論向應聲曰旣是無佛何論之有當須著有佛論始得公疑其言遂已之後訪一同列見佛龕前經卷乃問曰此何書也同列曰維摩詰所說經公信手開卷閱到此病非地大亦不離地大處歎曰胡人之語亦能爾耶問此經幾卷曰三卷乃借歸閱次向氏問看何書公曰維摩詰所說經向曰可熟讀此經然後著無佛論公悚然異其言由是深信佛乘留心祖道元祐六年爲江西漕首謁東林照覺總禪師覺詰其所見處與已符合乃印可覺曰吾有得法弟子住玉谿乃慈古鏡也亦可與語公復因按部過分寧諸禪迓之公到先致敬玉谿慈次及諸山最後問兜率悅禪師悅爲人短小公曾見龔德莊說其聰明可人乃曰聞公善文章悅大笑曰運使失却一隻眼了也從悅臨濟九世孫對運使論文章政如運使對從悅論禪也公不然其語乃强屈指曰是九世也問玉谿去此多少曰三十里曰兜率聻曰五里公是夜乃至兜率悅先一夜夢日輪昇天被悅以手搏取乃說與首座曰日輪運轉之義聞張運使非久過此吾當深錐痛劄若肯回頭則吾門幸事座曰今之士大夫受人取奉慣恐其惡發別生事也悅曰正使煩惱秖退得我院也別無事公與悅語次稱賞東林悅未肯其說公乃題寺後擬瀑軒詩其畧曰不向廬山尋落處象王鼻孔謾遼天意識其不肯

東林也公與悅語至更深論及宗門事悅曰東林既印可運使運使於佛祖言教有少疑否公曰有悅曰疑何等語公曰疑香嚴獨脚頌德山拓鉢話悅曰既於此有疑其餘安得無耶秖如巖頭言末後句是有耶是無耶公曰有悅大笑便歸方丈閉却門公一夜睡不穩至五更下牀觸翻溺器乃大徹猛省前話遂有頌曰鼓寂鐘沉拓鉢回巖頭一拶語如雷果然秖得三年活莫是遭他授記來遂扣方丈門曰某已捉得賊了悅曰贓在甚處公無語悅曰都運且去來日相見翌日公遂舉前頌悅乃謂曰參禪秖爲命根不斷依語生解如是之說公已深悟然至極微細處使人不覺不知墮在區宇乃作頌證之曰等閑行處步步皆如雖居聲色寧滯有無一心靡異萬法非殊休分體用莫擇精麤臨機不礙應物無拘是非情盡凡聖皆除誰得誰失何親何踈拈頭作尾指實爲虛翻身魔界轉脚邪塗了無逆順不犯工夫公邀悅至建昌途中一一伺察有十頌敘其事悅亦有十頌酬之時元祐八年八月也公一日謂大慧曰余閱雪竇拈古至百丈再參馬祖因緣曰大冶精金應無變色投卷歎曰審如是豈得有臨濟今日耶遂作一頌曰馬師一喝大雄峯深入髑髏三日聾黃檗聞之驚吐舌江西從此立宗風後平禪師致書云去夏讀臨濟宗派乃知居士得大機大用且求頌本余作頌寄之曰吐舌耳聾師已曉搥胷秖得哭蒼天盤山會裏翻筋斗到此方知普化顛諸方往往以余聰明博記少知余者師自江西法窟來必

辨優劣試爲老夫言之大慧曰居士見處與眞淨死心合公曰何謂也大慧舉眞淨頌曰客情步步隨人轉有大威光不能現突然一喝雙耳聾那吒眼開黄檗面死心拈曰雲巖要問雪竇旣是大冶精金應無變色爲甚麽却三日耳聾諸人要知麽從前汗馬無人識秪要重論蓋代功公拊几曰不因公語爭見眞淨死心用處若非二大老難顯雪竇馬師爾公於宣和四年十一月黎明口占遺表命子弟書之俄取枕擲門窻上聲如雷震衆視之已薨矣公有頌古行于世茲不復録

法雲杲禪師法嗣

隨州洞山辯禪師上堂不是心不是佛不是物鑽天鷂子遼天鶻不度火不度水不度爐離弦箭發沒回途直饒會得十分去笑倒西來碧眼胡

東京慧海儀禪師上堂無相如來示現身破魔兵衆絶纖塵七星斜映風生處四海還歸舊主人諸仁者大迦葉靈山會上見佛拈華投機微笑須菩提聞佛說法深解義趣涕淚悲泣且道笑者是哭者是不見道萬派横流總向東超然八面自玲瓏萬人膽破沙場上一箭雙鵰落碧空上堂舉潙山坐次仰山問和尚百年後有人問先師法道如何秖對潙曰一粥一飯仰曰前面有人不肯又作麽生潙曰作家師僧仰便禮拜潙曰逢人不得錯舉師曰自古及今多少人下語道嚴而不威恭而無禮横按拄杖竪起拳頭若秖恁麽却如何知得他父子相契處山僧今日也要諸人共知莫分彼我彼我無殊困魚止濼病鳥

棲蘆逡巡不進泥中履爭得先生一卷書西蜀鑾法師通大小乘佛照謝事居景德師問照曰禪家言多不根何也照曰汝習何經論曰諸經粗知頗通百法照曰秖如昨日雨今日晴是甚麼法中收師懵然照舉癢和子擊曰莫道禪家所言不根好師憤曰昨日雨今日晴畢竟是甚麼法中收照曰第二十四時分不相應法中收師恍悟卽禮謝後歸蜀居講會以直道示徒不況名相而衆多引去遂說偈罷講曰衆賣華兮獨賣松青青顏色不如紅算來終不與時合歸去來兮翠靄中由是隱居二十年道俗追慕復命演法笑答偈曰遯跡隱高峯高峯又不容不如歸錦里依舊賣青松衆列拜悔過兩川講者爭依之

汾潭準禪師法嗣

隆興府雲巖典牛天遊禪師成都鄭氏子初試郡庠復往梓州試二處皆與貢籍師不敢承竄名出關適會山谷道人西還因見其風骨不凡議論超卓乃同舟而下竟往廬山投師剃髮不改舊名首叅死心不契遂依湛堂於汾潭一日潭普說曰諸人苦苦就準上座覓佛法遂拊膝曰會麼雪上加霜又拊膝曰若也不會豈不見乾峯示衆曰舉一不得舉二放過一著落在第二師聞脫然頴悟出世雲蓋次遷雲巖嘗和忠道者牧牛頌曰兩角指天四足踏地拽斷鼻繩牧甚屎屁張無盡見之甚擊節後退雲巖過廬山棲賢主翁意不欲納乃曰老老大大正是質庫中典牛也師聞之述一偈而去曰質庫何曾解典牛秖緣價重實難酬想君本領無多子畢竟難禁

這一頭因庵于武寧扁曰典牛終身不出塗毒見之已九十三矣上堂卓拄杖曰久雨不晴劄金烏飛在鐘樓角又卓一下曰猶在瞉復卓曰一任衲僧名邈上堂馬祖一喝百丈蹉過臨濟小厮兒向糞掃堆頭拾得一隻破草鞋胡喝亂喝師震聲喝曰喚作胡喝亂喝得麽上堂象骨輥毬能已盡玄沙斫牌伎亦窮還知麽火星入袴口事出急家門上堂三百五百銅頭鐵額木笛橫吹誰來接拍時有僧出師曰也是賊過後張弓上堂寶峯有一訣對衆分明說昨夜三更前烏龜呑却鱉至節上堂晷運推移日南長至布裩不洗無來換替大小玉泉無風浪起雲巖路見不平直下一鎚粉碎遂高聲曰看脚下上堂舉梁山曰南來者與你三十棒北來者與你三十棒然雖與麽未當宗乘後來琅琊和尚道梁山好一片眞金將作頑鐵賣却琅琊則不然南來者與你三十棒北來者與你三十棒從教天下貶剥師拈曰一人能舒不能卷一人能卷不能舒雲巖門下一任南來北來且恁麽過驀然洗面摸著鼻頭却來與你三十上堂日可冷月可熱衆魔不能壞眞說作麽生是眞說初三十一中九下七若信不及雲巖與汝道破萬人齊指處一鴈落寒空病起上堂舉馬大師日面佛月面佛後來東山演和尚頌曰丫鬟女子畫蛾眉鸞鏡臺前語似癡自說玉顏難比並却來架上著羅衣師曰東山老翁滿口讚歎則故是點檢將來未免有鄉情在雲巖又且不然打殺黃鶯兒莫教枝上啼幾回驚妾夢不得到遼西

潭州三角智尭禪師上堂捏土定千鈞秤頭不立蠅箇中些子事走殺嶺南能還有薦得底麼直饒薦得也是第二月

慧日雅禪師法嗣

隆興府九僊法清祖鑑禪師嚴陵人也嘗於池之天寧以伽黎覆頂而坐侍郎曾公開問曰上座僊鄉甚處曰嚴州曰與此間是同是別師拽伽黎下地揖曰官人曾到嚴州否曾罔措師曰待官人到嚴州時却向官人道住後上堂曰萬柳千華暖日開一華端有一如來妙談不二虗空藏動著微言徧九垓笑哈哈且道笑箇甚麼笑覺苑脚跟不點地上堂舉睦州示衆曰汝等諸人未得箇入頭處須得箇入頭處旣得箇入頭處不得忘却老僧明明向汝道尚自不會何況葢覆將來師曰睦州恁麼道意在甚麼處其或未然聽覺苑下箇注脚張僧見王伴王伴呌張僧昨夜放牛處嶺上及前村溪西水不飲溪東草不吞教覺苑如何卽得會麼不免與麼去遂以兩手按空下座僧問如何是奪人不奪境師曰惺惺寂寂曰如何是奪境不奪人師曰寂寂惺惺曰如何是人境兩俱奪師曰惺惺惺惺曰如何是人境俱不奪師曰寂寂寂寂曰學人今日買鐵得金去也師曰甚麼處得這話頭來

平江府覺海法因庵主郡之嵎山朱氏子年二十四披緇服進具遊方至東林謁慧日日舉靈雲悟道機語問之師擬對日曰不是不是師忽有所契占偈曰巖上桃華開華從何處來靈雲纔一見回首舞三臺日曰子所見

雖已入徽然更著鞭當明大法師承教居盧阜三十年不與世接叢林尊之建炎中盜起江左順流東歸邑人結庵命居緇白繼踵問道嘗謂衆曰汝等飽持定力無憂晨炊而事千求也晚年放浪自若稱五松散人

龍牙言禪師法嗣

瑞州洞山擇言禪師僧問如何是十身調御投子下禪牀立未審意旨如何師曰脚跟下七穿八穴

文殊能禪師法嗣

常德府德山璵禪師受請日上堂曰作家撈籠不肯住呼喚不回頭爲甚麽從東過西自代曰後五日看

智海清禪師法嗣

蘄州四祖仲宣禪師上堂諸佛出世爲一大事因緣祖師西來直指人心是佛凡聖本來不二迷悟豈有殊途非涅槃之可欣非死生之可厭但能一言了悟不起坐而卽證無生一念回光不舉步而徧周沙界如斯要徑引曰宗門山僧既到這裏不可徒然乃舉拂子曰看看山河大地日月星辰若凡若聖是人是物盡在拂子頭上一毛端裏出入遊戲諸人還見麽設或便向這裏見得倜儻分明更須知有向上一路試問諸人作麽生是向上一路良久曰六月長天降大雪三冬嶺上火雲飛

泉州乾峯圓慧禪師上堂達磨正宗衲僧巴鼻堪嗟迷者成羣開眼瞌睡頭上是天脚下是地耳朶聞聲鼻孔出氣敢問雲堂之徒時中甚處安置還見麽可憐雙林傅大士却言

秖這語聲是咄

大溈瑃禪師法嗣

眉州中巖慧目蘊能禪師本郡呂氏子年二十二於村落一富室爲校書偶遊山寺見禪册閱之似有得卽裂冠圓具一鉢遊方首叅寳勝澄甫禪師所趣頗異至荆湖謁永安喜眞如喆德山繪造詣益高造抵大溈溈問上座桑梓何處師曰西川曰我聞西川有普賢菩薩示現是否師曰今日得瞻慈相曰白象何在師曰爪牙已具曰還會轉身麽師提坐具繞禪牀一帀溈曰不是這箇道理師趨出一日溈爲衆入室問僧黄巢過後還有人收得劒麽僧竪起拳溈曰菜刀子僧曰爭奈受用不盡溈喝出次問師黄巢過後還有人收得劒麽師亦竪起拳溈曰也秖是菜刀子師曰殺得人卽休遂近前攔胷築之溈曰三十年弄馬騎今日被驢子撲後還蜀庵於舊址應四衆之請出住報恩上堂龍濟道萬法是心光諸緣唯性曉本無迷悟人秖要今日了師曰旣無迷悟了箇甚麽咄上堂舉雪峯一日普請搬柴中路見一僧遂擲下一段柴曰一大藏教秖說這箇後來眞如喆道一大藏教不說這箇據此二尊宿說話是同是别山僧則不然竪起拂子曰提起則如是我聞放下則信受奉行室中問崇眞氊頭如何是你空劫已前父母眞領悟曰和尚且低聲遂獻投機頌曰萬年倉裏曾饑饉大海中住儘長渴當初尋時尋不見如今避時避不得師爲印可一日與黄提刑奕碁次黄問數局之中無一局同千著萬著則故是如何是那一著

師提起碁子示之黄佇思師曰不見道從前十九路迷殺幾多人師住持三十餘載凡說法不許錄其語臨終書偈趺坐而化闍維時暴風忽起煙所至處皆雨設利道俗斸其地皆得之心舌不壞塔于本山

懷安軍雲頂寶覺宗印禪師上堂古者道識得凳子周帀有餘又道識得凳子天地懸殊山僧總不恁麼識得凳子是甚麼閑家具一日普說罷師曰諸子未要散去更聽一頌乃曰四十九年一場熱鬨八十七春老漢獨弄誰少誰多一般作夢歸去來兮梅梢雪重言訖下座倚杖而逝

五燈會元卷第四十九

音釋

汎思晉切音信灑掃也　枿魚列切音不伐木餘也　庠徐羊切音祥學養也　斆後學切音效覺悟也　斟諸深切音針益也言斟酌而益之　划胡瓜切音華送船也　䁓他典切音腆明也　轟呼宏切音轟人卒也　嵎元具切音虞山曲曰嵎

五燈會元卷第五十

宋 沙 門 大 川 濟 纂

南嶽下十四世

昭覺白禪師法嗣

成都府信相宗顯正覺禪師潼川王氏子少爲進士有聲嘗晝掬溪水爲戲至夜思之遂見水泠然盈室欲汲之不可而塵境自空曰吾世網裂矣往依昭覺得度具滿分戒後隨衆咨叅覺一日問師高高峯頂立深深海底行汝作麽生會師於言下頓悟曰釘殺腳跟也覺拈起拂子曰這箇又作麽生師一笑而出服勤七祀南遊至京師歷淮浙晚見五祖演和尚於海會出問未知關棙子難過趙州橋趙州橋即不問如何是關棙子祖曰汝且在門外立師進步一踏而退祖曰許多時茶飯元來也有人知滋味明日入室祖云你便是昨日問話底僧否我固知你見處秖是未過得白雲關在師珍重便出時圓悟爲侍者師以白雲關意扣之悟曰你但直下會取師笑曰我不是不會秖是未諳待見這老漢其伊理會一上明日祖往舒城師與悟繼往適會於興化祖問師記得曾在郡裏相見來師曰全火秖候祖顧悟曰這漢饒舌自是機緣相契遊廬阜回師以高高峯頂立深深海底行所得之語告五祖祖曰吾嘗以此事詰先師先師云我曾問遠和尚遠曰貓有歃血之功虎有起屍之德非素達本源不能到也師給侍之久祖鍾愛之後辭西歸爲小叅復以頌送曰離鄉四十餘年一時忘却蜀語禪人回到城都切須記取魯語時覺尚無恙師再

侍之名聲藹著遂出住長松遷保福信相僧問三世諸佛六代祖師總出這圈繢不得如何是這圈繢師曰井欄脣上堂舉仰山問中邑如何是佛性義邑曰我與你說箇譬喻汝便會也譬如一室有六窻內有一獮猴外有獮猴從東邊喚狌狌獮猴即應如是六窻俱喚俱應仰乃禮拜適蒙和尚指示某有箇疑處邑曰你有甚麽疑仰曰秖如內獮猴睡時外獮猴欲與相見又作麽生邑下禪牀執仰山手曰狌狌與你相見了師曰諸人要見二老麽我也與你說箇譬喻中邑大似箇金師仰山將一塊金來使金師酬價金師亦盡價相酬臨成交易賣金底更與貼秤金師雖然閤喜心中未免偷疑何故若非細作定是賊贓便下座

道林一禪師法嗣

潭州大溈大圓智禪師四明人也上堂舉南泉道三世諸佛不知有狸奴白牯却知有師曰三世諸佛旣不知有狸奴白牯又何曾夢見灼然須知向上有知有底人始得且作麽生是知有底人喫官酒臥官街當處死當處埋沙場無限英靈漢堆山積嶽露屍骸

南嶽下十五世

上封秀禪師法嗣

文定公胡安國草庵居士字康侯久依上封得言外之旨崇寧中過藥山有禪人舉南泉斬貓話問公公以偈答曰手握乾坤殺活機縱横施設在臨時玉堂兎馬非龍象大用堂堂總不知又寄上封有曰祝融峯似杜城天萬古江山在目前須信死心元不死夜來秋

月又同圓

上封才禪師法嗣

福州普賢元素禪師建寧人也上堂兵隨印轉三千里外絶煙塵將逐符行二六時中淨躶躶不用鐵旗鐵鼓自然草偃風行何須七縱七擒直得無思不服所謂大丈夫秉慧劍般若鋒兮金剛燄非但能摧外道心早會落却天魔膽正恁麼時且道主將是甚麼人喝一喝上堂南泉道我十八上便解作活計囊無繫蟻之絲廚乏聚蠅之糝趙州道我十八上便解破家散宅南頭買賤北頭賣貴點檢將來好與三十棒且放過一著何故曾爲浪子偏憐客自愛貪杯惜醉人上堂未開口時先分付擬思量處隔千山莫言佛法無多子未透玄關也大難秪如玄關作麽生透喝一喝

福州皷山山堂僧洵禪師本郡阮氏子上堂黄檗手中六十棒不會佛法的的大意却較些子大愚肋下築三拳便道黄檗佛法無多子鈍置殺人須知有一人大棒驀頭打他不回頭老拳劈面槌他亦不顧且道是誰上堂朔風掃地卷黄葉門外千峯凛寒色夜半烏龜帶雪飛石女谿邊皺兩眉卓拄杖云大家在這裏且道天寒人寒喝一喝云歸堂去

福州皷山別峯祖珍禪師興化林氏子僧問趙州遶禪牀一帀轉藏已竟此理如何師曰畫龍看頭畫虵看尾曰婆子道比來請轉全藏爲甚麽秖轉得半藏此意又且如何師曰人無遠慮必有近憂曰未審甚麽處是轉半藏處師曰不是知音者徒勞話歲寒上堂尋

牛須訪跡學道貴無心跡在牛還在無心道易尋豎起拂子曰這箇是跡牛在甚麼處直饒見得頭角分明鼻孔也在法石手裏上堂向上一路千聖不傳卓拄杖曰恁麼會得十萬八千畢竟如何桃紅李白薔薇紫問著春風總不知示衆云大道秖在目前要且目前難覩欲識大道眞體不離聲色言語卓拄杖云這箇是聲豎起拄杖云這箇是色喚甚麼作大道眞體直饒向這裏見得也是鄭州出曹門示衆若論此事如人喫飯飽則便休若也不飽必有思食之心若也過飽又有傷心之患到這裏作麼生得恰好去良久云且歸巖下宿同看月明時

黃龍逡禪師法嗣

饒州薦福常庵擇崇禪師寧國府人也上堂舉僧問古德生死到來如何免得德曰柴鳴竹爆驚人耳僧曰不會德曰家犬聲獰夜不休師曰諸人要會麼柴鳴竹爆驚人耳大洋海底紅塵起家犬聲獰夜不休陸地行舡三萬里堅牢地神笑呵呵須彌山王眼覰鼻把手東行却向西南山聲應北山裏千手大悲開眼看無量慈悲是誰底良久曰頭長脚短少喜多瞋上堂問侍者曰還記得昨日因緣麼曰記不得復顧大衆曰還記得麼衆無對豎起拂子曰還記得麼良久曰也忘却了也三處不成一亦非有諸人不會方言露柱且莫開口以拂子擊禪牀下座

天寧卓禪師法嗣

慶元府育王無示介諶禪師溫州張氏子謝知事上堂尺頭有寸鑑者猶稀秤尾無星且

莫錯認若欲定古今輕重較佛祖短長但請於中著一隻眼果能一尺還他十寸八兩原是半斤自然內外和平家國無事山僧今日已是兩手分付汝等諸人還肯信受奉行也無尺量刀剪徧世間誌公不是閑和尚上堂文殊智普賢行多年曆日德山棒臨濟喝亂世英雄汝等諸人穿僧堂入佛殿還知嶮過鐵圍關歷忽然踏著釋迦頂顴礚著聖僧額頭不免一場禍事上堂我若說有你爲有礙我若說無你爲無礙我若橫說你又跨不過我若竪說你又跳不出若欲叢林平怗大家無事不如推倒育王且道育王如何推得倒去召大衆曰著力著力復曰苦哉苦哉育王被人推倒了也還有路見不平扳劒相爲底麼若無山僧不免自倒自起擊拂子下座師性剛毅涖衆有古法時以諶鐵面稱之

安吉州道場普明慧琳禪師福州人上堂有漏笊籬無漏木杓庭白牡丹檻紅芍藥因思九年面壁人到頭不識這一著且道作麼生是這一著以拄杖擊禪牀下座上堂一即多多即一毗盧頂上明如日也無一也無多現成公案沒諸譌拈起舊來氊拍板明時共唱太平歌

安吉州道場無傳居慧禪師本郡吳氏子上堂鍾馗醉裏唱涼州小妹門前秖點頭巡海夜叉相見後大家拍手上高楼大衆若會得去鑠却天下人舌頭若會不得將謂老僧別有奇特上堂百尺竿頭弄影戲不唯瞞你又瞞天自笑平生歧路上投老歸來沒一錢上堂舉臨濟示衆曰一人在高高峯頂無出身

之路一人在十字街頭亦無向背且道那箇在前那箇在後師曰更有一人不在高高峯頂亦不在十字街頭臨濟老漢因甚不知便下座

臨安府顯寧松堂圓智禪師上堂蘆華白蓼華紅溪邊脩竹碧煙籠閑雲抱幽石玉露滴巖叢昨夜烏龜變作鱉今朝水牯悟圓通咄

安吉州烏回唯庵良範禪師上堂塵劫已前事堂堂無背面動靜莫能該舒卷快如電莫道凡不知佛也覷不見決定在何處合取這兩片篤不篤更爲諸人通一線良久曰天下太平皇風永扇上堂舉僧問趙州至道無難唯嫌揀擇是時人窠窟否州曰曾有人問老僧直得五年分踈不下師召衆曰趙州具頂門眼向擊石火裏分緇素閃電光中明縱奪爲甚麼却五年分踈不下還委悉麼易分雪裏粉難辨墨中煤

温州本寂靈光文觀禪師本郡葉氏子上堂過去諸如來斯門已成就好事不如無現在諸菩薩今各入圓明好事不如無未來修學人當依如是住好事不如無還知麼除却華山陳處士何人不帶是非行參

黄龍震禪師法嗣

常德府德山無諍慧初禪師靜江府人也上堂顧視大衆曰見麼在天成象在地成形在日月爲晦爲朔在四時爲寒爲暑鼓之以雷霆潤之以風雨且道在衲僧分上又作麼生一趯趯飜四大海一拳拳倒須彌山佛祖位中留不住又吹漁笛汨羅灣上堂九月二十五聚頭相共舉瞎却正法眼枯却雲門普德

山不會說禪羸得村歌社舞阿呵呵邏囉哩遂作舞下座

萬年一禪師法嗣

嘉興府報恩法常首座開封人也丞相薛居正之裔宣和七年依長沙益陽華嚴元軾下髪徧依叢林於首楞嚴經深入義海自湖湘至萬年謁雪巢機契命掌牋翰後首衆報恩室中唯一矮榻餘無長物庚子九月中語寺僧曰一月後不復留此十月二十一往方丈謁飯將曉書漁父詞於室門就榻收足而逝詞曰此事楞嚴嘗露布梅華雪月交光處一笑寥寥空萬古風甌語迥然銀漢橫天宇蝶夢南華方栩栩斑斑誰跨豐干虎而今忘却來時路江山暮天涯目送鴻飛去

嶽山祖菴主法嗣

廬山延慶叔禪師僧問多子塔前共談何事師曰一回相見一回老能得幾時爲弟兄僧禮拜師曰唐與今日失利

勝因靜禪師法嗣

漣水軍萬壽夢庵普信禪師上堂殘雪既消盡春風日漸多若將時節會佛法又如何且道時節因緣與佛法道理是同是別良久曰無影樹栽人不見開華結果自馨香

平江府慧日默庵興道禪師上堂同雲欲雪未雪愛日似暉不暉寒雀啾啾鬧籬落朔風冽冽舞簾帷要會韶陽親切句今朝覿面爲提撕卓拄杖下座

廣德軍光孝果慜禪師常德桃源人也上堂舉南泉斬貓兒話乃曰南泉提起下刀誅六臂脩羅救得無設使兩堂俱道得也應流血

滿街衢

雪峯需禪師法嗣

福州雪峯毬堂慧忠禪師上堂終日忙忙那事無妨作麽生是那事良久曰心不負人面無慚色

天童交禪師法嗣

慶元府蓬萊圓禪師住山三十年足不越閫道俗尊仰之師有偈曰新縫紙被烘來煖一覺安眠到五更聞得上方鐘皷動又添一日在浮生

圓通旻禪師法嗣

江州廬山圓通守慧沖眞密印通慧禪師上堂但知今日復明日不覺前秋與後秋平步坦然歸故里却乘好月過滄洲咦不是苦心人不知

隆興府黃龍道觀禪師上堂曰古人道眼色耳聲萬法成辦你諸人爲甚麽從朝至暮諸法不相到遂喝一喝曰牽牛入你鼻孔裏不入愼家之門

左丞范沖居士字致虛由翰苑守豫章過圓通謁旻禪師茶罷曰某行將老矣墮在金紫行中去此事稍遠通呼內翰公應喏通曰何遠之有公躍然曰乞師再垂指誨通曰此去洪都有四程公佇思通曰見卽便見擬思卽差公乃豁然有省

樞密吳居厚居士擁節歸鍾陵謁圓通旻禪師曰某頃赴省試過此過趙州關因問前住訥老透關底事如何訥曰且去做官今不覺五十餘年旻曰曾明得透關底事麽公曰八次經過常存此念然未甚脫灑在旻度扇與

之曰請使扇公郎揮扇旻曰有甚不脫灑處公忽有省曰便請末後句旻乃揮扇兩下公曰親切親切旻曰吉獠舌頭三千里

諫議彭汝霖居士手寫觀音經施圓通通拈起曰這箇是觀音經那箇是諫議經公曰此是某親寫通曰寫底是字那箇是經公笑曰却了不得也通曰即現宰官身而爲說法公曰人人有分通曰莫謗經好公曰如何即是通舉經示之公拊掌大笑曰嗄通曰又道了不得公禮拜

中丞盧航居士與圓通擁爐次公問諸家因緣不勞拈出直截一句請師指示通厲聲指曰看火公急撥衣忽大悟謝曰灼然佛法無多子通喝曰放下著公應喏喏

左司都貺居士問圓通曰是法非思量分別之所能解當如何湊泊通曰全身入火聚公曰畢竟如何曉會通曰驀直去公沈吟通曰可更喫茶麼公曰不必通曰何不恁麼會公契旨曰元來太近通曰十萬八千公占偈曰不可思議是大火聚便恁麼去不離當處通曰咦猶有這箇在公曰乞師再垂指示通曰便恁麼去鐺是鐵鑄公頓首謝之

明昭慧禪師法嗣

楊州石塔宣秘禮禪師僧問山河大地與自己是同是別師曰長亭涼夜月多爲客鋪舒曰謝師答話師曰網大難爲鳥綸稠始得魚僧作舞歸衆師曰長江爲硯墨頻寫斷交書上堂舉百丈野狐話乃曰不是韆濤手徒誇跨海鯨由基方撚鏃枝上衆猿驚上堂至座前師摑一僧上法座僧憧惶欲走師遂指座

曰這棚子若牽一頭驢上去他亦須就上屙在汝諸人因甚麽却不肯以拄杖一時趕散顧侍者曰嶮

浮山眞禪師法嗣

峨嵋靈巖徽禪師僧問文殊是七佛之師未審誰是文殊之師師曰金沙灘頭馬郎婦

祥符立禪師法嗣

湖南報慈淳禪師上堂曰青眸一瞬金色知歸授手而來如王寶劒而今開張門戸各說異端可謂古路坦而荆棘生法眼正而還自翳孤負先聖埋沒已靈且道不埋沒不孤負正法眼藏如何吐露還有吐露得底麽出來吐露看如無擔取詩書歸舊隱野華啼鳥一般春聯燈作鳥同範語

雲巖遊禪師法嗣

臨安府徑山塗毒智策禪師天台陳氏子幼依護國僧楚光落髮十九造國清謁寂室光灑然有省次謁大圓於明之萬壽圓問曰甚處來師曰天台來曰見智者大師麽師曰即今亦不少曰因甚在汝脚跟下師曰當面蹉過圓曰上人不耘而秀不扶而直一日辭去圓送之門拊師背曰寶所在近此城非實師領之徃豫章謁典牛道由雲居風雪塞路坐閱四十二日午初版聲鏗然豁爾大悟及造門典牛獨指師曰甚處見神見鬼來師曰雲居聞版聲來牛曰是甚麽師曰打破虛空全無柄靶牛曰向上事未在師曰東家暗坐西家厮罵牛曰嶄然超出佛祖他日起家一麟足矣住後上堂舉教中道若以色見我以音聲求我是人行邪道不能見如來雖然恁麽

正是捕得老鼠打破油甕懷禪師道你眼在甚麽處雖則識破釋迦老子爭奈拈鎚舐指若是塗毒即不然色見聲求也不妨百華影裏繡鴛鴦自從識得金鍼後一任風吹滿袖香師將示寂陞座別衆囑門人以文祭之師危坐傾聽至尚饗爲之一笑越兩日沐浴更衣集衆說偈曰四大旣分飛煙雲任意歸秋天霜夜月萬里轉光輝俄項泊然而逝塔全身於東岡之麓

信相顯禪師法嗣

成都府金繩文禪師僧問如何是大道之源師曰黃河九曲曰如何是不犯之令師曰鐵蛇鑚不入僧擬議師便打

南嶽下十六世

育王諶禪師法嗣

台州萬年心聞曇賁禪師永嘉人住江心疾起上堂維摩病說盡道理龍翔病咳嗽不已咳嗽不已說盡道理說盡道理咳嗽不已汝等諸人還識得其中意旨也未本是長江湊風冷却教露柱患頭風上堂一見便見八角磨盤空裏轉一得永得辰錦朱砂如墨黑秋風吹渭水已落雲門三句裏落葉滿長安幾箇而今被眼瞞豎拂子曰瞞得瞞不得總在萬年手裏還見麽華頂月籠招手石斷橋水落捨身巖僧問百丈卷席意旨如何師曰賊過後張弓四明太守以雪竇命師主之師辭以偈曰鬧籃方喜得抽頭退鼓而今打未休莫把乳峯千丈雪重來換我一雙眸

慶元府天童慈航了朴禪師福州人上堂酷暑如焚不易禁炎炎赫赫欲流金夜明簾外

無人到靈木迢然轉綠陰上堂久雨不晴半睡半醒可謂天地合其德日月合其明四時合其序鬼神合其吉凶遂喝曰住住內卦已成更求外象卓拄杖曰適來擲得雷天大壯如今變作地火明夷上堂牛皮鞔露柱露柱啾啾叫燈籠佯不知虛明還自照殿脊老虫吻聞得呵呵笑三門側耳聽就上打之遶譬如十日菊開徹阿誰要阿呵未必秋香一夜衰熨斗煎茶不同銚室中問僧賊來須打客來須看秖如三更夜半人面似賊賊面似人作麼生辨上堂觀音巖玲玲瓏瓏太白石丁丁東東西園菜蟥似不堪食東谷華發却無賴紅且道是祖意教意途中受用世諦流布若辨不出雪峯覆却飯桶若辨得出甘贄禮拜蒸籠參上堂德山入門便棒臨濟入門便喝臨濟喝處德山棒頭耳聾德山棒時臨濟喝下眼瞎雖然一搦一擡就中全生全殺遂喝一喝卓拄杖一下云敢問諸人是生是殺良久云君子可入

南劒州西巖宗回禪師婺州人也久依無示深得法恐因寺僧以茶禁聞有司吏捕知事師謂衆曰此事不直之則罪坐於我若自直彼復得罪不忍爲也令擊皷陞座說偈曰縣吏追呼不暫停爭如長往事分明從前有箇無生曲且喜今朝調已成言訖而逝

高麗國坦然國師少嗣王位欽鄉宗乘因海商方景仁抵四明録無示語歸師閱之啟悟即棄位圓顱作書以語要及四威儀偈令景仁呈無示示答曰佛祖出興於世無一法與人實使其自信自悟自證自到具大知見如

所見而說如所說而行山河大地草木叢林相與證明其來久矣後復通嗣法其書略曰生死海廣刧殫同通得遇本分宗師以三要印子驗定其法實謂盲龜值浮木孔耳

臨安府龍華無住本禪師廣德人也上堂舉雲門大師拈起胡餅曰我秖供養兩浙人不供養向北人衆無語門自代曰天寒日短兩人共一椀師曰韶陽老漢言中有響痛處著錐檢點將來醱成毒藥諸人要會麼半在河南半河北一片虛凝似墨黑冷地思量愁殺人叵耐雲門這老賊賊賊下座更不巡堂

道場琳禪師法嗣

臨江軍東山吉禪師因李朝請與㬑薌林居士向公子諲謁之遂問家賊惱人時如何師曰誰是家賊李竪起拳師曰賊身已露李曰莫塗糊人好師曰贓證見在李無語師示以偈曰家賊惱人孰奈何千聖回機秖爲他徧界徧空無影跡無依無住絕籠羅賊賊猛將雄兵收不得疑殺天下老禪和笑倒鬧市古彌勒休休不用將心向外求回頭瞥爾賊身露和贓捉獲世無儔世無儔眞可仰從兹不復誇伎倆帖帖安家樂業時萬象森羅齊拊掌

道場慧禪師法嗣

臨安府靈隱懶庵道樞禪師吳興四安徐氏子初住何山次移華藏隆興初詔居靈隱孝宗皇帝召至内殿問禪道之要師答以此事在陛下堂堂日用應機處本無知見起滅之勞聖凡迷悟之別第護正念則與道相應情却物則業不能繫盡去沉掉之病自忘問答

之意刹令補處見在佛般若光明中何事不成見耶上爲之首肯數四師示衆曰仙人張果老騎驢穿市過但聞蹄撥剌誰知是紙做後退居明教永安蘭若逍遥自適有偈題於壁曰雪裏梅花春信息池中月色夜精神年來可是無佳趣莫把家風舉似人淳熈丙申八月示微疾書偈而逝塔于永安

光孝慜禪師法嗣

廣德軍光孝悟初首座分座日示衆舉風幡話至仁者心動處乃曰祖師恁麽道賺殺一船人今時衲僧也不可恁麽會既不恁麽會畢竟作麽生良久曰六月好合醬切忌著鹽多

南嶽下十七世

萬年賁禪師法嗣

温州龍鳴在菴賢禪師上堂舉崇壽示衆曰識得凳子周帀有餘雲門道識得凳子天地懸殊師曰崇壽老漢坐殺天下人雲門大師走殺天下人龍鳴則不然識得凳子四脚著地要坐便坐要起便起上堂舉趙州勘婆話頌曰氷雪佳人貌最奇常將玉笛向人吹曲中無限華心動獨許東君第一枝

潭州大潙曉菴鑑禪師會稽人也上堂木落霜空天寒水冷釋迦老子無處藏身拆東籬補西壁撞著不空見菩薩請示念佛三昧也甚奇怪却向道金色光明雲衆退喫茶去上堂老胡開一條路甚生徑直秖云歇即菩提性淨明心不從人得後人不得其門一向奔馳南北往復東西極歲窮年無箇歇處諸人還歇得麽休休上堂舉晦堂和尚一日問僧

甚處來曰南雄州堂曰出來作甚麽曰尋訪尊宿堂曰不如歸鄉好曰未審和尚令其歸鄉意旨如何堂曰鄉里三錢買一片魚鮓如手掌大師曰寧可碎身如微塵終不瞎箇師僧眼晦堂較些子有般漢便道熟處難忘有甚共語處上堂舉罽賓國王問師子尊者蘊空公案師頌曰尊者何曾得蘊空罽賓徒自斬春風桃華雨後已零落染得一溪流水紅

南嶽下十一世

石霜圓禪師法嗣

袁州楊岐方會禪師郡之宜春冷氏子少警敏及冠不事筆硯繫名征商課最坐不職乃宵遯入瑞州九峯恍若舊遊眷不忍去遂落髮每閱經心融神會能折節扣參老宿慈明自南源徙道吾石霜師皆佐之總院事依之雖久然未有省發每咨參明曰庫司事繁且去他日又問明曰監寺異時兒孫徧天下在何用忙爲一日明適出雨忽作師偵之小徑既見遂搊住曰這老漢今日須與我說不說打你去明曰監寺知是般事便休語未卒師大悟即拜於泥途問曰狹路相逢時如何明曰你且軃避我要去那裏去師歸來日具威儀詣方丈禮謝明呵曰未在自是明每山行師輒瞰其出雖晚必擊鼓集衆明遽還怒曰少叢林暮而陞座何從得此規繩師曰汾陽晚參也何謂非規繩乎一日明上堂師出問幽鳥語喃喃辭雲入亂峯時如何明曰我行荒草裏汝又入深村師曰官不容鍼更借一問明便喝師曰好喝明又喝師亦喝明連喝兩喝師禮拜明曰此事是箇人方能擔荷師

拂袖便行明移興化師辭歸九峯後道俗迎居楊歧次遷雲蓋受請日拈法衣示衆曰會麽若也不會今日無端走入水牯牛隊裏去也還知麽筠陽九岫萍實楊歧遂陞座時有僧出師曰漁翁未擲釣躍鱗衝浪來僧便喝師曰不信道僧拊掌歸衆師曰消得龍王多少風問師唱誰家曲宗風嗣阿誰師曰有馬騎馬無馬步行曰少年長老足有機籌師曰念汝年老放汝三十棒問如何是佛師曰三脚驢子弄蹄行曰莫秖這便是麽師曰湖南長老乃曰更有問話者麽試出來相見楊歧今日性命在汝諸人手裏一任横拖倒拽爲甚麽如此大丈夫兒須是當衆決擇莫背地裏似水底按葫蘆相似當衆引驗莫便面赤有麽有麽出來決擇看如無楊歧今日失利師便下座九峯勤和尚把住云今日喜得箇同參師曰作麽生是同參底事勤曰九峯牽犂楊歧拽耙師曰正恁麽時楊歧在前九峯在前勤擬議師拓開曰將謂同參元來不是僧問人法俱遣未是衲僧極則佛祖雙亡猶是學人疑處未審和尚如何爲人師曰你秖要勘破新長老曰恁麽則旋斫生柴帶葉燒師曰七九六十三問古人面壁意旨如何師曰西天人不會唐言上堂霧演長空風生大野百草樹木作大師子吼演說摩訶大般若三世諸佛在你諸人脚跟下轉大法輪若也會得功不浪施若也不會莫道楊歧山勢險前頭更有最高峯上堂舉古人一轉公案布施大衆良久曰口秖堪喫飯上堂踏著秤鎚硬似鐵瘂子得夢向誰說須彌頂上浪滔天

大洋海裏遭火爇參上堂楊岐一要千聖同妙布施大衆拍禪牀一下云果然失照參上堂楊岐一句急著眼覷長連牀上拈匙把筯上堂拈拄杖云一即一切一切即一畫一畫云山河大地天下老和尚百雜碎作麽生是諸人鼻孔良久云劍爲不平離寶匣藥因救病出金缾喝一喝卓一下上堂楊岐無旨的種田博飯喫說夢老瞿曇何處覓蹤跡喝一喝拍禪牀一下上堂薄福住楊岐年來氣力衰寒風凋敗葉猶喜故人歸囉囉哩拈上死柴頭且向無煙火上堂楊岐乍住屋壁疎滿牀盡布雪眞珠縮却項暗嗟吁良久曰翻憶古人樹下居上堂雲蓋是事不如說禪似呑栗蒲若向此處會得佛法天地懸殊上堂擲下拄杖曰釋迦老子著跌偷笑雲蓋亂說雖然世界坦平也是將勤補拙上堂釋迦老子初生時周行七步目顧四方一手指天一手指地今時衲僧盡皆打模畫樣便道天上天下惟我獨尊雲蓋不惜性命亦爲諸人打箇樣子遂曰陽氣發時無硬地示衆一切智通無障礙拈起拄杖曰拄杖子向汝諸人面前逞神通去也擲下曰直得乾坤震裂山嶽搖動會麽不見道一切智智清淨拍禪牀曰三十年後明眼人前莫道楊岐龍頭虵尾僧問撥雲見日時如何師曰東方來者東方坐問天得一以清地得一以寧衲僧得一堪作甚麽師曰鉢盂口向天慈明忌辰設齋衆纔集師於眞前以兩手揑拳安頭上以坐具畫一畫打一圓相便燒香退身三步作女人拜首座曰休揑怪師曰首座作麽生座曰和尚休

捏怪師曰兔子喫牛㚻第二座近前打一圓相便燒香亦退身三步作女人拜師近前作聽勢座擬議師打一掌曰這漆桶也亂做龍興孜和尚遷化僧至下遺書師問世尊入滅槨示雙趺和尚歸真有何相示僧無語師搥胷曰蒼天蒼天室中問僧栗棘蓬你作麼生吞金剛圈你作麼生透一日三人新到師問三人同行必有一智提起坐具曰參頭上座喚這箇作甚麼曰坐具師曰真箇那曰是師復曰喚作甚麼曰坐具師顧視左右曰參頭却具眼問第二人欲行千里一步爲初如何是最初一句曰到和尚這裏爭敢出手師以手畫一畫僧曰了師展兩手僧擬議師曰了問第三人近離甚處曰南源師曰楊岐今日被上座勘破且坐喫茶問僧取葉堆雲朝離何處曰觀音師曰觀音脚跟下一句作麼生道曰適來相見了也師曰相見底事作麼生僧無對師曰第二上座代參頭道看亦無對師曰彼此相鈍置示衆云春風如刀春雨如膏律令正行萬物情動你道脚踏實地一句作麼生道出來向東涌西沒處道看直饒道得也是梁山頌子示衆云身心清淨諸境清淨諸境清淨身心清淨還知楊岐老人落處麼河裏失錢河裏摝示衆云景色乍晴物情舒泰舉步也千身彌勒動用也隨處釋迦文殊普賢總在這裏衆中有不受人謾底便道楊岐和麩糶麪然雖如是布袋裏盛錐子示衆云雪雪處處光輝明皎潔黃河凍鎖絶纖流赫日光中須迸裂須迸裂那吒頂上喫蒺藜金剛脚下流出血皇祐改元示寂塔于雲

盖

南嶽下十二世

楊岐會禪師法嗣

舒州白雲守端禪師衡陽葛氏子幼事翰墨冠依茶陵郁禪師披削往參楊岐岐一日忽問受業師爲誰師曰茶陵郁和尚岐曰吾聞伊過橋遭攧有省作偈甚奇能記否師誦曰我有明珠一顆久被塵勞關鎖今朝塵盡光生照破山河萬朵岐笑而趨起師愕然通夕不寐黎明咨詢之適歲暮岐曰汝見昨日打敺儺者麽曰見岐曰汝一籌不及渠師復駭曰意旨如何岐曰渠愛人笑汝怕人笑師大悟巾侍久之辭遊廬阜圓通訥禪師舉住承天聲名籍甚又遜居圓通次徙法華龍門興化海會所至衆如雲集僧問如何是佛師曰鑊湯無冷處曰如何是佛法大意師曰水底按葫蘆曰如何是祖師西來意師曰烏飛兎走問不求諸聖不重己靈未是衲僧分上事如何是衲僧分上事師曰死水不藏龍曰便恁麽去時如何師曰賺殺你到棲賢上堂承天自開堂後便安排些葛藤來山南東葛西葛却爲在歸宗開先萬杉打疊了也今日到三峽會裏大似臨嫁醫癭卒著手脚不辨幸望大衆不怪伏惟珍重上堂烏有雙翼飛無遠近道出一隅行無前後你衲僧家尋常拈匙放箸盡道知有及至上嶺時爲甚麽却氣急不見道人無遠慮必有近憂上堂乾坤之内宇宙之間中有一寶秘在形山大衆眼在鼻上脚在肚下且道寶在甚麽處良久云人面不知何處去桃華依舊笑春風上堂古者

道將此深心奉塵刹是則名爲報佛恩圓通則不然時挑野菜和根煮旋斫生柴帶葉燒上堂江月照松風吹到這裏還有漏網者麽良久曰皇天無親上堂入林不動草入水不動波入鳥不亂行大衆這箇是把纜放船底手脚且道衲僧家合作麽生以手拍禪牀曰掀飜海嶽求知己撥亂乾坤見太平上堂忌口自然諸病減多情未免有時勞貧居動便成違順落得清閑一味高雖然如是莫謂無心云是道無心猶隔一重關示衆云泥佛不度水木佛不度火金佛不度爐真佛内裏坐大衆趙州老子十二劑骨頭八萬四千毛孔一時抛向諸人懷裏了也圓通今日路見不平爲古人出氣以手拍禪牀云須知海嶽歸明主未信乾坤陷吉人示衆云佛身充滿於法界普現一切羣生前隨緣赴感靡不周而常處此菩提座大衆作麽生説箇隨緣赴感底道理秖於一彈指間盡大地含生根機一時應得周足而未嘗動著一毫頭便且喚作隨緣赴感而常處此座秖如山僧此者受法華請相次與大衆相别去宿松縣裏開堂了方歸院去且道還離此座也無若道離則世諦流布若道不離作麽生見得箇不離底事莫是無邊刹境自他不隔於毫端十世古今始終不離於當念麽又莫是一切無心一時自徧麽若恁麽正是掉棒打月到這裏直須悟始得悟後更須遇人始得你道既悟了便休又何必更須遇人若悟了遇人底當垂手方便之時著著自有出身之路不瞎却學者眼若秖悟得乾蘿蔔頭底不唯瞎却學者眼

兼自己動便先自犯鋒傷手你看我楊岐先師問慈明師翁道幽鳥語喃喃辭雲入亂峯時如何答云我行荒草裏汝又入深村進云官不容鍼更借一問師翁便喝進云好喝師翁又喝先師亦喝師翁乃連喝兩喝先師遂禮拜大衆須知悟了遇人者向十字街頭與人相逢却在千峯頂上握手向千峯頂上相逢却在十字街頭握手所以山僧嘗有頌云他人住處我不住他人行處我不行不是爲人難共聚大都緇素要分明山僧此者臨行解開布袋頭一時撒在諸人面前了也有眼若莫錯恠好珍重開堂示衆云昔日靈山會上世尊拈華迦葉微笑世尊道吾有正法眼藏分付摩訶大迦葉次第流傳無令斷絶至于今日大衆若是正法眼藏釋迦老子自無分將箇甚麽分付將箇甚麽流傳何謂如此泥諸人分上各各自有正法眼藏每日起來是是非非分南分北種種施爲盡是正法眼藏之光影此眼開時乾坤大地日月星辰森羅萬象秖在面前不見有毫釐之相此眼未開時盡在諸人眼睛裏今日已開者不在此限有未開者山僧不惜手爲諸人開此正法眼藏看乃舉手竪兩指曰看看若見得去事同一家若也未然山僧不免重説偈言諸人法眼藏千聖莫能當爲君通一線光輝滿大唐須彌走入海六月降嚴霜法華雖恁道無句得商量大衆既滿口道了爲甚麽却無句得商量喝一喝曰分身兩處看上堂釋迦老子有四弘誓願云衆生無邊誓願度煩惱無盡誓願斷法門無量誓願學佛道無上誓願

成法華亦有四弘誓願饑來要喫飯寒到即添衣困時伸脚睡熱處愛風吹上堂古人留下一言半句未透時撞著鐵壁相似忽然一日覷得透後方知自己便是鐵壁如今作麼生透復曰鐵壁鐵壁上堂若端的得一回汗出便向一莖草上現瓊樓玉殿若未端的得一回汗出縱有瓊樓玉殿却被一莖草蓋却作麼生得汗出去自有一雙窮相手不會容易舞三臺上堂安居之首禁足為名禁足之意意在進道而護生衲僧家更有何生而可護何道而可進唾一唾唾破釋迦老子面門踏一步踏斷釋迦老子脊脊骨猶是隨羣逐隊漢未是本分衲僧良久曰無限風流慵賣弄免教人指好郎君上堂絲毫有趣皆能進畢竟無歸若可當逐日退身行興盡忽然得見本爺孃作麼生是本爺孃乃云萬福便下座示衆云如我按指海印發光拈起拄杖云山河大地水鳥樹林情與無情今日盡向法華拄杖頭上作大師子吼演說摩訶大般若且道天台南嶽說箇甚麼法門南嶽說洞上五位修行君臣父子各得其宜莫守寒巖異草青坐却白雲宗不妙天台說臨濟下三玄三要四料揀一喝分賓主照用一時行要會箇中意日午打三更廬山出來道你兩箇正在葛藤窠裏不見道欲得不招無間業莫謗如來正法輪大衆據此三箇漢見解若上衲僧秤子上稱一箇重八兩一箇重半斤一箇不直半分錢且道那箇不直半分錢良久云但願春風齊著力一時吹入我門來卓拄杖下座熈寧五年遷化壽四十八

五燈會元卷第五十

音釋

歃色洽切音唒歎也　藹衣海切哀上聲美著也　狌師庚切音生若黃狗人面能言　帖託協切音帖靜也　矮鴉楷切隘上聲短也　汨莫狄切音覓汨羅江名在長沙　栩虛呂切音詡栩栩喜貌　慭美隕切音閔聰也　嶄士減切音劖山高峻也　蟥胡光切音黃莱蟲也　儺奴何切音那驅疫也

五燈會元卷第五十一

宋沙門大川濟纂

南嶽下十二世

楊岐會禪師法嗣

金陵保寧仁勇禪師四明竺氏子容止淵秀齠爲大僧通天台教更衣謁雪竇明覺禪師覺意其可任大法誚之曰央庠座主師憤悱下山望雪竇拜曰我此生行脚參禪道不過雪竇誓不歸鄉即往泐潭踰紀疑情未泮閒楊岐移雲蓋能鈐鍵學者直造其室一語未及頓明心印岐歿從同參白雲端禪師遊研極立奧後出世兩住保寧而終僧問如何是佛師曰近火先焦曰如何是道師曰泥裏有刺曰如何是道中人師曰切忌踏著問先德道寒風凋敗葉猶喜故人歸未審誰是故人師曰楊岐和尚遷化久矣曰正當恁麼時更有甚麼人爲知音師曰無眼村翁暗點頭問如何是佛師曰自屎不覺臭問如何是保寧境師曰主山頭倒卓曰如何是境中人師曰鼻孔無半邊問如何是塵中自在底人師曰因行不妨掉臂問如何是佛師曰鐵鎚無孔曰如何是佛法大意師曰鑊湯無冷處問靈山指月曹谿話月未審保寧門下如何師曰嗄曰有華當面貼師便喝問摘葉尋枝即不問如何是直截根源師曰蚊子上鐵牛曰直截根源人已曉中下之流如何指示師曰石人脊背汗通流上堂山僧二十餘年挑囊負鉢向寰海之內參善知識十數餘人自家竝無箇見處有若頑石相似參底尊宿亦無長處可相利益自此一生作箇百無所解底人

幸自可憐生忽然被業風吹到江寧府無端被人上當推向十字路頭住箇破院作粥飯主人接待南北事不獲已隨分有鹽有醋粥足飯足且恁過時若是佛法不曾夢見上堂侍者燒香罷師指侍者曰侍者已爲諸人說法了也上堂看看山僧入拔舌地獄去也以手拽舌云阿𠻘阿𠻘上堂相罵無好言相打無好拳大衆直須恁麼始得一句句切害一拳拳著實忽然打著箇無面目漢也不妨暢快殺人上堂滿口是舌都不能說碧眼胡僧當門齒缺上堂秋風涼松韻長未歸客思故鄉且道誰是未歸客何處是故鄉良久曰長連牀上有粥有飯上堂天上無彌勒地下無彌勒打破太虛空如何尋不得垂下一足曰大衆向甚麼處去也上堂若說佛法供養大衆未免眉鬚墮落若說世法供養大衆入地獄如箭射去此二途且道保寧今日當說甚麼三寸舌頭無用處一雙空手不成拳上堂古人底今人用今人底古人爲古今無背面今古幾人知𠻘嗚咿一九與二九相逢不出手上堂有手脚無背面明眼人看不見天左旋地右轉拍膝曰西風一陣來落葉兩三片上堂風鳴條雨破塊曉來枕上鶯聲碎蝦蟆蚯蚓一時鳴妙德空生都不會都不會三箇成羣四箇作隊窈窈窕窕飄飄颻颻向南北東西折得梨華李華一佩兩佩上堂智不到處切忌道著道著則頭角生大衆頭角生了也是牛是馬上堂無漏眞淨云何是中更容他物喝一喝曰好人不肯做須要屎裏臥上堂夜靜月明水清魚現金鉤一擲何處尋蹤

提起拄杖曰歷細歷細示衆云有箇漢怪復醜眼直鼻藍饞面南看北斗解使日午金烏啼夜半鐵牛吼天地旋山河走羽族毛羣失其所守直得文殊普賢出此沒彼七縱八橫千生萬受驀然逢著箇黃面瞿曇不惜眉毛再三與伊摩頂授記云善哉善哉大作佛事希有希有於是乎自家懡懡㦬㦬慞慞惶惶藏頭縮手召云大衆此話大行何必更待三十年後示衆云大方無外大圓無內無內無外聖凡普會瓦礫生光須彌粉碎無量法門百千三昧拈起拄杖云總在這裏會麽蘇嚕蘇嚕嘿哩嘿哩娑訶示衆云釋迦老子四十九年說法不會道著一字優波毱多丈室盈籌不會度得一人達磨不居少室六祖不住曹谿誰是後昆誰爲先覺既然如是彼自無瘡勿傷之也拍膝顧衆云且喜得天下太平示衆云眞相無形示形現相千怪萬狀自此而彰喜則滿面光生怒則雙眉陡竪非凡非聖或是或非人不可量天莫能測直下搆得未稱丈夫喚不回頭且莫錯怪

潭州石霜守孫禪師僧問生也不道死也不道爲甚麽不道師曰一言已出曰從東過西又作麽生師曰駟馬難追曰學人總不與麽師曰易開終始口難保歲寒心

比部孫居士因楊岐會禪師來謁值視斷次公曰某爲王事所牽何由免離岐指曰委悉得麽公曰望師點破岐曰此是比部弘願深廣利濟羣生公曰未審如何岐示以偈曰應現宰官身廣弘悲願深爲人重指處棒下血淋淋公於此有省

南嶽下十三世

白雲端禪師法嗣

蘄州五祖法演禪師綿州鄧氏子三十五始棄家祝髮受具往成都習唯識百法論因聞菩薩入見道時智與理冥境與神會不分能證所證西天外道嘗難比丘曰既不分能證所證却以何爲證無能對者外道貶之令不鳴鐘鼓反披袈裟三藏奘法師至彼救此義曰如人飲水冷暖自知乃通其難師曰冷暖則可知矣作麽生是自知底事遂質本講曰不知自知之理如何講莫疏其問但誘曰汝欲明此當往南方扣傳佛心宗者師卽負笈出關所見尊宿無不以此咨決所疑終不破泊謁圓照本禪師古今因緣會盡唯不會僧問興化四方八面來時如何化云打中間底僧作禮化云我昨日赴箇村齋中途遇一陣卒風暴雨却向古廟裏避得過請益本本云此是臨濟下因緣須是問他家兒孫始得師遂謁浮山遠禪師請益前話遠云我有箇譬喻說似你你一似箇三家村裏賣柴漢子把箇匾擔向十字街頭立地問人中書堂今日商量甚麽事師默計云若如此大故未在遠一日語師曰吾老矣恐虛度子光陰可往依白雲此老雖後生吾未識面但見其頌臨濟三頓棒話有過人處必能了子大事師潸然禮辭至白雲遂舉僧問南泉摩尼珠話請問雲叱之師領悟獻投機偈曰山前一片閑田地叉手叮嚀問祖翁幾度賣來還自買爲憐松竹引清風雲特印可令掌磨事未幾雲至語師曰有數禪客自廬山來皆有悟入處敎

伊說亦說得有來由舉因緣問伊亦明得教伊下語亦下得秖是未在師於是大疑私自計曰既悟了說亦說得明亦明得如何却未在遂參究累日忽然省悟從前寶惜一時放下走見白雲雲為手舞足蹈師亦一笑而已師後曰吾因茲出一身白汗便明得下載清風雲一日示眾曰古人道如鏡鑄像像成後鏡在甚麼處眾下語不契舉以問師師近前問訊曰也不較多雲笑曰須是道者始得乃命分座開示方來初住四面遷白雲晚居東山僧問攜筇領眾祖令當行坐斷要津師意如何師曰秋風吹渭水落葉滿長安曰四面無門山嶽秀今朝且得主人歸師曰你道路頭在甚麼處曰為甚麼對面不相識師曰且喜到來問祖意教意是同是別師曰人貧智短馬瘦毛長問如何是白雲為人親切處師曰拔轉鼻孔曰便恁麼去時如何師曰不知痛癢漢問達磨面壁意旨如何師曰計較未成曰二祖立雪時如何師曰將錯就錯曰秖如斷臂安心又作麼生師曰煬帝開汴河問百尺竿頭如何進步師曰快走始得問如何是臨濟下事師曰五逆聞雷曰如何是雲門下事師曰紅旗閃爍曰如何是曹洞下事師曰馳書不到家曰如何是溈仰下事師曰斷碑橫古路僧禮拜師曰何不問法眼下事曰留與和尚師曰巡人犯夜問如何是白雲一滴水師曰打碓打磨曰飲者如何師曰教你無著面處問天下人舌頭盡被白雲坐斷白雲舌頭甚麼人坐斷師曰東村王大翁師乃曰適來思量得一則因緣而今早忘了也却

是拄杖子記得乃拈拄杖曰拄杖子也忘了遂卓一下曰同坑無異土咄上堂幸然無一事行脚要參禪却被禪相惱不透祖師關如何是祖師關把火入牛欄上堂恁麽恁麽鰕跳不出斗不恁麽不恁麽弄巧成拙輭似鐵硬如泥金剛眼睛十二兩衲僧手裏秤頭低有價數沒商量無鼻孔底將甚麽聞香上堂難難幾何般易易没巴鼻好好催人老默默從此得過這四重關了泗州人見大聖參上堂若要七縱八横見老和尚打鼓陞堂七十三八十四將拄杖驀口便築然雖如是拈却門前下馬臺剪却五色索方始得安樂僧問承師有言山前一片閑田地秖如威音王已前未審甚麽人爲主師曰問取寫契書人曰和尚爲甚倩人來答師曰秖爲你教別人問曰與和尚平出去也師曰大遠在問如何是佛師曰口是禍門又曰肥從口入問一代時教是箇切脚未審切那箇字師曰鉢囉娘曰學人秖問一字爲甚麽却答許多師曰七字八字問如何是和尚家風師曰鐵旗鐵鼓曰秖有這箇爲復別有師曰採石渡頭看曰忽遇客來將何祗待師曰龍肝鳳髓且待別時曰客是主人相師師曰謝供養問如何是先照後用師曰王言如絲曰如何是先用後照師曰其出如綸曰如何是照用同時師曰舉起軒轅鑑蚩尤頓失威曰如何是照用不同時師曰金將火試問佛未出世時如何師曰大慜不如小慜曰出世後如何師曰小慜不如大慜問牛頭未見四祖時如何師曰頭上戴纍垂曰見後如何師曰青布遮前曰未見

時爲甚麽百鳥銜華獻師曰富與貴是人之所欲曰見後爲甚麽不銜華獻師曰貧與賤是人之所惡問如何是佛師曰露胸跣足曰如何是法師曰大赦不放曰如何是僧師曰釣魚船上謝三郎問四面無門山嶽秀箇中時節若爲分曰東君知子細徧地發萌芽曰春去秋來事宛然也師曰纔方搓彈子便要揑金剛上堂古人道我若向你道卽禿却我舌若不向你道卽瘂却我口且道還有爲人處也無四面有時擬爲你吞却秖被當門齒礙擬爲你吐却又爲咽喉小且道還有爲人處也無乃曰四面自來柳下惠上堂結夏無可供養作一家燕管顩諸人遂擡手曰囉邏招囉邏搖囉邏送莫怪空疎伏惟珍重上堂白雲不會說禪三門開向兩邊有人動著關

棙兩片東扇西扇上堂一向恁麽去路絶人稀一向恁麽來孤負先聖去此二途祖佛不能近設使與白雲同生同死亦未稱平生何也鳳凰不是凡間物不得梧桐誓不棲上堂千峰列翠岸柳垂金樵父謳歌漁人鼓舞笙簧聒地鳥語呢喃紅粉佳人風流公子一一爲汝諸人發上上機開正法眼若向這裏薦得金色頭陀無容身處若也不會喫粥喫飯許你七穿八穴上堂此箇物上拄天下拄地晥口作眼晥山作鼻太平退身三步放你諸人出氣上堂狗子還有佛性也無也勝猫兒十萬倍上堂太平淈湑漢事事盡經徧如是三十年也有人讚歎且道讚歎箇甚麽好箇淈湑漢上堂汝等諸人見老和尚鼓動脣吻竪起拂子便作勝解及乎山禽聚集牛動尾

巴却將作等閑殊不知簷聲不斷前旬雨電影還連後夜雷謝監收上堂人之性命事第一須是○欲得成此○先須防於○若是眞○人○○上堂有佛處不得住換却你心肝五臟無佛處急走過鴈過留聲三千里外逢人不得錯舉出門便錯恁麼則不去也種粟却生豆摘楊華摘楊華不覺日又夜爭教人少年上堂悟了同未悟歸家尋舊路一字是一字一句是一句自小不脫空兩歲學移步湛水生蓮華一年生一度僧問如何是奪人不奪境師曰秋風吹渭水落葉滿長安曰如何是奪境不奪人師曰路上逢人半是僧曰如何是人境兩俱奪師曰高空有月千門照大道無人獨自行曰如何是人境俱不奪師曰少婦棹孤舟歌聲逐水流小參舉德山云今夜不答話問話者三十棒衆中舉者甚多會者不少且道向甚處見德山有不顧性命者試出來道看若無山僧爲大衆與德山老人相見去也待德山道今夜不答話問話者三十棒但向伊道某甲話也不問棒也不喫你道還契他德山老人麼到這裏須是箇漢始得況某甲十有餘年海上參尋見數人尊宿自爲了當及到浮山會裏直是開口不得後到白雲門下齩破一箇鐵酸豏直得百味具足且道豏子一句作麼生道乃曰華發鷄冠媚早秋誰人能染紫絲頭有時風動頻相倚似向堦前鬬不休上堂山僧昨日入城見一棚傀儡不免近前看或見端嚴奇特或見醜陋不堪動轉行坐青黃赤白一一見了子細看時元來青布幔裏有人山僧忍俊不禁

乃問長史高姓他道老和尚看便了問甚麽姓大衆山僧被他一問直得無言可對無理可伸還有人爲山僧道得麽昨日那裏落節今日這裏拔本上堂說佛說法拈槌竪拂白雲萬里德山入門便棒臨濟入門便喝白雲萬里然後恁麽也不得不恁麽也不得恁麽不恁麽總不得也則白雲萬里忽有箇漢出來道長老你恁麽道也則白雲萬里這箇說話喚作矮子看戲隨人上下三十年後一場好笑且道笑箇甚麽笑白雲萬里示衆云祖師道吾本來茲土傳法救迷情一華開五葉結果自然成達磨大師信脚來信口道後代兒孫多成計較要會開華結果處麽鄭州梨青州棗萬物無過出處好示衆云眞如凡聖皆是夢言佛及衆生竝爲增語或有人出來道盤山老𣪍但向伊道不因紫陌華開早爭得黃鸝下柳條若更問道五祖老𣪍自云諾惺惺著示衆云十方諸佛六代祖師天下善知識皆同這箇舌頭若識得這箇舌頭始解大脫空便道山河大地是佛草木叢林是佛若也未識得這箇舌頭秖成小脫空自謾去明朝後日大有事在五祖恁麽說話還有實頭處也無自云有如何是實頭處歸堂喫茶去示衆云每日起來拄却臨濟棒吹雲門曲應趙州拍擔仰山鍬驅溈山牛耕白雲田七八年來漸成家活更告諸公每人出一隻手相共扶助唱村田樂齉羹淡飯且恁麽過何也但願今年蠶麥熟羅睺羅兒與一文示衆舉德山和尚因僧問從上諸聖以何法示人山云我宗無語句亦無一法與人雪峰從此

有省後有僧問雪峰云和尚見德山得箇甚麽便休去峰云我當時空手去空手歸白雲今日說向透未過者有箇人從東京來問伊甚處來他却道蘇州來問伊蘇州事如何伊道一切尋常雖然如是謾白雲不過何故秖爲語音各別畢竟如何蘇州菱部伯藕示衆佛祖生冤家悟道染泥土無爲無事人聲色如聾瞽且道如何即是恁麽也不得不恁麽也不得恁麽不恁麽總不得忽有箇出來道恁麽也得不恁麽也得恁麽不恁麽總得秖向伊道我也知你向鬼窟裏作活計小參舉陸亘大夫問南泉弟子家中有一片石也曾坐也曾臥擬鐫作佛得麽云得陸曰莫不得麽云不得大衆夫爲善知識須明決擇爲甚麽他人道得也道得他人道不得也道不得

還知南泉落處麽白雲不惜眉毛與汝注破得又是誰道來不得又是誰道來汝若更不會老僧今夜爲汝作箇樣子乃舉手云將三界二十八天作箇佛頭金輪水際作箇佛脚四大洲作箇佛身雖然作此佛兒子了汝諸人又却在那裏安身立命大衆還會也未老僧作第二箇樣子去也將東弗於逮作一箇佛南贍部洲作一箇佛西瞿耶尼作一箇佛北鬱單越作一箇佛草木叢林是佛蠢動含靈是佛既恁麽又喚甚麽作衆生還會也未不如東弗於逮還他東弗於逮南贍部洲還他南贍部洲西瞿耶尼還他西瞿耶尼北鬱單越還他北鬱單越草木叢林還他草木叢林蠢動含靈還他蠢動含靈所以道是法住法位世間相常住既恁麽汝又喚甚麽作佛

還會麽忽有箇漢出來道白雲休寐語大衆記取這一轉三佛侍師於一亭上夜話及歸燈已滅師於暗中曰各人下一轉語佛鑑曰彩鳳舞丹霄佛眼曰鐵蛇橫古路佛果曰看脚下師曰滅吾宗者乃克勤爾崇寧三年六月二十五日上堂辭衆曰趙州和尚有末後句你作麽生會試出來道看若會得去不妨自在快活如或未然這好事作麽說良久曰說即說了也秖是諸人不知要會麽富嫌千口少貧恨一身多珍重時山門有土木之役躬往督之且曰汝等勉力吾不復來矣歸丈室淨髮澡身迄且吉祥而化是夕山摧石隕四十里內巖谷震吼闍維設利如雨塔於東山之南

潭州雲蓋山智本禪師瑞州郭氏子開堂日僧問諸佛出世天雨四華和尚出世有何祥瑞師曰千聞不如一見曰見後如何師曰瞎問如何是清淨法身師曰家無小使不成君子問將心覓心如何覓得師曰波斯學漢語問如何是學人出身處師曰雪峰元是嶺南人問素面相呈時如何師曰一場醜拙問人人盡有一面古鏡如何是學人古鏡師曰打破來向你道曰打破了也師曰胡地冬抽筍問古人道說取行不得底行取說不得底未審行不得底作麽生說師曰口在脚下曰說不得底作麽生行師曰踏著舌頭問知師久蘊囊中寶今日當場略借看師曰適來恰被人借去上堂去者鼻孔遼天來者脚踏實地且道祖師意向甚麽處著良久曰長恨春歸無覓處不知流入此中來上堂高臺巴鼻開

口便是若也便是有甚巴鼻月冷風高水清山翠上堂以楔出楔有甚休歇欲得休歇以楔出楔喝一喝上堂高聲喚侍者侍者應諾師曰大衆集也未侍者曰大衆已集師曰那一箇爲甚麽不來赴參侍者無語師曰到卽不點上堂滿口道不出句句甚分明滿目覷不見山山疊亂青鼓聲猶不會何況是鐘鳴喝一喝上堂祖翁卓卓犖犖兒孫齷齷齪齪有處藏頭沒處露角借問衲僧如何摸索上堂橫按拄杖曰牙如刀劍面如鐵眼放電光光不歇手把蒺棃一萬斤等閑敲落天邊月卓一下僧問如何是齩人師子師曰五老峰前曰這箇豈會齩人師曰今日拾得性命上堂頭戴須彌山脚踏四大海呼吸起風雷動用生五彩若能識得渠一任歲月改且道誰人識得渠喝一喝云田厙奴

滁州琅邪永起禪師襄陽人也僧問菴內人爲甚麽不見菴外事師曰東家點燈西家暗坐曰如何是菴內事師曰眼在甚麽處曰三門頭合掌師曰有甚交涉乃曰五更殘月落天曉白雲飛分明目前事不是目前機既是目前事爲甚麽不是目前機良久曰此去西天路迢迢十萬餘上堂良久拊掌一下曰阿呵呵阿呵呵還會麽法法本來法遂拈拄杖曰這箇是山僧拄杖那箇是本來法還定當得麽卓一下

英州保福殊禪師僧問諸佛未出世時如何師曰山河大地曰出世後如何師曰大地山河曰恁麽則一般也師曰敲甎打瓦問如何是和尚家風師曰椀大椀小曰客來將何祇

待師曰一杓兩杓曰未飽者作麼生師曰少喫少喫問如何是大道師曰鬧市裏曰如何是道中人師曰一任人看問如何是禪師曰秋風臨古渡落日不堪聞曰不問這箇禪師曰你問那箇禪曰祖師禪師曰南華塔外松陰裏飲露吟風又更多問如何是眞正路師曰出門看堠子乃曰釋迦何處滅俱尸彌勒幾曾在兜率西覓普賢好慚愧北討文殊生受屈坐壓毗盧額汗流行築觀音鼻血出回頭摸著箇匾擔却道好箇木牙笏喝一喝下座

袁州崇勝院珙禪師上堂舉石鞏張弓架箭接機公案頌曰三十年來握箭弓三平纔到鞏開胸半箇聖人終不得大顛弦外幾時逢

提刑郭祥正字功甫號淨空居士志樂泉石不羨紛華因謁白雲雲上堂曰夜來枕上作得箇山頌謝功甫大儒廬山二十年之舊今日遠訪白雲之勤當須舉與大衆請已後分明舉似諸方此頌豈唯謝功甫大儒直要與天下有鼻孔衲僧脫却著肉汗衫莫言不道乃曰上大人丘乙巳化三千七十士爾小生八九子佳作仁可知禮也公切疑後聞小兒誦之忽有省以書報雲雲以偈荅曰藏身不用縮頭斂跡何須收脚金烏半夜遼天玉兔趕他不著元祐中往衢之南禪謁泉萬卷請陞座公趨前拈香曰海邊枯木入手成香爇向爐中横穿香積如來鼻孔作此大事須是對衆白過始得雲居老人有箇無縫布衫分付南禪禪師著得不長不短進前則諸佛讓位退步則海水澄波今日嚬呻六種震動遂

名曰大衆還委悉麽有意氣時添意氣不風流處也風流泉曰遁相鈍置公曰因誰致得崇寧初到五祖命祖陞座公趨前拈香曰此一瓣香爇向爐中供養我堂頭法兄禪師伏願於方廣座上擘開面門放出先師形相與他諸人描邈何以如此白雲巖畔舊相逢往日今朝事不同夜靜水寒魚不食一爐香散白蓮峰祖遂云曩謨薩怛哆鉢囉野恁麽恁麽幾度白雲谿上望黃梅華向雪中開不恁麽不恁麽嫩柳垂金線且要應時來不見龎居士問馬大師云不與萬法爲侶者是甚麽人大師云待汝一口吸盡西江水卽向汝道大衆一口吸盡西江水萬丈深潭窮到底略彴不是趙州橋明月清風安可比後又到保寧亦請陞座公拈香曰法鼓既鳴寶香初爇楊岐頂𩕳門請師重著楔保寧卓拄杖一下曰著楔已竟大衆證明又卓一下便下座又到雲居請佛印陞座公拈香曰覺地相逢一何早鶻臭布衫今脫了要識雲居一句玄珍重後園驢喫草名大衆曰此一瓣香熏天炙地去也印曰今日不著便被這漢當面塗糊便打乃曰謝公千里來相訪共話東山竹徑深借與一龍騎出洞若逢天旱便爲霖擲拄杖下座公拜起印曰收得龍麽公曰已在這裏印曰作麽生騎公擺手作舞便行印拊掌曰秖有這漢猶較些子

保寧勇禪師法嗣

郢州月掌山壽聖智淵禪師僧問祖意西來卽不問如何是一色師曰目前無闍黎此間無老僧曰既不如是如何曉會師曰領取鉤

頭意莫認定盤星乃曰凡有問答一似擊石迸火流出無盡法財三草二木普霑其潤放行也雲生谷口霧罩長空把定也碧眼胡僧亦須罔措壽聖如斯舉唱猶是化門要且未有衲僧巴鼻敢問諸人作麽生是衲僧巴鼻良久曰布針開兩眼君向那頭看

安吉州烏鎮壽聖院楚文禪師上堂拈拄杖曰華藏木楖栗等閑亂拈出不是不惜手山家無固必點山山動搖攪水水波溢忽然把定時事事執法律要横不得横要屈不得屈驀召大衆曰莫謂棒頭有眼明如日上面光生盡是漆隨聲敲一下上堂一叉一劄著骨連皮一搦一擡粘手綴脚電光石火頭垂尾垂箭追風半生半死撞著磕著討甚眉毛明頭暗頭是何眼目總不恁麽正在半途設使全機未至涯岸直饒淨躶躶赤灑灑沒可把尚有廉纖山僧恁麽道且道口好作甚麽良久曰嘻留取喫飯

信州靈鷲山寶積宗映禪師開堂日乃横按拄杖曰大衆到這裏無親無踈自然不孤無內無外縱横自在自在不孤清淨毗盧釋迦舉令彌勒分踈觀根逗教更相回互看取寶積拄杖子黑漆光生兩頭相副阿呵呵是何言歟良久曰世事但將公道斷人心難與月輪齊卓一下下座

隆興府景福日餘禪師僧問如何是道師曰天共白雲曉水和明月流曰如何是道中人師曰先行不到末後太過又僧出衆畫一圓相師以手畫一畫僧作舞歸衆師曰家有白澤之圖必無如是妖怪乃拈拄杖曰無量諸

佛向此轉大法輪今古祖師向此演大法義若信得及法法本自圓成念念悉皆具足若信不及山僧今日因行不妨掉臂更爲重說偈言卓一下下座

安吉州上方日益禪師開堂日上首白椎罷師曰白椎前觀一又不成白椎後觀二又不是到這裏任是鐵眼銅睛也須百雜碎莫有不避危亡底衲僧試出來看時有兩僧齊出師曰一箭落雙鵰僧曰某甲話猶未問何得著忙師曰莫是新羅僧麽僧擬議師曰撞露柱漢便打問如何是未出世邊事師曰井底蝦蟇吞却月曰如何是出世邊事師曰鷺鷥踏折枯蘆枝曰去此二途如何是和尚爲人處師曰十成好箇金剛鑽攤向街頭賣與誰問如何是多年水牯牛師曰齒疎眼暗問鬧市相逢事若何師曰東行買賤西行賣貴曰忽若不作貴不作賤又作麽生師曰鎮州蘿蔔問一切含靈具有佛性旣有佛性爲甚麽却撞入驢胎馬腹師曰知而故犯曰未審向甚麽處懺悔師打曰且作死馬醫問覿面相呈時如何師曰左眼半斤右眼八兩僧提起坐具曰這箇聻師曰不勞拈出乃左右顧視曰黃面老周行七步脚跟下正好一錐碧眼胡兀坐九年頂門上可惜一劄當時若有箇爲衆竭力底衲僧下得這毒手也免得拈花微笑空破面顏立雪齊腰翻成轍迹自此將錯就錯相籰打籰遂有五葉芬芳千燈續燄向曲彔木上唱二作三於榔栗杖頭指南爲北直得進前退後有問法問心之徒倚門傍墻有覓佛覓祖底漢庭前指柏便喚作祖意

西來日裏看山更錯認學人自已殊不知此一大事本自靈明盡未來際未嘗間斷不假修證豈在思惟雖鶖子有所不知非滿慈之所能辯不見馬祖一喝百丈三日耳聾寶壽令行鎮州一城眼瞎大機大用如迅雷不可停一喝一提似斷崖不可履正當恁麽時三世諸佛秖可傍觀六代祖師證明有分大衆且道今日還有證明底麽良久曰劄上堂拾得搬柴寒山燒火唯有豐干巖中冷坐且道豐干有甚麽長處良久曰家無小使不成君子

南嶽下十四世

五祖演禪師法嗣

成都府昭覺寺克勤佛果禪師彭州駱氏子世宗儒師兒時日記千言偶遊妙寂寺見佛書三復悵然如獲舊物曰予殆過去沙門也即去家依自省祝髮從文照通講說又從敏行授楞嚴俄得病瀕死歎曰諸佛涅槃正路不在文句中吾欲以聲求色見宜其無以死也遂棄去至眞覺勝禪師之席勝方創臂出血指示師曰此曹谿一滴也師矍然良久曰道固如是乎即徒步出蜀首謁玉泉皓次依金鑾信大潙喆黃龍心東林度僉指爲法器而晦堂稱他日臨濟一派屬子矣最後見五祖盡其機用祖皆不諾乃謂祖強移換人出不遜語忿然而去祖曰待你著一頓熱病打時方思量我在師到金山染傷寒困極以平日見處試之無得力者追繹五祖之言乃自誓曰我病稍間即歸五祖病痊尋歸祖一見而喜令即參堂便入侍者寮方半月會部使

者解印還蜀詣祖問道祖曰提刑少年曾讀小艷詩否有兩句頗相近頻呼小玉元無事秖要檀郎認得聲提刑應喏喏祖曰且子細師適歸侍立次問曰聞和尚舉小艷詩提刑會否祖曰他秖認得聲師曰秖要檀郎認得聲他既認得聲爲甚麼却不是祖曰如何是祖師西來意庭前柏樹子聻師忽有省遽出見雞飛上欄干鼓翅而鳴復自謂曰此豈不是聲遂袖香入室通所得呈偈曰金鴨香銷錦繡幃笙歌叢裏醉扶歸少年一段風流事秖許佳人獨自知祖曰佛祖大事非小根劣器所能造詣吾助汝喜祖徧謂山中耆舊曰我侍者參得禪也由此所至推爲上首崇寧中還里省親四衆迓拜成都帥翰林郭公知章請開法六祖更昭覺政和間謝事復出峽南遊時張無盡寓荆南以道學自居少見推許師艤舟謁之劇談華嚴旨要曰華嚴現量境界理事全真初無假法所以即一而萬了萬爲一一復一萬復萬浩然莫窮心佛衆生三無差別卷舒自在無礙圓融此雖極則終是無風帀帀之波公於是不覺促榻師遂問曰到此與祖師西來意爲同爲別公曰同矣師曰且得沒交涉公色爲之愠師曰不見雲門道山河大地無絲毫過患猶是轉句直得不見一色始是半提更須知有向上全提時節彼德山臨濟豈非全提乎公乃首肯翌日復舉事法界理法界至理事無礙法界師又問此可說禪乎公曰正好說禪也師笑曰不然正是法界量裏在葢法界量未滅若到事事無礙法界法界量滅始好說禪如何是佛

乾屎橛如何是佛麻三斤是故眞淨偈曰事事無礙如意自在手把豬頭口誦淨戒趁出婬坊來還酒債十字街頭解開布袋公曰美哉之論豈易得聞乎於是以師禮留居碧巖復徙道林樞密鄧公子常奏賜紫服師號詔住金陵蔣山學者無地以容勑補天寧萬壽上名見褒寵甚渥建炎初又遷金山適駕幸維揚入對賜圜悟禪師改雲居久之復領昭覺僧問雲門道須彌山意旨如何師曰推不向前約不退後曰未審還有過也無師曰坐却舌頭問法不孤起仗境方生提坐具曰這箇是境那箇是法師曰却被闍黎奪却鎗問古人道楖栗橫擔不顧人直入千峰萬峰去未審那裏是他住處師曰騰蛇纒足路布繞身曰朝看雲片片暮聽水潺潺師曰却須截斷始得曰此回不是夢眞箇到廬山師曰高著眼問猿抱子歸青嶂後鳥銜華落碧巖前此是和尚舊時安身立命處如何是道林境師曰寺門高開洞庭野殿脚插入赤沙湖曰如何是境中人師曰僧寶人人滄海珠曰此是杜工部底作麼生是和尚底師曰且莫亂道曰如何是奪人不奪境師曰山僧有眼不曾見曰如何是奪境不奪人師曰闍黎問得自然親曰如何是人境俱奪師曰收曰如何是人境俱不奪師曰放問有句無句如藤倚樹如何得透脫師曰倚天長劍逼人寒曰秖如樹倒藤枯溈山為甚麼呵呵大笑師曰愛他底著他底曰忽被學人掀倒禪牀拗折拄杖又作箇甚麼伎倆師曰也是賊過後張弓問明歷歷露堂堂因甚麼乾坤收不得師曰

金剛手裏八稜棒曰忽然一喚便回還當得活也無師曰鶖子目連無柰何曰不落照不落用如何商量師曰放下雲頭曰忽遇其中人時如何師曰騎佛殿出山門曰萬象不來渠獨語教誰拍手上高峰師曰錯下名言上堂通身是眼見不及通身是耳聞不徹通身是口說不著通身是心鑒不出直饒盡大地明得無絲毫透漏猶在半途據令全提且道如何展演域中日月縱橫挂一亘晴空萬古春上堂山頭鼓浪井底揚塵眼聽似震雷霆耳觀如張錦繡三百六十骨節一一現無邊妙身八萬四千毛端頭頭彰寶王刹海不是神通妙用亦非法爾如然苟能千眼頓開直是十方坐斷且超然獨脫一句作麽生道試玉須經火求珠不離泥上堂本來無形段那復有脣觜特地廣稱揚替他說道理且道他是阿誰上堂十五日已前千牛拽不回十五日已後俊鶻趁不及正當十五日天平地平同明同暗大千沙界不出當處可以含吐十虛進一步超越不可說香水海退一步坐斷千里萬里白雲不進不退莫道闍黎老僧也無開口處舉拂子曰正當恁麽時如何有時拈在千峰上劃斷秋雲不放高上堂十方同聚會本來身不昧箇箇學無爲頂上用鉗鎚此是選佛場深廣莫能量心空及第歸利劍不如錐麤居士舌拄梵天口包四海有時將一莖草作丈六金身有時將丈六金身作一莖草甚是奇特雖然如此要且不會動著向上關且如何是向上關鑄印築高壇上堂有句無句超宗越格如藤倚樹銀山鐵壁及至

樹倒藤枯多少人失却鼻孔直饒收拾得來巳是千里萬里秖如未有恁麽消息時如何還透得麽風暖鳥聲碎日高華影重上堂第一句薦得祖師乞命第二句薦得人天膽落第三句薦得虎口橫身不是循途守轍亦非華轍移途透得則六臂三頭未透亦人間天上且三句外一句作麽生道生涯秖在絲綸上明月扁舟泛五湖示衆云一言截斷千聖消聲一劒當頭橫屍萬里所以道有時句到意不到有時意到句不到句能剗意意能剗句意句交馳衲僧巴鼻若能恁麽轉去青天也須喫棒且道憑箇甚麽可憐無限弄潮人畢竟還落潮中死示衆云萬仞崖頭撒手要須其人千鈞之弩發機豈爲鼷鼠雲門睦州當面蹉過德山臨濟誑諕閭閻自餘立境立機作窠作窟故是滅胡種族且獨脫一句作麽生道萬緣遷變渾閑事五月山房冷似冰紹興五年八月巳酉示微恙趺坐書偈遺衆投筆而逝茶毗舌齒不壞設利五色無數塔于昭覺寺之側謚眞覺禪師

五燈會元卷第五十一

音釋

齠田聊切音迢始毀齒也男子八月而生齒八歲而齠齒　蚩充之切音妛蚩尤人名　豏乎鎗切咸去聲餅中豆也　犖力角切音礐卓犖超絕也　珙古勇切音拱大璧也　繹夷益切音亦理也

五燈會元卷第五十二

宋沙門大川濟纂

南嶽下十四世

五祖演禪師法嗣

舒州太平慧懃佛鑑禪師本郡汪氏子丱歲師廣敎圓深試所習得度每以唯此一事實餘二則非眞味之有省乃徧參名宿往來五祖之門有年恚祖不爲印據與圓悟相繼而去及悟歸五祖方丈徹證而師忽至意欲他邁悟勉令挂搭且曰某與兄相別始月餘比舊相見時如何師曰我所疑者此也遂參堂一日聞祖與僧問趙州如何是和尚家風州曰老僧耳聾高聲問將來僧再問州曰你問我家風我却識你家風了也師卽大豁所疑曰乞和尚指示極則祖曰森羅及萬象一法之所印師展拜祖令主翰墨後同圓悟語話次舉東寺問仰山鎭海明珠因緣至無理可伸處圓悟徵曰旣云收得逮索此珠又道無言可對無理可伸師不能加答明日謂悟曰東寺秪索一顆珠仰山當下傾出一栲栳悟深肯之乃告之曰老兄更宜親近老和尚去師一日造方丈未及語被祖詬罵懡㦬而退歸寮閉門打睡恨祖不已悟巳密知卽往扣門師曰誰悟曰我師卽開門悟問你見老和尚如何師曰我本不去被你賺累我遭這老漢詬罵悟呵呵大笑曰你記得前日下底語麼師曰是甚麼語悟曰你又道東寺秪索一顆仰山傾出一栲栳師當下釋然悟遂領師同上方丈祖纔見遽曰懃兒且喜大事了畢明年命師爲第一座會太平靈源赴黃龍其

席既虛源薦師於舒守孫鼎臣遂命補處五祖付法衣師受而捧以示衆曰昔釋迦文佛以丈六金襴袈裟披千尺彌勒佛身佛身不長袈裟不短會麽卽此樣無他樣自是法道大播政和初詔住東都智海五年乞歸得旨居蔣山樞密鄧公子常奏賜㠔號椹服僧問如何是祖師西來意師曰喫醋知酸喫鹽知鹹曰弓折箭盡時如何師曰一場𢤱㦬問不與萬法爲侶者是甚麽人師曰撥破露柱曰歸鄉無路時如何師曰王程有限曰前三三後三三又作麽生師曰六六三十六問承聞和尚親見五祖是否師曰鐵牛齧碎黃金草曰恁麽則親見五祖也師曰我與你有甚冤雠曰秖如達磨見武帝意旨如何師曰胡言易辯漢語難明曰爲甚棲棲暗渡江師曰因風借便問如何是主中賓師曰進前退後愁殺人曰如何是賓中主師曰眞實之言成妄語如何是賓中賓師曰夫子遊行厄在陳曰如何是主中主師曰終日同行非伴侶曰賓主已蒙師指示向上宗乘事若何師曰大斧斫了手摩挲問卽心卽佛卽不問非心非佛事如何師曰昨日有僧問老僧不對曰未審與卽心卽佛相去多少師曰近則千里萬里遠則不隔絲毫曰忽被學人截斷兩頭歸家穩坐又作麽生師曰你家在甚麽處曰大千沙界內一箇自由身師曰未到家在更道曰學人到這裏直得東西不辨南北不分去也師曰未爲分外上堂至道無難唯嫌揀擇桃華紅李華白誰道融融只一色燕子語黃鸝鳴誰道關關秖一聲不透祖師關棙子空認

山河作眼睛上堂日日日西沉日日日東上若欲學菩提擲下拄杖曰但看此模樣五祖周祥上堂去年今日時紅爐片雪飛今日去年時曹娥讀夜碑末後一句子佛眼莫能窺白蓮峰頂上紅日繞須彌烏啄珊瑚樹鯨吞離水犀太平家業在千古襲楊岐上堂横拄杖曰先照後用竪起曰先用後照倒轉曰照用同時卓一下曰照用不同時汝等諸人被拄杖一口吞盡了也自是你不覺若向這裏道得轉身句免見一場氣悶其或未然老僧今日失利上堂金烏急玉兔速急急流光七月十無窮遊子不歸家縱歸秖在門前立門前立把手牽伊不肯入萬里看看寸草無殘華落地無人拾無人拾一回雨過一回濕上堂世尊有密語迦葉不覆藏乃曰你尋常説黃道黑評品古今豈不是密語你尋常折旋俯仰拈匙把箸祇揖萬福是覆藏不覆藏忽然瞥地去也不可知要會麽世尊有密語冬到寒食一百五迦葉不覆藏水泄不通巴露贓靈利衲僧如會得一重雪上一重霜上堂十五日已前事錦上鋪華十五日已後事如海一漚發正當十五日大似一尺鏡照千里之像雖則眞空絶跡其奈海印發光任他露柱開華説甚佛面百醜何故到頭霜夜月任運落前溪上堂擧僧問趙州如何是不遷義州以手作流水勢其僧有省又僧問法眼不取於相如如不動如何是不取於相見於如如不動眼曰日出東方夜落西其僧亦有省若也於此見得方知道旋嵐偃嶽本來常靜江河兢注元自不流其或未然不免更爲饒

舌天左旋地右轉古往今來經幾徧金烏飛玉兔走纔方出海門又落青山後江河波渺渺淮濟浪悠悠直入滄溟晝夜流遂高聲曰諸禪德還見如如不動麽師室中以木骰子六隻面面皆書幺字僧纔入師擲曰會麽僧擬不擬師即打出七年九月八日上堂祖師心印狀似鐵牛之機去即印住住即印破直饒不去不住亦未是衲僧行履處且作麽生是衲僧行履處待十月前後爲諸人注破至後月八日沐浴更衣端坐手寫數書別故舊停筆而化闍維收靈骨設利塔於本山

衢州龍門清遠佛眼禪師臨卭李氏子嚴正寡言十四圓具依毗尼究其說因讀法華經至是法非思量分別之所能解持以問講師講師莫能答師嘆曰義學名相非所以了生死大事遂卷衣南遊造杭州太平演禪師法席因丐於信州偶雨足跌仆地煩懣間聞二人交相惡罵諫者曰你猶自煩惱在師於言下有省及歸凡有所問演即曰我不如你你自會得好或曰我不會我不如你師愈疑遂咨決於元禮首座禮乃以手引師之耳繞圍爐數帀且行且語曰你自會得好師曰有冀開發乃爾相戲耶禮曰你他後悟去方知今日曲折耳太平將遷海會師慨然曰吾持鉢方歸復叅隨往一荒院安能究決已事耶遂作偈告辭之蔣山坐夏邂逅靈源禪師日益厚善從容言話間師曰比見都下一尊宿語句似有緣靈源曰演公天下第一等宗師何故捨而事遠遊所謂有緣者葢知解之師與公初心相應耳師從所勉徑趨海會後命典

謁適寒夜孤坐撥爐見火一豆許恍然自喜曰深深撥有些子平生事只如此遽起閱几上傳燈錄至破竈墮因緣忽大悟作偈曰刀刀林鳥啼披衣終夜坐撥火悟平生窮神歸破墮事皎人自迷曲淡誰能和念之永不忘門開少人過圓悟因詣其寮舉青林般土話驗之且謂古今無人出得你如何會師曰也有甚難悟曰秖如他道鐵輪天子寰中旨意作麽生師曰我道帝釋宮中放赦書悟退語人曰且喜遠兄便有活人句也自是隱居四面大乘菴屬天下一新崇寧萬壽寺常守王公渙之命師開法次補龍門道望尤振後遷和之褒禪樞密鄧公洵武奏賜師號紫衣上堂臺山路上過客全稀破竈堂前感恩無地雪埋庭栢冰鎻偃谿雖在南方火爐頭不入他家甕甕裏看看臘月三十日便是孟春猶寒你等諸人各須努力向前切忌自生退屈上堂卓拄杖曰圓明了知不由心念抵死要道墮坑落壍畢竟如何乃倚拄杖下座上堂泡幻同無礙如何不了悟眼裏瞳人吹叫子達法在其中非今亦非古六隻骰子滿盆紅大衆時人爲甚麽坐地看楊州鉢盂著柄新𣠽樣牛上騎牛笑殺人上堂趙州不見南泉山僧不識五祖甜瓜徹蔕甜苦瓠連根苦上堂一葉落天下春無路尋思笑殺人下是天上是地此言不入時流意南作北東作西動而止喜而悲虵頭蝎尾一試之猛虎口裏活雀兒是何言歸堂去上堂千說萬說不如親面一見縱不說亦自分明王子寶刀盻衆盲摸象盻禪學中隔江招手事望州亭相見事

迴絶無人處事深山巖崖處事此皆親面而見之不在說也上堂蘇武牧羊辱而不屈李陵望漢樂以忘歸是在外國在本國佛諸弟子中有者雙足越坑有者聆箏起舞有者身埋糞壤有者呵罵河神是習氣是妙用至於擎叉打地竪拂敲牀睦州一向閉門魯祖終年面壁是爲人是不爲人信知一切凡夫埋沒寶藏殊不丈夫諸人何不擺柁張帆拋江過岸休更釘樁搖艣何日到家既作曹谿人又是家裏漢還見家裏事麽僧問劫火洞然大千俱壞未審這箇壞不壞師曰黑漆桶裏黃金色問道遠乎哉觸事而眞如何是道師曰項上八尺五曰此理如何師曰方圓七八寸問劫火威音前別是一壺天御樓前射獵不是刈茆田提起坐具曰這箇喚作甚麽師曰正是刈茆田僧便喝師曰猶作主在問僧孤燈獨照時如何僧無對師代曰露柱證明師聞開靜板聲乃曰據款結案師嘗題語于龍門延壽壁間曰佛許有病者當療治容有將息所也禪林凡有數名或曰涅槃見法身常住了法不坐也或曰省行知此違緣皆從行苦也或曰延壽欲得慧命扶持色身也其實使人了生死處也多見少覺微恙便入此堂不强支吾便有補益及乎久病思念鄉閭不善退思滅除苦本先聖云病者衆生之良藥若善服食無不瘥者也宣和初以病辭歸蔣山之東堂二年書雲前一日飯食訖趺坐謂其徒曰諸方老宿臨終必留偈辭世世可辭耶且將安往乃合掌怡然趨寂門人函骨歸龍門塔於靈光臺側

潭州開福道寧禪師歙溪汪氏子壯爲道人於崇果寺執浴一日將濯足偶誦金剛經至於此章句能生信心以此爲實遂忘所知忽垂足沸湯中發明已見後祝髮蔣山依雪竇老良禪師踰一年偏歷叢林參諸名宿晚至白蓮聞五祖小參舉忠國師古佛淨瓶趙州狗子無佛性話頓徹法源大觀中潭帥席公震請住開福衲子景從浴佛上堂未離兜率已降王宮未出母胎度人已畢諸禪德日日日從東畔出朝朝鷄向五更啼雖然不是桃華洞春至桃華亦滿溪又道毗藍園內右脇降生七步周行四方目顧天上天下唯我獨尊大似貪觀天上月失却手中珠還知落處麼若知落處方爲孝子順孫苟或未然不免重下註脚良久曰天生伎倆能奇怪未上輸他弄一場示衆云秋日耀長空秋江浸虛碧傷嗟門外人處處尋彌勒驀路忽擡頭相逢不相識諸禪德旣是相逢爲甚麼却不相識剪盡霜前竹臨溪不化龍上堂徧界不曾藏通身無影像相逢莫訝太愚癡曠劫至今無伎倆無伎倆少人知大抵還他肌骨好何須臨鏡畫蛾眉上堂摩竭正令未免崎嶇少室垂慈早傷風骨腰囊挈錫孤負平生煉行灰心遞相鈍置爭似春雨晴春山青白雲三片四片黃鳥一聲兩聲千眼大悲看不足王維雖巧畫難成直饒便恁麼猶自涉途程且不涉途程一句作麼生道人從汴州來不得東京信僧問蓮華未出水時如何師曰人天合掌曰出水後如何師曰不礙往來看問如何是句到意不到師曰瑞草本無根信手拈來

用曰如何是意到句不到師曰領取鈎頭意莫認定盤星曰如何是意句俱到師曰大悲不展手通身是眼睛曰如何是意句俱不到師曰君向瀟湘我向秦政和三年十一月四日淨髮沐浴次日齋罷小參勉衆行道辭語誠切期初七示寂至日酉時跏趺而逝闍維獲設利五色歸藏於塔

彭州大隨南堂元靜禪師(後名道興)閬之玉山大儒趙公約仲之子也十歲病甚每禱之感異夢捨令出家師成都大慈寶生院宗裔元祐三年通經得度留講聚有年而南下首參永安恩禪師於臨濟三頓棒話發明次依諸名宿無有當意者聞五祖機峻欲抑之遂謁祖祖乃曰我此間不比諸方凡於室中不要汝進前退後竪指擎拳繞禪牀作女人拜提起坐具千般伎倆秖要你一言下諦當便是汝見處師茫然退參三載一日入室罷祖謂曰子所下語已得十分試更與我說看師卽剖而陳之祖曰說亦說得十分更與我斷看師隨所問而判之祖曰好卽好秖是未曾得老僧說話在齋後可來祖師塔所與汝一一按過始得及至彼祖便以卽心卽佛非心非佛睦州擔板漢南泉斬貓兒趙州狗子無佛性有佛性之語編辟之其所對了無凝滯至子胡狗話祖遽轉面曰不是師曰不是却如何祖曰此不是則和前面皆不是師曰望和尚慈悲指示祖曰看他道子胡有一狗上取人頭中取人腰下取人脚入門者好看纔見僧入門便道看狗向子胡道看狗處下一轉語教子胡結舌老僧鈐口便是你了當處次日

入室師默啟其說祖笑曰不道你不是十了百當底人此語秖似先師下底語師曰某何人得似端和尚祖曰不然老僧雖承嗣他謂他語拙蓋秖用遠錄公手段接人故也如老僧共遠錄公便與百丈黃蘗南泉趙州輩把手共行纔見語拙卽不堪師以爲不然乃曳杖渡江適大水泛漲因留四祖儕輩挽其歸又二年祖方許可嘗商略古今次執師手曰得汝說須是吾舉得汝舉須是吾說而今而後佛祖祕要諸方關鍵無逃子掌握矣遂創南堂以居之於是名冠寰海成都帥席公旦請開法嘉祐未幾徙昭覺遷能仁及大隨上堂君王了了將帥惺惺一回得勝六國平寧上堂舉臨濟參黃蘗之語白雲端和尚頌云一拳拳倒黃鶴樓一趯趯飜鸚鵡洲有意氣時添意氣不風流處也風流師曰大隨卽不然行年七十老躘踵眼目精明耳不聾忽地有人欺負我一拳打倒過關東上堂問答已乃曰有祖已來時人錯會秖將言句以爲禪道殊不知道本無體因體而得名道本無名因名而立號秖如適來上座纔恁麼出來便恁麼歸衆且道具眼不具眼若道具眼纔恁麼出來眼在甚麼處若道不具眼爭合便恁麼去諸仁者於此見得倜儻分明則知二祖禮拜依位而立眞得其髓秖這些子是三世諸佛命根六代祖師命脉天下老和尚安身立命處雖然如是須是親到始得上堂自已田園任運耕祖宗基業力須爭悟須千聖頭邊坐用向三塗底下行僧問祖師心印請師直指師曰你聞熱麼曰聞師曰且不聞寒曰

和尚還聞熱否師曰不聞曰爲甚麼不聞師搖扇曰爲我有這箇問如何是奪人不奪境師曰活捉魔王鼻孔穿曰如何是奪境不奪人師曰中心樹子屬吾曹曰如何是人境兩俱奪師曰一鈞三山連六鼇曰如何是人境俱不奪師曰白日騎牛穿市過問蓮華未出水時如何師曰好曰出水後如何師曰好曰如何是蓮華師曰好僧禮拜師曰與他三箇好萬事一時休問藏天下於天下卽不問乃舉拳曰秖如這箇作麼生藏師曰有甚麼難曰且作麼生藏師曰衫袖裏曰未審如何是紀綱佛法底人師曰不可是鬼曰忽遇殺佛殺祖底來又作麼生支遣師曰老僧有眼不曾見問學人乍入叢林乞師指示師曰喫粥喫飯莫教放在腦後曰終日喫時未嘗喫師曰負心衲子不識好惡問劫火洞然大千俱壞未審這箇壞也無師曰阿誰教你恁麼問僧進前鞠躬曰不審師曰是壞不壞僧無語問如何是山裏禪師曰庭前嫩竹先生筍澗下枯松長老枝曰如何是市裏禪師曰六街鐘鼓韻鼕鼕卽處鋪金世界中曰如何是村裏禪師曰賊盜消亡蠶麥熟謳歌鼓舞樂昇平問如何是諸佛出身處師曰問得甚當曰便恁麼去時如何師曰荅得更奇問因山見水見水忘山山水俱忘理歸何所師曰山僧坐却舌頭天地黯黑有一老宿垂語云十字街頭起一間茅廁秖是不許人屙僧舉以扣師師曰是你先屙了更教甚麼人屙宿聞焚香遥望大隨再拜謝之紹興乙卯秋七月大雨雪山中有異象師曰吾期至矣十七日别

郡守以次越三日示少恙於天彭二十四夜謂侍僧曰天曉無月時如何僧無對師曰倒教我與汝下火始得翌日還堋口廨院留遺誡蛻然示寂門弟子奉全身歸煙霧四合猿鳥悲鳴荼毗異香徧野舌本如故設利五色者不可計瘞於定光塔之西後住天童天目文禮作師畫像贊可補行實之缺因併錄此贊曰東山一會人唯他不唧𠺕別處著閑房叢林難講究𨚗水潭蚍出驚人鈍鐵鍋雞啼白晝雜劇打來全火祇候晚歲放踈慵却與俗和同勤巴子使人勘驗攧香貼便顯家風定光無佛枉費羅龍臨行搖鐸向虛空那知喪盡白雲宗

漢州無為宗泰禪師涪城人自出關徧遊叢社至五祖告香日祖舉趙州洗鉢盂話俾參洎入室舉此話問師你道趙州向伊道甚麼這僧便悟去師曰洗鉢盂去嚮祖曰你祇知路上事不知路上滋味師曰既知路上事路上有甚滋味祖曰你不知耶又問你曾遊淛否師曰未也祖曰你未悟在師自此凡五年不能對祖一日坐堂顧衆曰八十翁翁輥繡毬便下座師欣然出衆曰和尚試輥一輥看祖以手作打仗鼓勢操蜀音唱綿州巴歌曰豆子山打瓦鼓楊平山撒白雨白雨下取龍女織得絹二丈五一半屬羅江一半屬玄武師聞大悟掩祖口曰祇消唱到這裏祖大笑而歸師後還蜀四衆請開法無為遷正法上堂此一大事因緣自從世尊拈華迦葉微笑世尊曰吾有正法眼藏分付摩訶大迦葉以後燈燈相續祖祖相傳迄至於今綿綿不墜

直得徧地生華故號涅槃妙心亦曰本心亦曰本性亦曰本來面目亦曰第一義諦亦曰爍迦羅眼亦曰摩訶大般若在男曰男在女曰女汝等諸人但自悟去這般盡是閑言語遂拈起拂子曰會了喚作禪未悟果然難難難目前隔箇須彌山悟了易易易信口道來無不是僧問如何是佛師曰阿誰教你恁麽問僧擬議師曰了

蘄州五祖表自禪師懷安人也初依祖最久未有省時圓悟爲座元師往請益悟曰兄有疑處試語我師遂舉德山小參不答話問話者三十棒悟曰禮拜著我作得你師舉話尚不會師作禮竟悟令再舉前話師曰德山小參不答話悟掩其口曰但恁麽看師出揚聲曰屈屈豈有公案秖教人看一句底道理有僧謂師曰兄不可如此說首座須有方便因靜坐體究及旬頓釋所疑詣悟禮謝悟曰兄始知吾不汝欺又詣方丈祖迎笑自爾日深亦與祖將歸寂遺言郡守守命嗣其席衲子四至不可過師榜侍者門曰東山有三句若人道得卽挂搭衲子皆披靡一日有僧攜坐具徑造丈室謂師曰某甲道不得秖要挂搭師大喜呼維那於明窻下安排上堂世尊拈華迦葉微笑時人秖知拈華微笑要且不識世尊僧問如何是祖師西來意師曰荊棘林中舞柘枝曰如何是佛師曰新生孩子擲金盆

蘄州龍華道初禪師梓之馬氏子爲祖侍者有年住龍華日上堂曰雞見便鬬犬見便齩殿上鴟吻終日相對爲甚麽却不瞋便下座

師機辯峻捷門人罔知造詣一日謂衆曰昨日離城市白雲空往還松風清耳目端的勝人間召衆曰此是先師末後句有頃脫然而逝

嘉州九頂清素禪師本郡郭氏子於乾明寺剃染徧扣禪扃晚謁五祖聞舉首山荅西來意語倏然契悟述偈曰顛倒顛顛倒顛新婦騎驢阿家牽便恁麼太無端回頭不覺布衫穿祖見乃問百丈野狐話又作麼生師曰來說是非者便是是非人祖大悅久之辭歸住清溪次遷九頂太守呂公來瞻大像問曰旣是大像因甚麼肩負兩楹師曰船上無散工師曰家富小兒嬌守乃禮敬勤老宿至師問至閣下覩觀音像又問彌勒化境觀音何來舞劒當咽時如何曰伏惟尚饗師詬曰老賊

死去你問我勤理前語問之師叉手揖曰拽破絡興乙卯四月二十四日得微疾書偈遺衆曰木人備舟鐵人備馬丙丁童子穩穩登喝散白雲歸去也竟爾趨寂

元禮首座閩人也受業焦山初衆演和尚於白雲凡入室必謂曰衲僧家明取緇素好師疑之不已一日演陞堂舉首山新婦騎驢阿家牽語乃曰諸人要會麼莫問新婦阿家免煩路上波吒遇飯卽飯遇茶卽茶同門出入宿世冤家師於言下豁如且曰今日緇素明矣二年演遷席祖山命分座不就演歸寂卽他往崇寧間再到五祖僧問五祖遷化向甚麼處去師曰有眼無耳朶六月火邊坐曰意旨如何師曰家貧猶自可路貧愁殺人或問金剛經云一切善法如何是法師曰上是天

下是地中閒坐底坐立底立喚甚麼作善法僧無對師便打後終於四明之瑞巖

普融藏主福州人也至五祖入室次祖舉倩女離魂話問之有契呈偈曰二女合爲一媳婦機輪截斷難回互從來往返絕蹤由行人莫問來時路凡有鄉僧來謁則發閩音誦俚語曰書頭教娘勤作息書尾教娘莫瞌睡且道中間說箇甚麼僧擬對師卽推出

法閦上座久依五祖未有所入一日造室祖問不與萬法爲侶者是甚麼人曰法閦卽不然祖以手指曰住住法閦卽不然作麼生師於是啟悟後至東林宣密度禪師席下見其得平實之旨一日拈華繞度禪牀一帀背手挿香爐中曰和尚且道意作麼生度屢下語皆不契踰兩月遂問師令試說之師曰某秖將華挿香爐中和尚自疑有甚麼事來

雲葢本禪師法嗣

潭州南嶽承天院自賢禪師僧問大衆已集仰聽雷音猊座旣登請師剖露師曰剎竿頭上翻筋斗曰恁麼則嶽麓山前祥霧起祝融峰下瑞雲生師曰紫羅帳裏璨眞珠上堂拈拄杖曰不是心不是佛不是物擊禪牀一下曰與君打破精靈窟簸土揚塵無處尋千山萬山空突兀復擊一下曰歸堂去叅上堂一身高隱惟南嶽自笑孤雲未是閑松下水邊端坐者也應隨例說居山咄上堂五更殘月落天曉白雲飛分明目前事不是目前機旣是目前事爲甚麼不是目前機良久曰欲言言不及林下却商量

琅邪起禪師法嗣

俞道婆金陵人也市油餈爲業常隨衆參問琅邪邪以臨濟無位眞人話示之一日聞丐者唱蓮華樂云不因柳毅傳書信何緣得到洞庭湖忽大悟以餈盤投地夫傍睨曰你顚邪婆掌曰非汝境界往見琅邪邪望之知其造詣問那箇是無位眞人婆應聲曰有一無位人六臂三頭努力瞋一擘華山分兩路萬年流水不知春由是聲名藹著凡有僧至則曰兒兒僧擬議卽掩門佛燈珣禪師往勘之婆見如前所問珣曰爺在甚麼處婆轉身拜露柱珣卽踏倒曰將謂有多少奇特便出婆蹶起曰兒兒來惜你則箇珣竟不顧安首座至婆問甚處來安曰德山婆曰德山泰乃老婆兒子安曰婆是甚人兒子婆曰被上座一問直得立地放尿婆嘗頌馬祖不安因緣曰日面月面虛空閃電雖然截斷天下衲僧舌頭分明秖道得一半

南嶽下十五世

昭覺勤禪師法嗣

臨安府徑山宗杲大慧普覺禪師宣城奚氏子夙有英氣年十二入鄉校一日因與同窻戲以硯投之悞中先生帽償金而歸曰大丈夫讀世間書曷若究出世法卽詣東山慧雲院事慧齊年十七薙髮具毗尼偶閱古雲門錄恍若舊習往依廣教珵禪師棄遊四方從曹洞諸老宿旣得其說去登寶峰謁湛堂準禪師堂一見異之俾侍巾裓指以入道捷徑師橫機無所讓堂訶曰汝曾未悟病在意識領解則爲所知障堂疾革囑師曰吾去後當見川勤必能盡子機用(勤卽圓悟)堂卒師趨謁無

盡居士求堂塔銘無盡門庭高少許可與師一言相契下榻延之名師菴曰妙喜洎後再謁且囑令見圓悟師至天寧一日聞悟陞堂舉僧問雲門如何是諸佛出身處門曰東山水上行若是天寧即不然忽有人問如何是諸佛出身處只向他道熏風自南來殿閣生微涼師於言下忽然前後際斷雖然動相不生卻坐在淨躶躶處悟謂曰也不易你得到這田地可惜死了不能得活不疑言句是為大病不見道懸崖撒手自肯承當絕後再蘇欺君不得須信有這箇道理遂令居擇木堂為不釐務侍者日同士大夫入室擇木乃朝士止息處悟每舉有句無句如藤倚樹問之師纔開口悟便曰不是不是經半載遂問悟曰聞和尚當時在五祖曾問這話不知五祖道甚麼悟笑而不答師曰和尚當時須對衆問如今說亦何妨悟不得已謂曰我問有句無句如藤倚樹意旨如何祖曰描也描不成畫也畫不就又問樹倒藤枯時如何祖曰相隨來也師當下釋然曰我會也悟遂舉數因緣詰之師酧對無滯悟曰始知吾不汝欺遂著臨濟正宗記付之俾掌記室未幾令分座室中握竹篦以驗學者叢林浩然歸重名振京師右丞相呂公舜徒奏賜紫衣佛日之號會女眞之變其酋欲取禪僧十數人師在選得免趨吳虎丘度夏因閱華嚴至菩薩登第七地證無生法忍洞曉向所請問湛堂殃崛摩羅持鉢至產婦家因緣時圓悟詔住雲居師往省覲至山次日即請為第一座時會中多龍象以圓悟久虛座元俟師之來頗有不平之心及

冬至秉拂昭覺元禪師出衆問云眉間挂劔時如何師曰血濺梵天圜悟於座下以手約云住住問得極好答得更奇元乃歸衆叢林由是改觀圜悟歸蜀師於雲居山後古雲門舊址創菴以居學者雲集久之入閩結茅於長樂洋嶼從之得法者十有三人又徙小溪雲門菴後應張丞相魏公浚徑山之命開堂日僧問人天普集選佛場開祖令當行如何舉唱師云鈍鳥逆風飛曰徧界且無尋覓處分明一點座中圓師曰人間無水不朝東復有僧競出師約住云假使大地盡末爲塵一一塵有一口一一口具無礙廣長舌相一一舌相出無量差別音聲一一音聲發無量差別言詞一一言詞有無量差別妙義如上塵數衲僧各各具如是口如是舌如是音聲如是言詞如是妙義同時致百千問難問問各別不消長老咳嗽一聲一時答了乘時於其中間作無量無邊廣大佛事一一佛事周徧法界所謂一毛現神變一切佛同說經於無量劫不得其邊際便恁麼去鬧熱門庭卽得正眼觀來正是業識茫茫無本可據祖師門下一點也用不著況復勾章棘句展弄詞鋒非唯埋沒從上宗乘亦乃笑破衲僧鼻孔所以道毫氂繫念三塗業因瞥爾情生萬劫羈鎖聖名凡號盡是虛聲殊相劣形皆爲幻色汝欲求之得無累乎及其厭之又成大患看他先聖恁麼告報如國家兵器豈得已而用之本分事上亦無這箇消息山僧今日如斯舉唱大似無夢說夢好肉剜瘡檢點將來合喫拄杖只今莫有下得毒手者麼若有堪報

不報之恩共助無爲之化如無倒行此令去也驀拈拄杖云橫按鏌鎁全正令太平寰宇斬癡頑卓拄杖喝一喝便下座道法之盛冠於一時衆二千餘皆諸方俊乂侍郎張公九成亦從之遊灑然契悟一日因議及朝政與師連禍紿與辛酉五月毀衣牒屏居衡陽乃裒先德機語間與拈提離爲三帙目曰正法眼藏凡十年移居梅陽又五年高宗皇帝特恩放還明年春復僧伽棃四方虛席以邀率不就後奉朝命居育王逾年有旨改徑山道俗歆慕如初孝宗皇帝爲普安郡王時遣內都監入山謁師師作偈爲獻及在建邸復遣內知客詣山供五百應眞請師說法祝延聖壽親書妙喜菴三字并製贊寵寄之上堂欲識佛性義當觀時節因緣時節若至其理自彰舉起拂子曰還見麼擊禪牀曰還聞麼見分明是箇甚麼若向這裏提得去皇恩佛恩一時報足其或未然徑山打葛藤去也復舉起拂了曰看看無量壽世尊在徑山拂子頭上放大光明照不可說不可說又不可說佛刹微塵數世界中轉大法輪作無量無邊廣大佛事其中若凡若聖若正若邪若草若木有情無情遇斯光者皆獲無上正等菩提所以諸佛於此得之具一切種智諸大菩薩於此得之成就諸波羅蜜辟支獨覺於此得之出無佛世現神通光明諸聲聞衆洎夜來迎請五百阿羅漢於此得之得八解脫具六神通天人於此得之增長十善修羅於此得之除其憍慢地獄於此得之頓超十地餓鬼傍生及四生九類一切有情於此得之隨其

根性各得受用無量壽世尊放大光明作諸佛事已竟然後以四大海水灌彌勒世尊頂與授阿耨多羅三藐三菩提記當於補處作大佛事無量壽世尊有如是神通有如是自在有如是威神到這裏還有知恩報恩者麼若有出來與徑山相見爲汝證明如無聽取一頌十方法界至人口法界所有卽其舌秪憑此口與舌頭祝吾君壽無間歇億萬斯年注福源如海滉瀁永不竭師子窟內産狻猊鸑鷟定出丹山穴爲瑞爲祥徧九垓草木昆蟲盡歡悦稽首不可思議事喻若衆星拱明月故今宣暢妙伽陀第一義中眞實說上堂祖師道一心不生萬法無咎無咎無法不生不心能隨境滅境逐能沈境由能境能由境能大小祖師却作座主見解徑山卽不然眼不自見刀不自割喫飯濟饑飲水定渴臨濟德山特地迷枉費精神施棒喝除却棒拈却喝孟八郎漢如何止遏上堂拈拄杖卓一下喝一喝曰德山棒臨濟喝今日爲君重拈掇天何高地何濶休向糞掃堆上更添搕𢶍換却骨洗却腸徑山退身三步許你諸人商量且道作麼生商量擲下拄杖喝一喝曰紅粉易成端正女無錢難作好兒郎上堂正月十四十五雙徑椎鑼打鼓要識祖意西來看取村歌社舞上堂久雨不曾晴豁開天地清祖師門下事何用更施呈上堂舉圓通秀禪師示衆曰少林九年冷坐剛被神光覷破如今玉石難分秖得麻纏紙裹這一箇那一箇更一箇若是明眼人何須重說破徑山今日不免狗尾續貂也有些子老胡九年話墮可惜

當時放過致令黙照之徒鬼窟長年打坐這一箇那一箇更一箇雖然苦口叮嚀却似樹頭風過結夏上堂文殊三處安居誌公不是閑和尚迦葉欲行正令未免眼前見鬼且道徑山門下今日事作麽生下座後大家觸禮三拜上堂僧問有麽有麽菴主竪起拳頭還端的也無師便下座歸方丈上堂水底泥牛嚼生鐵憍梵鉢提咬著舌海神怒把珊瑚鞭須彌燈王痛不徹上堂纔方八月中秋又是九月十五卓拄杖曰唯有這箇不遷擲拄杖曰一衆耳聞目覩圓悟禪師忌師拈香曰這箇尊慈平昔强項氣壓諸方逞過頭底顢頇用格外底儱侗自言我以木槵子換天下人眼睛殊不知被不孝之子將斷貫索穿却鼻孔索頭旣在徑山手裏要教伊生也由徑山要教伊死也由徑山且道以何爲驗遂燒香曰以此爲驗僧問達磨西來將何傳授師曰不可總作野狐精見解曰如何是麤入細師曰香水海裏一毛孔曰如何是細入麤師曰一毛孔裏香水海問古鏡未磨時如何師曰火不待日而熱曰磨後如何師曰風不待月而涼曰磨與未磨時如何師曰交問不與萬法爲侶者是甚麽人待汝一口吸盡西江水即向汝道意作麽生師曰釘釘膠黏問一法若有毗盧墮在凡夫萬法若無普賢失其境界去此二途請師速道師曰脫殼烏龜飛上天問高揖釋迦不拜彌勒時如何師曰夢裏惺惺問大修行底人還落因果也無前百丈曰不落因果爲甚麽墮野狐身師曰逢人但恁麽舉曰秖如後百丈道不昧因果爲甚麽

脫野狐身師曰逢人但恁麽舉曰或有人問徑山大修行底人還落因果也無未審和尚向他道甚麽師曰向你道逢人但恁麽舉問明頭來時如何師曰頭大尾顛纖曰暗頭來時如何師曰野馬嘶風蹄撥剌曰明日大悲院裏有齋又作麽生師曰雪峰道底問過去心不可得現在心不可得未來心不可得時如何師曰親言出親口曰未審如何受持師曰但恁麽受持決不相賺問我宗無語句實無一法與人時如何師曰五味饡秤鎚問心佛俱忘時如何師曰賣扇老婆手遮日問教中道塵塵說剎剎說無間歇未審以何爲舌師拍禪牀右角一下僧曰世尊不說說迦葉不聞聞也師拍禪牀左角一下僧曰也知今日令不虛行師曰識甚好惡師室中問僧不是心不是佛不是物你作麽生會僧曰領師曰領你屋裏七代先靈僧便喝師曰適來領而今喝干他不是心不是佛不是物甚麽事僧無語師打出僧請益夾山境話聲未絕師便喝僧茫然師曰你問甚麽僧擬舉師連打喝出師纔見僧入便曰不是出去僧便出師曰没量大人被語脉裏轉却次一僧入師亦曰不是出去僧却近前師曰向你道不是更近前覓箇甚麽便打出復一僧入曰適來兩僧不會和尚意師低頭噓一聲僧罔措師打曰却是你會老僧意問僧我前日有一問在你處你先前日答我了也即今因甚麽瞌睡僧曰如是如是師曰道甚麽僧曰不是不是師連打兩棒曰一棒打你如是一棒打你不是舉竹篦問僧曰喚作竹篦則觸不喚作竹

篦則背不得下語不得無語速道速道僧曰請和尚放下竹篦卽與和尚道師放下竹篦僧拂袖便出師曰侍者認取這僧著又舉問僧僧曰甕裏怕走却鼈那師下禪牀擒住曰此是誰語速道僧曰實不敢謾昧老師此是竹菴和尚教某恁麼道師連打數棒曰分明舉似諸方師年邁求解辛巳春得旨退居明月堂隆興改元一夕星殞於寺西流光赫然尋示微恙八月九日學徒問安師勉以弘道徐曰吾翌日始行至五鼓親書遺奏又貽書辭紫巖居士侍僧了賢請偈復大書曰生也秖恁麼死也秖恁麼有偈與無偈是甚麼熱大擲筆委然而逝平明有蛇尺許腰首白色伏於龍王井欄如義服者乃龍王示現也四衆哀號皇帝聞而歎惜上製師眞贊曰生滅不滅常住不住圓覺空明隨物現處丞相以次致祭者沓來門弟子塔全身於明月堂之側壽七十有五夏五十有八詔以明月堂為妙喜菴諡曰普覺塔名寶光淳熙初賜其全録八十卷隨大藏流行

五燈會元卷第五十二

音釋

椹 食荏切音甚桑實也　鵄 稱脂切音摛鵄也　倩 倉甸切千去聲美好也

俚 良以切音李鄙俗也　珵 馳貞切音呈美玉也　歆 虛音切音廞欣羨也　滉 戶廣切音幌水深廣貌　垓 柯開切音該數名天子之名九垓

乂 音刈賢才之稱

五燈會元卷第五十三

宋沙門大川濟纂

南嶽下十五世

昭覺勤禪師法嗣

平江府虎丘紹隆禪師和之含山人也九歲謝親居佛慧院踰六年得度受具又五年荷包謁長蘆信禪師得其大略有傳圓悟語至者師讀之嘆曰想酢生液雖未澆腸沃胃要且使人慶快第恨未聆謦欬耳遂由寶峰依湛堂客黃龍叩死心禪師次謁圓悟一日入室悟問曰見見之時見非是見見猶離見見不能及舉拳曰還見麼師曰見悟曰頭上安頭師聞脫然契證悟叱曰見箇甚麼師曰竹密不妨流水過悟肯之尋俾掌藏教有問悟曰隆藏主柔易若此何能爲哉悟曰瞌睡虎耳後歸邑住城西開聖建炎之擾乃結廬銅峰之下郡守李公光延居彰教次徙虎丘道大顯著因追繹白雲端和尚立祖堂故事乃曰爲人之後不能躬行遺訓於義安乎遂圖其像以奉安之上堂曰凡有展托盡落今時不展不托墮坑落壍直饒風吹不入水灑不著檢點將來自救不了豈不見道直似寒潭月影靜夜鐘聲隨扣擊以無虧觸波瀾而不散猶是生死岸頭事拈拄杖劃一劃云劃斷古人多年葛藤點頭石不覺拊掌大笑且道笑箇甚麼腦後見腮莫與往來上堂目前無法萬象森然意在目前突出難辨不是目前法觸處逢渠非耳目之所到不離見聞覺知雖然如是也須踏著他向上關捩子始得所以道羅籠不肯住呼喚不回頭佛祖不安排

至今無處所如是則不勞斂念樓閣門開寸步不移百城俱到驀拈拄杖劃一劃云路逢死蛇莫打殺無底籃子盛將歸上堂曰百鳥不來春又暄凭欄溢目水連天無心還似今宵月照見三千與大千上堂摩竭陁國親行此令拈拄杖卓一下曰大盡三十日小盡二十九僧問爲國開堂一句作麽生道師曰一願皇帝萬壽二願重臣千秋曰秖如生佛未興時一著落在甚麽處師曰吾常於此切曰官不容鍼更借一問時如何師曰踞虎頭收虎尾曰中間事作麽生師曰草繩自縛漢曰毗婆尸佛早留心直至如今不得妙師曰幾行巖下路少見白頭人問九旬禁足意旨如何師曰理長卽就曰秖如六根不具底人還禁得也無師曰穿過鼻孔曰學人今日小出大遇師曰降將不斬曰恁麽則和尚放某甲逐便也師曰停囚長智問雪峰道盡大地撮來如粟米粒大拋向面前漆桶不會打鼓普請看未審此意如何師曰一畝之地三蛇九鼠曰乞師再垂指示師曰海口難宣問如何是大道眞源師曰和泥合水曰便恁麽去時如何師曰截斷草鞋跟問如何是佛法大意師曰蛇頭生角問古人到這裏因甚麽不肯住師曰老僧也恁麽曰忽然一刀兩段時如何師曰平地神仙問萬機休罷千聖不攜時如何師曰未足觀光曰還有奇特事也無師曰獨坐大雄峰紹興丙辰示微疾而逝塔全軀於寺之西南隅

慶元府育王山佛智端裕禪師吳越王之裔也六世祖守會稽因家焉師生而岐嶷眉目

淵秀十四驅烏於大善寺十八得度受具往依淨慈一禪師未幾偶聞僧擊露柱曰你何不說禪師忽微省去謁龍門遠甘露卓泐潭祥皆以頴邁見推晚見圓悟於鍾阜一日悟問誰知正法眼藏向這瞎驢邊滅却即今是滅不滅曰請和尚合取口好悟曰此猶未出常情師擬對悟擊之師頓去所滯侍悟居天寧命掌記室尋分座道聲藹著京西憲請開法丹霞次遷虎丘徑山謝事徇平江道俗之請庵于西華閱數稔勅居建康保寧後移蘇城萬壽及閩中玄沙壽山西禪復被旨補靈隱慈寧皇太后幸韋王第召師演法賜金襴袈裟乞歸西華舊隱紹興戊辰秋赴育王之命上堂曰德山入門便棒多向皮袋裏埋蹤臨濟入門便喝總在聲塵中出沒若是英靈衲子直須足下風生超越古今途轍拈拄杖卓一下喝一喝曰秖這箇何似生若喚作棒喝瞌睡未惺不喚作棒喝未識德山臨濟畢竟如何復卓一下曰總不得動著上堂盡大地是沙門眼徧十方是自己光爲甚麽東弗于逮打鼓西瞿耶尼不聞南贍部洲點燈北鬱單越暗坐直饒向箇裏道得十全猶是光影裏活計撼拂子曰百雜碎了也作麽生是出身一路擲下拂子曰參上堂動則影現覺則冰生直饒不動不覺猶是秦時轅轢鑽到這裏便須千差客照萬户俱開毫端撥轉機輪命脉不沈毒海有時覺如湛水有時動若星飛有時動覺俱忘有時照用自在且道正恁麽時是動是覺是照是用還有區分得出底麽鐵牛橫古路觸著骨毛寒上堂曰行時

絕行跡說時無說蹤行說若到則垜生招箭行說未明則神鋒劃斷就使說無滲漏行不迷方猶滯殼漏在若是大鵬金翅奮迅百千由旬十影神駒馳驟四方八極不取次啗啄不隨處埋身且總不依倚還有履踐分也無剎剎塵塵是要津上堂曰易塡巨壑難滿漏巵若有操持了無難易拈却大地寬綽有餘放出纖毫礙塞無路忽若不拈不放向甚麼處履踐同誠共休戚飲水亦須肥僧問如何是賓中賓師曰你是田厙奴曰如何是賓中主師曰相逢猶莽鹵曰如何是主中賓師曰匇氣爍愁雲曰如何是主中主師曰敲骨打髓師蒞衆色必凜然寢食不背衆唱道無倦紹興庚午十月初示微疾至十八日首座法全請遺訓師曰盡此心意以道相資語絕而逝火後目睛齒舌不壞其地發光終夕得設利者無計踰月不絕黃冠羅肇常平日問道於師適外歸獨無所獲道念勤切方與客食咀嚼間若有物吐哺則設利也大如菽色若琥珀好事者持去遂再拜於闍維所聞香匳有聲亟開所獲如前而差紅潤門人奉遺骨分塔於鄮峰西華謚大悟禪師

潭州大溈佛性法泰禪師漢州李氏子僧問理隨事變該萬有而一片虛凝事逐理融等千差而咸歸實際如何是理法界師曰山河大地曰如何是事法界師曰萬象森羅曰如何是理事無礙法界師曰東西南北曰如何是事事無礙法界師曰上下四維上堂推眞眞無有相窮妄妄無有形眞妄兩無所有廓然露出眼睛眼睛旣露見箇甚麼曉日爍開

巖畔雪朔風吹綻臘梅華上堂寶劒拈來便用豈有遲疑眉毛剔起便行更無回互一切處騰今煥古一切處截斷羅籠不犯鋒鋩亦非顧鑑獨超物外則且置萬機喪盡時如何八月秋何處熱上堂涅槃無異路方便有多門拈起拄杖曰看看山僧拄杖子一口吸盡西江水東海鯉魚跨跳上三十三天帝釋忿怒把須彌山一搦粉碎堅牢地神合掌讚歎曰諦觀法王法法王法如是以拄杖擊禪牀下座上堂達得人空法空未稱祖佛家風體得全用全照亦非衲僧要妙直須打破牢關識取向上一竅如何是向上一竅春寒料峭凍殺年少上堂今朝正月巳半是處燈火繚亂滿城羅綺駢闐交互往來遊翫文殊走入鬧籃中普賢端坐高樓看且道觀音在甚麽處震天椎畫鼓聒地奏笙歌上堂渺渺邈邈十方該括坦坦蕩蕩絕形絕相目欲賭而睛枯口欲談而詞喪文殊普賢全無伎倆臨濟德山不妨提唱龜吞陝府鐵牛虵齩嘉州大像嚇得東海鯉魚直至如今肚脹嘻上堂火雲燒田苗泉源絕流注娑竭大龍王不知在何處以拄杖擊禪牀曰在這裏看看南山起雲北山下雨老僧更爲震雷聲助發威光令遠布乃高聲曰鬨弄鬨弄上堂開口有時非開口有時是麤言及細語皆歸第一義釋迦老子碗鳴聲達磨西來屎臭氣唯有山前水牯牛身放毫光照天地上堂得念失念無非解脫是甚麽語話成法破法皆名涅槃料掉沒交涉智慧愚癡通爲般若顢頇佛性菩薩外道所成就法皆是菩提猶較些子然雖如

是也是楊廣失駱駞上堂欲識佛去處秖這語聲是咄傅大士不識好惡以昭昭靈靈教壞人家男女被誌公和尚一喝曰大士莫作是說別更道看大士復說偈曰空手把鉏頭步行騎水牛人從橋上過橋流水不流誌公呵呵大笑曰前頭猶似可末後更愁人上堂憶昔遊方日獲得二種物一是金剛鎚一是千聖骨持行宇宙中氣岸高突兀如是三十年用之爲準則而今年老矣一物知何物擲下金剛鎚擊碎千聖骨拋向四衢道不能更惜得任意過浮生指南將作北呼龜以爲鼈喚豆以爲粟從他明眼人笑我無繩墨

台州護國此庵景元禪師永嘉楠溪張氏子年十八依靈山希拱圓具後習台教三禩棄謁圓悟於鍾阜因僧讀死心小參語云旣迷須得箇悟旣悟須識悟中迷迷中悟迷悟雙忘却從無迷悟處建立一切法師聞而疑卽趨佛殿以手托開門扉豁然大徹繼而執侍機辯逸發圓悟目爲聱頭元侍者遂自題肖像付之曰生平只說聱頭禪撞著聱頭如鐵壁脫却羅籠截脚跟大地撮來墨漆黑晚年轉復沒刀刀奮金剛椎碎窠窟他時要識圓悟面一爲渠儂併拈出圓悟歸蜀師還淛東鏟彩埋光不求聞達括蒼守耿公延禧嘗問道於圓悟因閱其語錄至題肖像得師爲人乃致開法南明山遣使物色至台之報恩獲於衆寮迫其受命方丈古公乃靈源高弟聞其提唱亦深駭異僧問三聖道我逢人卽出出則不爲人意旨如何師曰八十翁翁嚼生鐵曰興化道我逢人則不出出卽便爲人又

作麼生師曰須彌頂上浪翻空問天不能蓋地不能載是甚麼物師曰無孔鐵鎚曰天人羣生類皆承此恩力也師曰莫妄想問三世諸佛說不盡底句請師速道師曰貶上眉毛問昔年三平道場重興是日圓悟高提祖印始自師傳如何是臨濟宗師曰殺人活人不貶眼曰目前抽顧鑑領略者還稀如何是雲門宗師曰頂門三眼耀乾坤曰未舉先知未言先見如何是溈仰宗師曰推不向前約不退後曰三界唯心萬法唯識如何是法眼宗師曰箭鋒相直不相饒曰建化何妨行鳥道回途復妙顯家風如何是曹洞宗師曰手執夜明符幾箇知天曉曰向上還有路也無師曰有曰如何是向上路師曰黑漫漫地僧便喝師曰貪他一粒粟失却半年糧上堂威音王已前這一隊漢錯七錯八威音王已後這一隊漢落二落三而今這一隊漢坐立儼然且道是錯七錯八落二落三還定當得出麼舉拂子曰吽吽浴佛上堂這釋迦老子初生下來便作箇笑具一手指天一手指地云天上天下唯我獨尊後來雲門大師道我當時若見一棒打殺與狗子喫却貴圖天下太平尚有人不肯放過却道讚祖須是雲門始得且道那裏是讚他處莫是一棒打殺處是麼且喜沒交涉今日南明乍此住持秖得放過若不放過盡大地人並皆乞命始得如今事不獲已且同大衆向佛殿上每人與他一杓何故豈不見道乍可違條不可越例以拂子擊禪牀下座上堂野干鳴師子吼張得眼開得口動南星蹉北斗大衆還知落處麼金剛

堦下蹲神龜火裏走師退居西山耿龍學請就淨光陞座靈峰古禪師舉白雲見楊岐岐令舉茶陵悟道頌公案請師批判師乃曰諸禪德楊岐大笑眼觀東南意在西北白雲悟去聽事不眞喚鐘作甕檢點將來和楊岐老漢都在架子上將錯就錯若是南明卽不然我有明珠一顆切忌當頭蹉過雖然覿面相呈也須一鎚打破舉拂子曰還會麽棊逢敵手難藏行詩到重吟始見功師示疾請西堂應庵華禪師爲座元付囑院事示訓如常俄握拳而逝荼毗得五色舍利齒舌右拳無少損塔于寺東劉阮洞前壽五十三

福州玄沙僧昭禪師上堂天上無彌勒地下無彌勒且道彌勒在甚麽處良久曰夜行莫踏白不是水便是石

平江府南峰雲辯禪師本郡人依閩之瑞峰章得度旋里謁穹窿圓忽有得遂通所見圓曰子雖得入未至當也切宜著鞭乃辭扣諸席後叅圓悟值入室纔踵門悟曰看脚下師打露柱一下悟曰何不著實道取一句師曰師若搖頭弟子擺尾悟曰你試擺尾看師觔筋斗而出悟大笑由是知名住後僧問如何是奪人不奪境師曰霸主到烏江曰如何是奪境不奪人師曰築壇拜將曰如何是人境兩俱奪師曰萬里山河獲太平曰如何是人境俱不奪師曰龍吟霧起虎嘯風生曰向上還有事也無師曰當面蹉過曰眞箇作家師曰白日鬼逃人一日入城與道俗行至十郎巷有問巷在這裏十郎在甚處師奮臂曰隨我來

臨安府靈隱慧遠佛海禪師眉山彭氏子年十三從藥師院宗辯爲僧詣大慈聽習棄依靈巖徽禪師微有省會圓悟復領昭覺師卽之聞悟普說舉龐居士問馬祖不與萬法爲侶因緣師忽頓悟仆於衆衆披之師乃曰吾夢覺矣至夜小叅師出問曰淨躶躶空無一物赤骨力貧無一錢戸破家亡乞師賑濟悟曰七珍八寶一時拏師曰禍不入謹家之門悟曰機不離位墮在毒海師隨聲便喝悟以拄杖擊禪牀云喫得棒也未師又喝悟連喝兩喝師便禮拜自此機鋒峻發無所抵捂圓悟順寂師卽東下屢遷名刹由虎丘奉詔住皐亭崇先復被旨補靈隱孝廟召對賜佛海禪師上堂新歲有來由喫茶上酒樓一雙爲兩脚半箇有三頭突出神難辨相逢鬼見愁倒吹無孔笛促拍舞涼州咄上堂好是仲春漸暖那堪寒食清明萬疊雲山聳翠一天風月良鄰在處華紅柳綠湖天浪穩風平山禽枝上語諄諄再三瑣瑣碎碎囑付叮叮嚀嚀你且道他叮嚀囑付箇甚麽卓拄杖曰記取明年今日依舊寒食清明上堂舉僧問睦州以一重去一重卽不問不以一重去一重時如何州曰昨日栽茄子今朝種冬瓜師曰問者善問不解答答者善答不解問山僧今日向饑鷹爪下奪肉猛虎口裏横身爲你諸人說箇樣子登壇道士羽衣輕呪力雖窮法轉新拇指破開天地闇虵頭攧落鬼神驚僧問十二時中教學人如何用心師曰蘸雪喫冬瓜問浩浩塵中如何辨主師曰木杓頭邊鑊切菜曰莫便是和尚爲人處也無師曰研槌

撩餖飣問卽心卽佛時如何師曰頂分丫角曰非心非佛時如何師曰耳墜金鐶曰不是心不是佛不是物又作麽生師曰禿頂修羅舞柘枝問東山水上行意旨如何師曰初三十一不用擇日問文殊是七佛之師爲甚麽出女子定不得師曰擔頭不挂針問昔有一秀才作無鬼論論成有一鬼叱曰爭奈我何意作麽生師以手斫額曰何似生曰秖如五祖以手作鵓鳩觜曰谷呱呱又且如何師曰自領出去問庵內人爲甚麽不知庵外事師曰拄杖橫挑鐵蒺藜問不與萬法爲侶者是甚麽人師曰脚踏轆轤一日鳴皷陞堂師潛坐帳中侍僧尋之師忽撥開帳曰秖在這裏因甚麽不見僧無對師曰大斧斫三門問僧一大藏教是惡口如何是本身盧舍那僧曰天台普請南嶽遊山師別曰阿耨達池深四十丈闊四十丈乙未秋示衆曰淳熙二年閏季秋九月旦鬧處莫出頭冷地著眼看明暗不相干彼此分一半一種作貴人教誰賣柴炭向你道不可毀不可讚體若虛空沒涯岸相喚相呼歸去來上元定是正月半都下喧傳而疑之明年忽感微疾果以上元揮偈安坐而化偈曰拗折秤鎚掀飜露布突出機先鵶飛不度留七日顏色不異塔全身於寺之烏峰

台州鴻福子文禪師上堂不昧不落作麽會會得依前墮野狐一夜涼風生畫角滿船明月泛江湖

成都府正法建禪師上堂兎馬有角牛羊無角絕毫絕氂如山如嶽針鋒上師子飜身藕

竅中大鵬展翼等閑突過北俱盧日月星辰一時黒
建康府華藏密印安民禪師嘉定府朱氏子初講楞嚴於成都爲義學所歸時圓悟居昭覺師與勝禪師爲友因造焉聞悟小叅舉國師三喚侍者因緣趙州拈云如人暗中書字字雖不成文彩已彰那裏是文彩已彰處師心疑之告香入室悟問座主講何經師曰楞嚴悟曰楞嚴有七處徵心八還辨見畢竟心在甚麽處師多呈藝解悟皆不肯師復請益悟令一切處作文彩已彰會偶僧請益十玄談方舉問君心印作何顏悟厲聲曰文彩已彰師聞而有省遂求印證悟示以本色鉗鎚師則罔措一日白悟曰和尚休舉話待某說看悟諾師曰尋常拈槌竪拂豈不是經中道一切世界諸所有相皆卽菩提妙明真心悟笑曰你元來在這裏作活計師又曰下喝敲牀時豈不是返聞聞自性性成無上道悟曰你豈不見經中道妙性圓明離諸名相師於言下釋然悟出蜀居夾山師罷講侍行悟爲衆夜叅舉古帆未挂因緣師聞未領遂求決悟曰你問我師舉前話悟曰庭前柏樹子師卽洞明謂悟曰古人道如一滴投於巨壑殊不知大海投於一滴悟笑曰柰這漢何未幾令分座悟說偈曰休誇四分罷楞嚴按下雲頭徹底叅莫學亮公親馬祖還如德嶠訪龍潭七年往返遊昭覺三載翺翔上碧巖今日煩充第一座百華叢裏現優曇後謁佛鑑於蔣山鑑問佛果有不曾亂爲人說底句曾與你說麽師曰合取狗口鑑震聲曰不是這箇

道理師曰無人奪你鹽茶袋叫作甚麽鑑曰佛果若不爲你說我爲你說師曰和尚疑時退院別參去鑑呵呵大笑師未幾開法保寧遷華藏旋里領中峰上堂衆賣華兮獨賣松青青顏色不如紅算來終不與時合歸去來兮翠藹中可笑古人恁麽道大似逃峰赴壑避溺投火爭如隨分到尺八五分钁頭邊討一箇半箇雖然如是保寧半箇也不要何故富嫌千口少貧恨一身多冬至上堂舉玉泉皓和尚云雪雪片片不別下到臘月再從來年正月二月三月四月五月六月七月八月九月十月依前不歇凍殺餓殺免教胡說亂說師曰不是罵人亦非贊歎高出臨濟德山不似雲居羅漢且道玉泉意作麽生良久曰但得雪消去自然春到來師後示寂於本山闍維設利頗騰細民穴地尺許皆得之尤光明瑩潔心舌亦不壞

成都府昭覺徹庵道元禪師綿州鄧氏子幼於降寂寺圓具東遊謁大別道禪師因看廓然無聖之語忽爾失笑曰達磨元來在這裏道譽之往參佛鑑佛眼蒙賞識依圓悟於金山以所見告悟弗之許悟被詔住雲居師從之雖有信入終以鯁胷之物未去爲疑會悟問參徒生死到來時如何僧曰香臺子笑和尚次問師汝作麽生師曰草賊大敗悟曰有人問你時如何師擬答悟憑陵曰草賊大敗師卽徹證圓悟以拳擊之師拊掌大笑悟曰汝見甚麽便如此師曰毒拳未報永劫不忘悟歸昭覺命首衆悟將順世以師繼席焉

臨安府中天竺㣲堂中仁禪師洛陽人也少

依東京奉先院出家宜和初賜牒於慶基殿落髮進具後往來三藏譯經所諦窮經論特於宗門未之信時圓悟居天寧凌晨謁之悟方爲衆入室師見敬服奮然造前悟曰依經解義三世佛寃離經一字卽同魔說速道速道師擬對悟劈口擊之因墜一齒卽大悟留天寧由是師資契合請問無間後開法大覺遷中天竺次徙靈峰上堂九十春光已過半養華天氣正融和海棠枝上鶯聲好道與時流見得麽然雖如是且透聲透色一句作麽生道金勒馬嘶芳草地玉樓人醉杏華天上堂舉狗子無佛性話乃曰二八佳人刺繡遲紫荆華下囀黃鸝可憐無限傷春意盡在停鍼不語時淳熙甲午四月八日孝宗皇帝詔入賜座說法帝舉不與萬法爲侶因緣俾拈提師拈罷頌曰秤鎚搦出油閑言長語休腰纏十萬貫騎鶴上揚州癸亥中陞堂告衆而逝

眉州象耳山袁覺禪師郡之袁氏子出家傳燈試經得度本名圓覺郡守塡祠牒誤作袁字疑師慊然戲謂之曰一字名可乎師笑曰一字已多郡守異之旣受具出蜀徧謁有道尊宿後往大溈依佛性頃之入室陳所見性曰汝忒煞遠在然知其爲法器俾充侍者掌賓客師每侍性性必舉法華開示悟入四字令下語又曰直待我竪點頭時汝方是也偶不職被斥制中無依寓俗士家一日誦法華至亦復不知何者是火何者爲舍乃豁然制罷歸省性見首肯之圓悟再得旨住雲居師至彼以所得白悟悟呵云本是淨地屙屎作

麽師所疑頓釋紹興丁巳眉之象耳虛席郡守謂此道塲久爲蠢𦡱囊槖非名流勝士莫能起廢諸禪舉師應聘嘗語客曰東坡云我持此石歸袖中有東海山谷云惠崇煙雨蘆鴈坐我瀟湘洞庭欲喚扁舟歸去傍人謂是丹青此禪髓也又曰我敲牀竪拂時釋迦老子孔夫子都齊立在下風有舉此語似佛海遠禪師遠曰此覺老語也我此間卽不恁麽

眉州中巖華嚴祖覺禪師嘉州楊氏子幼聰慧書史過目成誦著書排釋氏惡境忽現悔過出家依慧目能禪師未幾疽發膝上五年醫莫愈因書華嚴合論畢夜感異夢旦卽捨杖步趨一日誦至現相品曰佛身無有生而能示出生法性如虛空諸佛於中住無住亦無去處處皆見佛遂悟華嚴宗旨洎登僧籍

府帥請講于千部堂詞辯宏放衆所歎服適南堂靜禪師過門謂師曰觀公講說獨步西南惜未解離文字相耳儻問道方外卽今之周金剛也師欣然罷講南遊依圓悟於鍾阜一日入室悟舉德山道有言時踞虎頭收虎尾第一句下明宗旨無言時覿露機鋒如同電拂作麽生會師莫能對夙夜叅究忽然有省作偈呈悟曰家住孤峰頂長年半掩門自嗟身已老活計付兒孫悟見許可次日入室悟又問昨日公案作麽生師擬對悟便喝曰佛法不是這箇道理師復留五年愈更迷悶後於廬山棲賢閱浮山遠禪師削執論云若道悟有親疎豈有旃檀林中却生臭草豁然契悟作偈寄圓悟曰出林依舊入蓬蒿天網恢恢不可逃誰信業緣無避處歸來不怕語

聲高悟大喜持以示衆曰覺華嚴徹矣住後僧問最初威音王末後婁至佛未審叅見甚麽人師曰家住大梁城更問長安路曰只如德山擔疏鈔行脚意在甚麽處師曰撥破你眼睛曰與和尚悟華嚴宗旨相去幾何師曰同途不同轍曰昔日德山今朝和尚師曰夕陽西去水東流上堂舉石霜和尚遷化衆請首座繼踵住持虔侍者所問公案師曰宗師行處如火消冰透過是非關全機亡得喪盡道首座滯在一色侍者知見超師可謂體妙失宗全迷向背殊不知首座如鷺鷥立雪品類不齊侍者似鳳翥丹霄不縈金網一人高高山頂立一人深深海底行各自隨方而來同會九重城裏而今要識此二人麽豎起拂子曰龍臥碧潭風凜凜垂下拂子曰鶴歸霄漢背摩天僧問如何是一喝如金剛王寶劍師曰血濺梵天曰如何是一喝如踞地師子師曰驚殺野狐狸曰如何是一喝如探竿影草師曰驗得你骨出曰如何是一喝不作一喝用師曰直須識取把鍼人莫道鴛鴦好毛羽

潭州福嚴文演禪師成都府楊氏子僧問如何是定林正主師曰坐斷天下人舌頭曰未審如何親近師曰覷著則瞎上堂當陽坐斷凡聖跡絶隨手放開天同地轉直得日月交互虎嘯龍吟頭頭物物耳聞目睬安立諦上是甚麽還委悉麽阿斯吒咄

平江府西山明因曇玩禪師溫州黃氏子徧叅叢席宣和庚子同抵鍾阜適朝廷改僧爲德士師與同志數人入頭陁巖食松自處久

之圓悟被旨居是山親至巖所令去鬚髮及悟詔補京師天寧與師俱往命掌香水海未幾因舉枹擊鼓頓明大法凡有所問皆對曰莫理會故流輩咸以莫理會稱之住後上堂汝有一對眼我也有一對眼汝若瞞還自瞞汝若成佛作祖老僧無汝底分汝若做驢做馬老僧救汝不得衆檀越入山請上堂說偈曰我無長處名虛出謝汝殷勤特地來明因無法堪分付謾把山門爲汝開

平江府虎丘雪庭元淨禪師雙溪人也上堂知有底人過萬年如同一日不知有者過一日如同萬年不見死心和尚道山僧行脚三十餘年以九十日爲一夏增一日也不得減一日也不得取不得捨不得不可得中秖麽得翠雲見處又且不然山僧行脚三十來年誰管他一日九十日也無得也無不得處處當來見彌勒且道彌勒在甚麽處金風吹渭水落葉滿長安上堂說得須是見得見得又須說得見得說不得落在陰界見解偏枯說得見不得落在時機墮在毒海若是翠雲門下直饒說得見得好與三十棒說不得見不得也好與三十棒翠雲恁麽道也好與三十棒遂高聲召大衆曰驗上堂日日日東出日日西沒是時人知有自古自今如麻似粟忽然捩轉話頭亦不從東出亦不從西沒且道從甚處出沒若是透關底人聞恁麽道定知五里牌在郭門外若是透不過者往往道半山熱瞞人僧問如何是到家一句師曰坐觀成敗問不與萬法爲侶者是甚麽人師曰遠親不如近鄰曰待汝一口吸盡西江水即

向汝道又作麽生師曰近鄰不如遠親問亡僧遷化向甚麽處去師曰糞堆頭曰意旨如何師曰築著磕著

衢州天寧訥堂梵思禪師蘇臺朱氏子上堂趯飜生死海踏倒涅槃岸世上無活人黃泉無死漢遂拈拄杖曰訥堂今日拄杖子有分付處也還有承當得者麽試出來擔荷看有麽有麽良久擲拄杖下座上堂知有底也喫粥喫飯不知有底也喫粥喫飯如何直下驗得他有之與無是之與非邪之與正若驗不出叅學事大遠在喝一喝下座上堂山僧是楊岐四世孫這老漢有箇三脚驢子弄蹄行公案雖人人舉得秖是不知落處山僧不惜眉毛爲諸人下箇注脚乃曰八角磨盤空裏走

岳州君山佛照覺禪師上堂舉古者道仰之彌高鑽之彌堅瞻之在前忽焉在後諸人還識得麽若也不識爲你註破仰之彌高不隔絲毫要津把斷佛祖難逃鑽之彌堅真體自然鳥啼華笑在碧巖前瞻之在前非正非偏十方坐斷威鎮大千忽焉在後一場漏逗堪笑雲門藏身北斗出

平江府寶華顯禪師本郡人也上堂曰喫粥了也頭上安頭洗鉢盂去爲虵畫足更問如何自納敗闕良久高聲召大衆衆舉首師曰歸堂喫茶上堂禪莫叅道休學歇意忘機常廓落現成公案早周遮秖箇無心已穿鑿直饒坐斷未生前難透山僧錯錯錯

紹興府東山覺禪師後住因聖上堂三通鼓罷諸人各各上來擬待理會祖師西來意還

知缽去久矣麽設使直下悟去也是斬頭覔活東山事不獲已且向第二頭鞠挼看以手拍禪牀下座上堂花爛熳景暄妍休說壺中别有天百草頭邊如薦得東高三丈西闊八寸上堂舉昔廣額屠兒一日至佛所颺下屠刀曰我是千佛一數世尊曰如是如是今時叢林將謂廣額過去是一佛權現屠兒如此見廣額且喜沒交涉又曰廣額正是箇殺人不貶眼底漢颺下屠刀立地成佛且喜沒交涉又道廣額颺下屠刀曰我是千佛一數這一佛多少分明且喜沒交涉要識廣額麽夾路桃華風雨後馬蹄何處避殘紅

台州天封覺禪師上堂無生國裏未是安居萬仞崖頭豈容駐足且望空撒手直下翻身一句作麽生道人逢好事精神爽入火真金色轉鮮

成都府昭覺道祖首座初見圓悟於卽心是佛語下發明久之悟命分座一日爲衆入室餘二十許人師忽問曰生死到來如何回避僧無對師擲下拂子奄然而逝衆皆愕眙亟以聞悟悟至召曰祖首座師張目眎之悟曰抖擻精神透關去師點頭竟爾趨寂

南康軍雲居宗振首座丹丘人也依圜悟於雲居一日仰瞻鐘閣倏然契證有詰之者座酧以三偈其後曰我有一機直下示伊青天霹靂電卷星馳德山臨濟棒喝徒施不傳之妙於汝何虧悟見大悅竟以節操自高道望愈重嘗書壁曰住在千峰最上層年將耳順任騰騰免教名字挂人齒甘作今朝百拙僧

樞密徐俯字師川號東湖居士每侍先龍圖

謁法昌及靈源語論終日公聞之藐如也及法昌歸寂在笑談間公異之始篤信此道後丁父憂念無以報罔極命靈源歸孝址說法源登座問答已乃曰諸仁者秖如龍圖平日讀萬卷書如水傳器涓滴不遺且道尋常著在甚麽處而今捨識之後這著萬卷書底又却向甚麽處著公聞灑然有得遂曰吾無憾矣源下座問曰學士適來見箇甚麽便恁麽道公曰若有所見則鈍置和尚去也源曰恁麽則老僧不如公曰和尚是何心行源大笑靖康初爲尚書外郎與朝士同志者挂鉢於天寧寺之擇木堂力參圓悟悟亦喜其見地超邁一日至書記寮指悟頂相曰這老漢脚跟猶未點地在悟顰面曰甕裏何曾走却鼈公曰且喜老漢脚跟點地悟曰莫謗他好公休去

郡王趙令衿字表之號超然居士任南康政成事簡多與禪衲遊公堂間爲摩詰丈室適圓悟居既阜公欣然就其鑪鍾悟不少假公固請悟曰此事要得相應直須是死一同始得公默契嘗自疏之其畧曰家貧遭劫誰知盡底不存空屋無人幾度賊來亦打悟見矚令加護紹興庚申冬公與汪内翰藻李叅政邴曾侍郎開詣徑山謁大慧慧聞至乃令擊鼓入室公欣然袖香趨之慧曰趙州洗鉢盂話居士作麽生會公曰討甚麽碗拂袖便出慧起搊住曰古人向這裏悟去你因甚麽却不悟公擬對慧揪之曰討甚麽碗公曰還這老漢始得

侍郎李彌遜號普現居士少時讀書五行俱

下年十八中鄉舉登第京師旋歷華要至二十八歲爲中書舍人常入圓悟室一日早朝回至天津橋馬躍忽有省通身汗流直造天寧適悟出門遥見便喚曰居士且喜大事了畢公厲聲曰和尚眼華作甚麽悟便喝公亦喝於是機鋒迅捷凡與悟問答當機不讓公後遷吏部乞祠禄歸閩連江築庵自娱忽一日示微恙遽索湯沐浴畢遂趺坐作偈曰謾說從來牧護今日分明呈露虚空撲倒須彌說甚向上一路擲筆而逝

覺庵道人祖氏建寧游察院之姪女也幼志不出適留心祖道於圓悟示衆語下了然明白悟曰更須颺却所見始得自由祖答偈曰露柱抽横骨虚空弄爪牙直饒玄會得猶是眼中沙

令人本明號明室自機契圓悟徧參名宿皆蒙印可紹興庚申二月望親書三偈寄呈草堂清微露謝世之意至旬末别親里而終草堂跋其偈後爲刋行大慧亦嘗垂語發揚偈曰不識煩惱是菩提若識煩惱是愚癡起滅之時須要會鶻過新羅人不知不識煩惱是菩提淨華生淤泥人來問我若何爲喫粥喫飯了洗鉢盂莫管他莫管他終日癡憨弄海沙要識本來真面目便是祖師一木叉道不得底叉下死道得底也叉下死畢竟如何不許夜行投明須到

成都府范縣君者嫠居歲久常坐而不卧聞圓悟住昭覺往禮拜請示入道因緣悟令看不是心不是佛不是物是箇甚麽久無所契范泣告悟曰和尚有何方便令某易會悟曰

却有箇方便遂令秖看是箇甚麼後有省曰元來恁麼地近那

太平懃禪師法嗣

常德府文殊心道禪師眉州徐氏子年三十得度詣成都習唯識自以爲至同舍詰之曰三界唯心萬法唯識今目前萬象摐然心識安在師茫然不知對遂出關周流江淮既抵舒之太平聞佛鑑禪師夜叅舉趙州柏樹子話至覺鐵觜云先師無此語莫謗先師好因大疑提撕既久一夕豁然即趨丈室擬敘所悟鑑見來便閉門師曰和尚莫謾某甲鑑云十方無壁落何不入門來師以拳擊破窻紙鑑即開門搊住云道道師以兩手捧鑑頭作口啐而出遂呈偈曰趙州有箇柏樹話禪客相傳徧天下多是摘葉與尋枝不能直向根源會覺公說道無此語正是惡言當面罵禪人若具通方眼好向此中辨真假鑑深然之每對客稱賞後命分座襄守請開法天寧未幾擢大別文殊上堂曰師子嚬呻象王哮吼雲門北斗裏藏身白雲因何喚作手三世諸佛不能知狸奴白牯却知有且道作麼生是他知有底事雨打梨華蛺蝶飛風吹柳絮毛毬走上堂拈拄杖直上指曰恁麼時刺破憍尸迦脚跟卓一下曰恁麼時卓碎閻羅王頂骨乃指東畔曰恁麼時穿過東海鯉魚眼睛指西畔曰恁麼時塞却西王母鼻孔且道總不恁麼時如何今年雨水多各宜頻曬晾宣和改元下詔改僧爲德士上堂祖意西來事今朝特地新昔爲比丘相今作老君形鶴氅披銀褐頭包蕉葉巾林泉無事客兩度受君

恩所以道欲識佛性義當觀時節因緣且道即今是甚麼時節毗盧遮那頂戴寶冠爲顯真中有俗文殊老叟身披鶴氅且要俯順時宜一人旣爾衆人亦然大家成立叢林喜得羣僊聚會共酌迯僊酎同唱步虚詞或看靈寶度人經或說長生不死藥琴彈月下指端發太古之音棊布軒前妙著出神機之外進一步便到大羅天上退一步却入九幽城中秖如不進不退一句又作麽生道直饒羽化三清路終是輪廻一幻身二年九月復僧上堂不挂田衣著羽衣老君形相頗相宜一年半內閑思想大底興衰各有時我佛如來預識法之有難教中明載無不委知較量年代正在于茲魔得其便惑亂正宗僧改俗形佛更名字妄生邪解刪削經文鐃鈸停音鉢盂添足多般矯詐欺罔聖君賴我皇帝陛下聖德聖明不忘付囑不廢其教特賜宸章頒行天下仍許僧尼重新披削實謂寒灰再焰枯木重榮不離俗形而作僧形不出魔界而入佛界重鳴法鼓再整頹綱迯僊酎變爲甘露瓊漿步虚詞翻作還鄉曲子放下銀木簡拈起尼師壇昨朝稽首擎拳今日和南不審秖改舊時相不改舊時人敢問大衆舊時人是一箇是兩箇良久曰秋風也解嫌狼籍吹盡當年道教灰建炎三年春示衆舉臨濟入滅囑三聖因緣師曰正法眼藏瞎驢滅臨濟何曾有是說今古時人皆妄傳不信但看後三月至閏三月賊鍾相叛其徒欲舉師南奔者師曰學道所以了生死何避之有賊至師曰速見殺以快汝心賊卽舉槊殘之血皆白乳

賊駭引席覆之而去

韶州南華知昺禪師蜀之永康人也上堂此事最希奇不礙當頭說東鄰田舍翁隨例得一橛非唯貫聲色亦乃應時節若問是何宗八字不著丿擊禪牀下座上堂日日說時時舉似地擎山爭幾許隴西鸚鵡得人憐大都秖爲能言語休思惟帶伴侶智者聊聞猛提取更有一般也大奇猫兒偏解捉老鼠上堂以拄杖向空中攪曰攪長河爲酥酪鰕蟹猶自眼搭眵卓一下曰變大地作黃金窮漢依前赤骨力爲復自家無分爲復不肯承當可中有箇漢荷負得行多少人失錢遭罪再卓一下曰還會麽寶山到也須開眼勿使忙忙空手囘上堂春光爛熳華爭發子規啼落西山月憍梵鉢提長吐舌底事分明向誰說嗄上堂迷不自迷對悟立迷悟不自悟因迷說悟所以悟爲迷之體迷爲悟之用迷悟兩無從箇中無別共無別共撥不動祖師不將來鼻孔千斤重

五燈會元卷第五十三

音釋

嶷 鄂力切音逆詩大雅克岐克嶷　捂 五故切音誤斜拄也　飥 闥各切音託餅屬　賸 徒得切音特食菜曰賸　眙 丑吏切笞去聲視不移也　嫠 陵之切音釐婦無天也　䀶 郎宕切音浪暴也

五燈會元卷第五十四

宋沙門大川濟纂

南嶽下十五世

太平懃禪師法嗣

潭州龍牙智才禪師舒州施氏子早服勤於佛鑑法席而局務不辭難名已聞於叢林及遊方迫暮至黃龍適死心在三門問其所從來既稱名則知爲舒州太平才莊主矣翌日入室死心問曰會得最初句便會末後句會得末後句便會最初句最初末後拈放一邊百丈野狐話作麼生會師曰入戶已知來見解何須更舉轢中泥心曰新長老死在上座手裏也師曰語言雖有異至理且無差心曰如何是無差底事師曰不扣黃龍角焉知頷下珠心便打初住嶽麓開堂日僧問德山棒臨濟喝今日請師爲拈掇師曰蘇嚕蘇嚕曰蘇嚕蘇嚕還有西來意也無師曰蘇嚕蘇嚕由是叢林呼爲才蘇嚕後遷龍牙因欽宗皇帝登位衆官請上堂祝聖已就座拈拄杖卓一下曰朝奉疏中道本來與境諸佛妙場適來拄杖子已爲諸人說了也於斯悟去理無不顯事無不周如或未然不免別通箇消息舜日重明四海清滿天和氣樂昇平延祥拄杖生歡喜擲地山呼萬歲聲擲拄杖下座上堂彈指一下曰彈指圓成八萬門剎那滅却三祇劫若也見得行得健即經行困即歇若也不會兩箇鸕鷀扛箇鼈上堂舉死心和尚小參曰若論此事如人家有三子第一子聰明智慧孝養父母接待往來主掌家業第二子兇頑狡猾貪婬嗜酒倒街卧巷破壞家業

第三子盲聾瘖瘂菽麥不分是事不能秖會喫飯三人中黃龍要選一人用更有四句死中有活活中有死死中常死活中常活將此四句驗天下衲僧師曰喚甚麼作四句三人姓甚名誰若也識得與黃龍把手並行更無纖毫間隔如或未然不免借水獻華去也三人共體用非用四句同音空不空欲識三人并四句金烏初出一團紅師居龍牙十三載以清苦涖衆衲子敬畏大師席公震還住雲溪經四稔紹興戊午八月望俄集衆付寺事仍書偈曰戊午中秋之日出家住持事畢臨行自已尚無有甚虛空可覓其垂訓如常二十三日再集衆示問曰涅槃生死盡是空華佛及衆生並爲增語汝等諸人合作麼生衆皆下語不契師喝曰苦苦復曰白雲湧地明月當天言訖儼然而逝火浴獲設利五色併靈骨塔於寺之西北隅

明州蓬萊卿禪師上堂有句無句如藤倚樹且任諸方點頭及乎樹倒藤枯上無衝天之計下無入地之謀靈利漢這裏著得一隻眼便見七縱八橫舉拂子曰看看一曲兩曲無人會雨過夜塘秋水深上堂杜鵑聲裏春光暮滿地落華留不住瑠璃殿上絶行蹤誰人解插無根樹舉拄杖曰這箇是無根底且道解開華也無良久曰秖因連夜雨又過一年春上堂舉法眼道識得凳子周帀有餘雲門道識得凳子天地懸殊師曰此二老人一人向高高山頂立一人向深深海底行然雖如是一不是二不成落華流水裏啼鶯閑亭雨歇夜將半片月還從海底生

安吉州何山佛燈守珣禪師郡之施氏子叅廣鑑瑛禪師不契遂造太平隨衆咨請邈無所入乃封其衾曰此生若不徹去誓不展此於是晝坐宵立如喪考妣逾七七日忽佛鑑上堂曰森羅及萬象一法之所印師聞頓悟往見鑑鑑曰可惜一顆明珠被這風顛漢拾得乃詰之曰靈雲道自從一見桃華後直至如今更不疑如何是他不疑處師曰莫道靈雲不疑只今覔箇疑處了不可得鑑曰玄沙道諦當甚諦當敢保老兄未徹在那裏是他未徹處師曰深知和尚老婆心切鑑然之師拜起呈偈曰終日看天不舉頭桃華爛熳始擡眸饒君更有遮天網透得牢關即便休鑑囑令護持是夕厲聲謂衆曰這回珣上座穩睡去也圓悟聞得疑其未然乃曰我須勘過始得遂令人召至因與遊山偶到一水潭悟推師入水遽問曰牛頭未見四祖時如何師曰潭深魚聚悟曰見後如何師曰樹高招風悟曰見與未見時如何師曰伸脚在縮脚裏悟大稱之鑑移蔣山命分座說法出住廬陵之禾山退藏故里道俗迎居天聖後徙何山及天寧上堂轆轢鑽住山斧佛祖出頭未輕與縱使醍醐滿世間你無寶器如何取阿呵呵神山打羅道吾作舞甜瓜徹蔕甜苦瓠連根苦上堂舉婆子燒庵話師曰大凡扶宗立教須是其人你看他婆子雖是箇女人宛有丈夫作畧二十年簁油費醬固是可知一日向百尺竿頭做箇失落直得用盡平生腕頭氣力自非箇俗漢知機洎乎巧盡拙出然雖如是諸人要會麼雪後始知松柏操事難方

見丈夫心上堂如來禪祖師道切忌將心外邊討從門所得即非珍特地埋藏衣裏寶禪家流須及早撥動祖師關棙抖擻多年布衲是非毀譽付之空豎闊橫長渾恰好君不見寒山老終日嬉嬉長年把掃人問其中事若何入荒田不揀信手拈來草參僧問如何是賓中賓師曰客路如天遠候門似海深曰如何是賓中主師曰長因送客處憶得別家時曰如何是主中賓師曰相逢不必問前程曰如何是主中主師曰一朝權祖令誰是出頭人曰賓主已蒙師指示向上宗乘事若何師曰向上問將來曰如何是向上事師曰大海若知足百川應倒流僧禮拜師曰珣上座三十年學得底師嘗謂衆曰兄弟如有省悟處不拘時節請來露箇消息雪夜有僧扣方丈門師起秉燭震威喝曰雪深夜半求決疑情因甚麼威儀不具僧顧眎衣裓師逐出院毎曰先師秖年五十九吾年五十六矣來日無多紹興甲寅解制退天寧之席謂雙槐居士鄭績曰十月八日是佛鑑忌則吾時至矣乞還鄣南十月四日鄭公遣弟僧道如訊之師曰汝來正其時也先一日不著便後一日蹉過了吾雖與佛鑑同條生終不同條死明早可爲我尋一隻小船子來如曰要長者要高者師曰高五尺許越三日雞鳴端坐如平時侍者請遺偈師曰不曾作得言訖而逝闍維舌根不壞郡人陳師顏以寶函藏其家門弟子奉靈骨塔於普應院之側

隆興府泐潭擇明禪師上堂舉趙州訪茱萸探水因緣師曰趙老雲收山嶽露茱萸雨過

竹風清誰家别館池塘裏一對鴛鴦畫不成

又舉德山托鉢話師曰從來家富小兒嬌偏

向江頭弄畫橈引得老爺把不住又來船上

助歌謡上堂永嘉道一月普現一切水一切

水月一月攝豎起拂子云看看千江競注萬

派爭流若也素善行舟便諳水脉可以優游

性海笑傲煙波其或未然且歸林下坐更待

月明時

台州寶藏本禪師上堂清明已過十餘日華

雨闌珊方寸深春色惱人眠不得黃鸝飛過

緑楊陰遂大笑下座

吉州大中祥符清海禪師初見佛鑑鑑問三

世諸佛一口吞盡何處更有衆生可教化此

理如何師擬進語鑑喝之師忽領旨述偈曰

實際從來不受塵箇中無舊亦無新青山况

是吾家物不用尋家别問津鑑曰放下著師

禮拜而出

漳州淨衆佛眞了燦禪師泉南羅氏子上堂

重陽九日菊花新一句明明亘古今楊廣槖

駝無見處夜來足跡在松陰

隆興府谷山海禪師上堂一舉不再說已落

二三相見不揚眉飜成造作設使動絃别曲

告往知來見鞭影便行望刹竿回去脚跟下

好與三十棒那堪更向這裏撮摩石火收捉

電光工夫枉用渾閑事笑倒西來碧眼胡卓

拄杖下座

南嶽下十五世

龍門遠禪師法嗣

温州龍翔竹庵士珪禪師成都史氏子初依

大慈宗雅心醉楞嚴逾五秋南遊謁諸尊宿

始登龍門即以平時所得白佛眼眼曰汝解心已極但欠著力開眼耳遂俾職堂司一日侍立次問云絶對待時如何眼曰如汝僧堂中白椎相似師罔措眼至晚抵堂司師理前話眼曰開言語師於言下大悟政和末出世和之天寧屢遷名刹紹興間奉詔開山鴈蕩能仁時眞歇居江心聞師至恐緣法未熟特過江迎歸方丈大展九拜以誘溫人由是翕然歸敬未視篆其徒懼行規法深夜放火鞠爲瓦礫之墟師竟就樹縛屋陞座示衆云愛閑不打皷山皷投老來看鴈蕩山傑閣危樓渾不見谿邊茆屋兩三間還有共相出手者麼喝一喝下座聽法檀施併力營建未幾復成寶坊次補江心上堂曰萬年一念一念萬年和衣泥裏輥洗脚上牀眠歷劫來事秖在

如今大海波濤湧小人方寸深拈起拄杖曰汝等諸人未得箇入頭須得箇入頭既得箇入頭須有出身一路始得大衆且作麼生是出身一路良久曰雪壓難摧澗底松風吹不動天邊月卓拄杖下座上堂萬機不到眼見色耳聞聲一句當堂頭戴天脚踏地你諸人秖知今日是五月初一殊不知金烏半夜忙忙去王兎天明上海東以拂子擊禪牀下座上堂明明無悟有法即迷諸人向這裏立不得諸人向這裏住不得若立則危若住則瞎直須意不停玄句不停意用不停機此三者既明一切處不須管帶自然現前不須照顧自然明白雖然如是更須知有向上事久雨不晴咄上堂一葉落天下秋欲窮千里目更上一層樓一塵起大地收嘉州打大像陝府

灌鐵牛明眼漢合作麽生良久曰久旱簷頭句橋流水不流卓拄杖下座上堂見見之時見非是見見猶離見見不能及落華有意隨流水流水無情戀落華諸可還者自然非汝不汝還者非汝而誰長恨春歸無覓處不知轉入此中來喝一喝曰三十年後莫道能仁教壞人家男女上堂僧問如何是祖師西來意師曰東家點燈西家暗坐曰未審意旨如何師曰馬便搭鞍驢便推磨僧禮拜師曰靈利衲僧秖消一箇遂曰馬搭鞍驢推磨靈利衲僧秖消一箇縱使東家明點燈未必西家暗中坐西來意旨問如何多口阿師自招禍僧問如何是第一義師曰你問底是第二義問狗子還有佛性也無趙州道無意旨如何師曰一度著蚰蜒怕見斷井索問燕子深談實相善說法要此理如何師曰不及鴈銜蘆問如何是佛師曰華陽洞口石烏龜問魯祖面壁意旨如何師曰金木水火土羅睺計都星問有句無句如藤倚樹時如何師曰作賊人心虛曰國師三喚侍者又作麽生師曰打鼓弄猢猻鼓破猢猻走丙寅七月十八日召法屬長老宗範付後事次日沐浴聲鐘集衆就座泊然而逝荼毘日送者均獲設利奉骨塔於鼓山

南康軍雲居髙庵善悟禪師洋州李氏子年十一去家業經得度有夙慧聞冲禪師舉武帝問達磨因緣如獲舊物遽曰我旣廓然何勝之有冲異其語勉之南詢蒙授記於龍門一日有僧被蚰傷足佛眼問曰旣是龍門為甚麽却被蚰蜒師即應曰果然現大人相眼

盖器之後傳此語到昭覺圓悟云龍門有此僧耶東山法道未寂寥爾住後上堂少林面壁懷藏東土西天歐阜陞堂充塞四維上下致使山巍巍而砥掌平水昏昏而常自清華非豔而結空果風不搖而片葉零人無法而得咨問佛無心而更可成野蔬淡飯延時日任運隨緣道自靈畢竟如何日午打三更

遂寧府西禪文璉禪師郡之張氏子上堂一向恁麼去直得凡聖路絕水泄不通鐵虵鑚不入鐵鎚打不破至於千里萬里鳥飛不度一向恁麼來未免灰頭土面帶水拖泥唱九作十指鹿爲馬非唯孤負先聖亦乃埋没巳靈敢問大衆且道恁麼去底是恁麼來底是芍藥華開菩薩面椶櫚葉散夜叉頭上堂諸方浩浩談玄每日撞鐘打鼓西禪無法可説勘破燈籠露柱門前不置下馬臺免被傍人來借路若借路須照顧脚下若參差邯鄲學唐步上堂心生種種法生森羅萬像縱橫信手拈來便用日輪午後三更心滅種種法滅四句百非路絕直饒達磨出頭也是眼中著屑心生心滅是誰木人攜手同歸歸到故鄉田地猶遭頂上一鎚上堂正月孟春猶寒直下言端語端拈起衲僧鼻孔穿開祖佛心肝知有者達磨不來東土二祖不往西天不知有者誰知當面蹉過迢迢十萬八千山僧爲你重説偈言大衆莫教孤負孟春猶寒僧問師子未出窟時如何師曰爪牙已露曰出窟後如何師曰龍頭虵尾曰出與未出時如何師曰正好喫棒問以一重去一重即不問不以一重去一重時如何師曰闍黎有許多工

夫
隆興府黃龍牧庵法忠禪師四明姚氏子十九試經得度習台教悟一心三觀之旨未能泯跡徧叅名宿至龍門觀水磨旋轉發明心要乃述偈曰轉大法輪目前包裹更問如何水推石磨呈佛眼眼曰其中事作麼生師曰澗下水長流眼曰我有末後一句待分付汝師即掩耳而去後至廬山於同安枯樹中絕食清坐宣和間湘潭大旱禱而不應師躍入龍淵呼曰業畜當雨一尺雨隨至居南嶽每跨虎出遊儒釋望塵而拜住後上堂張公喫酒李公醉子細思量不思議李公醉醒問張公恰使張公無好氣無好氣不如歸家且打睡上堂今朝正月半有事爲君斷切忌兩眼睛被他燈火換上堂我有一句子不借諸聖口不動自巳舌非聲氣呼吸非情識分別假使淨名杜口於毘耶釋迦掩室於摩竭大似掩耳偷鈴未免天機漏泄直饒德山入門便棒臨濟入門便喝若向牧庵門下撿點將來秖得一橛千種言萬般說秖要教君自家歇一任大地虛空七凹八凸僧問如何是佛師曰莫向外邊覓曰如何是心師曰莫向外邊尋曰如何是道師曰莫向外邊討曰如何是禪師曰莫向外邊傳曰畢竟如何師曰靜處薩婆訶問大衆臨筵請師舉唱師豎起拂子僧曰乞師再垂方便師擊禪牀一下後示寂塔於香原洞

衢州烏巨雪堂道行禪師處州葉氏子依泗州普照英禪師得度去叅佛眼一日聞舉玄沙築著脚指話遂大悟住後上堂會即便會

玉本無瑕若言不會碓觜生華試問九年面壁何如大會拈華南明恁麼商確也是順風撒沙叅上堂雲籠嶽頂百鳥無聲月隱寒潭龍珠自耀正當恁麼時直得石梁忽然大悟石洞頓爾心休虛空開口作證溪北石僧點頭諸人總在這裏瞌睡笑殺陜府鐵牛上堂佛說三乘十二分頓漸偏圓癡人面前不得說夢祖師西來直指人心見性成佛癡人面前不得說夢臨濟三玄雲門三句洞山五位癡人面前不得說夢南明恁麼道還免得遭人檢責也無所以古人道石人機似汝也解唱巴歌汝若似石人雪曲也應和還有和雪曲底麼若有喚來與老僧洗脚上堂通身是口說得一半通身是眼用得一橛用不到處說有餘說不到處用無盡所以道當用無說當說無用用說同時用說不同時諸人若也擬議西峯在你脚底到國清衆請上堂句亦剗意亦剗絕毫絕氂處如山如嶽句亦到意亦到如山如嶽處絕毫絕氂忽若撥通一線意句俱到俱不到俱剗俱不剗直得三句外絕牢籠六句外無標的正當恁麼時一句作麼生道傾蓋同途不同轍相將攜手上高臺

上堂舉趙州示衆云老僧除却二時齋粥是雜用心處師曰今朝六月旦行者擊皷長老陞堂你諸人總來這裏雜用心上堂舉僧問雲門如何是驚人句門曰響師曰雲門答這僧話不得便休却皷粥飯氣以當平生上堂黃梅雨麥秋寒恁麼會太無端時節因緣佛性義大都須是髑髏乾示衆舉璣和尚問僧禪以何爲義衆下語皆不契理僧請益璣璣

代云以謗爲義師曰三世諸佛是謗西天二十八祖是謗唐土六祖是謗天下老和尚是謗諸人是謗山僧是謗於中還有不謗者也無談玄說妙河沙數爭似雙峯謗得親師示疾門弟子教授汪公喬年至省候師以後事委之示以偈曰識則識自本心見則見自本性識得本心本性正是宗門大病註曰爛泥中有刺莫道不疑好黎明沐浴更服跏趺而逝闍維五色設利煙所至處纍然齒舌不壞塔於寺之西

撫州白楊法順禪師綿州文氏子依止佛眼聞普說舉傅大士心王銘云水中鹽味色裏膠青決定是有不見其形師於言下有省後覲寶藏迅轉頓明大法趨丈室作禮呈偈曰頂有異峯雲冉冉源無別派水泠泠遊山未到山窮處終被青山礙眼睛眼笑而可之住後上堂好事堆堆疊疊來不須造作與安排落林黃葉水推去橫谷白雲風卷回寒鴈一聲情念斷霜鐘纔動我山摧白楊更有過人處盡夜寒爐撥死灰忽有箇衲僧出來道長老少賣弄得恁麼窮乞相山僧秖向他道却被你道著上堂我手何似佛手天上南星北斗我脚何似驢脚徃事都來忘却人人盡有生緣箇箇足方頂圓大愚灘頭立處孤月影射深灣會不得見還難一曲漁歌過遠灘示衆染緣易就道業難成不了目前萬緣差別秖見境風浩浩凋殘功德之林心火炎炎燒盡菩提之樹道念若同情念成佛多時爲衆一似爲已彼此事辦不見他非我是自然上敬下恭佛法時時現前煩惱塵塵解脫上堂

雞啼曉月狗吠枯椿只可默會難入思量看不見處動地放光說不到處天地玄黃撫城尺六狀紙元來出在清江大衆分明話出人難見昨夜三更月到窻上堂風吹茆茨屋脊漏雨打闍黎眼睛濕恁麼分明却不知却來這裏低頭立時紀燈上座聞之有省後住婺之廣教因病示衆久病未嘗推木枕人來多是問如何山僧據問隨緣對窻外黃鸝口更多只如七尺之軀甚處受病衆中具眼者試爲山僧指出病源衆下語皆不契師自拊掌一下作嘔吐聲又云好箇木枕子師律身清苦出入唯杖笠獨行後示寂闍維收舍利目睛齒舌數珠同靈骨塔於寺西

南康軍雲居法如禪師丹邱胡氏子依護國瑞禪師祝髮登具徧參淛右諸宗匠晚至龍門以平日所證白佛眼眼曰此皆學解非究竟事欲了生死當求妙悟師駭然諦信一日命主香積以道業未辦固辭眼勉曰姑就職其中大有人爲汝說法未幾晨興開厨門望見聖僧契所未證即白佛眼眼曰這裏還見聖僧麼師詣前問訊叉手而立眼曰向汝道大有人爲汝說法住後上堂一法若有毗盧墮在凡夫萬法若無普賢失其境界向這裏有無俱遣得失兩忘直得十方諸佛不見諸人且道十二時中向甚麼處安身立命披蓑側立千峯外引水澆蔬五老前上堂乾坤之內宇宙之間中有一寶秘在形山居雲又且不然乾坤之內宇宙之間中有一寶擲下拄杖云大衆也須識取

南康軍歸宗眞牧正賢禪師潼川陳氏子世

爲名儒幼從三聖海澄爲苾蒭具滿分戒遊成都依大慈秀公習經論凡典籍過目成誦義亦頓曉秀稱爲經藏子出蜀謁諸尊宿後扣佛眼一日入室眼舉殷勤抱得旃檀樹語聲未絶師頓悟眼曰經藏子漏逗了也自是與師商確淵奥亹亹無盡眼稱善因手書眞牧二字授之紹興己巳歸宗虛席郡侯以禮請堅卧不應寶文李公懋嘗問道於師同屬官强之乃就上堂且第一句如何道汝等若向世界未成時父母未生時佛未出世時祖師未西來時道得已是第二句且第一句如何道直饒你十成道得未免左之右之卓拄杖下座上堂良久召大衆曰作麼生若也擬議賢上座謾你諸人去也打地和尚瞋他秘魔巖主擎箇叉兒胡説亂道遂將一摑成虀粉散在十方世界還知麼舉拂子曰而今卻在拂子頭上説一切智智清淨無二無二分無別無斷故還聞麼闍老子知得乃曰賢上座你若相當去不妨奇特或不相當總在我手裏秪向他道闍老子你也退步摸索鼻孔看擊禪牀下座僧問久默斯要已泄眞機學人上來請師開示師曰耳朶在甚麼處曰一句分明該萬象師曰分明底事作麼生曰台星照臨枯木回春師曰換卻你眼睛

安吉州道場正堂明辯禪師本郡俞氏子幼事報本蘊禪師圓顱受具後謁諸名宿至西京少林聞僧舉佛眼以古詩發明罽賓王斬師子尊者話曰楊子江頭楊柳春楊華愁殺渡江人一聲羌笛離亭晚君向瀟湘我向秦師默有所契即趨龍門求入室佛眼問從上

祖師方册因緣許你會得忽舉拳曰這箇因何喚作拳師擬對眼築其口曰不得作道理於是頓去知見住後上堂猛虎口邊拾得毒虵頭上安排更不釘椿摇艣回頭別有生涯婆子被我勘破了大悲院裏有村齋上堂淨五眼湧金春色晚得五力吹落碧桃華唯證乃知難可測卓拄杖曰一片何人得流經十萬家上堂三祖道但莫憎愛洞然明白當時老僧若見便與一摑且道是憎邪是愛邪近來經界稍嚴不許詭名挾佃解夏上堂十五日已前不得去少林隻履無藏處十五日已後不得住桂子天香和雨露正當十五日又且如何阿呵呵風流不在著衣多上堂舉僧問投子大死底人却活時如何子曰不許夜行投明須到師曰我疑千年蒼玉精化為一片秋水骨海神欲護護不得一旦鰲頭忽擎出上堂華開隴上柳綻堤邊黄鶯調叔夜之琴芳草入謝公之句何必聞聲悟道見色明心非唯水上覓漚已是眼中著屑擘開胷曰汝等當觀吾紫磨金色之身今日則有明日則無大似無風起浪全不知羞且道今日事作麼生好箇迷逢達磨不知誰解承當僧問如何是佛師乃鳴指三下問語默涉離微如何通不犯師曰横身三界外獨脫萬機前曰秖如風穴道長憶江南三月裏鷓鴣啼處百華香又作麼生師曰誋這箇不唧嚁漢作麼曰嫩竹摇金風細細百花鋪地日遲遲師曰你向甚麼處見風穴曰眼裏耳裏絶瀟灑師曰料掉無交涉問蓮華未出水時如何師曰未過冬至莫道寒曰出水後如何師曰未過

夏至莫道熱曰出與未出時如何師曰三十年後不要錯舉問如何是佛師曰無柴猛燒火曰如何是法師曰貧做富裝裹曰如何是僧師曰賣扇老婆手遮日曰如何是和尚栗棘蓬師曰不答此話曰爲甚麼不答師大笑曰吞不進吐不出問如何是一喝如金剛王寶劍師曰古墓毒蛇頭戴角曰如何是一喝如踞地師子師曰盧空笑點頭曰如何是一喝如探竿影草師曰石人拍手笑呵呵曰如何是一喝不作一喝用師曰布袋裹豬頭曰四喝已蒙師指示向上還有事也無師曰有曰如何是向上事師曰鋸解秤鎚隨聲便喝佛眼忌拈香龍門和尚闌提潑倒不信佛法滅除禪道撥破毘盧向上關猫兒洗面自道好一炷沈香爐上然換手槌胷空懊惱遂摇手曰休懊惱以坐具搭肩上作女人拜曰莫怪下房媳婦觸忤大人好室中垂問曰猫兒爲甚麼愛捉老鼠又曰板鳴因甚麼狗吠師家風嚴冷初機多憚之因贊達磨曰昇元閣前㦃㦬洛陽峯畔乖張皮髓傳成話霸隻履無處埋藏不是一番寒徹骨爭得梅華撲鼻香雪堂行一見大稱賞曰先師猶有此人在只消此贊可以坐斷天下人舌頭由是衲子奔湊臨終登座拈拄杖於左邊卓一下曰三十二相無此相於右邊卓一下曰八十種好無此好僧繇一筆畫成誌公露出草藁又卓一下顧大衆曰莫懊惱直下承當休更討下座歸方丈儼然趺坐而逝火後收靈骨設利藏所建之塔曰仙人山

潭州方廣深禪師僧問一法若有毘盧墮在

凡夫萬法若無普賢失其境界未審意旨如何師曰富嫌千口少貧恨一身多

世奇首座者成都人也徧依師席晚造龍門一日燕坐瞌睡間羣蛙忽鳴誤聽為淨髮版響亟趨往有曉之者曰蛙鳴非版也師恍然詣方丈剖露佛眼曰豈不見羅睺羅師遽止曰和尚不必舉待去自看未幾有省乃占偈曰夢中聞版響覺後蝦蟆啼蝦蟆與版響山嶽一時齊由是益加參究洞臻玄奧眼命分座師固辭曰此非細事也如金針剌眼毫髮若差睛則破矣願生生居學地而自煆煉眼因以偈美之曰有道只因頻退步謙和元自慣回光不知已在青雲上猶更將身入衆藏暮年學者力請不容辭後因說偈曰諸法空故我心空我心空故諸法同諸法我心無別體秖在而今一念中且道是那一念衆罔措師喝一喝而終

温州淨居尼慧温禪師上堂舉法眼示衆曰三通鼓罷簇簇上來佛法人事一時周畢師曰山僧道三通鼓罷簇簇上來拄杖不在苕帚柄聊與三十

給事馮楫濟川居士自壯扣諸名宿最後居龍門從佛眼遠禪師再歲一日同遠經行法堂偶童子趨庭吟曰萬象之中獨露身遠拊公背曰好聻公於是契入紹興丁巳除給事會大慧禪師就明慶開堂慧下座公挽之曰和尚每言於士大夫前曰此生決不作這蟲豸今日因甚却納敗缺慧曰盡大地是箇杲上座你向甚處見他公擬對慧便摑公曰是我招得越月特丐祠坐夏徑山榜其室曰不

動軒一日慧陞座舉藥山問石頭曰三乘十二分教某甲粗知承聞南方直指人心見性成佛實未明了伏望慈悲示誨頭曰恁麼也不得不恁麼也不得恁麼不恁麼總不得你作麼生山罔措頭曰子緣不在此可往江西見馬大師去山至馬祖處亦如前問祖曰有時教伊揚眉瞬目有時不教伊揚眉瞬目有時教伊揚眉瞬目者是有時教伊揚眉瞬目者不是山大悟慧拈罷公隨至方丈曰適來和尚所舉底因緣某理會得了慧曰你如何會公曰恁麼也不得蘇嚧娑婆訶不恁麼也不得嘌唎娑婆訶恁麼不恁麼總不得蘇嚧嘌唎娑婆訶慧印之以偈曰梵語唐言打成一塊咄哉俗人得此三昧公後知邛州所至宴晦無倦甞自詠曰公事之餘喜坐禪少曾將脇到牀眠雖然現出宰官相長老之名四海傳至二十三年秋乞休致預報親知期以十月三日報終至日令後廳置高座見客如平時至辰巳間降堦望闕肅拜請漕使攝邛事著僧衣履踞高座囑諸官吏及道俗各宜向道扶持教門建立法幢遂拈拄杖按膝蛻然而化漕使請曰安撫去住如此自由何不留一頌以表罕聞公張目索筆書曰初三十一中九下七老人言盡龜哥眼赤竟爾長往建炎後名山巨刹教藏多不存公累以巳俸印施凡一百二十八藏用祝君壽以康兆民門人蒲大聘甞誌其事有語録頌古行於世

開福寧禪師法嗣

潭州大潙月庵善果禪師信州余氏子上堂奚仲造車一百輻拈却兩頭除却軸以拄杖

打一圓相曰且莫錯認定盤星卓一卓下座謝供頭上堂解猛虎頷下金鈴驚羣動衆取蒼龍穴裏明珠光天照地山僧今日到此讚歎不及汝等諸人合作麼生竪起拂子曰貶上眉毛速須薦取擲拂子下座上堂心生法亦生心滅法亦滅心法兩俱忘烏龜喚作鼈諸禪德道得也未若道得道林與你拄杖子其或未然歸堂喫茶去僧問達磨九年面壁時如何師曰魚行水濁曰二祖禮三拜爲甚麼却得其髓師曰地肥茄子大曰秪如一華開五葉結果自然成明甚麼邊事師曰賊以贓爲驗曰有時乘好月不覺過滄洲師曰闍黎無分問有句無句如藤倚樹時如何師曰驗盡當行家曰樹倒藤枯句歸何處又作麼生師曰風吹日炙曰潙山呵呵大笑聻師曰波斯讀梵字曰道吾推倒泥裏潙山不管此意又且如何師曰有理不在高聲曰羅山道道吾是撮馬糞漢又作麼生師曰多口阿師曰今日足見老師七通八達師曰仰面哭蒼天僧禮拜師曰過問蓮華未出水時如何師曰乾坤無異色曰出水後如何師曰徧界有清香

大隨靜禪師法嗣

台州釣魚臺石頭自回禪師本郡人也世爲石工雖不識字志慕空宗每求人口授法華能誦之棄家投大隨供掃灑寺中令取崖石師手不釋鎚鑿而誦經不輟口隨見而語曰今日硿磕明日硿磕死生到來作甚折合師愕然釋其器設禮願聞究竟法因隨至方丈隨令且罷誦經看趙州勘婆因緣師念念不

去心久之因鑿石石稍堅盡力一鎚瞥見火光忽然省徹走至方丈禮拜呈頌曰用盡工夫渾無巴鼻火光迸散元在這裏隨忻然曰子徹也復獻趙州勘婆頌曰三軍不動旗閃爍老婆正是魔王脚趙州無柄鐵掃帚掃蕩煙塵空索索隨可之遂授以僧服人以其爲石工故有回頭石之稱也上堂參禪學道大似井底叫渴相似殊不知塞耳塞眼回避不及且如十二時中行住坐卧動轉施爲是甚麼人使作眼見耳聞何處不是路頭若識得路頭便是大解脫路方知老漢與你證明山河大地與你證明所以道十方薄伽梵一路涅槃門諸仁者大凡有一物當途要見一物之根源一物無處要見一物之根源見得根源源源無所源所源既非何處不圓諸禪德你看老漢有甚麼勝你處諸人有甚麼不如老漢處還會麼太湖三萬六千頃月在波心說向誰

潼川府護聖愚丘居靜禪師成都楊氏子年十四禮白馬安慧爲師聞南堂道望遂往依焉堂舉香嚴枯木裏龍吟話往返酧詰師於言下大悟一日堂問曰莫守寒巖異草青坐却白雲宗不妙汝作麼生師曰直須揮劍若不揮劍漁父棲巢堂矍然曰這小厮兒師珍重便行出住東巖上堂月生一東巖乍住增愁寂紅塵世路有多端米麪倉儲無顆粒崖爲伴泉爲匹颯颯清風來入室山王土地暗中忙雲版鐘魚偷淚滴世人莫道守空巖亦有東籬打西壁甞謂衆曰參學至要不出先南堂道最初句及末後句透得過者一生事

畢儻或未然更與你分作十門各各印證自
心還得穩當也未一須信有教外別傳二須
知有教外別傳三須會無情說法與有情說
法無二四須見性如觀掌中之物了了分明
一一田地穩密五須具擇法眼六須行鳥道
玄路七須文武兼濟八須摧邪顯正九須大
機大用十須向異類中行凡欲紹隆法種須
盡此綱要方坐得這曲彔牀子受得天下人
禮拜敢與佛祖爲師若不到恁麼田地秖一
向虛頭他時異日閻老子未放你在閒有學
者各門頌出呈師師以頌示曰十門綱要掌
中施機會來時自有爲作者不須排位次大
都首末是根基

簡州南巖勝禪師上堂召大衆曰護生須是
殺殺盡始安居會得箇中意分明在半途且
道到家一句又作麼生釋迦彌勒沒量大看
來猶秖是他奴僧問放行五位即不問把定
三關事若何師曰橫按鏌鋣全正令曰把定
三關蒙指示放行五位事如何師曰太平寰
宇斬癡頑曰恁麼則南巖門下土曠人稀師
曰靈利衲僧秖消一點曰自古自今同生同
死時如何師曰家賊難防曰今日學人小出
大遇去也師便打曰須是老僧打你始得僧
禮拜師曰切忌詐明頭

常德府梁山廓庵師遠禪師合川魯氏子上
堂舉楊岐三脚驢子話乃召大衆曰揚其湯
者莫若撲其火壅其流者莫若杜其源此乃
智人之明鑒佛法之至論正在斯焉這因緣
如今叢林中提唱者甚多商量者不少有般
底秖道宗師家無固必凡有所問隨口便答

似則也似是卽末是若恁麼秖作箇乾無事會不見楊岐用處乃至祖師千差萬別方便門庭如何消遣又有般底秖向佛邊會却與自巳没交涉古人道凡有言句須是一一消歸自巳又作麼生又有般底一向秖作自巳會棄却古人用處唯知道明自巳事古人方便却如何消遣既消遣不下却似抱橋柱澡洗要且放手不得此亦是一病又有般底却去脚多少處會若恁麼會此病最難醫也所以他語有巧妙處參學人卒難摸索纔擬心則差了也前輩謂之楊岐宗旨須是他屋裏人到恁麼田地方堪傳授若不然者則守死善道之謂也這公案直須還他透頂徹底漢方能了得此非止禪和子會不得而今天下叢林中出世爲人底亦少有會得者若要會去直須向威音那畔空劫巳前輕輕覰著提起便行捺著便轉却向萬仞峯前進一步可以籠罩古今坐斷天下人舌頭如今還有恁麼者麼有則出來道看如無更聽一頌三脚驢子弄蹄行直透威音萬丈坑雲在嶺頭閑不徹水流澗下太忙生湖南長老誰解會行人更在青山外上堂天得一以清地得一以寧君王得一以治天下這箇說話是家常茶飯須知衲僧家別有奇特處始得且道衲僧門下有甚奇特處天得一斗牛女虛危室壁地得一萬象森羅及瓦礫君王得一上下四維無等匹且道衲僧得一時如何要見客從何處來閑持經卷倚松立浴佛上堂舉藥山浴佛公案拈云這僧問處依稀越國髣髴楊州藥山答來眼似流星機如掣電點檢將來

二俱不了若是山僧即不然當是時纔見他問只浴得這箇且不浴得那箇但轉木杓柄與伊待他擬議之間攔面便潑假饒這僧有大神通具大智慧也無施展處敢問大衆這箇即且置喚甚麽作那箇下座佛殿燒香爲你說破師有十牛圖并頌行于世

嘉州能仁默堂紹悟禪師結夏上堂最初一步十方世界現全身末後一言一微塵中深鎖斷有時提起如倚天長劍光耀乾坤有時放下似紅爐點雪虛含萬象得到恁麽田地天魔外道拱手歸降三世諸佛一時稽首便可以大圓覺爲我伽藍於一毫端現寶王刹如是則朝往西天暮歸東土亦是禁足百華叢裏坐婬坊酒肆行亦是禁足雖然如是不曾動著這裏一步恁麽則九旬無虛棄之功百劫有今時之用堪報不報之恩以助無爲之化此即是涅槃妙心金剛王寶劍敢問大衆作麽生得到這田地去如人上山各自努力上堂舉趙州訪二庵主公案頌曰一重山盡一重山坐斷孤峯子細看霧捲雲收山嶽靜楚天空闊一輪寒

彭州土溪智陀子言庵主綿州人也初至大隨聞舉石頭和尚示衆偈倏然領旨歸隱土溪懸崖絶壑間有石若蹲異獸師鑿以爲室中發異泉無涸溢四衆訝之居三十年化風盛播室成日作偈曰一擊石庵全縱橫得自然清涼無暑氣涓潔有甘泉寛廓含沙界寂寥絶衆緣箇中無限意風月一牀眠

劍門南修道者淳厚之士也自大隨一語契投服勤不怠歸謁崇化贇禪師坐次贇以宗

門三印問之南曰印空印泥印水平地寒濤競起假饒去就十分也是靈龜曳尾

莫將尚書字少虛家世豫章分寧因官西蜀謁南堂靜禪師咨決心要堂使其向好處提撕適如厠俄聞穢氣急以手掩鼻遂有省即呈以偈曰從來姿韻愛風流幾笑時人向外求萬別千差無覓處得來元在鼻尖頭南堂荅曰一法纔通法法周縱橫妙用更何求青蛇出匣魔軍伏碧眼胡僧笑點頭

龍圖王蕭居士字觀復留昭覺日聞開靜板聲有省問南堂曰某有箇見處纔被人問却開口不得未審過在甚處堂曰過在有箇見處堂却問朝旆幾時到任公曰去年八月四日堂曰自按察幾時離衙公曰前月二十堂曰爲甚麼道開口不得公乃契悟

　五祖自禪師法嗣

蘄州龍華高禪師上堂象王行師子住赤脚崑崙眉卓竪寒山拾得笑呵呵指點門前老松樹且道他指點箇甚麽忽然風吹倒時好一堆柴

五燈會元卷第五十四

音釋

篵山宜切音澌下物竹器可以除麤取細　亹武裴切音尾不倦意　佃亭年切音田治田也　丏美辨切音眄不見也　蛻輸芮切音稅蛇蟬所解皮　硿枯公切音空硿青藥石又呼公切音哄石落聲也　乾居寒切音干燥也又桑乾河名

五燈會元卷第五十五

宋沙門大川濟纂

南嶽下十六世

徑山杲禪師法嗣

泉州教忠晦菴彌光禪師閩之李氏子兒時寡言笑聞梵唄則喜十五依幽巖文慧禪師圓頂猶喜閱羣書一日曰既剃髮染衣當期悟徹豈醉於俗典耶遂出嶺謁圓悟禪師於雲居次參黃蘗祥高菴悟機語皆契以淮楚盜起歸謁佛心會大慧寓廣因往從之慧謂曰汝在佛心處所得者試舉一二看師舉佛心上堂拈普化公案曰佛心即不然總不恁麽來時如何劈脊便打從教徧界分身慧曰汝意如何師曰某不肯他後頭下箇注脚慧曰此正是以病爲法師毅然無信可意慧曰汝但揣摩看師竟以爲不然經旬因記海印信禪師拈曰雷聲浩大雨點全無始無滯趣告慧慧以舉道者見琅邪并玄沙未徹語詰之師對已慧笑曰雖進得一步秖是不著所在如人斫樹根下一刀則命根斷矣汝向枝上斫其能斷命根乎今諸方浩浩説禪者見處總如此何益於事其楊岐正傳三四人而已師慍而去翌日慧問汝還疑否師曰無可疑者慧曰秖如古人相見未開口時已知虛實或聞其語便識淺深此理如何師悚然汗下莫知所詣慧令究有句無句慧過雲門菴師侍行一日問曰某到這裏不能得徹病在甚處慧曰汝病最癖世醫拱手何也别人死了活不得汝今活了未曾死要到大安樂田地須是死一回始得師疑情愈深後入室慧

問喫粥了也洗鉢盂了也去却藥忌道將一句來師曰裂破慧震威喝曰你又說禪也師即大悟慧撾鼓告衆曰龜毛拈得笑咍咍一擊萬重關鏁開慶快平生在今日孰云千里賺吾來師亦以頌呈之曰一拶當機怒雷吼驚起須彌藏北斗洪波浩渺浪滔天拈得鼻孔失却口住後上堂有句無句如藤倚樹放憨作麼及乎樹倒藤枯句歸何處情知汝等諸人卒討頭鼻不著爲甚如此秖爲分明極飜令所得遲上堂夢幻空華何勞把捉得失是非一時放却擲拂子曰山僧今日已是放下了也汝等諸人又作麼生復曰侍者收取拂子僧問文殊爲甚麼出女子定不得師曰山僧今日困曰罔明爲甚麼却出得師曰令人疑著曰恁麼則劈開華嶽千峯秀放出黃河一派清師曰一任上度

江州東林卍庵道顏禪師潼川人族鮮于氏久叅圓悟微有省發泊悟還蜀囑依妙喜仍以書致喜曰顏川彩繪已畢但欠點眼耳他日嗣其後未可量也喜居雲門及洋嶼師皆在焉朝夕質疑方大悟住後上堂一葉落天下秋一塵起大地收烏窠吹布毛便有人悟去今時學者爲甚麼却不識自己良久曰莫錯怪人好上堂欲識諸佛心但向衆生心行中識取欲識常住不凋性但向萬物遷變處會取還識得麼欲得不招無間業莫謗如來正法輪上堂諸人知處良遂總知良遂知處諸人不知作麼生是良遂知處乃曰鸕鶿語鶴上堂仲冬嚴寒三界無安富者快樂貧者饑寒不識玄旨錯認定盤何也牛頭安尾上

北斗面南看上堂一滴滴水一滴滴凍天寒人寒風動幡動雲門扇子跨跳上三十三天築著帝釋鼻孔東海鯉魚打一棒雨似盆傾不出諸人十二時中尋常受用上堂云圓通門戶八字打開若是從門入得不堪共語須是入得無門之門方可坐登堂輿所以道過去諸如來斯門已成就現在諸菩薩今各入圓明未來叅學人當依如是法從上諸聖辛有如此廣大門風不能繼紹甘自鄙棄穿窬墻壁好不丈夫敢問大衆無門之門作麽生入良久云非唯觀世音我亦從中證上堂元宵已過化主出門六羣比丘各從其類此衆無復枝葉純有貞實如是增上慢人退亦佳矣麒麟不爲瑞鸑鷟不爲榮麥秀兩岐禾登九穗總不消得但願官中無事林下棲禪水牯牛飽卧斜陽擔板漢清貧長樂粥足飯足俯仰隨時箬籠不亂攙匙老鼠不咬甑箅山家活計淡薄長情不敬功德天誰嫌黑暗女有智主人二俱不受良久曰君子愛財取之以道上堂去年寒食後今年寒食前日日是好日不是正中偏上堂客舍久留連家鄉夕照邊簷懸三月雨水沒兩湖蓮鑊漏燒燈盞柴生滿竈煙已忘南北念入望盡平川上堂栴檀林無雜樹鬱密深沉師子住所以栴檀叢林栴檀圍繞荊棘叢林荊棘圍繞一人爲主兩人爲伴成就萬億國土士農工商若夜叉若羅刹見行魔業優哉游哉聊以卒歲僧問香嚴上樹話意旨如何師曰描不成畫不就曰李陵雖好手爭奈陷番何師曰甚麽處去來問如何是佛師曰汝是元固僧近前曰

喏喏師曰裩無襠袴無口問如何是佛師曰誌公和尚曰學人問佛何故答誌公和尚師曰誌公不是閒和尚曰如何是法師曰黄絹㓜婦外孫虀臼曰是甚麼章句師曰絕妙好辤曰如何是僧師曰釣魚船上謝三郎曰何不直說師曰玄沙和尚曰三寶已蒙師指示向上宗乘事若何師曰王喬詐仙得仙僧呵呵大笑師乃叩齒

福州西禪懶庵鼎需禪師本郡林氏子㓜舉進士有聲年二十五因讀遺教經忽曰幾爲儒冠誤欲去家母難之以親迎在期師乃絕之曰天桃紅杏一時分付春風翠竹黄花此去永爲道伴竟依保壽樂禪師爲比丘一錫湖湘徧叅名宿法無異味歸里結庵於羌峯絕頂不下山者三年佛心才禪師挽出首衆於大乘嘗問學者即心即佛因緣時妙喜庵于洋嶼師之友彌光與師書云庵主手段與諸方別可來少欵如何師不答光以計邀師飯師往赴之會妙喜爲諸徒入室師隨喜焉妙喜舉僧問馬祖如何是佛祖云即心是佛作麼生師下語妙喜詬之曰你見解如此敢妄爲人師耶鳴鼓普說訐其平生珍重得力處排爲邪解師淚交頤不敢仰視默計曰我之所得旣爲所排西來不傳之旨豈止此耶遂歸心弟子之列一日喜問曰內不放出外不放入正恁麼時如何師擬開口喜拈竹篦劈脊連打三下師於此大悟厲聲曰和尚已多了也喜又打一下師禮拜喜笑云今日方知吾不汝欺也遂印以偈云頂門竪亞摩醯眼肘後斜懸奪命符瞎却眼卸却符趙州東

壁挂葫蘆於是聲名喧動叢林住後上堂曰
句中意意中句須彌聳于巨川句刻意意刻
句烈士發乎狂矢任待牙如劍樹口似血盆
徒逞詞鋒虛張意氣所以淨名杜口早渉繁
詞摩竭掩關已揚家醜自餘尾楕老漢巖頭
大師向鼇峯頂上拏風鼓浪翫弄神變脚跟
下好與三十且道過在甚麼處良久云機關
不是韓光作莫把胷襟當等閒至節上堂云
二十五日已前羣陰消伏泥龍閉戸二十五
日已後一陽來復鐵樹開華正當二十五日
塵中醉客騎驢騎馬前街後街遞相慶賀物
外閒人衲被蒙頭圍爐打坐風蕭蕭雨蕭蕭
冷湫湫誰管你張先生李道士胡達磨上堂
懶翁懶中懶最懶懶說禪亦不重自已亦不
重先賢又誰管你地又誰管你天物外翛然

無箇事日上三竿猶更眠上堂舉僧問趙州
如何是古人言州云諦聽諦聽師曰諦聽即
不無切忌喚鐘作甕室中問僧萬法歸一一
歸何處曰新羅國裏師曰我在青州作一領
布衫重七斤聻曰今日親見趙州師曰前頭
見後頭見僧乃作斫額勢師曰上座甚處人
曰江西師曰因甚麼却來這裏納敗缺僧擬
議師便打
福州東禪蒙庵思岳禪師上堂蛾羊蟻子說
一切法墻壁瓦礫現無邊身見處旣精明聞
中必透脫所以雪峯和尚凡見僧來輥出三
箇木毬如弄雜劇相似玄沙便作斫牌勢早
未護道將來普賢今日謗古人千佛出世不
通懺悔這裏有人謗普賢定入拔舌地獄且
道謗與不謗者是誰心不負人面無慚色上

堂達磨來時此土皆知梵語及乎去後西天悉會唐言若論直指人心見性成佛大似羚羊挂角獵犬尋蹤一意乖踈萬言無用可謂來時他笑我不知去後我笑他唐言梵語親分付自古齋僧怕夜茶上堂臘月初歳云徂黄河凍巳合深處有嘉魚活鱍鱍跳不脫又不能相煦以濕相濡以沫慚愧菩薩摩訶薩春風幾時來解此黄河凍令魚化作龍直透桃華浪會即便會癡人面前且莫說夢上堂僧問如何是初日分以恒河沙等身布施師曰從苗辨地因語識人曰如何是中日分復以恒河沙等身布施師曰築著磕著曰如何是後日分亦以恒河沙等身布施師曰向下文長付在來日復曰一轉語如天普蓋似地普擎一轉語舌頭不出口一轉語且喜沒交涉要會麼慚愧世尊面赤不如語直大小岳上座口似磉盤今日爲這問話僧講經不覺和注脚一時說破便下座上堂啞却我口直須要道塞却你耳切忌蹉過昨日有人從天台來却道泗州大聖在洪州打坐十字街頭賣行貨是甚麼斷跟草鞋尖簷席帽

福州西禪此庵守淨禪師上堂談玄說妙撒屎撒尿行棒行喝將鹽止渴立主立賓華擘宗乘設或總不恁麼又是鬼窟裏坐到這裏山僧巳是打退鼓且道諸人尋常心憤憤口悱悱合作麼生莫將閑學解埋沒祖師心上堂若也單明自巳不悟目前此人有眼無足若也秖悟目前不明自巳此人有足無眼直得眼足相資如車二輪如鳥二翼正好勘過了打上堂九夏炎炎大熱木人汗流不輟夜

來一雨便凉莫道山僧不說以拂子擊禪牀下座上堂若欲正提綱直須大地荒欲來衝雪刃未免露鋒鋩當恁麽時釋迦老子出頭不得即不問你諸人秖如馬鐙裏藏身又作麽生話會上堂道是常道心是常心汝等諸人聞山僧恁麽道便道我會也大盡三十日小盡二十九頭上是天脚下是地耳裏聞聲鼻裏出氣忽若四大海水在汝頭上毒虵穿你眼睛蝦蟆入你鼻孔又作麽生上堂文殊普賢談理事臨濟德山行棒喝東禪一覺到天明偏愛風從凉處發咄上堂善鬬者不顧其首善戰者必獲其功其功既獲坐致太平太平既致高枕無憂罷拈三尺劍休弄一張弓歸馬于華山之陽放牛于桃林之野風以時而雨以時漁父歌而樵人舞雖然如是堯舜之君猶有化在爭似乾坤收不得堯舜不知名渾家不管興亡事偏愛和雲占洞庭上堂閉却口時時說截却舌無間歇無間歇最奇絕最奇絕眼中屑既是奇絕爲甚麽却成眼中屑了了了時無可了玄玄玄處亦須呵上堂祖佛頂𩕳上有潑天大路未透生死關如何敢進步不進步大千没遮護一句絕言詮那吒擘鐵柱開堂拈香罷就座南堂和尚白槌曰法筵龍象衆當觀第一義師隨聲便喝曰此是第幾義久叅先德已辨來端後學有疑不妨請問僧問阿難問迦葉世尊傳金襴外別傳何物迦葉喚阿難阿難應諾未審此意如何師曰切忌動著曰秖如迦葉道倒却門前刹竿著又作麽生師曰石牛横古路曰秖如和尚於佛日處還有這箇消息也無

師曰無這箇消息曰爭奈定光金地遥招手智者江陵暗點頭師曰莫將庭際柏輕比路傍蒿僧禮拜師乃曰定光金地遥招手智者江陵暗點頭已是白雲千萬里那堪於此未知休設或於此便休去一場狼藉不少還有檢點得出者麼如無山僧今日失利僧問佛佛授手祖祖相傳未審傳箇甚麼師曰速禮三拜問不施寸刃請師相見師曰逢强即弱曰何得埋兵掉鬬師曰秖爲闍棃寸刃不施曰未審向上還有事也無師曰有曰如何是向上事師曰敗將不斬問古佛堂前甚麼人先到師曰無眼村翁曰未審如何趣向師曰榔栗横擔

建寧府開善道謙禪師本郡人初之京師依圓悟無所省發後隨妙喜庵居泉南及喜領徑山師亦侍行未幾令師往長沙通紫巖居士張公書師自謂我參禪二十年無入頭處更作此行決定荒廢意欲無行友人宗元者叱曰不可在路便參禪不得也去吾與汝俱往師不得已而行在路泣語元曰我一生參禪殊無得力處今又途路奔波如何得相應去元告之曰你但將諸方參得底悟得底圓悟妙喜爲你說得底都不要理會途中可替底事我盡替你只有五件事替你不得你須自家支當師曰五件者何事願聞其要元曰著衣喫飯屙屎放尿馱箇死屍路上行師於言下領旨不覺手舞足蹈元曰你此回方可通書宜前進吾先歸矣元即回徑山師半載方返妙喜一見而喜曰建州子你這回別也住後上堂竺土大仙心東西密相付如何是

密付底心良久云八月秋何處熱上堂壁立千仞三世諸佛措足無門是則是太殺不近人情放一線道十方刹海放光動地是則是爭奈和泥合水須知通一線道處壁立千仞壁立千仞處通一線道橫拈倒用正按旁提電激雷奔崖頹石裂是則是猶落化門到這裏壁立千仞也沒交涉通一線道也沒交涉不近人情和泥合水總沒交涉只這沒交涉也則沒交涉是則是又無佛法道理若也出得這四路頭管取乾坤獨步且獨步一句作麼生道莫怪從前多意氣他家曾踏上頭關上堂去年也有箇六月十五今年也有箇六月十五去年六月十五少却今年六月十五今年六月十五多却去年六月十五多處不用減少處不用添既不用添又不用減則多處多用少處少用乃喝一喝曰是多是少良久曰箇中消息子能有幾人知上堂洞山麻三斤將去無星秤子上定過每一斤恰有一十六兩二百錢重更不少一毫正與趙州殿裏底一般秖不合被大愚鋸解秤鎚却教人理會不得如今若要理會得但問取雲門乾屎橛上堂有句無句如藤倚樹撞倒燈籠打破露柱佛殿奔忙僧堂回顧子細看來是甚家具咄秖堪打老鼠上堂諸人從僧堂裏恁麼上來少間從法堂頭恁麼下去並不曾差了一步因甚麼却不會良久曰秖爲分明極飜令所得遲

慶元府育王佛照德光禪師臨江軍彭氏子志學之年依本郡東山光化寺吉禪師落髮一日入室吉問不是心不是佛不是物是甚

麼師罔措遂致疑通夕不寐次日詣方丈請益昨日蒙和尚垂問既不是心又不是佛又不是物畢竟是甚麼望和尚慈悲指示吉震威一喝曰這沙彌更要我與你下注脚在拈棒劈脊打出師於是有省後謁月庵杲應庵華百丈震終不自肯適大慧領育王四海英材鱗集師亦與焉大慧室中問師喚作竹篦則觸不喚作竹篦則背不得下語不得無語師擬對慧便棒師豁然大悟從前所得瓦解冰消初住台之光孝僧問浩浩塵中如何辨主師曰中峯頂上塔心失上堂臨濟三遭痛棒大愚言下知歸與化於大覺棒頭明得黃檗意旨若作棒會入地獄如箭射若不作棒會入地獄如箭射衆中商量盡道赤心片片恩大難酬總是識情卜度未出陰界且如臨濟悟去是得黃檗力是得大愚力若也見得許你頂門眼正肘後符靈其或不然鴻福更爲諸人通箇消息丈夫氣宇衝牛斗一踏鴻門兩扇開上堂七手八脚三頭兩面耳聽不聞眼覷不見苦樂逆順打成一片且道是甚麼路逢死蛇莫打殺無底籃子盛將歸上堂聞聲悟道落二落三見色明心錯七錯八生機一路猶在半途且道透金剛圈吞栗棘蓬底是甚麼人披簔側立千峯外引水澆蔬五老前師住靈隱日孝宗皇帝嘗詔問道留宿内觀堂奏對機緣備于本録後示寂塔全身於鄮峯東庵

常州華藏遯庵宗演禪師福州鄭氏子上堂拈起拄杖曰識得這箇一生參學事畢古人恁麼道華藏則不然識得這箇更須買草鞋

行脚何也到江吳地盡隔岸越山多臘且上堂一九與二九相逢不出手世間出世間無剩亦無少遂出手曰華藏不惜性命爲諸人出手去也劈面三拳攔腮一掌靈利衲僧自知痛痒且轉身一句作麽生道巡堂喫茶去上堂舉南泉和尚道我十八上便解作活計趙州和尚道我十八上便解破家散宅師云南泉趙州也是徐六擔板秖見一邊華藏也無活計可作亦無家宅可破逢人突出老拳要伊直下便到且道到後如何三十六峯觀不足却來平地倒騎驢

慶元府天童無用淨全禪師越州翁氏子上堂學佛止言真不立參禪多與道相違忘機忘境急回首無地無錐轉步歸佛不是心亦非覿體承當絕所依萬古碧潭空界月再三撈摝始應知上堂良久召衆曰還知麽復曰敗缺不少上堂舉長沙示衆曰百尺竿頭坐底人雖然得入未爲真百尺竿頭須進步十方世界現全身大慧先師道要見長沙麽更進一步保寧則不然要見長沙麽更退一步畢竟如何換骨洗腸重整頓通身是眼更須參師到靈隱請上堂靈山正派達者猶迷明來暗來誰當辨的雙收雙放孰辨端倪直饒千聖出來也秖結舌有分何故人歸大國方爲貴水到瀟湘始是清復曰適來松源和尚舉竹篦話令天童納敗缺諸人要知麽聽取一頌黑漆竹篦握起迅雷不及掩耳德山臨濟茫然懵底如何插觜大慧嘗舉靈雲悟桃華問師師曰靈雲一見兩眉横引得漁翁良計生白浪起時拋一釣任教魚鼈競頭爭師

自贊曰匙挑不上箇村夫文墨胷中一點無曾把虛空揣出骨惡聲贏得滿江湖後示寂塔于本山

大溈法寶禪師福州人也上堂喚作竹篦則觸不喚作竹篦則背直須師子咬人莫學韓𤜆逐塊阿呵呵會不會金剛脚下鐵崑崙捉得明州憨布袋上堂千般言萬種喻秖要教君早回去夜來一片黑雲生莫教錯却山前路咄

福州玉泉曇懿禪師久依圓悟自謂不疑紹興初出住興化祥雲法席頗盛大慧入閩知其所見未諦致書令來師遲遲慧小參且痛斥仍榜告四衆師不得已破夏謁之慧鞫其所證既而曰汝恁麼見解敢嗣圓悟老人耶師退院親之一日入室慧問我要箇不會禪底做國師師曰我做得國師去也慧喝出居無何語之曰香嚴悟處不在擊竹邊俱胝得處不在指頭上師乃頓明後住玉泉爲慧拈香繼省慧於小溪慧陞座舉雲門一日拈拄杖示衆曰凡夫實謂之有二乘析謂之無緣覺謂之幻有菩薩當體即空衲僧見拄杖子但喚作拄杖子行但行坐但坐總不得動著慧曰我不似雲門老人將虛空剜窟籠驀拈拄杖曰拄杖子不屬有不屬無不屬幻不屬空卓一下曰凡夫二乘緣覺菩薩盡向這裏各隨根性悉得受用唯於衲僧分上爲害爲冤要行不得行要坐不得坐進一步則被拄杖子迷却路頭退一步則被拄杖子穿却鼻孔即今莫有不甘底麼試出來與拄杖子相見如無來年更有新條在惱亂春風卒未休

正恁麽時合作麽生下座煩玉泉爲衆拈出師登座叙謝畢遂舉前話曰適來堂頭和尚恁麽批判大似困魚止濼病鳥棲蘆若是玉泉則不然拈拄杖曰拄杖子能有能無能幻能空凡夫二乘緣覺菩薩卓一下曰向這裏百雜碎唯於衲僧分上如龍得水似虎靠山要行便行要坐便坐進一步則乾坤震動退一步則草偃風行且道不進不退一句作麽生道良久曰閑持經卷倚松立笑問客從何處來

饒州薦福悟本禪師江州人也自江西雲門參侍妙喜至泉南小谿于時英俊畢集受印可者多矣師私謂其儕曰且欲發去妙喜知而語之曰汝但專意參究如有所得不待開口吾已識也既而有聞師入室者故謂師曰本侍者參禪許多年逐日只道得箇不會師詬之曰這小鬼你未生時我已三度霍山廟裏退牙了好教你知由是益銳志以狗子無佛性話舉無字而提撕一夕將三鼓倚殿柱昏寐間不覺無字出口吻忽爾頓悟後三日妙喜歸自郡城師趨丈室足纔越閫未及吐詞妙喜曰本鬍子這回方是徹頭也住後上堂高揖釋迦不拜彌勒者與三十拄杖何故爲他秖會步步登高不會從空放下東家牽犂西家拽耙者與三十拄杖何故爲他秖會從空放下不會步步登高山僧恁麽道還有過也無衆中莫有點檢得出者麽若點檢得出須彌南畔把手共行若點檢不出布袋裏老鵶雖活如死上堂釋迦掩室於摩竭淨名杜口於毘耶須菩提唱無説而顯道釋梵絶

眎聽而雨華大衆這一隊不喞𠺕漢無端將祖父田園私地結契各據四至界分方圓長短一時花擘了也致令後代兒孫千載之下上無片瓦蓋頭下無卓錐之地博山當時若見十字路頭掘箇無底深坑喚來一時埋却免見遞相鈍置何謂如此不見道家肥生孝子國霸有謀臣上堂乾闥婆王曾奏樂山河大地皆作舞爭如跛脚老雲門解道臘月二十五博山今日有條攀條無條攀例也要應箇時節驀拈拄杖横按膝上作撫琴勢云還有聞絃賞音者麼良久云直饒便作鳳凰鳴畢竟有誰知指法卓一下下座

慶元府育王大圓遵璞禪師福州人幼同玉泉懿問道圓悟數載後還里佐懿於莆中祥雲紹興甲寅大慧居洋嶼師往訊之入室次慧問三聖興化出不出爲人不爲人話你道這兩箇老漢還有出身處也無師於慧膝上打一拳慧曰秖你這一拳爲三聖出氣爲與化出氣速道速道師擬議慧便打復謂曰你第一不得忘了這一棒後因慧室中問僧曰德山見僧入門便棒臨濟見僧入門便喝雪峯見僧入門便道是甚麼睦州見僧便道現成公案放你三十棒你道這四箇老漢還有爲人處也無僧曰有慧曰劄僧擬議慧便喝師聞遽領微旨大慧欣然許之

溫州鴈山能仁枯木祖元禪師七閩林氏子初謁雪峯預次依佛心才皆已機契及依大慧於雲門庵夜坐次睹僧剔燈始徹證有偈曰剔起燈來是火歷劫無明照破歸堂撞見聖僧幾乎當面蹉過不蹉過是甚麼十五年

前奇特依前秪是這箇慧以偈贈之曰萬仞崖頭解放身起來依舊却惺惺饑餐渴飲渾無事那論昔人非昔人紹興乙巳春出住能仁上堂有佛處不得住踏著秤鎚硬似鐵無佛處急走過脚下草深三尺三千里外逢人不得錯舉北斗挂須彌恁麽則不去也棒頭挑日月摘楊華摘楊華眼裏瞳人著繡鞋卓拄杖下座上堂鴈山枯木實頭禪不在尖新語句邊背手忽然摸得著長鯨吞月浪滔天真州靈巖東庵了性禪師上堂勘破了也放過一著是衲僧破草鞋現修羅相作女人拜是野狐精魅打箇圓相虛空裏下一點是小兒伎倆攔腮贈掌拂袖便行正是業識茫茫無本可據直饒向黑豆未生已前一時坐斷未有喫靈巖拄杖分敢問大衆且道爲人節

文在甚麽處還相委悉麽自從春色來嵩少三十六峯青至今上堂一葦江頭楊柳春波心不見昔時人雪庭要識安心士鼻孔依然搭上脣豎起拂子曰祖師來也還見麽若也見得即今薦取其或未然此去西天路迢迢十萬餘僧問人天交接如何開示師曰金剛手裏八稜棒曰忽被學人横穿凡聖擊透玄關時又作麽生師曰海門横鐵柱問如何是獨露身師曰牡丹花下睡猫兒

建康府蔣山一庵善直禪師德安雲夢人初參妙喜於回鴈峯下一日喜問之曰上座甚處人師曰安州人喜曰我聞你安州人會厮撲是否師便作相撲勢喜曰湖南人喫魚因甚湖北人著鯁師打筋斗而出喜曰誰知冷灰裏有粒豆爆出住保寧上堂諸佛不曾出

世人人鼻孔遼天祖師不曾西來箇箇壁立千仞高揖釋迦不拜彌勒理合如斯坐斷千聖路頭獨步大千沙界不爲分外若向諸佛出世處會得祖師西來處承當自救不了一生受屈莫有大丈夫承當大丈夫事者麼出來與保寧爭交其或未然不如搥破好便下座一日留守陳丞相俊卿會諸山茶話次舉有句無句如藤倚樹公案令諸山批判皆以奇語取奉師最後曰張打油李打油不打渾身只打頭陳大喜

劒州萬壽自護禪師上堂古者道若人識得心大地無寸土萬壽即不然若人識得心未是究竟處且那裏是究竟處拈拄杖卓一下曰甜瓜徹蔕甜苦瓠連根苦

潭州大潙了庵景暈禪師上堂雲門一曲臘月二十五瑞雪飄空積滿江山塢峻嶺寒梅華正吐手把須彌槌笑打虛空皷驚起憍梵鉢提冷汗透身如雨忿怒阿修羅王握拳當胷問云畢竟是何宗旨咄少室峯前亦曾錯舉

臨安府靈隱誰庵了演禪師上堂面門杪破天地懸殊打透牢關白雲萬里饒伊兩頭坐斷別有轉身三生六十刦也未夢見在喝一喝下座

泰州光孝寺致遠禪師上堂舉女子出定話乃曰從來打皷弄琵琶須是相逢兩會家佩玉鳴鸞歌舞罷門前依舊夕陽斜

福州雪峯崇聖普慈藴聞禪師洪州沈氏子示衆云栴檀叢林栴檀圍繞師子叢林師子圍繞虎狼叢林虎狼圍繞荊棘叢林荊棘圍

繞大衆四種叢林合向那一種叢林安居好若也明得九十日内管取箇箇成佛作祖其或未然般若叢林歳歳凋無明荒草年年長處州連雲道能禪師漢州人姓何氏僧問鏡清六刮意旨如何師曰穿却你鼻孔曰學人有鼻孔即穿無鼻孔又穿箇甚麽師曰抱贓叫屈曰如何是就毛刮塵師曰鎖衮虔吉頭上插筆曰如何是就皮刮毛師曰石城虔化說話厮罵曰如何是就肉刮皮師曰嘉眉果閬懷裏有狀曰如何是就骨刮肉師曰漳泉福建頭匾如扇曰如何是就髓刮骨師曰洋瀾左蠡無風浪起曰髓又如何刮師曰十八十九癡人夜走曰六刮已蒙師指示一言直截意如何師曰結舌有分

臨安府靈隱最庵道印禪師漢州人上堂大雄山下虎南山鼈鼻蛇等閑撞着抱賞歸家若也不惜好手便與拔出重牙有麽有麽上堂五五二十五擊碎虚空鼓大地不容針十方無寸土春生夏長復何云甜者甜兮苦者苦中秋上堂舉馬大師與西堂百丈南泉翫月公案師云馬大師垂絲千尺意在深潭西堂振鬣百丈擺尾雖則衝波激浪未免上他鈎線南泉自謂躍過禹門誰知依前落在巨網即今莫有絶羅籠出窠臼底麽也好出來露箇消息貴知華藏門下不致寂寥其或未然此夜一輪滿清光何處無

建寧府竹原宗元庵主本郡連氏子久依大慧分座西禪丞相張公浚帥三山以數院迎之不就歸舊里結茆號衆妙園宿衲士夫交請開法示衆曰若究此事如失却鑰匙相似

秖管尋來尋去忽然撞著噁在這裏開箇鏁了便見自家庫藏一切受用無不具足不假他求別有甚麽事示衆曰諸方爲人抽釘拔楔解黏去縛我這裏爲人添釘著楔加繩加縛了送向深潭裏待他自去理會示衆曰主法之人氣吞宇宙爲大法王若是釋迦老子達磨大師出來也教伊叉手向我背後立地直得寒毛卓竪亦未爲分外一日舉世尊生下一手指天一手指地云天上天下唯我獨尊師乃曰見怪不怪其怪自壞垂語云這一些子恰如撞著殺人漢相似你若不殺了他他便殺了你

近禮侍者三山人久侍大慧嘗點究竹篦話無所入一日入室罷求指示慧曰你是福州人我說箇喻向你如將名品荔枝和皮殻一時剥了以手送在你口裏秖是你不解吞師不覺失笑曰和尚吞却即禍事慧後問師曰前日吞了底荔枝秖是你不知滋味師曰若知滋味轉見禍事

溫州淨居尼妙道禪師延平尚書黄公裳之女開堂日乃曰問話且止直饒有傾湫之辯倒嶽之機衲僧門下一點用不著且佛未出世時一事全無我祖西來便有許多建立列刹相望星分派列以至今日累及兒孫遂使山僧於人天大衆前無風起浪向第二義門通箇消息語默該不盡底彌亘大方言詮說不及處徧周沙界通身是眼覿面當機雷卷星馳如何湊泊有時一喝生殺全威有時一喝佛祖莫辨有時一喝八面受敵有時一喝自救不了且道那一喝是生殺全威那一喝

是佛祖莫辨那一喝是入而受敵那一喝是自救不了若向這裏薦得堪報不報之恩脫或未然山僧無夢說夢去也拈起拂子曰還見麼若見被見刺所障聲禪牀曰還聞麼若聞被聲塵所惑直饒離見絕聞正是二乘小果跳出一步蓋色騎聲全放全收主賓互換所以道欲知佛性義當觀時節因緣敢問諸人即今是甚麼時節蕩蕩仁風扶聖化熙熙和氣助昇平擲拂子下座尼問如何是佛師曰非佛曰如何是佛法大意師曰骨底骨董問言無展事語不投機時如何師曰未屙已前墮坑落壍

平江府資壽尼無著妙總禪師丞相蘇公頌之孫女也年三十許厭世浮休脫去緣飾咨參諸老已入正信作夏徑山大慧陞堂舉藥山初參石頭後見馬祖因緣師聞豁然省悟慧下座不動居士馮公檝隨至方丈曰其理會得和尚適來所舉公案慧曰居士如何曰恁麼也不得嚇嚧婆婆訶不恁麼也不得嗯哩婆婆訶恁麼不恁麼總不得嚇嚧嗯哩婆婆訶慧舉似師師曰曾見郭象註莊子識者曰却是莊子註郭象慧見其語異復舉巖頭婆子話問之師答偈曰一葉扁舟泛渺茫呈橈舞棹別宮商雲山海月都拋却贏得莊周蝶夢長慧休去馮公疑其所悟不根後過無錫招至舟中問曰婆生七子六箇不遇知音秖這一箇也不消得便棄水中大慧老師言道人理會得且如何會師曰已上供通並是詣實馮公大驚慧挂牌次師入室慧問古人不出方丈爲甚麼却去莊上喫油餈師曰和

尚放妙總過妙總方敢通箇消息慧曰我放你過你試道看師曰妙總亦放和尚過慧曰爭奈油餈何師喝一喝而出於是聲聞四方隆興改元舍人張公孝祥來守是郡以資壽挽開法入院上堂宗乘一唱三藏絕詮祖令當行十方坐斷二乘聞之怖走十地到此猶疑若是俊流未言而諭設使用移星換斗底手段施攙旗奪鼓底機關猶是空拳豈有實義向上一路千聖不傳學者勞形如猿捉影靈山付囑俯狥時機演唱三乘各隨根器始於鹿野苑轉四諦法輪度百千萬衆山僧今日與此界他方乃佛乃祖山河大地草木叢林現前四衆各轉大法輪交光相羅如寶絲網若一草一木不轉法輪則不得名爲轉大法輪所以道於一毫端現寶王剎坐微塵裏轉大法輪乘持於其中間作無量無邊廣大佛事周徧法界一爲無量無量爲一小中現大大中現小不動步遊彌勒樓閣不迻聞入觀音普門情與無情性相平等不是神通妙用亦非法爾如然於此倜儻分明皇恩佛恩一時報足且道如何是報恩一句天高羣象正海闊百川朝上堂舉雲門示衆云十五日已前則不問十五日已後道將一句來自代云日日是好日師曰日日是好日佛法世法盡周畢不須特地覓幽玄秖管鉢盂兩度濕上堂黃面老人横説竪説權説實説法説喻説建法幢立宗旨與後人作榜樣爲甚麼却道始從鹿野苑終至跋提河於是二中間未嘗説一字點檢將來大似抱贓叫屈山僧今日人事忙冗且放過一著便下座尼問如何

是奪人不奪境師曰野華開滿路徧地是清香曰如何是奪境不奪人師曰茫茫宇宙人無數幾箇男兒是丈夫曰如何是人境俱不奪師曰處處綠楊堪繫馬家家門首透長安曰如何是人境兩俱奪師曰雪覆蘆華舟横斷岸曰人境巳蒙師指示向上宗乘事若何師便打

五燈會元卷第五十五

音釋

穗徐醉切音遂禾成秀也　筭必弊切音閉䉼算也　劇竭戟切音屐戲也　鞠居六切音菊問鞠也　鯁古杏切梗去聲魚骨　暈禹慍切音運日旁氣也　閬郎宕切音浪地名

五燈會元卷第五十六

宋沙門大川濟纂

南嶽下十六世

徑山杲禪師法嗣

侍郎無垢居士張九成未第時因客談楊文公呂微仲諸名儒所造精妙皆由禪學而至也於是心慕之聞寶印楚明禪師道傳大通居淨慈即之請問入道之要明曰此事唯念念不捨久久純熟時節到來自然證入復舉趙州栢樹子話令時時提撕公久之無省辭謁善權清禪師公問此事人人有分箇箇圓成是否清曰然公曰為甚麼其無箇入處清於袖中出數珠示之曰此是誰底公俛仰無對清復袖之曰是汝底則拈取去纔涉思惟即不是汝底公悚然未幾留蘇氏館一夕如廁以栢樹子話究之聞蛙鳴釋然契入有偈曰春天月夜一聲蛙撞破乾坤共一家正恁麼時誰會得嶺頭脚痛有玄沙屆明謁法印一禪師機語頗契適私忌就明靜菴供雲水主僧惟尚禪師纔見乃展手公便喝尚批公頰公趨前尚曰張學録何得謗大般若公曰某見處秖如此和尚又作麼生尚舉馬祖陞堂百丈卷席話詰之敘語未終公推倒桌子尚大呼張學録殺人公躍起問傍僧曰汝又作麼生僧罔措公毆之顧尚曰祖禰不了殃及兒孫尚大笑公獻偈曰卷席因緣也大奇諸方聞舉盡攢眉臺盤趯倒人星散直漢從來不受欺尚答曰從來高價不饒伊百戰場中奮兩眉奪角衝關君會也叢林誰敢更相欺紹興癸丑魁多士復謁尚於東菴尚曰浮

山圓鑑云饒你入得汾陽室始到浮山門亦未見老僧在公作麼生公叱侍僧曰何不祇對僧罔措公打僧一掌曰蝦蟆窟裏果没蛟龍丁巳秋大慧禪師董徑山學者仰如星斗公闞其語要歎曰是知宗門有人持以語尚恨未一見及爲禮部侍郎偶叅政劉公請慧說法于天竺公三往不值暨慧報謁公見但寒暄而已慧亦默識之尋奉祠還里至徑山與馮給事諸公議格物慧曰公秖知有格物而不知有物格公茫然慧大笑公曰師能開諭乎慧曰不見小說載唐人有與安禄山謀叛者其人先爲閬守有畫像在焉明皇幸蜀見之怒令侍臣以劒擊其像首時閬守居陝西首忽墮地公聞頓領深旨題不動軒壁曰子韶格物妙喜物格欲識一貫兩箇五百慧始許可後守邵陽丁父難過徑山飯僧秉鈞者意慧議及朝政遂竄慧於衡陽令公居家守服服除安置南安丙子春蒙恩北還道次新淦而慧適至與聯舟劇談宗要未嘗語往事于氏心傳録曰憲自嶺下侍舅氏歸新淦因會大慧舅氏令拜之憲曰素不拜僧舅氏曰汝姑扣之憲知其嘗執卷遂舉子思中庸天命之謂性率性之謂道修道之謂教三句以問慧曰凡人既不知本命元辰下落處又要牽好人入火坑如何聖賢於打頭一著不鑿破憲曰吾師能爲聖賢鑿破否慧曰天命之謂性便是清淨法身率性之謂道便是圓滿報身修道之謂教便是千百億化身憲得以告舅氏曰子拜何辭繼鎮永嘉丁丑秋丐祠枉道訪慧於育王越明年慧得旨復領徑

山謁公於慶善院曰其每於夢中必誦語孟何如慧舉圓覺曰由寂靜故十方世界諸如來心於中顯現如鏡中像公曰非老師莫聞此論也其頌黄龍三關曰我手何似佛手天下衲僧無口縱饒撩起便行也是鬼窟裏走諱不得我脚何似驢脚又被黐膠粘著飜身直上兜率天巳是遭他老鼠藥吐不出人人有箇生緣處鐵圍山下幾千年三災直到四禪天這驢猶自在旁邊煞得工夫公設心六度不爲子孫計因取華嚴善知識日供其二回食以飯緇流又嘗供十六大天而諸位茶杯悉變爲乳書偈曰稽首十方佛法僧稽首一切護法天我今供養三寶天如海一滴牛一毛有何妙術能感格試借意識爲汝說我心與佛天無異一塵纔起大地隔礙或塵銷覺圓淨是故佛天來降臨我欲供佛佛即現我欲供天天亦現佛子若或生狐疑試問此乳何處來狐疑即塵塵即疑終與佛天不相似我今爲汝掃狐疑如湯沃雪火銷氷汝今微有疑與惑鷂子便到新羅國

參政李邴居士字漢老醉心祖道有年聞大慧排默照爲邪禪疑怒相半及見慧示衆舉趙州庭栢垂語曰庭前栢樹子今日重新舉打破趙州關特地尋言語敢問大衆既是打破趙州關爲甚麽却特地尋言語良久曰當初祇道茆長短燒了方知地不平公領悟謂慧曰無老師後語幾蹉過後以書咨決曰其近扣籌室承擊發蒙滯忽有省入顧惟根識暗鈍平生學解盡落情見一取一捨如衣壞絮行草棘中適自纏繞今一笑頓釋所疑欣

幸可量非大宗匠委曲垂慈何以致此自到城中著衣喫飯抱子弄孫色色仍舊既無拘執之情亦不作奇特之想其餘夙習舊障亦稍輕微臨行叮嚀之語不敢忘也重念始得人門而大法未明應機接物觸事未能無礙更望有以提誨使卒有所至庶無玷於法席矣又書曰某比蒙誨答備悉深旨某自驗者三一事無逆順隨緣即應不留胷中二宿習濃厚不加排遣自爾輕微三古人公案舊所茫然時復瞥地此非自昧者前書大法未明之語蓋恐得少爲足當擴而充之豈別求勝解耶淨勝現流理則不無敢不銘佩

寶學劉彥修居士字子羽出知永嘉問道於大慧禪師慧曰僧問趙州狗子還有佛性也無趙州道無但恁麼看公後乃於柏樹子上發明有頌曰趙州柏樹太無端境上追尋也大難處處綠楊堪繫馬家家門底透長安

提刑吳偉明居士字元昭久叅真歇了禪師得自受用三昧爲極致後訪大慧於洋嶼庵隨衆入室慧舉狗子無佛性話問之公擬答慧以竹篦便打公無對遂留咨叅一日慧謂曰不須呈伎倆直須啐地折嚗地斷方敵得生死若秖呈伎倆有甚了期即辭去道次延平倏然契悟連書數頌寄慧皆室中所問者有曰不是心不是佛不是物通身一具金鎖骨趙州親見老南泉解道鎮州出蘿蔔慧即說偈證之曰通身一具金鎖骨堪與人天爲軌則要識臨濟小廝兒便是當年白拈賊

門司黃彥節居士字節夫號妙德於大慧一喝下疑情頓脫慧以衣付之嘗舉首山竹篦

話至葉縣近前奪得拗折擲向堦下曰是甚麼山曰瞎公曰妙德到這裏百色無能但記得曾作蠟梅絕句曰擬嚼枝頭蠟蘤香却肖蘭前村深雪裏莫作嶺梅看

秦國夫人計氏法真自寡處屏去紛華常蔬食習有為法因大慧遣謙禪者致問其子魏公公留謙以祖道誘之真一日問謙曰徑山和尚尋常如何為人謙曰和尚秖教人看狗子無佛性及竹篦子話秖是不得下語不得思量不得向舉起處會不得向開口處承當狗子還有佛性也無無秖恁麽教人看真遂諦信於是夜坐力究前話忽爾洞然無滯謙辭歸真親書入道槩略作數偈呈慧其後曰逐日看經文如逢舊識人莫言頻有礙一舉一回新

虎丘隆禪師法嗣

明州天童應庵曇華禪師蘄州江氏子生而奇傑年十七於東禪去髮首依水南遂禪師染指法味因徧歷江湖與諸老激揚無不契者至雲居禮圓悟禪師悟一見痛與提策及入蜀指見彰教教移虎丘師侍行未半載頓明大事去謁此庵分座連雲開法妙嚴後遷諸巨剎住歸宗曰大慧在梅陽有僧傳師垂示語句慧見之極口稱歎後以偈寄曰坐斷金輪第一峯千妖百怪盡潛蹤年來又得真消息報道楊岐正脉通其歸重如此上堂九年面壁壞却東土兒孫隻履西歸鈍置黃面老子以拄杖畫一畫曰石牛攔古路一馬生三寅上堂德章老瞎禿從來沒滋味拈得口失却鼻三更二點唱巴歌無端驚起梵王睡

喝一喝曰我行荒草裏汝又入深村上堂臨濟在黄檗處三度喫棒底意旨你諸人還覰得透也未直饒一咬便斷也未是大丈夫漢三世諸佛口挂壁上天下老和尚將甚麽喫飯上堂十五日已前水長船高十五日已後泥多佛大正當十五日東海鯉魚打一棒雨似盆傾直得三千大千世界一切衆生悉皆歡喜謂言打這一棒不妨應時應節報恩不覺通身踴躍遂作詩一首舉似大衆蜻蜓許是好蜻蜓飛來飛去不曾停被我捉來摘却兩邊翼恰是一枚大鐵釘上堂若作一句商量喫粥飯阿誰不會不作一句商量屎坑裏蟲子笑殺闍黎拈拄杖曰拄杖子罪犯彌天貶向二鐵圍山且道薦福還有過也無卓拄杖曰遲一刻上堂明不見暗暗不見明明暗雙忘無異流俗阿師野干鳴師子吼師子吼野干鳴三家村裏臭猢猻價增十倍驪龍頷下明月珠分文不直若作衲僧巴鼻甚處得來三十年後換手搥胷未是苦在上堂飯籮邊漆桶裏相唾饒你潑水相罵饒你接觜黄河三千年一度清蟠桃五百年一次開華鶴勒那咬定牙關朱頂王呵呵大笑歸宗五十年前有一則公案今日舉似諸人且道是甚麽公案王節級失却帖上堂三十二相八十種好從朝至暮啾啾唧唧説黄道黑不知那裏是二時上堂喫粥喫飯不覺嚼破舌頭血濺梵天四天之下霈然有餘玉皇大帝發追東海龍王向金輪峯頂鞫勘頃刻之間追汝諸人作證見也且各請依實供通切忌回避儻若不實喪汝性命上堂趙州喫茶我也怕

他若非債主便是寃家倚牆靠壁成羣隊不知誰解辨龍蛇上堂五百力士揭石義萬仭崖頭撒手行十方世界一團鐵虛空背上白毛生直饒拈却職脂帽子脫却鶻臭布衫向報恩門下正好喫棒何故半夜起來屈膝坐毛頭星現衲僧前上堂三世諸佛眼裏無筋六代祖師皮下無血明果咬定牙關跨跳也出他圈繢不得何故南泉斬貓兒上堂云參禪人切忌錯用心悟明見性是錯用心成佛作祖是錯用心看經講教是錯用心行住坐卧是錯用心喫粥喫飯是錯用心屙屎送尿是錯用心一動一靜一往一來是錯用心更有一處錯用心歸宗不敢與諸人說破何故一字入公門九牛車不出上堂云良工未出玉石不分巧冶無人金沙混雜縱使無師自悟向天童門下正好朝打二千暮打八百驀拈拄杖云喚作拄杖玉石不分不喚作拄杖金沙混雜其間一箇半箇善别端由管取平步丹霄苟或未然卓拄杖云急著眼看僧問婆子問巖頭呈橈舞棹則不問且道婆手中兒子甚處得來巖頭扣船舷三下意旨如何師曰燋磚打著連底凍曰當時若問和尚如何對他師曰一棒打殺曰這老和尚大似買帽相頭師曰你向甚處見巖頭曰劄師曰杜撰禪和曰婆生七子六箇不遇知音秪這一箇也不消得擲向水中又且如何師曰少賣弄曰巖頭當時不覺吐舌意作麼生師曰樂則同歡曰僧問雲門如何是清淨法身雲門曰華藥欄此意如何師曰深沙努眼睛問秪這是埋沒自已秪這不是孤負先聖去此二

途和泥合水處請師道師曰玉箸撑虎口曰一言金石談來重萬事鴻毛脫去輕師曰莫謾老僧好問人皆畏炎熱我愛夏日長熏風自南來殿閣生微涼時如何師曰倒戈卸甲虎丘忌日拈香曰平生没興撞著這無意智老和尚做盡伎倆湊泊不得從此卸却干戈隨分著衣喫飯二十年來坐曲彔木懸羊頭賣狗肉知他有甚憑據雖然一年一度燒香日千古令人恨轉深師於室中能鍜鍊者艾故世稱大慧與師居處爲二甘露門嘗誡徒曰衲僧家著草鞋住院何啻如蚖虵戀窟乎隆興改元六月十三日奄然而化塔全身于本山

育王裕禪師法嗣

福州清涼坦禪師有僧舉大慧竹篦話請益師示以偈曰徑山有箇竹篦直下别無道理佛殿廚庫三門穿過衲僧眼耳其僧言下有省

臨安府淨慈水庵師一禪師婺州馬氏子十六披剃首參雪峯慧照禪師照舉藏身無迹話問之師數日方明呈偈曰藏身無迹更無藏脫體無依便厮當古鏡不勞還自照淡煙和霧濕秋光照質之曰畢竟那裏是藏身無迹處師曰嗄照曰無蹤迹處因甚麽莫藏身師曰石虎吞却木羊兒照深肯之住後上堂舉圓悟師翁道叅禪叅到無叅處叅到無叅始徹頭水庵則不然叅禪叅到無叅處叅到無叅未徹頭若也欲窮千里目直須更上一層樓上堂凍雲欲雪未雪普賢象駕崢嶸嶺梅半合半開少室風光漏泄便恁麽去猶是

半提作麽生是全提底事無智人前莫說打你頭破額裂上堂舉法眼示衆曰盡十方世界明皎皎地若有一絲頭即是一絲頭師豎起拂子曰還見麽穿過髑髏猶未覺法燈云盡十方世界自然明皎皎地若有一絲頭不是一絲頭師曰夜來月色十分好今日秋山無限清上堂寂然不動感而遂通古人恁麽說話大似預搔待痒若教渠踏著衲僧關棙管取別有生涯喝一喝卓拄杖下座

安吉州道場無庵法全禪師姑蘇陳氏子東齋川和尚爲落髮師久依佛智每入室智以狗子無佛性話問之師罔對一日聞僧舉五祖頌云趙州露刃劒忽大悟有偈曰鼓吹轟轟袒半肩龍樓香噴益州船有時赤脚弄明月踏破五湖波底天住後上堂欲得現前莫存順逆卓拄杖云三祖大師變作馬面夜叉向東弗于逮西瞿耶尼南贍部洲北鬱單越却來山僧手裏首身元來只是一條黒漆拄杖還見麽直饒見得入地獄如箭射卓拄杖下座上堂拈拄杖曰汝等諸人箇箇頂天立地肩横榔栗到處行脚勘驗諸方更來這裏覓箇甚麽纔輕輕拶著便言天台普請南嶽遊山我且問你還曾收得大食國裏寶刀麽卓拄杖曰切忌口銜羊角僧問牛頭未見四祖時如何師曰天下無貧人曰見後如何師曰四海無富漢乾道巳丑七月二十五日將入寂衆求偈師瞪目下視衆請益堅遂書無無二字棄筆而逝火後設利五色塔于金斗峯

泉州延福寒巖慧升禪師建寧人也上堂喝

一喝曰盡十方世界會十世古今都盧在裏許畐畐塞塞了也若乃放開一鍼鋒許則大海西流巨嶽倒卓黿鼉魚龍鰕蟹蚯蚓盡向平地上湧出波瀾游泳鼓舞然雖如是更須向百尺竿頭自進一步則步步踏轉無盡藏輪方知道鼻孔搭在上唇眉毛不在眼下還相委悉麼復喝一喝曰切忌轉喉觸諱

大潙泰禪師法嗣

潭州慧通清旦禪師蓬州嚴氏子初出關至德山值泰上堂舉趙州曰臺山婆子已爲汝勘破了也且道意在甚麼處良久曰就地撮將黃葉去入山推出白雲來師聞釋然翌日入室山問前百丈不落因果因甚麼墮野狐後百丈不昧因果因甚麼脫野狐師曰好與一坑埋却住後上堂說佛說祖正如好肉剜瘡舉古舉今猶若殘羮餿飯一聞便悟已落第二頭一舉便行早是不著便須知箇事如天普蓋似地普擎師子遊行不求伴侶壯士展臂不借他力佛祖拈掇不起衲僧頗見無門迷悟雙忘聖凡路絶且道從上諸聖以何法示人喝一喝曰莫妄想佛性和尚忌日上堂三脚驢子弄蹄行步步相隨不相到樹頭驚起雙雙魚拈來一老一不老爲憐松竹引清風其奈出門便是草因喚檀郎識得渠大機大用都推倒燒香勘證見根源糞埽堆頭拾得寶叢林浩浩謾商量勸君莫謗先師好

澧州靈巖仲安禪師幼爲比丘壯遊講肆後謁圓悟於蔣山時佛性爲座元師扣之即領旨逮性住德山遣師至鍾阜通嗣書圓悟問曰千里馳來不辱宗風公案現成如何通信

師曰覿面相呈更無回互曰此是德山底那箇是上座底師曰豈有第二人曰背後底聻師投書悟笑曰作家禪客天然有在師曰付與蔣山次至僧堂前師捧書問訊首座座曰玄沙白紙此自何來師曰久默斯要不務速説今日拜呈幸希一覽座便喝師曰作家首座座又喝師以書便打座擬議師曰未明三八九不免自沈吟師以書復打一下曰接時圓悟與佛眼見悟曰打我首座死了也佛眼曰官馬厮踼有甚憑據師曰説甚官馬厮踼正是龍象蹴踏悟喚師至曰我五百人首座你爲甚麼打他曰和尚也須喫一頓始得悟顧佛眼吐舌眼曰未在却顧師問曰空手把鉏頭步行騎水牛人從橋上過橋流水不流意作麼生師鞠躬曰所供並是詣實眼笑曰元來是屋裏人又往見五祖自和尚通法眷書祖曰書裏説箇甚麼師曰文彩已彰曰畢竟説箇甚麼師曰當陽揮寶劒曰近前來這裏不識幾箇字師曰莫詐欺祖顧侍者曰是那裏僧曰此上座向曾在和尚會下去祖曰怪得恁麼滑頭師曰被和尚鈍置來祖乃將書於香爐上熏曰南無三曼多沒陁南師近前彈指而已祖便開書回德山曰佛果佛眼皆有偈送之未幾靈巖虛席衲子投牒乞師住持遂師法焉上堂參禪不究淵源觸途盡爲留礙所以守其靜默澄寂虛閑墮在毒海以弱勝强自是非他立人我量見處偏枯遂致優劣不分照不構用用不離窠此乃學處不玄盡爲流俗到這裏須知有殺中透脫活處藏機佛不可知祖莫能測所以古人道有

時先照後用且要共你商量有時先用後照你須是箇漢始得有時照用同時你又作麼生抵當有時照用不同時你又向甚麼處湊泊還知麼穿楊箭與驚人句不是臨時學得來

成都府正法灝禪師上堂舉永嘉到曹溪因緣乃曰要識永嘉麼撳飜海嶽求知己要識祖師麼撥動乾坤建太平二老不知何處去卓拄杖曰宗風千古播嘉聲

成都府昭覺辯禪師上堂毫釐有差天地懸隔隔江人唱鷓鴣詞錯認胡笳十八拍要會麼欲得現前莫存順逆五湖煙浪有誰爭自是不歸歸便得

護國元禪師法嗣

台州國清簡堂行機禪師本郡人姓楊氏風姿挺異才壓儒林年二十五棄妻孥學出世法晚見此庵密有契證出應莞山刀耕火種單丁者一十七年嘗有偈云地爐無火客囊空雪似楊華落歲窮拾得斷麻穿壞衲不知身在寂寥中每謂人曰其猶未穩在豈以住山樂吾事邪一日偶看斫樹倒地忽然大悟平昔礙膺之物泮然氷釋未幾有江州圓通之命乃曰吾道將行即欣然曳杖而去登座說法云圓通不開生藥鋪單單只賣死猫頭不知那箇無思算喫著通身冷汗流上堂單明自己樂是苦因趣向宗乘地獄劫住五日一參三八普說自揚家醜更若問理問事問心問性克由叵耐若是英靈漢窺藩不入據鼎不嘗便於未有生佛已前轉得身却於今時大官路上提行闊步終不向老鼠窟草窠

裏頭出頭没若也根性陋劣要去有滋味處咬嚼遇著義學阿師遮相錮鏴直饒說得雲興雨現也是蝦蟇化龍下梢依舊喫泥喫土堪作甚麽上堂中秋八月旦庭戸入新涼不露風骨句愁人知夜長上堂無隔宿恩可忝臨濟禪有肯諾意難續楊岐派窮廝煎餓廝炒大海秖將折箸攪你死我活猛火然鐺煮佛喋恁麽作用方可撑門拄戸更說聲和響順形直影端驢年也未夢見僧問三聖問雪峯透網金鱗未審以何爲食峯云待汝出網來即向汝道意旨如何師曰同途不同轍曰三聖道一千五百人善知識話頭也不識峯云老僧住持事繁又作麽生師曰前箭猶輕後箭深曰秖如雪竇道可惜放過好與三十棒這棒一棒也較不得直是罕遇作家意又作麽生師曰陣敗說兵書曰這棒是三聖合喫雪峯合喫師以拂子擊禪牀曰這裏薦取示衆云衲僧拄杖子不用則已用則如鴆鳥落水魚鼈皆死正按旁提風颭颭地獨步大方殺活在我所以道千人排門不如一人拔關若一人拔關千人萬人得到安樂田地還知麽鴛鴦繡出從君看不把金鍼度與人示衆云觀色即空成大智故不住生死觀空即色成大悲故不證涅槃生死不住涅槃不證漢地不收秦地不管且道在甚麽處安身立命莫是昭昭於心目之間而相不可覩晃晃於色塵之内而理不可分麽莫是起動鎮相隨語默同居止麽若恁麽總是髑髏前敲磕須知過量人自有過量用且作麽生是過量用北斗藏身雖有語出羣消息少人知

鎮江府焦山或庵師體禪師台州羅氏子上堂舉臨濟示衆四喝公案乃召衆曰這箇公案天下老宿拈掇甚多第恐皆未盡善焦山不免四稜著地與諸人分明注解一徧如何是踞地師子咄如何是金剛王寶劍咄如何是探竿影草咄如何是一喝不作一喝用咄若也未會拄杖子與焦山吐露看卓一下曰笑裏有刀又卓一下曰毒虵無眼又卓一下曰忍俊不禁又卓一下曰出門是路更有一機舉話長老也理會不得上堂年年浴佛在今朝目擊迦維路不遥果是當時曾示現宜乎惡水驀頭澆上堂熱月須摇扇寒來旋著衣若言空過日大似不知時上堂道生一無角鐵牛眠少室一生二祖父開田說大義二生三梁間紫燕語呢喃三生萬物男兒活計

離窠窟多處添少處減大蟲怕喫生人膽有若無實若虚爭掩驪龍明月珠是則是秖如焦山坐斷諸方舌頭一句作麽生道肚無偏僻病不怕冷油虀拍禪牀下座僧問如何是即心即佛師曰鼎州出獰爭神曰如何是非心非佛師曰閩蜀同風曰如何是不是心不是佛不是物師曰窮坑難滿問起滅不停時如何師曰謝供養問我有沒絃琴久居在曠野不是不會彈未遇知音者知音既遇未審如何品弄師曰鐘作鐘鳴鼓作鼓響曰雲門放洞山三頓棒意旨如何師曰和身倒和身攂曰飯袋子江西湖南便恁麽去又作麽生師曰淚出痛腸曰真金須是紅爐煆白玉還他妙手磨師曰添一點也難爲室中常舉苕帚柄問學者曰依俙苕帚柄髣髴赤斑虵衆

皆下語不契有僧請益師示以頌曰依俙若帚柄髣髴赤斑虵棒下無生忍臨機不識爺淳熙已亥八月朔示微疾涂翰别郡守曾公逮夜半書偈辭衆曰鐵樹開花雄雞生卵七十二年搖籃繩斷擲筆示寂

常州華藏湛堂智深禪師武林人也佛涅槃日上堂兜率降生雙林示滅掘地討天虛空釘橛四十九年播土揚塵三百餘會納盡敗缺盡力布網張羅未免喚龜作鼈末後拘尸城畔槨示雙趺旁人冷眼看來大似弄巧成拙卓拄杖曰若無這箇道理千古之下誰把口說且道是甚麼道理癡人面前切忌漏洩

參政錢端禮居士字處和號松窻從此庵發明已事後於宗門旨趣一一極之淳熙丙申冬簡堂歸住平田遂與往來丁酉秋微恙修書召堂及國清瑞巖主僧有訣别之語堂與二禪詣榻次公起趺坐言笑移時即書曰浮世虛幻本無去來四大五蘊必歸終盡雖佛祖具大威德力亦不能免這一著子天下老和尚一切善知識還有跳得過者無盖爲地水火風因緣和合暫時湊泊不可錯認爲已有大丈夫磊磊落落當用處把定立處皆真順風使帆上下水皆可因齋慶贊去留自在此是上來諸聖開大解脫一路涅槃門本來清淨空寂境界無爲之大道也今吾如是豈不快哉塵勞外緣一時掃盡荷諸山垂顧咸願證明伏惟珍重置筆顧簡堂曰某坐去好卧去好堂曰相公去便了理會甚坐與卧耶公笑曰法兄當爲祖道自愛遂歛目而逝

靈隱遠禪師法嗣

慶元府東山全庵齊已禪師卭州謝氏子上堂舉修山主偈曰是柱不見柱非柱不見柱是非已去了是非裏薦取召大衆曰薦得是移華兼蝶至薦得非擔泉帶月歸是也好鄭州梨勝青州棗非也好象山路入蓬萊島是亦没交涉踏著秤錘硬似鐵非亦没交涉金剛寶劒當頭截阿呵呵會也麽知事少時煩惱少識人多處是非多蓮社會道友請上堂漸漸雞皮鶴髮父少而子老看看行步蹱蹱疑殺木上座直饒金玉滿堂照顧白拈賊豈免衰殘老病正好著精彩任汝千般快樂渠儂合自由無常終是到來歸堂喫茶去唯有徑路修行依舊打之遶但念阿彌陀佛念得不濟事復曰噁這條活路已被善導和尚直截指出了也是你諸人朝夕在徑路中往來因甚麽當面蹉過阿彌陀佛這裏薦得便可除迷倒障拔猶豫箭截疑惑網斷癡愛河伐心稠林浣心垢濁正心諂曲絶心生死然後轉入那邊擡起脚向佛祖跷履不到處進一步開却口向佛祖言詮不到處說一句喚回善導和尚別求徑路修行其或準前捨父逃走流落他鄉撞東磕西苦哉阿彌陀佛

撫州疎山歸雲如本禪師台城人也上堂久雨不晴戊在丙丁通身泥水露出眼睛且道是甚麽眼睛卓拄杖曰林間泥滑滑時叫兩三聲

覺阿上人日本國滕氏子也十四得度受具習大小乘有聲二十九屬商者自中都回言禪宗之盛阿奮然拉法弟金慶航海而來袖香拜靈隱佛海禪師海問其來阿輒書而對

復書曰我國無禪宗唯講五宗經論國主無姓氏號金輪王以嘉應改元捨位出家名行真年四十四王子七歲令受位今已五載度僧無進納而講義高者賜之某等仰服聖朝遠公禪師之名特詣丈室禮拜願傳心印以度迷津且如心佛及衆生是三無差别離相離言假言顯之禪師如何開示海曰衆生虛妄見見佛見世界阿書曰無明因何而有海便打阿即命海陞座決疑明年秋辭遊金陵抵長蘆江岸聞鼓聲忽大悟始知佛海垂手旨趣旋靈隱述五偈叙所見辭海東歸偈曰航海來探教外傳要離知見脱蹄筌諸方參徧草鞋破水在澄潭月在天其一掃盡葛藤與知見信手拈來全體現腦後圓光徹太虛千機萬機一時轉其二妙處如何說向人倒地便起自分明驀然踏著故田地倒裹幞頭孤路行其三求真滅妄元非妙即妄明真都是錯堪笑靈山老古錐當陽抛下破木杓其四豎拳下喝少賣弄說是說非入泥水截斷千差休指注一聲歸笛囉囉哩其五海稱善書偈贈行歸本國住叡山寺泊通嗣法書海已入寂矣

内翰曾開居士字天游久參圓悟暨往來大慧之門有日矣紹興辛未佛海補三衢光孝公與超然居士趙公訪之問曰如何是善知識海曰燈籠露柱貓兒狗子公曰爲甚麽贊即歡喜毀即煩惱海曰侍郎曾見善知識否公曰某三十年參問何言不見海曰向歡喜處見煩惱處見公擬議海震聲便喝公擬對海曰開口底不是公罔然海召曰侍郎向甚麽處去也公猛省遂點頭說偈曰咄哉瞎驢

叢林妖孽震地一聲天機漏泄有人更問意如何拈起拂子劈口截海曰也秖得一橛知府葛郯居士字謙問號信齋少擢上第玩意禪悅首謁無庵全禪師求指南庵令究即心即佛久無所契請曰師有何方便使其得入庵曰居士太無厭生已而佛海來居劒池公因從遊乃舉無庵所示之語請爲衆普說海發揮之曰即心即佛眉拖地非心非佛雙眼橫蝴蝶夢中家萬里子規枝上月三更留句日而後返一日舉不是心不是佛不是物豁然頓明頌曰非心非佛亦非物五鳳樓前山突兀艷陽影裏倒飜身野狐跳入金毛窟無庵肯之即遣書頌呈佛海海報曰此事非紙筆可旣居士能過我當有所聞矣遂復至虎邱海迎之曰居士見處止可入佛境界入魔境界猶未得在公加禮不已海正容曰何不道金毛跳入野孤窟公乃痛領嘗問諸禪曰夫婦二人相打通兒子作證且道證父即是證母即是或庵體禪師著語曰小出大遇淳熙六年守臨川八年感疾一夕忽索筆書偈曰大洋海裏打鼓須彌山上聞鍾業鏡忽然撲破飜身透出虛空召僚屬示之曰生之與死如晝與夜無足怪者若以道論安得生死若作生死會則去道遠矣語畢端坐而化

華藏民禪師法嗣

臨安府徑山別峯寶印禪師嘉州李氏子自㓜通六經而厭俗務乃從德山清素得度具戒後聽華嚴起信旣盡其說棄依密印於中峯一日印舉僧問巖頭起滅不停時如何巖叱曰是誰起滅師啓悟即首肯會圓悟歸昭

覺印遣師往省因隨衆入室悟問從上諸聖以何接人師竪拳悟曰此是老僧用底作麽生是從上諸聖用底師以拳揮之悟亦舉拳相交大笑而止後至徑山謁大慧慧問甚處來師曰西川慧曰未出劒門關與汝三十棒了也師曰不合起動和尚慧忻然掃室延之慧南還師乃西還連主數剎後再出峽住保寧金山雪竇徑山開堂陞座曰世尊初成正覺於鹿野苑中轉四諦法輪憍陳如比丘最初悟道後來真淨禪師初住洞山拈云今日新豐洞裏秖轉箇拄杖子遂拈拄杖著左邊云還有最初悟道者麽若無丈夫自有衝天志莫向如來行處行遂喝一喝下座若是印上座則不然今日向鳳凰山裏初無工夫轉四諦法輪亦無氣力轉拄杖子秖教諸人行須緩步語要低聲何故欲得不招無間業莫謗如來正法輪上堂三世諸佛以一句演百千萬億句收百千萬億句秖在一句祖師門下半句也無秖恁麽合喫多少痛棒諸仁者且諸佛是祖師是若道佛是祖不是祖是佛不是取捨未忘若道佛祖一時是佛祖一時不是顢頇不少且截斷葛藤一句作麽生道大蟲裹紙帽好笑又驚人復舉僧問巖頭浩浩塵中如何辨主頭云銅沙鑼裏滿盛油師曰大小巖頭打失鼻孔忽有人問保寧浩浩塵中如何辨主秖對他道天寒不及卸帽上堂六月初一燒空赤日十字街頭雪深一尺掃除不暇回避不及凍得東村廖胡子半夜著靴水上立上堂將心除妄妄難除即妄明心道轉迂桶底趯穿無忌諱等閑一步一英

蕖師至徑山彌浹孝宗皇帝召對選德殿稱
旨入對日賜肩輿於東華門内十年二月上
注圓覺經遣使馳賜命作序師年邁益厭住
持十五年冬奏乞庵居得請紹熙元年十一
月往見交承智策禪師與之言别策問行日
師曰水到渠成歸索紙書十二月初七夜鷄
鳴時九字如期而化奉蜕質返寺之法堂留
七日顔色明潤髪長頂温越七日葬于庵之
西岡謚慈辯禪師塔曰智光

昭覺元禪師法嗣

鳳棲慧觀禪師上堂前村落葉盡深院桂華
殘此夜初冬節從兹特地寒所以道欲識佛
性義當觀時節因緣時節若至其理自彰喝
一喝恁麽説話成人者少敗人者多

文殊道禪師法嗣

潭州楚安慧方禪師本郡許氏子參道禪師
於大别未幾改寺爲神霄宫附商舟過湘南
舟中聞岸人操鄉音厲聲云吽那由是有省
即説偈曰汚水江心唤一聲此時方得契平
生多年相别重相見千聖同歸一路行住後
上堂臨老方稱住持全無些子玄機開口十
字九乖問東便乃答西如斯出世討甚玄微
有時拈三放兩有時就令而施雖然如是同
道方知且道知底事作麽生直須打𥚃鼻孔
始得上堂達磨祖師在脚底踏不著今提不
起子細當頭放下看病在當時誰手裏張公
會看脉李公會使藥兩箇競頭醫一時用不
著藥不相投錯錯喫茶去

常德府文殊思業禪師世爲屠宰一日戮豬
次忽洞徹心源即棄業爲比丘述偈曰昨日

夜叉心今朝菩薩面菩薩與夜叉不隔一條線往見文殊殊曰你正殺豬時見箇甚麼便乃剃頭行脚師遂作鼓刀勢殊喝曰這屠兒參堂去師便下參堂住文殊日上堂舉趙州勘婆話乃曰勘破婆子面青眼黑趙州老漢瞞我不得

何山珣禪師法嗣

婺州義烏稠巖了贇禪師上堂舉趙州狗子無佛性話乃曰趙州狗子無佛性萬疊青山藏古鏡赤脚波斯入大唐八臂那吒行正令咄

待制潘良貴居士字義榮年四十回心祖闈所至挂鉢隨衆衆叩後依佛燈久之不契因訴曰某秖欲死去時如何燈曰好箇封皮且留著使用而今不了不當後去忽被他換却封皮卒無整理處公又以南泉斬貓兒話問曰某看此甚久終未透徹告和尚慈悲燈曰你秖管理會別人家貓兒不知走却自家狗子公於言下如醉醒燈復曰不易公進此一步更須知有向上事始得如今士大夫說禪說道秖依著義理便快活大率似將錢買油餈喫了便不饑其餘便道是瞞他亦可笑也公唯唯

五燈會元卷第五十六

音釋

郉 補永切音丙和適貌　瞥 匹蔑切音撆瞥然暫見也　錮 古慕切音顧鑄塞也

鏴 力故切音路　喋 達協切音牒喋喋利口也　鍼 諸深切音斟亦作針箴

郯 徒藍切音談國名又邑名　叱 尺栗切音鴟大訶爲叱

五燈會元卷第五十七

宋　沙　門　大　川　濟　纂

南嶽下十六世

泐潭明禪師法嗣

漢州無為隨庵守緣禪師本郡人姓史氏年十三病目去依棲禪慧目能禪師圓具出峽至寶峯值峯上堂舉永嘉曰一月普現一切水一切水月一月攝師聞釋然領悟住後上堂曰以一統萬一月普現一切水會萬歸一一切水月一月攝展則彌綸法界收來毫髮不存雖然收展殊途此事本無異致但能於根本上著得一隻眼去方見三世諸佛歷代祖師盡從此中示現三藏十二部一切修多羅盡從此中流出天地日月萬象森羅盡從此中建立三界九地七趣四生盡從此中出沒百千法門無量妙義乃至世間工巧諸伎藝盡現行此事所以世尊拈華迦葉便乃微笑達磨面壁二祖於是安心桃華盛開靈雲疑情盡淨擊竹作響香嚴頓忘所知以至盤山於肉案頭悟道彌勒向魚市裏接人誠謂造次顛沛必於是經行坐卧在其中既有如是奇特更有如是光輝既有如是廣大又有如是周徧你輩諸人因甚麼却有迷有悟要知麼幸無偏照處剛有不明時

龍翔珪禪師法嗣

南康軍雲居頑庵德昇禪師漢州何氏子二十得度習講久之棄謁文殊道禪師問佛法省要殊示偈曰契丹打破波斯寨奪得寶珠村裏賣十字街頭窮乞兒腰間挂箇風流袋師擬對殊曰莫錯師退參三年方得旨趣往

見佛性機不投入閩至皷山禮覲便問國師不跨石門句意旨如何竹庵應聲喝曰閑言語師即領悟住後僧問應真不借三界高超即不問如何是無位真人師曰聞時富貴見後貧窮曰擡頭須掩耳側掌便翻身師曰無位真人在甚麼處曰老大宗師話頭也不識師曰放你三十棒

通州狼山蘿庵慧溫禪師福州人姓鄭氏徧參諸老晚依竹庵於東林未幾庵謝事復謁高庵悟南華昺草堂清皆蒙賞識會竹庵徙閩之乾元師歸省次庵問情生智隔想變體殊不用停囚長智道將一句來師乃釋然述偈曰撈出通身是口何妨罵雨訶風昨夜前村猛虎咬殺南山大蟲庵首肯住後上堂釋迦老子四十九年坐籌帷幄彌勒大士九十一劫帶水拖泥凡情聖量不能剗除理照覺知猶存露布佛意祖意如將魚目作明珠大乘小乘似認橘皮爲猛火諸人須是豁開胷襟寶藏運出自己家珍向十字街頭普施貧乏之衆中忽有箇靈利漢出來道美食不中飽人喫山僧只向他道幽州猶自可最苦是新羅

雲居悟禪師法嗣

婺州雙林德用禪師本郡戴氏子上堂拈槌豎拂祖師門下將黃葉以止啼說妙談玄衲僧面前望梅林而止渴際山今日去却之乎者也更不指東畫西向三世諸佛命脉中六代祖師骨髓裏盡情傾倒爲諸人說破良久曰啼得血流無用處不如緘口過殘春

台州萬年無著道閑禪師本郡洪氏子上堂

全機敵勝猶在半途啐啄同時白雲萬里纔生眹兆已落二三不露鋒鋩成何道理且道從上來事合作麽生誣人之罪以罪加之上堂舉乾峯示衆云舉一不得舉二放過一著落在第二雲門出衆云昨日有人從天台來却往徑山去峯曰典座來日不得普請師曰相見不須瞋君窮我亦貧謂言侵早起更有夜行人

福州中際善能禪師嚴陵人往來龍門雲居有年未有所證一日普請擇菜次高庵忽以貓兒擲師懷中師擬議庵攔胷踏倒於是大事洞明上堂萬古長空一朝風月不可以一朝風月昧却萬古長空不可以萬古長空不明一朝風月且如何是一朝風月人皆畏炎熱我愛夏日長熏風自南來殿閣生微涼會與不會切忌承當

南康軍雲居普雲自圓禪師綿州雍氏子年十九試經得度留教苑五祀出關南下歷扣諸大尊宿始詣龍門一日於廊廡間覩繪胡人有省夜白高庵庵舉法眼偈曰頭戴貂鼠帽腰懸羊角錐語不令人會須得人譯之復笑火示之曰我爲汝譯了也於是大法明了呈偈曰外國言音不可窮起雲亭下一時通口門廣大無邊際吞盡楊岐栗棘蓬庵遣師依佛眼眼謂曰吾道東矣上堂舉僧問雲門如何是透法身句門曰北斗裏藏身師曰南北東西萬萬千乾坤上下兩無邊相逢相見呵呵笑屈指擡頭月半天

烏巨行禪師法嗣

饒州薦福退庵休禪師上堂風動邪幡動邪

風鳴邪鈴鳴邪非風鈴鳴非風幡動此土與西天一隊黒漆桶誑惑世間人看看滅胡種山僧不奈何趂後也打鬨鈲子曲彎彎冬瓜直儱侗上堂結夏時左眼半斤解夏時右眼八兩謾云九十日安居贏得一肚皮妄想直饒七穴八穿未免山僧拄杖雖然如是千鈞之弩不爲鼷鼠而發機上堂先師尋常用腦後一鎚卸却學者胷中許多屈曲當年克賔維那曾中興化此毒往往天下叢林喚作超宗異目非惟孤負興化亦乃克賔受辱若是臨濟兒孫終不依草附木資福喜見同衆今日傾腸倒腹遂卓拄杖喝一喝曰還知先師落處麽伎死禪和如麻似粟上堂言發非聲是箇甚麽色前不物莫亂針錐透過禹門風波更險咄

信州龜峯晦庵慧光禪師建寧人上堂數日暑氣如焚一箇渾身無處安著思量得也是煩惱人這箇未是煩惱更有已躬下事不明便是煩惱所以達磨大師煩惱要爲諸人吞却又被咽喉小要爲諸人吐却又被牙齒礙取不得捨不得煩惱九年若不得二祖不惜性命往往轉身無路煩惱教死所謂祖禰不了殃及兒孫後來蓮華峯庵主到這裏煩惱不肯住南嶽思大到這裏煩惱不肯下山更有臨濟德山用盡自巳查梨煩惱鉢盂無柄龜峯今日爲他閑事長無明爲你諸人從頭點破卓拄杖一下曰一人腦後露腮一人當門無齒更有數人鼻孔沒半邊不勞再勘你諸人休向這裏立地瞌睡殊不知家中飯籮鍋子一時失却了也你若不信但歸家檢點

看

真州長蘆且庵守仁禪師越之上虞人依雪堂於烏巨聞普説曰今之兄弟做工夫正如習射先安其足後習其法後雖無心以久習故箭發皆中喝一喝云只今箭發也看看師不覺倒身作避箭勢忽大悟上堂百千三昧無量妙門今日且庵不惜窮性命祇做一句子説與諸人乃卓拄杖下座嘗頌臺山婆話云開箇燈心皁角鋪日求升合度朝昏只因風雨連綿久本利一空愁倚門

白楊順禪師法嗣

吉州青原如禪師僧問達磨未來時如何師曰生鐵鑄崑崙曰來後如何師曰五彩畫門神

雲居如禪師法嗣

太平州隱靜圓極彥岑禪師台城人也上堂韓信打關未免傷鋒犯手張良燒棧大似曳尾靈龜既然席卷三秦要且未能囊弓裹革煙塵自靜我國晏然四海九州盡歸皇化自然牛閑馬放風以時雨以時五穀熟萬民安大家齊唱村田樂月落參橫夜向闌上堂今朝八月初五好事分明爲舉嶺頭漠漠秋雲樹底鳴鳩喚雨昨夜東海鯉魚吞却南山猛虎雖然有照有用畢竟無賓無主唯有文殊普賢住住我識得你上堂舉正堂辯和尚室中問學者蚯蚓爲甚麽化爲百合師曰客舍并州已十霜歸心日夜憶咸陽無端更度桑乾水却望并州是故鄉

鄂州報恩成禪師上堂秋雨乍寒汝等諸人青州帀彭成就也未良久喝曰雲溪今日令

處著一把火便下座

道場辯禪師法嗣

平江府覺報清禪師上堂舉僧問雲門如何是諸佛出身處門曰東山水上行師曰諸佛出身處東山水上行石壓筍斜出岸懸華倒生

安吉州何山然首座姑蘇人侍正堂之久入室次堂問貓兒爲甚麼偏愛捉老鼠曰物見主眼卓竪堂欣然因命分座

黄龍忠禪師法嗣

成都府信相戒修禪師上堂舉馬祖不安公案乃曰兩輪舉處煙塵起電急星馳擬何止目前不礙往來機正令全施無表裏丈夫意氣自衝天我是我兮你是你

西禪琏禪師法嗣

遂寧府西禪第二代希秀禪師上堂曰秋光將半暑氣漸消鴻鴈横空點破碧天似水猿猱挂樹撼翻玉露如珠直饒對此明機未免認龜作鼈且道應時應節一句作麼生道野色併來三島月溪光分破五湖秋

淨居尼温禪師法嗣

温州淨居尼無相法燈禪師上堂拈拄杖卓曰觀音出普賢入文殊水上穿靴立擡頭鷂子過新羅石火電光追不及咄

大潙果禪師法嗣

荆門軍玉泉窮谷宗琏禪師合州董氏子開堂日問答已乃曰衲僧向人天衆前一問一答一擒一縱一卷一舒一挨一拶須是具金剛眼睛始得若是念話之流君向西秦我之東魯於宗門中殊無所益這一段事不在有

言不在無言不礙有言不礙無言古人垂一言半句正如國家兵器不得已而用之橫說竪說秖要控人入處其實不在言句上今時人不能一徑徹證根源秖以語言文字而爲至道一句來一句去喚作禪道喚作向上向下謂之菩提涅槃謂之祖師巴鼻正似鄭州出曹門從上宗師會中往往眞箇以行脚爲事底纔有疑處便對衆決擇秖一句下見諦明白造佛祖直指不傳之宗與諸有情盡未來際同得同證猶未是泊頭處豈是空開脣皮胡言漢語來所以南院示衆云諸方秖具啐啄同時眼不具啐啄同時用時有僧問如何是啐啄同時用院曰作家不啐啄啐啄同時失僧曰猶是學人問處院曰如何是你問處僧曰失院便打其僧不契後至雲門會中因二僧舉此話一僧曰當時南院棒折那其僧忽悟即回南院院已遷化時風穴作維那問曰你是問先師啐啄同時話底僧那僧曰是穴曰你當時如何曰我當時如在燈影裏行穴曰你會也師乃召大衆曰暗穿玉線密度金針如水入水似金博金敢問大衆啐啄同時是親切處因甚却失若也會得堪報不報之恩共助無爲之化便可橫身宇宙獨步大方若跳不出依前秖在架子下上堂拈拄杖曰破無明暗截生死流度三有城泛無爲海須是識這箇始得乃召大衆曰喚作拄杖則觸不喚作拄杖則背若也識得荆棘林中撒手是非海裏橫身脫或未然普賢乘白象土宿跨泥牛參上堂一切數句非數句與吾靈覺何交涉師曰永嘉恁麼道大似含元殿

上更覓長安殊不知有水皆含月無山不帶雲雖然如是三十年後趙婆酤醋上堂宗乘一唱殊途絕萬别千差俱泯滅通身是口難分雪金剛腦後三斤鐵好大哥僧問保壽開堂三聖推出一僧保壽便打意旨如何師曰利動君子曰爲復棒頭有眼爲復見機而作師曰獼猴繫露柱曰秖如三聖道你恁麼爲人瞎却鎮州一城人眼又作麼生師曰錦上鋪華又一重問行脚逢人時如何師曰一不成二不是曰行脚不逢人時如何師曰虎咬大蟲曰秖如慈明道釣絲絞水意作麼生師曰水浸鋼石卵問三聖道我逢人則出出則不爲人意旨如何師曰兵行詭道曰興化道我逢人則不出出則便爲人又作麼生師曰綿裹秤鎚問不落因果爲甚麼墮野狐身師曰廬山五老峯曰不昧因果爲甚麼脫野狐身師曰南嶽三生藏曰秖如不落不昧未審是同是别師曰倚天長劍逼人寒問初生孩子還具六識也無趙州道急水上打毬子意旨如何師曰兩手扶犂水過膝曰秖如僧又問投子急水上打毬子意旨如何曰念念不停流又作麼生師曰水晶甕裏浸波斯問楊岐道三脚驢子弄蹄行意旨如何師曰過蓬州了便到巴州

潭州大溈行禪師上堂橫拄杖曰你等諸人若向這裏會去如紀信登九龍之輦不向這裏會去似項羽失千里烏騅饒你總不恁麼落在無事甲裏若向這裏撥得一路轉得身吐得氣山僧與你拄杖子遂靠拄杖下座上堂不是心不是佛不是物且道是箇甚麼不

在內不在外不在中間畢竟在甚麽處苦苦有口説不得無家何處歸

潭州道林淵禪師僧問鐘未鳴皷未響拓鉢向甚麽處去德山便低頭歸方丈意旨如何師曰奔電迸火曰巖頭道這老漢未會末後句在又作麽生師曰相隨來也曰巖頭密啓其意未審那裏是他密啓處師曰萬年松在祝融峯曰雖然如是秖得三年三年後果遷化還端的也無師曰嚤呢嗟唎吽發吒臨示寂上堂拈拄杖示衆曰離却色聲言語道將一句來衆無對師曰動靜聲色外時人不肯對世間出世間畢竟使誰會言訖倚杖而逝

隨州大洪老衲祖證禪師潭州潘氏子上堂萬象之中獨露身如何説箇獨露底道理豎起拂子曰到江吳地盡隔岸越山多僧問雲門問僧光明寂照徧河沙豈不是張拙秀才語僧云是門云話墮也未審那裏是這僧話墮處師曰鮎魚上竹竿問離却言句請師直指師豎拂子僧曰還有向上事也無師曰有曰如何是向上事師曰速禮三拜

隆興府泐潭山堂德淳禪師上堂俱胝一指頭一毛拔九牛華嶽連天碧黄河徹底流截却指急回眸青箬笠前無限事緑簑衣底一時休

常州宜興保安復菴可封禪師福州林氏子上堂天寬地大風清月白此是海宇清平底時節衲僧家等閑問著十箇有五雙知有秖如夜半華嚴池吞却楊子江開明橋撞倒平山塔是汝諸人還知麽若也知去試向非非想天道將一句來其或未知擲下拂子曰須

是山僧拂子始得

隆興府石亭野庵祖璿禪師上堂曰喫粥了也未趙州無忌諱更令洗鉢盂太煞沒巴鼻悟去由來不丈夫這僧那免受塗糊有指示無指示韶石四楞渾塌地入地獄如箭射雲岫清風生大廈相逢攜手上高山作者應須辨眞假眞假分若爲論午夜寒蟾出海門

潭州石霜宗鑒禪師上堂曰送舊年迎新歲動用不離光影內澄輝湛湛夜堂寒借問諸人會不會若也會增瑕纇若不會依前昧與君指箇截流機白雲更在青山外

石頭回禪師法嗣

南康軍雲居蓬庵德會禪師重慶府何氏子上堂舉教中道若見諸相非相即見如來作麼生是非相底道理佯走詐羞偷眼覷竹門斜掩半枝華

南嶽下十七世

教忠光禪師法嗣

泉州法石中庵慧空禪師贛州蔡氏子春日上堂拈拄杖卓一下曰先打春牛頭又卓一下曰後打春牛尾驚起虛空入藕絲裏釋迦無路潛蹤彌勒急走千里文殊却知落處拊掌大笑歡喜且道歡喜箇甚麼春風昨夜入門來便見千華生碓觜上堂千家樓閣一霎秋風秖知襟袖涼生不覺園林落葉於斯薦得觸處全眞其或未然且作寒溫相見上堂舉金剛經云佛告須菩提爾所國土中所有衆生若干種心如來悉知何以故如來說諸心皆爲非心是名爲心要會麼春風得意馬蹄疾一日看盡長安華僧問先佛垂範禁足

安居未審是何宗旨曰瑠璃鉢內拓須彌僧便喝師便打

臨安府淨慈混源曇密禪師天台盧氏子依資福道榮出家十六圓具習台教棄參大慧於徑山謁雪巢一此菴元入閩留東西禪無省發之泉南教忠俾悅衆解職歸前資偶舉香嚴擊竹因緣豁然契悟述偈呈忠忠舉玄沙未徹語詰之無滯忠曰子方可見妙喜即辭往梅陽服勤四載住後上堂諸佛出世打劫殺人祖師西來吹風放火古今善知識佛口虵心天下衲僧自投籠檻莫有天然氣槩特達丈夫爲宗門出一隻手主張佛法者麼良久曰設有也須斬爲三段上堂德山小叅不答話千古叢林成話霸問話者三十棒憒能說訶說夯時有僧出的能破的德山便打風流儒雅其甲話也未問頭上著枷脚下著匣你是那裏人一回相見一傷神新羅人把手笑欣欣未跨船舷好與三十棒依前相厮誑混源今日恁麼批判責情好與三十棒且道是賞是罰具參學眼者試辨看上堂舉雲門問僧光明寂照徧河沙因緣師曰平地摝魚蝦遼天射飛鶚跛脚老雲門千錯與萬錯後示寂塔于本山

東林顏禪師法嗣

荆南府公安遯菴祖珠禪師南平人上堂不是心不是佛不是物瀝盡野狐涎趯飜山鬼窟平田淺草裏露出焦尾大蟲太虛寥廓中放出遼天俊鶻阿呵呵露風骨等閑拈出衆人前畢竟分明是何物咄咄上堂玉露垂青草金風動白蘋一聲寒鴈叫喚起未惺人

汀州報恩法演禪師果州人上堂舉俱胝竪指因緣師曰佳人睡起懶梳頭把得金釵插便休大抵還他肌骨好不塗紅粉也風流

臨安府淨慈肯堂彦充禪師於潛盛氏子幼依明空院義堪為師首參大愚宏智正堂大圓後聞東林謂衆曰我此間别無玄妙秖有木札羹鐵釘飯任汝咬嚼師竊喜之直造謁陳所見解林曰據汝見處正坐在鑑覺中師疑不已將從前所得底一時颺下一日聞僧舉南泉道時人見此一株華如夢相似默有所覺曰打草秖要蛇驚次日入室林問那裏是巖頭密啓其意處師曰今日捉敗這老賊林曰達磨大師性命在汝手裏師擬開口驀被攔胷一拳忽大悟直得汗流浹背點首自謂曰臨濟道黃蘗佛法無多子豈虛語耶遂呈頌曰為人須為徹殺人須見血德山與巖頭萬里一條鐵林然之住後上堂世尊不說說迦葉不聞聞卓拄杖曰水流黃葉來何處牛帶寒鴉過遠村上堂舉雪峯示衆云盡大地是箇解脫門因甚把手拽不入師曰大小雪峯話作兩橛既盡大地是箇解脫門用拽作麼上堂一向與麼去法堂前草深一丈一向與麼來脚下泥深三尺且道如何即是三年逢一閏鷄向五更啼上堂舉卍菴先師道坐佛牀斫佛脚不敬東家孔夫子却向他鄉習禮樂師曰入泥入水即不無先師爭奈寒蟬抱枯木泣盡不回頭卓拄杖曰灼然有不回頭底淨慈向升子裏禮汝三拜上堂三世諸佛無中說有薗礴拈華針六代祖師有裏尋無猿猴探水月去此二途如何話會儂家

不管與亡事盡日和雲占洞庭元庵受智者請引座曰南山有箇老魔王烱烱雙眸放電光口似血盆呵佛祖牙如劒樹罵諸方幾度業風吹不動吹得動雲黄山畔與嵩頭陀傳大士一火破落戶依舊孟八郎賺他無限癡男女開眼堂堂入鑊湯忽有箇衲僧出來道旣是善知識爲甚賺人入鑊湯只向他道非公境界後示寂塔于寺之南庵

婺州智者元庵真慈禪師潼川人姓李氏初依成都正法出家具戒後遊講肆聽講圓覺至四大各離今者妄身當在何處畢竟無體實同幻化因而有省作頌曰一顆明珠在我這裏撥著動著放光動地以呈諸講師無能曉之者歸以呈其師遂舉狗子無佛性話詰之師曰雖百千萬億公案不出此頌也其師以爲不遜乃叱出師因南遊至廬山圓通挂搭時卍庵爲西堂爲衆入室舉僧問雲門撥塵見佛時如何門云佛亦是塵師隨聲便喝以手指胷曰佛亦是塵師復頌曰撥塵見佛佛亦是塵問了答了直下翻身勸君更盡一杯酒西出陽關無故人又頌塵塵三昧曰鉢裏飯桶裏水别寶崑崙坐潭底一塵塵上走須彌明眼波斯笑彈指笑彈指珊瑚枝上清風起卍庵深肯之

西禪需禪師法嗣

福州鼓山木庵安永禪師閩縣吳氏子弱冠爲僧未幾謁懶庵於雲門一日入室庵曰不問有言不問無言世尊良久不得向世尊良久處會隨後便喝倐然契悟作禮曰不因今日問爭喪目前機庵許之住後上堂要明箇

事須是具擊石火閃電光底手段方能嶮峻巖頭全身放捨白雲深處得大安居如其覿地覓金針直下腦門須迸裂到這裏假饒見機而變不犯鋒鋩全身獨脫猶涉泥水秖如本分全提一句又作麼生道擊拂子曰淬出七星光燦爛解拈天下任橫行上堂舉睦州示衆云諸人未得箇入處須得箇入處既得箇入處不得忘却老僧師曰恁麼說話面皮厚多少木庵則不然諸人未得箇入處須得箇入處既得箇入處直須颺下入處始得上堂拈拄杖曰臨濟小廝兒未曾當頭道著今日全身放憨也要諸人知有擲拄杖下座僧問須彌頂上飜身倒卓時如何師曰未曾見毛頭星現曰恁麼則傾湫倒嶽去也師曰莫亂做僧便喝師曰雷聲浩大雨點全無

溫州龍翔栢堂南雅禪師上堂曰瑞峯頂上棲鳳亭邊一杯淡粥相依百衲蒙頭打坐二祖禮三拜依位而立已是周遮達磨老臊胡分盡髓皮一場狼籍其餘之輩何足道哉栢堂恁麼道還免諸方檢責也無拍繩牀云泊合停囚長智上堂曰大機貴直截大用貴頓發縱有嚙鏃機一鎚須打殺何故我王庫內無如是刀上堂曰紫蕨伸拳筍破梢楊華飛盡綠陰交分明西祖單傳句黃栗留鳴燕語巢這裏見得諦信得及若約諸方決定明窻下安排龍翔門下直是一槌槌殺何故不是與人難共住大都緇素要分明

福州天王志清禪師上堂竪起拂子云只這箇天不能蓋地不能載徧界徧空成團成塊到這裏三世諸佛向甚麼處摸索六代祖師

向甚麼處提持天下衲僧向甚麼處名邈除非自得自證便乃敲唱雙行雖然如是未是衲僧行履處作麼生是衲僧行履處是非海裏橫身入豺虎叢中縱步行

南劒州劒門安分庵主少與木庵同肄業安國後依懶庵未有深證辭謁徑山大慧行次江干仰瞻宮闕聞街司喝侍郎來釋然大悟作偈曰幾年箇事挂胸懷問盡諸方眼不開肝膽此時俱裂破一聲江上侍郎來遂徑回西禪懶庵迎之付以伽梨自爾不規所寓後庵居劒門化被嶺表學者從之所作偈頌走手而成凡千餘首盛行於世示衆這一片田地汝等諸人且道天地未分已前在甚麼處直下徹去已是鈍置分上座不少了也更若擬議思量何啻白雲萬里驀拈拄杖打散大衆示衆上至諸佛下及衆生性命總在山僧手裏檢點將來有沒量罪過還有檢點得出者麼卓拄杖一下曰冤有頭債有主遂左右顧視曰自出洞來無敵手得饒人處且饒人示衆十五日已前天上有星皆拱北十五日已後人間無水不朝東已前已後總拈却到處鄉談各不同乃屈指曰一二三四五六七八九十十一十二十三十四諸兄弟今日是幾良久曰本店買賣分文不賒

東禪岳禪師法嗣

福州鼓山宗逮禪師上堂世尊道應如是知如是見如是信解不生法相遂喝曰王本無瑕却有瑕

西禪淨禪師法嗣

福州乾元宗頴禪師上堂卓拄杖曰性燥漢

秖在一槌靠拄杖曰靈利人不勞再舉而今莫有靈利底麼良久曰比擬張麟兎亦不遇

開善謙禪師法嗣

建寧府仙州山吳十三道人每以己事扣諸禪及開善歸結茆於其左遂往給侍紹興庚申三月八日夜適然啓悟占偈呈善曰元來無縫罅觸著便光輝既是千金寶何須彈雀兒善答曰啐地折時真慶快死生凡聖盡平沉僊州山下呵呵笑不負相期宿昔心

天童華禪師法嗣

慶元府天童密庵咸傑禪師福州鄭氏子母夢廬山老僧入舍而生自幼頴悟出家爲僧不憚遊行徧參知識後謁應庵於衢之明果庵孤硬難入屢遭呵一日庵問如何是正法眼師遽答曰破沙盆庵頷之未幾辭回省親庵送以偈曰大徹投機句當陽廓頂門相從今四載徵詰洞無痕雖未付鉢袋氣宇呑乾坤抑把正法眼喚作破沙盆此行將省覲切忌便躁跟吾有末後句待歸要汝遵出世衢之烏巨次遷祥符蔣山華藏未幾詔住徑山靈隱晚居太白僧問虛空銷殞時如何師曰罪不重科上堂牛頭橫說竪說不知有向上關棙子有般漆桶輩東西不辨南北不分便問如何是向上關棙子何異開眼尿牀華藏有一轉語不在向上向下千手大悲摸索不著雨寒無處曬眼今日普請布施大衆良久曰達磨大師無當門齒上堂世尊不說說拗曲作直迦葉不聞聞望空啓告馬祖即心即佛懸羊頭賣狗肉趙州勘庵主貴買賤賣分文不直秖如文殊是七佛之師因甚出女子

定不得河天月暈魚分子斛葉風微鹿養茸上堂卓拄杖曰迷時秖迷這箇復卓一下曰悟時秖悟這箇迷悟雙忘糞掃堆頭重添搕𢶍莫有向東涌西没全機獨脫處道得一句底麼若道不得華藏自道去也擲拄杖曰三十年後上堂舉金峯和尚示衆云老僧二十年前有老婆心二十年後無老婆心時有僧問如何是和尚二十年前有老婆心峯云問凡答凡問聖答聖曰如何是二十年後無老婆心峯云問凡不答凡問聖不答聖師曰烏巨當時若見但冷笑兩聲這老漢忽若瞥地自然不墮聖凡𡨋曰上堂舉婆子燒庵話師曰這箇公案叢林中少有拈提者傑上座裂破面皮不免納敗一上也要諸方檢點乃召大衆曰這婆子洞房深穩水泄不通偏向枯木上糝華寒巖中發燄箇僧孤身迥迥慣入洪波等閑坐斷潑天潮到底身無涓滴水子細檢點將來敲枷打鎖則不無二人若是佛法未夢見在烏巨與麼提持畢竟意歸何處良久曰一把柳絲收不得和煙搭在玉欄干上堂動絃別曲葉落知秋舉一明三目機銖兩如王秉劒殺活臨時猶是無風帀帀之波向上一路千聖把手共行合入泥犂地獄正當與麼時合作麼生江南兩浙春寒秋熱上堂盡乾坤大地喚作一句子擔枷帶鎖不喚作一句子業識茫茫兩頭俱透脫淨倮倮赤洒洒沒可把達磨一宗掃土而盡所以雲門大師道盡乾坤大地無纖毫過患猶是轉句不見一法始是半提更須知有全提底時節大小雲門劒去久矣方乃刻舟後示寂塔于

寺之中峯

南書記者福州人久依應庵於趙州狗子無佛性話豁然契悟有偈曰狗子無佛性羅睺星入命不是打殺人被人打殺定庵見喜其脱略紹興末終於歸宗

侍郎李浩居士字德遠號正信幼閲首楞嚴經如遊舊國志而不忘持槖後造明果投誠入室應庵揕其胷曰侍郎死後向甚麼處去公駭然汗下庵喝出公退參不旬日竟躋堂奥以偈寄同參嚴康朝曰門有孫臏鋪家存甘贅妻夜眠還早起誰悟復誰迷庵見稱善有鬻胭脂者亦久參應庵頗自負公贈之偈曰不塗紅粉自風流往往禪徒到此休透過古今圈樻後却來這裏喫拳頭

道場全禪師法嗣

常州華藏伊庵有權禪師臨安昌化祁氏子年十四得度十八歲禮佛智裕禪師于靈隱時無庵爲第一座室中以從無住本建一切法問之師久而有省答曰暗裏穿針耳中出氣庵可之遂密付心印嘗夜坐達旦行粥者至忘展鉢鄰僧以手觸之師感悟爲偈曰黑漆崑崙把釣竿古帆高挂下驚湍蘆華影裏弄明月引得盲龜上釣船佛智嘗問心包太虚量廓沙界時如何師曰大海不宿死屍智撫其座曰此子他日當據此座呵佛罵祖去在師自是埋藏頭角益自韜晦歷遊湖湘江淛幾十年依應庵於歸宗參大慧於徑山無庵住道場招師分座說法於是聲名隱然住後上堂今朝結却布袋口明眼衲僧莫亂走心行滅處解翻身噴嚏也成師子吼栴檀林

任馳驟剔起眉毛頂上生劍肉成瘡露家醜
上堂禪禪無黨無偏迷時千里隔悟在口皮
邊所以僧問石霜如何是禪霜云甎鞕又僧
問睦州如何是禪州云猛火著油煎又僧問
首山如何是禪山云猢猻上樹尾連顛大衆
道無橫徑立處孤危此三大老行聲前活路
用劫外靈機若以衲僧正眼檢點將來不無
優劣一人如張良入陣一人如項羽用兵一
人如孔明料敵若人辨白得可與佛祖齊肩
雖然如是忽有箇衲僧出來道長老話作兩
橛也適來道道無橫徑無黨無偏而今又却
分許多優劣且作麽生祇對還委悉麽把手
上山齊著力咽喉出氣自家知淳熈庚子秋
示微疾留偈趺坐而逝荼毗齒舌不壞獲五
色舍利無數塔于橫山之塔分骨歸葬萬年
山寺

雙林用禪師法嗣

婺州三峯印禪師上堂舉野狐話曰不落不
昧誣人之罪不昧不落無繩自縛可憐柳絮
隨春風有時自西還自東

大溈行禪師法嗣

常德府德山子涓禪師潼川人也上堂見見
之時見非是見見猶離見見不能及遂喝曰
鯨吞海水盡露出珊瑚枝衆中忽有箇衲僧
出來道長老休寐語却許伊具一隻眼上堂
橫按拄杖曰一二三四五六七七六五四三
二一循環逆順數將來數到未來無盡日因
七見一因一亡七踏破太虛空鐵牛也汗出
絶氣息無蹤跡擲拄杖曰更須放下這箇始
是參學事畢上堂拈拄杖曰有時奪人不奪

境拄杖子七縱八橫有時奪境不奪人山僧七顛八倒有時人境兩俱奪拄杖子與山僧削迹吞聲有時人境俱不奪卓拄杖曰伴我行千里攜君過萬山忽然撞著臨濟大師時如何喝曰未明心地印難透祖師關

五燈會元卷第五十七

音釋

契欺訖切音乞契丹國號　纇盧對切音耒絲節也　夯呼講切墼上聲人用力以堅舉物　蕳來宕切同莨莨菪本草一名天仙子一名行唐其子服之令人狂浪放蕩故名　蓎徒浪切音宕蕳蓎毒藥

護法論

宋丞相無盡居士張商英述

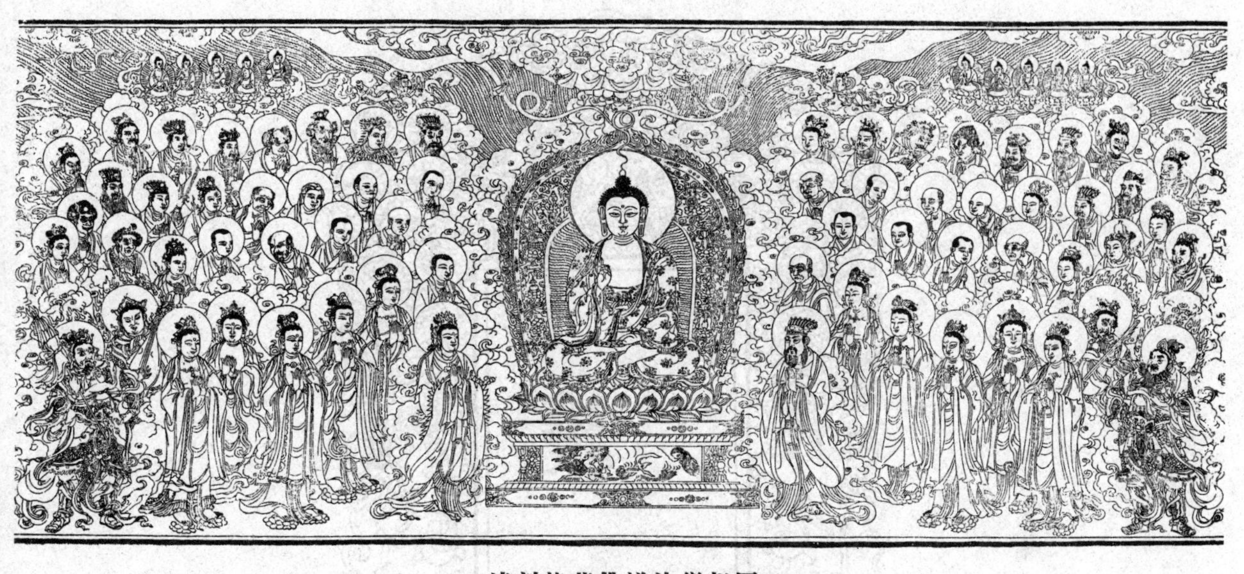

清刻龍藏佛說法變相圖

重刻護法論題辭

蘇州開元住持煥翁禪師端文不遠千里而來請曰吾宗有護法論凡一萬二千三百四十五言宋觀文殿大學士丞相張商英所撰其弘宗扶教之意至矣盡矣昔者閩僧慧欽嘗刻諸梓翰林侍講學士虞集實爲之序兵燹之餘其版久不存端文以此書不可不傳也復令印生刻之今功巳告完願爲序其首簡序曰妙明眞性有若太空不拘方所初無形段冲澹而靜寥漠而清出焉而不知其所終入焉而不知其所窮與物無際圓妙而通當是時無生佛之名無自他之相種種含攝種種無礙尚何一法之可言哉柰太樸既散誕聖眞漓營營逐物唯塵緣業識之趨正如迷人身陷大澤烟霧晦冥虵虎縱横競來追

人欲加毒害被髮狂奔不辨四維西方大聖人以慈憫故三乘十二分教不得不說此法之所由建立也衆生聞此法者遵而行之又如得見日光逢善勝友爲驅諸惡引登康衢即離怖畏而就安隱其額幸孰加焉不深德之反從而詆之斥之是猶挾利劍以自傷初何損於大法乎人心顛隮莫此爲甚有識者憂之復體如來慈憫之心而護法論亦不容弗作也嗚呼三皇治天下也善用時五帝則易以仁信三王又更以智勇蓋風氣隨世而遷故爲治者亦因時而馭變焉成周以降昏嚚邪僻翕然並作縲紲不足以爲囚斧鑕不足以爲威西方聖人歷陳因果輪迴之說使暴彊聞之赤頸汗背逡巡畏縮雖螻蟻不敢踐履豈不有補治化之不足柳宗元所謂陰翊王度者是已此猶言其粗也其上焉者炯然内觀匪即匪離可以脫卑濁而極高明超三界而躋妙覺誠不可誣也柰何詆之柰何斥之世之人觀此論者可以悚然而思惕然而省矣雖然予有一說并爲釋氏之徒告焉棟宇堅者風雨不能漂揺榮衛充者疾病不能侵凌緇衣之士盍亦自反其本乎予竊怪夫誦佛陀言行外道行者是自壞法也毘尼不守馳騖外緣者是自壞法也增長無明嗔恚不息者是自壞法也傳曰家必自毁而後人毁之尚誰尤哉今因禪師之請乃懇切爲緇素通言之知我罪我予皆不能辭矣禪師豫章人知寶大法如護眼目然身服紙衣躬行苦行遇川病涉者梁之途齟齬者甓之枯骴暴露者掩之由衢之天寧遷住今刹首新

戒壇授人以戒俾毋犯國憲其應機設化導民爲善致力於佛法者非言辭可盡也今又刻此論以傳誠無愧於有道沙門者矣洪武七年秋九月九日翰林侍講學士知制誥同修國史兼太子贊善大夫金華宋濂撰

護法論後序

天下無二道聖人無兩心蓋道者先天地生亘古今而常存聖人得道之眞以治身其緒餘土苴以治天下國家豈不大哉故聖人或生於中國或生於西方或生於東夷西夷生雖殊方其得道之眞若合符契未始殊也佛者生於西方得道之眞以治身以寂滅爲樂者也自得於妙有眞空圓明廣大不可思議孔子以謂佛爲西方聖人孔子聖人也爲萬世之師豈虛語哉其尊敬如此學者學孔子者也孔子之言不信反生謗斥與斥孔子何異此皆非吾徒也無盡居士深造大道之淵源洞鑒儒釋之不二痛夫俗學之蔽蒙不悟自巳之眞性不知道在日用之間顛倒妄想不得其門而入深懷憤嫉揺脣鼓舌專以斥佛爲能自比孟子拒楊墨之功俾後世稱之以爲聖人之徒聾瞽學者豈不欺心乎欺心乃欺天也則護法之論豈得巳哉觀其議論勁正取與嚴明引證誠實鋪陳詳備明如皎日信如四時非胷中超脫該貫至道之要妙何以臻此故能釋天下之疑息天下之謗實後學之標凖也孟子曰盡其心者知其性知其性則知其天與佛所謂直指人心見性成佛無以異矣佛以戒定慧爲入道之大要吾儒所謂懲忿窒慾則戒也寂然不動則定也感而遂通天下之故則慧也三者儒釋豈不相同蓋方册所載皆古人之糟粕若誦糟粕而不識聖人之旨要與面牆者何異哉杏壇三千之衆得夫子之道者顔子一人而巳尚未達一間靈山百萬徒衆悟玄機者迦葉一

人而已況望聖人數千載之間聞其風讀其書咸欲造聖人之域不亦難乎宜其邪説橫議興焉則護法之論確乎不可拔也乾道辛卯六月望日無礙居士南澗鄭興　德與序

護法論

宋丞相無盡居士張商英述

孔子曰朝聞道夕死可矣以仁義忠信爲道耶則孔子固有仁義忠信矣以長生久視爲道耶則曰夕死可矣是果求聞何道哉豈非大覺慈尊識心見性無上菩提之道也不然則列子何以謂孔子曰丘聞西方有大聖人不治而不亂不言而自信不化而自行蕩蕩乎民無能名焉列子學孔子者也而遽述此說信不誣矣孔子聖人也尚尊其道而今之學孔子者未讀百十卷之書先以排佛爲急務者何也豈獨孔子尊其道哉至於上下神祇無不宗奉矧茲凡夫輒恣毀斥自昧已靈可不哀歟韓愈曰夫爲史者不有人禍則有天刑豈可不畏懼而輕爲之哉蓋爲史者採摭人之實迹尚有刑禍況無故輕薄以毀大聖人哉且茲人也無量劫來沈淪諸趣乘少善力而得此身壽夭特未定也縱及耳順從心之年亦暫寄人間耳以善根微劣不能親炙究竟其道須臾老之將至爲虛生浪死之人自可悲痛何暇更縱無明業識造端倡始誘引後世闡提之黨背覺合塵同入惡道罪萃厥身可不慎哉且佛何求於世但以慈悲廣大願力深重哀見一切衆生往來六道受種種苦無有已時故從兜率天宮示現淨飯國王之家爲第一太子道德文武端嚴殊特於聖人中而所未有於弱冠之年棄金輪寶位出家修道成等正覺爲天人師隨機演說三乘五教末後以正法眼藏涅槃妙心付囑摩訶迦葉爲教外別傳更相傳授接上根輩

故我本朝太宗皇帝之序金剛般若也則曰歎不修之業溥傷强執之愚迷非下士之所知豈淺識之能究大哉聖人之言深可信服一從佛法東播之後大藏教乘無處不有故余嘗謂欲排其教則當盡讀其書深求其理摭其不合吾儒者與學佛之見質疑辯惑而後排之可也今不通其理而妄排之則是斥鷃笑鵾鵬朝菌輕松栢耳歐陽脩曰佛者善施無驗不實之事蓋亦未之思耳嘗原人之造妄者豈其心哉誠以賙急飢寒苟免患難而已佛者捨其至貴極富爲道忘身非飢寒之急無患難可免其施妄也何所圖哉若以造妄垂裕其徒凡夫尚知我躬不閱遑恤我後而佛豈不知耶古今世人有稍挾欺紿者必爲衆人所棄況有識之賢者乎若使佛有纖毫妄心則安能俾其佛教綿亘千古周帀十方天龍鬼神無不傾心菩薩羅漢更相弘化試此論之有詐妄心者求信於甲凡下愚尚不可得況能攝伏於具神通之聖人哉經云如來是眞語者實語者如語者不誑語者不異語者又云諸佛如來無妄語者信哉斯言明如皎日孟子曰誦堯之言行堯之行是堯而已矣余則曰誦佛之言行佛之行是佛而已矣何慊乎哉佛祖修行入道蹊徑其捷如此而人反以爲難深可憫悼撮其樞要戒定慧而已若能持戒決定不落三塗若能定力決定功超六欲若能定慧圓明則達佛知見入大乘位矣何難之有哉詩云德輶如毛民鮮克舉之其是之謂乎韓愈與大顛論議往復數千言卒爲大顛一問曰公自揣量學

問知識能如晉之佛圖澄乎能如姚秦之羅什乎能如蕭梁之寶誌乎愈曰吾於斯人則不如矣大顛曰公不如彼明矣而彼之所從事者子以爲非何也愈不能加答其天下之公言乎佛豈妨人世務哉金剛般若云是故如來說一切法皆是佛法維摩經偈云經書呪禁術工巧諸技藝盡現行此事饒益諸群生法華經云資生業等皆順正法傳大士龐道元豈無妻子哉若也身處塵勞心常清淨則便能轉識爲智猶如握土成金一切煩惱皆是菩提一切世法無非佛法若能如是則爲在家菩薩了事凡夫矣豈不偉哉歐陽脩曰佛爲中國大患何言之甚歟豈不爾思凡有害於人者奚不爲人所默而天誅哉安能深根固蔕於天下也桀紂爲中國天子害跡

一彰而天下後世共怨之況佛遠方上古之人也但載空言傳於此土人天向化若偃風之草苟非大善大慧大利益大因緣以感格人天之心者疇克爾耶一切重罪皆可懺悔謗佛法罪不可懺悔誠哉是言也謗佛法則是自昧其心耳其心自昧則猶破瓦不復完灰不重木矣可懺悔哉佛言唯有流通佛法是報佛恩今之浮圖雖千百中無一能髣髴古人者豈佛法之罪也其人之罪雖然如是禮非玉帛而不表樂非鐘鼓而不傳非藉其徒以守其法則佛法殆將泯絶而無聞矣續佛慧命何賴焉濫其形服者誅之自有鬼神矣譬之自有果報矣威之自有刑憲矣律之自有規矩矣吾輩何預焉然則是言也余至於此卒存二說蘇子瞻嘗謂余曰釋氏之徒

諸佛教法所繫不可以庶俗待之或有事至庭下則吾徒當以付囑流通爲念與之闊略可也又曾逢原作郡時釋氏有訟者閱實其罪必罰無赦或有勉之者則曰佛法委在國王大臣若不罰一戒百則惡者滋多當今之世欲整齊之捨我輩其誰乎余考二公之言則逢原所得多矣其有不善者誠可惡也豈不念皇恩度牒不與征役者人主之惠哉豈不念古語有云一子出家九族生天哉豈不念辭親棄俗當爲何事哉豈不念光陰易往而道業難成哉豈不念道眼未明而四恩難報哉豈不念行業不修而濫膺恭敬哉豈不念道非我修而誰修哉豈不念正法將墜而魔法增熾哉蓋昔無著遇文殊時已有凡聖同居龍蛇混雜之說況今去聖逾遠求其純一也不亦難乎然念大法所寄譬猶披沙揀金裒石攻玉縱於十斛之沙得粒金一山之石得寸玉尚可以爲世珍寶也非特學佛之徒爲然孔子之時已分君子儒小人儒矣況茲後世服儒服者豈皆孔孟顏閔者哉雖曰學者求爲君子安能保其皆爲君子耶歷觀自古巨盜姦臣强叛猾逆率多高才博學之士豈先王聖教之罪歟豈經史之不善歟由此喻之末法像教之僧敗群不律者勢所未免也韓愈曰佛者夷狄之一法耳自後漢時流入中國上古未曾有也自皇帝已下文武已上舉皆不下百歲後世事佛漸謹年代尤促陋哉愈之自欺也愈豈不聞孟子曰舜生於諸馮遷於負夏卒於鳴條東夷之人也文王生於岐周卒於畢郢西夷之人也舜與文

王皆聖人也爲法於天下後世安可夷其人廢其法乎況佛以淨飯國王爲南贍部洲之中而非夷也若以上古未嘗有而不可行則蚩尤瞽叟生於上古周公仲尼生於後世豈可捨衰周之聖賢而取上古之凶頑哉而又上古野處穴居茹毛飲血而上棟下宇鑽燧改火之法起於後世者皆不足用也若謂上古壽考而後世事佛漸謹年代尤促者竊鈴掩耳之論也愈豈不知外丙二年仲壬四年之事乎豈不知孔鯉顔淵冉伯牛之夭乎而又書無逸曰自時厥後亦罔或克壽或十年或七八年或五六年或四三年彼時此方未聞佛法之名自漢明佛法至此之後二祖大師百單七歲安國師百二十八歲趙州和尚七百二十甲子豈佛法之咎也又曰如彼言可憑則臣家族合至灰滅此亦自蔽之甚也佛者大慈大悲大喜大捨自他無間冤親等觀如提婆達多種種侵害於佛而終憐之授記作佛而後世若求喜怒禍福以爲靈則是邀祭祀之小小鬼神矣安得謂之大慈悲之父乎世間度量之人尚能遇物有容犯而不校況心包太虛量廓沙界之聖人哉信與不信何加損焉佛者如大醫王善施法藥有疾者信而服之其疾必瘳其不信者蓋自棄耳豈醫王之咎哉夏蟲不可語氷霜井蛙不可語東海吾於韓愈見之矣若謂事佛促壽則毀佛者合當永壽後世之人排佛者故多矣士庶不足道也如唐武宗會昌五年八月下旬廢教至六年三月初纔及半年而崩者此又何也如唐李白杜甫盧仝李翺之輩韓愈

亦自知其不及矣然諸子亦未嘗排佛亦不失高名也衆人之情莫不好同而惡異是此而非彼且世之所悅者紛華適意之事釋之所習者簡靜息心之法此其所以相違於世也諸有智者當察其理之所勝道之所在又安可不原彼此之是非乎林下之人食息禪宴所守規模皆佛祖法式古今依而行之舉皆證聖成道每見譏於世者不合俗流故也佛之爲法甚公而至廣又豈止緇衣祝髮者得私爲哉故唐相裴公美序華嚴法界觀云世尊初成正覺歎曰奇哉一切衆生具有如來智慧德相但以妄想執著而不證得於是稱法界性說華嚴經佛之隨機接引故多開遮權變不可執一而求也歐陽永叔曰無佛之世詩書雅頌之聲其民蒙福如此永叔好

同惡異之心是則是矣然不能通方遠慮何其隘哉若必以結繩之政施之於今可乎殊不知天下之理物希則貴若使世人舉皆爲儒則孰不期榮孰不謀禄期謀者衆則爭競起爭競起則妬忌生妬忌生則褒貶勝褒貶勝則仇怨作仇怨作則擠陷多擠陷多則不肖之心無所不至矣不肖之心無所不至則爲儒亦不足爲貴矣非特儒者爲不足貴也士風如此則求天下之治也亦難矣佛以其法付囑國王大臣不敢自專也欲使其後世之徒無威勢以自尊隆道德以爲尊無爵禄以自活依教法以求活乞食於衆者使其折伏憍慢下心於一切衆生又維摩經佛令迦葉前往問疾迦葉憶念昔於貧里而行乞食時維摩詰來謂我言唯大迦葉有慈心而不

能普捨豪富從貧乞也肇法師註云迦葉以貧人昔不植福故生貧里若今不積善後復彌甚愍其長苦故多就乞食又曰見來求者爲善師想什法師註云本無施意因彼來求發我施心則爲我師故爲善師想也不畜妻子者使其事簡累輕道業易成也易其形服者使其遠離塵垢而時以自警也惜乎竊食其門者志願衰劣不能跂及古人良可歎也且導民善世莫盛乎教窮理盡性莫極乎道彼依教行道求至涅槃者以此報恩德以此資君親不亦至乎故後世聖君爲之建寺宇置田園不忘付囑也使其安心行道隨方設化名出四民之外身處六和之中其戒淨則福蔭人天其心眞則道同佛祖原其所自之恩皆吾君之賜也苟能以禪律精修於天地無媿表率一切衆生小則遷善遠罪大則悟心證聖上助無爲之化容資難報之恩則不謬爲如來弟子矣苟違佛祖之戒濫膺素餐罪豈無歸乎上世雖有三武之君以徇邪惡下臣之請鋭意剪除既廢之後隨而愈興猶霜風之肅物也亦暫時矣如冬後有春之譬欲盡殲草木者能使冬後無春則可矣苟知冬後有春則何苦自當其惡而彰彼爲善也於已何益哉余嘗觀察其徒中間有辭榮捨富者俊爽聰明者彼豈不知富貴可樂春色可喜肥鮮之甘車服之美而甘心於幽深閒寂之處藜羹蒿布僅免飢寒縱未能大達其道是必漸有所自得者歟議者深嫉其徒不耕而食亦知其一而莫知其他也豈不詳觀通都大邑不耕而食者十居七八以至山林

江海之上草竊姦宄市鄽邸店之下娼優厮役僻源邪徑之間欺公負販神祠廟宇之中師童巫祀者皆然也何獨至於守護心城者而訾之哉今戶籍之民目犂鋤者其亦幾何釋氏有刀耕火種者栽植林木者灌溉蔬果者服田力穡者矣豈獨今也如古之地藏禪師每自耕田嘗有語云諸方說禪浩浩地爭如我這裏種田慱飯喫百丈惟政禪師命大衆開田曰大衆爲老僧開田老僧爲大衆說大法義大智禪師曰一日不作一日不食潙山問仰山曰子今夏作得箇什麽事仰山曰鋤得一片畬種得一籮粟潙山曰子可謂不虛過時光斷際禪師每集大衆栽松钁茶洞山聰禪師嘗手植金剛嶺松故今叢林普請之風尚存焉釋氏雖衆而各止一身一粥一飯補破遮寒而其所費亦寡矣且其旣受國恩紹隆三寶而欲復使之爲農可乎況其田園隨例常賦之外復有院額科敷官客往來種種供給歲之所出猶愈於編民之多也其於公私何損之有余嘗疾今官有勸農之虛名而挾抑農之實患且世之利用苟有益者不勸而人自趍矣今背公營私者侵漁不已或奪其時作不急之務是抑之也何勸之有今游惰者十常七八耕者十無二三耕者雖少若使常稔則菽粟亦如水火矣近歲或旱或潦無歲無之四方之利秀而不實者歲常二三甚者過半亦豈爲耕者少而糧不足哉老子曰我無爲而民自富苟無以致和氣而召豐年雖多耕而奚以爲歲之豐凶繫乎世數意其天理亦自有凖量歟歲常豐穀愈賤

耕者愈少此灼然之理僧者佛祖所自出也有苦行者有密行者各人有三昧隨分守常德孜孜於戒律念念在定慧能捨人之所難捨能行人之所不能行外富貴若浮雲視色聲如谷響求道則期大悟而後已惠物則念衆生而不忘今猒僧者其猒佛祖乎佛以持戒當行孝不殺不盜不淫不妄不茹葷酒以此自利利他則仁及含靈耳又豈現世父母哉蓋念一切衆生無量刧來皆曾爲巳父母宗親故等之以慈而舉期解脫以此爲孝不亦優乎且聰明不能敵業富貴豈免輪回銅山奚補於餧亡金穴靡聞於長守余忝高甲之第仕至聖朝宰相其於世俗名利何慊乎哉拳拳繫念於此者爲其有自得於無窮之樂也重念人生幻化不啻浮泡之起滅於茲五蘊完全之時而不聞道可不惜哉若世間更有妙道可以印吾自肯之心過真如涅槃者吾豈不能捨此而趨彼耶惡貧欲富畏死欣生飲食男女田園貨殖之事人皆知之君子不貴也所貴也者無上妙道也或謂余曰僧者毀形遁世之人而子助之何多哉余曰余所存誠者佛祖遺風矣豈恤乎他哉子豈不聞孟子言人少則慕父母知好色則慕少艾孰謂巾髮而娶者必爲孝子賢人今世俗之間博奕飲酒好勇鬪狠以危父母者比比皆是也又安可相形而不論心哉前輩有作無佛論者何自蔽之甚也今夫日月星辰雷霆風雨昭昭然在人耳目豈無主張者乎名山大川神祇廟貌可謂無乎世間邪精魍魎小小鬼神猶尚恪然信其是有何獨至於佛而

疑之曠大劫來修難行苦行成等正覺爲聖中至聖人天法王明極法身充滿沙界而謂之無可乎哉大集經云商主天子問佛在世之日所有供養世尊是受者而施者獲福世尊滅後供養形像誰爲受者佛言諸佛如來法身也若在世若滅後所有供養其福無異華嚴亦曰佛以法爲身清淨如虛空雖然諸佛而名其道蓋善權方便接引之門耳若必謂之無則落空見外道斷見外道自昧自棄可悲也矣如雲門大師云我當時若見一棒打殺與狗子喫者此大乘先覺之人解粘去縛遣疑破執而已豈初學者可躐等哉此可與智者道不可與愚者語其教之興也恢弘之則有具神通之聖人信向之則有大根器之賢哲以至天地鬼神之靈無不景慕豈徒然哉大抵所尚必從其類擬之必從其倫般若正知菩提真見豈凡庸之人所能睥睨哉故同安察云三賢尚未明斯旨十聖那能達此宗縁覺辟支四果聲聞尚不與其列況其下者乎在聖則爲大乘菩薩在天則爲帝釋梵王在人則爲帝王公侯上根大器功成名遂者在僧俗中亦必宿有靈骨負逸群超世之量者方能透徹故古德云聞而不信尚結佛種之因學而未成猶益人天之福惜乎愚者昧而不能學慧者疑而不能至間有世智辯聰者必爲功名所誘思日競辰焚膏繼晷惶惶汲汲然涉獵六經子史急目前之應對尚且不給何暇分陰及此哉或有成名仕路者功名汩其慮富貴蕩其心反以此道爲不急罔然置而不問不覺光陰有限老死忽至

臨危湊亟雖悔奚追世有大道遠理而不窺其涯涘者媿於古聖賢多矣既不聞道則必流浪生死散入諸趣而昧者甘心焉是誰之過歟嵩嶽珪禪師云佛有三能三不能佛能空一切相成萬法智而不能即滅定業佛能知群有性窮億劫事而不能化導無緣佛能度一切有情而不能盡衆生界是謂三能三不能也今有心憤憤口悱悱聞佛似寇讎見僧如蛇虺者吾末如之何也已矣且佛尚不能化道無緣吾如彼何哉議者皆謂梁武奉佛而亡國蓋不探佛理者未足與議也國祚之短長世數之治亂吾不知其然矣堯舜大聖而國止一身其禪位者以其子之不肖而後禪也其子之不肖豈天之罪歟自開闢至漢明帝以前佛法未至於此而國有遇難者何也唐張燕公所記梁朝四公者能知天地鬼神變化之事了如指掌而昭明太子亦聖人之徒也且聖者以治國治天下爲緒餘耳豈無先覺之明而慎擇可行之事以告武帝哉蓋定業不可逃矣嗚呼定業之不可逃也猶水火之不可入也其報之來若四時之無奕也如西土師子尊者此土二祖大師皆不免也又豈直師子二祖哉釋迦如來尚且不免金鏘馬麥之報況初學凡夫哉蓋修也者改往修來矣且宿業既還已則將來之善豈捨我哉今夫爲女形者實劣於男矣遽欲奉佛而可亟變爲男子乎必將盡此報身而有待於來世乎梁武壽高九十不爲不多以疾而卒不至大惡但捨身之謬以其先見禍兆筮得乾卦上九之變取其貴而無位高而無

民以此自畀欲圖弭災召福者梁武自謬耳於佛何有哉梁武小乘根器專信有爲之果茲其所以不遇達磨之大法也過信泥跡執中無權者亦其定業使之然乎但聖人剏法本爲天下後世豈爲一人設也孔子曰仁者壽而力稱回之爲仁而回且夭矣豈孔子之言無驗歟蓋非爲一人而言也梁武之奉佛興類回之爲仁乎侯景兵至而集沙門念摩訶般若波羅蜜者過信泥迹而不能權宜適變也亦猶後漢向詡張角作亂詡上便宜頗多譏刺左右不欲國家興兵但遣將兵於河上北向讀孝經則賊當自消滅又如後漢蓋勳傳中平元年北地羌胡與邊章等寇亂隴右扶風宋梟爲守患多寇叛謂勳曰涼州寡於學術故屢多反暴今欲多寫孝經令家家習之庶或使人知義此亦用之者不善也豈孝經之罪歟抑又安知梁武前定之業禍不止此由作善以損之故能使若是之壽也又嘗以社稷存亡久近問於誌公公自指其咽示之蓋讖侯景也公臨滅時武帝又復詢詰前事誌公曰貧僧塔壞陛下社稷隨壞公滅後奉勑造塔已畢武帝忽思曰木塔其能久乎遂命撤去改剏以石塔貴圖不朽以應其記拆塔纔畢侯景兵已入矣至人豈不前知耶如安世高帛法祖之徒故來畢前世之對不遠千里自投死地者以其定業不可逃也如晉郭璞亦自知其不免況識破虛幻視死如歸者乎豈有明知宿有所負而欲使之避拒苟免哉歐陽永叔跋萬回神跡記碑曰世傳道士罵老子云佛以神怪禍福恐動世人

俾皆信向故僧尼得享豐饒而吾老子高談清淨遂使我曹寂寞此雖鄙語有足采也永叔之是其說也亦小有才而未達通方之大道者歟不揣其本之如此也神怪禍福之事何世無之但儒者之言文而略耳又況真學佛者豈以温飽爲志哉本以求無上菩提出世間之大法耳且道士是亦棄俗人也若以出家求道則不以寂寞爲怨若以圖餔餟爲心則不求出離不念因果世間萬途何所不可哉或爲胥徒或習醫卜百工技藝屠沽負販皆可爲也棄此取彼孰禦焉唐太宗方四歲時已有神人見之曰龍鳳之姿天日之表必能濟世安民及其未冠也果然建大功業亦可爲大有之君矣歐陽脩但一書生耳其修唐書也以私意臆説妄行褒貶比太宗爲中才庸主而後世從而和之無敢議其非者嗚呼學者隨世高下而歐陽脩獨得專美於前誠可歎也作史者固當其文直其事核不虛美不隱惡故謂之實録而脩之編史也唐之公卿好道者甚多其與禪衲遊有機緣事跡者舉皆削之及其致仕也以六一居士而自稱何也以居士自稱則知有佛矣知有而排之則是好名而欺心耳豈謂端人正士乎今之人排佛以沽名者亦多矣如唐柳子厚移書韓退之不須力排二教而退之集無答子厚書者豈非韓公知其言之當而默從之故不復與之辯論也近世王逢原作補書鄙哉逢原但一孤寒庸生耳何區區闡提之甚也退之豈不能作一書而待後人補也其不知量也如此蓋漢唐以來帝王公侯奉佛者

不可勝計也豈害其爲賢聖哉余嘗謂歐陽脩曰道先王之言而作嚚訟匹夫之見今匿人之善偏求其短以攻剌之者嚚訟匹夫也公論天下後世之事者可如是乎甚哉歐陽脩之自蔽也而欲蔽於人又欲蔽天下後世幸其私臆之流言終必止於智者雖見笑於通方博古之士而未免誘惑於躁進狂生耳如斯人也使之侍君則佞其君絶佛種性斷佛慧命與人爲友則導其友戕賊眞性奔競虚名終身不過爲一聰明凡夫矣其如後世惡道何修乎修乎將謂世間更不別有至道妙理止乎如此緣飾些些小文章而已豈非莊生所謂河伯自多於水而不知復有海乎若也使其得志則使後世之人永不得聞曠劫難逢之教超然出世之法豈不哀哉岐人天之正路瞎人天之正眼昧因果之眞教澆定慧之淳風無甚於脩也余嘗觀歐陽脩之書尺諜諜以憂煎老病自悲雖居富貴之地戚戚然若無所容者觀其所由皆眞情也其不通理性之明驗歟由是念之大哉眞如圓頓之道豈僻隘淺識之境界哉六道輪回三途果報由自心造實無別緣謂彼三途六道自然而然者何自棄之甚也一失人身悔將何及三界萬法非有無因而妄招果苟不顧因果則是自欺其心自欺其心則無所不至矣近世伊川程顥謂佛家所謂出世者除是不在世界上行爲出世也士大夫不知淵源而論佛者類如此也殊不知色受想行識世間法也戒定慧解脱解脱知見出世間法也學佛先覺之人能成就通達出世間法者謂之

出世也稍類吾儒之及第者謂之登龍折桂也豈其真乘龍而握桂哉佛祖應世本爲群生亦循吾教聖人吉凶與民同患五百年必有王者興其間必有名世者豈以不在世界上行爲是乎超然自利而忘世者豈大乘聖人之意哉然雖如是傷今不及見古也可爲太息古之出世如青銅錢萬選萬中截瓊枝寸寸是玉析栴檀片片皆香今則魚目混珠薰蕕共囿羊質虎皮者多矣遂致玉石俱焚古人三二十年無頃刻間雜用身心念念相應如雞伏卵尋師訪友心心相契印印相證琢磨淘汰淨盡無疑晦跡韜光陸沉于衆道香果熟諸聖推出爲人天師一言半句耀古騰今萬里同風千車合轍今則習口耳之學裨販如來披師子皮作野干行説時似悟對境還迷所守如塵俗之匹夫略無媿恥公行賄賂密用請託劫掠常住交結權勢佛法凋喪大率緣此得不爲爾寒心乎余嘗愛本朝王文康公著大同論謂儒道釋之教泝淺至深循齊一變至於魯魯一變至於道誠確論也余輒是而詳之余謂群生失真迷性棄本逐末者病也三教之語以驅其惑者藥也儒者使之求爲君子者治皮膚之疾也道書使之日損損之又損者治血脈之疾也釋氏直指本根不存枝葉者治骨髓之疾也其無信根者膏肓之疾不可救者也儒者言性而佛者見性儒者勞心而佛者安心儒者貪著而佛者解脱儒者諠譁而佛者純靜儒者尚勢而佛者忘懷儒者爭權而佛者隨緣儒者有爲而佛者無爲儒者分別而佛者平等儒者

好惡而佛者圓融儒者望重而佛者念輕儒者求名而佛者求道儒者散亂而佛者觀照儒者治外而佛者治内儒者該博而佛者簡易儒者進求而佛者休歇不言儒者之無功也亦靜躁之不同矣老子曰常無欲以觀其妙猶是佛家金鎖之難也同安察云無心猶隔一重關況著意以觀妙乎老子曰不見可欲使心不亂佛則雖見可欲心亦不亂故曰利衰毀譽稱譏苦樂八法之風不動如來猶四風之吹須彌也老子曰弱其志佛則立大願力老以玄牝爲天地之根佛則曰若人欲識佛境界當淨其意如虛空外無一法而建立法尚應捨何況非法老以抱一專氣知止不殆不爲而成絶聖棄智此則正是圓覺作止任滅之四病也老曰去彼取此釋則圓同太虛無欠無餘良由取捨所以不如老曰吾有大患爲吾有身文殊師利則以身爲如來種肇法師解云凡夫沉淪諸趣爲煩惱所蔽進無寂滅之歡退有生死之畏故能發跡塵勞標心無上植根生死而敷正覺之華蓋幸得此身而當勇猛精進以成辦道果如高原陸地不生蓮華卑濕淤泥乃生此華是故煩惱泥中乃有衆生起佛法耳老曰視之不見名曰夷聽之不聞名曰希釋則曰離色求觀非正見離聲求聽是邪聞老曰豫兮若冬涉川猶兮若畏四鄰釋則曰隨流認得性無喜亦無憂老曰智慧出有大僞佛則曰無礙清淨慧皆從禪定生以大智慧而到彼岸老曰我獨昏昏我獨悶悶楞嚴則以明極爲如來三祖則曰洞然明白大智則曰靈光洞耀逈

脫根塵老曰道之爲物也唯怳唯惚窈兮冥兮其中有精釋則務見諦明了自肯自重老曰道法自然楞伽則曰前聖所知轉相傳授老曰物壯則老是謂非道佛則一念普觀無量劫無去無來亦無住以謂道無今古豈有壯老人之幻身亦老也豈謂少者是道老者非道乎老則堅欲去兵佛則以一切法皆是佛法老曰道之出言淡乎其無味佛則云信吾言者猶如食蜜中邊皆甜老曰上士聞道勤而行之中士聞道若存若亡下士聞道大笑之若據宗門中則勤而行之正是下士爲他以上士之士兩易其語老曰塞其穴閉其門釋則屬造作以爲者敗執者失又成落空老欲去智愚民復結繩而用之佛則以智波羅蜜變衆生業識爲方便智換名不換體也

不謂老子無道也亦淺奧之不同耳雖然三教之書各以其道善世礪俗猶鼎足之不可缺一也若依孔子行事爲名教君子依老子行事爲清虛善人不失人天可也若曰盡滅諸累純其清淨本然之道則吾不敢聞命矣余嘗諭之讀儒書者則若趨炎附竈而速富貴讀佛書者則若食苦燕澀而致神仙其初如此其効如彼富貴者未死已前溫飽而已較之神仙孰爲優劣哉儒者但知孔孟之道而排佛者舜犬之謂也舜家有犬堯過其門而吠之是犬也非謂舜之善而堯之不善也以其所常見者舜而未嘗見者堯也吳書云吳主孫權問尚書令闞澤曰孔丘老子得與佛比對否闞澤曰若將孔老二家比校佛法遠之遠矣所以然者孔老設教法天制用不

敢違天諸佛設教諸天奉行不敢違佛以此言之實非比對明矣吴主大悦或曰佛經不當誇示誦習之人必獲功德蓋不知諸佛如來以自得自證誠實之語推已之驗以及人也豈虚言哉諸經皆云以無量珍寶布施不及持經句偈之功者蓋以珍寶住相布施止是生人天中福報而已若能持念如説修行或於諸佛之道一言見諦則心通神會見謝疑亡了物我於一如徹古今於當念則道成正道覺齊佛覺矣孰盛於此哉儒豈不曰爲其事而無其功者髣未嘗覩也或曰始乎爲士終乎爲聖人語不云乎學也禄在其中矣易曰積善之家必有餘慶書曰作善降祥此亦必然之理也豈吾聖人妄以禄與慶祥誇示於人乎或曰誦經以獻鬼神者彼將安用

余曰子固未聞布施猶輕法施最重古人蓋有遠行臨别不求珍寶而乞一言以爲惠者如晏子一言之諷而齊侯省刑景公一言之善而熒惑退舍吾聖人之門弟子或問孝或問仁或問政或問友或問事君或問爲邦有得一言長善救失而終身爲君子者矣此止終身治世之語耳比之如來大慈法施誠諦之語感通八部龍天震動十方世界或向一言之下心地開明一念之間性天朗徹高超三界頓脱六塵清涼身心剪拂業累契眞達本入聖超凡得意生身自然無礙隨緣作主遇縁即宗先得菩提次行濟度世間之法復有過此者乎一切鬼神各欲解脱其趣其於如來稱性實談欣戴護持也宜矣又況佛爲無上法王金口所説聖教靈文一誦之則爲

法輪轉地夜叉唱空報四天王天王聞已如是展轉乃至梵天通幽通明龍神悅懌猶若綸言誕布詔令橫流寰宇之間孰不欽奉又況佛爲四生慈父如父命其子奚忍不從誦經之功其旨如此教中云若能七日七夜心不散亂者隨其所作定有感應若形留神往外寂中揺則尋行數墨而已何異春禽晝啼秋蟲夜鳴雖百萬徧果何益哉余謂耿恭拜井而出泉魯陽揮戈而駐日誠之所感只在須臾七日之期尚爲差遠十千之魚得聞佛號而爲十千天子五百之蝠因樂法音而爲五百聖賢蟒因修懺而生天龍聞說法而悟道古人豈欺我哉三藏教乘者權教也實際理地者唯此一事實也唯佛世尊是究竟法而一切法者爲衆生設也今不藉權教啓迪初機而遽欲臻實際理地者不亦見彈而思鴞炙乎此善惠大士所謂渡河須用筏到岸不須船也其不然乎佛法化度世間皎如青天白日而迷者不信是猶盲人不見日月也豈日月之咎哉但隨機演說方便多門未易究耳學者如人習射久久方中棗栢大士云存修却敗放逸全乖急亦不成緩亦不得但知不休必不虛棄又白樂天問寬禪師無修無證何異凡夫師曰凡夫無明二乘執著離此二病是曰眞修眞修者不得勤不得忘勤則近執著忘則落無明此爲心要耳此眞初學入道之法門也或謂佛教有施食眞言能變少爲多如七粒徧十方之語豈有是理余曰不然子豈不聞勾踐一器之醪而衆軍皆醉欒巴一噀之酒而蜀川爲雨心靈所至而

無感不通況託諸佛廣大願力廓其善心變少爲多何疑之有妙哉佛之知見廣大深遠具六神通唯其具宿命通則一念超入於多劫唯其具天眼通則一瞬徧周於沙界且如阿那律小果聲聞爾唯具天眼一通尚能觀大千世界如觀掌中況佛具眞天眼乎舍利弗亦小果聲聞爾於弟子中但稱智慧第一尚能觀人根器至八千大劫況佛具正徧知乎唯其知見廣大深遠則說法亦廣大深遠矣又豈凡夫思慮之所能及哉試以小喻大均是人也有大聰明者有極愚魯者大聰明者於上古興亡治亂之跡六經子史之論事皆能知至於海外之國雖不及到亦可觀書以知之極愚魯者誠不知也又安可以彼知者爲誕也一自佛法入此之後間有聖人出現流通輔翼試撫衆人耳目之所聞見者論之如觀音菩薩示現於唐文宗朝泗州大聖出現於唐高宗朝婺州義烏縣傅大士齊建武四年乙丑五月八日生時有天竺僧嵩頭陀來謂曰我昔與汝毗婆尸佛所同發誓願今兜率天宮衣鉢見在何日當還命大士臨水觀形見有圓光寶蓋大士曰度生爲急何思彼樂乎行道之時常見釋迦金粟定光三如來放光襲其體虢州閿鄉張萬回法雲公者生於唐貞觀六年五月五日有兄萬年久征遼左相去萬里母程氏思其信音公早晨告母而往至暮持書而還豐干禪師居常騎虎出入寒山拾得爲之執侍明州奉化布袋和尚坐亡於嶽林寺而復現於他州宋太始初誌公禪師乃金城朱氏之子數日不食無

飢容語多靈應晉石勒時佛圖澄掌中照映千里鎮州普化臨終之時摇鈴騰空而去五臺鄧隱峯遇官兵與吳元濟交戰飛錫乘空而過兩軍遂解嵩嶽帝受戒法於元珪禪師仰山小釋迦有羅漢來參并受三王戒法破竈墮之類皆能證果鬼神達磨大師一百五十餘歲滅於後魏孝明帝太和十九年葬於熊耳山後三歲魏宋雲奉使西域回遇于葱嶺攜一華履歸西而去後孝莊聞奏啓壙觀之果只一履存焉文殊師利佛滅度後四百年猶在人間天台南嶽羅漢所居應供人天屢顯聖跡汀州南安巖主靈異頗多潭州華林善覺禪師武寧新興嚴陽尊者俱以虎爲侍從道宣律師持律精嚴感毗沙門天王之子爲護戒神借得天上佛牙今在人間徽宗皇帝初登極時因取觀之舍利隔水晶匣落如雨點故太平盛典有御製頌云大士釋迦文虛空等一塵有求皆赴感無刹不分身玉瑩千輪皎金剛百煉新我今恭敬禮普願濟群倫皇帝知余好佛而嘗爲余親言其事如前所摭諸菩薩聖人皆學佛者也余所謂若使佛有纖毫妄心則安能攝伏於具神通聖人也釋有如彌天道安東林慧遠生肇融叡陳慧榮隋法顯梁法雲智文之徒皆日記數萬言講則天華墜席頑石點頭亦豈常人哉如李長者龐居士非聖人之徒歟孫思邈寫華嚴經又請僧誦法華經呂洞賓參禪設供彼神仙也豈肯妄爲無益之事乎況茲凡夫敢恣毀斥但佛之言表事表理有實有權或半或滿設漸設頓各有攸當茍非具大信根

未能無惑亦猶吾儒所謂子不語怪力亂神而春秋石言于晉神降于莘易曰見豕負塗載鬼一車此非神怪而何孟子不言利而曰善政得民財於宋受兼金此非利而何蓋聖人之言從權適變有反常而合道者又安可以前後異同之言議聖人也諸同志者幸於佛祖之言詳披諦信真積力久自當證之方驗不誣天下人非之而吾欲正之正如孟子所謂一薛居州獨如宋王何余豈有他哉但欲以公滅私使一切人以難得之身知有無上善提名識自家寶藏狂情自歇而勝淨明心不從人得也吾何畏彼哉晉惠帝時王浮僞作化胡經蓋不知佛生於周昭王二十四年滅於穆王五十二年歷恭懿孝夷厲宣幽平桓莊僖惠襄頃匡定一十六王滅後三百四十二年至定王三年方生老子過流沙時佛法遐被五天竺及諸隣國著聞天下已三百餘年矣何待老子化胡哉呂夏卿序八師經曰小人不知刑獄之畏而畏地獄之慘雖生得以欺於世死亦不免於地下矣今有人焉姦雄氣燄足以塗炭於人而反不敢爲者以有地獄報應不可逃也若使天下之人事無大小以有因果之故皆不敢自欺其心善護衆生之念若無侵凌爭奪之風則豈不刑措而爲極治之世乎謂佛無益於天下者吾不信矣諒哉人天路上以福爲先生死海中修道是急今有欲快樂人天而不植福欲出離生死而不明道是猶鳥無翼而欲飛木無根而欲茂奚可得哉古今受五福者非善報而何嬰六極者非惡報而何此皆過去所修

而於今受報寧不信哉或云天堂是妄造地獄非真說者何愚如此佛言六道而人天鬼畜灼然可知四者旣已明矣唯脩羅地獄二道但非凡夫肉眼可見耳豈虚也哉只如神怪之事何世無之亦涉史傳之載録豈無耳目之聞見雖愚者亦知其有矣人多信於此而疑於彼者是猶終日數十而不知二五也可謂賢乎曾有同僚謂余曰佛之戒人不食肉味不亦迂乎試與公詳論之雞之司晨猫之捕鼠牛之力田馬之代步犬之司禦不殺可也如猪羊鵝鴨水族之類本只供庖廚之物苟爲不殺則繁植爲害將安用哉余曰不然子未知佛理者也吾當爲子言其涯略章明較著善惡報應唯佛以真天眼宿命通故能知之今惡道不休三途長沸良有以也一切衆生遞相吞噉昔相負而冥相償豈不然乎且有大身衆生如鯨鼇師象巴蛇鯤鵬之類是也細身衆生如蚊蚋蟭螟螻蟻蚤虱之類是也品類巨細雖殊均其一性也人雖最靈亦只別爲一類耳儻不能積善明德識心見道瞀瞀然以嗜慾爲務成就種種惡業習氣於倐爾三二十年之間則與彼何異哉且迦樓羅王展翅闊三百三十六萬里阿脩羅王身長八萬四千由旬以彼觀之則此又不直毫末耳安可以謀畫之差大心識之最靈欺他類之耿小不靈而恣行殺戮哉只如世間牢獄唯治有罪之人其無事者自不與焉智者終不曰建立郡縣設官置局不可閑冷却須作一兩段事往彼相共鬧熱也今雖衆生無盡惡道茫茫若無冤對即自解脫復何

疑哉若有專切修行決欲疾得阿耨菩提者更食衆生血肉無有是處唯富貴之人宰制邦邑者又須通一線道昔陸亘大夫問南泉云弟子食肉則是不食則是南泉曰食是大夫禄不食是大夫福又宋文帝謂求那跋摩曰孤媿身徇國事雖欲齋戒不殺安可得如法也跋摩曰帝王與匹夫所修當異帝王者但正其出言發令使乎人神悅和人神悅和則風雨順時風雨順時則萬物遂其所生也以此持齋齋亦生矣以此不殺德亦大矣何必輟半日之餐全一禽之命爲之修乎帝撫几稱之曰俗迷遠理僧滯近教若公之言眞所謂天下之達道可以論天人之際矣由是論之帝王公侯有大恩德陶鑄天下者則可矣士庶之家春秋祭祀用之以時者尚可懺悔圓顱方服者承佛戒律受人信施而反例塵俗飲酒食肉非特取侮於人而速戾于天亦袈裟下失人身者是爲最苦忍不念哉吾儒則不斷殺生不戒酒肉於盗則但言慢藏誨盗而已於婬則但言未見好德如好色而已安能使人不犯哉佛爲之教則彰善癉惡深切著明顯果報說地獄極峻至嚴而諭誘强暴者尚不悛心況無以警之乎然五戒但律身之麤跡修行之初步若昇高必自下若陟遐必自邇求道證聖之人亦未始不由此而入也至於亡思慮泯善惡融眞妄一聖凡單傳密印之道又非可以紙墨形容而口舌辯也文章蓋世止是虚名勢望驚天但增業習若比以定慧之法治本有之神明爲過量人超出三界則孰多於此哉士農工商各分

其業貧富壽夭自出前定佛法雖亡於我何益佛法雖存於我何損功名財禄本繫乎命非由謗佛而得榮貴利達亦在乎時非由斥佛而致一時之間操不善心妄爲口禍非唯無益當如後患何智者慎之狂者縱之六道報應勝劣所以分也余非佞也願偕諸有志者背塵合覺同底于道不亦盡善盡美乎或有闡提之性根於心者必不取于是説余無恤焉

護法論終

護法論後序

樹教聖人其設教雖殊然於化人遷善去惡則其一也故曰爲教不同同歸於善若夫超出世間明了生死惟佛氏之學無盡居士得兜率悅心不傳之旨以大辯才縱横演說猶慮去佛既遠邪見者多不知向上之宗妄有謗訕之語此護法之論所由作也閩建寧高仰山古梅禪師弟子慧欽遊方時得此論乃與住持智了及諸上士謀之命工繡梓以廣其傳可謂善用其心矣斯論一出人得而覽之殆若貧而得寶暗而得燈眞所謂護如來正法之金湯斬邪見稠林之利劍也後世之士茍未達無盡之閫奥臻無盡之造詣妄以斥佛爲高以要譽時流聾瞽學者寧不自愧於其心哉然爲其徒者不能致力於佛祖之道亦獨無愧乎哉吾甞宴坐寂然心境混融紛然而作不淪於有泯然而消不淪於無語大則天下莫能載語小則天下莫能破雖有智者其猶有所未盡也然後乃知凡可以言譽可以言毀者特其道之麤耳至若實際理地清淨妙明凝然湛然了無一法則又果何所毀果何所護哉慧欽乃欣然請書以爲後序云了字徹堂飽叅來歸據席說法欽字肅菴清心苦行不私於己皆足以恢弘古梅之道并識之至正五年二月既望前奎章閣侍書學士翰林侍講學士通奉大夫知制誥兼修國史虞集徵笑亭書

太原府壽陽方山李長者造論所昭化院記

元祐戊申七月商英遊五臺山中夜於祕魔巖金色光中見文殊師利菩薩慨悟時節嚮窮學佛退而閱華嚴經義疏汗漫罔知統類九月出案壽陽聞縣東三十五里有方山昭化院乃長者造論之所齋戒往謁焉至則於破屋之下散秩之間得華嚴修行決疑論四卷疾讀數紙疑情頓釋因詰主僧曰聖賢遊止之地奚其破落如此耶僧曰長者坐亡於此山久矣神之所遊緣之所赴年穀常熟而物不疵癘此方之人乃相與腥羶乎方山之鬼莫吾長者之敬院以此貧吾惟古之使者毀淫祀或多至數千所即移縣廢鬼祠置長者像爲民祈福十月七日治地基八日白圓光現於山南於是父老扣頭悲淚曰不知長者之福吾土也請弁院新之施心雲起不唱而和主僧怦圓來告太師曾公子宣聞其事謂商英曰子盍發明長者之意而記之使學華嚴者益生大信而知所宗則長者放光以累子也不虛矣商英曰蒙塞何足以知長者雖然嘗試以管窺之夫華嚴之爲教也其佛與一乘菩薩之事乎始終一念也今昔一時也因果一佛也凡聖一性也十方一刹也三界一體也正像末一法也初中後一際也當處現前不涉情解以十信爲入佛之始以十地爲成佛之終十住十行十回向十地十一地謂之五位六位具十者以十波羅蜜爲之主也凡五位之因果各五十加本位之五因五果爲一百有十所以成華嚴世界之佛刹善財童子之法門華嚴世界一百一十而加

一何也一者佛之位萬法之因也五位者所標之法也善財者問法而行之之人也五十三勝友者五十則五位也三則文殊普賢彌勒也此經也以毗盧遮那爲根本智體文殊爲妙慧普賢爲萬行方其起信而入五位也則慧爲體行爲用及其行圓而入法界也則行爲體慧爲用體用互參理事相徹則無依無修而佛果成矣故歸之於後佛彌勒十信以色爲國者未離乎色塵也十住以華爲國者理事開敷也十行以慧爲國者定慧圓明也十回向以妙爲國者妙用自在也種種名號者智體之異名也觀其名則知所修之行矣種種莊嚴者性行之依果也觀其果則知所行之因矣大悲廣濟謂之海除熱清涼謂之月普雨法雨謂之因包含萬象謂之藏嚴其上首謂之寶髻因果同時處世不染謂之蓮華摧邪見正而不動謂之幢悲智中道謂之齋性願普熏謂之香無爲而成者天也無方而應者神也無外而大者王也飛潛而雨者龍也處生死海而不没者修羅也摶根熟衆生而至佛岸者迦樓羅也凡乎聖乎疑而不可知者緊那羅也肖行匍匐謙恭利物者摩睺羅伽也守護伺察者夜叉也同乎惡趣而滅其貪苦者鳩槃荼也法音娱樂者乾闥婆也金爲堅爲剛爲黄爲白輪爲圓爲滿玻瓈爲瑩徹瑠璃爲明淨無垢謂之摩尼漉沉拯溺謂之網高顯挺特謂之莖榦開敷覆蔭謂之華葉含育利生謂之宫殿觀照之根謂之樓閣無畏謂之師子超塵謂之臺榭出俗謂之比丘人鄽謂之居士長者同乎外道謂

之仙人婆羅門慈而無染謂之女以悲生智謂之毋此華嚴事相表法之大旨也至於一字含萬法而普徧一切其汪洋浩博非長者孰能判其教抉其微乎長者名通玄或曰唐宗子又曰滄州人莫得而詳殆文殊普賢之幻有也以開元七年隱於方山土龕造論十八年三月二十八日卒壘石葬于山北至清泰中村民發石得連珠金骨扣之如簧以天福三年再造石塔葬于山之東七里今在盂縣境上説者以伏虎負經神龍化泉晝則天女給侍夜則齒光代燭示寂之日飛走悲鳴白氣貫天此皆聖賢之餘事感應之常理傳所謂修毋致子近之矣今皆略而不書焉年月日商英記

無盡居士護法之心可謂至矣於三教中皆有勸戒然苦口者是良藥逆耳者是忠言其指實歐陽脩之過者余知無他亦罰一戒百之謂也覽者宜悉焉南州徐俯師川跋

音釋

菌渠殞切地蕈也　紿徒愷切誑詐也　慊苦簟切不滿也　輶以周切輕也　揣楚委切度量也　姦宄宄居洧切姦宄在內曰姦在外曰宄　廝息茲切析薪卒也　畬弋朱切二歲治田曰畬　钁居縛切大鋤也　粘女廉切著也　躐力涉切踰踏也　睥睨睥匹米切睨五啓切睥睨邪視也　晷居洧切日景也　虺許偉切毒蟲也　弭綿婢切止也　餔餟餔博孤切食也餟姝悅切飲也　嚚語巾切口不道忠信之言曰嚚　鴞于嬌切鴟屬　噀蘇困切噴也　摭之石切拾也　婺亡故切郡名　礪力制切磨礪也　閿音文閿鄉地名　譣詖譣虛檢切詖彼寄切譣詖佞邪也　漉盧谷切撈也　抉一決切擿也　窒陟栗切塞也

佛遺教經論疏節要

姚秦三藏法師鳩摩羅什譯
宋晉水沙門淨源節要
明雲棲沙門祩宏補註

清刻龍藏佛說法變相圖

佛遺教經施行敕

唐太宗文皇帝御製

法者如來滅後以末代澆浮付囑國王大臣護持佛法然僧尼出家戒行須備若縱情淫佚觸塗煩惱關涉人間動違經律既失如來玄妙之旨又虧國王受付之義遺敎經者是佛臨涅槃所說誡勸弟子甚爲詳要末俗緇素竝不崇奉大道將隱微言且絶永懷聖敎用思弘闡宜令所司差書手十人多寫經本務在施行所須紙筆墨等有司准給其官宦五品以上及諸州刺史各付一卷若見僧尼行業與經文不同宜公私勸勉必使遵行

右出文館詞林第六百九十三卷

佛遺教經論疏節要

姚秦三藏法師鳩摩羅什譯

宋晉水沙門淨源節要

明雲棲沙門袾宏補註

釋此經分二初總叙經義二別解經文

○初總叙經義

夫化制互陳戒定齊舉莫大乎遺教經焉推微解釋開誘行業莫深於馬鳴論矣然則論主發揮遺教亦猶龍樹啓明大品歟彼則融有而即空此乃扶律以詮定是故中夜三唱圓戒珠以嚴身上士七科滋法乳而延命既而寡尤寡悔二乘由是而功成即事即心三賢於斯而果滿非夫至聖最後垂範者則安能至於茲乎在昔羅什法師既飜於經而真諦三藏續譯於論故得有唐太宗降手敕命永懷聖教用思弘闡而詞林載之昭昭然若懸日月於太清令萬物之咸覩也至若昔賢通經雖具章門而綿歷歲時罕有傳者近世孤山尊者仰經述疏多遵台教遂使輿宗思而不學抑又真悟律師以論注經雖不忘本而皆存梵語闕譯華言淨源久慨斯文流芳未備於是飜經論之格訓集諸家之奥辭庶乎後裔皆受其賜耳

補註 序前應云

釋此經分二初總序經義二別釋經文方與次科相應舊本無今爲補之言節要者此經有論有疏源師蓋撮畧論疏而成此註也

○二別釋經文三 初釋名題二出譯人三解文義

○初釋名題

佛遺教經 經有通別二名佛遺教別名也經即通名耳梵語具云佛陀此飜覺者謂覺了性相之者然具三義一自覺覺知自心本無生滅二覺他覺一切法無不是如三覺滿二覺理圓稱之爲滿若準起信亦彰三義一始覺即能證智二本覺即所證理三究竟覺即智與理冥始本不二也文佛地論第一說佛有其十義恐繁不引遺教者謂遺留教誡彼羣機也教者傚也使衆生傚之耳經者梵語修多羅古譯爲契經正飜爲線此方不貴線稱故存於經佛地論云能貫能攝故名爲經以佛遺教貫穿所應說義攝持所化衆生故

亦名佛垂涅槃畧說教誡經 然上正題人法齊舉以標其號今茲別名亦爾但廣畧有異梵音涅槃秦言滅度義飜圓寂考諸唯識有其四種一本來自性清淨涅槃二有餘涅槃三無餘涅槃四無住涅槃若乃一往分文摘字申義亦

具二種謂佛說教識道洽德施即有餘也而垂涅槃身灰智滅即無餘也補註垂臨也垂涅槃猶言臨終也世人臨終語必切要故云遺囑況四生慈父垂滅之遺教乎子孫背先人之遺囑衆生背先佛之遺教均名大逆也可弗慎諸

○二出譯人

姚秦三藏法師鳩摩羅什譯姚秦即後秦姓姚名興具云鳩摩羅什婆此云童壽以童子之年有耆者之智耳其飜宜經論宏功茂德傳文敘之詳矣譯者周禮秋官司寇云北方掌語之官曰譯補註釋名題下應有出譯人科舊無今補

○三解文義七初序分至七離種云云無我分依吾祖馬鳴論文大科有七初序分二修習世間功德分三成就出世間大人功德分四顯示畢竟甚深功德分五顯示入證決定分六分別未入上上證爲斷疑分七離種種自性清淨無我分然諸經文多明三分初序分二正宗三流通而序分有證信發起之殊今經但有發起正宗而無證信流通例如般若心經義歸一揆抑又今所述注飜梵從華發辭申義則多録孤山疏文若夫譯摩訶衍此云大乘則遵起信論旨其或辯注懸科引文託證則畧爲改易至于判敎被機復引祖訓爲其正教量耳

○初序分六初法師成就畢竟功德二開法門成就畢竟功德三弟子成就畢竟功德四大總相成就畢竟功德五因果自相成就畢竟功德六分別總相成就畢竟功德

○初法師成就畢竟功德

釋迦牟尼佛釋迦此飜能仁姓也牟尼此飜寂默字也故馬鳴論云能仁以家姓尊貴即別相也寂默以自體清淨即總相也若總若別唯佛最之即十號之一

也然則能仁約事爲別寂默約理爲總佛該總別而理事融通其唯大覺乎是則以大覺爲大法師矣【補註】問諸經結集俱云如是我聞爲斷三疑此何不爾答首稱釋迦牟尼佛佛不自稱則非佛重起一疑斷言釋迦則非他方佛來二疑斷言釋迦則非阿難成佛三疑斷蓋變格而合常者也

○二開法門成就畢竟功德

初轉法輪度阿若憍陳如

佛初成道於鹿野苑三轉四諦法輪法即軌持輪者如帝王輪從喻得名若約法說圓摧障惱名轉法輪俱舍論亦名梵輪如來大梵之所轉故大疏云流演圓通名之爲輪自我之彼故名爲轉陳如飜火器姓也阿若飜無知名也然四十二章經爲憍陳如等五人一陳如二頞鞞三跋提四十力迦葉五摩訶拘利今但標上首以攝餘四然此法門成就則初轉法輪最後說法後弟子成就則憍如跋陀而聖智之巧隔句配義矣

○三弟子成就畢竟功德

最後說法度須跋陀羅

本論約白淨法二種釋之此句則涅槃白淨法上句初轉法輪則道場白淨法須跋陀羅此云好賢或云善賢外道名也住鳩尸那城年一百二十聞佛涅槃方往佛所開八聖道心意開明遂得初果乃從佛出家又爲廣說四諦即成羅漢

○四大總相成就畢竟功德

所應度者皆已度訖

謂中間所度其人無量故科爲大總相也【補註】中間所度無量則被機不一故始陳如終跋陀似專爲小乘而實兼乎大乘也

○五因果自相成就畢竟功德

於娑羅雙樹間將入涅槃是時中夜寂然無聲

因諸雙樹然後示滅故論云因自相也娑羅此飜堅固言雙樹者上枝相合下根相連一榮一枯相合似連理榮枯似交讓其華如芡巢果大如瓶其甘如蜜準涅槃經則四方各雙即表四德以破八倒若依三卷經文似唯一一雙以破斷常此亦大小二機所見各別將入涅槃者將入是因涅槃是果故論云因共果自相也上明雙樹若表四德即無住涅槃今文即捨有餘入無餘也言中夜者成就二種中道故論云總自相也一者正覺中道二者離正覺中道故知中夜入滅表離斷常二邊矣寂然無聲者既離正覺中道故論云果自相也寂然者自性離念也無聲者自性無說也即自性清淨涅槃心言閑及亦是一者本論自性無說離念涅槃果耳【補註】雖斷常二者亦不住離斷常不住離斷常即是離中道此佛果自相也

○六分別總相成就畢竟功德

爲諸弟子畧說法要上首眷屬人位差別諸者不一也學居師後故言弟解從師生故稱子畧說法要者世出世間法位差別下文第二分即世間法從三至七皆出世法序分竟補註略說法要者垂滅無復再會中夜爲時不多是以略而言之唯取具要聞者宜盡心焉

○二修習世間功德分三初對治邪業功德二對治修習止苦功德三對治修習滅煩惱功德此即三障也苦是報障餘二如文修此對治止離四趣未出三界故總明世間功德也

○初對治邪業功德四初依根本清淨戒二方便遠離清淨戒三結示二戒能生定慧四別伸五勸修戒利益

○初依根本清淨戒

汝等比丘於我滅後當尊重珍敬波羅提木叉如闇遇明貧人得寶當知此則是汝等大師若我住世無異此也比丘梵語此含三義一怖魔二乞士三破惡論云此修多羅中每說比丘者示現遠離相故復示摩訶衍方便道與一乘共故又於四衆亦同遠離行故準起信論摩訶衍此飜大乘大即體相用三大乘即諸佛菩薩所乘法故下經示堪忍道即菩薩所乘若謂今經約始終小機所見得析空寂默屬藏教者恐失馬鳴深旨矣於我滅後者示現遺教義故尊敬木叉者即不盡滅法也以不盡法清淨法身常爲世間作究竟度故令尊重珍敬梵語波羅提木叉此飜別別解脫亦云處處解脫謂身口七非五篇等過不令有犯故得前名戒體既全克取聖果故彰後號論云此木叉亦是毘尼相順法故復是諸行調伏義故次示解脫得度二種障闇遇明者度有煩惱闇障如盲得眼貧人得寶者度空無善根障如滿足財寶是汝大師者示現波羅提木叉是修行大師住世無異示住持利益人法相似故以佛處世常以篇聚訓人此法既存則如佛在此則清淨法身不滅也補註不盡滅法者佛滅則法滅以有戒存則法不盡滅有此不盡滅之戒法是如來法身常度衆生也

○二方便遠離清淨戒二初不同凡夫增過護二不同外道損智護

論云護根本淨戒此護初文依根本義有其二種一者不同凡夫增過護二者不同外道損智護遠戒雖多今約喜犯者曲加識勉能止此惡則名清淨

○初不同凡夫增過護

持淨戒者不得販賣貿易安置田宅畜養人民奴婢畜生一切種植及諸財寶皆當遠離如避火坑不得斬伐草木墾土掘地不得兩字貫於

下文販者一方便求利過賣者二現前求利過貿易者三交易求利過論云若依世價無求利心不犯貿易謂交博也如以衣易衣以衣易鉢等薩婆多論以四義制之安置田宅者四所安業處求多安隱過善見云居士施田地別人不得用若供養僧者得受若以池施僧供給澣濯及一切衆生聽飲用者隨意得受畜養人民者五眷屬增過此是外眷屬非同意者何故不但言人而復詳民者以其同在人中於善法不了畜之生濁故增一云長者將施佛不受若受者漸生重罪僧祇云若施園民婦人不應受若言施供給僧男淨人得受尼僧反之奴婢者六難生卑下心過日藏分云於我法中假令如法始從一人乃至四人不聽受田宅園林車馬奴婢等常住物若滿五人乃得受之大集亦同畜生者七養生求利過四分律云比丘畜貓狗乃至衆鳥並不得畜南山云今有施佛法家畜生而知事有賣者並不合聖教一切種植者八多事增過僧祇云爲僧營理者別得人不開自種教他一切不合及諸財寶者九積聚增過若元作自畜之意不合若擬淨施與他依律文開僧祇云若病人得者令淨人畜爲貿藥故又云求利夫人施僧布薩錢佛言聽受準義付他善見云若施器仗僧應打壞不得賣施藥器者不得提得賣皆當遠離者文雖在前義則居後故論主云此十種增過事修行菩薩宜遠遠離不應親近避大火聚相似法故不得斬伐墾掘者十不順威儀及損衆生過外人妄計草木有命如來順世息謗不得斬伐草木以示慈心即毗尼中壞生種戒墾土掘地即掘地戒四分律云若野火來近寺爲護住處故比丘得剗草掘土以斷火故薩婆多論不掘地壞生凡有三益是名大護有本云不得參預世事爲十一過者文既在後今所不依

補註　草木有命者外人以有知爲命如來以有生爲命也草木有生而無知有生者不宜殺以此順世非順其有知也

○二不同外道損智護二　初行法根本二

行處根本

謂世間分別見故此分別見有五句十種

○初行法根本

合和湯藥占相吉凶仰觀星宿推步盈虛曆數算計皆所不應

合和湯藥者以邪心求利故若學五明以濟於物如華嚴中學醫方明謂善方藥療治衆病即五地菩薩耳占相吉凶者周易云吉凶與民同患若依華嚴學工巧明謂占相工業由前世善惡爲因感此吉凶之報仰觀星宿者同不淨活命觀視星宿也宿音秀謂五星二十八宿等推步盈虛者步亦推也周易云天地盈虛與時消息曆數算計者曆數列次也尚書洪範云五曰曆數孔穎達正義謂算日月行道所曆計氣朔早晚之數所以爲一歲之曆皆所不應者總結遮止論云遮異見也夫沙門者志求解脫當制心一處豈得攻乎異端損減正智且秦緩不救膏肓裨竈安知天道世間方術信虛誑矣假如法門之慈濟一行之闡揚則釋子之五明有裨正化世有內昧道要影附高蹤惟利是求不思聖制往不可諫來者可追昔人以此行法根本註爲懸科者無乃失之於近乎有謂其行法根本即是前文依根本清淨戒者此又失之於遠矣且馬鳴謂此修多羅中建立菩薩所修行法有七分所修行法既通一經故準近文科此五句如謂未然吾從論也

補註　藥以濟病而云不應者以邪心求利故邪心有二一不知天命妄冀延年二殺生克藥利人害物皆名邪心以之求利爲罪彌大未登五地且究一心無暇爲此

○二行處根本三　初身處木叉二口處木叉三意處木叉

○初身處木叉

節身時食清淨自活不得參預世事通致使命

節身者儉絕他求勤捨放逸時食者離非時食於食知止足也清淨自活者不相追求遠離四邪故不預世事者自性止多事故不通使命者自性不作輕賤事故夫出家者無爲無欲孤高自守若爲使命則降志辱身廢亂正業易曰不事王侯高尚其事況乎形服超世而甘爲賤役良用慨然律開爲父母等馳書往返一切不犯

○二口處木叉

呪術僊藥結好貴人親厚媟慢皆不應作

呪術僊藥者依邪法語有二一呪術依邪術惱亂衆生語二僊藥依邪藥作世辯不正語結好貴人者依邪人語有二一與族姓同好多作鄙媟語二親近族姓多作我慢語貴人謂族姓權豪也媟狎也郭璞云相親狎也

補註　僊藥貴人似濫身處不專屬口但經文太散姑束成三業亦得

○三意處木叉

當自端心正念求度不得包藏瑕疵顯異惑衆於四供養知量知足趣得供事不應畜積

當自端心者無見他過也見他過則不能自淨其心正念求度者勿得邪思也起邪思則無由起度下地包藏瑕疵者起瞋毒故有過不甘發露顯異惑衆者起癡毒故現已勝行令他不正解不應畜積者起貪毒故於供不知止足瑕過也疵病也顯異惑衆不出五邪王制曰疑衆者殺毘尼云得聖者夷四供養者謂飲食衣服臥具湯藥趣得供事者知節量知止足不求豐厚故無畜積五百問論昔有比丘多乞積聚既不爲福又弗行道命終作肉駱駝山廣數十里適值凶年國人日取食之隨割隨生餓而鄰國取之即大喚問其故答曰吾本道人也爲貪則不施負此國人物多矣故以肉償之我不負卿也或曰性重之戒都無教誨者何耶答曰向佛總勸當尊重木叉則包乎五篇輕重性遮無所遺也若惟曷重則將犯輕今輕尚囑重可知矣大爲之坊民猶踰之豈得惟約性重乎 補註 上三業中自古高僧有置庄田者有畜夫力者有鋤地者有牧牛者有聽鈴聲者有爲七帝門師者有示現種種神通者盖大士所作超出尋常非律所拘不可以此議彼但末世比丘初心菩薩唯宜遵佛

遺教

○三結示二戒能生定慧 三 初別結方便遠離戒二通示二戒爲解脫因三正明二戒能生定慧

○初別結方便遠離戒

此則略說持戒之相 略說戒相者前遠離戒據佛滅後人喜犯者略示其相故不廣說也

○二通示二戒爲解脫因

戒是正順解脫之本故名波羅提木叉 戒是正順者正以揀邪順不違理則是逆生死流順涅槃流也解脫之本者有餘無餘二種解脫以戒爲基故云之本波羅提木叉者牒名證義以木叉飜解脫故此顯戒名木叉從果立稱也 補註 一師云持者正順解犯者正順煩惱亦通終以前說爲正

○三正明二戒能生定慧

因依此戒得生諸禪定及滅苦智慧 依戒得生定慧

者四禪八定由戒而生也戒出三塗定出六欲慧出三界故滅苦果也補註首楞嚴云因戒生定因定發慧正此意也然彼但說戒能生定慧自從定而生今則戒能生定戒能生慧與彼稍別蓋贊戒之至也

○四別伸五勸修戒利益

是故比丘當持淨戒勿令毀缺若人能持淨戒是則能有善法若無淨戒諸善功德皆不得生是以當知戒為第一安隱功德住處當持淨戒者一勸不失自體勿令毀缺者二勸不捨方便能有善法者三勸遠離諸過身語意業常集功德諸善不生者四勸知多過惡者於三業中一切時不生功德安隱住處者五顯示菩薩所修戒中有如是得失者我當住安隱處不住不安隱處此正示現勸修利益勝義也補註雖名五勸大意通結上文能有善法者即戒能生定生慧也詳言之則六度萬行皆由此生故安隱之處雖多戒為第一無能過者

○二對治修習止苦功德三初根欲放逸苦對治二多食苦對治三懈怠睡眠苦對治

○初根欲放逸苦對治二初根放逸二欲放逸

○初根放逸三初戒護二念護三智護此三生起者雖住淨戒若不攝念戒不堅固攝念治障由智裁擇

○初戒護

汝等比丘已能住戒亦是躡前起後補註躡前者躡其所已能起後者起其所未能也

○二念護三初牧牛喻二惡馬喻三劫賊喻

○初牧牛喻二初法二喻

○初法

當制五根勿令放逸入於五欲五根者各能生識故並名根而不言意者論云示現色非色別故勿放入五欲者應知色如熱金聲如毒鼓香如惡風味如沸蜜觸如臥蛇皆不可著著則傷害故勿令放逸也補註非色能宰色故下文云此五根者意為其主

○二喻

譬如牧牛之人執杖視之不令縱逸犯人苗稼牛喻五根人喻比丘執杖喻攝念苗稼喻三昧方便及正受功德五欲不起正念成就如不犯苗稼【補註】石壁南泉領斯旨矣又三昧正受古譯華梵成文今曰三昧方便及正受功德則二須有別

○二惡馬喻二　初法二喻

○初法

若縱五根非唯五欲將無涯畔不可制也若不攝守五根非獨起欲妨道將沉苦海而無涯畔既失戒念對治甚難不可制也故須防萌杜漸勿令動心

○二喻

亦如惡馬不以轡制將當牽人墜於坑埳惡馬喻五根不以轡制喻無正念墜坑埳喻沉惡道【補註】牛馬二喻似同而別犯苗稼喻敗壞善根爲因墜坑埳喻沉淪惡道爲果

○三刼賊喻二　初喻二法

○初喻

如被刼賊苦止一世澄照戒疏云公自而取曰刼

○二法

五根賊禍殃及累世爲害甚重不可不慎招殃累世苦又過之勸慎五根誡勿起欲【補註】謗賢聖者六萬世而舌根尚缺耽音樂者證羅漢而習氣猶存殃之及也寧有既乎

○三智護

是故智者制而不隨持之如賊不令縱逸假令縱之皆亦不久見其磨滅有智之人故名智者夫有智則能裁斷是非分別利害既知利而非害故制而不隨既知根欲是害而非利故持之如賊論云此是重障故不令縱下示輕障假令縱之者謂細相習障縱有根欲不作意起也不久者勢無自立故見其磨滅者云何立見示現依見時說故譬之無常必歸磨滅【補註】此承上文五根既如牛如馬如賊是故智人制此五根而不隨順假令縱之者意謂五根決不可縱就使縱之亦不過薤露風燈剎那之間總歸磨滅耳何足樂乎此解與前少別或可備一說云

○二欲放逸四 初標由心二勸勤遮三示障法四修三昧

○初標由心

此五根者心爲其主五根起欲皆是自心若本無心五塵寧染則知心王而爲主也【補註】心爲主有四迦葉佛云欲生於汝意則以六識心爲主又云意以思想生則以七識心爲主妄想是阿賴耶見分則以八識心爲主含藏無性即白淨眞如則總之以圓覺妙心而爲主也

○二勸勤遮

是故汝等當好制心既知五欲悉由心故故勤防制瑞應經云得一心則萬邪滅矣【補註】制有二事制則謹守根門不令奔境理制則根境未寂念自不生

○三示障法三 初心性差別障二輕動不調障三失諸功德障

○初心性差別障

心之可畏甚於毒虵惡獸怨賊大火越逸未足喻也可畏者招感生死無解脫期既皆由心安得不畏毒虵喻嗔心對違境惡獸喻癡心對中庸境怨賊喻貪心對順境三毒爲害過彼虵等故云甚於大火徧燒以喻等分等分越逸亦過大火故未足喻矣【補註】虵獸賊等總喻可畏今分配三毒者虵主恚怒獸主愚闇賊主擄掠據多分也火之所至玉石俱焚無所揀別故以徧燒喻等分也

○二輕動不調障

譬如有人手執蜜器動轉輕躁但觀於蜜不見深坑譬如狂象無鉤猨猴得樹騰躍踔躑難可禁制當急挫之無令放逸動轉輕躁者識徧諸根動無暫停喻心有癡不見未來百喻經云昔有貪夫於野求蜜既得一樹舉足前進欲取蜂蜜不覺草覆深井因失足而亡狂象者喻心起三毒也涅槃經以醉象狂逸如貪恚愚癡醉故多造惡業猨猴者喻根起五欲也有說譬如一猴現於五窻心猴亦爾徧彼五根騰躍釋上狂象踔躑釋上猨猴踔丑教切切韻曰猨跳也當急挫之者示其抑入無動處故無令放逸者令其攝入調伏聚故【補註】曀陰而風也陰喻昏沉風喻妄想清明之空爲陰風所蔽喻寂照之心爲昏妄所障也是以俱趣目

前之欲不思身後之虞也

○三失諸功德障

縱此心者喪人善事由不制伏則世出世善惡皆喪滅

○四修三昧

制之一處無事不辦是故比丘當勤精進折伏汝心制之一處者無二念三昧飜斷心性差別障一處謂心也是故制之於心則四分差別自然休息也無事不辦者起多功德三昧飜斷失諸功德障文小不次若依論在後今順經文居中折伏汝心者調柔不動三昧飜斷躁動不調障既知制心之益是故精進折伏不令動轉輕躁也【補註】無事不辦所該者廣當如萬法由心其心一故百千三昧辯才神通光明無不具足

○二多食苦對治三　初示平等　二戒多求　三勸籌量

○初示平等

汝等比丘受諸飲食當如服藥於好於惡勿生增減取得支身以除饑渴藥取療病不分善惡以飲食爲藥除饑渴之病亦然不應於好食增心貪者於惡食減心厭棄意在除饑渴不取珍美也【補註】支持也足持其身即已不貪味也所謂爲療形枯聊接氣也

○二戒多求二　初喻　二合

○初喻

如蜂採華但取其味不損色香蜂喻諸比丘華喻受供養取味喻除饑渴之惱不損色香喻不壞善心【補註】此解是言比丘不壞已之善心

○二合

比丘亦爾受人供養趣自除惱無得多求壞其善心多求長貪故壞其善也【補註】文云無得多求壞其善心是壞彼施者之善心也以求索無厭施者生退倦故如佛世比丘過聚落而掩門是也以上下文貫之尤明

○三勸籌量

譬如智者籌量牛力所堪多少不令過分以竭其力牛能負重若所負過分則竭其力比丘受施多求美食則敗其道

○三懈怠睡眠苦對治 二 初合釋前二睡眠二離辯後一睡眠

論云懈怠者心懶惰故睡眠者心悶重故此二相順共成一苦然起睡眠乃有三種一從食起二從時節起三從心起前二是阿羅漢眠以彼不從心生故無所蓋故

○初合釋前二睡眠

汝等比丘晝則勤心修習善法無令失時初夜後夜亦勿有廢中夜誦經以自消息無以睡眠因緣令一生空過無所得也 晝勤心者對治從食起睡眠夜不廢者對治從時起睡眠無空過者總結上二皆以精進勤策爲能治也智度論云眠如大闇無所見日日欺誑奪人明是故宰予晝寢仲尼貽朽木之責耶律假寐能仁興肆給之譏眠之慶學妨道其過大矣 補註 夜獨舉初中後者嚮晦入息人情之常故晝日猶能修習昏夜謂應睡眠特爲重警之也

○二離辯後一睡眠 二 初觀察對治二淨戒對治

論云自餘修多羅不現第三從心起睡眠有二種對治一觀察對治二淨戒對治或曰前二睡眠唯一精進以爲能治今茲一種能治具二何耶答夫障有輕重則治有一多前二睡眠從食從時則所治障輕故以精進通而治之令從心起者所治障重故以觀察淨戒約法引喻一一別治耳

○初觀察對治

當念無常之火燒諸世間早求自度勿睡眠也諸煩惱賊常伺殺人甚於怨家安可睡眠不自警寤 無常有二一麤二細一期生滅爲麤念念生滅爲細論云觀諸生滅壞五陰故世間亦二謂三界是器世間六道是有情世間而此依正悉是速朽如爲火燒又仁王經云劫火洞然大千俱壞馬鳴頌無常經云未曾有一事不被無常吞早求自度者示求禪定智慧度所度故諸煩惱賊者三毒煩惱殺人法身慧命論云觀陰入界等常害故是中可畏求自正覺故 補註 壞五陰者一期一念皆有五陰

○二淨戒對治 二 初正月對治二示對治法

○初正明對治 二 初明有對治二明無對

治

○初明有對治 二 初示煩惱可畏二勸淨戒斷除

○初示煩惱可畏

煩惱毒虵睡在汝心譬如黑蚖在汝室睡 煩惱毒害已自名虵更舉黑蚖喻之可畏惑在心睡起必害慧蚖在室睡起必害人

○二勸淨戒斷除

當以持戒之鉤早併除之睡虵既出乃可安眠 持戒去惑如鉤出虵此言定共戒也論云禪定相應心戒故四分律云何為學為調三毒故虵出安眠者上句明斷惑下句明已辨總而示之以戒外防以定內靜故能發慧斷惑也若乃外衛持相內無定慧我慢自高戒取斯起更引黑蚖以歸心室不知其可也智者思之誡之矣

補註 發慧斷惑是道共戒具斯二戒定慧雙修

○二明無對治

不出而眠是無慚人 不能對治煩惱而懈怠安眠此則不恥愚迷名無慚人也

○二示對治法 二 初正明勝法二勸修勝法

○初正明勝法

慚恥之服於諸莊嚴最為第一慚如鐵鉤能制人非法 慚恥二字依經論合釋涅槃云慚者內自羞恥瑜伽云內生羞恥為慚當知既懷慚恥則策勤三業不敢卑居而能三學是修速階賢聖故比文戒定莊嚴為第一也而能制禁非法如鉤制象

補註 戒定三學皆以莊嚴法身唯有慚恥方能習學故云第一

○二勸修勝法 二 初正示勸修二有無得失

○初正示勸修 二 初勸其常修二遠離致損

○初勸其常修

是故比丘常當慚恥無得暫替 是勝莊嚴故勸常修

○二遠離致損

若離慚恥則失諸功德若離慚恥則不能持戒戒不淨故定不成定不成故慧不發三者俱無則世間出世間功德從何生耶故失功德耳

○二有無得失

有愧之人則有善法若無愧者與諸禽獸無相異也涅槃云愧者發露向人瑜伽云外生羞恥為愧涅槃又謂無慚愧者不名為人即與飛禽走獸無相異也補註愧具上羞恥羞一字當二義也

○三對治修習斷煩惱功德三初對治瞋恚煩惱二對治貢高煩惱三對治諂曲煩惱

○初對治瞋恚煩惱三初示堪忍道二校量最勝三約能不能

○初示堪忍道二初堪忍則三業清淨二不忍則妨失道德

○初堪忍則三業清淨

汝等比丘若有人來節節支解當自攝心無令瞋恨亦當護口勿出惡言論云修行菩薩住堪忍地中能忍種種諸苦惱故支解無瞋身意淨也勿出惡言口業淨也然此一唱經若例金剛論即十八住中第十三忍苦住當信行地也起信亦云如二乘觀智初發意菩薩等彼疏釋云三賢菩薩與二乘同故本論云復示摩訶衍方便道與二乘共故則知此經化身所說攝地前菩薩梵網報身所演攝地上聖人故華嚴疏云梵網即舍那坐千葉華攝離垢地戒波羅蜜耳昔人以遺教是藏通菩薩同稟者頗叶馬鳴奧義若謂梵網是別圓菩薩自衆者似遠清涼深文矣補註無瞋似專屬意而云身意淨者住其支解而手足不為拌樂即是身淨

○二不忍則妨失道德

若縱恚心則自妨道失功德利若縱瞋者則自妨已道失化利他

○二校量最勝

忍之為德持戒苦行所不能及謂第二地持戒苦行校量第三地忍辱之德所不能及補註云何戒行不及能忍良由戒高者輕世苦

已者嗔他忍則寃親等觀苦樂無寄故施戒生天忍辱入道何可及也

○三約能不能勸誡 一初舉能忍興勸二約不能伸誡

○初舉能忍興勸

能行忍者乃可名爲有力大人 犯而不校世稱君子是故行三種忍三忍有二一若行忍一生悉名大人【補註】忍三第一義忍今且據二忍也又一耐怨害忍二安受忍三觀察忍今且據初忍也有力大人者凡夫以勝人爲力菩薩以讓人爲力血氣之力爲小人道德之力爲大人也

○二約不能伸誡 三初明不忍成愚二示瞋恚過患三對白衣校量

○初明不忍成愚

若其不能歡喜忍受惡罵之毒如飲甘露者不名入道智慧人也 甘露是諸天長生之藥忍力既成則益法身延慧命故以忍受惡罵喻飲甘露不由彼辱寧顯我忍猶指金山喻意可識苟不如是則無證道智慧名凡夫愚人【補註】猪指金山金則愈光石磨劍形劍則愈利

永嘉謂不因謗訕起寃親何表無生慈忍力是也

○二示瞋恚過患 二初徵釋過患二誡令防護

○初徵釋過患

所以者何瞋恚之害則破諸善法壞好名聞今世後世人不喜見 所以者何上徵下釋破善者華嚴云一念瞋心起百萬障門開論云善法者自利智慧相故名聞者利他善法名稱功德故人不喜見者自他世無可樂果報故

○二誡令防護

當知瞋心甚於猛火常當防護無令得入劫功德賊無過瞋恚 論云護自善法如防火護利他功德如防賊

○三對白衣校量 二初白衣無對治法故容起二出家有對治法不應起

○初白衣無對治法故容起

白衣受欲非行道人無法自制瞋猶可恕 恕者

聲類曰以心度物也既受著五欲復無白淨對治之法容可起瞋出家反是不應瞋也【補註】白衣通六欲天上界不行瞋故比丘志出三界何可自同白衣故云反是

○二出家有對治法不應起 二 初法二喻

○初法

出家行道無欲之人而懷瞋恚甚不可也【補註】有欲之人欲順則憍恣故起瞋欲違則忿恨故起瞋今無欲之人而起瞋恚故不可也況有法對治乎

○二喻

譬如清冷雲中霹靂起火非所應也清冷雲中喻行道無欲霹靂喻懷瞋恚郭璞云雷之急激者謂霹靂論云示道分中不應有故

○二對治貢高煩惱 二 初正設對治二較量不應

○初正設對治

汝等比丘當自摩頭已捨飾好著壞色衣執持應器以乞自活自見如是若起憍慢當疾滅之夫在家人憑乎容儀以傲於物所以冠冕嚴其首紛珮飾其身朱紫煥其服僮僕供其役帑藏積其財尚須富而無驕卑以自牧我今躍出四民期臻聖果毀其形壞其服狀非憍慢耳摩頭者反手摩頭知無冠冕之嚴捨飾好者自身已捨紛珮之飾壞色者反顧壞服絕朱紫之華彩執持應器者應器親持無僮僕之供役以乞自活者以乞食養命無蓄藏之積財上五句明不應起慢自見如是一句明智慧成就常自觀察故後一句明慢起應治憍慢設起宜疾思惟以上妄心故當滅之非正色間色故名壞色四分云壞色青黑木蘭也應器謂鉢也應法之器故名應器憍慢者自舉曰憍陵他曰慢俱舍云慢對他心起憍由染自法

○二較量不應

增長憍慢尚非世俗白衣所宜何況出家入道之人為解脫故自降其身而行乞也易曰人道惡盈而好謙老子曰柔弱者生剛强者死故知憍慢非世俗所宜降身行乞者摩頭等五悉是降身舉要而言指歸行乞【補註】舉要者未見行乞之人而有冠冕飾珮朱紫僮僕者也故舉一該四

○三對治諂曲煩惱二 初舉過設治二 誡諂勸直

○初舉過設治二 初舉過患二設對治

○初舉過患

汝等比丘諂曲之心與道相違弃其意而道其言曰諂是故其言諂者其心必曲道尚質直故與道相違【補註】維摩經云從初發心至坐道場純一直心中間竝無諸委曲相

○二設對治

是故宜應質直其心守心質直則諂曲不起楞嚴亦云出離生死皆以直心

○二誡諂勸直二 初誡諂曲二勸質直

○初誡諂曲

當知諂曲但爲欺誑入道之人則無是處道務質直以曲入道則無所詣

○二勸質直

是故汝等宜當端心以質直爲本正道名直離邊觀中捨事求理悉名諂曲【補註】即邊而中尚非但中況復偏執即事而理尚非單理況復著相如是質直豈僅僅鍼實之謂耶

○三成就出世間大人功德分八 初無求功德二知足功德三遠離功德四不疲惓功德五不忘念功德六禪定功德七智慧功德八究竟功德

○初無求功德五 初知覺障相二知覺治相三知覺因果習起相四知覺無諸障畢竟相五知覺畢竟成就相

○初知覺障相

汝等比丘當知多欲之人多求利故苦惱亦多多欲煩惱障也多求業障也苦惱報障也

○二知覺治相

少欲之人無求無欲則無比患遠離三種妄相也無求故

無業無欲故無惑無患故無苦

○三知覺因果習起相

直爾少欲尚宜修習何況少欲能生諸功德直爾少欲已得心安況因少欲必獲聖果誰聞此利而不修習除彼不肖人盲瞑無智者〔補註〕直但也但只少欲無別功德然已有心安之益矣心安有二一者少欲則心不貪求故安二者少欲則心無憂怖故安

○四知覺無諸障畢竟相

少欲之人則無諂曲以求人意亦復不爲諸根所牽無諂曲無惑也不求人意無業也諸根不牵無苦也眼根牵人受色乃至身根牵人受觸〔補註〕世之脅肩諂笑婢膝奴顔以求人意者思遂其富貴利達之欲故也無欲於已則何求於人哉

○五知覺畢竟成就相

行少欲者心則坦然無所憂畏觸事有餘常無不足有少欲者則有涅槃是名少欲心坦然則法身顯矣無憂畏則般若發矣觸事有餘則解脫成矣三法具足名大涅槃故論云般若等三種功德果成就故又心坦然者離諂誑也無憂畏者不他求也觸事有餘者臥覺一榻之寛覆覺一衾之溫食覺一餐之飽處覺容膝之安斯皆有餘故常無不足既心無他慾則涅槃不求而自至矣

○二知足功德 三 初對治苦因果二復說清淨因果三示現三種差別

○初對治苦因果

汝等比丘若欲脫諸苦惱當觀知足論云是中苦惱者示現煩惱過從苦生故遠離他境界故〔補註〕惱從苦生者如盜心生於饑寒故

○二復說清淨因果

知足之法即是富樂安隱之處論云成就對治法故於自事中遠離故〔補註〕外貪求爲他內安樂爲自

○三示現三種差別 三 初於二處受用差別二於二事受用差別三於二法中無自利有自他利差別

○初於二處受用差別

知足之人雖臥地上猶爲安樂不知足者雖處天堂亦不稱意得臥平地且勝牢獄所以安樂既處金屋更羨瑤臺故不稱意【補註】謀臣安布衣以全軀輪王希天位而墮地可不懼乎

○二於二事受用差別

不知足者雖富而貧知足之人雖貧而富王戎牙籌每計其產顏淵陋巷不改其樂夫不知足者恨珍寶之未多嫌土田之未廣鄙棟宇之未麗凡有施爲心常不足非貧而何知足之人雖服絺綌而有狐貉之溫雖食藜藿而有膏粱之美雖居蓬蓽而有夏屋之安夫何故然知足故也涅槃云知足第一樂折之謂歟【補註】王戎晉人位至三公自執牙籌會計財產不知足故也夏屋大屋也詩云夏屋渠渠是也

○三於二法中無自利有自他利差別

不知足者常爲五欲所牽爲知足者之所憐愍是名知足欲牽者愛色貪聲莫知其止既無自利何能愍他知足者有二利一不爲五欲所牽是自利二能愍他是利他心既憐愍必當教誨老子云不善人者善人之資【補註】知足者愍正意謂此等愚人乃智人所憐源師云能愍他是利他蓋委由發明耳

○三遠離功德三初自性遠離門體出故二修習遠離門方便出故三受用諸見門常縛故

○初自性遠離門體出故

汝等比丘欲求寂靜無爲安樂當離憒鬧獨處閑居靜處之人帝釋諸天所共敬重初治無我執著障即三三昧也寂靜者示法無我空故無爲者無相空故安樂者無取捨願空故離憒鬧者治我所障五衆亂起無次第故衆即我所也故下文云當捨已衆他衆由衆故憒鬧獨處閑居者治彼二無相障即修三三昧也然忘懷去來者市朝亦江湖聽情生死者山林猶桎梏今誡初心宜求閑靜則觀道易成耳諸天敬重者治無爲首功德障靜處是可重法於諸善法爲其首故能爲帝釋諸天所敬重也帝釋具云釋迦因陀羅此云能主言其能爲【補註】天主居須彌山之頂欲界第二天也無我執著障者本無有我以執著故而有我是名爲障諸天敬如空生靜坐事

○二修習遠離門方便出故

是故當捨已衆他衆空閒獨處思滅苦本

衆即四人已上已衆謂自已弟子及同學也他衆可知捨之則是離我我所不復集生故空閒獨處者方便慧成就如法而住也思滅苦本者善擇智成就遠離起因也法華云諸苦所因貪欲爲本【補註】衆有二義事則自他徒衆是也理則五蘊爲已衆一切煩惱爲他衆迷執五蘊集諸煩惱沉淪生死故當遠離也

○三受用諸見門常縛故 二 初自他心境相惱 二復示無出離相

○初自他心境相惱

若樂衆者則受衆惱譬如大樹衆鳥集之則有枯折之患

自他衆是能惱境受衆惱者即所惱心心既受惱則諸見集生生已自害故次以大樹況之大樹喻已心衆鳥喻自他衆枯折喻諸見集生【補註】利他名爲菩薩獨善號曰聲聞云何樂衆乃云受惱答子輿氏云人之患在好爲人師解云學問有餘人資於已不得已而應之若好爲人師所以成患則彼之患生於好今之患生於樂也不然自利利他作一株大樹與天下人歇陰涼去是名大利何患之有

○二復示無出離相

世間縛著沒於衆苦譬如老象溺泥不能自出是名遠離

縛著沒苦煩惱業染生也老象喻縛著溺泥喻衆苦象故身重縛著厚也老故溺泥觀智微也所以溺衆苦泥不能自出【補註】世間縛著者獨處是出世法樂衆是世間法

○四不疲倦功德 二 初就法明不退 一約喻顯精怠

○初就法明不退

汝等比丘若勤精進則事無難者

既無疲倦則於一切法行善能趨入豈同外道無益苦行乎【補註】抒水還珠剌股取印鑽席成道世出世間何有難事豈同外道者明今是勤修正道故

○二約喻顯精怠 二 初精進比水長流 二懈怠況火數息

○初精進比水長流

是故汝等當勤精進譬如小水長流則能穿石以成就不退轉故勸修習長養由精進匪間如水不絕則穿石也

○二懈怠況火數息

若行者之心數數懈廢譬如鑽火未熱而息雖欲得火火難可得是名精進懈廢謂不精進念處退失

不成就心慧故火者聖道如火能燒惑薪煖頂以前皆名未熱已熱而息火尚不生未熱數息雖經年劫終無得理此說懈息過也華嚴頌云如鑽燧求火未出而數息火勢隨止滅懈怠者亦然彼疏約三慧以辯懈怠約聞則聽習數息明解不生約思則決擇數息真智不生約修則定慧數息聖道不生禪宗六祖共傳斯喻願諸學者銘心書紳【補註】精進二義事則念念勤修理則念念空寂故云一念不生是真精進

○五不忘念功德 三 初明不忘念 二辯勸修 三示得失

○初明不忘念 二 初明行中最勝 二明能遮重怨

○初明行中最勝

汝等比丘求善知識求善護助無如不忘念

畧梁三行求者聞法行善知識通三種一教授善知識二同行善知識三外護善知識今謂求教授也聞名欽德曰知覩形敬奉曰識護者內善思惟行如聞而思守護不失也助者如法修行行謂如思而修即是以行助解求善助也不忘念者結為最勝不忘正念於三行中爲首爲勝故云無如不忘念上之三行亦名三慧慧以照了爲義行以進趣爲義照了進趣悉由不忘念也無聞慧如覆器不能受水無思慧如漏器雖受而失無修慧如穢器雖不漏失穢不可用以不忘念則既仰且完而復清淨也故涅槃云四法是涅槃近因一近善知識二聽聞正法三思惟其義四如說修行若言苦行是涅槃因者無有是處今合初二故三也【補註】知識護助有二一者知識是師護助是友不忘念者方能承受師友教誨忘念之人明師良友日臨之無益也二者知識是一心護助是三慧不忘念則一心了然三慧具足

○二明能遮重怨

若有不忘念者諸煩惱賊則不能入以常念正道故則煩惱怨賊不能入心害三種善根也【補註】三善根即三慧

○二辯勸修

是故汝等常當攝念在心今初念處成就也

○三示得失二　初失念成就多過二得念成就多功

○初失念成就多過

若失念者則失諸功德失念謂有始無終也無終則失三慧慧失則聖果無山可階耳

○二得念成就多功

若念力堅强雖入五欲賊中不爲所害譬如著鎧入陣則無所畏是名不忘念念力堅强者謂不忘念也不爲所害者上法下喻鎧喻念大陣喻五欲鎧甲也補註如將刑罪人臨樂不樂亦以不忘怖死念故

○六禪定功德三　初明定二勸修三示益

○初明定二　初攝念能生二定成有用

○初攝念能生

汝等比丘若攝心者心則在定謂八種禪定因攝念生故補註楞嚴云攝心爲戒因戒攝定是也

○二定成有用

心在定故能知世間生滅法相禪定成就則有果用故能知生滅法相如昇太虛下見萬象補註楞嚴云因定發慧是也在定之心不著於物故云如昇太虛不著於物斯能照物故云下見萬象又如大海澄清森羅自見

○二勸修

是故汝等常當精勤修習諸定精勤對治懈怠無修習方便障也是故懈怠有三種一不安隱懈怠二無味懈怠三不知恐怖懈怠云何修習一一對治示現精勤修習節量食臥及調阿那波那故精勤修習覺知諸定有通慧功德及盡苦原故大希有事故精勤修習觀察生老病死苦及四惡趣苦我未能離苦即精進對治也補註諸定者定有多種如四禪八定十六特勝等乃至那伽大定

○三示益三　初法二喻三合

○初法

若得定者心則不散功德成就無所對治也

○二喻

譬如惜水之家善治隄塘喻治隄塘則能積水隄限也積土爲封限也

○三合

行者亦爾爲智慧水故善修禪定令不漏失

是名爲定智慧合惜水禪定合隄塘不漏合心不散論云示善修功德上上增長故由禪發智則知世間生滅法相故補註爲慧修定定必發慧爲定修定是名癡定

○七智慧功德二初正明智慧破障二喻顯四種功德

○初正明智慧破障二初約有慧顯是二明無慧斥非

○初約有慧顯是三初能破理事二障二難得常令防護三明其難得能得

○初能破理事二障

汝等比丘若有智慧則無貪著貪著有二一於真實義處生著名理障也二於世間事處生著名事障也若有智慧則二著不起名破障也補註楞嚴詞因妄顯真妄既本空真亦不立何可著也

○二難得常令防護

常自省察不令有失於一切時常修心慧故補註省察者知事理二障時時省察勿使障生是二皆名心慧

○三明其難得能得

是則於我法中能得解脫即於第一義處遠離貪著故得解脫補註武帝之於達磨是未能遠離第一義故

○二明無慧斥非

若不爾者既非道人又非白衣無所名也心無智慧故非道人形已削染故非白衣兩端不攝故無所名補註強與安名曰鳥鼠僧僧衆中尊而有鳥鼠之名可恥甚矣

○二喻顯四種功德二初正明四種功德二結歎照覺功能

○初正明四種功德二初喻二合

○初喻四初喻聞二喻思三喻修四喻證

○初喻聞

實智慧者則是度老病死海堅牢船也此三深廣沒溺衆生故如海也聞法起信如得牢船必假思慧爲楫檣便風方有所到苟無此二船雖堅牢但在此岸補註信爲道元功德母故聞法起信乃入道底本如船爲載物渡人之底本也

○二喻思

亦是無明黑暗大明燈也聞而不思則於道黑暗故以思慧喻明燈也

○三喻修

一切病者之良藥也藥以治病如修慧能動惑

○四喻證

伐煩惱樹之利斧也以智斷惑乃證聖果斷惑之智喻之利斧補註據文勢船燈藥斧總喻智慧今分屬聞思修證者欲易曉也

○二合

是故汝等當以聞思修慧而自增益即證果也

○二結歎照覺功能

若人有智慧之照雖是肉眼而是明見人也是名智慧四種修學功德於分內處而有照覺名明見人

○八究竟功德二初正明戲論二勸修遠離

○初正明戲論

汝等比丘種種戲論其心則亂雖復出家猶未得脫戲論有二一於真實理生戲論二於世間事生戲論於真實理起四句執是一非諸名戲論當知心之自性離四句故故起定執則撓其性故云其心則亂求那跋摩云諸論各異端修行理無二執者有是非達者無違諍於法戲論尚已不可況爲世間訴諧嘲謔耶雖復出家者形雖離俗心未證理由乎二種戲論所亂也

信心銘云纔有是非紛然失心故戲論心亂

○二勤修遠離二　初有對相遠離二無對相遠離

○初有對相遠離

是故比丘當急捨離亂心戲論有彼彼功德相也

○二無對相遠離

若汝欲得寂滅樂者唯當善滅戲論之患是名不戲論無彼彼功德相也結名不戲論者示現行成就體性異故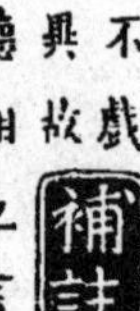言見有戲論急捨離之有彼彼功德相也言語道斷心行處滅不見有戲論可捨離無彼彼功德相也

○四顯示畢竟甚深功德分二　初略明二廣釋

○初略明二　初菩薩常修功德二如來說法功德

○初菩薩常修功德

汝等比丘於諸功德常當一心捨諸放逸如離怨賊功德指上所說一心者無間斷故制之一處即是於第一義心修也如怨賊者遠離一心相遠行如怨賊故補註第一義心修者以萬行皆歸圓覺妙心故

○二如來說法功德

大悲世尊所說利益皆已究竟始說度陳如終說度須跋故利益究竟耳

○二廣釋二　初常修功德二說法功德

○初常修功德

汝等但當勤而行之若於山間若空澤中若在樹下閒處靜室念所受法勿令忘失常當自勉精進修之無爲空死後致有悔勤行者示現常修山間等示無事處凡有五處皆遠憒鬧念所受法者示修眞實無二念故勿令忘失者令修現前故精進修之者以方便修上故無爲空死者於相似法處蘊息遠離上心故此謂愛著內凡故於一生不能入聖名爲空死此誡須墮人也後致有悔者

於晚時自知有餘悔不及事故謂臨終方悔者也先民有言臨死修善於計已晚智者云有鄴洛禪師名播河海住則四方雲仰動則百千成羣般般轟轟於世有何利益臨終皆悔也 補註 空死而悔有二一是荒蕪三業全不修行臨終知墮惡處故悔一是得少爲足未證謂證臨終以非極果故悔今疏舉重言之輕可知矣

○二說法功德

我如良醫知病說藥服與不服非醫咎也又如善導導人善道聞之不行非導過也 良藥喻說法能破惡善導喻說法能生善不受由機非佛過失

○五顯示入證決定分 三 初方便顯發門 二法輪成就門 三分別說法門

○初方便顯發門

汝等若於苦等四諦有所疑者可疾問之毋得懷疑不求決也 四諦是行者常觀察及依之起行故勸問也苦則八事逼迫集則惑業牽報滅則二脫離縛道則三學能通於此有疑何能觀察起行耶佛今垂滅故勸疾問 補註 一脫謂二種解脫也一者慧解脫二者俱解脫又一者解脫煩惱二者解脫於礙上唯小乘下通菩薩

○二法輪成就門

爾時世尊如是三唱人無問者所以者何衆無疑故 三唱者示現法輪滿足成就三轉實法故無問者示現證法滿足成就故無疑者示現斷功德滿足成就故 補註 如來知衆無疑向不須一唱而必三唱大慈大悲愍物無已之心也

○三分別說法門 二 初經家敘 二正分別

彼衆上首知大衆心行成就決定復了知所證實義故分別彼彼事以答如來故

○初經家敘

時阿㝹樓馱觀察衆心而白佛言 阿㝹樓馱亦云阿那律亦阿泥樓豆亦阿難律陀皆一也此翻無貧亦翻無滅亦云如意昔施辟支佛一食獲九十一劫往來人天常受福樂于今不滅所求如意以茲三義故有異翻時爲衆首故觀察白佛也

○二正分別 二 初佛說無異 二比丘無疑

○初佛說無異

世尊月可令熱月可令冷佛說四諦不可令異佛說苦諦實苦不可令樂集真是因更無異因苦若滅者即是因滅因滅故果滅滅苦之道實是眞道更無餘道 先以喩顯也月是太陰精故冷日是太陽精故熱而性不可易世皆知之今云可熱可冷者日月寧易其性佛言終無變異也不可令樂者苦樂各實不變異故更無異因者集因定招苦果終非道因所招也論云示苦滅各自因故即是因滅者斷集因也又因滅是有餘涅槃故因滅故果滅者後有因中不生是滅苦果也又果滅是無餘涅槃故更無餘道者餘道非眞不能趣滅也 補註 日月是幻妄之法故可轉移佛言乃眞實之理焉能變異是故反陰易陽世容有之逆理亂眞終無是處

○二比丘無疑

世尊是諸比丘於四諦中決定無疑 決定者苦樂因果入行決定故無疑者無異無餘義故 補註 無異者明燭其理更無差異故不疑無餘者的盡其義更無遺餘故不疑

○六分別未入上上證爲斷疑分 三 初顯示未入上上法二爲斷彼彼疑三重說有爲無常相

○初顯示未入上上法 二 初約未辦二約已辦

○初約未辦 二 初見滅懷悲二聞法得度

○初見滅懷悲

於此衆中所作未辦者見佛滅度當有悲感 未辦者即內外凡及前三果也前三果殘思在故則有悲感 補註 如天人雨淚阿難愁憂是也

○二聞法得度

若有初入法者聞佛所說即皆得度譬如夜見電光即得見道 初入法者即前所作未辦人也望極果人通名初入得度有二謂從凡入聖從聖至極皆名得度復以譬喩示現見道速疾決定義也

○二約已辦

若所作已辦已度苦海者但作是念世尊滅

度一何疾哉 已辯者無學位入已盡見思出三界苦於小乘中雖名已辯共實所知障全在故見佛速滅由不了生本不生滅亦無滅生滅即非生滅故 補註 如經云苦哉大聖尊入真何太速是也又云諸佛不出世亦無有涅槃則了不生不滅之旨者也

○二爲斷彼彼疑 二

初經家敘二正斷疑

○初經家敘

阿㝹樓馱雖說此語衆中皆悉了達四聖諦義世尊欲令此諸大衆皆得堅固以大悲心復爲衆說 聖者正也無漏正法得在心故諦有二義一者諦實二者審諦釋此二義如四聖諦品復爲衆說者託高曷下寄現劇未也論云如來悲心淳至故不護上上法也 補註 曲被中下非爲上根故遠惠萬世非爲一時故

○二正斷疑 六

初自他俱滅二法門常住三利他事畢四總顯已度五示得因緣六因果住持

○初自他俱滅

汝等比丘勿懷悲惱若我住世一劫會亦當滅會而不離終不可得 會亦當滅者住世雖久時會亦滅會而不滅終不可得上明自滅此云他滅豈唯我然一切皆爾會聚也既有聚會必歸離散聚散有二一師資聚散二五陰聚散是則一切皆無常也 補註 師資者言一衆聚散未有主常領伴伴常隨主者也五陰者言一身聚散色陰則四大合而必離四陰則妄念起而必滅故曰一切皆無常也

○二法門常住

自利利他法皆具足 自利者修因得果利他者說法化生至聖流慈宣說法門無不具足此法常在世間衆生自可修學不須我住也

○三利他事畢

若我久住更無所益 法既具足我住何爲 補註 無益有二一者諸佛住世止爲說法利生法既足矣故無益二者佛若久住則衆生不生難遭之想故無益

○四總顯已度

應可度者若天上人間皆悉已度 於彼彼衆自利事訖

則是令彼彼天人修因得果也

○五示得因緣

其未度者皆亦已作得度因緣其未修習者依不滅法門能作得度因緣則是已爲下種未來熟脫法門在世可修學故【補註】熟脫者善根絕熟得解脫也

○六因果住持 二 初對因二對果

○初對因

自今以後我諸弟子展轉行之弟子行之者因分住持不壞滅後弟子常依修習展轉傳授不斷絕也

○二對果

則是如來法身常在而不滅也法身常在者果分住持不壞以弟子所行之法不斷絕即是如來五分法身常在世也【補註】佛身雖滅佛法常存依法修行是佛住世

○三重說有爲無常相 二 初正示有爲二引已作證

○初正示有爲 三 初無常求脫二以智滅癡三觀身不淨

○初無常求脫

是故當知世皆無常會必有離勿懷憂惱世相如是當勤精進早求解脫論云示現於此處勤修世間生厭離行故當勤精進者於有爲相中得解脫故

○二以智滅癡

以智慧明滅諸癡瘖復示如實觀滅我我所見根本故【補註】癡瘖即無明也凡夫見有我及我所此見從無明生非智不滅

○三觀身不淨

世實危脆無堅牢者陰等諸法悉皆虛妄

○二引已作證 二 初略示已滅二廣辯患相

○初略示已滅

我今得滅如除惡病陰身如惡病得滅如病差【補註】佛妙色身

即是法身而輸惡病者示同凡夫作警省也

○二廣辯患相

此是應捨罪惡之物假名爲身沒在老病生死大海唯有智者得除滅之如殺怨賊而得歡喜沒大海者論云復示可厭患故唯有智人能厭能喜【補註】見身存則悅而不厭故貪生見身滅則憂而不喜故避死此愚人所爲也智人反是

○七離種種自性清淨無我分二　初對治自性障二明清淨無我

○初對治自性障三　初正明實慧二勸勤修習三三界無常

○初正明實慧

汝等比丘常當一心知五陰法中種種妄想悉從心起故以心爲主則令制之一處也【補註】一心二字總結上來誨示多種法門良由一心爲萬法主故云制之一處無事不辦

○二勸勤修習

勤求出道以一心如實慧難可得故勸令精進【補註】亂心者遺實理之妄知也一心者如實理之真知也故云如實慧得如是慧寧是易事故應勤求也復有二義一者事據上文當是一其心以求出道故二者理以一心如實慧即是出道故

○三三界無常

一切世間動不動法皆是敗壞不安之相世間總標三界動即欲界不動即色無色界敗壞不安者結指無常【補註】上二界壽命長遠外道以爲不動不知三界皆屬無常故經云三界無安猶如火宅

○二明清淨無我三　初勸止三業二示將歸滅三正顯遺訓

即是於甚深法中寂滅故

○初勸止三業

汝等且止勿得復語淨口業也口業淨故則意亦淨也論云示三業無動是寂滅無我相應器故【補註】問此中何缺身業答凡侍於所尊有問則從座起承問則起而對是身口常相須故口不動業身亦不動也三業不動是與寂滅無我相應之法器也

○二示將歸滅

時將欲過我欲滅度已當中夜所以不過表中道也中道二種如前說今顯表離斷常之中亦寄表佛性中也我有三種一見一慢三名字如來見慢已盡隨順世間名字稱我今當灰滅假身則名字亦無即是無餘涅槃眞無我法也

補註是知佛以中爲命中存佛有中滅佛滅安住中道即是十方常住佛也

○三正顯遺訓

是我最後之所教誨小乘訓世凡五十年今將涅槃更畧教誡故云最後者猶著述家所謂絶筆也

補註最後論云於住持法中勝以具遺敎故也又前所謂臨終之語語必切要是也故如來未後殷勤必欲萬世遵而守之也問此既云小乘訓世何前言不得約小機屬藏敎答論云此經每說比丘者示遠離相故復示摩訶衍方便道與二乘共故則知此經正爲二乘傍兼菩薩云小乘訓世者衆多分也此馬鳴深旨也

佛遺敎經論疏節要

佛云吾言如蜜中邊以甜又云治世語言以即實相故三祖不難至道而嫌揀擇有以也今時人喜立一大藏敎凡入理深談兢互傳誦至平易切近處或弁髦之抑揀蜜於中邊而實相顧不徧耶嗟乎最後叮嚀言猶在人耳也鏤骨銘肌共報恩於是乎刻遺敎古杭雲棲袾宏跋

音釋

販方願切買賤賣貴也　貿莫候切易財也　墾口很切用力反土也　媟私列切嬻也　瑕疵瑕何加切過也疵才支切病也　蚖吾官切蝮蛇也　絺綌絺抽遲切綌乞逆切絺綌葛布也細曰絺粗曰綌　狐貉狐戶吳切貉曷各切　藜糗藜郎奚切可爲杖初生可食糗邱救切熬米麥也　憒閙憒古對切心亂也閙女敎切不安靜也　睠顧逺員切顧戀也　詼諧詼枯回切詼也諧雄皆切調也　嘲謔嘲陟交切謔迄却切嘲謔調戲也　脆此芮切物易斷也

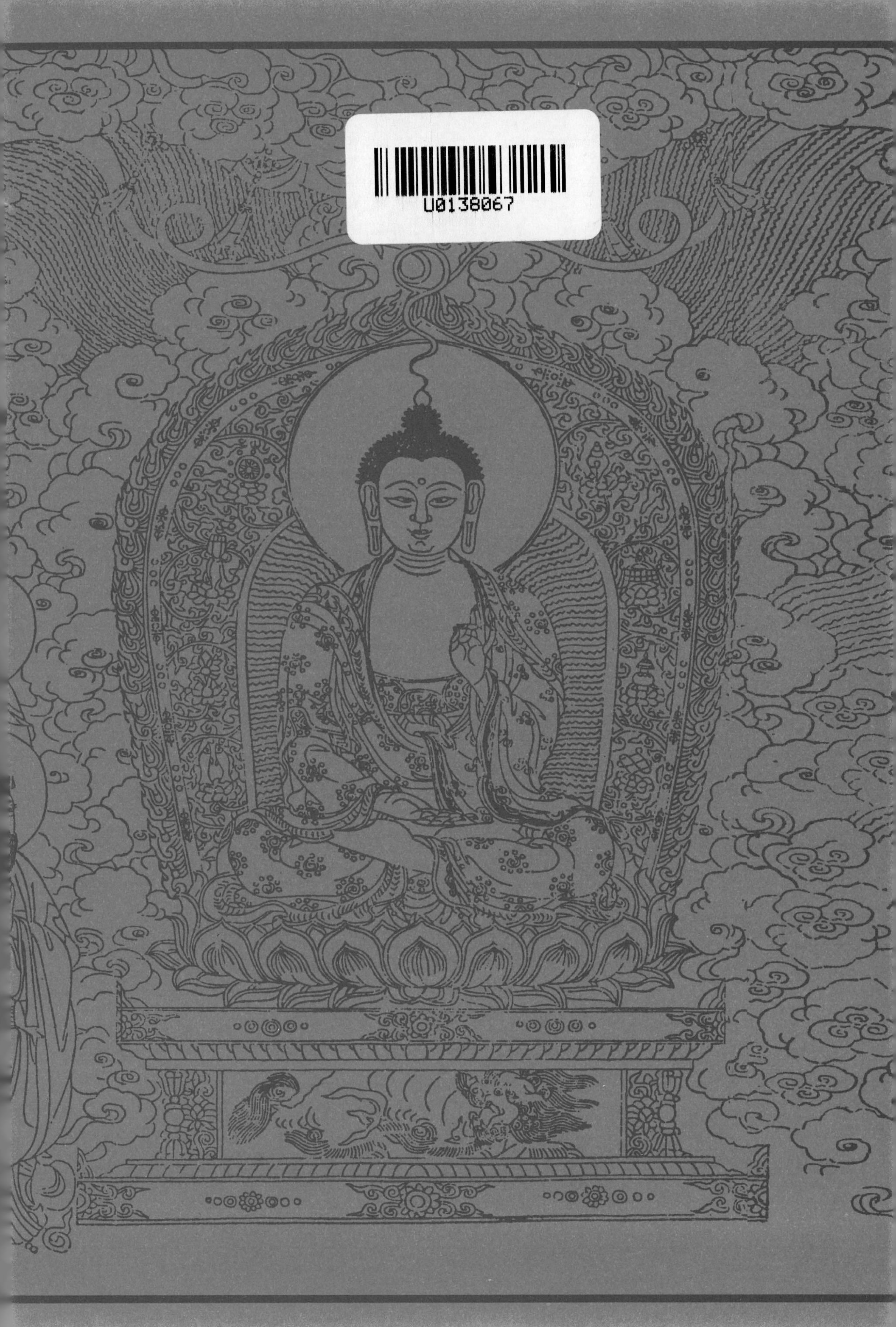